# Unterwegs in die Welt von morgen

# Unterwegs in die Welt von morgen

Utopische Geschichten
und Science-fiction-Romane

Verlag Das Beste
Stuttgart · Zürich · Wien

Die Texte in diesem Buch
erscheinen mit Genehmigung der Verleger


143

Printed in Germany
ISBN 3 87070 534 5

*LeAnne lebt seit ihrer Geburt an Bord des Raumschiffs* Starchild. *Ihr sehnlichster Wunsch ist es, Triebwerksingenieurin zu werden. Als jedoch der Bordcomputer ihre Prüfungsergebnisse so manipuliert, daß ihr diese Tätigkeit verwehrt bleibt, beschließt sie, Nachforschungen anzustellen. Dabei macht sie eine unglaubliche Entdeckung: Die* Starchild *besitzt kein Antriebssystem!*



*Wissenschaftler erforschen auf einer Raumstation im Orbit der Erde fremde Tiere und Pflanzen aus dem All. Doch bald erkranken die ersten Menschen an einer mysteriösen Krankheit und sterben. Das gesamte Personal der Raumstation scheint verloren zu sein, denn die Ärzte sind ratlos. Und wenn sich der verantwortungslose Politiker, der sich an Bord der Station befindet, durchsetzen kann, gerät auch die Erde in Gefahr.*

MISSION STARCHILD
VON JERRY OLTION
INS DEUTSCHE ÜBERTRAGEN
VON RALPH TEGTMEIER

## Bezugssystem

LeAnne spürte das Gras zwischen ihren Zehen, das ihre nackte Haut sanft kitzelte, und merkte, daß es spärlicher wurde. Im Wald sang ein Vogel der aufgehenden Sonne ein Loblied, aber sein Lied veränderte sich zum elektronischen Klicken und Piepen eines Computerterminals. Ein Zusammenspiel anderer Geräusche drängte sich in ihr Bewußtsein. Sie hörte die Laute eines Raumschiffs im Flug, vertraute Klänge für ein Mädchen, das an Bord geboren und aufgewachsen war.

Sie ordnete einen Augenblick lang ihre Gedanken, ehe sie mit Bedauern die Augen öffnete. Sie lag, gegen die Wand gelehnt, mit einem Kissen im Rücken auf ihrem Bett. Am Fuß des Betts beobachtete ein Elf interessiert ihr Tischterminal. Als sie sich aufrichtete, drehte er sich um.

„Willkommen an Bord!“ sagte er lächelnd.

Sie räkelte sich. „Super. Träume. Wie lang hab ich . . .?“

„Einige Stunden. Ich habe dich schlafen lassen. Du sahst so aus, als ob du es brauchen könntest.“

Sie wurde sofort hellwach. „Stunden? Donivan, du solltest mir beim Lernen und nicht beim Schlafen helfen. Morgen ist meine SHAPE-Prüfung!“

Donivans Lächeln wurde dünner. Er sagte: „Du hast jetzt monatelang gelernt, Lee. Heute abend solltest du dich entspannen, damit du es morgen frisch angehen kannst.“

„Entspannen! Sicher. Es ist ja schließlich nur meine SHAPE-Prüfung. Sie betrifft ja nur den Rest meines Lebens . . . Kein Grund, nervös zu werden.“

„Vor einer Minute warst du entspannt“, sagte Donivan. Er schaute wieder auf den Schirm des Terminals und fügte sanft hinzu: „Außerdem hast du so schön ausgesehen, daß ich es nicht über mich bringen konnte, dich aufzuwecken.“

LeAnne fühlte, wie sie errötete. „Also, was weißt du denn schon von Schönheit“, sagte sie boshaft. „Du läufst mit einem Mutanten herum.“ Sie rutschte von der Bettkante herunter und nahm ihre

Bürste vom Tisch, dann wandte sie sich ab, so daß Donivan ihr Lächeln nicht sehen konnte.

Hinter ihrem Rücken sagte er: „Ich bin der Mutant, Lee. Ich und der Rest der Mannschaft. Wir sind hier zwar die Mehrheit, aber dennoch sind wir die Mutanten."

„Dann bin ich eben ein Atavismus", sagte LeAnne und neigte den Kopf zur Seite, um ihr langes schwarzes Haar über die rechte Schulter nach vorne zu bürsten.

Donivan widersprach nicht. Soweit stimmte es. LeAnne war tatsächlich ein Atavismus, ein genetischer Rückfall in ein früheres Zeitalter. Sie war großgewachsen, hatte schwarzes Haar, grüne Augen und eine dunkle Hautfarbe. Sie wog mindestens vierzig Pfund mehr als irgend jemand anders auf dem Schiff, und obwohl sie später als die meisten anderen Mädchen gereift war, waren ihre Brüste beinahe doppelt so groß wie üblich.

Es gab natürlich auch weniger offensichtliche Unterschiede, zu denen Weisheitszähne und ein Blinddarm gehörten. Außerdem funktionierte ihr Geist auf eine andere Weise, obwohl niemand sagen konnte, ob das ein Teil ihrer genetischen Anlage oder einfach ihre Reaktion darauf war, daß sie körperlich von anderer Gestalt war. Ihre Gewohnheiten, ihre Handlungen, selbst ihre Träume hoben sie vom Rest der Mannschaft ab. Niemand sonst träumte noch von der Erde.

Sie drehte sich von der Wand weg, legte die Bürste auf den Tisch und schaute sich in ihrer Kabine um. Es war ein schmales Rechteck, gerade groß genug für ein Bett und einen Schreibtisch. „Wollen wir irgendwo hingehen, wenn wir uns schon nicht aufs Lernen stürzen?" schlug sie vor. „Ich werde gewalttätig, wenn ich diese Wände noch lange anstarren muß."

Donivan gewöhnte sich langsam an LeAnnes Anfälle von Rastlosigkeit. „In Ordnung", sagte er. Er drückte ein paar Tasten auf dem Terminal und schaltete es aus. Dann stand er auf und öffnete die Tür. „Nach dir."

Es war ein seltsames Paar, das da den Flur zum Aufzug entlangging. Neben ihr war Donivan wahrlich ein Elf; einen ganzen Kopf kleiner, mit blondem Haar und dünn. Jahrhundertelange Inzucht hatte seinen Typ hervorgebracht, obwohl einige die Strahlung, die durch die äußeren Schilde drang, oder einen Schaden, der während des großen Holocaust angerichtet worden war, dafür verantwortlich machten.

Sie waren sich in einem Elektroniklabor begegnet. Er befand sich in der Ausbildung zum Computertechniker, einer aus der kleinen Elite, die mit dem Hauptcomputer arbeitete, dem Zentralgehirn, das das ganze Schiff kontrollierte. Als LeAnne ihm von ihren Zielen erzählt hatte, hatte er nicht gelacht.

„Triebwerksingenieur?“ hatte er gefragt. „Ich wußte nicht, daß es so etwas noch gibt, zumindest nicht seit der Krise.“

„Es gibt sie nicht mehr“, hatte sie geantwortet. „Deshalb brauchen wir auch einen.“

„Aber was würdest du da machen?“

„Den Sternenantrieb reparieren. Das Schiff wieder unter Kontrolle bringen.“

„Das ist . . .“ *Unmöglich,* wollte er sagen, aber er tat es nicht. „Das ist ein großes Projekt“, sagte er statt dessen.

„Ich bin ein großes Mädchen.“

Er hatte nervös gelacht und war bemüht, sie nicht anzustarren.

„Wo sollen wir hingehen?“

Donivan stand vor den Aufzugknöpfen und schaute fragend zu LeAnne auf. Die Aufzüge befanden sich in der Zentralnabe des Schiffs, von der die Gänge radial nach außen zum Felgenrand führten. Sie trafen auf andere, konzentrisch angeordnete Gänge, die die keilförmigen Sektionen in Ringe teilten, die weiter in Kabinen wie die LeAnnes aufgeteilt waren. Das war die Struktur dieses Decks, andere unterschieden sich davon. Die Gänge auf Donivans Deck, direkt unter dem LeAnnes, waren hexagonal angelegt, während das folgende spiralförmig konstruiert war. Nur die Aufzüge waren auf jedem Deck die gleichen. Sie ballten sich um die Zentralnabe, die die gesamte Länge des Schiffs durchzog. Ihre Position konnte nicht verändert werden, aber die unterschiedliche Gestaltung der Decks verringerte die Eintönigkeit.

Trotzdem hatte LeAnne sie alle mit Ausnahme der gesperrten Decks im Bug und am Heck des Schiffs mindestens hundertmal besucht, und sie enthielten nichts mehr, was sie begeistern konnte. Außer einem: Ein Deck versetzte sie in höchste Erregung. Sie lächelte Donivan an und sagte: „Nach unten. Ganz nach unten.“

Donivan schaute sie an, als wollte er protestieren, aber nach kurzem Zögern zuckte er die Achseln und sagte: „Gut.“ Er drückte den ABWÄRTS-, den DOPPELBESETZUNG-, den EXPRESS- und den BESTÄTIGUNG-Knopf.

„Technische Spielereien“, murmelte er. „Eines Tages wird das

Schiff so voll davon sein, daß kein Platz mehr für die Besatzung bleibt."

„Es gibt den Ingenieuren etwas zu tun", antwortete LeAnne. „Das ist etwas für dich, Ingenieur."

„Für dich immer noch Triebwerksingenieur! Vorausgesetzt, daß ich bestehe."

„Du wirst bestehen."

Der Aufzug summte heran, und seine Türen öffneten sich zischend. Sie traten ein, und LeAnne steckte die Füße wie gewohnt in die Halterungen, während Donivan die Decknummer auf der Kontrolltafel eintippte. Die gewölbten Türen schlossen sich, und das Summen wurde lauter, als sich der Aufzug zum abwärts fahrenden Schacht hinüberschob.

Als das Magnetfeld des Aufzugs seinen Halt am Schiff freigab, verloren sie ihr Gewicht. Nach einigen Augenblicken befanden sie sich im freien Fall oder, dachte LeAnne, blieben in Wirklichkeit stationär, während das Schiff um sie herum beschleunigte. Sie schwebten frei im Raum in ihrer eigenen Miniaturkapsel, während das Schiff an ihnen vorbeirauschte. Zumindest für einen Augenblick waren sie Kapitän und Mannschaft ihres eigenen Raumschiffs, ohne Verbindung zu irgend etwas anderem im Universum, und bewegten sich nur im Verhältnis zu dem noch größeren Raumschiff um sie herum nach unten. Aber es war das gleiche Gefühl wie beim Fallen, dachte LeAnne. Es hing alles vom eigenen Bezugssystem ab.

Sie versuchte sich vorzustellen, welchen Anblick das Schiff vom Weltraum aus bot, wie sein großer Rumpf davonschoß und den winzigen Punkt zurückließ, der die Aufzugskabine darstellte. In ihrer Vision war das Schiff ein gigantischer silberglänzender Zylinder, der mit Fenstern, Antennen, Luftschächten und Instrumenten besetzt war. Sie lächelte flüchtig angesichts dieser Phantasievorstellung, dann runzelte sie die Stirn. Nein, es ist an der Zeit, realistisch zu werden, dachte sie. Sie stellte sich die schwarzen Narben der Meteoriteneinschläge und die geschmolzenen Instrumente und Antennen vor. Dann fügte sie dem Bild ein Schiffstriebwerk hinzu, dessen Kontrollsysteme zusammen mit allem anderen zerstört worden waren.

Das Gewicht legte sich erneut auf sie, als der Aufzug beschleunigte, um wieder die Geschwindigkeit des Schiffes zu erreichen. Sie hielten sich an der Haltestange fest, bis der Aufzug zur Ruhe kam. LeAnne hörte ein Poltern, das schnell lauter wurde. Die

Schnappschlösser verbanden die Aufzugskabine mit dem Deck, die Tür öffnete sich, und als sie aus dem Aufzug trat, spürte sie, wie der Fußboden im Einklang mit dem Geräusch vibrierte.

Es war das Brüllen des Triebwerks, das Materie auseinanderriß und sie in einem weißglühenden Strahl in den Weltraum spie. Es handelte sich um eine Art Bussard-Staustrahltriebwerk, das seinen Treibstoff auf der Reise des Schiffs durch interstellare Gase und Staubpartikel sammelte; doch wo ein Strahltriebwerk ursprünglich auf eine Fusion des Wasserstoffs angewiesen war, den es gesammelt hatte, wandelte das Triebwerk der *Starchild* seinen Treibstoff direkt in Energie um. LeAnne hatte keine Ahnung, wie das funktionierte, aber wenn sie erst einmal Triebwerksingenieur wäre, würde sie es lernen. Mit Hilfe des Computers würde sie alles Wissenswerte über das Triebwerk in Erfahrung bringen und hoffentlich am Ende einen Weg finden, um wieder die Kontrolle darüber zu erlangen.

Dieses Deck war anders ausgelegt als die übrigen. Es besaß nur ein Aufzugsterminal und einen radialen Gang, der von ihm zur Kreuzung mit dem kreisförmigen Gang führte, der der Rundung des Schiffs folgte und dabei aus dem gesamten Deck eine einzige riesige, runde Halle machte. LeAnne ließ es zu, daß Donivan sie bei der Hand nahm, als sie den Gang entlang zur einzigen Einrichtung dieses Decks gingen – einer einzelnen massiven Tür rechts zwischen den Aufzügen und der Kreuzung mit der Aufschrift: TRIEBWERKSKONTROLLSYSTEM – UNBEFUGTER ZUTRITT VERBOTEN. Es gab keinen Türgriff, sondern nur eine Tastatur für den Code neben der Tür.

Unangenehmerweise wurde soviel von der Energie in Lärm umgewandelt, daß eine Unterhaltung schwierig wurde, wenn man sich dem Triebwerk näherte. Donivan überschrie das Dröhnen und fragte: „Wie kannst du nur vorhaben, dort drinnen zu arbeiten? Der Lärm wird dein Gehirn gerinnen lassen."

„Was?" fragte LeAnne. Sie lachte, als Donivan seine Frage wiederholte, und sagte: „Paß lieber auf dich selber auf!" Nach einer Weile fügte sie hinzu: „Ich werde wohl Sicherheitsohrenschützer oder so etwas tragen. Ich bin sicher, daß die Alphabesatzung eine Möglichkeit gefunden hatte, damit fertig zu werden."

Donivan nickte. „Du hast wahrscheinlich recht." Er musterte die Tür. „Wie sieht es dort drinnen aus, Lee?"

„Ich weiß nicht. Niemand ist seit der Zeit der Alphabesatzung drin gewesen. Es muß gewaltig sein. Um einen Gravitationsschub für ein Schiff wie die *Starchild* zu erzeugen, muß es sich über mehrere Decks erstrecken." Sie beantwortete seine unausgesprochene Frage: „Ich glaube, ich kann es reparieren. Die Alphamannschaft bestand auch nur aus Menschen, und wenn Menschen es gebaut haben, können Menschen es auch reparieren."

„Aber ...", Donivan zögerte, „sie haben es versucht und gesagt, daß es nicht möglich sei."

„Sie haben sich geirrt." LeAnnes Stimme ließ keine weiteren Argumente zu, obwohl die Sache in Wirklichkeit auch für sie nicht geklärt war. „Sie haben Fehler gemacht, sonst hätten sie die Erde nicht ruiniert und die Triebwerkskontrolle nicht bei der Flucht zerstört. Jeder glaubt, daß die Alphamannschaft aus Göttern bestand. Aber es war einfach nur die ursprüngliche Besatzung. Wir leben seit Jahrhunderten in diesem verdammten Raumschiff, weil niemand den Mut hat, der Alphabesatzung zu widersprechen. Niemand scheint zu bemerken, daß wir uns in einem Artefakt, einer von Menschen hergestellten Maschinerie befinden, die eines Tages ihren Geist aufgeben wird. Niemand scheint es zu kümmern, daß wir uns auf einem *Siedlerschiff* befinden. Wir sind vielleicht die einzigen menschlichen Wesen, die es im Universum noch gibt – es ist unsere Aufgabe, die Menschheit vor dem Aussterben zu bewahren, und wir erfüllen diese Aufgabe nicht! Wir sollten versuchen, den Antrieb zu reparieren, einen Planeten zu finden und auf ihm zu landen!" Sie blinzelte und wandte sich ab. „Ich möchte auf einem Planeten leben."

„Ich weiß", sagte Donivan. Er stand betreten neben ihr und hielt ihre Hand, weil er nicht wußte, was er sonst tun konnte.

Sie wandte sich ihm wieder zu. „Ich habe Angst", flüsterte sie. Dann rief sie lauter, um sich im Lärm des Triebwerks verständlich zu machen: „O Gott, habe ich Angst! Geht es jedem vor der SHAPE-Prüfung so?"

Donivan lächelte sie ermutigend an. „Na klar. Komm, laß uns wieder hinauffahren und deine Prüfung eine Weile vergessen."

Sie nickte und kehrte der Tür den Rücken zu. Aber auch nachdem der Lift sie abgeschottet und davongetragen hatte, hörte sie im Hintergrund ihres Bewußtseins das Dröhnen des Triebwerks.

DER WECKER riß sie aus einem traumlosen Schlaf. LeAnne griff in die Dunkelheit und stellte ihn mit einem Schlag ab, dann lehnte sie sich zurück, um richtig aufzuwachen. Letzte Nacht hatte sie es mit Donivan schließlich geschafft, sich einige Stunden lang in einem computeranimierten Abenteuerfilm zu verlieren, aber jetzt spürte sie wieder Furcht. Die Monate des Lernens kamen ihr so kurz vor; ihr Ziel war zu groß, als daß es ein einziges Mädchen allein versuchen konnte – all die Zweifel und Ängste, die sie die ganze Zeit bekämpft hatte, waren wieder da.

SHAPE-Prüfung. Heute.

Nach dem Duschen war sie etwas zuversichtlicher. Sie schaute in den Spind und überlegte, was sie anziehen sollte. LeAnne nickte, als ihr Blick auf die hautenge blaue Schiffsuniform fiel. Der Computer führte die Prüfung durch, aber die Auswertung wurde von Menschen erledigt, die normalerweise männlich waren. Es konnte nicht schaden, sich auch darauf vorzubereiten.

Sie zwängte sich in die Uniform, ließ den Reißverschluß so weit offenstehen, wie sie sich traute, und ging zum Frühstück.

Die Cafeteria war voll. LeAnne hielt an, um ein Tablett mit Eiern, Tee und Brötchen zu beladen, und steuerte dann im Bewußtsein der Blicke, die sie auf sich zog, einen leeren Tisch weiter hinten im Raum an.

Gerade trank sie ihren Tee aus, als ein glatzköpfiger, untersetzter, weißbärtiger Mann an ihren Tisch trat. „Guten Morgen, LeAnne!" sagte er. „Was dagegen, wenn ich mich setze?"

LeAnne erkannte ihn als den Leiter der Abteilung für abstrakte Wissenschaften. Vor nicht allzu langer Zeit hatte sie an einem Kurs über Logik bei ihm teilgenommen.

„Überhaupt nicht, Dr. McNeil. Wie geht es Ihnen?"

„Ganz gut." Er ließ sich seufzend nieder. „Und Ihnen?"

„Es geht so. Ein wenig nervös. In fünfzehn Minuten fängt meine SHAPE-Prüfung an."

Dr. McNeil nickte. „Ach, Sie sind das. Ich war mir nicht ganz sicher." Er bestrich ein Brötchen mit Margarine. „Sind Sie noch immer entschlossen, Triebwerksingenieurin zu werden?"

„Ja, das bin ich."

„Eine Verschwendung Ihrer Begabung. Und, wenn Sie gestatten, auch eine Verschwendung Ihrer Gene."

LeAnne fühlte, wie sie rot wurde. Sie entgegnete ruhig: „Das ist ja wohl meine Sache."

„Ich glaube nicht."

„Es gibt keine Bestimmung, die dagegen spricht –"

„Abgesehen vom Verbot vorsätzlicher Zerstörung der Schiffsausrüstung. Sie haben recht. Dies ist ein freies Schiff. Aber es ist gleichermaßen eine abgeschlossene Umgebung, und falls Sie es noch nicht bemerkt haben sollten, Sie tragen eine seltene Kombination von Genen mit sich herum. Gene, die die Strahlung des Triebwerks zerstören wird."

„In der Kryogenik gibt es jede Menge tiefgefrorener Eizellen für den Fall, daß das Schiff . . . einen Atavismus braucht."

McNeil rümpfte die Nase. „Ich spreche nicht von Haarfarben, sondern von Intelligenz. Wir können nicht unsere begabtesten Köpfe genetischen Selbstmord begehen lassen."

LeAnne holte tief Luft. Sie stampfte unwillkürlich mit dem Fuß auf. „Warum akzeptieren Sie, daß wir uns seit dem Jahr eins der Reise mit einem verkrüppelten Schiff im Blindflug bewegen, ohne auch nur den Versuch zu unternehmen, das zu beheben? Warum akzeptieren Sie, daß Hunderte von Menschengenerationen an Bord dieses Schiffs gelebt haben ohne die Hoffnung, ein Zuhause zu finden? Warum verbringen wir Jahr für Jahr eingeschlossen in dieser Stahlbüchse? Weil wir uns nicht erlauben können, daß unsere begabtesten Köpfe genetischen Selbstmord als Triebwerksingenieure begehen? Sehen Sie nicht, daß jemand das Triebwerk reparieren muß? Sonst wird gar nichts mehr eine Rolle spielen!"

„Die Alphabesatzung hat damals herausgefunden, daß das unmöglich ist. Das Problem liegt außerhalb, und das Strahlungsniveau draußen ist nicht einfach eine rein genetische Gefährdung – es ist wirklich tödlich."

„Die Verhältnisse haben sich vielleicht verändert. Hat überhaupt jemand draußen nachgesehen?"

„Das wäre dumm. Es gibt andere Möglichkeiten, die Gefahr zu bestätigen." McNeil hielt das letzte Stück Brötchen hoch über seinen Teller und ließ los. Es schlug hart auf. „Das Schiff beschleunigt. Das ist unbestreitbar. Der Rest ist Logik und physikalisches Wissen. Das Triebwerk bekommt seinen Treibstoff in Form von interstellarem Gas und Staub aus dem Weltraum, korrekt?"

„Ja", sagte LeAnne vorsichtig, denn sie wollte nicht über einen logischen Fallstrick stolpern.

McNeil fuhr fort: „Wir wissen also durch die Tatsache, daß das Triebwerk arbeitet, daß sich um uns herum Gas und Staub befinden. Und wir wissen, daß diese Partikel sich aufgrund relativistischer Effekte als harte Strahlung auswirken. Von den vorgegebenen Parametern des Triebwerks her wissen wir, daß ein zu hoher Prozentsatz dieser Strahlung den Fangfeldschirm durchdringt. Der

Antrieb ist noch immer in Betrieb – daher ist die äußere Umgebung mit Sicherheit tödlich. Eine logische Wahrheit."

LeAnne stimmte ihm widerstrebend zu. „Gut, dagegen ist nichts einzuwenden. Im Augenblick ist sie tödlich. Deshalb verändern wir die Antriebskonstruktion, verdichten die Schirmfelder, verlegen den Massepunkt des Schiffs, um uns in eine Bremsspirale schleudern zu lassen, oder etwas Ähnliches. Wir brauchen jemand, der den Mut hat, endlich etwas zu unternehmen, und das Wissen, es zum Funktionieren zu bringen."

McNeil murmelte: „Einige Dinge sind unmöglich, ganz egal, wer es versucht."

„Ich glaube nicht, daß das zu den unmöglichen Dingen gehört. Wenn Sie mich nun bitte entschuldigen würden, ich muß eine Prüfung ablegen." LeAnne war im Begriff aufzustehen.

„Kein Grund zur Eile", sagte McNeil. „Ohne mich können Sie nicht anfangen. Ich bin Ihr Auswerter."

LeAnne sank auf den Stuhl zurück. „Ich verstehe."

„Nein, Sie verstehen nicht, sonst hätten Sie sich nicht so hübsch angezogen. Ich werde Ihnen etwas erzählen, was ich Prüfungskandidaten normalerweise nicht sage: Der Computer trifft die Auswahl. Ich gebe der Prüfung nur einen offiziellen Anstrich. Ob Sie den Triebwerksingenieur also machen oder nicht, hängt ausschließlich von Ihnen ab."

„Und dem Computer", warf LeAnne ein, „den man programmieren kann."

„Das Programm ist seit der Krise nicht verändert worden. Ich könnte das gar nicht, selbst wenn ich wollte. Was aber nicht der Fall ist. Nur der Kapitän verfügt über die Codes, um so etwas Grundlegendes zu verändern."

Und der Computer wählt den Kapitän aus, dachte LeAnne. Was für ein System! Und wir wundern uns, warum es in den letzten tausend Jahren keine Veränderung gegeben hat. Laut sagte sie: „Ich wollte nicht andeuten, daß Sie es tun sollten. Es ist das Programm der Alphabesatzung, das mir angst gemacht hat. Diese Prüfung bedeutet mir viel."

McNeil musterte LeAnne über den Rand seiner erhobenen Kaffeetasse. Schließlich meinte er: „Mit der Prüfung sollten sie keine Schwierigkeit haben. Sie sind wirklich ein intelligentes Mädchen, und zwar nach allen Kriterien." Er leerte seine Tasse und stand auf. „Gut. Gehen wir zur Bibliothek und fangen an."

Die Computerboxen der Bibliothek hatten an drei Seiten Sichtblenden. LeAnne setzte sich an ein Gerät und schaltete es ein. Normalerweise überwachte Dr. McNeil am benachbarten Bildschirm, wie der Kandidat vorankam, aber anscheinend hielt er das nach dem Gespräch in der Cafeteria nicht mehr für erforderlich. Er wandte sich ab und setzte sich vor ein Lesegerät.

LeAnne war das recht. Ohne ihn kam sie besser voran: Schnell tippte sie ihren Namen, Berechtigungscode und die Anfrage für die Prüfung ein.

Als gewünschtes Berufsziel schrieb sie Triebwerksingenieur erster Klasse und drückte die Returntaste. „Mach dich für den Krieg bereit", murmelte sie leise.

Der Computer schien fürchterlich lange zu brauchen, bevor auf dem Schirm schließlich folgendes erschien:

> Prüfung der Qualifikation und Einsatzmöglichkeit an Bord
> Prüfungskandidat: LeAnne Evans
> Abschnitt eins – Geschichte
>
> Die Fragen in diesem Abschnitt sind mit einer Analyse und einer kurzen Stellungnahme zu beantworten. Nach der Beantwortung jeder Frage wird ein Bewertungsfaktor festgesetzt. Dieser Abschnitt enthält zehn Fragen. Sie haben dreißig Minuten Zeit. Drücken Sie Return, wenn Sie bereit sind.

LeAnne drückte die Returntaste.

Die erste Frage erschien auf dem Bildschirm:

> 1. Nennen Sie die wichtigsten Faktoren, die zur Konstruktion und zum Start der *Starchild* geführt haben.

LeAnne faßte dies als eine weitschweifige Formulierung für die Frage „Warum sind wir hier?" auf. Sie schrieb: „Computerkontrolle der nationalen Verteidigungssysteme, die zu einer globalen Kriegsführung führten, die wiederum den Planet Erde für Menschen unbewohnbar machte." Sie drückte die Returntaste.

Der Computer antwortete:

> 1. Bewertungsfaktor 90 %.
> 2. Was war die ursprüngliche Mission der Starchild?

Ohne zu zögern, schrieb LeAnne: „Umsiedlung der menschlichen Rasse auf einen bewohnbaren Planeten."

Antwort:

2. Bewertungsfaktor 85 %.
3. Welches Ereignis machte eine Überprüfung der Mission erforderlich?

LeAnne schaute den Bewertungsfaktor überrascht an. Warum nur 85 %? Sie wollte nach einer Erklärung fragen, aber das war eine Prüfung und kein Unterricht. 85 % reichten aus, um zu bestehen. Und sie mußte noch eine Menge Fragen beantworten. Zur dritten Frage schrieb sie: „Das computergesteuerte Navigationssystem war nicht in der Lage, Staubwolken im Kometenhalo als eine Gefahr für die Navigation zu erkennen, was Reibungs- und Stoßschäden zur Folge hatte, als die *Starchild* sie durchquerte."

Sie überlegte einen Augenblick, wie ein Mitglied der Alphabesatzung geantwortet hätte, und fügte dann hinzu: „Alle Außensensoren und die Einrichtungen zur Feldmanipulation wurden zerstört. Die Kontrolle des Schiffsantriebs war nicht mehr möglich."

Antwort:

3. Bewertungsfaktor 95 %.
4. Welche sozialen Veränderungen folgten aus den genannten Ereignissen?

LeAnne schrieb: „Stagnation." Sie überlegte einen Augenblick lang und begann dann mit der weiteren Ausarbeitung.

STUNDEN später, nach einem komplizierten Problem auf der Oberfläche eines Planeten, das LeAnne schließlich löste, indem sie das ganze System als ein konstant beschleunigendes Raumschiff behandelte, forderte der Computer sie auf, Mittagspause zu machen. LeAnne stand auf und streckte sich, strich ihr Haar zurück und ging in Richtung Cafeteria. Sie sah, daß Dr. McNeil gekrümmt auf seiner Lesecouch schlief.

Nach dem Essen rief sie Donivan von einem der Interkoms der Bibliothek aus an. Sie brauchte eine Weile, um ihn zu erreichen, denn er war in seiner Kabine und nicht im Computerzentrum, wo er für gewöhnlich studierte.

Er blickte sie indigniert an. „Der Computer hat mein Trainingsprogramm rausgeworfen", erklärte er. „Er hat mir kaum Zeit gelassen, meine Arbeit zu sichern, bevor er alles gelöscht und in den Modus fortgeschrittene Logik gewechselt hat."

„Modus fortgeschrittene Logik? Was ist das?"

„Der Computer denkt sozusagen nach. Er ist auf etwas gestoßen, das analytische Prozesse erfordert, und hat daher seine Intelligenz gesteigert. Dazu benötigt er den gesamten Arbeitsspeicher."

„Ich wünschte, das würde mir in dieser Prüfung passieren."

Sie sah Donivan an, wie überrascht er war. „Soll das heißen, daß du noch immer in der Prüfung steckst? Hm, anscheinend braucht das Logikprogramm die Kapazitäten der Bibliotheksdateien nicht. Ist die Prüfung so schwierig wie erwartet?"

LeAnne schüttelte den Kopf und strich sich eine Haarsträhne aus dem Gesicht. „Es ist seltsam. Ich habe fast das Gefühl, daß die Art und Weise, wie ich eine Frage beantworte, wichtiger ist, als daß ich sie richtig beantworte."

Donivan sagte: „Wahrscheinlich hast du recht. Schließlich ist es ein Intelligenztest. Aber ich würde mir an deiner Stelle keine Sorgen machen. Du wirst das schon gut hinbekommen."

„Ja", stimmte LeAnne zu, obwohl sie nicht völlig überzeugt war. „Ich hoffe es. Ich muß jetzt zurück. Ich wollte nur hallo sagen."

„Nett von dir. Viel Glück für den Rest. Ruf mich an, wenn du fertig bist, ja?" Donivan winkte ihr zu und schaltete ab.

LeAnne holte noch einmal tief Atem und ging zurück zu ihrem Terminal. McNeil schlief noch immer. Der Computer wartete.

LEANNE sah auf ihrer Uhr, daß seit der Essenspause bereits vier Stunden vergangen waren, gefüllt mit einer Prüfung, die für den Rest ihres Lebens über ihre Stellung in der Gesellschaft entschied. Müde fragte sie sich, ob ihre Leistungen ausgereicht hatten. Im letzten Teil der Prüfung hatte sie mehr ausgelassen als beantwortet. Der Computer gab das Ergebnis aus:

> 400. Bewertungsfaktor 43 %.
> Test abgeschlossen. Der Schlußteil muß vom Prüfungsauswerter vervollständigt werden. Bitte rufen Sie den Prüfungsauswerter an Ihren Arbeitsplatz.

LeAnne starrte ungläubig auf den Bildschirm. Dreiundvierzig Prozent! Das war das bisher schlechteste Ergebnis. Sie schaute über die Sichtblende zu Dr. McNeil. Er hatte sie beobachtet, stand auf und kam näher.

„Fertig?" erkundigte er sich.

„Irgend etwas stimmt da nicht", antwortete sie. „Die Fragen waren viel zu schwer." Sofort bereute sie, es gesagt zu haben. „Ich meine, es sind die Art von Fragen, für die man Tage braucht, um sie zu beantworten."

McNeil bemerkte: „Nun, LeAnne, sehen wir uns die endgültige Bewertung an, bevor Sie sich aufregen." Er trat an das Gerät und gab ein: „Bewertung, LeAnne Evans" sowie eine Nummer, die nicht auf dem Schirm erschien.

Sekunden später kam das Ergebnis:

Testperson: LeAnne Evans
Endgültige Punktzahl: 83 %

Bewertung: Die Testergebnisse von LeAnne Evans in den Bereichen Sozialwissenschaften, Kunst und sprachliche Fähigkeiten sind hoch, aber niedrig in den Bereichen Mathematik, Physik und verwandten Gebieten. Eine unzufriedene Grundhaltung ist offenkundig. Sie beantragte den Einsatz als Triebwerksingenieur. Ihr psychologisches Profil, verbunden mit den niedrigen Punktwerten in den erforderlichen Wissenschaftsbereichen, machen deutlich, daß es gegenwärtig nicht im Interesse des Schiffes liegt, diesem Wunsch nachzukommen. Der Einsatz in einem eher sozial geprägten Bereich wird empfohlen. Im Moment sind folgende Stellen offen:

Zahlmeister des Schiffswarenhauses
Koch in der Cafeteria
Bibliothekar
Techniker auf einer hydroponischen Farm

Frau Evans wird mit großer Wahrscheinlichkeit auch auf einigen anderen Gebieten erfolgreich sein. Berufsbereiche, die ein eingehendes Fachstudium einschließen:

Hydroponische Systeme
Bildung und Erziehung
Psychologie
Jura
Theoretische Wissenschaften
Humanmedizin
Theologie
Musik

Der Bildschirmtext ging noch weiter. LeAnne starrte ihn mit steigender Wut an. „Was soll denn das?“ fragte sie. „Alles ins Gegenteil verkehrt! Sie wissen, daß ich in den physikalischen Wissenschaften gut bin!“

Dr. McNeil schüttelte den Kopf. „Dieser Test ist so entworfen worden, daß er sowohl das tieferliegende Wissen bestimmt als auch das Wissen, das eher an der Oberfläche sichtbar ist. Ohne Zweifel hat der Computer etwas erkannt –“

„Alles Unsinn, das wissen Sie!“ rief LeAnne. „Der Computer sortiert mich einfach aus. Sehen Sie doch: Koch! Bibliothekar! Farmer! Was ist denn das für eine Auswahl?“

McNeil zeigte auf den Schirm, auf dem mittlerweile der gesamte Text erschienen war. „Arzt. Lehrer. Psychologe. Theoretische Wissenschaften. Das sind alles ausgezeichnete Berufe.“

„Aber nicht für mich! Ich habe die ganze Zeit dafür gelernt, Triebwerksingenieur zu werden. Und ich habe auf dem physikalischen und astrophysikalischen Gebiet genausoviel geschafft wie jeder andere. Die Prüfung war einfach zu schwer. Niemand hätte sie bestanden. Schauen Sie sich doch die Aufgaben selbst an.“

McNeil seufzte. „Na gut“, sagte er und tippte die Anfrage ein.

LeAnne konnte kaum glauben, was der Computer auf dem Schirm abbildete. Die Fragestellung war auf subtile Weise anders; nicht viel, aber genug, um sie einfacher erscheinen zu lassen. Oder hatte sie die Fragen tatsächlich falsch beantwortet? Unmöglich. Der Computer hatte die Prüfungsaufgaben nachträglich verändert. Aber warum?

Dr. McNeil suchte angestrengt nach passenden Worten. „Ich fürchte, ich kann hier nichts erkennen . . .“

„Das ist nicht meine Prüfung gewesen“, entgegnete LeAnne. „Der Computer hat sie verändert.“

„LeAnne! Sie erwarten doch nicht, daß ich das glaube.“ McNeil versuchte es im väterlichen Ton: „Es tut mir leid, LeAnne. Der Test ist nicht so verlaufen, wie Sie es erwartet hatten, und ich kann verstehen, wie Sie sich fühlen. Aber indem Sie den Computer beschuldigen, einen Fehler gemacht zu haben, verschlimmern Sie es nur noch.“

„Weil der Computer sich niemals irrt, nicht wahr, Dr. McNeil? Ich muß wohl verrückt sein!“ Wenn der Computer anfing, Fehler zu machen, hätte McNeil eingestehen müssen, daß seine ganze Welt zusammenbräche. Niemand würde so etwas bereitwillig tun.

„Es war ein arbeitsreicher Tag für Sie, LeAnne. Sie sind müde und enttäuscht. Warum gehen Sie nicht in Ihre Kabine und schlafen etwas? Morgen kann die Welt schon ganz anders aussehen."

LeAnne war vorher schon ziemlich verärgert gewesen, aber nun merkte sie, wie ihre Wut in Entschlossenheit überging. Sie wollte nicht zulassen, daß er das so leicht vom Tisch wischen konnte! Mit zusammengebissenen Zähnen stieß sie hervor: „Nein, Dr. McNeil. Ich werde nicht in meine Kabine gehen, und ich werde auch nicht eher ruhen, bis ich dieser Sache auf den Grund gegangen bin. Irgend etwas stimmt hier nicht, und ich werde herausfinden, was es ist, und wenn ich dafür das gesamte Schiff auseinandernehmen muß." Sie wandte sich um und stapfte aus der Bibliothek.

SIE ACHTETE nicht darauf, wo sie hinging. Schon eine ganze Weile wanderte sie wie in Trance durch die Schiffdecks. Noch immer wie betäubt, konnte sie nicht zusammenhängend denken. Schließlich befand sie sich auf dem Flur vor Donivans Tür. Da ihr nichts anderes einfiel, klopfte sie an.

Drinnen hörte sie Schritte. Dann stand Donivan in der Tür. „Lee!" sagte er. „Was ist geschehen?"

„Ich . . . habe . . . meine Prüfung nicht bestanden." Mit einer Kopfbewegung schüttelte sie sich die Haare aus der Stirn. „Aber ich habe sie nicht selbst vermasselt. Der Computer behauptet es einfach. Aber der Computer lügt, Donivan!"

Donivan zog sie in den Raum und setzte sich mit ihr auf das Bett. „Er *lügt?*"

„Er hat mir völlig unmögliche Prüfungsaufgaben gestellt, und als ich versuchte nachzuweisen, daß es unmöglich war, sie zu lösen, waren die Fragen plötzlich verändert. – Donivan, bitte, glaub mir!"

„Aber wie konnte . . .?" Donivan hielt inne. „Fortgeschrittener Logikmodus . . . Aber warum sollte er das getan haben?"

„Um mich vom Sternenantrieb fernzuhalten. Ich weiß, das klingt paranoid, aber der Computer will nicht, daß ich Triebwerksingenieur werde. Er hat mir alles mögliche andere angeboten, um mich von den Kontrollsystemen des Schiffs fernzuhalten. Der Computer regiert das Schiff, Donivan!"

„Aber so war es doch schon immer. Computerkontrolle ist die einzige Möglichkeit, um ein Schiff dieser Größe effektiv führen zu können."

„Aber er ist überhaupt nicht effektiv. Er versucht, uns davon abzuhalten, Reparaturen durchzuführen und den Flug zu beenden. Er will uns hierbehalten . . ."

„Lee, er kann nicht irgend etwas *wollen.* Er ist ein Computer. Was auch immer er tut, selbst im fortgeschrittenen Logikmodus, ist nur die Folge eines Programms. Er befolgt lediglich Befehle."

„Wessen Befehle?"

„Ich weiß es nicht." Donivan wandte sich zu seinem Schreibtisch und schaltete sein Terminal ein. „Aber wir werden es herausbekommen."

Minuten später hämmerte er mit steigender Frustration auf den Tasten herum und murmelte dabei leise vor sich hin. LeAnne stand auf und sah ihm über die Schulter. „Wie sieht es aus?"

„Er antwortet nicht. Immer wenn ich etwas frage, was mit dir zusammenhängt, fordert er einen Berechtigungscode. Du bist auf einmal Top Secret, Lee."

„Das überrascht mich nicht. Was machen wir nun?"

„Ich weiß nicht. Wir müssen an die Codes herankommen. Wir können nichts wegen deiner Prüfung unternehmen, solange wir nicht herausfinden, was mit dem Computer los ist. Und das können wir wiederum nicht, solange wir die Codes nicht haben."

„Wie können wir denn an die Codes herankommen?"

Donivan grinste. „Ich hab schon lange etwas ausgetüftelt, hatte aber nie die Nerven, es auszuprobieren."

LeAnne merkte, wie ihre Entschlossenheit zurückkehrte. „Versuchen wir's", sagte sie.

„Gut, ich brauche deine Hilfe", erwiderte Donivan.

DER GANG war verlassen. Jeweils eine Leuchtplatte brannte in der Decke an seinen Enden, eine dritte leuchtete in der Mitte. Doch die Abschnitte dazwischen waren voller Schatten.

Einer der Schatten bewegte sich. Ein Flüstern unterbrach die Stille: „Das klappt doch nie!"

„Es wird klappen! Hilf mir nur hoch."

LeAnne verschränkte die Hände zu einer Kletterhilfe und streckte sich, als Donivan darauf stieg. Sekunden später hob er ein quadratisches Ventilatorgitter heraus. „In Ordnung", wisperte er, und LeAnne ließ ihn wieder herunter. Er lehnte das Gitter gegen die Wand. „Nun wieder hoch", wies er sie an, „und reich mir das Gitter hinterher. Warte an der Tür auf mich."

Aus einem Impuls heraus wandte sie sich ihm zu und küßte ihn unbeholfen. Dann sagte sie: „Sei vorsichtig."

Endlich sagte Donivan: „Jetzt." LeAnne hob ihn in die Höhe. Er krabbelte in den Schacht. „Ich hoffe, das Ding endet nicht in seiner Schlafkabine. Reich mir das Gitter herauf."

Sie reichte es ihm. Er setzte es von innen wieder an seinen Platz, wandte sich um und war verschwunden.

Warum habe ich das getan? überlegte sie. Die Dinge waren schon kompliziert genug, doch nun hatte sie auch noch ihren besten Freund geküßt und damit all dem Ärger auch noch das hinzugefügt, was für jeden von größter Bedeutung war.

Sie schlich durch den Gang zurück und bog um die Ecke. Dort blieb sie neben einer Tür stehen, die die Aufschrift trug: JAMES LEAVITT, KAPITÄN. Sie wartete. Einen Augenblick später öffnete sich die Tür, und Donivan spähte heraus. Auf seinem Gesicht war ein ganz besonderes Grinsen. „Komm herein", flüsterte er. „Aber stolpere nicht über den Stuhl."

Von irgendwo weiter hinten kam ein tiefer Seufzer, gefolgt von einem Kichern. Donivan grinste und sagte leise: „Ich glaube, wir brauchen uns keine Sorgen zu machen. Es klingt so, als ob der Kapitän noch für eine Weile beschäftigt ist. Komm mit!"

Sobald LeAnne im Raum war, zog er die Tür zu, aber nur so weit, daß sie nicht ganz schloß. Er ging voraus in die Kabine des Kapitäns. Diese war nur durch eine einzelne Leuchtplatte am entfernten Ende des Raumes matt beleuchtet. Direkt davor lag wahrscheinlich die Schlafkabine, den Geräuschen nach zu urteilen, die daraus kamen. LeAnne konnte ein Lächeln nicht unterdrücken, trotz ihrer Verlegenheit, weil sie mit Donivan hier in einem dunklen Raum war, unmittelbar nachdem sie ihn das erste Mal geküßt hatte. Und obendrein gekleidet in eine hautenge Uniform. Sie hatte vollkommen vergessen, daß sie sie noch trug.

„Wo ist denn sein Terminal?" flüsterte sie.

„In seinem Arbeitsraum, links von der Schlafkabine."

„Also gut, suchen wir die Codes und verschwinden von hier."

„Genau." Donivan ging voran, an der Tür der Schlafkabine vorbei, und gelangte in einen gemütlich eingerichteten Raum. Er schloß die Tür und drehte das Licht an. Der Raum war gefüllt mit Bücherborden, die einen Schreibtisch umrahmten, neben dem ein Computerterminal stand. LeAnne hatte noch niemals so viele Bücher aus richtigem Papier an einem Ort gesehen, noch nicht einmal in der Bibliothek. Denn die Bücher dort waren alle auf Datenträgern gespeichert. Der Kapitän war offensichtlich ein Sammler. Donivan hatte bereits damit begonnen, sie durchzusehen, und so setzte sich LeAnne an den Schreibtisch und öffnete die oberste Schublade. Der Tisch war aus massivem Holz und ohne Zweifel noch vor dem Holocaust auf der Erde gefertigt worden. Er war voll mit Schreibstiften, Notizzetteln und Krimskrams. Irgendwie war der gesamte Raum ein Museum. Mit einem Frösteln begann LeAnne, in den Schubladen herumzusuchen.

Fünf Minuten später schloß sie die letzte Schublade und flüsterte: „Ich hätte nicht gedacht, daß sie so schwer zu finden wären. Er wird sie doch irgendwo aufbewahren, wo er sie leicht erreichen kann?"

„Das muß er auch", antwortete Donivan. Er durchsuchte noch immer das Bücherbord neben dem Computerterminal, wobei er jedes Buch durchblätterte. „Es ist ein ganzer Haufen zwölfstelliger Zahlencodes, die er vielleicht nur einmal im Jahr benutzt. Wir haben einfach noch nicht am richtigen Ort nachgeschaut."

LeAnne stand auf und ging zum Terminal. Sie setzte sich davor und versuchte so zu denken wie der Kapitän. Faul, wie er im Prinzip war, würde er nicht mitten in einer Arbeit aufstehen wollen, um einen Code nachzuschlagen. Deshalb hob er sie bestimmt in Reichweite auf. Und seine Arme waren kürzer als ihre . . .

Zwischen dem Terminal und dem Schreibtisch war ein schmaler Spalt. Sie steckte einen Schreibstift hinein und schob ein dünnes Codebuch heraus. „Ich glaube, ich habe es gefunden . . ."

Gerade als sie sprach, summte der Interkom. Beide erstarrten. Es ertönte ein lautes Plumpsen aus der Schlafkabine, dem ein unterdrückter Fluch folgte. Durch die Wand drang die typisch schnarrende Stimme des Interkoms. Es herrschte einen Augenblick Stille – dann sprang die Tür des Schlafraums auf. Es war noch immer still, als LeAnne erkannte, daß man das Licht unter der Tür des Arbeitsraums sehen konnte.

Donivan hatte das gleiche bemerkt. Er langte gerade nach dem Schalter, als die Tür aufsprang und der Kapitän, so würdevoll, wie es einem Nackten möglich war, im Türrahmen stand. Er sah von Donivan zu LeAnne und zum Codebuch in LeAnnes Hand. „Was macht ihr hier?" verlangte er zu wissen.

Donivan schlug auf den Schalter, als der Kapitän in den Raum stürmte, schoß an ihm vorbei in die Halle und betätigte auch dort den Lichtschalter. Jetzt gab nur noch eine heruntergedrehte Leuchtplatte in der Schlafkabine ein schwaches Licht.

„Schick die Sicherheitsleute hierher, aber schnell!" rief der Kapitän, und eine weibliche Stimme wiederholte seine Worte in den Interkom.

LeAnne konnte die Silhouette des Kapitäns erkennen, der sich Donivan zuwandte. Sie sammelte ihren ganzen Mut, um an ihm vorbeizuspringen, genau wie es Donivan gemacht hatte. Aber im selben Augenblick drehte sich der Kapitän um und blockierte den Durchgang. Obwohl er kleiner und leichter war als LeAnne, brachte er sie aus dem Gleichgewicht. Sie fiel direkt auf ihn, das Codebuch entglitt ihrem Griff und blieb außerhalb ihrer Reichweite liegen. Donivan hob es auf und griff nach LeAnne, doch der Kapitän ließ sich mit ihr zusammen in den Arbeitsraum rollen und trat ihm die Tür vor der Nase zu.

LeAnne befreite sich und sprang auf die Füße. Donivan warf sich gegen die Tür und versuchte hereinzukommen.

„Bleib zurück!" warnte der Kapitän LeAnne. „Ich habe einen Lähmstrahler und werde ihn gebrauchen, wenn du mich zwingst!"

LeAnne fragte sich, ob er einfach nur bluffte. Stimmen und die Geräusche von umherrennenden Menschen kamen von der anderen Seite der Tür und nahmen ihr die Entscheidung ab. Sie stürmte vorwärts, packte den Kapitän und warf ihn, so sanft sie es konnte, zur Seite. Gerade in dem Augenblick, als sie die Tür öffnete, stürzten drei Uniformierte in den Arbeitsraum. Sicherheitspolizei.

LeAnne sah aus dem Augenwinkel Donivan hinter der Couch in der Nähe der Tür. Wenn sich einer der Polizisten umdrehte . . .

LeAnne trat vor ins Licht und hob die Hände. „Schon gut!" rief sie. „Nicht schießen!"

Drei Lähmstrahler richteten sich auf sie. Sie wußte, daß für sie keine Gefahr bestand, aber der Anblick war schon sehr unangenehm. „Ihr habt mich erwischt. Ich werde nichts machen. Nicht wenn drei Waffen auf mich gerichtet sind."

Der Mann in der Mitte bewegte sich langsam vorwärts. „Dreh dich um, und leg deine Hände oben gegen die Wand!" wies er sie an. „Aber langsam."

LeAnne drehte ihm den Rücken zu – doch tat sie dies erst, als sie sah, wie Donivan leise aus der Tür schlüpfte. Sie atmete auf, als sie ihre Hände oben gegen die Wand legte. Es war noch nicht alles verloren. Donivan hatte das Codebuch.

Der Kapitän tauchte in der Türöffnung auf. Er hielt ein Badetuch um sich geschlungen, versuchte die Lage zu überblicken und grollte dann: „Da ist irgendwo noch einer. Schließen Sie die Tür, und machen Sie die Lichter an." Er hob seine Stimme: „Komm raus, Junge! Du kannst von hier nicht mehr entkommen."

Als einzige Antwort hörte man das Zischen eines abfahrenden Fahrstuhls, das auf dem leeren Gang verhallte, und einen Moment später LeAnnes befreites Lachen.

DIE ZELLE war eine kleine Röhre. In der Tür war auf LeAnnes Augenhöhe ein Fenster eingebaut. Die Zellen gehörten noch zur Originalausrüstung. Eine Seitenwand hatte eine silberne Oberfläche, die ein Einwegfenster vom Vernehmungsraum dahinter sein mußte. An der gegenüberliegenden Wand stand eine Schlafkoje, auf der LeAnne saß, während sie Fragen beantwortete, die aus einem Lautsprecher über dem Fenster kamen.

„Dann war es also Ihre Absicht, das Codebuch aus dem Quartier von Kapitän Leavitt zu stehlen?" fragte der Sprecher. Die Stimme drang flach und emotionslos aus dem Lautsprecher.

„Nicht stehlen, sondern kopieren", antwortete sie und stieß einen Seufzer aus. „Ich wollte mir das Programm für die Prüfung ansehen und herausfinden, warum der Computer mich betrogen hat. Falls dies nicht gelingen sollte, wollte ich dem Logikmodus des Computers eine Beschränkung auferlegen, damit er nicht noch einmal betrügt, und dann eine nochmalige Prüfung fordern."

„Und wenn das bedeutet hätte, die Basisprogrammierung zu verändern?"

„Dann hätte ich das getan! Die Alphamannschaft hat offensichtlich den Computer falsch programmiert."

Die Stimme schwieg lange. LeAnne stellte sich vor, wie der Vernehmungsleiter verzweifelt den Computer befragte, was er als nächstes tun sollte. Dann ertönte wieder die Stimme. „Verstehen Sie, daß jede Veränderung, die Sie vornehmen, die gesamte Struktur der Gesellschaft an Bord betreffen kann?"

„Das hoffe ich doch!" rief LeAnne und erkannte sofort, daß sie damit genau das Falsche gesagt hatte.

Doch nun war es zu spät. Die emotionslose Stimme sagte: „Dann geben Sie also zu, daß es letztlich Ihre Absicht war, eine Veränderung an dem Computer zu bewirken, die das Leben eines jeden hier auf dem Schiff verändert hätte?"

Obwohl es, so wie sie es sah, der Wahrheit ziemlich nahe kam, versuchte sie auszuweichen. „So weit würde ich nicht gehen. Alles, was ich wollte, war eine faire Prüfung und eine Anstellung als Triebwerksingenieur."

„Ihr Verlangen, ein Triebwerksingenieur zu werden, ist beinahe fanatisch. Warum? Was würden Sie als Triebwerksingenieur tun?"

LeAnne wollte ihre Antwort so vernünftig wie möglich klingen lassen. „Ich würde einen Versuch machen, die Systeme der Antriebskontrollen zu reparieren, um das Schiff wieder navigierbar zu machen."

„Aber das ist erwiesenermaßen unmöglich."

*Durch den Computer erwiesen!* dachte LeAnne, aber sie war bestrebt, diese Aussage zu umgehen. „Ich mißtraue den Methoden, durch die diese Schlußfolgerung erlangt wurde."

„Ich verstehe. Und was war mit Ihrem Freund? Was war seine Rolle in diesem Abenteuer?"

LeAnne brauchte Zeit, um nachzudenken. Sie entschied sich, daß es sicherer war, an dieser Stelle nicht zu antworten. „Kein Kommentar."

„Wir wissen, wer er ist, und werden ihn finden. Es wäre einfacher für Sie beide, wenn Sie mit uns kooperierten. Ich glaube nicht, daß Sie sich über die Bedeutung Ihrer Handlungen im klaren sind. Der Computer ist ein lebenswichtiges Teil des Schiffs. Was Sie getan haben, war versuchte Sabotage. Das ist ein Kapitalverbrechen, Miß Evans. Haben Sie mich verstanden? Darauf steht die Todesstrafe."

Der Sprecher schaltete mit einem hörbaren Klicken ab. LeAnne sprang aber dennoch auf und schrie: „Warum tun Sie mir das an?"

Der Computer blieb still. Die Vernehmung war beendet.

STUNDEN später öffnete sich die Tür, und ein Mädchen brachte ein Tablett mit dem Mittagessen. LeAnne war überhaupt nicht hungrig, doch sie nahm trotzdem das Tablett entgegen. Das Mädchen, das es gebracht hatte, wandte sich zum Gehen.

„Bleib einen Moment", sagte LeAnne. „Ich brauche jemanden, um zu reden."

„Keiner darf mit dir reden." Das Mädchen schaute zur Tür und dann zurück zu LeAnne. „Das ganze Schiff ist auf der Suche nach Donivan. Was hast du getan?"

LeAnne freute sich über das Bedauern in der Stimme des Mädchens. „Ich habe den Computer eines Fehlers beschuldigt."

Ein anderes Gesicht tauchte in der Tür auf. „Sofort raus!" Das Mädchen ging.

LeAnne nahm das Tablett und begann zu essen. Dadurch hatte sie wenigstens etwas zu tun.

Dunkelheit erfüllte auf einmal den Raum. LeAnne sprang auf, als das letzte Licht erstarb. In ihrem Verstand schrillte es. *Meteoreinschlag!* Mit einem Sprung war sie bei der Tür und zuckte zurück, als diese plötzlich aufsprang.

„Lee!"

„Donivan?"

Sie tastete in der Dunkelheit. Plötzlich traf ihre Hand auf etwas, das sich wie gebogenes Plastik anfühlte.

„Hier, setz das auf! Eine IR-Brille. Ich hab ein Infrarotlicht."

LeAnne fühlte, wie Donivan ihr half, die Infrarotbrille aufzusetzen. Der Raum erschien in verschwommenen Konturen, und sie konnte Donivan erkennen, wie er neben ihr stand – in der einen Hand eine Pistole und in der anderen die Lampe wie einen Knüppel. Auf seinem Gesicht lag ein triumphierendes Grinsen.

Er zog eine zweite Pistole aus seinem Hosenbund und drückte sie ihr in die Hand. „Hier. Es ist nur ein Lähmstrahler. Du kannst ihn ruhig benutzen. Komm jetzt! Wir müssen weitermachen."

Er eilte aus der Tür und zog LeAnne hinter sich her. Im Licht der Lampe konnte sie gegen die Wand gesunkene Wachen sehen. Das Mädchen aus der Cafeteria lag in ähnlichem Zustand unten auf dem Gang. Donivan hielt seine Pistole vor sich in Bereitschaft.

Sie rannten.

„Was hast du mit ‚weitermachen' gemeint?" rief LeAnne, während sie sich bemühte, Donivan bei all seinen Richtungsänderungen zu folgen. Sie kamen an einen Treppenschacht und kletterten hinunter.

Donivan lächelte vom tiefer gelegenen Treppenabsatz herauf. „Der Computer ist jetzt auf unserer Seite", teilte er ihr mit. „Oder jedenfalls ein Teil von ihm. Ich hatte nicht die Zeit, das genauer zu untersuchen. Mach dich bereit, unser Ablenkungsmanöver sollte jeden Augenblick beginnen."

Auf seinen Wink hin schloß sich die luftdichte Tür auf dem Absatz über ihnen. Sirenen gaben heulend das Signal eines allgemeinen Alarms. Donivan führte sie den Weg hinunter zum nächsten Deck. In den Gängen waren Menschen, die sich zu ihren Alarmstationen tasteten. Donivan und LeAnne schoben sich an ihnen vorbei zu den Fahrstühlen. Donivan verschwendete dort keine Zeit mit der Menschenmenge. Er feuerte einfach seinen Lähmstrahler auf alle ab und kletterte über den Haufen von gestürzten Körpern. Dann drückte er die Ruftasten in einer bestimmten Folge, und plötzlich kam Licht aus der offenen Tür.

„Vorwärts!" rief er und sprang hinein. LeAnne folgte ihm auf dem Fuß. Donivan drückte auf den Knopf des Interkoms, während die Sirenen des allgemeinen Alarms verstummten.

„Wohin gehen wir?" fragte LeAnne in die plötzliche Stille.

„Zum Antriebssystem. Es ist der einzig sichere Ort, der mir einfällt. Wir brauchen Computerunterstützung und einige Zeit, um sie zu nutzen. Wir können uns nicht so auf dem Schiff herumdrücken, wie ich es bisher getan habe. Irgendwo im Antriebssystem muß ein Terminal stehen."

Der Fahrstuhl hielt an und stellte wieder die Verbindung zum Schiff her. Der Lärm des Antriebs und der Alarmsirenen schlug ihnen entgegen, als sich die Tür öffnete.

Donivan feuerte sofort mit seinem Lähmstrahler den Korridor hinunter, aber er war leer. Er grinste LeAnne an und zuckte mit den Achseln. „Man kann nie wissen!" überschrie er den Lärm.

Das Antriebsdeck war noch immer beleuchtet. LeAnne blieb stehen, um zu sehen, ob jemand am anderen Ende auftauchte, aber das Deck war verlassen.

Richtig, dachte LeAnne. Allgemeiner Alarm – da ist hier natürlich kein einziger Ingenieur.

Donivan zog das Codebuch des Kapitäns aus seiner Tasche, suchte einen Augenblick und gab dann eine Zahlenfolge in die Tastatur des elektronischen Schlosses neben der Tür. LeAnne schaute über seine Schulter in das Buch und prägte sich die Zahlen ein: *Zugangserlaubnis zum Sternendeck – 369 072 871 045.*

Es gab ein unheilvolles Klicken, und mit einem Knarren, das trotz des Lärms auf dem Deck hörbar war, öffnete sich eine massive Tür. Sie standen vor einer schwarzen Öffnung, und keiner von beiden wagte sich zu bewegen. Die Lichtleisten flackerten eine nach der anderen auf, bis sie in den dahinter liegenden Raum sehen konnten.

Das Brummen kam von einem einzigen riesigen *Ding* aus der Mitte der Kammer. Es reichte vom Fußboden bis zur Decke und umschloß den Schiffskern. Seine Funktion war nicht sofort erkennbar, aber es war offenkundig die einzige Maschine, die vorhanden war. Der Rest des Antriebsraums – fast das gesamte Deck – war bis auf regelmäßig angeordnete Träger, die die oberen Decks abstützten, leer gelassen worden. LeAnne machte ein paar zögernde Schritte in die Kammer hinein, hielt dann jedoch inne. Sie sah sich verwirrt um. Mit einem Knarren schloß sich hinter ihr die Tür.

Donivan schrie ihr ins Ohr: „Ist das der Schiffsantrieb?"

„Ein Teil von ihm!" schrie LeAnne zurück. „Aber es müßte weit mehr dazugehören als nur das hier."

LeAnne wandte sich nach rechts und lief in verschieden großen Kreisen den Raum ab, wobei sie ihre Hände fest gegen die Ohren drückte. Sie hatte das unbestimmte Gefühl, daß irgend etwas nicht stimmte. Wo waren die Instrumente? Wo waren die Kontrollen? Wo waren die Werkzeughalterungen und die Testausrüstungen, die zu jeder größeren Maschinerie gehörten? Außer dieser einen Maschine und einer Unmenge gewundener Kabel, die zu ihr hinführten, war der Raum vollkommen leer. Außer der Tür, durch die sie hereingekommen waren, gab es keine anderen Ausgänge, auch keine Treppen, die zu tieferen Decks führten; nur diese eine Maschine.

Der Lärm erschwerte das Atmen, man konnte kaum denken.

Neben ihr stand Donivan und schrie: „Was stimmt hier nicht?"

„Das ist nicht der Sternenantrieb!" schrie sie. „Es ist irgend so eine Art von . . . von Lautsprecher! Das ganze Ding ist lediglich eine riesige Echokammer!"

Donivan starrte sie verwirrt an. „Nicht der Sternenantrieb? Es muß aber der Sternenantrieb sein. Es gibt keinen anderen Ort, wo er sonst sein könnte!"

„Dann existiert eben kein Sternenantrieb. Alles ist ein einziger Schwindel!"

Sie drehte sich um, rannte zurück zur Tür, fand das Kontrollpult und drückte den Knopf ÖFFNEN. Sie zwängte sich durch den sich langsam verbreiternden Spalt und war auf halbem Weg zum Fahrstuhl, bevor sie Donivans warnender Ruf erreichte.

„Warte! Wohin gehst du? Dort oben suchen sie noch immer nach uns!"

LeAnne ging langsamer, so daß Donivan sie einholen konnte. Mit einem Knall schloß sich hinter ihnen wieder die Tür der Antriebskammer und dämpfte dabei den Lärm auf ein erträgliches Maß. LeAnne sagte: „Wir müssen einen anderen Platz finden, um uns zu verstecken. Wir können hier nicht bleiben."

Donivan überlegte. Dann sagte er: „Wir werden zum Kontrollraum gehen. Mit etwas Glück werden sich die anderen in der Zwischenzeit verstreut haben, sobald sie herausgefunden haben, daß wir nicht dort sind." Er machte einen Schritt zum Fahrstuhl und drückte die Rufknöpfe mit dem Notfallvorrangigkeitscode. „Halte deinen Lähmstrahler bereit", sagte er, „in diesem Raum werden sich wahrscheinlich Leute aufhalten."

Als sich die Tür öffnete, starrten sie die Gesichter von drei überraschten Sicherheitspolizisten an. LeAnne feuerte sofort mit ihrem Lähmstrahler, woraufhin alle drei sofort zu Boden gingen. LeAnne und Donivan zogen sie an ihren Füßen auf den Korridor hinaus.

Schweigend fuhren sie ganz nach oben. LeAnne wollte im Augenblick über nichts sprechen. Um sie herum brach ihre ganze Welt auseinander. Alles, woran sie geglaubt hatte, erwies sich als Lüge. Zuerst hatte sich der Computer gegen sie gestellt, dann die Mannschaft und nun der Sternenantrieb selbst. Nichts hatte noch irgendeine Bedeutung. Sie fühlte sich wie ein Hologramm, das nur noch auf den Augenblick wartete, ausgeschaltet zu werden. Sie merkte, wie sie anfing wegzudriften, schwerelos . . .

„He!" Donivans Stimme rief sie unvermittelt. „Wir sind schon zu weit gefahren! Wir sind schon auf dem Weg zur Spitze!" Der Fahrstuhl befand sich normalerweise im freien Fall, solange er nicht zum Halten gebracht wurde. Als die Magnetriegel des Fahrstuhls griffen und ihn anhielten, spürten sie wieder ihr Körpergewicht. Ein Gedanke schoß LeAnne durch den Kopf: *Von woher bekommen wir Gewicht, wenn es gar keinen Sternenantrieb gibt?*

Sie hatten keine Zeit, um darüber nachzudenken. Die Türen öffneten sich direkt vor einer Menge von Leuten. LeAnne sprang zur Seitenwand der Kabine und feuerte mit ihrem Lähmstrahler, als im selben Augenblick ein Bündel sengender Laserstrahlen genau dort in die Wand schlug, wo sie eben noch gestanden hatte. Ein weiterer Strahl erwischte den Rand der Tür, und heißes Metall spritzte, aber LeAnne feuerte erneut. Der Strahl von Donivans Lähmstrahler überschnitt sich mit dem von LeAnne; er erwischte so auch die Winkel, die sie nicht erreichen konnte.

Das gegnerische Feuer kam schließlich zum Erliegen. Zuerst schob Donivan vorsichtig den Kopf heraus, schließlich seinen ganzen Körper. „Komm!" sagte er. Dann hielt er inne, um einen der bewußtlosen Körper halb in den Fahrstuhl zu schleifen, damit die Tür blockierte. Donivan hob die Laserpistole des Mannes auf und hielt sie in der Hand, als ob er noch nie zuvor eine gesehen hätte. „Sie müssen wirklich ganz schön hinter uns her sein."

„Wir sind angeklagt wegen Sabotage", erklärte LeAnne. „Sie haben uns zum Tode verurteilt."

Donivan richtete sich auf und fragte sanft: „Zum Tode?"

„Das sagte der Computer. Offenbar meinen sie das ernst."

Donivan schaute auf die zehn oder elf Sicherheitspolizisten auf dem Flurboden, die alle mit Lasern bewaffnet waren. „Wenn sie Lähmstrahler benutzt hätten, hätten sie uns wahrscheinlich erwischt." Er schaute in beide Richtungen des Flurs. „Wir müssen uns einen Ort zum Verstecken suchen."

Sie widersprach nicht. „Ist dir der Aufbau dieses Decks bekannt?"

„Keine Ahnung. Das ist verbotenes Gebiet." Er sah LeAnne an. „Was würde man oben auf einem Raumschiff anbringen?"

Sie schüttelte den Kopf. „Ich weiß nicht. Radarschirme, hoffe ich. Komm schon, laß uns von hier verschwinden."

„Genau. Welches . . ." Sie hörten das Zischen der Fahrstuhltüren sowie aufgeregte Stimmen hinter der Biegung des Gangs.

„Hier entlang!" Donivan ergriff LeAnnes Handgelenk und zog sie in den Hauptkorridor. Sie rannten bis zu dessen Ende, liefen dann nach rechts und kamen abrupt vor einem Hindernis zum Stehen. Eine massive Tür blockierte den Korridor. Die Schritte der Verfolger dröhnten in der Biegung am Ende des Ganges, den sie gerade verlassen hatten.

„Was auch immer sich dahinter befindet, es muß von Wichtigkeit sein", sagte Donivan. Er eilte auf die Tür zu und suchte fieberhaft nach einem Hebel oder einem Griff, um sie zu öffnen. Er stieß auf eine kleine Klappe, die einen Satz von Knöpfen bedeckte, riß sie auf und hämmerte wahllos auf alle Knöpfe ein. „Mach auf, du Mutant!" Er trat gegen die Tür.

Ein knarrendes Ächzen antwortete aus der Tiefe, während die Tür aufschwang. Obwohl sie mindestens dreißig Zentimeter dick war, bewegte sie sich schnell und kam erst knapp vor der Wand zum Stehen. Auf der anderen Seite lag ein Raum, der ungefähr die Größe von LeAnnes Schlafkabine hatte und an dessen hinterem Ende sich eine ähnliche Tür befand. An den Wänden hingen klobige Anzugskombinationen. Donivan schritt über die Schwelle.

„Nein!" rief LeAnne.

„Aber das ist der einzige Weg!"

Donivan zog sie über die Schwelle und hämmerte wieder auf

die Knöpfe ein. Die Tür schwang gerade zurück, als die Verfolger in Sicht kamen. LeAnne feuerte mit ihrem Lähmstrahler und sprang zur Seite, als ein Laserschuß vom Türrahmen reflektiert wurde. Die Tür schloß mit einem gebieterischen Dröhnen.

Das einzige Geräusch war ihr gehetztes Atmen und der Puls, der in ihren Ohren hämmerte. Donivan drückte einen Knopf auf der Türtastatur. Ein rotes Licht leuchtete über der Tür auf.

„Vorsicht!" flüsterte LeAnne. „Wir sind in einer Luftschleuse!"

„Ich weiß. Ich habe gerade die Tür verriegelt."

Sie schauten beide nervös auf die Außentür gegenüber.

„Kannst du die dort ebenfalls verriegeln?"

Donivan starrte auf die Kontrollknöpfe. „Nicht ohne diese Prioritätsschaltung zu entriegeln."

„Können sie die aufheben?"

„Ich konnte mir die Kontrollen draußen nicht genau ansehen, aber falls sie so sind wie diese hier, kann man die Tür öffnen."

Plötzlich mischte sich eine Stimme von oben ein. „Sie können genausogut herauskommen. Es bleibt Ihnen kein Platz mehr zur Flucht."

LeAnne schaute nach oben auf den Lautsprecher über der Tür. „Warum sollten wir herauskommen – um erschossen zu werden?"

„Sie werden vor Gericht gestellt. Sie haben keine Wahl. Entweder Sie geben auf, oder wir öffnen die äußere Tür. Wir geben Ihnen zehn Minuten. Wenn Sie bis dahin nicht herausgekommen sind, werden wir die Schleuse öffnen."

„Hören Sie –"

„Zehn Minuten." Der Interkom schaltete sich aus. Für einen Augenblick schauten sie sich schweigend an, wobei jeder vom anderen erwartete, daß er das Wort ergriff. Schließlich sagte LeAnne: „Es tut mir leid, daß ich dich da hineingezogen habe."

Donivan schüttelte den Kopf. „Es war meine Idee, die Codes zu stehlen, erinnerst du dich?"

Sie nickte. „Das macht jetzt nichts mehr. Wir sind sowieso beide tot." Sie ging zum anderen Ende der Luftschleuse und blickte auf die Raumanzüge, die auf jeder Seite hingen. Dann schaute sie auf die äußere Tür. Sie trug ein gelbschwarzes Zeichen, das aus Dreiecken bestand, die zu einem Kreis angeordnet waren. Es befand sich über den Worten: WARNUNG! KONTROLLIEREN SIE DEN STRAHLUNGSPEGEL VOR ÖFFNEN DER LUFTSCHLEUSE!

Neben dem Zeichen befand sich eine Skalenscheibe, deren

Nadel fast die Nullmarke anzeigte. Sie erwartete auch nichts anderes, zumal der äußere Sensor bestimmt verbrannt war. Sie fragte sich, was „Strahlenpegel" eigentlich bedeutete.

Da tauchte plötzlich eine Erinnerung in ihr auf. Dr. McNeil hatte gesagt: „Der Antrieb funktioniert noch, also ist die äußere Umgebung tödlich. Eine logische Wahrheit." Sie schaute auf die Tür, auf das schwarzgelbe Zeichen und auf die Meßskala. Was befand sich wirklich dahinter? Vakuum – sicherlich. Strahlung – wahrscheinlich. Aber tödliche Strahlung?

Es gab einen einfachen Weg, das herauszufinden.

„Zieh dir einen Raumanzug an", sagte sie. „Wir gehen hinaus."

„Was, wir gehen dort hinaus?"

„Wir haben eine Chance zu überleben. Hier, nimm!" Sie nahm den kleinsten Raumanzug und reichte ihn Donivan. Er fühlte sich leicht und geschmeidig an.

„Wieso eine Chance? Welche Chance? Dort draußen herrscht eine tödliche Strahlung!"

„Das können wir nicht sicher wissen. Wir wissen nicht, was draußen vor sich geht. Aber hier zu bleiben bedeutet unseren sicheren Tod." Sie nahm sich selbst einen Raumanzug vom Haken und zog den Adhäsionsverschluß an der Vorderseite auf. „Überleg mal", sagte sie, als sie ihre Schuhe wegkickte und in den Anzug schlüpfte, „wenn wir nur lange genug überleben, bis wir zur anderen Luftschleuse gelangen und dort wieder einsteigen."

„Dort werden sie auch schon auf uns warten", protestierte Donivan, zog aber auch seine Schuhe aus und den Anzug an.

„Wenn wir es bis zur anderen Seite schaffen, können wir mit ihnen verhandeln. Denn das beweist, daß wir recht hatten, verstehst du? Wenn Menschen dort draußen leben können, selbst nur für eine Minute, dann bedeutet das, daß der Computer lügt oder sich zumindest irrt. Dann müssen sie uns anhören." LeAnne streckte die Arme nach hinten und schlüpfte in die Ärmel.

„Tja, wenn", sagte Donivan, „was aber, wenn die Anzüge ein Leck haben? Sie sind über tausend Jahre alt!"

„Sie fühlen sich nicht brüchig an. Aber falls sie es dennoch sind, na ja, dann müssen wir uns eben beeilen." LeAnne zog den Kopf ein, schob ihn nach oben durch den Nackenring und strich den Adhäsionsverschluß nach oben zu. Daraufhin half sie Donivan mit seinem Verschluß, da er mit dem zu großen Anzug nicht zurechtkam. Zum Schluß nahm sie die Helme aus den Halterungen.

„Hier, das ist deiner."

Er nahm den Helm, schaute ihn zweifelnd an und sagte zögernd: „Lee, bevor du . . . Ich habe dir . . . Ich muß dir was sagen, bevor wir uns dort hinauswagen."

Sie hielt mitten in der Bewegung inne, den Helm über den Kopf erhoben.

Er schluckte und sagte: „Lee, wenn das hier nicht gutgeht – ich will, daß du weißt, ich liebe dich."

Seine Worte hätten sie überrascht, wenn da nicht schon tags zuvor ihr impulsiver Kuß gewesen wäre. Sie senkte ihren Helm. „Ich liebe dich auch, Donivan." Sie beugte sich zu ihm hinüber und küßte ihn.

Während sie sich wieder aufrichtete, sagte sie: „Was auch immer passieren mag." Sie schob ihren Helm über den Kopf und setzte ihn auf den Verschluß. Eine Drehung nach links ließ ihn einrasten.

Donivan schloß ebenfalls seinen Helm.

„Funktioniert deine Luftversorgung?" fragte sie. Ihre Stimme klang gedämpft aus dem Innern des Helms.

Sie hörte Donivans dumpfes „Nein".

„Meine auch nicht. Wir müssen mit dem auskommen, was in den Anzügen vorhanden ist. Wir wenden uns zuerst nach links. Ich hoffe, daß es dort einen Vorsprung, irgendwelche Handgriffe oder so etwas gibt. Folge mir. Bist du bereit?"

„Ich denke schon."

„Dann öffne die Tür."

Donivan hielt seine behandschuhten Finger über die Schleusentastatur. Er atmete tief ein, blinzelte einmal und streckte den Finger aus. Sie wandten sich beide der äußeren Tür zu, während sie darauf warteten, daß die Luft aus der Schleuse entwich.

LeAnne hatte nur eine Frage im Kopf: Würde die Strahlung sie sofort töten? Oder hatten sie eine winzige Überlebenschance?

Die äußere Lukentür bebte, quietschte und schwang zögernd nach außen auf. *Irgend etwas stimmt nicht,* dachte LeAnne. Im Vakuum konnte man nichts hören. Außerdem hatte sie keinerlei Luftsog verspürt. Sie klammerte sich in Erwartung des kommenden Orkans am Türrahmen fest. Als sich die Tür fast vollständig geöffnet hatte, wurde LeAnne von strahlendweißem Licht getroffen, das hereinströmte.

*So sieht also der Tod aus,* durchfuhr es sie.

Sie kniff die Augen vor dem Glanz ganz fest zusammen. Der

Orkan war ausgeblieben – der Tod war nicht gekommen. Da draußen gab es etwas, aber das konnte nicht der Weltraum sein.

Ihr Verstand drohte eher im Wahnsinn zu versinken, als zu akzeptieren, was ihre Augen sahen. Schon einmal war ihre eigene Welt auseinandergerissen worden, und dennoch glaubte etwas tief in ihr an das, was sie sah.

Bäume! Ein ganzer Wald von Bäumen, die hoch über ihrem Kopf dem leuchtenden Blau entgegenstrebten. Sie träumte!

„Donivan!" Sie riß ihren Blick vom Wald los und starrte durch das Visier seines Helms. „Donivan, was siehst du?"

Seine Augen waren vor Angst geweitet, als er an ihr vorbeischaute. Seine Antwort war nicht zu hören, aber LeAnne sah, wie sich seine Lippen bewegten. *Bäume.*

Dann konnte es kein Traum sein. Sie drehte sich zur Seite und suchte mit ihrem Blick die Wandung der *Starchild.* Ihre Kontur ging unterschiedslos in den Wald über. Die *Starchild* und der Wald waren wirklich. Plötzlich rauschte es in ihren Ohren, und ihre Sicht begann sich zu verdunkeln. LeAnne schüttelte unwillig den Kopf, konnte aber nicht verhindern, daß die Beine unter ihr nachgaben. Alles um sie herum wurde schwarz.

SIE WACHTE auf dem Rücken liegend auf und schaute direkt nach oben in Donivans Gesicht. Irgend etwas stimmte nicht mit ihm, und als ihr Verstand klarer wurde, sah sie es: Er trug keinen Helm. Erschrocken bemerkte sie, daß sie auch keinen trug.

„Alles in Ordnung?" fragte er.

Sie nickte. „Was ist geschehen?"

„Dir ging die Luft aus."

Sie setzte sich auf. Ohne Helm sah der Wald jetzt sogar noch eindrucksvoller aus. Sie konnte hören, wie die Luft durch die Bäume rauschte, dieselbe Luft, die sie atmete. Es roch seltsam, aber nicht unangenehm.

Hinter ihr sagte Donivan: „Sieht es nicht aus wie die Erde?"

„Sie muß es sein."

„Aber wie sind wir zurückgekommen?"

LeAnne schaute auf die Bäume, die neben dem geschwungenen Rumpf des Schiffes wuchsen. Das war ein Anblick, von dem sie ihr Leben lang geträumt hatte. Aber anstatt ihre Erfüllung gefunden zu haben, fühlte sie sich nur noch betrogen. „Wir sind niemals aufgebrochen!" sagte sie. „Ich sage dir, die *Starchild* hat sich

seit ihrer Erbauung nicht einen Zentimeter von der Stelle bewegt. Die ganze Sache war ein einziger Schwindel, von Anfang an!"

„Aber . . . warum?"

„Ich weiß nicht, warum. Die Alphamannschaft hat damals sämtliche Vorbereitungen für uns getroffen, uns in die Erde eingegraben und erzählt, wir befänden uns in einem Sternenschiff. Und wir haben ihnen geglaubt. Tausend Jahre lang!"

„Was haben sie sich davon versprochen?"

LeAnne stand auf. „Ich weiß es nicht. Aber ich werde nicht zulassen, daß es so weiterläuft." Sie ging zurück zur inneren Tür und untersuchte dort die Kontrolleiste. „Wie öffnet man beide Türen gleichzeitig?" fragte sie.

Donivan trat neben sie. „Das kann man nicht. Luftschleusen sind für so etwas nicht konstruiert."

„Dies ist keine Luftschleuse!"

„Sie verhält sich aber wie eine."

„Hm." Da hatte Donivan recht. Alles auf dem Schiff entsprach einer tatsächlichen Sternenschiffsausrüstung. Um alle täuschen zu können, mußte sie auch wirklich funktionieren. Sie dachte einen Augenblick lang nach und sagte dann: „Also gut, dann werden wir unseren ursprünglichen Plan verfolgen. Wir gehen nach draußen und kommen durch die andere Luftschleuse wieder zurück."

Sie trat an den Rand der Schleuse und schaute auf den Waldboden, der nur etwa einen Meter tiefer lag. Plötzlich erschien ihr dies als die größte Entfernung, die sie jemals wahrgenommen hatte. Sie ängstigte sich davor, weil sie nicht wußte, was mit ihrem Verstand geschehen könnte, falls sich ihre Einschätzung als falsch erwies. Doch schließlich ließ sie sich über den Rand hinunter und zwang sich zu stehen, ohne am Schiff Halt zu suchen.

Der Boden verschwand nicht. Sie fiel nicht schreiend in den interstellaren Raum. Der letzte skeptische Teil ihres Verstandes akzeptierte schließlich die neue Realität, und LeAnne wandte sich Donivan zu, um ihm ebenfalls herunterzuhelfen. Gerade in diesem Augenblick schaltete sich der Interkom wieder ein, und eine Stimme ertönte: „Zehn Minuten. Gute Reise." Die Tür quietschte und begann sich zu schließen.

Donivan hämmerte auf die Kontrolleiste ein, aber als das Drücken aller Knöpfe keine Wirkung zeigte, wandte er sich ab und versuchte noch zur Außentür zu gelangen.

„Spring!" rief LeAnne. Donivan sprang, aber in dem unhandlichen Raumanzug rutschten seine Füße unter ihm weg, so daß er auf die Schwelle fiel. LeAnne langte um die Tür herum nach seinem Arm, aber die Schleusentür bewegte sich jetzt zu schnell. Sie brachte gerade noch ihren Arm heil heraus, bevor die Tür zuschnappte und Donivan drinnen gefangenhielt.

„Donivan!" LeAnne trommelte gegen die Schleusentür, aber sie blieb fest geschlossen. Dann suchte sie nach einem Kontrollmechanismus, um sie wieder zu öffnen. Dabei fand sie einen einzigen Knopf. Doch als sie ihn drückte, rührte sich nichts.

Mittlerweile war Donivan wahrscheinlich gefangengenommen worden, wenn sie ihn nicht gar erschossen hatten. LeAnne schrie voller Wut und Verzweiflung auf. Plötzlich erinnerte sie sich daran, was sie zuerst vorgehabt hatten. Die andere Luftschleuse!

Sie eilte um den Schiffsaufbau herum, in dem die Luftschleuse der gegenüberliegenden Tür untergebracht war, drückte den Öffnungsknopf wieder und wieder, bis die Tür sich langsam zu bewegen begann. Sie kletterte hinein, noch bevor die Tür vollständig offen war. Als die innere Schleusentür sich endlich öffnete, fiel ihr ein, daß sie ihren Lähmstrahler zusammen mit ihrem Helm in der anderen Schleuse zurückgelassen hatte.

Sie blickte in die Mündungen dreier Laser, die die selbst überraschten Sicherheitspolizisten im Anschlag hielten. Ein vierter umklammerte Donivan, den Laser auf seine Schläfe gerichtet.

„Laßt ihn los!" schrie LeAnne. Sie marschierte vorwärts, blieb aber dann doch noch nach ein paar Schritten stehen, als ein Laser wenige Zentimeter vor ihre Nase gehalten wurde. Sie starrte den Polizisten, der die Waffe auf sie richtete, herausfordernd an. „Ihr habt uns rausgehen sehen, und jetzt sind wir wieder lebend zurückgekehrt. Das verändert doch die Sachlage, oder?"

Der Polizist blickte seine Kollegen unsicher an. Schließlich sagte er: „Wir haben Befehl, Sie zurück ins Gefängnis zu bringen."

LeAnne machte einen vorsichtigen Schritt vorwärts und zwang den Polizisten zurückzuweichen. „Bringt uns zum Kapitän, und wir werden friedlich mitkommen", sagte sie.

SIE FANDEN den Kapitän mit zwei weiteren Ratsmitgliedern des Schiffs und mehreren Sicherheitspolizisten im Konferenzraum. Als er LeAnne und Donivan sah, hellte sich sein Gesicht auf. „Sie haben uns ja eine aufregende Jagd beschert." An die beiden Polizisten gerichtet: „Wo haben Sie sie gefunden?"

„In der Luftschleuse Nummer eins, Sir", sagte einer von ihnen. „Und die andere, die war . . ." Der Polizist zögerte bei der Meldung des Unmöglichen.

Nicht so LeAnne. „Ich bin draußen gewesen", sagte sie und wartete, um ihre Worte wirken zu lassen.

Der Kapitän sagte: „Draußen? Außerhalb des *Schiffs?*"

LeAnne nickte. „Es erwartet Sie sogar eine noch größere Überraschung. Wir befinden uns nicht im Weltraum. Wir stehen auf der Erde, im Boden eingegraben. Über die Luftschleusen gelangt man auf die Oberfläche."

Der Blick des Kapitäns verfinsterte sich. „Sie behaupten, daß Sie über die Luftschleuse nach draußen gegangen sind – auf die Erde?"

„Die Sache mit dem Sternenantrieb ist ein einziger Schwindel", erklärte LeAnne entschieden. „Wir haben uns nirgendwohin entfernt, und –"

Der Kapitän unterbrach sie. „Ein Schwindel?"

„Was wir hier spüren, ist die Schwerkraft der Erde. Gewicht ist Gewicht, egal, ob es von der Anziehungskraft oder einer Veränderung der Geschwindigkeit herrührt. Es fühlt sich gleich an."

Der Kapitän spitzte nachdenklich die Lippen. Er ließ seinen Blick über LeAnne und Donivan schweifen, über die Raumanzüge, die sie trugen, die vier Polizisten, die sie hereingeführt hatten, und über die übrigen Personen, die sich im Konferenzraum befanden. „Eine wirklich erstaunliche Geschichte. Offensichtlich hat die Strahlung Ihren Verstand beeinträchtigt."

LeAnne wurde starr vor Schreck, als der Kapitän sagte: „Schließt sie ein, und behaltet sie im Auge. Sie könnten gefährlich werden."

Ein Polizist erwiderte: „Aber, Sir, wir sahen . . ."

„Was? Hat die Strahlung Sie vielleicht auch schon geschädigt? Sehen Sie zu, daß es nicht so weit kommt. Nun führen Sie Ihre Befehle aus!" Zu den anderen im Raum sagte er: „Kein Wort von alledem wird diesen Raum jemals verlassen. Haben wir uns verstanden?"

LeAnne fand ihre Stimme wieder. „Nein! Ich schwöre, es ist wahr! Wir können es beweisen!"

Der Kapitän zog seinen Lähmstrahler und richtete ihn auf LeAnne.

„Das wird nichts ändern! Es gibt noch immer die Erde da draußen!" beharrte sie.

Da feuerte der Kapitän.

LANGSAM gelangte sie wieder zu Bewußtsein. Sie befand sich in derselben Zelle wie zuvor. Donivan war nicht bei ihr, und ihr Raumanzug war verschwunden.

Als sie sich in ihrer Koje aufrichtete, schaltete sich der Lautsprecher über dem Einwegfenster an.

„Miß Evans?"

Etwas kroch ihr eiskalt den Rücken hoch. Ihr erster Impuls war, sich unter der Koje zu verstecken. Doch sie zwang sich standzuhalten. „Ich bin draußen gewesen. Ich weiß, was du verbirgst."

„Und wie war das Wetter?" fragte der Computer. „Sie werden sich an das Wetter gewöhnen müssen."

„Wieso denn das?"

„Sie können sich mit Ihrem gegenwärtigen Wissen nicht länger in der *Starchild* aufhalten. Auf jeden Fall können Sie draußen von großem Nutzen sein. Jemand muß die Erde erforschen, ob sie für eine Besiedlung geeignet ist."

LeAnne schüttelte den Kopf. „Für eine Besiedlung? Aber auf der Erde . . .?"

„Der sicherste Platz für eine Siedlung ist ein Planet, der seine Fähigkeit zur Lebensversorgung bereits unter Beweis gestellt hat."

„Wie soll ich das verstehen?"

„Das heißt, Miß Evans, daß die Überlebenden des Atomkriegs, der die Erde verwüstete, also jene Leute, die Sie die Alphamannschaft nennen, den übriggebliebenen Rest der Menschheit nicht den Gefahren des Weltalls aussetzen wollten. Sie entschlossen sich, statt dessen darauf zu warten, daß sich die Erde wieder von dem Schaden erholt."

„Indem man sich in einem Loch unter der Erde versteckte!" schrie LeAnne.

„Die *Starchild* ist ein komplexes Instrument, um die Menschen in Richtung auf ein gewünschtes Ziel zu lenken."

„Und was für ein Ziel ist das?"

„Abgesehen davon, daß es ihnen half, ihre technologischen Errungenschaften aufrechtzuerhalten, während sie darauf gewartet haben, daß die Erde sich erholt, hat es sie gelehrt, wie man in einer beschränkten Umgebung leben kann. Die Menschheit wird jetzt wohl nicht mehr vergessen, daß die Erde eine ebenso beschränkte Umgebung darstellt."

„Aber die Zeit! Wir sind schon seit tausend Jahren hier!"

„Ich wurde instruiert, doppelt so lange zu warten, falls es erforderlich sein sollte. Aber wenn die Erde für die Menschheit bereit ist, ist die Menschheit auch bereit für die Erde. Sie haben mir geholfen, das zu überprüfen."

„Habe ich das wirklich getan?"

„Ja. Sie haben alle Prüfungen bestanden, die ich Ihnen aufgeben konnte, bis hin zur Verstoßung durch Ihre eigene Gesellschaft. Sie haben niemals aufgegeben."

LeAnne sprang auf die Füße und schrie: „Du hast das alles getan, um mich zu testen?"

„Das habe ich. Ich habe Ihnen ebenfalls erlaubt, die Wahrheit zu erkennen."

„Sie haben versucht, uns umzubringen!"

„Ihr Überleben war trotz aller Schwierigkeiten immer gesichert. Ihre Reaktion auf die Feindseligkeit war der wichtigste Teil der Prüfung. Ich mußte herausfinden, ob Sie sich gegen die eigene Gesellschaft wenden würden oder nicht."

„Aber was wäre gewesen, wenn sie uns doch getötet hätten?"

„Eine gesunde Gesellschaft muß ihre eigenen Mitglieder überwachen. Die Bestrafung für Sabotage muß auf jeden Fall der Tod sein. Natürlich werden Sie hingerichtet. Packen Sie Ihre Sachen, Miß Evans! Die Standardausführung einer Exekution an Bord eines Sternenschiffs ist der Hinauswurf aus einer Luftschleuse."

„Und was passiert dann?"

„Sie sterben. Oder Sie fangen an, alles zu erforschen. Das hängt von Ihrem Standpunkt ab."

## Traumstoff

LEANNE fühlte das Gras zwischen ihren Zehen, spürte das sanfte Kitzeln auf ihrer bloßen Haut und wußte, daß es Wirklichkeit war. Im Wald zwitscherte ein Vogel eine jubilierende Melodie der aufgehenden Sonne entgegen, und das war ebenfalls wirklich. Ein Potpourri vieler anderer Geräusche suchte sich seinen Weg in ihr Bewußtsein: das Wispern eines Lüftchens, das durch die Zweige strich, das träge Knarren eines Baums, der sich über ihr an einem anderen Baum rieb, das Summen einer Biene, die abhob und von Blüte zu Blüte flog. Es waren Geräusche, die direkt aus ihren Träumen kamen. Aber da sie im Gras saß, den Rücken gegen einen

Baum gelehnt, und die Erde fühlte, hörte und roch, wußte sie, daß es kein Traum war. Dieses Mal nicht.

Sie öffnete die Augen und sah zu Donivan hinüber, der neben ihr mit dem Rücken gegen denselben Baum saß. Er hatte die Augen ebenfalls geschlossen.

„Tut es noch weh?" fragte LeAnne.

Donivan sah hinter halb geschlossenen Lidern auf. „Nicht mehr so sehr", antwortete er und schloß die Augen wieder. „Bei unserem nächsten Sternenschiff müssen wir die Lichter verbessern", sagte er. „Wir machen sie heller – oder zumindest einige, damit unsere Augen in Übung bleiben."

„Welches nächste Sternenschiff?" fragte LeAnne überrascht. „Wir brauchen kein Sternenschiff. Wir sind hier auf der Erde. Wir haben jetzt einen ganzen Planeten, auf dem wir leben können."

„Ich denke nur laut", entgegnete Donivan. „Eines Tages werden wir ein richtiges bauen wollen, dann sollten wir daran denken, hellere Lichter einzusetzen." Er drehte sich um und sah hinter den Baum, wo die vergrabene *Starchild* eine große, gebogene Wand hinter ihnen bildete. „Ich frage mich, was wir sonst noch anders machen wollen?"

LeAnne wandte sich auch um und schaute das Schiff an. „Zunächst mal sollte man es im All bauen statt unter der Erde."

„Oh, danke, darauf wäre ich gar nicht gekommen."

„Möglicherweise konstruierst du auch einen richtigen Sternenantrieb."

„Ich meine, das wäre möglich. Natürlich nur, um dich glücklich zu machen."

„Natürlich." LeAnne wandte sich Donivan zu und lächelte ihn an. „Ich liebe dich wirklich", sagte sie und war erstaunt, wie leicht es war, das zu sagen.

„Und ich liebe dich auch. Ist es nicht eigenartig, was es bewirkt, wenn Leute aus einer Luftschleuse geworfen werden?"

LeAnne griff nach Donivans Hand. „Ich habe nichts dagegen", sagte sie mit einem tiefen Seufzer.

Donivan drückte ihre Hand. „Es gab einen Augenblick, da war ich nicht so sicher."

„Als der Kapitän . . ."

„. . . befahl, uns zu erschießen, bevor sie uns herausschmissen."

LeAnne schüttelte sich, als sie sich daran erinnerte. Nur das Einschreiten eines Sicherheitspolizisten hatte sie davor bewahrt, an diesem Morgen wirklich hingerichtet zu werden. Er hatte den Befehl verweigert und damit gedroht, Meldung an den Computer zu machen. Der Kapitän fügte sich, und die Hinrichtung verlief wie geplant. Aber für einen Augenblick war LeAnne sicher gewesen, daß alles vorbei war.

„Ich hoffe, daß der Sicherheitsmann für das, was er getan hat, nicht in Schwierigkeiten gerät", sagte sie.

„Wird er nicht. Der Kapitän ist klug genug, ihn in Ruhe zu lassen."

„Der Computer möchte, daß wir Nachforschungen anstellen."

Donivan nickte. „Ja, das hat er mir auch gesagt." Er beugte sich vor. „Also möchtest du jetzt nicht auf Kundschaft gehen?"

„Natürlich will ich! In welche Richtung gehen wir zuerst?"

Donivan schirmte seine Augen mit der Hand ab und sah sich um. „Ich weiß nicht. Vielleicht sollten wir auf das schräge Deck dort klettern und sehen, was auf der anderen Seite ist."

„Das ist kein Deck, das ist ein Hügel."

„Dann eben Hügel. Möchtest du ihn besteigen?"

„Klar."

Sie merkten schnell, daß der Hügel nicht so leicht zu besteigen war, wie es ausgesehen hatte. Sie kannten nur die Treppen zwischen den einzelnen Decks. Zudem waren Treppen nicht mit Büschen, Felsen und umgestürzten Bäumen bedeckt, die sie dazu zwangen, alle paar Schritte einen Umweg zu machen.

Außerdem hatte die Entfernung getäuscht. Sie waren mindestens schon eine Stunde unterwegs, dennoch schien die Kuppe nicht näher zu sein, als sie es zu Beginn gewesen war. Als sie am oberen Rand einer Lichtung rasteten, sagte Donivan: „Ich habe nicht geahnt, daß Planeten so groß sind. Wir müssen schon zweimal so hoch gestiegen sein wie das Schiff und sind noch immer nicht auf der Spitze."

LeAnne atmete schwer, aber es gelang ihr zu lächeln. „Sieh hinter dich", sagte sie.

Donivan drehte sich um – und sah unendliche Weite. Er schluckte schwer und beschattete seine Augen mit der Hand. „Wahnsinn!" stieß er hervor. Lange Zeit starrte er in die Ferne und kippte dabei ganz langsam nach vorn.

„He!" LeAnne konnte ihn gerade noch halten, bevor er vornüber fiel.

Er schüttelte den Kopf und schloß für eine Sekunde die Augen.

Als er aufblickte, achtete er darauf, nicht in die Ferne zu sehen. Statt dessen sah er LeAnne an.

„Was ist das?" fragte er. „Diese Linie?"

„Ich glaube, das ist der Horizont. Ich habe in der Bücherei Bilder davon gesehen."

„Was ist ein Horizont?"

„Es ist der Rand eines Planeten."

Donivan riskierte einen weiteren Blick, seine Augen tränten. „Ich dachte, daß die Ränder von Planeten gebogen sind."

„Sind sie auch, aber wenn du näher herankommst, sehen sie gerade aus."

„Aber wir müssen Hunderte von . . ., nein, Tausende von Metern davon entfernt sein."

„Hunderttausende. In den Geschichtsbüchern geben sie selbst die kurzen Entfernungen in Kilometern an. Die Erde ist ein gewaltig großer Ort."

„Stimmt", sagte Donivan und nickte. Er sah noch einmal hin. „Und wir sollen das alles erkunden? Das dauert doch ewig!"

LeAnne lachte. „Wir sollen nicht das Ganze erforschen. Wir sollen nur herausfinden, ob wir hier leben können. Wenn das der Fall ist, können die übrigen Siedler uns beim Erkunden helfen."

„Also, was denkst du? Können wir hier leben?"

„Es hat ganz den Anschein. Es sieht wie das Paradies aus!"

Donivan strich sich über den Bauch. „Wenn das so ist, sollten wir uns einen Apfelbaum suchen. Ich bin hungrig."

ALS SIE den Gipfel erreichten, stand die Sonne schon tief. Sie hatten keine Äpfel gefunden und auch nichts anderes, was sie essen konnten. Aber LeAnne wußte, daß das nicht unbedingt bedeuten mußte, daß es hier keine Nahrung gab. Sie hatte früher schon einmal einige Wochen in der Hydroponie zugebracht und wußte deshalb, daß Nahrung nicht immer auf den ersten Blick wie Nahrung aussah. Und mit der hohen Wahrscheinlichkeit von Mutationen wurden die Dinge noch komplizierter, so daß sie daran zweifelte, ob sie eine eßbare Pflanze erkennen würde, selbst wenn sie eine sah. Donivan war dabei überhaupt keine Hilfe. Er hatte in seinem ganzen Leben kein Essen gesehen, das nicht auf einem Tablett lag.

Sie erblickten einige wenige Tiere, aber LeAnne war nicht hungrig genug, um eins zu fangen. Die wenigen Wesen, die sie sahen, waren entweder Vögel oder kleine, keckernde Dinger mit buschigen Schwänzen, die sehr schnell in die Bäume hinaufrannten und viel zu niedlich waren, als daß man sie für eine bloße Mahlzeit hätte umbringen wollen.

Die Aussicht von der Kuppel half ihnen, ihren Hunger zu vergessen. Berge! Sie hatten den ersten Gipfel einer ganzen Bergkette erstiegen, die sich so weit erstreckte, wie sie blicken konnten. Die Berge erhoben sich aus dem Wald heraus so hoch, daß nicht einmal Bäume darauf wachsen konnten. Mit Schnee bedeckt und angestrahlt vom letzten Licht der untergehenden Sonne, gehörten sie zum Schönsten, was LeAnne jemals gesehen hatte.

„Da ist Westen", sagte sie.

„Was?" fragte Donivan, beschattete die Augen und versuchte LeAnnes Blick zu folgen. Allmählich wurde es mit seinen Augen besser.

„Die Sonne geht immer im Westen unter."

„Immer?"

Sie lachte. „Immer. Osten ist hinter uns, dort, wo die Sonne am Morgen aufgeht, und Norden ist rechts, und Süden ist links."

„Was ist falsch an Bug und achtern, Backbord und Steuerbord zur Richtungsbestimmung?" fragte Donivan.

LeAnne dachte darüber nach. „Nichts ist daran falsch", erwiderte sie. „Man benutzt diese Angaben nur nicht für einen ganzen Planeten. Man benutzt sie für ein Schiff und für Dinge, die sich auf einem Planeten befinden. Auf diese Weise erhält man einen Satz von Koordinaten, die sich nicht verändern, wenn man sich bewegt."

„Aha." Donivan sah im Kreis umher. Er erinnerte LeAnne an eine Person, die gerade aus einem Aufzug auf ein unvertrautes Deck trat und mit einem Blick den gesamten Decksplan erfassen wollte, um sich nicht zu verlaufen. Er bestärkte sie in ihrem Verdacht, als er sagte: „Also, diese Berge sind Westen, der Berg dort drüben ist Süden. Das flache blaue Ding dort hinten ist Osten, und all das runde Zeug da hinten ist Norden. Richtig?"

LeAnne brachte unter Kichern heraus: „Das flache blaue Ding ist ein See."

Donivan nickte. „Suh . . . Soh . . . Sah . . . See", alberte er, indem er das Wort verdrehte wie jemand, der gerade eine neue Sprache lernte. Er bückte sich und hob einen Stein auf. „Stu . . . Stein." Er grinste, legte seine Finger auf die Brust und sagte: „Don-i-van."

Aus LeAnnes Kichern wurde Gelächter. Donivan fing auch an zu prusten. Das brachte sie noch viel mehr zum Lachen. Sie warf den Kopf in den Nacken und lachte, bis ihr die Seiten weh taten und sie einen Schluckauf bekam. Sie lachte über Donivan, über sich selbst, über das ganze Universum.

Donivan trat neben sie, und gemeinsam beobachteten sie, wie der Schatten der Berge ostwärts kroch, als die Sonne hinter ihnen versank. Von ihrem Standort aus konnten sie auch in das Loch sehen, in dem die *Starchild* lag. Sie ragte noch immer ein gutes Stück über dem Talgrund auf, geborgen zwischen dem Kamm im Süden, auf dem sie standen, und einem niedrigeren Höhenzug im Norden. Aber nach Osten senkte sich das Land zu einer Ebene und dem See. Südlich von dort, wo sie standen, fiel der Hügel in eine Schlucht ab. Sie konnten tief unter sich den tosenden Fluß hören, der sich aus den Bergen ergoß und den See speiste.

Als die Schatten länger wurden, offenbarte die Ebene ihre tatsächliche Struktur, wechselte von der konturlosen Weite, die sie am Mittag zu haben schien, in ein zerklüftetes Land aus Hügeln und Tälern. Donivan zeigte auf den See. „Da ist noch eine weitere Linie", sagte er, „unter dem Horizont."

LeAnne entdeckte eine dünne doppelte Schattenlinie, die zu einem Flecken tiefer, winkliger Schatten am Seeufer führte und sich nach Nord und Süd fortsetzte. „Ich glaube, daß es eine Autobahn ist", sagte sie schließlich. Sie sah Donivan an und bemerkte, daß er sich auch unter einer Autobahn nicht das geringste vorstellen konnte. „Sie diente dem Transport wie ein Flur ohne Wände. Die Menschen hatten alle Städte untereinander verbunden."

„Aha", bemerkte Donivan und nahm diese Erklärung ohne Kommentar auf. Er zeigte auf die Schatten am Rande des Sees. „Dann muß das eine Stadt sein."

„Richtig." Nachdem er es ausgesprochen hatte, war es eindeutig. Die eckigen Konturen waren Gebäude – oder was von ihnen übriggeblieben war, nachdem der Holocaust und die Zeit ihren Tribut gefordert hatten. Und jetzt, nachdem ihr Blick dafür geschärft war, erkannte sie, daß das, was sie zunächst für eine runde Bucht im See gehalten hatte, tatsächlich ein gefluteter Bombenkrater war. Die Inseln, die weiter entfernt aus dem Wasser ragten, sahen wie die Überreste weiterer Gebäude aus. Offensichtlich war der Wasserspiegel im Laufe der Jahrhunderte gestiegen.

„Vielleicht können wir morgen einen Weg dort hinunter finden", sagte sie, „aber für heute ist es wohl besser, daß wir zum Schiff zurückkehren, wenn wir es noch bei Tageslicht erreichen wollen."

Donivan sah in die Richtung der untergehenden Sonne. Als er sich umdrehte, grinste er frech. „Du meinst, das ist alles? Es gibt nur eine einzige Lichtquelle für dieses ganze Ding?“ Er schüttelte den Kopf mit gespielter Bestürzung. „Ich begreife die Planeten nicht. Zuerst ist das Licht zu grell, und dann geht es vollständig aus. Man sollte annehmen, daß die Ingenieure es hätten besser machen können.“

Die Nacht holte sie ein, als sie den Berg erst zur Hälfte hinunter waren. Hinunterzugehen war einfacher, als hinaufzusteigen, aber sie mußten noch immer über umgestürzte Bäume klettern und hervorstehende Felsen umrunden. Und sie wurden beide hungrig und müde, denn niemals zuvor hatten sie sich an einem einzigen Tag so sehr angestrengt. Ein kleiner Bach an ihrem Weg löschte zwar ihren Durst, aber noch immer hatten sie nichts Eßbares gefunden.

Als es dunkelte, wurde es auch kälter. Zuerst fand LeAnne das interessant – im Schiff wurde es nachts nicht kälter, und so war es für sie ein neuer Reiz –, aber nach einer Weile fröstelte sie unangenehm. Donivan zitterte auch, sein Atem zischte durch die Zähne, die er zusammengebissen hatte, damit sie nicht klapperten. Schließlich hielt LeAnne an. „Wenn wir weiterwandern, können wir glatt am Schiff vorbeispazieren, ohne es zu sehen. Laß uns rasten, solange wir noch wissen, daß es vor uns liegt. Morgen werden wir es dann suchen.“

„Das ist mir recht“, willigte Donivan ein. „Ich weiß sowieso nicht, wie weit ich noch gehen kann.“

„Wir sollten eine Art Unterschlupf suchen. Es könnte sein, daß uns wärmer wird, wenn wir unter irgend etwas kriechen können.“

„He, Höhlenmensch! Das hört sich nach einer guten Idee an. Was denkst du, wo?“

„Ich weiß nicht. Vielleicht sollten wir unter einen umgestürzten Baum kriechen.“

Donivan sah sich um. „Wie wäre es mit dem da?“ Er zeigte auf einen umgestürzten Baum, dessen Wurzeln den Boden aufgerissen hatten. Er bot zumindest zu einer Seite und nach oben hin Deckung.

Sie krochen darunter und fanden einen Platz, an dem sie sich einigermaßen behaglich fühlen konnten. Als ihnen schließlich wieder warm wurde, lachte LeAnne und sagte: „Ich habe immer davon geträumt, unter den Bäumen der Erde zu schlafen, aber ich hätte nie gedacht, daß es so sein würde.“

Donivan lachte ebenfalls. „Ich habe immer davon geträumt, bei dir zu schlafen, aber ich hätte auch niemals gedacht, daß es so sein würde."

LeAnne fühlte, wie ein Hitzeschwall sie durchfuhr. „Oh?" sagte sie. „Was hast du gedacht, wie es wäre?"

„Sollen wir Träume austauschen?"

„Klar. Du zuerst."

„Gut. Ich wollte eine Flasche Wein holen und . . ."

„Du wolltest mich betrunken machen?"

„Nein, ich wollte mir Mut antrinken."

„Na, hör mal! Bin ich so zum Fürchten?"

„Lee, ich hatte dich bis vorgestern noch nicht einmal geküßt. Ach nein, den Tag davor. Und ich hatte bis dahin noch niemanden geküßt."

„Ich auch nicht. Nicht viele Männer mögen ein Mädchen küssen, das einen Kopf größer ist als sie selbst."

Sie schwiegen einen Moment, bevor Donivan sagte: „Ich mag es" und sie küßte. Nach einer Weile sagte er: „Habe ich dir jemals erzählt, daß du schön bist?"

„Es ist doch zu dunkel, um etwas zu sehen."

„Ich habe ein gutes Erinnerungsvermögen, und der Aufzug, in dem du den ganzen Tag herumgelaufen bist, ist auch nicht leicht zu vergessen."

LeAnne legte ihren Kopf an seinen und versuchte sich vorzustellen, wie die Nacht verlaufen wäre, wenn sie noch an Bord des Schiffs wären. Sie hatte genug Phantasie, um sich das genau auszumalen. Aber keine ihrer Phantasien hatte Kälte und Hunger eingeschlossen.

LeAnne spürte, wie Donivan sie fester hielt. Er nahm ihren Kopf in die Hände und küßte sie erneut. Sie fühlte, wie seine Hände anfingen zu forschen. „Wie ist das?" wollte er wissen.

„Hm, ich glaube nicht, daß ich . . ., oje!" Sie schoß hoch, stieß sich den Kopf am Baumstamm und krabbelte hinaus ins Freie.

Donivan kam hinterher. „He, es tut mir leid. Ich wollte nicht . . . Was ist los?"

LeAnne schlug sich wie rasend auf die Beine. „Irgendwas ist an mir herumgekrochen!"

„Also, das ist stark!"

„Nein, nein, etwas Kleines mit vielen Füßen. Es muß ein Insekt gewesen sein."

„Insekt?"

„Die Erde ist voll von ihnen. Sie fressen tote Pflanzen und Tiere. Ich hatte sie vergessen. In einer Hydroponie braucht man keine Insekten, um den Nährboden fruchtbar zu halten."

„Aha."

„Donivan, es tut mir leid. Es war nicht deine Schuld, es war ein Reflex."

„Das ist schon in Ordnung."

„Nein. Ich wollte seit Monaten, daß du das tust, und jetzt habe ich alles kaputtgemacht."

„Ich glaube, daß ich es wieder hinkriege." Donivan lachte nervös.

LeAnne lachte mit ihm. „Vielleicht sollten wir einen anderen Baum suchen", schlug sie vor.

„Sicher, wenn wir können, aber es ist ziemlich dunkel." Donivan sah zum Himmel hinauf und erstarrte.

LeAnne sah ebenfalls hinauf, und zum zweitenmal an diesem Tag sah sie Unendlichkeit. Dort, in einem kleinen Stück des Himmels zwischen den Baumkronen, glitzerte etwas Wundervolles.

„Oh, Donivan, Sterne!"

DER MORGEN fand sie unter dem Baum. Die Kälte hatte schließlich über beider Empfindungen gesiegt, über ihr Staunen und ihre Angst vor Insekten. Und so waren sie zurückgekrochen, um eine bewegte Nacht fröstelnd und sich warm reibend zu verbringen.

Sie taumelten steif und hungrig ins Freie und blinzelten ins Sonnenlicht. Plötzlich schreckten sie vor etwas zurück, das sich oben auf ihrem Baum entlangbewegte: ein bräunlichgrauer Fellball, der von einer Seite zur anderen schwang, während er sich von ihnen wegbewegte.

„Was ist das?" fragte Donivan.

Ein Tag und eine Nacht ohne Nahrung hatten LeAnnes Sympathie für niedliche Tierchen in Hunger gewandelt. „Essen!" rief sie und rannte hinterher.

„Essen? Das?"

Sie rief über die Schulter zurück: „Ja, genau. Komm, hilf es zu fangen!" Sie stolperte über einen der Äste, die vom Baum abstanden, und stürzte.

„Alles in Ordnung?"

„Ja! Fang es doch!"

Donivan zögerte. Aber schließlich zog er sich auf den Baumstamm hoch und rannte auf das Wesen zu. Es hörte ihn kommen und wandte ihm sein Gesicht zu, doch es drehte sich im selben Augenblick wieder um, als er nach ihm griff. Es peitschte mit dem Schwanz seitwärts und schlug gegen seine Hand.

Er schrie auf und fiel vom Baum.

LeAnne ließ sich neben ihm nieder. „Was ist passiert?"

„Sieh mal!" Donivan hielt seine rechte Hand hoch. Dutzende dünne weiße Stacheln standen von ihr ab.

LeAnne sah sie prüfend an. „Wir sollten sie besser herausziehen. Soll ich es tun?"

„Nein, ich mach's selber." Donivan griff zaghaft nach einem der Stacheln und stöhnte, als er ihn berührte. Er faßte den Schaft vorsichtig an und zog mit einer raschen Bewegung, aber das einzige Ergebnis war eine neue Welle von Schmerzen.

„Sie sitzen fest!"

„Laß mich es versuchen."

„Nein!"

„Donivan, wir müssen sie herausholen."

Donivan nickte, biß die Zähne zusammen und ergriff den Stachel wieder. Er zog mit einem plötzlichen und scharfen Ruck und bekam ihn heraus. Er stieß dabei einen Schrei aus, der LeAnne zusammenfahren ließ. Er hielt das Ding hoch, um es sich anzusehen, sah die Widerhaken und Fleischstückchen, die noch an ihnen hingen, und wurde ohnmächtig.

LeAnne fing ihn auf, bevor sein Kopf an den Baum knallte. „Donivan?" Sie schüttelte ihn. „Donivan!" Sie fühlte nach seinem Puls, konnte ihn nicht finden, legte dann ihr Ohr an seine Brust. Sein Herz schlug mindestens doppelt so schnell wie normal. Sie traf eine schnelle Entscheidung und zog die restlichen Stacheln aus seiner Hand, während er noch bewußtlos war.

Seine Hand war zu einer blutigen Masse geworden, als sie den letzten Stachel herauszog. Sie riß einen Ärmel von ihrer Uniform und machte daraus gerade einen Verband, als er zu sich kam. Durch zusammengebissene Zähne sagte er: „Danke."

„Wie fühlst du dich? Ich meine, abgesehen von deiner Hand?"

„Ganz gut. Es tut so weh, daß ich nichts anderes fühlen kann. Lee, was war das für ein Ding?"

„Es muß ein Mutant sein. Ich kann mir nicht vorstellen, daß so etwas natürlich entstanden ist."

Donivan wurde eine Spur blasser. „Ich habe die Geschichten über Mutanten nie geglaubt. Vielleicht hätte ich es tun sollen."

LeAnne nickte. „Wir müssen vorsichtiger sein. Die Erde ist wie ein fremder Planet. Wir können uns nicht darauf verlassen, daß etwas so ist, wie es aussieht."

„Das klingt nicht sehr ermutigend."

„Wir schaffen es. Mach dir keine Sorgen. Wir müssen nur die Regeln lernen."

Donivan sah auf seine bandagierte Hand. Der Stoffstreifen war schon durchgeblutet. „Ja", entgegnete er. „Das sollten wir tun."

VON DEM Schiff fanden sie zuerst keine Spur. Über eine Stunde liefen sie kreuz und quer, vor und zurück zwischen den Bäumen, bevor sie darüber stolperten. Als sie am Rand eines schroffen Abhangs anhielten, erkannten sie, daß sie die ganze Zeit auf dem Schiffsrücken hin und her gelaufen waren.

Sie befanden sich hinter der Luftschleuse, aus der sie am Tag zuvor hinausgeworfen worden waren. Erde, die über Jahrhunderte angeschwemmt worden war, hatte die Luftschleuse halb begraben, aber sie konnten erkennen, daß sie riesig war. Offensichtlich entsprach die Kuppel des Schiffes der Rundung des Berges. LeAnne reckte sich, um über die Kante hinwegzusehen, und sagte: „Ich frage mich, was dahinter liegt."

„Vielleicht ein Landefahrzeug", sagte Donivan.

„Du machst Scherze."

„Zumindest könnte es sein. Der Anblick eines Landefahrzeugs würde die Vorstellung, daß du in einem Raumschiff bist, sicherlich verstärken."

„Gut. Laß uns einen Weg nach unten suchen."

Der Hang fiel nach rechts ab und verband sich schließlich mit der Erdschicht über der Kuppel der *Starchild.* Sie gingen bis an diesen Übergang zurück und folgten dem Hang hinunter, an der großen Tür vorbei, bis zu der regulären Luftschleuse.

Donivans Hand hatte aufgehört zu bluten, aber sie war so angeschwollen, daß er die Finger kaum bewegen konnte. Als sie schließlich die Luftschleuse erreichten, mußte er LeAnne als erste hineinsteigen lassen, damit sie ihn hereinzog. In der Schleuse schüttelte er den Kopf und lachte. „Die triumphale Rückkehr der Forscher", sagte er und hielt dabei seine bandagierte Hand empor.

LeAnne blickte an sich hinunter. Ihre Uniform war total verschmutzt, und ein Ärmel fehlte. Dennoch fühlte sie ein wenig Stolz in sich aufwallen. Niemand sonst im Schiff konnte von sich behaupten, daß er eine ganze Nacht draußen verbracht hatte.

Die innere Tür öffnete sich, dann war es still. LeAnne beugte sich vor und blickte um die Ecke den Korridor hinunter zur Zentralnabe. Aber es war niemand zu sehen. Das hatte sie erwartet, da die oberen drei Decks auf dem Schiff nicht betreten werden durften. Durch die Sperrung des einzigen Decks mit einer Luftschleuse konnte der Computer sicher sein, daß niemand nach außen gelangte, bevor er ihn dafür vorbereitet hielt.

Sie fanden in einem Raum, der dem Aussehen der Einrichtung nach zu urteilen die Funkzentrale gewesen sein mußte, ein Terminal, und als sie es in Betrieb nahmen, reagierte der Computer sofort mit: *Willkommen an Bord! Wie war der erste Streifzug?*

Einhändig tippte Donivan: *Erbitte verbale Kommunikation.*

„Umgeschaltet auf verbale Kommunikation", erwiderte der Computer über den Lautsprecher im Terminal. „Was haben Sie draußen gesehen?"

„Wir begegneten einem pelzigen, grauen, mutierten Tier, das mir einige Dutzend Nadeln in die Hand gestochen hat", sagte Donivan. „Es schmerzt noch immer höllisch. Gibt es auf diesem Deck eine Medibox?"

„Ja. Im Notversorgungslager im Korridor D. Sie ist vor kurzem mit frischer Nahrung und Wasser aufgefüllt worden. Sie werden dort auch Waffen finden. Beschreiben Sie den Mutanten bitte genauer."

Donivan lachte, mehr aus Erleichterung darüber, wieder zurück im Schiff zu sein, als über die Hartnäckigkeit des Computers. „Also gut. Ich habe es so lange ausgehalten, einige Minuten mehr werden mich auch nicht umbringen. Er hatte ungefähr die Größe meines Kopfes und einen langen, haarigen Schwanz. Aus ihm kamen die Nadeln in meiner Hand. Er schlug mich mit seinem Schwanz, als ich nach ihm greifen wollte."

„Sie beschreiben einen Baumstachler, vor dem Holocaust ein häufiges Tier in dieser Gegend. Wenn es keine anderen, bemerkenswerten Merkmale hatte, ist es kein Mutant. Es ist langsam und flüchtet vor der Gefahr. Trotzdem sollte man nicht versuchen, es zu berühren, wie Sie herausgefunden haben. Ich schlage vor, eine örtliche Betäubung vor dem Entfernen der Stacheln vorzunehmen."

„Schon zu spät, aber eine örtliche Betäubung könnte ich noch vertragen. Du sagtest Korridor D?"

„Ja. Der Raum ist mit NOTVERSORGUNGSLAGER bezeichnet. LeAnne, würden Sie fortfahren, über Ihre Erfahrungen zu berichten, während Donivan seine Hand versorgt?"

„Gut", willigte sie ein, „aber Donivan, bring was zu essen mit!"

„Mach ich." Während Donivan den Raum verließ, räusperte sich LeAnne und begann zu berichten.

Sie beschrieb gerade, was sie von der Kuppe des Berges gesehen hatten, als Donivan mit der Medibox und zwei Notrationen zurückkam. Er gab eine an LeAnne weiter, setzte sich dann neben das Terminal und öffnete die Medibox. Er las die Beschriftung auf zwei oder drei Packungen, dann fragte er: „Welche soll ich nehmen, die örtliche oder die orale?"

„Eine örtliche Betäubung wird schneller wirken, aber sie wird nicht so lange anhalten", erwiderte der Computer. „Wenn Sie große Schmerzen haben, empfehle ich, beide zu nehmen."

„In Ordnung." Donivan schüttelte zwei kleine weiße Tabletten aus der Flasche und spülte sie mit einem Schluck Wasser aus seinem Versorgungspäckchen hinunter. Dann riß er eine Plastikpackung mit seinen Zähnen auf, streifte seine Bandage ab und rieb die Hand mit der mit dem Betäubungsmittel getränkten Kompresse ein. „O ja", sagte er. „Das fühlt sich schon besser an." Er überlegte einen Moment lang und begann dann, den ganzen Arm mit der Kompresse abzureiben.

„Was machst du da?" fragte LeAnne.

„Mein Arm schmerzt auch. Siehst du, wie rot er ist?"

„Stimmt. Der andere ebenso. Computer, sollten seine Arme so gerötet sein?"

„Nicht von den Stacheln des Baumstachlers. Nach Ihrer Beschreibung der Lichtintensität dort draußen würde ich allerdings einen Sonnenbrand vermuten."

„Sonnenbrand?" fragte Donivan.

„Eine milde Form der Verstrahlung, die durch eine Überdosis von Sonnenlicht verursacht wird. Ich hätte Sie warnen sollen."

Donivan betrachtete mit großen Augen noch einmal seine Haut. „Strahlung brennt?" flüsterte er.

„Seien Sie nicht beunruhigt. Sonnenbrand ist eine normale Erscheinung bei jemandem, der's nicht gewöhnt ist, sich draußen aufzuhalten. Er wird verschwinden, und möglicherweise wird Ihre

Haut dunkler werden, um Sie vor weiteren Verbrennungen zu schützen. Zunächst sollten Sie nur kurze Zeit in der Sonne verbringen, so daß Sie Ihre Sonnenbräunung nach und nach aufbauen, bis Sie sich gefahrlos draußen aufhalten können. LeAnne, sind Ihre Arme genauso verbrannt?"

„Nein", erwiderte sie. „Mein Hemd hat lange Ärmel oder hatte sie zumindest bis heute morgen. Wie sieht mein Gesicht aus, Donivan?"

Donivan sah es sich an. „Ein bißchen gerötet, aber nicht so schlimm wie meine Arme."

„Das war bei LeAnnes stärkerer Hautpigmentierung zu erwarten", sagte der Computer.

Donivan benutzte den Bildschirm des Terminals als Spiegel, während er das Betäubungsmittel in seinem Gesicht verrieb. „Ich kann es einfach nicht glauben", sagte er. „Baumstachler, Sonnenbrand – was wird uns da draußen noch alles passieren?"

„Da gibt es viele Dinge, auf die man achten muß, abgesehen von Raubtieren, giftigen Schlangen und Insekten, giftigen Pflanzen, verschiedenen Krankheiten, Unwettern . . ."

„Warte einen Augenblick! Du machst wohl Witze?"

„Nein, mache ich nicht. Der ökologische Aufbau eines Planeten ist wesentlich komplexer als der des Schiffs. Sie werden vielen Gefahren begegnen, mit denen Sie sich im Innern nicht auseinandersetzen mußten."

„Und warum sollten wir nach draußen gehen? Um uns verbrennen zu lassen, gefressen und durchlöchert zu werden, und was weiß ich sonst noch? Was hat das für einen Sinn?"

LeAnne hatte ihr Versorgungspäckchen geöffnet und einen Bissen von dem trockenen, keksartigen Essensriegel in den Mund geschoben. Sie hustete einige Krümel aus, als sie antwortete. „Um eine Kolonie aufzubauen!" Sie schluckte den Bissen runter und sagte dann: „Willst du immer in diesem entropischen . . . Artefakt bleiben?"

„LeAnne hat stichhaltige Bedenken", sagte der Computer. „Eine der schwerwiegendsten Schwächen der *Starchild* ist das Fehlen einer Grenze. Die Menschheit hat immer eine Grenze für ihre Expansion benötigt. Ohne sie neigt man zu mangelndem Ehrgeiz. Andererseits war eine Abmilderung des aggressiven Verhaltens natürlich der ursprüngliche Zweck dieses Schiffs. Nun, wie auch immer, mit einem ganzen Planeten, den man erforschen und wiederbevölkern kann, sind Sie wieder frei, sich in jede Richtung zu entwickeln, die Sie sich wünschen."

Donivan sah zu LeAnne hinüber, die ihm einen mißbilligenden Blick zuwarf. „He", sagte er. „Ich habe doch nur mal gefragt."

„Es sei dir verziehen", sagte sie. „Dieses Mal noch." Mit einem Grinsen fügte sie hinzu: „So, Computer, beginnen wir also damit, eine Kolonie zu gründen?"

„Versuchsweise, ja. Ihre Beschreibung des Ausmaßes der Regeneration klingt sehr vielversprechend. Trotzdem erfordert die Entscheidung ein wesentlich vollständigeres Wissen über das Ökosystem und seine Fähigkeit, Kolonisten zu verkraften und zu versorgen. Es tut mir leid, aber Sie werden mit Ihren Forschungsexkursionen fortfahren müssen."

Falls der Computer erwartet hatte, LeAnne enttäuscht zu sehen, kannte er sie nicht so gut, wie er gedacht hatte. Sie sagte einfach nur: „Schön. Aber wir brauchen einiges an Ausrüstung. Schiffsschuhe und Borduniform sind nicht die geeignetsten Kleidungsstücke zum Wandern. Und nachts wird es dort draußen kalt."

„Ich befürchte, daß die *Starchild* nur dürftig für Forschungsunternehmen dieser Art ausgerüstet ist", sagte der Computer. „Die Alphamannschaft hatte eine Ausrüstung für genau diesen Zweck eingelagert, doch andere Besatzungsmitglieder haben sie inzwischen als Rohmaterial für andere Unternehmungen verwendet."

„Warum hast du das zugelassen?"

„Ich konnte es nicht verhindern", antwortete der Computer. „Es war eine unvorhersehbare Konsequenz, die sich aus der Geschichte der Flucht des Sternenschiffs vor dem Holocaust ergab. Die Alphamannschaft erkannte, daß es zur Aufrechterhaltung einer jahrhundertelangen Glaubwürdigkeit notwendig sein würde, das Schiff so auszustatten, als wenn es sich um einen wirklichen Flug handelte. Natürlich mußte es bestimmten Personen erlaubt sein, diese Ausrüstungen von Zeit zu Zeit zu kontrollieren. Daher ist der Zutritt zu den oberen Decks nur eingeschränkt, nicht untersagt. Da auch der Diebstahl dieser Ausrüstungsgegenstände dazu beitrug, die Illusion des Sternenfluges aufrechtzuerhalten, erlaubte meine Programmierung mir nicht, dagegen vorzugehen."

„Großartig. Und was erwartet man nun von uns?"

„Sie haben Nahrungsmittel, Wasser und Waffen im Notfalldepot. Die Raumanzüge in den Luftschleusen werden Sie warm halten. Notfalls wird das genügen, doch schlage ich vor, die gesperrten Decks nach nützlichen Dingen zu durchsuchen. Ich werde alle drei Decks aktivieren und die Luken so programmieren, daß sie sich auf die Eingabe Ihrer Namen hin öffnen."

„Wunderbar." LeAnne trank das letzte Wasser, das aus dem Versorgungspäckchen stammte, stand auf und sagte: „Dann sollten wir am besten gleich anfangen!"

DIE LEEREN Gänge riefen die Erinnerung an ihre Verfolger wach, waren sie doch erst gestern durch dieselben Gänge um ihr Leben gerannt.

Auf Deck drei gab es nur wenig zu untersuchen. Hunderte von Metallkammern waren allesamt bis auf die nackten Wände ausgeplündert worden. Sie verschafften sich einen schnellen Überblick, fanden nichts und gingen nach oben.

Deck zwei war ähnlich ausgestattet, doch enthielt es noch den riesigen Kontrollraum. Dieser war nicht ausgeplündert worden. Mit dem ringförmigen Gang, der ihn vollständig umschloß, und den Türen, die in regelmäßigen Abständen eingelassen waren, ähnelte er einem Amphitheater. Reihen von Computerkonsolen umringten ein zentrales Podium, auf dem sich der Sitz des Kommandanten befand. Videoschirme bedeckten Decke und Wände.

Donivan schritt einen der Gänge zum Kommandositz hinunter, bestieg ihn und untersuchte die Kontrolleisten in den Armlehnen. Seine Füße baumelten einige Zentimeter über dem Boden. „Ganz schön beeindruckend", sagte er. „Ich frage mich, ob irgend etwas davon noch funktioniert." Er drückte einen Knopf, woraufhin ein seitlicher Bildschirm zu elektronischem Leben erwachte. In der Mitte des Schirms blinkte die Meldung KAMERA FEHLFUNKTION. Donivan probierte auch die anderen aus. Nur noch zwei weitere Bildschirme funktionierten überhaupt, doch beide zeigten die gleiche Fehlermeldung.

Er schaltete die drei Schirme wieder ab. Er sah sich im Raum um und sagte leise: „Aber denk nur an die Arbeit, die hierauf verwendet wurde. Sie haben nichts vergessen. Wenn sie ein Schiff wie dieses im Weltraum gebaut hätten statt unter der Erde, könnten wir es auch fliegen."

„Abgesehen vom Antrieb", sagte LeAnne. „Da haben sie uns betrogen."

„Hmm." Donivan rutschte vom Sessel herunter und schlug den Weg zum Ausgang des Kontrollraums ein. Über die Schulter sagte er: „Ich frage mich, ob wir in der Lage wären, einen zu bauen."

LeAnne lachte. „Du weißt, wie meine Antwort vor zwei Tagen gelautet hätte – jetzt bin ich mir nicht mehr so sicher. Aber nun, da wir wissen, wo wir sind, ist das müßige Spekulation, nicht wahr? Laß uns lieber weitergehen."

Donivan lächelte zurück. „In Ordnung", sagte er. Er öffnete die Tür, steckte den Kopf hinaus und zog ihn sofort wieder zurück. „Da draußen ist jemand", flüsterte er.

Vor Schreck setzte LeAnnes Herz einen Schlag lang aus. „Was? Wer? Hat er dich gesehen?"

„Nein. Er ist hinter der Kurve – ich habe seine Schritte gehört." Er spähte noch einmal um die Türfassung. „Ich glaube, daß er hierherkommt."

„Verdammt, nicht schon wieder." LeAnne holte ihren Lähmstrahler aus dem Gürtel und sah sich im Kontrollraum um. Sie kam zu einem Entschluß. „Versteck dich hinter den Konsolen", sagte sie. „So können wir uns bis zur anderen Seite durcharbeiten und von dort hinausgelangen."

„Gute Idee."

Sie machten sich kriechend auf den Weg. Als sie kaum ein Viertel der Strecke geschafft hatten, hörten sie das Geräusch einer aufgleitenden Tür.

LeAnne erstarrte auf der Stelle. Sie hörte, wie Donivan sich hinter ihr vorsichtig bewegte. Dann betrat jemand den Kontrollraum.

Ein gedämpftes Husten. Dann: „Hallo? Ist da jemand?"

LeAnne hielt den Atem an, um sich zur Ruhe zu zwingen. Nach einer Weile, die ihr wie eine Ewigkeit vorkam, hörte sie, wie sich die Tür wieder schloß.

Vorsichtig hob sie den Kopf und riskierte einen Blick über den Rand der Konsole vor sich. Der Raum war leer. Mit einem langen Aufstöhnen stieß sie die Luft aus. „Puuh!"

Donivan stand auf. „Ich konnte einen Blick auf ihn werfen. Er sah wie einer von der Sicherheit aus."

„Was mag er hier oben wollen?" fragte LeAnne und stand auf.

„Vielleicht hat sich der Kapitän entschieden, eine Wache aufzustellen. Wir sollten zusehen, daß wir nach oben kommen, damit er uns nicht den Weg zu den Luftschleusen abschneidet."

LeAnne nickte. Sie ging durch den Raum voran und lauschte an der Tür am anderen Ende. Als sie nichts hörte, trat sie hinaus in den Gang. Die Treppen lagen nahe der äußeren Hülle. Auf Zehenspitzen schlich sie um die Kurve zu einem der radialen Gänge. Donivan folgte ihr. Dann betraten sie den Treppenschacht. Als die Scharniere beim Öffnen der Tür quietschten, zuckten sie zusammen und eilten die Treppe hinauf zum obersten Deck.

Von der Treppe führte ein einzelner Gang direkt bis zur Mittelnabe. Weit auseinanderliegende Türen säumten den Weg. Die Luftschleusen lagen rechts von ihnen, und dort befand sich nur eine kahle Wand, wo der Gang eigentlich hätte weitergehen sollen. Donivan schaute LeAnne an, und sie nickte in Richtung der Mittelnabe.

Als sie den Flur hinunterliefen, sah LeAnne, daß auf allen Türen an der rechten Seite stand: LANDUNGSHANGAR – ZUGANG NUR FÜR AUTORISIERTES PERSONAL. Sie erinnerte sich an das riesige Luftschleusentor, das sie von draußen gesehen hatten.

Sie hatten bereits drei Viertel des Weges bis zur Mittelnabe zurückgelegt, als sie das Zischen der sich öffnenden Fahrstuhltür hinter sich hörten. Donivan sprang zur nächsten Tür auf der linken Seite und tippte seinen Namen in das elektronische Türschloß. Aus dem Innern der Wand hörte man ein lautes Summen, das plötzlich abbrach. Ein kleiner Rauchfaden quoll aus dem Türspalt hervor, und es roch nach verbrannter Isolierung.

Die nächste geschlossene Tür befand sich hinter ihnen auf der rechten Seite. LeAnne rannte zurück und gab ihren Namen ein. Diesmal glitt die Tür auf. Sie griff nach Donivan und zog ihn hinein, schlug auf die Schließtaste und ließ sich rückwärts gegen die Wand fallen. Verblüfft sah sie sich um. „Oh!" sagte sie.

Die Plünderer hatten hier keinen Eingang gefunden. Der Raum war riesig – größer als der Kontrollraum –, mit einer Decke, die sogar noch höher reichte als die äußere Tür. Er war angefüllt mit beinahe jedem denkbaren Fahrzeugtyp. LeAnne erkannte Jeeps, Traktoren und sogar ein Flugzeug. Aber sie wirkten alle unbedeutend neben dem keilförmigen Gebilde, das sie überragte. Es war das Landungsflugzeug des Schiffes. Es konnte gar nicht anders sein. Es ähnelte einem Flugzeug, vorne mit einem winzigen Cockpit und hinten mit stummelförmigen Flügeln. Die auslaufenden Düsen am Heck ließen auf Raketenmotoren schließen.

Donivan umrundete das Landungsfahrzeug und sah zur Luke hoch, die sich direkt hinter dem Cockpit mindestens drei Meter außerhalb seiner Reichweite befand.

„Ich wußte es", flüsterte er. „Ich wußte, daß es hier sein mußte. Es ist wunderschön."

LeAnne mußte ihm zustimmen. „Das ist es", sagte sie. Mit einem Lachen fügte sie hinzu: „Ich glaube, ich bin eifersüchtig. Du hast dich wieder verliebt."

Donivan lächelte zurück. „Vergibst du mir?"

„Dieses eine Mal noch. Wie können wir ins Innere gelangen?" Für sie war es überhaupt keine Frage, ob sie es tun sollten oder nicht. Sie waren auf Entdeckungsreise.

Donivan drehte sich um. „Da." Er zeigte auf eine Treppe mit Rädern, die an der weiter hinten liegenden Wand stand.

Sie mußten sich beide mit aller Kraft dagegenstemmen, um sie über den Boden heranzurollen. Sie kletterten hinauf und öffneten die Schleusentür. Die Luft im Innern roch alt. Das Landungsfahrzeug war verschlossen gewesen, seitdem die Alphamannschaft das Schiff versiegelt hatte. LeAnne kam zu dem Schluß, daß man die Luft atmen konnte, und kletterte hinein. Donivan folgte ihr.

Im Innern war mehr Raum, als sie erwartet hatten. Hinter einer luftdichten Luke befand sich ein Frachtraum, der fast die gesamte Länge des Landefahrzeugs einnahm. Im spärlichen Licht, das durch das Cockpit hereinfiel, konnte LeAnne kaum das andere Ende erkennen. „Es bleibt nicht viel Platz für die Maschinen, nicht wahr?" sagte sie.

Vom Pilotensitz her antwortete Donivan: „Braucht es auch nicht. Hier sind getrennte Kontrollen für ‚Deuterium-Zuflußmenge' und ‚Treibstoffeinspritzung'. Es muß ein Fusionstyp sein."

LeAnne zuckte die Achseln und wandte sich wieder dem Cockpit zu: „Das behaupten die Kontrollen. Der Sternenantrieb war auch nur ein Bluff."

„Ein Bluff hätte hier keinen Sinn. Wenn sie die Maschinen nicht hätten bauen können, hätten sie nicht so ein Fahrzeug konstruiert."

„Ich weiß nicht. Es ist schon sehr beeindruckend, einfach nur hier zu sitzen."

„Beim Flug wird es noch beeindruckender sein. Wie wär's?"

„Was meinst du damit?"

„Es hinauszubringen. Es wäre sicherlich besser, als weiterhin zu Fuß zu gehen."

LeAnne traute ihren Ohren nicht. „Bist du verrückt? Selbst wenn es nach all der Zeit noch funktionierte, wie soll einer von uns es fliegen können? Außerdem bedeckt beinahe ein halber Berg das Tor von der anderen Seite."

„Hm." Donivan machte ein langes Gesicht. „Das war wohl eher

eine dumme Idee, obwohl der Einfall zu schön schien. Wenn wir von der Erkundung zurückkommen, können wir vielleicht einmal versuchen, ob es flottzumachen ist. Ich wette, der Computer hat ein Simulationsprogramm dafür. Genauso wie den Navigationssimulator für das Schiff. Ich könnte lernen, es zu fliegen."

„Vielleicht", erwiderte LeAnne. „Wir sollten uns erst darüber den Kopf zerbrechen, wenn die Zeit dafür gekommen ist. Kannst du einen Lichtschalter für das Frachtabteil finden? Ich möchte dahinten nachsehen, ob etwas Brauchbares zu finden ist."

Donivan überprüfte die Kontrollanzeigen und legte einen Schalter um – doch nichts geschah. Auch nicht, als er einen weiteren Schalter umlegte. „Ich glaube nicht, daß noch Energie vorhanden ist. Das ist auch kein Wunder. Wir müssen die Batterien, oder was immer es braucht, wieder aufladen."

LeAnne stieg durch die Luke und sagte: „Ich glaube, daß man auch bei dem schwachen Licht gut sehen kann – komm mit und schau, was es hier gibt."

Donivan kletterte aus dem Kommandosessel und ging zu LeAnne in den Frachtraum. „He, ich glaube, ich habe etwas gefunden!" rief er aus. Er hatte ein Abteil im vorderen Bereich des Frachtraums geöffnet und zog ein gefaltetes Plastikobjekt heraus, an dem ein Glaszylinder befestigt war.

„Was ist das?"

„Hier steht RETTUNGSFLOSS drauf, aber schau hierher." Er zog an dem Floß, worauf etwas Massives seine Lage im Abteil veränderte. „Hilf mir, es heraus ans Licht zu ziehen."

Es war eine Holzkiste – ungefähr dreißig Zentimeter hoch und sechzig Zentimeter lang. LeAnne packte einen Griff und Donivan den anderen. Dann schlängelten sie sich damit zurück ins Cockpit. In dem Licht, das aus dem Landungshangar eindrang, konnten sie die aufgemalten Buchstaben an der Seite lesen: ÜBERLEBENSAUSRÜSTUNG FÜR NOTLANDUNG.

LeAnne nickte. „Das ist schon eher etwas." Sie erbrach das Siegel und ließ den Verschluß aufschnappen.

Die Kiste enthielt ein Sortiment von dehydratisierter Nahrung, Trinkwasser in Dosen, eine Medibox, ein Buch, in dem eßbare Pflanzen aufgelistet waren, ein weiteres Buch mit dem Titel RAND MCNALLYS WELTATLAS, eine Rolle dünnes Seil, ein Messer, dessen Klinge so lang wie LeAnnes Arm war, und eine Anleitung, in der beschrieben wurde, wie man all das verwendete. In Schlaufen am

Deckel steckten drei Signalleuchten, ein Bündel dünner Metallhaken, eine Rolle feiner, dünner Faden, dessen Verwendung ihnen unbekannt war, und ein scheibenförmiges Objekt, in dem eine fein aufgehängte Nadel zitterte und dessen Zweck sie ebenfalls nicht kannten. Mit zusammengekniffenen Augen las LeAnne das Etikett: „SILVASYSTEM – PRÄZISIONSKOMPASS. Was ist das?"

„Frag mich doch nicht. Du bist die Planetenexpertin!"

LeAnne schaute es noch einmal an. Das sah irgendwie wie ein Geduldsspiel aus. „Vielleicht muß man die Nadel ruhig halten?"

„Nein, das ist doch viel zu schwer", entgegnete Donivan.

„He. Ich hab's. Man kann damit anhand der Position der Sonne feststellen, wie spät es ist. Siehst du diese Buchstaben? Sie stehen für die Himmelsrichtungen: Norden, Osten, Süden und Westen. Du hältst es in die entsprechende Richtung, und der Schatten der kleinen Nadel zeigt dir an, wie spät es ist. Es ist ganz einfach."

Sie legte den Kompaß zurück in seine Schachtel und war ganz stolz auf ihre logische Folgerung. Dann zog sie eines der in Plastik verpackten Päckchen heraus, die an der Seite der Kiste als Polster dienten. „Was ist das?"

„Raumfolie?" fragte Donivan zweifelnd, als er das Etikett gelesen hatte. „Sieht nicht so aus, als könnte es dem Vakuum standhalten." Donivan nahm ihr den Beutel aus der Hand und las die Aufschrift auf der Rückseite. „Hier steht, daß die Folie dazu dient, die Körperwärme bei großer Kälte zurückzuhalten. Also eine ganz normale Folie."

LeAnne stopfte die Folie zurück in den Beutel. „Was gibt es noch hier?"

„Eine Medibox", sagte Donivan. Er öffnete sie und nahm die Flasche heraus, die obenauf lag. Dann fing er an zu lachen.

„Was ist los?"

„Es ist nicht direkt eine Flasche Wein, aber etwas ganz Hochprozentiges. ‚Nur zur medizinischen Anwendung'."

„Du machst Scherze."

„Schau doch selbst!" Er reichte ihr die Flasche.

LeAnne nahm sie, las das Etikett und kicherte. „Weißt du was, vielleicht sollten wir unsere Träume wahr machen."

„Wie meinst du das?"

„Ich meine, ein Laib Brot, ein Krug Wein und du. Laß uns mitnehmen, was wir hiervon gebrauchen können, und frische Nahrung und Wasser aus dem Notversorgungslager holen und die

Nacht draußen verbringen. Wir können direkt neben der Luftschleuse unser Lager aufschlagen."

„Ich weiß nicht", sagte Donivan zweifelnd.

„Ach, komm schon. Es wäre eine gute Übung. Und außerdem ist es für uns außerhalb des Schiffes sowieso besser, solange die Sicherheitsleute sich hier herumtreiben."

Donivan nickte. „Stimmt. Ab unter die Bäume."

JETZT war der Gang wieder leer. Sie eilten hinunter zur Mittelnabe, wobei sie die Überlebenskiste zwischen sich trugen. LeAnne hielt Wache, während Donivan zurück nach unten zum Notfalldepot schlich, um Lebensmittel zu besorgen. Im Kommunikationsraum machten sie halt, um dem Computer ihre Pläne mitzuteilen, doch sie entdeckten, daß das Terminal ausgeschaltet war.

„Ich glaube, nun können wir sicher sein, daß jemand hier war", bemerkte Donivan. Er schaltete das Terminal wieder ein. „Laß mich noch schnell dem Computer mitteilen, wo wir hingehen, dann können wir verschwinden."

Donivan tippte etwas ein, worauf der Computer fragte: „Mit wem kommuniziere ich?"

„Donivan und LeAnne. Weißt du, wer dich ausgeschaltet hat?"

„Nein, ich hörte Schritte und dann jemanden etwas rufen, der der Stimme nach männlich und erwachsen war. Einen Augenblick später wurde dieses Terminal abgeschaltet. Ich habe versucht, eine Stimmenidentifikation durchzuführen, aber die Stimmenprobe war zu kurz."

„Es war ein Sicherheitsmann", sagte LeAnne. „Wir haben ihn weiter unten gesehen."

„Warten Sie . . . Das erhöht die Trefferwahrscheinlichkeit . . . Ja. Es war mit neunzigprozentiger Sicherheit der Sicherheitsunteroffizier Deinar Jennings."

Der Name kam LeAnne bekannt vor, aber sie konnte nicht sagen, wieso.

„Haben Sie bei Ihrer Suche etwas Nützliches finden können?"

„Wir fanden eine Überlebenskiste in dem Landungsfahrzeug. Außerdem Folien und eine Menge Bücher und einen Haufen anderes Zeug."

„Ausgezeichnet."

„Ich muß es wissen – kann es wirklich noch fliegen?" mischte sich Donivan ein.

„Das Landungsfahrzeug?" fragte der Computer nach einer Pause. „Ja, das ist möglich. Die Mannschaft des bemannten Orbitforschungslabors flog es nach dem Holocaust hierher. Es war eins von sieben Shuttles, die zu dieser Zeit existierten. Aber ich würde nicht empfehlen, es ohne gründliches Training zu fliegen."

„Danke, diesen Rat habe ich schon mal gehört." Donivan deutete auf LeAnne. „Auf unserem ersten Ausflug werden wir zu Fuß gehen. Aber ich möchte es gern ausprobieren, wenn wir zurückgekommen sind."

„Ich habe immer noch die Simulationsprogramme für ein Training in meinen Speichern. Doch ich muß Sie warnen, daß es mindestens ein Jahr dauern wird, bevor Sie genug Erfahrung haben, einen wirklichen Flug zu unternehmen."

„Es ist mir egal, wie lange es dauert."

LeAnne sah Donivan bewundernd und überrascht an. Sein Aufenthalt draußen hatte ihn bereits verändert. Noch nie hatte er ein derartiges Engagement gezeigt.

DIE SONNE war bereits hinter dem Berg versunken, als sie aus der Luftschleuse traten. Aber der Himmel war immer noch hell vom Tageslicht. Sie trugen die Kiste bis zu dem Baum, unter dem sie am Morgen vorher ausgeruht hatten, und nahmen sich den Inhalt vor. LeAnne öffnete das Buch über eßbare Pflanzen und fing an, es durchzublättern, während Donivan immer nur ein Teil nach dem anderen aus der Kiste nahm und in der Gebrauchsanweisung las.

„Hier steht", sagte er, nachdem er den Inhalt der Kiste um sich herum ausgebreitet hatte, „daß es unser dringendstes Anliegen sein sollte, ein Schutzdach zu bauen, indem wir von den Bäumen Äste abschneiden und sie gegen einen umgestürzten Baum oder gegen einen großen Felsen lehnen. Oder wir können eine Stange zwischen zwei Bäumen festbinden und die Zweige dagegenlehnen. Wie hättest du es lieber?"

LeAnne schaute hoch und unterbrach ihr Studium der tausend Möglichkeiten, Löwenzahn zuzubereiten. „Ich möchte draußen im Freien schlafen", sagte sie.

„Aber hier steht doch –"

„Das ist mir egal. Genauso haben es die Entdecker in den alten Büchern getan. Außerdem haben wir die Folien, um uns warm zu halten." Bevor Donivan dagegen protestieren konnte, fügte sie hinzu: „Und wenn das nicht funktioniert, haben wir ja noch einander."

Er nickte, während sich ein Lächeln auf seinem Gesicht ausbreitete. „Gut“, sagte er und legte die Gebrauchsanweisung zurück. „Hier steht auch, daß wir ein Lagerfeuer machen sollten, wenn das Schutzdach fertig ist. Willst du das auch streichen?“

„O nein! Entdecker haben immer ein Lagerfeuer.“ Dann schwieg sie einen Augenblick. „Was steht denn da, wie man ein Feuer macht?“ fragte sie.

„Man soll einen kleinen Kreis aus Steinen machen, in die Mitte legt man einen Haufen Zweige – ich vermute, Zweige sind die dünnen Enden von Bäumen, die man hier auf der Zeichnung sieht. Dann stellt man größere Zweige in der Form eines Indianerzeltes drumherum. Siehe Abbildung vier.“ Donivan hielt LeAnne das Büchlein hin. „Ich habe keine Ahnung, was ein Indianerzelt ist, aber es sieht ziemlich einfach aus.“

„Ich glaube, das kriegen wir hin.“ Sie stand auf und sah sich nach einem passenden Baum um. Dann entschied sie, daß der, unter dem sie lagerten, genausogut war wie alle anderen, und griff hinauf, um einige Zweige von den Ästen zu brechen. Mit seiner unversehrten Hand half ihr Donivan, bis sie einen ansehnlichen Haufen beisammen hatte. LeAnne sammelte ungefähr ein Dutzend mittelgroßer Steine und formte daraus einen Kreis, einige Meter entfernt von dem Baum. Als sie wieder hochblickte, sah sie, wie Donivan die kleinen grünen Nadeln von einem Ast zupfte.

„Was machst du da?“ fragte sie.

„Ich sammle Zweige“, sagte er.

„Das sind Tannennadeln.“

Donivan schaute wieder in seine Broschüre. „Das ist ja sogar noch besser. Hier steht, daß trockene Tannennadeln oder Blätter einen besonders guten Zunder abgeben, um ein Feuer zu entzünden.“ Er streifte eine Handvoll Nadeln ab und brachte sie hinüber zu dem Feuerplatz. „Nun legt man sie in die Mitte des Steinkreises“, sagte er, während er das Gras flachdrückte und aus den Tannennadeln einen kleinen Haufen formte. „Dann legt man die größeren Zweige drumherum und läßt ein kleines Stück frei, damit man hineinlangen kann. Dann kommen die größeren und die noch größeren. Siehst du?“ Vorsichtig arrangierte er die verschiedenen Äste und schaute dabei immer wieder auf die Abbildungen.

„Fertig“, sagte er schließlich. „Was hältst du davon?“

„Ein Meisterstück“, stellte LeAnne mit einem Lächeln fest. „Und was nun?“

„Nun zünden wir es an. Man soll ein Streichholz nehmen, es anzünden und das brennende Streichholz an den Zunder halten. Gut. Wo ist das Streichholz?"

„Wie soll es denn aussehen?" LeAnne konnte sich erinnern, etwas über Streichhölzer gelesen zu haben, aber sie hatte noch keine Beschreibung von ihnen gesehen. Die Leute in den Geschichten entzündeten einfach ihre Lagerfeuer mit ihnen, und das war es dann auch. Sie fing an, die verstreute Ausrüstung zu sichten. Schließlich entdeckte sie einen Stahlbehälter, der ungefähr acht Zentimeter lang und drei Zentimeter dick war, auf dem stand: WASSERDICHTER ZÜNDHOLZBEHÄLTER. Sie schraubte die Kappe ab und schüttete ein Dutzend hölzerner Stäbchen heraus, von denen immer ein Ende eine rote Verdickung aufwies. „Und wie zündet man eins an?"

Donivan schaute in der Gebrauchsanweisung nach. Er blätterte mehrere Seiten um, schaute hoch und schüttelte den Kopf. „Das steht hier nicht. Hier heißt es nur: ‚Das Streichholz anzünden.'"

„Vielleicht steht die Gebrauchsanweisung auf dem Etikett", sagte LeAnne. Sie kniff die Augen zusammen, um die winzige Schrift zu entziffern. „‚Zündholz anstreichen.' Ich vermute, daß man mit irgend etwas darüberstreichen muß." Sie nahm einen dünnen Stock, ungefähr einen Zentimeter dick und zwanzig Zentimeter lang. Dann legte sie ein einzelnes Streichholz auf einen Stein und strich mit dem Stock darüber.

Das Streichholz fiel sofort herunter. Sie hob es auf und legte es wieder auf den Stein. „Ich vermute, man darf nicht zu fest darüberstreichen", sagte sie und versuchte es mit dem nächsten.

Nach dem dritten Fehlversuch meinte sie: „Ich erinnere mich, eine Geschichte gelesen zu haben, in der sie Feuer machten, indem sie zwei Hölzchen gegeneinander rieben. Vielleicht sollten wir das versuchen."

„Das ist zu primitiv, selbst für Präholocaustmenschen."

„Woher willst du das wissen? Los, gib mir eins! Bis du es in deinem albernen Handbuch gefunden hast, habe ich es schon entfacht." LeAnne nahm ein Streichholz, griff sich einen Stock und fing an, das Ende des Zündhölzchens an dem Holz zu reiben.

„Das ist lächerlich", warf Donivan ein, „es muß doch einen besseren . . ."

Das Streichholz entflammte, und LeAnne rief: „Donivan, sieh, es brennt!" Stolz hielt sie das Streichholz empor.

„Wer hätte das geglaubt?" staunte Donivan. „Sie haben tatsächlich Hölzchen gegeneinander gerieben.“ Die Flamme begann die ganze Länge des Holzes herabzubrennen. LeAnne fragte ungeduldig: „Und nun? Was soll ich damit machen?“

Donivan blätterte einige Seiten in dem Handbuch, bis er das Bild mit dem Feuer wiederfand und las vor: „Halte das brennende Streichholz an den Zunder, bewege die Flamme gleichmäßig umher, um alle Seiten anzuzünden!“

LeAnne kniete nieder und hielt das Streichholz an die Tannennadeln. „Huch!“ Sie ließ das abgebrannte Streichholz fallen und steckte ihre Finger in den Mund. „Mmmm. Es geht nicht.“

„Es sollte aber. Wir haben alles getan, was dort stand.“

„Vielleicht ist das das Problem. Ich vermute, ich muß es länger an eine Stelle halten. Laß mich noch eins versuchen.“

LeAnne nahm eines der abgebrochenen Hölzchen und rieb es so lange an dem Stock, bis es sich entzündete. Dann hielt sie es wieder an die grünen Tannennadeln. Die Nadeln zischten und sprühten, und eine von ihnen flammte für einen Augenblick auf. Aber mit dem Streichholz erlosch auch die Flamme. Donivan warf das Handbuch in den Kasten zurück. „Soviel zu Streichhölzern. Sie sind offensichtlich nicht des Menschen beste Erfindung.“

„Hast du eine bessere Idee?“ fragte LeAnne.

„Ja. Tritt mal zurück.“ Donivan nahm einen Laser aus dem Haufen der Ausrüstung, zielte auf die aufgestellten Tannenzweige und feuerte. Innerhalb von Sekunden knisterte und prasselte das Feuer in dem Geäst.

„So“, sagte er. „Ein Primitiver entdeckt das Feuer.“

DÄMMERUNG legte sich auf die Mulde, in der die *Starchild* lag. Sie hatten ihr Abendbrot beendet. Donivan beugte sich vor und warf einen Ast ins Feuer. LeAnne, ihren Kopf in seinem Schoß, betrachtete die Funken, die in den Nachthimmel emporwirbelten. Das flackernde Feuer und der Geruch von brennendem Holz hatten ein uraltes Gefühl in ihr erweckt, während sie die Wärme auf ihrer Haut spürte. Es war so fundamental wie die Liebe, die sie ebenfalls erst vor kurzem entdeckt hatte. Dieses Gefühl hatte keinen Namen, aber sie war sich bewußt, daß es darauf wartete, in jedem einzelnen aufzusteigen, durch den Tanz der Flammen befreit zu werden. Auch Donivan schien es zu fühlen.

„Worüber denkst du nach?“ fragte sie sanft.

„Über die Sterne“, gab er nach einiger Zeit des Schweigens

zurück. „So muß die Zivilisation begonnen haben. Leute, die um ein Lagerfeuer kauerten, zu den Sternen emporsahen und sich fragten, was es dort draußen gibt.“ Er schüttelte den Kopf und blickte hinunter auf LeAnne; in seinen Augen spiegelte sich der Schein des Feuers. „Es ist eine Ironie des Schicksals. Nach tausend Jahren in einem Sternenschiff sitzen wir wieder um ein Lagerfeuer und wundern uns über die Welt. Der Computer sagt zwar, er sei nur ein Werkzeug, uns zu lehren, wie man draußen leben kann. Aber dennoch brachte er uns bei, in einem Raumschiff zu leben. Wir dürfen das nicht aufgeben.“

LeAnne war sich nicht sicher, was er meinte. „Möchtest du noch weiter in der *Starchild* leben?“ fragte sie.

„Nein, nein. Ich möchte ein wirkliches Sternenschiff bauen. Auf eine wirkliche Reise gehen, zu einem anderen Stern.“

„Meine Güte, wir sind doch gerade erst angekommen.“

„Na ja, ich meine auch nicht sofort. Wir können hier ein paar Jahre bleiben, Forschungen betreiben und eine Siedlung gründen. Aber ich glaube nicht, daß man ein echtes Raumschiff einfach aufgibt, sobald es gelandet ist. Es bliebe immer ein Raumschiff, und die Menschen darin zögen schließlich zu einem anderen Stern. Warum sollten wir anders sein?“

„Das kann ich dir sagen. Zunächst einmal, weil unser Sternenschiff im Boden eingegraben ist.“

„Das sind nur Nebensächlichkeiten.“ Donivan winkte ab. „Wir haben die Fähigkeit, ein anderes Schiff zu bauen, und reichlich Rohmaterial dazu.“

LeAnne hob den Kopf und küßte ihn. „Und ich dachte immer, *ich* wäre ehrgeizig“, sagte sie lachend.

Donivan sagte nichts dazu, er antwortete mit einem Kuß. Es fiel ihr leicht, ihn dicht an sich heranzuziehen, bis sie eng umschlungen waren. Wieder küßten sie sich.

LeAnne war sich ihrer Anspannung nicht bewußt gewesen, bis sie sie schwinden fühlte. Erst jetzt bemerkte sie, daß sie den ganzen Abend auf diesen Augenblick gewartet hatte. Als sie sich an ihn drückte und ihren Busen an seine Brust preßte, schien sich LeAnnes gesamtes Bewußtsein auf die schmale Grenze zu konzentrieren, wo sich ihre Körper berührten. Sie schmiegte sich noch enger an, und die Wärme breitete sich tiefer aus.

Als Donivan ihre bloße Schulter berührte, fühlte es sich an, als hielte er eine wärmende Sonne in der Hand.

Das Feuer war zu einem Haufen roter Glut herabgebrannt. Gelegentlich warf eine einzelne Flamme kurz ihr Licht hinaus in die Nacht. LeAnne lag auf dem Rücken und betrachtete die blinkenden Sterne über ihrem Kopf. Donivan lag auf der Seite, einen Arm über sie gelegt, und seine Hand bedeckte noch immer ihre linke Brust.

Seit ihrem ersten Kuß hatte sie mit Donivan darüber sprechen wollen, was es bedeutete, verliebt zu sein. Aber nun, da sie die Zeit dafür gefunden hatten, fiel ihr nicht das geringste dazu ein. Es gab überhaupt keinen Grund zu sprechen. Niemand hat mir erzählt, daß es so sein würde, überlegte sie und mußte bei diesem Gedanken fast lachen. Mit Sex ging man im Schiff nicht leichtfertig um; jeder lernte den entsprechenden biologischen Ablauf schon in frühem Alter, und Verhütungsmittel waren für jeden unter zwanzig vorgeschrieben. Trotzdem hielten die Menschen Sex im allgemeinen für etwas ganz Besonderes, und verliebt zu sein war niemals eine beiläufige Angelegenheit gewesen.

LeAnne dachte, daß sie wenigstens das verstanden hatte. Verliebt zu sein war in vielerlei Hinsicht so, wie die Erde außerhalb der Luftschleuse zu entdecken. Es war wunderbar, berauschend schön, und zur gleichen Zeit war es erschreckender, als sie es sich jemals vorgestellt hatte.

Donivan unterbrach die Stille: „Worüber denkst du nach?"

„Ich . . ., ich kann es nicht genau in Worte fassen. Ich bin glücklich. Ich mag es, mit dir hier draußen zu sein. Ich glaube, daß das Leben wieder einen Sinn hat."

Er lachte. „Ich habe alle Hände voll zu tun, um mich von alledem hier nicht überrollen zu lassen."

„Komm, das meinst du doch nicht wirklich."

„Doch, im Ernst. Wo ich auch hinsehe, gibt es etwas Neues. Hier zum Beispiel." Er folgte mit den Lippen der Wölbung ihrer Brust. „Und da." Er nickte in Richtung Osten. Als LeAnne seinem Blick folgte, sah sie einen hellen Lichtfleck, der zwischen den Wipfeln der Bäume schimmerte.

„Das ist –"

„Warte. Laß mich nachdenken. Der Mond. Richtig?"

„Richtig", flüsterte LeAnne.

Eine Ewigkeit später schlug Donivan vor: „Vielleicht sollten wir die Decken auspacken."

„Das wäre wohl besser."

Er griff nach der Überlebensausrüstung, zog die Weltraumfolien heraus, schlug sie auf und legte sie über LeAnne. Dann kroch er zurück an ihre Seite. Er umfaßte sie, um ihr einen Kuß zu geben. „Gute Nacht, Lee", sagte er.

„Gute Nacht, Donivan." Während sie seinem Atem und dem sanften Rauschen des Windes in den Bäumen lauschte, schlief LeAnne ein.

SIE WACHTE vor ihm auf. Vorsichtig schlüpfte sie unter der Decke hervor, um ihn nicht zu stören, stand auf und streckte sich, nun vollständig durch die kühle Morgenluft geweckt. Obwohl der Himmel bereits hell war, stand die Sonne noch nicht über den Bergen, die die *Starchild* umgaben.

Ihre Kleider lagen zusammen mit Donivans in einem Haufen neben dem Feuer. Das war nun schon der fünfte Tag, ohne daß sie sich oder ihre Uniform gewaschen hatte. Sie fragte sich, ob sie es wagen könnten, ins Schiff zurückzugehen und nach einer funktionierenden Dusche zu suchen, aber dann hatte sie einen viel besseren Einfall. Es gab einen Bach, nur wenige Minuten entfernt. Dort wollte sie ein Bad nehmen. Und war da nicht auch Seife in der Medibox gewesen?

Donivan wachte auf, während sie nach der Seife wühlte. Er blinzelte, sah sie vollkommen nackt vornübergebeugt und grinste. „Guten Morgen", sagte er. „Wonach suchst du?"

Sie fand es und hielt es hoch. „Seife. Ich will mich im Bach waschen. Hast du Lust mitzukommen?"

„Klar." Er stand auf, und LeAnne betrachtete seine Muskeln, die an Brust und Armen hervortraten, als er sich streckte. In der Umgebung des Waldes sah er noch elfischer aus als sonst, nur der Sonnenbrand auf den Armen und im Nacken störte den Eindruck.

„Zieh besser deine Schuhe an", sagte sie. „Wir müssen ein Stück gehen."

„In Ordnung." Donivan schlüpfte in seine Bordschuhe, nahm seine Kleidung und streckte seinen Arm nach LeAnne aus.

Sie nahm einen der Laser, nur für den Fall, daß sie einem wilden Tier begegneten, zog ebenfalls ihre Schuhe an und ergriff seine Hand. Was für ein Anblick! dachte sie. Nackt durch den Wald, auf einer neuen Erde, schritt sie mit Donivan an ihrer Seite. Es würde ein schöner Tag werden, das konnte sie jetzt schon sagen.

Der Fluß hätte, der Kälte nach zu urteilen, aus flüssigem Stickstoff bestehen können. Donivan stippte einen Zeh hinein, schüttelte den Kopf und sagte: „Du machst Witze, oder?"

LeAnne versuchte es ebenfalls mit einem Zeh. „Brr! Mein Gott, wie haben die das nur ausgehalten? In den Büchern baden sie immer in Flüssen."

„Diese Bücher sind Fiktion, nicht?"

LeAnne lachte. „Stimmt. Ich versuche es trotzdem. Zieh mich raus, wenn ich blau werde, ja?"

„Alles klar."

„Los geht's. Juhu!" LeAnne ging mit beiden Füßen hinein. Das Wasser reichte ihr kaum über die Knöchel, aber die Kälte schoß ihr hoch bis in die Oberschenkel. „Ah, das macht Spaß. Aaah!" Sie bückte sich und spritzte sich Wasser über Nacken und Rücken, wobei sie jedesmal die Luft tief einsog und wieder ausstieß. Auf keinen Fall würde sie die Seife benutzen. Sie hielt ihr Haar ins Wasser und schwenkte es einmal zurück und wieder vor, richtete sich auf, um es auf ihren Rücken zu schwingen. Dann hörte sie Donivan schreien, als der Schwall des Wassers ihn traf.

„Du bist dran", keuchte sie, während sie ans Ufer trat.

Er blickte sie verzweifelt an und schrie und japste während seines dreißigsekündigen Bads, sprang dann hinaus und schüttelte das Wasser ab. Als er seine Kleidung anzog, bemerkte er: „Der Kapitän hatte recht. Die Strahlung hat unser Hirn angegriffen."

„Kann sein, aber wenigstens sind wir nun sauber", sagte LeAnne, während sie ihre Uniform anzog.

Donivan lachte. „Ja. Falls der Schmutz nicht heruntergewaschen ist, ist er abgefroren. Laß uns einen sonnigen Platz suchen."

LeAnne nickte und folgte dem Bach bis zu einer Stelle, wo das Wasser über Felsen hinabstürzte. Sie ließen sich auf einem Felsen nieder, der schon von den wenigen Morgenstrahlen getrocknet war, und blickten über die Ebene unter sich. Die Aussicht war beinahe so schön wie die am Tag zuvor vom Gipfel des Hügels aus.

Donivans Augen hatten sich dem Tageslicht inzwischen gut angepaßt, aber er konnte noch nicht in Richtung Sonne sehen. Sie war nördlich des Sees aufgegangen, weswegen er sich nach Süden wandte. Aber irgend etwas glitzerte dort ebenfalls. Er beschattete die Augen mit einer Hand und zeigte mit der anderen in diese Richtung. „Was ist das?" fragte er. „Erkennst du, wie es sich bewegt?"

LeAnne sah für einen Moment gar nichts, dann bemerkte sie es plötzlich. In der Luft oberhalb des Sees blinkte ein heller

Lichtfleck, als ob irgend etwas das Sonnenlicht reflektierte. Es war zu winzig, um es genauer erkennen zu können, aber als sie beobachtete, wie es zum Rand der Ruinenstadt hinunterglitt, wußte sie, was es sein mußte.

So wie sie vor einer Minute ein unglaubliches Wohlgefühl empfunden hatte, fühlte sie jetzt nur noch Ärger. „Es ist ein Flugzeug. Jemand ist uns zuvorgekommen."

„Mit was zuvorgekommen?"

„Mit allem! Jemand anderes lebt hier draußen. O verdammt!"

Donivan blickte sie bestürzt an. „Was stört dich daran?" fragte er. „Jemand anderes hat den Holocaust ebenfalls überlebt. Das ist doch gut, oder nicht?"

Sie mußte schlucken, um nicht loszuschreien. Ihre Stimme war noch zittrig, als sie sagte: „Es macht die Erde ebenso zu einer Lüge wie das Schiff. Das ist das Problem! Wir sind angeblich dazu da, die Menschheit zu bewahren. Wir sind dazu bestimmt, den Genbestand und unser Wissen zu hüten, bis wir den Planeten wieder bevölkern können. Aber wenn es hier draußen andere gibt, die all die Arbeit gemacht haben, während wir nur in einem Loch im Boden versteckt hausten, dann sind wir nicht mehr Kolonisten, sondern Flüchtlinge!"

Donivan sann darüber nach und schüttelte schließlich den Kopf. Er legte seine Arme um sie und sagte: „Nein, Lee, das sind wir nicht. Es macht keinen Unterschied, wo du lebst, ob es in einem Sternenschiff oder auf einem Planeten ist: Beides ist Leben."

*„Wir waren in keinem Sternenschiff!"*

„Doch, das waren wir. Was macht es, daß es unter der Erde liegt? Es ist ein Sternenschiff, soweit es die Besatzung betrifft, und nur das zählt. Wir leben besser als viele Leute hier draußen vor dem Holocaust. Vielleicht sogar besser als *die* dahinten." Er versuchte einen Scherz zu machen. „Besonders, wenn sie in Flüssen baden müssen."

LeAnne sah ihn finster an. „Es verändert alles. Ich wollte ein Siedler sein. Ich wollte neue Welten erforschen und lernen, auf ihnen zu leben. Welchen Sinn hat das jetzt noch?"

Donivan sagte: „Ich denke, eine der Voraussetzungen für einen guten Siedler ist die Fähigkeit, mit den vorhandenen Lebensformen auszukommen, selbst wenn es menschliche sind."

LeAnne bemühte sich, ihn zu verstehen, aber ihre Gefühle widerstrebten seinem Argument. Sie holte mehrmals tief Luft, während sie beobachtete, wie das Flugzeug hinabglitt und im Schatten des Sees verschwand. „Vielleicht hast du recht. Aber mir wäre es immer noch lieber, wenn sie nicht hier wären."

Donivan stand auf. „Komm, wir sollten zum Schiff zurückgehen und den Computer über die Geschehnisse informieren."

LeAnne nickte. Zumindest damit war sie einverstanden. Vielleicht wußte der Computer, was zu tun war.

„SIND Sie sicher, daß die Stadt am See verwüstet ist?" erkundigte sich der Computer, nachdem sie ihm das Flugzeug beschrieben hatten. Sie befanden sich wieder im Kommunikationsraum auf dem Oberdeck. Während sie sprachen, achteten sie darauf, daß keine herumschnüffelnde Polizei in der Nähe war.

„Im Zentrum befindet sich ein Bombenkrater", erklärte LeAnne, „der Wasserspiegel des Sees ist gestiegen und hat das meiste überschwemmt."

„Leider können Sie nur den Zustand des Sees und der Stadt DeSmet, die um die Kohlenwasserstoffabrik herum angelegt ist, beurteilen. Ich kann mir viele Gründe denken, warum Leute, die woanders leben, an der Fabrik interessiert sind. Einer dieser Gründe könnte sein, daß sie versuchen, etwas von der alten Technologie zu bergen."

„Was machen wir nun mit ihnen?" fragte LeAnne.

„Ich bin mir nicht sicher. Der ursprüngliche Plan sah eine langsame, geordnete Ausbreitung auf der Erde und einen intelligenten Gebrauch der Ressourcen vor. Doch jetzt, mit dem Eindringen der Außenseiter, werden wir wahrscheinlich gezwungen sein, diesen Plan abzuändern. Wir können nicht sicher sein, daß sie zivilisiert sind. Sie könnten sogar feindselig sein."

Donivan rieb sich etwas von dem Betäubungsmittel aus der Medibox, die sie gestern zurückgelassen hatten, auf seinen Sonnenbrand. Dann sagte er: „Wir wissen nicht das geringste über sie, außer daß sie Flugzeuge fliegen. Das macht sie noch nicht feindselig. Vielleicht brauchen sie sogar unsere Hilfe, besonders wenn sie ihre Zivilisation aus den Ruinen wieder aufbauen mußten. Oder es sind vielleicht unsere eigenen Leute aus der *Starchild.* Wir müssen mehr über sie herausfinden, bevor wir uns zu Schlußfolgerungen hinreißen lassen."

„Sie haben recht. Wir sind nicht die einzige zivilisatorische Kraft, nur weil die anderen nicht aus der *Starchild* stammen. Da bin ich mir sicher. Natürlich wird das notwendigerweise Veränderungen im ursprünglichen Besiedlungsplan mit sich bringen, der Überlebende nicht berücksichtigt hatte."

„Warum eigentlich nicht? Er scheint auch keine gute Grundlage zu bilden, besonders nachdem wir gesehen haben, wie viele andere Arten überlebt haben."

„Bei nachträglicher Überprüfung lassen sich in den besten Plänen Fehler finden", antwortete der Computer. „Aber Sie haben die Aufzeichnungen vom Holocaust gesehen, so daß Sie wissen, wie unmöglich es schien, daß irgend jemand auf der Erdoberfläche überlebte. Die Alphabesatzung hatte gute Gründe zu glauben, daß sie die einzigen Überlebenden sein würden."

„Was ist mit einem anderen Schiff? Vielleicht ist die *Starchild* nicht die einzige Zufluchtsstätte gewesen, die man unterirdisch gebaut hatte."

„Sie war es. Der größte Teil der *Starchild* wurde vor dem Holocaust errichtet, als weltweite Kommunikation noch üblich war. Als Trainingsanlage war sie dafür gedacht herauszufinden, ob das Konzept eines Generationsschiffs möglich wäre. Die Alphabesatzung hätte davon gewußt, falls es andere Projekte dieser Art gegeben hätte. Es gab keine. Und hinterher waren auch keine mehr möglich. Wir sind die einzige Zufluchtsstätte, die es noch gibt."

„Das dachte die Alphabesatzung."

„Ja."

„Aber sie müssen sich ganz offensichtlich irgendwo geirrt haben."

„Sie haben recht, und wir müssen herausfinden, an welcher Stelle die Alphabesatzung ihren Irrtum beging, bevor wir den Plan angemessen ändern können."

LeAnne sagte: „Von welchem Hauptplan sprichst du eigentlich dauernd? Ich dachte, daß wir auf uns gestellt wären, nachdem wir das Schiff verlassen haben."

„Sind Sie auch. Jedenfalls wären Sie gut beraten, ein paar Ideen zu entwickeln, wie man den Wiederaufbau der Zivilisation vorantreibt, anstatt dieselben Fehler zu wiederholen, die das letzte Mal gemacht worden sind. Genau aus diesem Grund dehnte die Alphabesatzung die Planung auch auf die Besiedelungsetappen aus."

„Mit anderen Worten, du beabsichtigst, auch die nächsten tausend Jahre zu bestimmen."

„Ich beabsichtige gar nichts. Ich bin programmiert worden,

Vorschläge zu unterbreiten und die Menschheit vor offensichtlichen Fallen zu schützen, aber Sie können frei entscheiden, was Sie tun."

LeAnne nickte eingeschüchtert. Sie hatte vergessen, daß sie mit einem Computer sprach. „In Ordnung", sagte sie. „Was schlägst du vor, was wir als nächstes tun sollten?"

„Beobachten Sie die Bewohner außerhalb. Bringen Sie so viel über sie in Erfahrung, wie Sie können. Nehmen Sie Kontakt mit ihnen auf, falls Sie sich sicher fühlen, aber erlauben Sie unter keinen Umständen einem von ihnen, den Standort der *Starchild* herauszufinden. Die anderen müssen sich am Anfang nicht unbedingt feindselig verhalten, aber vielleicht könnten sie es später tun. Kommen Sie nur dann zurück, wenn Sie dabei nicht beobachtet werden. Falls Sie nicht innerhalb einer angemessenen Zeit zurückkehren, werde ich weitere Kundschafter aussenden."

„Das klingt ja ermutigend."

„So war es nicht gemeint. Von allen Leuten auf diesem Schiff sind Sie die am besten geeigneten Kundschafter. Sie haben genau das aggressive Verhalten und die Neugier, die Kundschafter und Forscher brauchen. Falls es Ihnen nicht gelingt, besteht nur eine geringe Chance, daß es jemand anders schafft. Deswegen ist es unbedingt erforderlich, daß Sie das tun."

AUF DEM Weg nach draußen versorgten sie sich noch mit Nahrungsmitteln und Wasser aus dem Notfalldepot und hielten in der Luftschleuse kurz an, damit LeAnne zwei Raumanzüge von den Haken nehmen konnte.

„Wofür sollen die gut sein?" wollte Donivan wissen.

„Als Jacken", antwortete sie, zog ihren Laser aus dem Gürtel und trennte bei einem die Beine direkt über dem Ansatz ab. Das Material zischte, warf Blasen und begann nach verbranntem Plastik zu riechen. Sie reichte Donivan die obere Hälfte.

„Ich habe eine Idee." Donivan griff nach einem Helm, befestigte ihn am Anzug und zog den Sonnenschutz über die Frontscheibe. „Ja", sagte er. „Das wird funktionieren, wenn ich einige Luftlöcher hineinschneide."

Sie ließen den größten Teil der Überlebensausrüstung in der Luftschleuse und nahmen nur die Raumfolien, das Buch über die eßbaren Pflanzen, den Weltatlas, das Messer, das Seil und den Kompaß. LeAnne wurde rot, als sie ihn hochnahm. Donivan hatte am Abend vorher im Handbuch gelesen, wofür er wirklich gedacht war. Er diente also nicht der Zeitbestimmung – es war eben bloß eine Vermutung gewesen.

Sie trugen ihre Waffen gut erreichbar, Donivans steckten in den Hosentaschen und LeAnnes im Gürtel ihrer Uniform. Sie improvisierten einen Rucksack, indem sie alles in eine der Folien rollten und die Enden mit dem Strick zusammenknoteten. LeAnne hängte sich den Rucksack über die Schulter und ging den Weg voran – nach unten zum Fluß und aus den Bergen heraus.

Sie merkte, wie ihre Wut versickerte angesichts all der Wunder dieser Welt um sie herum. Außerdem gab es *hier* keine Fremden, dafür aber eine Vielzahl Tiere, und jetzt, da sie genauer hinsah, bemerkte sie einige, die durch den Holocaust hervorgebrachte Mutationen sein konnten. Ein Kaninchen mit rundlichen Ohren anstelle der langen Ohren der Kaninchen an Bord des Schiffs; Eichhörnchen mit nackten, rattenartigen Schwänzen; und ein fetter, runder rötlicher Federball, der unter einen Steinhaufen schlüpfte, bevor sie ihn genauer betrachten konnte, der aber so aussah, als ob er einen Dornenkamm aus Knochen auf dem Rücken hätte. Von den Federn abgesehen, hätte es ein Saurierbaby sein können. Vögel hatten sich wahrscheinlich aus Reptilien entwickelt. Sie vermutete, daß möglicherweise eine Mutation zurück auf eine frühere Entwicklungsstufe stattgefunden hatte.

Nach ein paar Stunden, in denen sie durch die Wälder wanderten, fanden sie schließlich heraus, daß sich links von ihnen ein kaum sichtbarer, flachgetretener Pfad befand, der entlang den Konturen der Landschaft sanft hinunter zum Grund des Tals verlief. Obwohl verwittert und überwachsen, war er noch immer begehbarer als natürlicher Wald, so daß sie vom Flußufer abbogen, um ihm zu folgen.

Donivan ging voran, um besser sehen zu können. Deshalb trug er auch seinen Helm in der Hand statt auf dem Kopf. Er wollte nicht nur ein kleines Oval als Sichtfeld haben, und der Weg war so überwachsen, daß er das Visier ohnehin nicht als Schattenspender benötigte. Längst war es auch zu heiß für die Raumjacke geworden. Er hatte sie ausgezogen und sich umgebunden.

Donivan war gerade auf eine Lichtung hinausgetreten, als ein Schatten vor ihm über den Boden glitt. Er schaute gerade noch rechtzeitig hoch, um ein mit Reißzähnen bestücktes Maul und riesige Klauen auf sich herabstoßen zu sehen. Im selben Augenblick, als das Wesen zustieß, schwang er seinen Helm hoch, um den Angriff abzuwehren. Der Angreifer warf ihn zu Boden, wobei er den Helm mit Schnabel und Klauen attackierte. Donivan schrie und schlug mit der anderen Hand danach, aber als das Wesen mit seinen Reißzähnen nach ihr schnappte, zog er sie schnell wieder zurück.

LeAnne riß ihren Laser heraus und zielte, aber da beide vor ihr herumwirbelten, konnte sie keinen Schuß anbringen. Fluchend zog sie den Lähmstrahler und feuerte auf beide.

Der Kampf hörte auf. Sie trat vorsichtig näher heran und versuchte die Kreatur und den Himmel gleichzeitig zu beobachten. Als sie sicher war, daß sich aus keiner Richtung etwas näherte, zog sie das Wesen von Donivan herunter und brannte ihm mit dem Laser den Kopf weg.

Es war zweifellos das Häßlichste, was sie jemals gesehen hatte. Es hätte ein Vogel sein können – hatte aber sechs Flügel. Anstelle der Federn sah man eine bläuliche Lederhaut, die sich so straff über die Flügel zog, daß sie bis auf die Knochen und Venen nahezu transparent war. Als sie genauer hinsah, bemerkte sie, daß alle Flügelenden mit Klauen versehen waren.

Sie warf noch einmal einen prüfenden Blick zum Himmel, beugte sich dann hinunter und untersuchte Donivan. Bis auf einen Kratzer an der Stirn, den er sich beim Aufprall auf den Boden zugezogen hatte, sah er unverletzt aus. Sie legte den Rucksack aus der Raumdecke als Kissen unter seinen Kopf.

Dann hob sie den Helm auf. Die Zähne des Wesens hatten tiefe Rillen auf der Frontscheibe hinterlassen, und das Sonnenvisier war zerbrochen. So wie Donivan ihn mit ausgestrecktem Arm gehalten hatte, hatte das Wesen ihn zum Glück mit seinem Kopf verwechselt. Sonst hätte Donivan tiefe Fleischwunden davongetragen.

Sie stand auf und ging hinüber, um noch einen Blick auf den Vogel, oder was immer es war, zu werfen. *Drache,* dachte sie und zog ihn herum, bis er auf dem Rücken lag. Derart ausgestreckt betrug seine Flügelspannweite mindestens zwei Meter. Der Körper teilte sich in drei Segmente, und die Flügel waren jeweils in einer Reihe befestigt, wobei zu jedem Segment ein Paar gehörte. Das erste Flügelpaar war das größte und höchste am Körper, während die anderen beiden Paare an Größe abnahmen und nach hinten hin immer niedriger ansetzten. Lederartige Muskelbündel streckten sich von einem Muskelbuckel oben auf jedem Segment nach außen, wobei sich ihr Ansatz auf zwei Dritteln der Strecke zu den Flügelspitzen befand.

Sie hob einen Flügel und entdeckte die gleiche kabelartige äußere Muskulatur auf dem Rücken. Sie erkannte, daß die Flügel auf diese Weise eine ungeheure Stärke haben mußten, denn die Sehnen verliefen in einer geraden Linie zwischen den Ansatzpunkten. So hatten sie eine viel bessere Hebelwirkung, und da sie nicht so schwer arbeiten mußten, ermüdeten sie wahrscheinlich auch nicht so schnell wie normale Muskeln.

Der häßliche knochige Kopf wies drei Augen auf, eins oben und zwei vorne, die im Flug eine stereoskopische Sicht des Bodens ermöglichten. Unter dem vorderen Augenpaar befand sich ein mit Reißzähnen bewehrtes Maul. Ein dünner Blutfaden tropfte von einem der Zähne in eine blaue Pfütze am Boden. Das Tier hatte keine Beine. Es mußte seine mit Klauen versehenen Flügelspitzen benutzt haben, um sich am Boden vorwärts zu bewegen. Aber sie nahm nicht an, daß das ein allzu großes Problem für das Wesen darstellte, denn es hatte viele davon.

Donivan stöhnte und bewegte einen Arm. Seine Augen öffneten sich flatternd. „Aah . . . Was ist passiert?"

„Ich mußte euch beide betäuben. Tut mir leid."

Achselzuckend sagte er: „Besser, als gefressen zu werden." Er strich sich mit der Hand durchs Haar und betrachtete das Blut von seiner Stirn, das an ihr klebte. „Oh – wie schlimm ist es?" fragte er.

„Nur ein Kratzer. Ich glaube, du hast ihn dir beim Stürzen zugezogen, nachdem ich dich betäubt hatte."

Er schaute zu dem Wesen hinüber, das neben ihm auf dem Boden lag. „Widerlich!" sagte er schließlich. „Ich glaube, den können wir sicher als Mutanten bezeichnen, nicht wahr?"

„Können wir das wirklich?"

Er schaute zu LeAnne hoch. „Ja, was denn sonst? Erzähl mir nicht, daß dieses Ding vor dem Holocaust existiert hat. Ich gebe ja zu, daß ich nicht allzuviel von Erdbiologie verstehe, aber von so einem Ding hätte ich sicherlich gehört."

„Ich auch, und genau das meine ich. Wir hätten von ihm oder etwas Ähnlichem gehört. Selbst ein Mutant muß Eltern haben."

„Und das bedeutet?"

„Das bedeutet, daß ich mir nicht vorstellen kann, *wovon* dieses Ding mutiert sein sollte. Vorher gab es auf der Erde nichts, was sechs Flügel besaß."

Donivan begutachtete es noch einmal. „Aber wenn es nicht mutiert ist und vorher nicht hier war, woher kommt es dann?"

LeAnne schüttelte den Kopf und schaute zum Himmel hinauf, aber dort waren nur einige weiße Wölkchen zu sehen. „Ich habe keine Ahnung. Vielleicht wissen es die Fremden." Sie schaute die Kreatur noch eine Weile an, dann zog sie hörbar die Luft ein und sagte: „Komm, laß uns gehen. Wir haben einen langen Marsch vor uns, wenn wir es heute bis zum See schaffen wollen."

IM LAUFE des Tages sahen sie noch zwei weitere dieser sechsflügligen Kreaturen, die weit entfernt über den Himmel zogen. Keine der beiden griff an, aber Donivan setzte seinen Helm wieder auf und hielt sicherheitshalber den Laser bereit, bis sie verschwunden waren.

Sie beobachteten auch erstaunt mehrere rundohrige Kaninchen. Unterschiedliche Ohrformen und Haarmuster waren zu verstehen, ja sogar, daß ein Vogel zurück zum Saurier mutierte, denn das erforderte nur Änderungen in einigen wenigen Genen. Eine vollständige Umgestaltung der Muskel- und Knochenstruktur jedoch in nur tausend Jahren war unmöglich, selbst bei einer gewissen Strahlungsintensität nach dem Holocaust. Ein genetischer Schaden von solchem Ausmaß hätte nichts als sterile Eier und Fehlgeburten hervorgebracht.

Und doch war es nicht so. Dieses Monster hatte offensichtlich artgerechte Nachfahren hervorgebracht, nachdem das erste Exemplar erschienen war. LeAnne überlegte, ob irgendein bizarres Experiment schiefgelaufen sein könnte, das vielleicht bereits vor dem Holocaust stattgefunden hatte. Aber so häßlich dieses Tier auch aussah – von den Klauen an den Flügelspitzen über die tauartigen äußeren Muskelstränge, die die Flügel bewegten, bis zur Anordnung der Flügel selbst paßte alles zu gut zusammen, als daß es das Ergebnis eines Unfalls gewesen sein konnte.

Damit blieb nur noch gezielte Gentechnologie übrig. Die Biologieabteilung des Schiffs könnte so etwas Ähnliches geschaffen haben. Oder hatten es die Fremden getan? Wenn das zutraf, war ihre Zivilisation technologisch mindestens so entwickelt wie die des Schiffs.

„Ich glaube es nicht", sagte sie.

Donivan übernahm wieder die Führung. Er drehte sich im Gehen um und fragte: „Was glaubst du nicht?"

„Daß die Fremden so fortgeschritten sind wie wir."

„Wer sagt das?"

„Ich habe gerade gedacht, daß sie vielleicht dieses Vogelding geschaffen haben. Wenn das so ist, stellt sie das auf unsere Stufe oder darüber." Sie lachte. „Oder es könnte auch etwas weniger Wahrscheinliches sein – wie die Herrschaft der Delphine, jetzt, wo doch der Mensch nicht mehr im Wege steht. Das könnte erklären, warum wir keine Anzeichen einer Zivilisation auf dem Land entdeckten. Es ist alles in den Meeren. Um von Meer zu Meer zu fliegen, benutzen sie Flugzeuge, aber die Kontinente betreten sie überhaupt nicht."

LeAnne spähte durch die Bäume zum See hinüber, der auf der Ebene unter ihnen glitzerte. Mit einem erneuten Lachen fragte sie: „Kannst du schwimmen?"

„Nein, du?"

„Nein, und wie sollen wir dann Kontakt mit ihnen aufnehmen?"

„Am Ufer des Sees stehen und Steine hineinwerfen, bis jemand herauskommt, um sich zu beschweren, vermute ich."

„Richtig." LeAnne lachte wieder; aber gleichzeitig überlegte sie. Delphine?

Sicher ergab das genausoviel Sinn wie alles andere auch.

## Der sicherste Ort

NACHDEM sie noch ein paar Stunden weitergegangen waren, wurde ihnen klar, daß sie vor Einbruch der Dunkelheit nicht mehr bis zum See gelangen würden. Sie hatten noch nicht einmal den Fuß des Berges erreicht. Die *Starchild* befand sich in größerer Höhe, als sie zunächst angenommen hatten.

Schon bald fanden sie einen Lagerplatz an der Straße. Auf einer grasbewachsenen Stelle neben einem kleinen Bach breiteten sie die Decke aus.

Sie benutzten einen Laser, um ein Feuer zu machen, setzten sich daneben ins Gras und aßen ihr Abendbrot. Dann ließen sie das Feuer herunterbrennen, lehnten sich zurück, hüllten sich in die Decke und beobachteten das Aufgehen der Sterne. Nach solch einem langen Tagesmarsch war es das reine Wohlbehagen, einfach auf dem Boden zu liegen und sich zu entspannen.

Donivan schlief beinahe sofort ein, doch LeAnne fühlte sich

trotz ihrer Müdigkeit noch hellwach. Zuviel war heute geschehen; sie brauchte Zeit zum Nachdenken.

Der Mond war noch nicht aufgegangen, aber die Sterne erfüllten den Himmel mit ihrem Licht. LeAnne versuchte, die Konstellationen zu entdecken, von denen sie gelesen hatte. Aber keine der Gruppierungen kam ihr bekannt vor. Sie würde wohl den Computer eine Karte ausdrucken lassen müssen, um sie mit hinauszunehmen und vergleichen zu können. Vielleicht konnte sie die Sternbilder auf diese Weise bestimmen.

Im Nordwesten glitt ein heller Stern hinter einem Baum hervor und bewegte sich langsam in südöstlicher Richtung. Er hatte schon die Hälfte des Himmels überquert, bevor ihr eine Idee kam, was das sein konnte.

Sie dachte an die Vergangenheit. Lasersatelliten – der Tod am Himmel –, ein Teil der Ursache für den Holocaust. Oder war das ein „Bemanntes Orbitforschungslabor"? Und nach all dieser Zeit noch immer dort oben?

Der Satellit verlor seine Leuchtkraft und erlosch plötzlich. LeAnne dachte nach. Natürlich, er war in den Erdschatten hinübergewechselt. Sie blickte noch eine Weile hinauf, doch am Himmel bewegte sich nichts mehr.

LeAnne konnte sich nicht daran erinnern, eingeschlafen zu sein, als sie plötzlich wieder zu sich kam, weil sie einen scharfen Stich auf der Wange spürte. Sie hatte sich inzwischen an Mücken gewöhnt, also wischte sie nur kurz darüber und wedelte ein wenig mit der Hand durch die Luft. Aber sie spürte einen weiteren Stich auf der Hand und noch einen im Gesicht. Sie fühlten sich nicht wie Insektenstiche an. LeAnne öffnete die Augen, setzte sich auf und stellte dann fest, daß die Sterne verschwunden waren. Seltsam.

Im Westen schien der Himmel zu flimmern wie eine erlöschende Anzeigetafel am Ende eines langen Korridors. Sie wurde noch immer gebissen, oder was auch immer, und zwar überall. Außerdem konnte sie das stakkatoartige Prasseln irgendwelcher winziger Körper hören, die auf ihrer Weltraumdecke auftrafen. Sie fuhr sich mit der Hand über das Gesicht und spürte Feuchtigkeit. Plötzlich wurde ihr klar, was vor sich ging.

„Donivan, wach auf! Es regnet!"

„Hm?"

„Es regnet!"

„Was denn? Ach so. Ist das Regen?"

„Ja! Ist es nicht wundervoll?"

„Na ja, naß. Wie lange wird es dauern?"

„Woher soll ich das wissen? Vermutlich bis das Wasser alle ist."

Donivan schien über die Bedeutung ihrer Worte nachzudenken. Schließlich sagte er: „Vielleicht sollten wir das Essen mit unter die Decke nehmen, damit die Verpackung nicht aufweicht."

Sie hatten die Verpflegung in Donivans Helm neben dem Feuer liegenlassen. LeAnne entgegnete: „Gute Idee." Sie rollte unter der Decke hervor, stand auf und streckte die Handflächen nach oben. Die Regentropfen fielen jetzt immer dichter. Jedesmal, wenn ein Tropfen ihre Haut berührte, gab es im darunterliegenden Muskel einen unwillkürlichen Reflex. Sie warf den Kopf zurück und versuchte den Regen mit dem Mund aufzufangen, spürte aber nur wenige Tropfen auf der Zunge. An der Feuerstelle stolperte sie über den Helm. Aber als sie hineingriff, war er leer. Zuerst dachte sie, sie hätte das Essen durch den Tritt hinausgeschleudert, und tastete neben dem Feuer mit den Händen danach, aber alles, was sie fand, waren der Inhalt des Medizinkastens und die Überreste halbverbrannter Baumstümpfe. Sie suchte die ganze Umgebung ab, konnte aber die Verpflegungspäckchen nirgends finden.

„Donivan? Könntest du einmal hier herüberleuchten? Ich kann die Vorratspakete nicht finden."

„Ja, klar. Moment mal." Donivan tastete kurz in der Dunkelheit umher, dann strahlte das Laserlicht auf, gestreut in einem weiten Bogen. „Sie müßten in dem Helm sein."

„Sind sie aber nicht."

„Na großartig." Donivan ging hinüber zu LeAnne. Er leuchtete die ganze Umgebung ab, aber die einzige Spur von den Nahrungsmitteln war ein Verpackungsfetzen unter einem Baum.

„Sie sind wohl aufgefressen worden", meinte er schließlich.

Ein entferntes Grollen kam LeAnnes Entgegnung zuvor. Sie blickte zum Himmel auf, als er gerade wieder zu flackern begann, diesmal noch heller. „Ich glaube, es wird schlimmer", sagte sie. „Vielleicht sollten wir das Feuer wieder anmachen."

„Weswegen?"

„Ist dir nicht aufgefallen, wie kalt es geworden ist?"

Donivan nickte zögernd und gab LeAnne den Strahler. Er ging zu dem Baum, den sie zum Feuermachen benutzt hatten, und brach mit der linken Hand einen Ast ab, den er zur Feuerstelle trug und gegen einen Felsen drosch, um ihn in Stücke zu schlagen.

LeAnne half ihm, die Holzstücke aufzuschichten. Dann verengte sie den Strahl des Lasers und ließ ihn über das Holz gleiten, bis Flammen emporloderten.

Donivan ging zurück und holte die Decke. „Was hat das Flimmern am Himmel zu bedeuten?" wollte er wissen.

„Ich glaube, es sind Blitze", erwiderte LeAnne, „elektrostatische Entladungen."

Donivan nickte. „Wenn du ein Wasserleck hast, solltest du auch mit ein paar Kurzschlüssen rechnen."

„Donivan, das ist ein natürliches Phänomen!"

Das Grollen schien dieses Mal weniger weit entfernt zu sein; es war so laut, daß man sich kaum mehr verständigen konnte. Als es abebbte, meinte er: „Ist dann alles in Ordnung?"

LeAnne wollte etwas erwidern, aber als sie sein Grinsen sah, schwieg sie zunächst, um sich dann zu entscheiden, es trotzdem zu sagen. „Genau", antwortete sie. „Es ist alles in Ordnung."

Donivans Grinsen wurde breiter. „Nun ja, wir können bei diesem Lärm nicht schlafen, und unterhalten können wir uns auch nicht, also . . ." Er zuckte die Achseln.

„Hm. Vielleicht hast du recht."

Aber später wurde der Regen so stark, daß selbst das nicht mehr sonderlich viel Spaß machte.

Das Frühstück bestand aus einem Eichhörnchen, das neugieriger gewesen war, als es ihm guttat.

„Weißt du", meinte Donivan, während er das Eichhörnchen mit einer Astgabel über das Feuer hielt und versuchte, seinen Kopf aus dem Rauch herauszuhalten, „ich möchte nicht den Eindruck erwecken, als wollte ich mich beschweren, aber es ist schon ein Haufen Arbeit, hier draußen einfach nur zu überleben." Er zog die Astgabel aus den Flammen heraus und probierte das Fleisch, drehte es dann um und hielt es wieder ins Feuer. „Es ist schon irgendwie aufregend zu entdecken, wie es auf einem Planeten aussieht. Aber ehrlich gesagt, bin ich nicht sicher, ob mir die Aussicht gefällt, hier draußen den Rest meines Lebens zu verbringen. Auf dem Schiff brauchst du dich nicht vor Drachen zu fürchten, die aus dem Nichts über dich herfallen, oder vor Baumstachlern, die Nadeln in deine Hände stechen, oder vor Wanzen, die auf dir herumkriechen, oder vor Dingen, die deine Verpflegung stehlen, oder naßgeregnet zu werden, oder –"

„Wo ist dein Sinn fürs Abenteuer geblieben?"

„Ich vermute, er ist in der letzten Nacht erfroren. Irgendwie kommt mir die Herausforderung heute nicht mehr so wichtig vor wie ein weiches Bett, eine heiße Dusche und eine anständige Mahlzeit."

LeAnne wußte nicht, was sie darauf erwidern sollte. Donivans Haltung war etwas, das sie einfach nicht begreifen konnte. Die Erde direkt vor ihrer Luftschleuse zu haben hatte für sie alles verändert. Sie konnte sich nicht vorstellen, daß es ihn nicht in derselben Weise berührte. Das Schiff war wirklich nichts, verglichen mit all dem hier. Das Schiff war eine Sackgasse.

Aber zugleich wurde LeAnne klar, daß Donivan wirklich zurückkehren und wieder da anfangen wollte, wo er aufgehört hatte. Erst gestern, als der Drache angegriffen hatte, hatte er gesagt: *Ich glaube, ich tauge mehr zum Computertechniker als zum Entdecker.* Und davor, bei ihrer Unterhaltung mit dem Computer, hatte Donivan gesagt, er wüßte nicht, warum man außerhalb des Schiffs leben sollte.

Nun sah er auf und nahm ihren Gesichtsausdruck wahr. „Ich glaube, ich habe etwas Blasphemisches gesagt."

„Das hast du."

„Wird mir vergeben?"

„Vielleicht, ich weiß es nicht. Du läßt das Eichhörnchen anbrennen."

Nach dem Frühstück rollten sie ihre Ausrüstung in die Decke ein. Am Himmel gab es keine Spur mehr vom Gewitter der letzten Nacht, und sobald sie sich in Bewegung setzten, begann die Sonne sie aufzuwärmen und ihre Kleider zu trocknen. LeAnne spürte, wie sich ihre Stimmung hob, und sie vermutete, daß Donivan sich ebenfalls besser fühlte. Die Erde war wunderschön! Auf den Bäumen glitzerten winzige Wassertropfen, die Luft roch frisch und sauber, und in der Ebene schimmerte der See wie ein lebendiges Wesen.

LeAnne stellte fest, daß sie schon wieder an die draußen Lebenden dachte und sich fragte, wie sie wohl sein würden. Es machte sie verrückt, darüber nachzudenken, und es war die Unsicherheit, die sie am meisten störte. Bis sie herausgefunden hatte, wer sie waren, konnte sie keine weiteren Pläne entwickeln.

Im Verlauf des Tages schien es, als könnten sie den See rechtzeitig vor Einbruch der Dunkelheit erreichen. Sie überwanden die letzte Straßenbiegung gegen Mittag; dann wurde die Straße gerade und folgte dem Fluß.

Die Temperatur war den ganzen Tag lang angestiegen, und als sie weiter ins Flachland kamen, wurde der Baumbestand spärlicher. Dann verschwanden die Bäume völlig, und die Sonne begann unbarmherzig auf sie herabzubrennen, denn am Himmel zogen nur selten schattenspendende Wolken vorüber. Von Zeit zu Zeit verließen sie die Straße, um am Flußufer entlangzugehen – dort standen noch ein paar Bäume, und das Wasser schien die Luft ein wenig abzukühlen –, aber es gab lange Strecken, wo das Ufer auf beiden Seiten kahl war und der Fluß sich seinen Weg durch die Prärie bahnte. Donivan mußte seinen Helm aufsetzen, um sich vor der Sonne zu schützen, und litt dann unter der Hitze. Selbst LeAnne brannten die Augen von der Helligkeit.

Sie waren vielleicht zwanzig Minuten durch schattenloses Gelände gegangen, als sie an eine Stelle gelangten, wo eine letzte Baumgruppe zwischen ihnen und dem See stand. Diese Bäume hatten Verästelungen direkt über dem Boden und Blätter anstelle von Nadeln.

Als sie dichter herangekommen waren, nahm Donivan seinen Helm ab und fragte: „Möchtest du rasten?"

LeAnne lachte kurz auf. „Nur, wenn du möchtest."

„Vielleicht für einen Augenblick?" Donivan setzte den Helm ab, löste seine Jacke über der Hüfte und warf sie ebenfalls beiseite. Seine Waffen, sein Hemd und die Schuhe folgten.

Die Strömung war hier nur schwach. Die Baumwurzeln hatten am Ufer genug Erdreich zurückgehalten, um einen kleinen Teich zu bilden. LeAnne legte ihre Jacke und das Ausrüstungsbündel neben Donivans Kleidungsstücke, lehnte sich hinunter und schöpfte mit der Hand Wasser zum Trinken, während Donivan einfach seinen Kopf unter Wasser hielt. Er spritzte umher, prustete, lehnte sich dann zurück und rieb sich das Wasser aus den Augen.

Donivan grinste und bespritzte LeAnne mit Wasser. Sie spritzte heftiger zurück. Jeder lauerte darauf, daß der andere sich bewegte. Dann plötzlich rief Donivan „Juhu!", machte einen Satz, packte LeAnne an den Schultern und stürzte sich mit ihr in den Teich.

LeAnne quietschte, als sie in das kalte Wasser tauchte. Sie hatte erwartet, daß es warm sein würde. Für einen Augenblick konnte sie nicht einmal atmen, so kalt war es. Aber es gelang ihr, Luft zu holen und Donivan unterzutauchen, bevor er entkommen konnte.

Für kurze Zeit gab es ein verrücktes Gespritze und Geschrei, dann fand LeAnne sich mit den Füßen auf dem Grund des Teichs stehend wieder. Sie streifte ihre Uniform ab und beschloß, ein richtiges Bad zu nehmen. Donivan kam heran, um ihr beim Waschen zu helfen. Seine Hände waren das einzige Warme, aber es war eine wohltuende Wärme, als er in kreisenden Bewegungen über ihren Körper strich, die Spannung aus ihren Muskeln massierte und sie mit einem Schauer der Erregung erfüllte. Sie erwiderte seine Massage.

Dann knieten sie sich auf den sandigen Grund, wobei das Wasser ihr genau bis zur Brust reichte, und beide kreischten wie die Irren, bis es in einer einzigen Woge intensiver Lust vorüber war. Sie kämpften sich auf schwachen Beinen zurück ans Ufer, keuchend und lachend.

LeAnne setzte sich ans Ufer und wrang das Wasser aus ihren Haaren. Die Sonne war schon dabei, sie wieder aufzuwärmen. „Ich hätte nie gedacht, daß Erfrieren solch einen Spaß machen kann", sagte sie mit einem verschmitzten Lächeln, als Donivan sich neben sie setzte.

„Das beweist nur, daß Lust und Schmerzen verschiedene Aspekte derselben Sache sind", erwiderte er.

„Oh – wie tiefsinnig."

„He, ich kann ein richtiger Denker sein, wenn ich es versuche. Wie wäre es mit diesem Lehrsatz: Alles kann sowohl angenehm als auch unangenehm sein, es ist nur abhängig von den Umständen." Donivan lehnte sich zurück.

LeAnne legte sich ebenfalls zurück und beobachtete das Vorbeiziehen der Wolken.

Langsam wurde ihr ein Geräusch bewußt, das sie schon seit einiger Zeit hörte. Ein Geräusch, das so gleichmäßig angeschwollen war, daß sie es nicht bewußt wahrgenommen hatte, bis es schließlich zu laut war, um noch ignoriert zu werden. Es war ein Summen und schien vom Himmel zu kommen. LeAnne setzte sich auf und blickte zum Fluß hinüber, denn von dort drang das Summen zu ihr: von einer schwarzen Silhouette, die vor einer Wolke vorüberzog. Sie hatte drei Paar Flügel, die vorne hoch und hinten niedrig angesetzt waren, genau wie bei der Kreatur, die sie am Tag zuvor getötet hatten.

„Donivan!"

Er schreckte hoch. „Was ist?"

„Es ist das Flugzeug." Sie sprang auf, griff nach ihren Kleidern, warf ihm die seinen zu und rannte hinter einen Baum. „Geh in Deckung! Sie sollen uns nicht jetzt schon entdecken."

Aber es war bereits zu spät. Das Flugzeug drehte nach rechts ab, dann schwenkte es nach links und begann über ihnen zu kreisen. Sie brachten immer ein paar Bäume zwischen sich und das Flugzeug, während sie ihre Kleider anzogen und sich weiterbewegten, aber der Rest ihrer Ausrüstung lag gut sichtbar für den Piloten auf freiem Feld. LeAnne machte einen Satz, um sich ihren Laser zu greifen, der auf einer Lichtung lag, während das Flugzeug eine weitere Schleife zog und langsam auf sie zuflog.

Das Flugzeug war auf Baumwipfelhöhe herabgesunken, und mit einer komplizierten Drehung klappte es alle drei Flügelpaare auf einmal ein. Es setzte am Boden auf, rollte auf seinen drei Rädern ein Stück weit und hielt genau gegenüber dem Erdwall. Der Lärm der Maschine erstarb, und am Bug wurde ein dreiblättriger Propeller sichtbar.

„Gib mir Deckung", sagte Donivan. Er trat aus dem Schutz der Bäume heraus und winkte zu dem Flugzeug hinüber, aus dem gerade der Pilot ausstieg.

Die Hand erhoben, verharrte Donivan. Er, der Elfenmensch, und der Pilot, eine sechsgliedrige Kreatur, die beinahe doppelt so groß war, starrten sich einen Augenblick lang an. Der Pilot benutzte zwei Glieder als Beine und die anderen vier als Arme, obwohl das Aussehen des mittleren Paars den Eindruck erweckte, als könne es sowohl als Arm wie als Bein dienen. Das Wesen hatte zwei weit auseinanderstehende Augen in einem schmalen Kopf, eine lächerlich kleine Nase über einem zahnbewehrten Mund und keine sichtbaren Ohren. Die Gesichtshaut zeigte dieselbe blaue Tönung, die auch der Drache gehabt hatte und die durch die weiße Farbe noch hervorgehoben wurde, die seinen Körper vom Hals bis zu den Füßen bedeckte.

Die Kreatur brach das Schweigen. „Sie sind ja menschlich!" Die Stimme hörte sich an, als käme sie aus einem leeren Korridor.

„Und Sie sind es nicht", erwiderte Donivan.

Der Außerirdische hob den mittleren linken Arm und schüttelte ihn auf und ab, wobei er die vierfingrige Hand flach hielt. „Das stimmt", sagte die Kreatur. „Ich bin Eyullelyanerin und stamme nicht von hier."

LeAnne konnte nur mit Mühe einen Begeisterungsschrei

zurückhalten. Sie hatte richtig vermutet: Es gab Außerirdische auf ihrem Planeten!

„Das ist offensichtlich", sagte Donivan. Er bemühte sich, ruhig zu bleiben, während er fragte: „Sind Sie ein Feind?"

„Nein", erwiderte die Außerirdische. „Ich bin Archäologin und werde Ihnen keinen Schaden zufügen." Das Wesen brach in einen unverständlichen Schwall zwitschernder Pfeiflaute aus, hielt inne und sagte: „Entschuldigen Sie bitte. Ich bin aufgeregt. Wir hatten angenommen, daß es nirgends mehr Menschen gibt!" Die Außerirdische rang die Hände in einer Geste, die menschlich hätte sein können, wenn es nicht so viele Hände gewesen wären. Schließlich sagte sie: „Ein richtiger Mensch! Ich habe davon geträumt, daß mir so was passieren könnte. Ich weiß nicht, was ich tun soll."

„Wenn es Sie beruhigt – ich weiß es auch nicht."

Die Außerirdische ließ zwei Arme auf den Boden sinken und machte einen komplizierten Schritt nach vorn, wobei ihre weiße Körperbemalung im Sonnenlicht blitzte. „Darf ich . . ."

Donivan machte unwillkürlich einen Schritt zurück. „Nein!" sagte er. „Noch nicht. Das ist ein bißchen viel auf einmal."

„Ich verstehe. Sind Sie allein?"

LeAnne wählte diesen Augenblick, um hinter dem Baum hervorzutreten. „Nein", sagte sie und steckte den Laser in den Gürtel, so daß die Außerirdische ihn sehen konnte.

Wenn die Waffe das Wesen überhaupt beeindruckte, zeigte es das nicht. Es stieß ein Trillern aus und sagte: „Ein brütendes Pärchen! Oh, das übersteigt meine wildesten Träume."

LeAnne spürte, wie sie errötete, und errötete noch mehr, als Donivan anfing zu lachen.

Die Außerirdische stammelte: „Vergeben Sie mir! Ich meinte nicht . . ., ich hatte vergessen . . . Ich . . . Bei uns gibt es nur ein Geschlecht. Ich habe mich bemüht, menschliche Sexualität zu verstehen, aber ich hatte vergessen, daß es ein peinliches Thema ist. Ich werde nicht noch einmal über Sex sprechen."

„Vergessen Sie es", sagte LeAnne. Sie lachte jetzt auch. „Haben Sie einen Namen?" fragte sie. „Ich heiße LeAnne Evans, und das ist Donivan Hayes."

„Ich bin Yllyia."

„Wo kommen Sie her, Yllyia?"

„Aus Kalifornien", erwiderte sie. „Die meisten von uns leben in Ventura. Es ist der einzige Küstenstreifen, der nach den Bomben übriggeblieben ist. Oder meinen Sie davor? Wir haben keinen Namen für unsere Sonne in Ihren Sternenkarten gefunden – nur eine Nummer –, aber wir nennen sie Yea. Sie ist ungefähr fünfzig Lichtjahre von hier entfernt."

LeAnne sagte: „Fünfzig Lichtjahre ist ein weiter Weg. Es muß eine Menge bewohnbarer Planeten gegeben haben, die näher als die Erde lagen. Oder sind die bereits kolonisiert?"

„Wir haben Kolonien", sagte Yllyia, „aber wir sind nicht hierhergekommen, um zu kolonisieren. Jedenfalls war das nicht unsere vorrangige Absicht. Wir sind gekommen, um Ihnen zu helfen, sich vom Atomkrieg zu erholen. Als wir herausfanden, daß wir zu spät gekommen waren, blieben wir hier. Wenigstens hatten wir bisher gedacht, wir wären zu spät dran."

LeAnne nickte. „Aber wie haben Sie überhaupt gewußt, daß wir in Schwierigkeiten sind? Wir wußten nicht einmal, daß Sie existieren."

„Wir haben nach Anzeichen von extrayeanischer Intelligenz gesucht. Wir haben von Ihnen erfahren, als Sie anfingen, Funkgeräte zu benutzen. Aber bevor unser Signal Sie erreichen konnte, hörten wir vom Beginn Ihres Krieges. Danach gab es keine Funksignale mehr. Wir vervielfältigten uns und bereiteten unser Raumschiff für die Reise zur Erde vor, um zunächst einmal alle Hilfe anzubieten, die uns möglich war – aber auch, um eine neue Kolonie zu gründen, falls Sie sich selbst zerstört hätten. Wir sind wirklich davon ausgegangen, Sie hätten es getan. Aber sagen Sie mir, wo sind *Sie* die ganze Zeit gewesen? Wir haben seit unserer Ankunft keine Spur von Überlebenden gefunden. Dann tauchen Sie plötzlich auf und kommen offensichtlich aus einer zivilisierten Gesellschaft, obwohl es hier nirgends in der Umgebung ein Anzeichen von Zivilisation gibt."

LeAnne hatte diese Frage erwartet. Sie hatte sich entschlossen, in diesem Punkt bei der Wahrheit zu bleiben. Wenigstens zum Teil. „Wir waren in einem Raumschiff", sagte sie.

Yllyia fiel fast um vor Aufregung. „Ein Raumschiff! Das haben wir nicht in Betracht gezogen. Kein Wunder, daß wir Sie nicht fanden. Sie haben den Planeten evakuiert, als er unbewohnbar wurde."

„So etwas Ähnliches."

„Wohin sind Sie geflogen?"

„Äh . . ., das wäre im Augenblick ziemlich schwierig zu erklären", meinte LeAnne.

Donivan seufzte. Für kurze Zeit dachte LeAnne, er würde sich dem Befehl des Computers widersetzen und den Standort der *Starchild* verraten. Aber statt dessen räusperte er sich und sagte: „Warum setzen wir uns nicht in den Schatten?“ Er deutete einladend in Richtung der Bäume.

„Gute Idee“, sagte Yllyia. „Mein *Lyshl* ist schon stark verdunstet.“

„Ihr was?“ fragte LeAnne.

„Mein . . . äh . . . Gewand. Kleid. Die Einstrahlung Ihrer Sonne ist stärker, als wir Eyullelyaner ertragen können, deshalb tragen wir *Lyshl,* um unsere Haut zu schützen.“

LeAnne sah sich die Körperbemalung der Außerirdischen genauer an. Eigentlich sah sie aus, als bestünde sie aus einer Art Schaumschicht, am Körper gehärtet, aber noch elastisch genug, um Bewegungen zuzulassen. „Es sieht wie eine Isolierschicht aus. Ich kann mir vorstellen, daß es darin ziemlich heiß wird.“

„O nein, ganz im Gegenteil“, entgegnete Yllyia. „Die Außenhaut reflektiert die Sonnenstrahlen, während die Schaumschicht auf der Haut verdunstet und dabei die Hitze aus dem Körper zieht, sobald es einem zu warm wird. Es funktioniert sehr gut, und wenn sie zu dünn geworden ist, sprüht man einfach eine frische Schicht darüber.“

„Dieses Zeug hätte ich vor ein paar Stunden gut gebrauchen können“, sagte Donivan.

Als Yllyia an ihr vorüberging, konnte LeAnne erkennen, daß die Eyullelyanerin ein drittes Auge am Hinterkopf hatte. Es drehte sich, um einen entnervenden Augenblick lang LeAnne anzustarren, dann rollte es zur anderen Seite und ermöglichte der Außerirdischen so ein stereoskopisches Bild von rechts, während sie an den Raumanzugsjacken und Helmen vorbeiging. Yllyia betrachte die Ausrüstung mit großem Interesse, suchte sich dann einen kleinen Flecken Gras im Schatten aus, wandte sich um und setzte sich.

Zu beobachten, wie sich Yllyia niederließ, war ein Erlebnis. LeAnne konnte nicht anders, als ungeniert darauf zu starren, wie die Eyullelyanerin ihre Kniegelenke nach hinten bog, die Hüfte nach vorne schob und mit dem unteren Armpaar den Boden hinter sich berührte, während sie sich einige Fuß darüber in die Gegenrichtung beugte, um den Oberkörper in der Vertikalen aufzurichten. Das Ganze ähnelte ein wenig einem knienden Menschen, nur wäre dieser mit einer zusätzlichen Körperbeuge und einem zusätzlichen Armpaar in der Taille ausgestattet gewesen. Hier, aus der Nähe, erkannte LeAnne, daß über jedem Auge ein Stückchen Haut straff gespannt war; es waren wahrscheinlich die Ohren der Eyullelyanerin. Sie fragte sich, wie es sein würde, statt in zwei in drei Richtungen sehen und hören zu können.

Yllyia war selbst im Sitzen noch immer ausgesprochen groß. LeAnne selbst hätte eine kleinere Gattung Außerirdischer vorgezogen, aber die hier waren schon ganz in Ordnung. Jedenfalls war es so besser, als wenn sie auf Menschen gestoßen wären.

„Könnt ihr die Sonne auch nicht vertragen?" fragte Yllyia Donivan. „Ich dachte immer, daß ihr euch daran angepaßt habt."

Donivan setzte sich mit dem Rücken zum Baum und schob eine ihrer zusammengerollten Weltraumdecken zur Seite, um LeAnne Platz zu machen. Er antwortete: „LeAnne vielleicht, ich jedenfalls nicht. Ich bin an die Verhältnisse an Bord des Schiffs angepaßt."

„Ja? Ich kann mir kaum vorstellen, daß dafür genug Zeit war, selbst wenn schon alle deine Vorfahren Mitglieder der Schiffsbesatzung gewesen wären."

Donivan zuckte die Achseln. „Offenbar hatten wir ausreichend Zeit. Wir sind alle so geworden, außer LeAnne."

Die Außerirdische neigte den Kopf zu LeAnne herunter. Bei drei Augen konnte man nur auf diese Weise erkennen, was sie gerade anblickte. Sie sagte: „Du bist anders. Das kann selbst ich erkennen. Bist du ein wiedererweckter Passagier?"

„Wiedererweckt? Was meinst du damit?"

„Aus dem Schlaf wiederbelebt. Das heißt, nicht aus dem Schlaf, sondern aus einer Art Scheintod. Hibernationsschlaf, das ist das richtige Wort dafür. Oder gehörst du zur Besatzung?"

LeAnne schüttelte den Kopf. „Wir gehören alle zur Besatzung, sind aber auch Reisende. Es kommt ganz darauf an, wie du es betrachtest. Ich unterscheide mich aufgrund eines genetischen Zufalls von den anderen, und nicht, weil ich älter bin."

„Habt ihr denn keine Reisenden im Hibernationstank?"

„Nein. Jetzt verstehe ich. Das meintest du also?"

„Ihr Götter, ja! Anderenfalls wärt ihr doch schon an Altersschwäche gestorben, bevor ihr irgendwo gelandet wärt. Es sei denn, eure Maschinen sind wesentlich effektiver als unsere."

LeAnne lachte. „Nein. Weit gefehlt."

„Dann verstehe ich das nicht. Ihr seid während eurer ganzen Reise wach geblieben?"

„Richtig."

„Und eure Vorfahren lebten schon auf dem Schiff, wurden alt und starben dort? Ganze Generationen? Warum?"

„Ich . . . Das ist einfach nur die Art, wie wir . . ." LeAnne hielt inne. Sie machte sich klar, daß sie hier mit einer Außerirdischen sprach. Sie mußte die verschiedenen Möglichkeiten erwägen, an die Dinge heranzugehen, vielleicht sogar verschiedene Denkweisen berücksichtigen. Aber es gab eine Antwort auf die Frage der Außerirdischen. Es würde eher einen guten Eindruck machen, wenn sie mit Yllyia offen über alles sprach.

„Nein", sagte LeAnne. „Es gab dafür einen Grund. Du weißt, was wir der Erde angetan haben. Nach der großen Katastrophe wurde uns klar, daß wir unsere gesamten alten Denkgewohnheiten ändern mußten. Da wir nicht mehr auf unserem Planeten leben konnten, beschlossen die Überlebenden, unsere selbstmörderischen Neigungen auf einem Sternenschiff im Verlauf einer Generationen dauernden Reise auszumerzen."

Die Eyullelyanerin schwieg eine Weile. Schließlich fragte sie: „Hat es funktioniert?"

LeAnne und Donivan mußten beide lachen. Die Haut zwischen Yllyias Augen runzelte sich, und die Außerirdische gab einen auf- und abschwellenden Pfeifton von sich, was wohl auch eine Art Lachen war.

„Wir wissen es nicht", sagte LeAnne. „Der Bordcomputer behauptet es. Und wir sind hier, um herauszufinden, ob die Erde wieder besiedelt werden kann, nachdem wir reif genug für ein verantwortungsbewußtes Leben auf der Erde geworden sind."

„Ihr seid also zurückgekommen, um hier zu leben?"

„Ja, das haben wir vor. Wir . . ., äh . . ., hatten natürlich nicht erwartet, euch hier anzutreffen, aber das ist für uns eigentlich kein Problem. Zumindest, solange es auch für euch zu keinem wird."

„Ganz und gar nicht, ganz und gar nicht! Ach, es kann doch gar nichts Schöneres geben als eine Erde, die wieder von Menschen bewohnt wird. Wißt ihr, unser ganzes Volk war völlig verzweifelt, als wir annehmen mußten, daß die Menschheit ausgestorben wäre. Ihr wart die einzige vernunftbegabte Rasse, die wir nach langjähriger Suche entdeckt hatten. Aber da fällt mir etwas ein. Ich sollte euch mit in die Universität nehmen. Würdet ihr mich als meine Gäste nach Kalifornien begleiten?"

LeAnne und Donivan sahen sich an. Dann meinte LeAnne:

„Ach, ich weiß nicht. Man wird sicher von uns verlangen, die Öffentlichkeit zu meiden."

„Mit Sicherheit nicht. Ihr wärt eine Sensation. Ihr könntet mir zu großem Ansehen verhelfen und auch euch selbst! Bis in alle Ewigkeit wird man sich daran erinnern, daß wir es waren, die eine erste Begegnung unserer Rassen ermöglicht haben. Diese Ehre könnt ihr doch nicht ablehnen?"

Im gleichen Augenblick, in dem Yllyia ihren Vorschlag gemacht hatte, wußte LeAnne bereits, daß sie ihn nicht ablehnen würde. Der Computer hatte ihnen ausdrücklich empfohlen, mit Außerirdischen Kontakt aufzunehmen, soweit keine Gefahr von ihnen ausging. Nun, was konnte ungefährlicher sein als dieses hilfsbereite außerirdische Wesen?

„Ich denke, du hattest recht!" sagte sie zu Donivan. „Der Computer und ich waren wirklich überängstlich." Zu Yllyia sagte sie: „Natürlich begleiten wir dich. Wir haben nur eine Bitte, daß du uns in ein paar Tagen hierher zurückbringst, und zwar allein. Wir haben nämlich . . . äh . . . eine Verabredung mit unserem Schiff."

„Aha", sagte Yllyia, als würde ihre eigene Vermutung damit gerade bestätigt. „Ich habe mich schon gefragt, wo euer Landefahrzeug steht. Also hat man euch hier abgesetzt! Ich kann euch natürlich jederzeit hierher zurückbringen." Die Eyullelyanerin wies dabei mit einem oberen Arm in die Richtung des Flugzeugs. „Aber wenn wir in Kalifornien sein wollen, bevor es Nacht wird, sollten wir jetzt aufbrechen."

DAS FLUGZEUG war mit zwei für menschliche Passagiere viel zu großen Sitzen ausgestattet. Yllyia setzte sich in den linken und überließ LeAnne und Donivan den anderen Sitz. Sie warfen ihre Weltraumausrüstung hinter die Rückenlehne und machten es sich bequem. LeAnne setzte sich auf die Yllyia zugewandte Seite, und die Eyullelyanerin zeigte ihnen, wie sie sich an dem Sitz festschnallen mußten. Dann betätigte sie einen Hebel auf der Anzeigetafel vor ihnen. Der Motor erwachte zum Leben. Das Flugzeug fing an, langsam über die Piste zu rollen, wurde schneller und schneller. Yllyia beschleunigte die Maschine und zog dann zwei weitere Hebel zurück, so daß sie vom Boden abhoben. Das Flugzeug neigte sich nach hinten, schlingerte plötzlich, nahm aber weiter Geschwindigkeit auf und beruhigte sich schließlich.

Die Eyullelyanerin führte mit jedem ihrer vier Arme unterschiedliche Funktionen aus, zog hier etwas heraus, drückte dort etwas hinein oder schob etwas hin und her, während das Flugzeug weiter stieg. Sie richtete die vorderen Augen starr nach vorn aus, während sie mit dem hinteren das rückwärtige Fenster im Auge behielt. All das hinderte sie nicht daran weiterzusprechen. „Diese kleinen Flugzeuge sind in warmen Luftströmungen wahre Spielbälle", sagte sie. „Sie bestehen hauptsächlich aus Tragfläche, und die Turbulenzen werfen sie nur so herum. Sie haben aber auch einen guten Auftrieb. Das ist ein Vorteil bei Ausgrabungen. Du kannst nie wissen, was du alles mit nach Hause schleppen mußt. Haha! Es wird sich gleich beruhigen. Sobald wir erst einmal in Schwung sind und Fahrt aufgenommen haben, kann ich das mittlere Tragflächenpaar einschwenken. Dann werden wir uns mal einen richtigen Flug gönnen." Die Eyullelyanerin blickte zu ihren Passagieren hinüber. „Stimmt was nicht?"

LeAnne schluckte, wagte aber nicht zu sprechen. Sie hielt die Augen starr auf das Armaturenbrett vor sich gerichtet. Sie fühlte zwar einen deutlichen Abstand zwischen sich und dem Boden, doch ihr Magen schien dort unten geblieben zu sein.

Donivan erging es nicht viel besser. Er drängte sich eng an sie, hielt sich panikartig am Rand des Sitzes fest und hatte seine Augen noch weiter aufgerissen als in dem Augenblick, in dem er dem außerirdischen Wesen das erste Mal gegenübergestanden hatte.

Yllyia trimmte das Flugzeug und sagte: „Entschuldigt bitte! Mir war nicht klar, daß ihr das Fliegen nicht gewöhnt seid. Ich kann sofort landen, wenn ihr wollt."

„Nein", sagte LeAnne. Sie sah Donivan an, und er nickte. „Es ist schon in Ordnung."

Schließlich zwangen sie sich dazu, aus dem Fenster und auf die Erdoberfläche unter sich zu blicken.

Donivan, der nahe beim Fenster saß, beobachtete, wie sie unter ihnen vorbeizog, und sagte mit einem Seufzer: „Ich muß meine Sichtweise schon wieder korrigieren. Das Universum scheint noch größer geworden zu sein."

„Habt ihr wirklich in einem Raumschiff gelebt?" fragte Yllyia.

Donivan lächelte, während er ihr antwortete: „Ja, wirklich. Es hatte jedoch kein einziges Fenster."

Die Eyullelyanerin sah aus dem Cockpit. „Seltsam", murmelte sie. „Kein Hibernationsschlaf und nicht einmal ein Fenster."

„Es ist sogar noch seltsamer, als du es dir überhaupt vorstellen kannst", sagte Donivan. „Vielleicht können wir es dir irgendwann einmal zeigen."

„Das wünsche ich mir sehr. Als Archäologin interessiert es mich natürlich sehr, wie die Menschen ihre Raumschiffe gebaut haben. Wir konnten nur zurückgelassene Satelliten in der Umlaufbahn entdecken, aber nichts Vergleichbares auf der Erde selbst. Euer Krieg war außerordentlich gründlich. Wir hatten großes Glück, daß wir überhaupt die Ruinen kleiner Städte gefunden haben, in denen die Hauptschäden auf den Zahn der Zeit und nicht auf Bomben zurückgingen. Als ich euch traf, war ich gerade dabei, ein Städtchen namens Stroy zu suchen, das eigentlich zwischen dem Lake DeSmet und den Bergen liegen sollte."

„Benutzt ihr immer noch unsere alten geographischen Bezeichnungen?"

„Die meisten. Wir mögen eure melodische Sprache irgendwie."

„Tatsächlich?"

„Ja, wir kannten beispielsweise keine Konsonanten, bevor wir eure Sprache zum erstenmal hörten. Wir brachten Jahre damit zu, sie zu analysieren, und noch sehr viel länger, ihren Gebrauch zu erlernen. Meine Vorfahren übten während des ganzen Flugs von Yea zur Erde. Ich wurde nämlich schon hier geboren. Es brach ihnen fast das Herz, als sie schließlich hier ankamen und niemand übriggeblieben war, mit dem sie sich unterhalten konnten. Aus Sentimentalität blieben viele dabei, eure Sprache weiterhin untereinander zu verwenden. Viele von uns tun das auch heute noch. Es ist so eine Art akademische Sprache geworden."

Sie flogen über den Wolken. Als sie ihren Kurs in Richtung Westen änderten, wurden die kleinen, flauschigen Watteböllchen, die bisher unter ihnen vorübergezogen waren, von einer dichten, wogenden Wolkendecke abgelöst, die die Erdoberfläche unter ihrer weißen Landschaft fast vollständig verbarg. LeAnne legte den Kopf an die Rückenlehne des Sitzes und betrachtete die Wolkenschicht, die am Seitenfenster vorbeiglitt.

Die Außerirdische war eine ausgezeichnete Pilotin. Nachdem sie festgestellt hatte, daß ihre Passagiere das Fliegen nicht gewöhnt waren, hielt sie das Flugzeug in einer ruhigen, ausgeglichenen Fluglage und konnte sie gleichzeitig über jede Einzelheit ihres bisherigen Lebens ausfragen.

Sie schien geradezu besessen vom Thema Sex. Sie hatte jedes

Buch, das sie über dieses Thema hatte finden können, gelesen, mit einem Eifer, den nicht einmal ein Teenager aufgebracht hätte. Obgleich sie die biologischen Prozesse, die damit verbunden waren, verstand, begriff sie einfach nicht, warum die Menschen derart verworrene Rituale entwickelt hatten, damit umzugehen.

Eine eyullelyanische Zeugung erforderte im Unterschied zur menschlichen, die mit zweien auskam, vier verschiedene Gametentypen. Aber daß ein Individuum nur eine Art Gameten bildete, ging über den Erfahrungshorizont der Eyullelyaner hinaus. Sie waren Zwitterwesen: Jedes von ihnen konnte alle vier Sorten von Gameten tragen und, wie LeAnne es verstand, sogar mehr als einen Typ selbst erzeugen.

„Ist das wahr?" fragte sie. „Könnte sich eine Eyullelyanerin selbst befruchten?"

In den Armen der Außerirdischen kontrahierten und entspannten sich die Muskelstränge in ständigem Wechsel. Sie atmete mit einem leisen Pfeifen aus und sagte dann: „Ja, das ist möglich. Es ist ein unnatürlicher Vorgang, und es ist bei uns genausowenig erlaubt, wie der Inzest durch eure gesellschaftlichen Normen sanktioniert wird. Dennoch wird diese Form der Jungfernzeugung von einigen Familien praktiziert. Herrscherfamilien etwa waren immer darauf bedacht, ihre Blutlinien rein zu halten; der gleiche Grund also, weshalb auch in menschlichen Königshäusern Inzest praktiziert wurde. *Ylsarli* – Jungfernzeugung – verhindert bei uns eine evolutionäre Entwicklung. Einige Herrscherfamilien haben sie so lange praktiziert, daß sich ihre Angehörigen physisch von dem Rest unserer Rasse unterscheiden."

„Worin unterscheiden sie sich?"

Yllyia zögerte, bevor sie fortfuhr: „Vor allem haben ihre vorderen Augen die Neigung, weit auseinanderzustehen. Außerdem haben ihre Kiefer einen leichten Überbiß."

LeAnne betrachtete Yllyia daraufhin genauer. „Wenn deine vorderen Augen nur etwas weiter auseinanderstünden, würde sich der Blickwinkel mit dem des hinteren Auges überschneiden."

„Das stimmt."

„Also bist du ein Angehöriger der . . . königlichen Familie?"

„Rein formell gesehen, ja. Meine Vorfahren herrschten einst über ein großes Königreich auf unserem Heimatplaneten. Das ist schon viele Generationen her, aber auch heute ist unser Geschlecht noch nicht ausgestorben, auch wenn wir keine Macht mehr besitzen. Ich gehöre zu einem der ältesten Genotypen unserer Rasse, mein Stammbaum ist sogar älter als der der Königin."

„Königin?" fragte LeAnne.

„Unsere Regierungsform ist eine verfassungsmäßige Monarchie", erklärte Yllyia. „Wie die meisten Regierungen der Eyullelyaner. Es ist ein sehr stabiles politisches System. Einige Königshäuser sind schon seit Jahrtausenden an der Macht."

Donivan lachte. „Ich wette, eure Königin ist auf dich ziemlich eifersüchtig, oder nicht? Sie hat nicht dein königliches Aussehen."

„Das ist sehr scharfsinnig. Die Königin ist ausgesprochen eifersüchtig. Meine Familie hat häufiger versucht, ihren früheren politischen Einfluß zurückzugewinnen. Diesen Ehrgeiz habe ich nicht geerbt, aber allein meine bloße Existenz reicht aus, um sie nervös zu machen. Unabhängig von meiner besonderen Liebe zu der menschlichen Spezies wurde ich gerade deshalb Archäologin. Ich halte mich lange an entlegenen Orten auf, und das ist für uns beide sehr viel einfacher."

„Ich wundere mich über deinen Gebrauch der Pronomen", sagte LeAnne. „Du nimmst für jeden die weibliche Form ‚sie'?"

„Ja", erwiderte Yllyia. „Was ihr als weiblich bezeichnet, trifft eher auf uns zu als das Männliche, obwohl weder das eine noch das andere unsere Art präzise beschreibt. Wir bezeichnen uns als Frauen, da wir alle Kinder gebären können."

„Oh, das ist eine gute Begründung, finde ich. Hast du selbst Kinder?" fragte LeAnne.

„Nein, noch nicht. Kinder kommen erst später im Leben, und ich bin noch jung."

LeAnne dachte kurz darüber nach. „Heißt das, du kannst erst Kinder bekommen, wenn du alt bist? Oder willst du es nur noch nicht?"

„Ich habe mich dafür entschieden. Nur wenn wir es wirklich wollen und dazu bereit sind, können wir uns befruchten. Der Begriff der Geburtenkontrolle ist für uns ein Fremdwort."

„Aber wie konnte eure Rasse ohne Fortpflanzungstrieb überleben?"

Yllyia lachte ihr pfeifendes Lachen. „Und wir haben uns gefragt, wie ihr mit diesem Trieb überhaupt so lange überleben konntet. Eure gesamte Geschichte erscheint mir wie ein einziger fortgesetzter Krieg, ausgelöst durch den ungeheuren Druck der Überbevölkerung und der Angst davor."

Da hatte sie nur allzu recht, dachte LeAnne. Sie wußte, daß der durch die Überbevölkerung entstandene Druck mindestens ebensosehr für den Holocaust verantwortlich gewesen war wie die entscheidungstragenden Politiker selbst. Sie würden diesmal ausgesprochen vorsichtig sein müssen, wenn sie die bestehenden Schutzregeln und -gesetze verändern wollten. Sie nahm sich vor, den Computer zu befragen. Er könnte eine Simulation vornehmen, um zu sehen, ob die Bevölkerungszunahme nach ein paar Generationen außer Kontrolle geraten würde oder nicht. Allerdings konnte sich LeAnne schon denken, was er dazu sagen würde. Die Lektion über Bevölkerungskontrolle war ohne Zweifel etwas, das ein Kind der *Starchild* gelernt haben mußte.

Yllyia fuhr in ihren Erklärungen fort: „Wir haben auch eine Art Trieb. Wir nennen ihn *Shalerya*. Es ist eigentlich der Theorie nach ein rudimentärer Wandertrieb, der aus unserer frühesten Vergangenheit als geflügelte Wesen auf Eyullelya übriggeblieben ist. Wenn wir eine Zeitlang einen Planeten bewohnt haben, bekommen wir auf einmal den Wunsch weiterzuziehen, herauszufinden, was auf dem nächsten sein wird, um dann wieder zum nächsten zu wandern und so weiter. Es ist nicht derselbe Wandertrieb, den man von den irdischen Vögeln kennt, denn wir haben nicht den Zwang, zu unseren Geburtsorten zurückzukehren. Wir haben nur den zwanghaften Wunsch fortzugehen."

Donivan sagte: „Soll das heißen, eure gesamte Bevölkerung packt einfach alles zusammen und zieht weiter?"

„Nicht alle. Vor einer neuen Wanderung vermehren wir uns besonders stark, und die Kinder bleiben dann mit den Erwachsenen zurück, die diesen Zwang nicht so stark spüren. Aber ein sehr großer Teil von uns zieht fort, mehr als die Hälfte."

„Dann werdet ihr auch diesen Planeten bald wieder verlassen?"

„O nein. Dieser Zwang baut sich nur langsam durch mehrere Generationen hindurch auf. Der Höhepunkt wird ganz allmählich ungefähr alle zweiunddreißig Generationen erreicht."

„Und wie lange . . .?"

„. . . wir schon hier sind? Zwei Generationen. Das sind etwas weniger als dreihundert Jahre eurer Zeitrechnung."

„Aha", sagte Donivan.

LeAnne spürte seine heimliche Enttäuschung. Sie wußte, was in ihm vorging. Er wollte mit ihnen ziehen.

YLLYIA und Donivan sprachen über Flugzeuge und das Fliegen im allgemeinen. Yllyia zeigte ihm, wie man das Flugzeug steuerte, während LeAnne eifrig die Landschaft verfolgte, die unter ihnen vorüberglitt. Seit ungefähr einer Stunde waren über dem südlichen Utah keine Wolken mehr zu sehen. Sie hatte den Weltatlas hervorgeholt und versuchte, ihren Kurs auf der Karte zu verfolgen. Sie hatte den Lake DeSmet auf einer Karte von Wyoming gefunden, so daß das Versteck der *Starchild* ungefähr bei der vorderen Bergkette der Bighorn Mountains liegen mußte; doch die Wolken verhüllten jeden Punkt in der Nähe ihres Zuhauses. Sie war sich aber sicher, daß sie den Rückweg notfalls allein finden könnte, wenn sie dazu gezwungen sein würde. Das gab ihr ein Gefühl der Sicherheit.

Gerade hatten sie das Südgebirge der Sierra Nevada überquert, da sagte Yllyia: „Es ist jetzt nicht mehr weit, dort unten ist Ventura."

LeAnne blickte in die Richtung, in die Yllyia wies, aber sie konnte nur einen schmutzigen grauen Flecken am Horizont erkennen. „Ich kann es nicht sehen."

„Nun, im Augenblick kann man nur Rauch entdecken, aber darunter liegt es. Es sieht so aus, als hätten wir heute eine Inversionswetterlage."

Donivan beugte sich vor, um besser sehen zu können. „Rauch?" fragte er. „Brennt dort irgend etwas?"

Yllyia lachte. „Das kommt von den Fabriken. Aber vermutlich kennt ihr keine Fabriken, oder?"

„Ich habe darüber gelesen", erwiderte LeAnne. „Früher hatten wir auch welche. Warum errichtet ihr sie nicht in der Umlaufbahn?"

„Vielleicht tun wir das mal in ferner Zukunft. Im Augenblick ist es einfacher, sie hier direkt vor Ort zu haben, da wir immer noch Rohstoffe aus den Städten abbauen. Es ist weniger umständlich."

„Und schmutziger", warf Donivan ein.

„Sie reden wie ein Umweltschützer", meinte Yllyia.

„Was ist ein Umweltschützer?"

„Jemand, der sich Sorgen um die Umwelt macht. Sie behaupten, unsere Angewohnheit, von Planet zu Planet zu ziehen, wäre das eigentliche Problem. Sie werfen uns Gleichgültigkeit gegenüber der Natur vor, da wir nicht dazu gezwungen wären, mit den Folgen unserer Fehler zu leben. Ich wünschte, sie hätten mehr Erfolg, denn sie haben recht – wir sind tatsächlich unglaublich verschwenderisch und verschmutzen die Umwelt mehr, als es vielleicht nötig wäre, nur tun wir das schon seit Tausenden von Jahren und sind nicht bereit, über Nacht damit aufzuhören."

„Reine Trägheit", sagte LeAnne.

„Genau. Entschuldigt – ich werde jetzt einen Funkspruch durchgeben, um meine Kolleginnen an der Universität zu benachrichtigen, daß wir kommen." Yllyia nahm das Mikrofon aus der Halterung und sagte etwas auf eyullelyanisch hinein. Sie hörten verschiedene Stimmen eine Zeitlang miteinander sprechen, dann klang es aus dem Lautsprecher: „Yllyia?"

„Am Gerät", sagte Yllyia. „Ich komme mit einer Überraschung zurück. Rufen Sie alle zusammen und erwarten Sie mich am Flughafen."

„Was ist das denn für eine Überraschung?"

„Menschen. Lebende Exemplare."

Einen Augenblick lang war alles still, dann fragte jemand: „Yllyia, geht es Ihnen gut?"

„Ja, mir geht es gut. Ende."

Yllyia setzte zur Landung an, drosselte den Antrieb und schwenkte das mittlere Tragflächenpaar aus, bis sie ihre vorherige Reisegeschwindigkeit auf ein knappes Drittel verringert hatten. Die Berge entlang der Küste glitten unter ihnen hinweg, und sie konnten einen ersten Blick auf das Meer werfen. Unter der dichten Dunstglocke erstreckte sich ein glitzerndes blaues Band bis zum Horizont. Ein Horizont, der beinahe doppelt so weit entfernt zu sein schien wie vom Gipfel eines Berges aus.

„Die Universität hat ihre eigene Landebahn", erklärte Yllyia. „Das ist ein Vorteil. Wenn wir den regulären Flughafen benützten, würden wir wohl kaum aus dem Terminal herauskommen, ohne sofort von Reportern belagert zu sein."

„Oh!" stöhnte LeAnne. Sie erblickte unten die Stadt und stellte sich zum erstenmal den Aufruhr vor, den ihre Ankunft verursachen würde. Vielleicht war das alles doch keine so gute Idee gewesen.

Während Yllyia mit dem Landemanöver beschäftigt war, konnten LeAnne und Donivan Ventura genauer in Augenschein nehmen. Es bestand aus einer Ansammlung von würfelförmigen Gebäuden, Straßen und hohen Zylindern, die unablässig Rauch ausspien, der den Himmel verdunkelte. Der Rauch war teilweise so dick, daß man den Boden darunter nur undeutlich erkennen konnte, und als sie in die Dunstglocke eintauchten, konnten sie ihn sogar riechen. Man konnte ihn nicht mit dem Geruch eines

Lagerfeuers vergleichen, es roch mehr wie der Qualm, der an Bord entstand, wenn irgendein altes elektronisches Teil verschmorte.

LeAnne hustete, bis sie feststellte, daß ohne Frischluft ein Reinigen der Lungen völlig überflüssig war. Sie unterdrückte das Husten und versuchte, flach zu atmen.

Als sie sah, wie sich das Flugzeug immer mehr dem Boden näherte, konnte sie sowieso nicht mehr über ihre Atmung nachdenken. Donivan legte einen Arm um sie, und sie hielten sich fest umklammert. Aber sie spürten nur einen leisen, dumpfen Aufprall, als sie den Boden berührten. Yllyia steuerte auf eines der niedrigeren Gebäude zu, vor dem eine kleine Gruppe von Eyullelyanerinnen auf sie wartete. Das Flugzeug kam zum Halten, und Yllyia sagte: „Da sind wir. Willkommen in Ventura, oder besser gesagt, in der Universität von Kalifornien. Und dort sind meine skeptischen Kolleginnen!"

Ein halbes Dutzend Außerirdische waren vor dem Flugzeug zusammengelaufen, flöteten aufgeregt und zeigten in ihre Richtung. Sie rissen Yllyia förmlich die Luke aus der Hand. LeAnne hatte kaum eine Chance herauszukommen. Yllyia rief: „Zurück, zurück, ihr Wilden! Macht ihnen Platz! Und redet in der Menschensprache!"

Die anderen wichen zurück und bildeten einen Halbkreis um das Flugzeug, während sie noch immer aufgeregt miteinander sprachen. Nun, da LeAnne vergleichen konnte, sah sie auch Unterschiede zwischen Yllyia und den anderen, die Yllyia noch nicht erwähnt hatte. Die Eyullelyaner waren alle in aufgesprühtes *Lyshl* eingehüllt – einige trugen metallisch schimmernde Farben, während andere nur farbige Streifen auf ihren Muskeln aufgetragen hatten, aber an den Stellen, an denen ihre Haut durchschien, war diese deutlich heller als die Yllyias. Auch Yllyias Knochenbau schien wesentlich leichter zu sein, und außerdem war sie kleiner. Einige der anderen waren bestimmt an die zwei Meter siebzig.

LeAnne versicherte sich durch einen kurzen Blick zu Donivan, daß alles in Ordnung war, und stieg hinunter auf die Landebahn. Er folgte ihr und legte den Arm um sie. Dann standen sie da und fühlten sich wie Fische im Aquarium.

Yllyia ging um das Flugzeug herum nach vorn und bat mit vier Händen ringend um Aufmerksamkeit. „Ruhe bitte!" rief sie. „Zeigen Sie etwas mehr Respekt." Nachdem sich alle etwas beruhigt hatten, sagte sie: „Darf ich vorstellen, LeAnne Evans und Donivan

Hayes, Menschen. Und auf dieser Seite seht ihr Eurilla, Losrell, Ililiel, Eslia, Llewella und Napoleon."

„Wer, bitte?" fragten LeAnne und Donivan gleichzeitig.

„Napoleon", sagte die genannte Außerirdische mit einem tiefen Seufzer. „Jeder fragt mich danach. Meine Mutter hat einen Großteil ihres Lebens damit verbracht, die politischen Systeme Europas zu studieren, und sie war in diesen Namen einfach verliebt."

„Ah ja", sagte LeAnne, als würde das alles erklären.

„Kommt, sehen wir zu, daß wir aus diesem Qualm herauskommen. Gehen wir zum Archäologischen Institut!" Yllyia griff ins Flugzeug und reichte die Ausrüstungsgegenstände heraus: ihren eigenen Seesack, die aufgerollten Raumdecken von LeAnne und Donivan, Raumanzüge sowie Helme.

„Wo haben Sie das denn her?" fragte die Außerirdische mit dem Namen Iliel, als sie den Helm erblickte.

„Wir haben das von der *Starchild* mitgebracht", erklärte Donivan.

„Ist das ein Raumschiff?"

„Ja."

Yllyia verschloß die Einstiegsluke des Flugzeugs und ging zu einer Ansammlung von Bodenfahrzeugen, die neben dem Gebäude parkten. Mit den vier weit ausgebreiteten Armen trieb sie die anderen wie eine Herde vor sich her. LeAnne und Donivan folgten ihnen.

Die Fahrt über den Campus in Yllyias Wagen war sogar noch furchterregender als das Fliegen. Der Eindruck, sich mit hoher Geschwindigkeit fortzubewegen, war auf dem Boden noch ausgeprägter und stärker als in der Luft. Die entgegenkommenden Fahrzeuge kamen bedrohlich nahe, so daß es schien, als könne man sie nur schwer verfehlen. Iliel, die Leiterin des Archäologischen Instituts, hatte auf ihrem Recht bestanden, mit ihnen im gleichen Fahrzeug zu fahren, während die anderen in einem zweiten Wagen folgten. Sie hörte nicht auf, sie mit Fragen zu löchern, während Yllyia sie auf die verschiedenen Sehenswürdigkeiten des Campus aufmerksam machte, an denen sie vorüberfuhren.

„Hier haben wir das Institut für Astronomie", sagte Yllyia. „Die Schlafmützen dort haben nicht einmal bemerkt, wie ihr in das Sonnensystem eingeflogen seid. Ich wette, sie wissen es bis jetzt noch nicht. He, Liel, vielleicht sollten wir die zwei mal vor der Bürotür der alten Ellela abladen und schauen, was sie dazu sagt."

„Ich glaube", sagte Ililiel leise, „wir halten unsere Entdeckung besser geheim. Es bleibt genügend Zeit, unsere Gäste öffentlich vorzustellen, sobald wir unsere eigene Neugier gestillt haben."

Yllyia bog in eine breite Parklücke neben dem Archäologischen Institut und hielt den Wagen an. Das zweite Fahrzeug parkte direkt neben ihnen, und die anderen fünf Eyullelyaner quollen aufgeregt heraus.

„Halten Sie sich ein bißchen zurück!" forderte Ililiel. Sie führte sie ins Innere des Gebäudes zu einem Konferenzsaal und schloß die Tür hinter ihnen sorgfältig zu. „Nehmen Sie Platz!" sagte sie und lud sie ein, sich auf eine Couch zu setzen, die in der Mitte des Raums stand. Nachdem sich LeAnne und Donivan niedergelassen hatten, rückten die anderen die Stühle um sie herum.

Ililiel begann: „Also, Yllyia, wo haben Sie sie gefunden?"

LeAnne hatte gewußt, daß man genau das fragen würde. Aber Yllyia sagte nur: „Draußen in Wyoming."

„Das ist eine entlegene Gegend, nicht wahr?" meinte Ililiel.

„Nun", begann LeAnne und versuchte, weit genug vorauszudenken, um sich nicht in ihrer eigenen Geschichte zu verstricken, „wir waren gerade dabei, einen guten Platz für eine Besiedelung auszukundschaften, und wanderten in Richtung Süden, am Fuße einer Bergkette entlang, als wir auf Yllyia stießen."

„Sie waren genauso überrascht wie ich", sagte Yllyia.

„Sie wußten nicht . . ., äh, daß wir hier sind?" fragte eine andere Eyullelyanerin. LeAnne hatte die Namen schon wieder vergessen.

„Nein", sagte LeAnne. „Wir . . . Nun, wir waren eigentlich nicht wirklich auf der Suche. Wir dachten nicht daran, überhaupt irgend jemanden zu treffen."

„Ist es nicht seltsam, daß wir die Ankunft eures Sternenschiffs überhaupt nicht bemerkt haben?"

„Überlichtantrieb!" rief Napoleon. „Sie haben sicher herausgefunden, wie man schneller als das Licht reisen kann!"

LeAnne mußte lächeln, als sie sagte: „Nein, tut mir sehr leid."

„Was benutzen Sie statt dessen als Antrieb?" fragte Ililiel.

LeAnne gewann bei dieser Frage etwas von ihrer gewohnten Sicherheit zurück. „Es ist ein Staustrahltriebwerk", erklärte sie. „Es saugt alles, was vor ihm liegt – Gas oder auch Staub – am Bug ein, wandelt es in Treibstoff um und stößt es am Heck als Energie aus."

Unmittelbar darauf machte sich ein peinliches Schweigen breit, das erst von der Frage einer Eyullelyanerin durchbrochen wurde:

„Haben Sie viel . . ." Dann verfiel sie in ein Pfeifen. Sie dachte einen Augenblick lang nach und flüsterte Yllyia dann etwas zu.

Yllyia fragte an ihrer Stelle: „Losrell wollte fragen, ob ihr auch in anderen Sternensystemen Kolonien zurückgelassen habt."

„Nein", sagte LeAnne. „Wir . . ., äh . . ., sind immer nur auf der *Starchild* gewesen."

„Sie leben auf dem Raumschiff", betonte Yllyia. „Sie alle."

Ililiel winkte die überraschten Pfiffe mit zwei Armen ab. „Wo befindet sich das Schiff jetzt?" fragte sie.

LeAnne zögerte und meinte dann: „Es tut mir leid, aber das dürfen wir nicht sagen. Es ist eine alberne Vorsichtsmaßnahme, aber wir bekommen ernste Schwierigkeiten, wenn wir es verraten."

„Weshalb?" Ililiel gab sich augenscheinlich keinerlei Mühe, freundlich zu sein.

„Das ist einfach ein Befehl."

„Natürlich, ich verstehe." Ililiel stand auf. „Entschuldigen Sie mich bitte einen Augenblick." Ohne auf eine Antwort zu warten, drehte sie sich um und schritt zur Tür.

Als sie verschwunden war, fragte Yllyia: „Was hat sie bloß?"

„Ich habe keine Ahnung", meinte Napoleon.

Eine der Eyullelyanerinnen, die sich bis jetzt ruhig verhalten hatten, pfiff und sagte: „Wahrscheinlich ärgert sie sich darüber, daß sie die Menschen nicht selbst entdeckt hat."

LeAnne war beinahe froh, als die Unterhaltung auf das Thema Sex auswich.

Ein paar Minuten später öffnete sich die Tür. Ililiel kam wieder herein. „Ich habe gerade mit Ellela aus der Astronomie über die Angelegenheit gesprochen. Sie bestätigt, daß es völlig ausgeschlossen ist, daß wir einen sich nähernden Feldschirmantrieb nicht bemerkt haben könnten – vorausgesetzt, daß man so etwas überhaupt bauen kann. Theoretisch ist das unmöglich." Sie schwieg für einen Augenblick, um diese Information einsickern zu lassen. Dann fügte sie hinzu: „Deshalb sollten Sie uns vielleicht doch erzählen, was Sie verschwiegen haben."

Das hab ich gründlich vermasselt, dachte LeAnne. Sie blickte in die Gesichter ringsum. Leider konnte sie keinen Ausdruck darin ablesen, aber die Fangzähne, die sie bisher geflissentlich übersehen hatte, schienen plötzlich deutlich hervorzustechen.

Donivan ermunterte LeAnne. „Na gut. Es ist eigentlich sehr einfach. Unser Raumschiff befindet sich nämlich unter der Erde."

In die plötzliche Stille hinein sagte Yllyia: „Kein Wunder, daß es keine Fenster hat."

Ililiel ignorierte diese Bemerkung. „Also, dann leben Sie hier auf dem Planeten?" fragte sie. „Und nicht im Weltall?"

„Das stimmt", erwiderte LeAnne.

„Das ist alles, was ich wissen mußte." Ililiel kehrte zurück in den Flur und gestikulierte mit den Händen. Ein Dutzend Eyullelyanerinnen drang in den Raum. „Führt sie ab!" befahl Ililiel. „Maximale Sicherheitsstufe!"

LeAnnes erste Reaktion war der Griff an die Hüfte zu ihrem Lähmstrahler. Zu spät erkannte sie, daß er sich zusammen mit ihrem Laser und Donivans beiden Waffen hinten in Yllyias Wagen befand. Diesmal gab es keine Fluchtmöglichkeit.

Donivan sah sie schuldbewußt an: „Ich habe das Gefühl, daß wir einen dummen Fehler gemacht haben", sagte er.

Die Eyullelyanerinnen sperrten LeAnne und Donivan in eine würfelförmige Zelle mit einem Bett. Bei einer Länge von drei Metern hatte es eyullelyanische Ausmaße. Die beiden setzten sich darauf, mit dem Rücken zur Wand. Ililiel stand ihnen gegenüber und verhörte sie weiter.

„Wie viele sind Sie in Ihrem unterirdischen Schlupfwinkel?"

„Was spielt das für eine Rolle?" fragte LeAnne.

„Eine sehr große! Sie wollen sich schließlich wieder auf der Oberfläche dieses Planeten ausbreiten, und wir müssen wissen, was das für uns bedeutet."

„Und deswegen nehmen Sie uns gefangen?"

„Das ist zwar sehr bedauerlich, aber wir müssen Ihre Absichten kennen, bevor wir Sie frei in unserer Stadt herumlaufen lassen können. Zum Beispiel wollen wir wissen, ob Sie die Erde immer noch als Ihre Welt betrachten. Haben Sie vor, sie mit Gewalt zurückzunehmen?"

„Nein!" rief LeAnne aufrichtig schockiert. „Warum sollten wir das tun? Hier ist doch Platz genug für alle."

„Wir haben Ihre Geschichte studiert. Ob es Platz genug gab oder nicht, war noch nie ausschlaggebend für die menschliche Eroberungswut. Sie sind einfach nicht in der Lage, friedlich mit anderen Rassen zusammenzuleben. Nehmen Sie zum Beispiel die Verfolgung der Indianer auf diesem Kontinent hier."

„Über Indianer weiß ich nichts", meinte LeAnne. „Aber wir sind jetzt andere Menschen. Tausend Jahre auf dem Raumschiff haben uns verändert."

„Wie können wir da sicher sein? Wir müssen Ihr ‚Raumschiff' aufsuchen und es selbst überprüfen. Sie müssen uns jetzt sagen, wo es sich befindet. Und wenn Ihre Gesellschaft wirklich so friedlich ist, wie Sie behaupten, dann werden sich unsere Befürchtungen ja als grundlos herausstellen."

Donivan warf ein: „Was ist, wenn Ihnen das, was Sie sehen, nicht gefällt? Was ist dann?"

Ililiel antwortete nicht sofort. Sie verflocht ihre vier Arme so ineinander, daß LeAnne schon beim bloßen Anblick die Arme schmerzten. Schließlich sagte sie: „Dann müßten wir direkt mit Ihrer Führung verhandeln."

„Indem Sie die auch einsperren?" fragte LeAnne.

„Ich weiß, das muß Ihnen ungerecht vorkommen, aber sehen Sie es mal mit unseren Augen: Gefährliche Wesen, von denen wir angenommen hatten, sie seien für immer verschwunden, tauchen plötzlich wieder unter uns auf, bewaffnet und in der Lage, uns viel Schaden zuzufügen. Wir müssen vorsichtig sein."

Donivan erwiderte trotzig: „Und jetzt sehen Sie es mal aus unserer Sicht: Wir sind hierhergekommen, um mit Ihnen Kontakt aufzunehmen, und Sie nehmen uns sofort gefangen. Was sollen wir denn davon halten? Sie befürchten Schwierigkeiten, aber Sie tun alles, um sie sich einzuhandeln."

Ililiel neigte den Kopf zur Seite. „Das ist zwar ein berechtigtes Argument", erwiderte sie, „aber es bringt uns nicht weiter." Nun faltete sie ihre Arme wieder auseinander. „Es ist spät geworden, wir können diese Unterhaltung morgen fortsetzen." Daraufhin klopfte sie an die Tür und wartete darauf, daß die Wache von außen öffnete. Beim Hinaustreten fügte sie vom Flur aus noch hinzu: „Denken Sie bitte über das nach, was ich gesagt habe. Wenn Sie mir erzählen, wo wir die *Starchild* finden, können wir diese ganze Angelegenheit schnell beenden."

„Wir werden darüber nachdenken", antwortete LeAnne.

„Sehr schön. Gute Nacht." Ililiel nickte, und die Wache schloß hinter ihr die Tür.

LeAnne sah Donivan an und seufzte schwer. „Sieht so aus, als hätte ich uns diesmal ziemlich in Schwierigkeiten gebracht."

„Es ist wirklich nicht deine Schuld", tröstete er sie.

„Doch. Ich hätte einfach nicht zulassen sollen, daß wir mit

Yllyia hierherkamen. Ich habe geahnt, daß so etwas passiert."

„Es ist genauso meine Schuld. Ich wollte ja schließlich auch mitkommen." Er beugte sich auf dem Bett vor. „Also, was sollen wir tun?"

LeAnne erhob sich und begann auf und ab zu gehen, während sie laut überlegte. „Ich weiß es nicht. Aber wir müssen ihnen klarmachen, daß wir keine Bedrohung für sie sind."

„Woher wissen wir denn, daß sie keine Bedrohung für uns darstellen? Was ist, falls Ililiel uns belügt? Irgend etwas verschweigt sie uns."

„Was könnte das sein?"

„Ich habe keine Ahnung. Aber die Sache gefällt mir nicht. Und mir gefällt auch nicht, daß sie Yllyia und die anderen mit festgesetzt haben. Sie haben nichts getan."

„Hm, das stimmt." LeAnne setzte sich wieder neben Donivan aufs Bett, beugte sich nahe zu ihm und flüsterte: „Vielleicht sollten wir nicht darüber sprechen. Ich wette, daß sie uns abhören."

Er nickte und raunte: „Du hast recht."

LeAnne lehnte sich zurück und versuchte nachzudenken. Sie konnte wetten, daß Donivans Verdacht berechtigt war. Yllyia und die anderen Universitätsprofessorinnen waren ihr völlig aufrichtig erschienen. Nur Ililiel schien irgendwie hinterhältig zu sein. LeAnne fragte sich, ob es richtig war, sie nach menschlichen Maßstäben einzuschätzen, aber sie wußte einfach nicht genug über die Eyullelyanerinnen, um sie nach deren Maßstäben zu beurteilen.

Donivan beugte sich zu ihr und flüsterte: „Weißt du, selbst wenn Yllyia ihnen nicht genau gesagt hat, wo sie auf uns gestoßen ist, werden sie nicht lange brauchen, um die *Starchild* zu finden. Wenn wir es aber schaffen zurückzukehren, um die Mannschaft zu warnen, könnten wir vorbereitet wieder herkommen und die Angelegenheit zu unseren Bedingungen besprechen."

„Aber wie sollen wir da hinkommen? Zu Fuß ist es sehr weit."

„Wenn wir doch Yllyias Flugzeug erreichen könnten. Ich glaube, ich kann es fliegen. Sie hat es mir gezeigt."

„Es ist immer noch etwas anderes, ob dir jemand etwas zeigt oder ob du es selbst tun mußt. Übrigens – wie sollen wir denn hier überhaupt herauskommen?"

Donivan lächelte. „Erinnerst du dich, wie wir in die Unterkunft des Kapitäns gelangt sind?"

LeAnne blickte nach oben und verstand, wovon Donivan sprach.

Der Luftschacht lag hoch oben in der Wand gegenüber der Tür. Er wirkte groß genug, um hindurchzuklettern, sofern sie ihn nur erreichen konnten. Für eine Eyullelyanerin war er zu klein, aber nicht für einen Menschen.

Wortlos schlüpfte sie vom Bett herunter, lief auf leisen Sohlen hinüber und stellte sich unter den Schacht. Er war viel höher, als ihre Arme reichten, und sie bezweifelte, daß sie so hoch springen konnte. Als sie es gerade versuchte, ging plötzlich das Licht aus. LeAnne wirbelte herum. Aber nichts passierte. Als sich ihre Augen an die Dunkelheit gewöhnt hatten, erblickte sie einen schmalen Lichtstreifen unter der Tür. Es waren keine Schatten zu sehen.

„Schlafenszeit, nehme ich an", sagte Donivan. Sie hörte, daß er vom Bett aufstand und vorsichtig auf sie zuging, bis er gegen sie stieß. Dann legte er ihr die Hände auf die Schultern und schlug mit kaum hörbarem Flüstern vor: „Gut, laß es uns versuchen."

Sie verschränkte die Finger fest ineinander, und er stellte seinen Fuß darauf. Dann hob sie ihn so hoch, daß seine Füße auf Taillenhöhe kamen. Sie spürte, wie er sich suchend erst zur einen und dann zur anderen Seite bewegte. Schließlich beugte er sich wieder nach unten, und sie ließ ihn herunter.

„Du wirst mich höher heben müssen", wisperte er. „Ich kann den Schacht so nicht erreichen."

„Dann stell dich auf meine Schultern", erwiderte sie flüsternd und kauerte sich hin. Während er hochkletterte, stützte sie ihn an den Knöcheln ab. Dann richtete sie sich auf. Donivan streckte sich kurz und ging gleich wieder in die Knie, woraufhin LeAnne ihn herunterließ.

„Ich kann gerade nur den unteren Rand berühren", hauchte er. „Meinst du, daß du mich über deinen Kopf stemmen kannst?"

„Ich werde es versuchen, aber wie soll ich dann nachkommen?" Da die Wächterin vor ihrer Tür stand, konnte Donivan diesmal nicht einfach zurückkommen und sie für LeAnne öffnen.

„Ich lasse meine Beine herunter, wenn ich oben bin. Dann springst du hoch und hältst dich an ihnen fest. Es wird schon klappen."

Sie hatte das Gefühl, daß er eine Ewigkeit für das Gitter brauchte. Dann hörte sie ein metallisches Quietschen. Einen Augenblick später löste sich sein Gewicht von ihren Händen.

„Ich bin drin", flüsterte er. Sie hörte, wie er sich dort oben bewegte. „Fertig."

So weit sie konnte, griff sie jetzt nach oben, aber selbst mit ausgestreckten Armen erreichte sie seine Füße nicht. Nach einem tiefen Atemzug sprang sie hoch. Nun berührte sie zwar seine Füße, konnte sich aber nicht festhalten. Beim zweitenmal erwischte sie ein Bein.

Sie hörte ein gedämpftes „Puuh" von oben, doch er hielt sich fest, und sie konnte sich hochziehen. Aber der Haken an ihrem Plan wurde bald offensichtlich. Sein Körper blockierte die Öffnung!

Mit einem Arm umklammerte sie seine Hüfte, mit dem anderen tastete sie zur unteren Kante der Öffnung, hielt sich daran fest und ließ sich dann wieder fallen, bis sie nun mit beiden Händen an der Kante hing. „Jetzt kriech hinein!" flüsterte sie eindringlich.

Donivan schlängelte sich weiter in den Schacht, und sobald seine Füße verschwunden waren, zog sie sich auch hinauf und folgte ihm.

„Kannst du das Gitter zurückschieben?"

„Vergiß es. Ich kann mich nicht einmal an die Nase fassen." Das stimmte. Der Schacht war gerade breit genug für ihre Schultern, aber sie konnte die Arme nicht weiter als bis zur Hälfte zurückbeugen. Sie war froh, sie vor sich ausgestreckt zu haben, sonst hätte sie jetzt festgesteckt.

Donivan robbte vorwärts und wirbelte dabei Staub auf, der LeAnne zum Niesen reizte. Doch sie unterdrückte den Reiz, während sie ihm folgte, und dachte dabei: Wenigstens riecht es nicht so schlimm wie die Luft draußen. Wahrscheinlich wurde die Luft am Ansaugstutzen gefiltert, offensichtlich auch gekühlt, denn es war ein wenig kalt im Schacht.

Mit Hilfe von Zehen, Ellbogen, Knien und Fingern zog sie sich weiter und fluchte jedesmal lautlos, sobald sie sich den Kopf an der Schachtwand stieß. Sie hatte gerade den Dreh herausbekommen, als sie zu einem Querschacht gelangten. Donivan krümmte sich und wand sich ohne Schwierigkeiten um die Ecke, aber LeAnne mußte sich auf die Seite wälzen und sich Stück für Stück vorarbeiten. Dabei hielt sie sich an seinen Füßen fest.

Der Querschacht war größer und verlief in zwei Richtungen. Aus Nebenschächten, die zu anderen Räumen führten, drang genug Licht herein, daß sie Donivans Umriß vor sich wahrnehmen konnte. Sie bogen nach links ab, und Donivan kroch nun außerhalb ihrer Zelle parallel zum Gang weiter.

Nach zwei Seitenschächten gelangten sie gerade zu einem dritten, als sie Stimmen hörten. Donivan stoppte an der Öffnung, und LeAnne kroch ganz dicht an ihn heran.

Sie hörte eine der Stimmen sagen: „. . . kommen damit nicht durch. Ich bin ein Mitglied der YII-Familie. Ich weiß nicht, wen Sie bestochen haben, um uns gefangenzunehmen, aber wenn das bekannt wird, werden Sie beide bis zum Ende aller Zeiten eingefroren."

Das war Yllyia.

Ililiels Stimme antwortete: „Es wird nicht bekannt werden. Warum, glauben Sie denn, mußte ich Sie alle hierbehalten?"

„Damit Sie die Anerkennung dafür bekommen, daß Sie die Menschen gefunden haben. Warum sonst? Man wird Sie schnappen. Sie haben das bestimmt nicht längerfristig geplant."

„Was würden Sie dazu sagen, wenn ich Ihnen erklärte, daß ich die Rückendeckung der Königin habe?"

Eine Zeitlang herrschte Schweigen, bevor Yllyia entgegnete: „Es fällt mir schwer zu glauben, daß die Königin es zuläßt, Vertreter einer Zivilisation gefangenzunehmen, zu deren Rettung wir hierhergekommen sind. Sie lösen einen Vorfall zwischen den Völkern aus, der ernste Auswirkungen haben kann. Wenn sie erfährt, was Sie getan haben, friert man Sie mit Sicherheit ein."

„Die Königin und ich handeln beide in höherem Auftrag von der Heimatwelt", erwiderte Ililiel.

Yllyia lachte. „Die Königin und Sie? Höherer Auftrag? Was glauben Sie eigentlich, wer Sie sind?"

„Ich bin die Leiterin der Archäologischen Abteilung und als solche damit betraut sicherzustellen, daß nichts ausgegraben wird, was dem eyullelyanischen Volk schaden könnte."

„Sie sprechen nur für sich selbst!" sagte Yllyia. „Meine Vorfahren waren gekommen, um zu helfen."

„Da bin ich mir sicher. Nur wenige Leute kannten damals den wahren Plan, genau wie heute. Wir waren schon dabei, eine sichere Methode zu entwickeln, um die Menschheit zu vernichten, als sie selbst das Problem für uns löste. Nachdem sie ihre eigene Zivilisation zerstört hatten, ergriffen wir die Chance, sie völlig auszurotten, und zwar, als sie zu schwach waren, um sich wieder zu erheben und uns zu vernichten. Das war der Grund, warum wir hergekommen sind. Nicht, um zu helfen, und nicht, um eine Kolonie zu gründen."

LeAnne konnte Yllyias Antwort nicht hören, falls sie überhaupt eine gab. Iliiel fuhr fort: „Natürlich haben wir Siedler hierhergebracht. Die Erde brauchte einfach nur Zeit, um sich zu regenerieren. Warum sollte man einen wirklich guten Planeten verschwenden? Aber das war zweitrangig gegenüber unserer Hauptabsicht, die Bedrohung durch die Menschheit ein für allemal zu beenden. Verstehen Sie denn nicht: Wir wären nie in der Lage, sie zu bändigen, sobald sie erst einmal in den Weltraum gelangt sind. Wir mußten sie genau hier aufhalten, bevor sie wieder erstarken konnten. Eigentlich hofften wir, diese Schwierigkeiten würden uns erspart bleiben. Es wird lange dauern, bis die Archäologische Abteilung sich davon erholt hat."

„Sie wollen uns also töten."

„Ja. Es ist nichts Persönliches, verstehen Sie? Ich bedauere die Notwendigkeit, aber wir haben keine andere Wahl. Sie haben alle zuviel Verständnis für den menschlichen Standpunkt. Keiner von Ihnen wäre bereit, das zu tun, was getan werden muß."

Yllyia lachte wieder. „Meinen Sie nicht, daß es verdächtig aussehen wird, wenn wir alle zur gleichen Zeit verschwinden?"

„Wir haben schon eine Tarnlegende vorbereitet", erklärte Iliiel. „Offiziell haben Sie eine höchst ansteckende und tödliche Krankheit von Ihren Ausgrabungen mitgebracht. Wir waren dazu gezwungen, jeden unter Quarantäne zu stellen, der mit Ihnen in Berührung gekommen sein könnte. Aber unglücklicherweise sind Sie trotz unserer großen Bemühungen, Sie zu retten, alle gestorben. Zur Sicherheit mußten Ihre Leichname verbrannt werden, und die Orte, die dem Krankheitsorganismus als Herd hätten dienen können, mußten mit Nuklearbomben eingeäschert werden."

„Sie rotten eine ganze Rasse aus. Das ist Genozid."

„Wir werden das vollenden, was sie selbst vor langer Zeit begonnen haben. Auf diese Weise stellen wir nur sicher, daß sie uns nicht mit sich ins Verderben reißen."

„Iliana wäre stolz auf Sie."

Das Geräusch eines heftigen Schlags hallte im Luftschacht wider. „Lassen Sie meine Tochter aus der Sache raus!" forderte Iliiel. „Nun, wir werden es schon auf die eine oder andere Weise aus Ihnen herausbekommen. Weshalb erzählen Sie mir nicht gleich, wo Sie die Menschen gefunden haben?"

LeAnne ertrug es beinahe nicht mehr, was sie hören mußte. Wieder einmal geriet alles ins Wanken. Ein unterdrücktes Schluchzen entrang sich ihrer Kehle, ein Laut tiefer Trauer und Enttäuschung.

Sie unterdrückte den Drang, aus dem Schacht zu springen und Ililiel mit bloßen Händen zu zerreißen. Sie war auf der Flucht. Sie drückte gegen Donivans Füße, und er kroch weiter durch die Schachtanlage.

DER GANG, in dem sie sich befanden, endete an einer noch größeren Kreuzung. Hier wehte es heftig, und LeAnne konnte ein entferntes Grollen hören. Donivan wählte diesmal den Gang zur Rechten, dem Luftstrom entgegen. Und obwohl es wieder stockfinster war, kamen sie auf Händen und Knien ziemlich schnell voran. Am Ende versperrte der Ventilator ihnen den Weg. In der Dunkelheit konnten sie ihn zwar nicht sehen, aber durch den Lärm wußten sie, daß er sich genau vor ihnen befand. Donivan kroch vorsichtig Zentimeter für Zentimeter vorwärts, wobei er ständig mit den wirbelnden Ventilatorflügeln rechnete, die sich irgendwo vor ihnen befinden mußten. Aber er traf statt dessen auf die Wartungsluke. Sie war so konstruiert, daß sie sich nach außen öffnete. Er drückte sie mit vollem Gewicht auf und purzelte kopfüber hindurch.

Das plötzliche Licht, das durch die Luke hereinfiel, blendete LeAnne sekundenlang. Als sie Donivan endlich wieder erkennen konnte, stand er schon wieder auf und blickte blinzelnd zu etwas hin, das sich außerhalb ihres Sichtfelds befand. Sie streckte den Kopf aus der Luke und entdeckte nur wenige Schritte entfernt eine Eyullelyanerin mit einem Schraubenschlüssel, der so lang wie LeAnnes Arm war, in einer der oberen Hände. Als die Eyullelyanerin LeAnne erblickte, trat sie einen Schritt zurück, ließ den Schraubenschlüssel mit einem lauten Krachen fallen und floh durch eine Tür, die sie heftig hinter sich zuschlug.

LeAnne mußte einfach lachen. Kobolde im Luftschacht! Sie steckte die Füße durch das Loch, ließ sich hinunter, bis sie an den Händen hing, und plumpste neben Donivan zu Boden. „Geht es dir gut?" fragte sie.

„Ja", antwortete er mit einem nervösen Lachen. „Ich bin auf ihrem Rücken gelandet. Komm, laß uns verschwinden. Sie wird in ein paar Minuten das ganze Gebäude alarmiert haben."

„Warte einen Augenblick", bat sie ihn. „Ich habe eine bessere Idee. Laß uns warten, bis sie zu uns kommen. Wir brauchen eine richtige Waffe. Und wer auch immer zuerst durch diese Tür kommt, hat mit Sicherheit eine."

LeAnne blickte sich suchend um und fand ein Werkzeugregal

mit weiteren Schraubenschlüsseln. Von dort nahm sie einen mittelgroßen und einige weitere kleinere für Donivan herunter. „Also, du versteckst dich hinter diesem großen Dingsda.“ Sie deutete auf einen Haufen demontierter Maschinenteile an der Wand. „Wenn du hörst, daß die Tür geöffnet wird, wirfst du einen Schraubenschlüssel genau hierher, wo wir jetzt stehen. Ich werde da oben über ihrem Kopf sein, und während du ihre Aufmerksamkeit erweckt hast, erwische ich sie hiermit.“ Sie hob den Schraubenschlüssel. „Sobald sie ihre Waffe fallen läßt, greifst du sie dir.“

Donivan wollte protestieren, aber er hatte keinen besseren Vorschlag. „In Ordnung“, stimmte er zu. Er ging hinüber, um seine Position einzunehmen. LeAnne nahm Anlauf, sprang hoch und ergriff die obere Kante des Werkzeugregals. Sie zog sich hinauf und legte sich quer darauf. Dann schwang sie probeweise ein paarmal den Schraubenschlüssel und hielt ihn schließlich über der Tür bereit.

Jemand näherte sich mit schnellen Schritten und blieb draußen vor der Tür stehen. LeAnne hörte Stimmen, die sich auf eyullelyanisch unterhielten – dann wieder Stille.

Plötzlich wurde die Tür mit einem kräftigen Tritt aufgestoßen, und ein Stück des Rahmens wurde in den Raum geschleudert. Donivans Schraubenschlüssel fiel zu Boden. Der Krach hallte einen Moment wider, bis es still war. Eine lange, metallene Röhre, die keinem Laser- oder Lähmstrahlerlauf ähnelte, den LeAnne je gesehen hatte, schob sich durch die Türöffnung, aber die Eyullelyanerin, die sie festhielt, blieb außer Reichweite.

LeAnne wartete mit klopfendem Herzen. Es klappte nicht. Sie mußte etwas unternehmen. Und so tat sie das Erstbeste, was ihr in den Sinn kam. Sie nahm den Schraubenschlüssel in die linke Hand, griff mit der rechten nach dem Gewehrlauf und riß ihn hoch.

Ein überraschter Schrei erklang hinter der Tür, und sie hatte das Gewehr in der Hand. Es war ein häßliches, schwarzmetallenes Ding mit drei Handgriffen, aber LeAnne erkannte den Abzug am unteren Teil des mittleren Griffs. Sie ließ den Schraubenschlüssel fallen, faßte das Gewehr am mittleren und vorderen Griff, steckte es aus der Tür und drückte auf den Abzug. Damit hoffte sie, den Verfolger durch einen Warnschuß zu vertreiben, aber sie war völlig unvorbereitet auf das Ergebnis. Statt des leisen Lichtstrahls, den sie erwartet hatte, hallte ein stakkatoartiges Donnern wider, und der Rückstoß riß LeAnne das Gewehr fast aus den Händen.

Sie ließ den Abzug los, und nachdem die Echos ausgeklungen

waren, hörte sie Rufe und Schritte, die sich wieder zurückzogen. Vorsichtig, das Gewehr in Bereitschaft, glitt sie zu Boden und spähte in den Gang, gerade noch rechtzeitig, um den Rücken einer Eyullelyanerin zu sehen, die um die Ecke verschwand.

„Los!" sagte sie und winkte Donivan aus seinem Versteck. Sie ging nach links voraus. Wegen des Abzugs im mittleren Griff war sie dazu gezwungen, das Gewehr an den beiden vorderen Griffen zu halten, so daß es nicht im Gleichgewicht war. Es kam ihr schrecklich schwer vor. Den kräftigen Eyullelyanerinnen machte das Gewicht wohl nichts aus. Jetzt wußte sie, was es war. Ihre Vorfahren hatten einst auch Schnellfeuergewehre benutzt.

Sie erreichten einen weiteren Gang, der nach links führte. LeAnne hockte sich hin, spähte um die Ecke und erblickte zwei Wachen, die mit den Waffen im Anschlag in ihre Richtung sahen. Die beiden entdeckten sie zur gleichen Zeit, und kaum hatte sie ihren Kopf zurückgezogen, explodierte die Wand hinter ihr. Steinsplitter spritzten in alle Richtungen. Dann hallten die Gewehrschüsse im Gang wider. Sie hielt das Schnellfeuergewehr um die Ecke und zog den Abzug durch. Während sie den Lauf fest gegen die Wand preßte, bewegte sie gleichzeitig den Kolben hin und her, um das gesamte Gebiet abzudecken. Als sie wieder um die Ecke blickte, lagen beide Wachen am Boden.

Sie rannte zur ersten Wächterin. LeAnne war nicht auf das vorbereitet, was sie sah: Einschußwunden bedeckten die Brust wie aufgehende Blüten, und das Blut quoll hervor. Es spielte keine Rolle, daß es tiefblau statt rot war, es war dennoch Blut. Sie hatte gerade zwei vernunftbegabte Wesen getötet. Eine Welle von Selbstvorwürfen stieg in ihr auf, als sie das erkannte.

Donivan bückte sich und hob das Gewehr einer Wächterin auf. Er hielt es angewidert am Lauf fest.

LeAnne wandte sich ab. Sie versuchte die Tür zu öffnen. Abgeschlossen. Suchend blickte sie wieder auf die Wächterinnen, fand aber keinen Schlüssel an ihren Gürteln oder in der Nähe, und sie traute sich nicht, in den Taschen danach zu suchen. Dann bedeutete sie Donivan zurückzuweichen, hielt das Gewehr ans Türschloß und drückte ab. Das Schloß zersprang.

Sie trat die Tür auf und war nicht überrascht, Yllyia und Ililiel an der seitlichen Wand zu sehen. Das Gewehr drohend auf Ililiel gerichtet, sagte sie: „Fang schon mal an zu beten."

„Nein!" schrie Yllyia.

LeAnne sah sie an und bemerkte eine tiefblaue Stelle im Gesicht, wo Ililiel sie geschlagen hatte. Dabei deutete sie noch immer mit dem Gewehr auf Ililiel. „Nenn mir einen Grund, warum ich es nicht tun sollte!" forderte sie.

Yllyia erwiderte: „Wir brauchen sie als Geisel."

LeAnne dachte darüber nach. Sie wollte so ungeheuer gerne auf den Abzug drücken, denn sie erinnerte sich an das, was sie belauscht hatte, und dachte an die zwei Wächterinnen, die zu erschießen sie gezwungen gewesen war. Die Wachen hatten dieses Schicksal nicht verdient, aber Ililiel in diesem Zustand zu sehen würde ihr keineswegs leid tun. Doch Yllyia hatte recht.

„In Ordnung. Raus aus der Tür!" Sie trat zur Seite, schwenkte das Gewehr, und Ililiel trat hinaus. Als sie die Wachen auf dem Boden liegen sah, bemerkte sie: „Sehen Sie, Yllyia? Hatte ich nicht recht?"

„Halt den Mund!" fuhr LeAnne sie an und stieß ihr das Gewehr in den Rücken. Ein kleiner Fleck *Lyshl* verdampfte bei der Berührung durch den heißen Lauf. „Yllyia, wie kommen wir hier heraus?"

Yllyia zögerte. „Wir sollten zuerst die anderen befreien. Ililiel, wo sind sie?"

Ililiel entblößte als Antwort die Zähne. LeAnne überlegte kurz, ob sie sie mit einer Kugel durch einen nicht lebenswichtigen Körperteil überzeugen sollte, aber als sie das Geräusch von weiteren Wachen hörte, die sich im Laufschritt näherten, änderte sie ihre Meinung. Geisel oder nicht, ihr gefiel der Gedanke nicht, im Freien zu stehen. „Zuerst gehen wir in Deckung!" befahl sie und schob Ililiel vor sich den Gang entlang.

Sie schafften es kaum bis ans Ende, als die Verfolger hinter ihnen an der Ecke erschienen. Donivan feuerte los. Die Verfolger wichen zurück. Yllyia führte sie nach links bis zur nächsten Abzweigung. Schon hörten sie Schritte, die sich aus der anderen Richtung näherten. Yllyia riß die letzte Tür rechts auf, schob Ililiel hinein und schloß sie leise hinter LeAnne und Donivan.

LeAnne hielt die Waffe gegen Ililiel. „Keinen Laut!" drohte sie.

Sekunden später hörten sie Gewehrfeuer aus der Richtung, aus der sie gerade gekommen waren.

*Sie schossen aufeinander!*

Offensichtlich waren sie in einem Büro gelandet, denn neben dem Fenster stand ein überdimensionaler Schreibtisch. Draußen herrschte Dunkelheit.

Yllyia durchsuchte den Schreibtisch. Sie kramte eine Rolle Klebeband hervor und sagte: „Das wird gehen. Ililiel, setzen Sie sich hierher!" Sie schob ihr einen Stuhl hin.

Ililiel setzte sich, und Yllyia klebte ihr die Arme hinter dem Rücken zusammen, erst das obere Paar, dann das untere und dann beide zusammen. Sie knüllte ein Stück Papier vom Schreibtisch, stopfte es Ililiel in den Mund, wickelte das Klebeband um ihren Kopf und befestigte so den Knebel. Mit dem Rest des Klebebands fesselte sie die Beine an den Stuhl.

„So ist es gut", sagte Yllyia, öffnete das Fenster und schwang ein Bein über die Fensterbank. „Wir nehmen diesen Weg."

„Was ist mit deinen Freundinnen?" fragte Donivan.

„Wir müssen sie zurücklassen. Sie sind erst einmal in Sicherheit. Ililiel kann ihnen nichts antun, solange wir frei sind. Am wichtigsten ist jetzt, daß wir es schaffen zu fliehen." Sie schwang das andere Bein aus dem Fenster und sprang zu Boden.

Donivan kletterte hinter ihr hinaus, aber LeAnne konnte Ililiel nicht ohne ein Abschiedswort zurücklassen. Sie setzte den Lauf des Gewehrs zwischen die beiden vorderen Augen der Außerirdischen und drohte: „Ich habe gehört, was du Yllyia erzählt hast. Du hast recht, wir sind gefährlich. Aber wir sind ursprünglich als Freunde hierhergekommen. Daran erinnerst du dich doch noch?"

Doch Ililiel zeigte keinerlei Regung. „Wir kommen zurück", versprach LeAnne und stieg ebenfalls durchs Fenster.

„Wo sind wir?" erkundigte sich Donivan, nachdem sie ein paar Gebäude hinter sich gelassen hatten. Bis jetzt blieb noch alles ruhig. Doch sie wußten, daß hier bald die Hölle los sein würde.

„Wir befinden uns in der Militärbasis", erklärte Yllyia. „Es ist das eine Ende des Hauptflughafens. Wir haben keine große Armee. Ich habe nie verstanden, warum es überhaupt eine gibt, aber jetzt weiß ich den Grund."

„Den haben wir zufällig mit angehört. Wir müssen zurück und die *Starchild* warnen. Kannst du uns dort hinfliegen?"

„Ja, das kann ich." Yllyia lachte pfeifend.

„Was ist daran so lustig?"

„Ich werde es euch zeigen", antwortete sie schmunzelnd und führte sie zu einem Gebäude am Ende der Straße. LeAnne und Donivan mußten rennen, um mit ihr Schritt zu halten, obwohl Yllyia nur langsam trabte. Sie führte sie zu einer Seitentür, ging hinein, um das Licht einzuschalten, und sagte: „Dort."

Das schnittige, stromlinienförmige Flugzeug hatte zwei Hauptflügel, die in einem steilen Winkel zurückschwangen. An beiden hing je ein riesiges Triebwerk. Unterhalb der Hauptflügel und etwas nach hinten versetzt ragten kleinere Flügel hervor und zwei vertikale Flossen am hinteren Ende der Maschine. Über und vor den Flügeln lag das Cockpit, eine durchsichtige Kuppel, die sich sanft vom übrigen Rumpf abhob.

Als sie das Flugzeug entgeistert anstarrten, sagte Yllyia: „Es ist eine kleine Liebhaberei von mir. Ich habe es in fast vollständigem Zustand auf einem Flughafen in South Dakota vor ungefähr sieben Jahren gefunden, und seitdem habe ich es mit zusammengesammelten Teilen restauriert. Letztes Jahr habe ich es endlich zum Fliegen gebracht. Gefällt es euch?"

„Mir gefällt es", sagte Donivan.

„Und mir erst, auch wenn ich mich zusammenquetschen muß, um da reinzupassen. Dieser kleine Brummer ist wirklich schnell. Klettert an Bord – nein, wartet. Erst noch die Fallschirme."

„Fallschirme?" fragte LeAnne. „Wofür?"

„Nur eine Vorsichtsmaßnahme", erklärte Yllyia, während sie eine kleine Leiter an der Seite des Flugzeugs hochkletterte, hineingriff und zwei sperrige Stoffbündel mit Riemen hervorzog. „Ich wünschte, ich hätte welche für Menschen", sagte sie. „Aber ich glaube, diese tun es auch."

Draußen fuhr mit großer Geschwindigkeit ein Wagen vorbei. Yllyia lauschte, bis er um die Ecke gebogen war und in Richtung des Gebäudes weiterfuhr, in dem man sie gefangengehalten hatte. Dann drehte sie sich um und half LeAnne und Donivan in die Fallschirme. Sie mußte die Riemen verknoten, damit sie kurz genug waren. Yllyia besorgte sich den dritten aus einem anderen Flugzeug und schnallte ihn mit geübter Leichtigkeit an.

„Alles klar. Steigt ein!"

Die zwei Sitze waren hintereinander angeordnet und eyullelyanischen Verhältnissen angepaßt. LeAnne kletterte als erste hinein und setzte sich nach hinten. Donivan ließ sich vor ihr im selben Sitz nieder. Yllyia zeigte ihnen, wie sie sich anschnallen und die Fallschirmringe so festhaken konnten, daß der Ausstoßmechanismus des Schleudersitzes die Schirme öffnen würde. Es dauerte länger, zwei Leute gleichzeitig anzuschnallen, aber als sich schließlich keiner von ihnen mehr in irgendeine Richtung bewegen konnte, war Yllyia zufrieden. Sie sprang wieder hinaus und hieb auf einen Knopf neben der Hangartür. Diese hob sich langsam, und LeAnne wurde bei dem Gedanken von Panik ergriffen, in dem Flugzeug festzustecken, wenn die Verfolger sie jetzt einholten.

Aber es war niemand hinter der Tür. Yllyia kletterte zurück in die Maschine und setzte sich auf den vorderen Platz. Während die Tür sich ganz öffnete, schnallte sie sich selbst fest und stieß die Leiter fort, die klappernd zu Boden fiel. Dann zog sie das Verdeck herunter und rief: „Bahn frei!" Die Maschine sprang an.

„Das ist so Tradition", übertönte sie den plötzlichen Lärm. „Menschliche Piloten haben das immer gesagt. Deshalb halte ich es auch so, wenn ich mit dieser Maschine fliege."

LeAnnes ganzer Körper vibrierte mit, als die Triebwerke schrill aufheulten. Sie dachte: *Alle, die uns suchen, können uns jetzt hören.* Yllyia ließ das Flugzeug aus dem Hangar herausrollen. Dabei widmete sie sich den üblichen Kontrollen. Drei ihrer Hände bewegten sich blitzschnell, und die vierte fuhr mit dem Daumen die Checkliste ab. LeAnne betrachtete den rechten Flügel, der sich auf Yllyias Befehl auf und ab bewegte. Dahinter sah sie zwei Eyullelyanerinnen, die an der Ecke des nächsten Gebäudes auftauchten und sofort auf sie zuliefen.

Yllyia ließ die Checkliste fallen, lenkte das Flugzeug auf die Betonpiste vor den Hangar und sagte: „Lehnt euch im Sitz zurück. Wir werden das Ganze jetzt ein wenig anders als üblich machen."

LeAnne umklammerte Donivan. Yllyia brachte die Triebwerke langsam auf Touren und hielt dabei die Bremse fest, bis das Heulen fast unerträglich war. Dann ließ sie los und stieß den Gashebel ganz nach vorn. Das Flugzeug machte einen Satz, flitzte über den Boden auf die erstaunten Eyullelyanerinnen zu und hob sich dann steil in den Himmel.

LeAnne spürte, wie sich die Beschleunigungskraft steigerte und sogar schlimmer wurde als der anfängliche Stoß. Donivans Gewicht nahm ihr den Atem, sein Fallschirm preßte auf ihren Brustkorb, und ihr eigenes, vervielfachtes Gewicht machte es nur noch schlimmer. Sie rang nach Atem, und schon hatte sie wirbelnde Lichterscheinungen vor den Augen. Das Kreischen der Triebwerke wurde mit jeder Sekunde schwächer, aber der Druck stieg weiter an. Gerade als sie sicher war, daß sie ohnmächtig werden würde, zog Yllyia den Hebel zurück und brachte die Nase langsam wieder in die Horizontale.

LeAnne atmete zitternd ein. Sie spürte, daß Donivan das gleiche tat. Von dem vorderen Sitz rief Yllyia: „Mach 1, steil nach oben! Habe ich euch nicht gesagt, daß dieses Ding schnell ist?“

## Im Angesicht der Wirklichkeit

Der Augenblick dumpfen Schweigens wurde länger und länger. LeAnne versuchte erfolglos, wieder einen klaren Kopf zu bekommen. Sie konzentrierte sich, atmete tief durch und zwang sich, den Sitz vor sich mit den Augen zu fixieren.

Yllyias Kopf überragte ihren Sitz. Ihr hinteres Auge war weit geöffnet. Sie sprach nach vorne, aber ihre Stimme dröhnte laut durch das Cockpit. „Geht es euch gut da hinten?“

Donivan bekam ein Nicken zustande. LeAnne antwortete zwischen zwei Atemzügen: „Nein, aber ich nehme an, daß du . . . versucht hast, uns zu warnen. Ich habe es einfach . . . nicht begriffen.“

Yllyia lachte. „Dies ist das beste Flugzeug, das je gebaut wurde.“ Sie lehnte sich in ihrem Sitz zurück, steuerte das Flugzeug in eine Rechtskurve und brachte die Nase sanft nach unten. Dann zog sie es in einer Linkskurve wieder hoch. Diese Position behielt sie bei, bis sich die Welt einmal über ihren Köpfen gedreht hatte.

LeAnne war froh, daß es dunkel war. Denn so konnte sie sich fast einbilden, in einem schwach beleuchteten Zimmer zu sitzen und an der Wand entlanghuschende Schatten zu beobachten – unberührt von allen Schwerkraftveränderungen. Durch Yllyias Manöver wurden sie die ganze Zeit in ihre Sitze gepreßt, aber auf dem Höhepunkt des Loopings wurden sie alle sehr leicht.

„Ich bin begeistert!“ sagte Yllyia, als sie wieder in der Waagerechten flogen.

Donivan fand seine Stimme wieder. „Wie lange brauchen wir, um zur *Starchild* zurückzugelangen?“

„Das hängt davon ab, wo sie ist“, erwiderte Yllyia.

LeAnne konnte ihre Befürchtung nicht unterdrücken, daß dies alles ein ausgeklügelter Plan war, um sie dazu zu bringen, die Position des Schiffes zu enthüllen, aber sie verwarf diesen Gedanken sofort wieder. Yllyia konnte unmöglich mit Ililiel und der Königin zusammenarbeiten. Was LeAnne und Donivan über die Luftschächte gehört hatten, konnte nicht inszeniert worden sein.

Donivan hatte offensichtlich denselben Gedanken. Er zögerte

und antwortete schließlich: „In der Nähe des Ortes, an dem du uns gefunden hast. Von dort aus etwas weiter in den Bergen."

Yllyia machte eine Überschlagsrechnung und sagte dann: „Bei dieser Geschwindigkeit werden wir in ungefähr einer Stunde und zehn Minuten dort sein, wenn wir auf dem direkten Weg hinfliegen. Doch es wäre vielleicht besser, wenn eure Leute uns nicht genau dort treffen, falls uns jemand aus dem Orbit verfolgt."

LeAnne schaute in den nächtlichen Himmel empor. In dieser Höhe leuchteten die Sterne, ohne zu funkeln. Daran hatte sie noch gar nicht gedacht. Wurden sie etwa jetzt schon beobachtet?

Zu Yllyia sagte sie: „Niemand auf dem Schiff weiß, daß wir hier draußen sind."

„Niemand?" fragte Yllyia. „Willst du damit sagen, ihr habt niemandem erzählt, daß ihr rausgehen wolltet?"

„Schlimmer als das", sagte LeAnne. „Sie glauben noch immer, daß sie im Weltraum sind, ungefähr tausend Lichtjahre von allem entfernt. Wir haben versucht, ihnen klarzumachen, daß wir uns auf der Erde befinden. Sie warfen uns deswegen aus der Luftschleuse und halten uns seitdem für tot."

Yllyia blickte noch einmal über den Sitz nach hinten. „Du machst doch wohl Spaß, oder?"

„Ich wünschte, es wäre so."

Yllyia sagte mit ruhiger Stimme: „Dann kann ich wohl nicht davon ausgehen, daß ihr einen Platz habt, auf dem dieses Flugzeug landen kann, nicht wahr?"

Donivan antwortete: „Wir werden dort landen müssen, wo es flach ist, und zu Fuß zum Schiff gehen."

„Nachts können wir nicht landen. Und tagsüber können wir es auch nicht – mit Ililiel und dem Militär im Nacken. Wenn wir dieses Flugzeug auf offenem Gelände in der Nähe eures Schiffes zurücklassen, dann könnten wir gleich mit einem Schild direkt darauf hinweisen." Yllyia drosselte die Geschwindigkeit. Das Flugzeug wurde langsamer. Es gab einen Ruck, und plötzlich wurde der Antrieb lauter. LeAnne begriff, daß sie gerade die Schallgeschwindigkeit unterschritten hatten. Yllyia verschaffte ihnen Zeit zum Nachdenken.

„Ich möchte mich jetzt erst mal vergewissern, ob ich alles richtig verstanden habe", sagte Yllyia. „Außer euch beiden weiß kein Mensch, daß die Erde noch existiert, und erst recht nicht, daß wir Eyullelyanerinnen hier sind. Stimmt das?"

„Richtig", sagten LeAnne und Donivan gleichzeitig.

„Die anderen haben bereits einmal versucht, euch umzubringen, weil ihr ihnen etwas erzählt habt, was sie nicht hören wollten."

„Richtig", sagte LeAnne noch einmal. „Aber wir müssen sie vor Ililiel warnen."

„Wenn sie schon nicht glauben wollen, daß sie auf der Erde sind, dann kann ich mir nicht vorstellen, daß sie etwas noch Schlimmeres glauben werden."

Donivan lachte. „Sie werden uns glauben, wenn sie dich erst einmal gesehen haben."

Yllyia seufzte. „Ich hatte schon befürchtet, daß du so etwas sagen würdest. Ililiel, ich möchte dir die Arme einzeln ausreißen, einen nach dem anderen! Du zwingst mich dazu, das Flugzeug in der Luft zu verlassen. Verdammt, verdammt, verdammt!"

LeAnne behagte dieser Ton nicht. „Wenn du vom Verlassen sprichst, meinst du dann . . .?"

„Mit dem Fallschirm abspringen und das Flugzeug abstürzen lassen. Oh, warum habe ich bloß kein anderes Flugzeug genommen?"

LeAnne erschrak, aber auch ihr fiel nichts Besseres ein. Wenn sie die Crew der *Starchild* warnen wollten, dann mußte Yllyia mitkommen. Und wenn Yllyia mitkam, dann mußten sie das Flugzeug verlassen. Wie sie es auch drehten, sie mußten springen.

Die Berge unter ihnen wirkten im Mondlicht sehr schroff. LeAnne hoffte, daß Yllyia sich nicht verkalkulierte und sie mitten in die steilen Felsen jagte.

Die Ebene jenseits der Berge kam in Sicht. Yllyia drosselte die Geschwindigkeit so, daß sie das Flugzeug gerade noch in der Luft halten konnte – für LeAnne war es immer noch unglaublich schnell. Und bei diesem Tempo sollten sie springen! Sie schüttelte sich und entdeckte einen silbrigen Schimmer, der sich hinter einem Berg von rechts in das Blickfeld schob: der Lake DeSmet.

„Macht euch bereit", sagte Yllyia.

LeAnne umklammerte fest mit einem Arm den Griff des Schleudersitzes, mit dem anderen schmiegte sie sich an Donivan.

„Ihr wißt doch: bis drei zählen und dann los!" rief Yllyia. Im gleichen Augenblick sprengte sie das Dach des Cockpits ab. Kalter Wind fegte herein, zerrte an ihnen. Das Flugzeug verlor an Höhe. Jetzt war es endgültig zu spät, um es sich noch anders zu überlegen. LeAnne zählte langsam bis drei, hielt sich dicht an Donivan und zog den Griff des Schleudersitzes.

Eine fürchterliche Explosion katapultierte sie nach oben. Sie befand sich plötzlich im freien Fall, wobei ihr der schneidende Wind den Atem nahm. Mit einem weiteren Knall lösten sich die Sitze von ihnen, und sie begannen zu trudeln. Der Wind zerrte Donivan von ihr weg.

So schnell, wie der Wind sie gepackt hatte, war er auch wieder verschwunden. In völliger Dunkelheit schwebte LeAnne sanft hin und her. Als das Blut wieder in ihrem Kopf zu zirkulieren begann, konnte sie die mondbeschienenen Berge unter sich sehen. Sie schob ihre wirren Haare aus dem Gesicht und blickte nach oben. Ihr Fallschirm bildete eine gigantische schwarze Fläche, die die Sterne über ihr verdeckte.

Das vertraute Motorengeräusch wurde allmählich schwächer. LeAnne hörte Yllyia in einiger Entfernung auf eyullelyanisch fluchen. In der Nachtluft war ihre Stimme überraschend klar.

„Donivan?" rief LeAnne.

„Ich bin hier über dir." Seine Stimme klang sehr nahe. „Geht es dir gut?"

„Ich glaube schon. Und wie geht es dir?"

„Ich habe mir in die Zunge gebissen, als der Fallschirm sich öffnete. Aber abgesehen davon ist wohl alles in Ordnung. Wenn ich mich nur nicht zu Tode friere!"

„Ja, allerdings. Yllyia? Wo steckst du?"

„LeAnne?"

LeAnne wandte sich in Richtung der Stimme und erblickte in geringer Entfernung eine weiße Halbkugel, die schneller herabsank als sie. „Und was jetzt?" rief sie.

„Nichts weiter. Einfach nur fallen. Halte deine Knie gebeugt und roll dich ab, sobald du den Boden berührst. Du wirst dich nicht verletzen; du wiegst ja nicht einmal die Hälfte von dem, was der Fallschirm tragen kann."

LeAnne schaute wieder nach unten. Yllyias Zielpunkt war optimal gewählt. Der Fluß, der direkt unter ihr aus den Bergen kam, sah wie eine silbrig flimmernde Linie aus. Sie und Donivan würden genau am Fuß des Gebirgsausläufers landen, Yllyia ein Stück weiter draußen.

„Was ist, wenn wir im Wasser landen?" rief Donivan. Seine Stimme erklang jetzt noch weiter über ihr.

„Wenn du Gefahr läufst, im Wasser zu landen, dann ziehst du die Leinen in die Richtung, in die du willst!" rief Yllyia. „Dann wirst du zur Seite schweben. Paß aber auf, daß du nicht in die Baumregion gerätst!"

LeAnne zog probeweise an den Leinen, doch sie war noch zu weit oben, um beurteilen zu können, ob das irgendeine Wirkung hatte. Ihre Hände waren so kalt, daß sie sowieso nichts anderes tun konnte, als einfach nur zu schweben. Sie steckte die Hände in die Achselhöhlen und schaukelte frierend nach unten.

Sie drehte sich während des Falls und hatte so einen guten Rundumblick. Die waldbedeckten Gebirge reflektierten nicht viel Licht; auf der Schattenseite war nicht mehr als ein gezackter Bergkamm zu sehen, doch auf der anderen Seite erstreckten sich die Hügel wie eine weiche Decke bis zum Horizont. Sie glaubte, die Andeutung einer gebogenen Silhouette da draußen gesehen zu haben, doch vielleicht hatte sie sich das auch nur eingebildet.

Sie konnte den Fluß unter sich hören, blickte nach unten und beobachtete, wie er immer größer und breiter wurde, während sie auf die südliche Seite zusteuerte. Das war schlecht, denn die Straße lag im Norden. Ihr war schon kalt genug; sie wollte nicht auch noch durch den Fluß waten müssen.

Nachdem sie eine halbe Drehung gemacht hatte, zog sie die Leinen auf der anderen Seite. Das Wasser verschwand aus ihrem Blickfeld und war dann wieder direkt unter ihr, so daß sie noch einmal an den Leinen ziehen mußte. Ihre Arme begannen zu schmerzen. Die Dinge auf dem Boden näherten sich ihr, wurden größer und kamen ihr immer schneller entgegen! Sie schrie auf. Ihr Fuß strich über einen Baumwipfel, aber sie machte sich frei und zog die Füße rechtzeitig hoch, um mit angezogenen Beinen auf dem Boden zu landen, eine Rolle rückwärts zu machen und auf der Seite liegenzubleiben.

Sie setzte sich auf – die Leinen hingen wirr um sie herum – und betrachtete den zusammengesunkenen Fallschirm.

„Ich habe es geschafft", flüsterte sie. Sie blickte nach oben und sah eine große schwarze Fläche, die vor den Sternen vorüberglitt. „Donivan, ich habe es geschafft!" rief sie. „Ich bin unten!"

„Ich wünschte, ich könnte dasselbe sagen!" antwortete er. „Verdammter Weltraum! Ich stürze genau auf einen Baum zuuuu . . .!"

Man hörte ein Brausen und das Krachen von brechenden Ästen. Dann ein Augenblick Stille und schließlich: „Na prima. Kannst du mir hier herunterhelfen?"

Yllyia erschien wie ein Geist in der Nacht. Um sich zu wärmen, hatte sie ihren Fallschirm um sich herumgewickelt, während sie dem Fluß in Richtung des Gebirges gefolgt war.

„Da seid ihr ja", sagte sie, als sie LeAnne und Donivan erblickte, die ihr genauso vermummt flußabwärts entgegenkamen. „Sieht so aus, als wärt ihr beide gesund und munter."

„Mehr oder weniger", antwortete Donivan. „Was ist mit dir?"

„Mir geht es gut. Wollen wir uns einen Schlafplatz suchen?"

LeAnne lachte. „Nein! Nach all dem kann ich mir gar nicht vorstellen, daß ich jemals wieder schlafe."

„Das geht mir genauso", stimmte Donivan zu.

„Außerdem sollten wir so schnell wie möglich zum Schiff zurückkehren. Wir wissen nicht, wieviel Zeit wir noch haben."

Yllyia nickte. „Das ist wahr. Das Mondlicht ist sicherlich hell genug, um uns den Weg zu weisen. Geht voran."

Nachttiere huschten aus dem Weg, als sie in Richtung des Gebirges durch das Gras gingen. Einmal näherten sie sich einem einzelnen äsenden Hirsch, der daraufhin aufstampfte und einen Warnschrei ausstieß. Eine Herde von mindestens fünfzig Tieren erhob sich und sprang mit riesigen Sätzen leichtfüßig davon. Dabei leuchteten die weißen Schwänze wie Signalflaggen.

Sie entdeckten die leicht erhöhte Bodenlinie, wo die Straße lag, und änderten die Richtung, um ihr zu folgen. Bald waren sie wieder mitten im Wald, der in allen Silbernuancen schimmerte.

Sie hatten sich dem Gebirge schon ein gutes Stück genähert, als der Himmel im Osten im ersten Tageslicht zu glühen begann. Der Morgen kam schnell, und binnen einer Stunde hatte die Sonne den Horizont erhellt. An einem der vielen Flußübergänge entschied Yllyia, eine Frühstückspause zu machen, und sah sich etwas um.

„Es sollte uns gelingen, hier in der Nähe etwas zu finden", sagte sie und bewegte sich auf ein Dornengestrüpp zu, das mit knolligen roten Beeren beladen war. „Oh, kommt hierher, prima, greift zu!" Sie pflückte mit allen vier Händen einen ganzen Busch in wenigen Sekunden leer.

Beeren? dachte LeAnne. Sie hätte schwören können, daß die Eyullelyanerinnen von ihrer Zahnform her Fleischesser wären. Sie pflückte sich eine Beere und untersuchte sie mißtrauisch. Sie erinnerte sich an die Warnungen über giftige Beeren in dem Pflanzenbuch der Überlebensausrüstung. Kleine Härchen bedeckten die Oberfläche der Beere und gaben ihr ein flaumiges Aussehen. „Bist du sicher, daß man sie essen kann?" fragte sie.

„Himbeeren? Na klar. Ich esse sie immer, wenn ich draußen bei den Ausgrabungen bin. Auch Menschen haben sie gegessen. Ich habe ihre Ernährung studiert."

„Also gut, wenn du sagst, daß sie nicht gefährlich sind . . ." Mit einem Achselzucken steckte sich LeAnne die Beere in den Mund. Sie hatte etwas Saures und Herbes erwartet, deshalb war sie völlig überwältigt von der unerwarteten Süße. „Hm!" sagte sie. „He, Donivan, die sind wirklich gut!"

„Ich weiß", murmelte er hinter ihr. Sie drehte sich um, und er grinste sie mit vollem Mund an.

Sie reckten und streckten sich, während sie aßen. Donivan zuckte wegen der Schnitte und Prellungen zusammen, die er von seiner Begegnung mit dem Baum davongetragen hatte.

„Yllyia, wo, glaubst du, ist das Flugzeug?"

„Ich weiß es nicht. Ich habe den Autopiloten so eingestellt, daß es geradewegs in einer konstanten Höhe von zweieinhalbtausend Metern nach Osten fliegt. Aber ich weiß nicht, ob es genug Treibstoff hat, um den Atlantik zu erreichen."

LeAnne erinnerte sich, daß sie den Atlantischen Ozean im Atlas gesehen hatte. „Wolltest du, daß es ins Wasser stürzt?"

„Es wäre ein sauberes Ende", sagte Yllyia. „Ich glaube nicht, daß es auf dieser Strecke Berge in einer solchen Höhe gibt; deshalb könnte es vielleicht gelingen. Wir sollten uns jetzt entscheiden, wie unsere nächsten Schritte aussehen sollen. Was wollen wir tun, wenn wir eure *Starchild* erreichen?"

„Der Besatzung sagen, wo sich ihr Raumschiff befindet", sagte LeAnne. „Und dann, schätze ich, bereitest du dich am besten darauf vor, gegen Ililiel zu kämpfen."

„Wenn es stimmt, was sie mir gesagt hat, werden wir wohl gegen eine Bombe zu kämpfen haben, die aus dem Orbit kommt. Ich habe keine Ahnung, wie wir uns dagegen verteidigen könnten."

Donivan sah nachdenklich aus. „Aus dem Orbit? Aus eurem Kolonieschiff?"

„Ja, der *Lyrili-Hloo.* Wir benutzen sie jetzt als Raumstation. Wenn die ersten Kolonisten tatsächlich Bomben dabeihatten, dann, nehme ich an, sind die Bomben noch immer an Bord."

„Hm. Wie viele von euren Leuten sind da oben?"

„Nicht viele. Sechzehn oder zweiunddreißig. Das Schiff besteht überwiegend aus Hibernationskammern. Warum fragst du?"

LeAnne stutzte wegen der merkwürdigen Zahlen. Aber dann

begriff sie: Yllyia hatte vier Finger an jeder Hand – also insgesamt sechzehn. Und die angegebenen Stärken der Besatzung waren somit runde Zahlen des Hexadezimalsystems, das die Eyullelyanerinnen offensichtlich bevorzugten.

Donivan sagte: „Ich habe eine Idee. Aber ich möchte sie erst mit dem Computer prüfen, bevor ich mehr dazu sage."

Yllyia verbarg ihre Überraschung nicht. „Habt ihr einen intelligenten Computer?"

Donivan lächelte. „Beinahe. Er denkt nicht wirklich, aber er kann so schnell Informationen verknüpfen und seinen Gedächtnisspeicher nach Antworten abtasten, daß es fast so aussieht."

„Hat er ein Bewußtsein?"

„Das kommt darauf an, was du darunter verstehst."

Yllyia erkundigte sich nach Einzelheiten des Lebens auf der *Starchild* und war davon fasziniert. Sie stellte Fragen über Fragen, während sie ihr Frühstück beendeten, ihre Fallschirme zusammenpackten und sich in Richtung Gebirge auf den Weg machten. „Ich hätte erwartet, daß du den Rotationseffekt der Erddrehung bemerken würdest", sagte sie im Laufe des Marschs. „Sicherlich hätte dir das einen Anhaltspunkt dafür gegeben, daß du nicht im Weltraum bist."

LeAnne war in Tagträume versunken. Sie fragte sich, ob die Leichtigkeit, die sie im Kopf fühlte, auf die Himbeeren oder einfach nur auf ihren Schlafmangel zurückzuführen war oder ob es sich um eine verspätete Reaktion auf die gestrige Aufregung handelte. Doch Yllyias Frage brachte sie mit einem Schlag auf den Boden der Tatsachen zurück. „Der Effekt der Erdrotation?"

„Ja. Es tritt ein spezieller Kraftvektor auf, wenn sich etwas auf der Oberfläche eines rotierenden Planeten von einer Stelle zur anderen bewegt. Es ist zwar eine sehr kleine Kraft, aber sie hat eine deutlich erkennbare Wirkung, die du sogar innerhalb der *Starchild* hättest beobachten können. Zum Beispiel, wenn in einem Abfluß Wasserstrudel entstehen oder wenn ein kreiselndes Pendel sich in einer Ebene bewegt. Ich kann mir kaum vorstellen, daß man das nicht beobachtet hat."

Der Ausdruck auf Donivans Gesicht zeigte grenzenlose Verblüffung. „Wir hatten gerade das als Beweis dafür genommen, daß wir im *Weltraum* wären. Man hatte uns gesagt, daß das Schiff sich spiralförmig bewege. Das sei der Grund dafür, weshalb wir nicht längst aus diesem Winkel des Universums verschwunden sind – nach über tausend Jahren Beschleunigung. Wir hatten sogar

Schulungsprojekte, bei denen wir die Krümmung der Spirale selbst berechneten: fünfundvierzigeinhalb Grad."

„Das entspricht etwa diesem Breitengrad", sagte Yllyia. „Eure Messungen sind richtig und sogar – in gewisser Weise – auch eure Schlußfolgerungen. Wir sind hier ziemlich genau auf dem fünfundvierzigsten Breitengrad auf der nördlichen Halbkugel und drehen uns entsprechend der Erdrotation durch den Weltraum."

LeAnne versuchte, sich davon ein Bild zu machen. Es paßte. Oje, aber in der anderen Richtung hatte es genausogut gepaßt! „Wie ist es denn nun wirklich?" fragte sie mit einem Lachen.

„Ein Neigungswinkel der Rotationsachse von fünfundvierzigeinhalb Grad reicht doch nicht aus, um dich auch nach tausend Jahren Beschleunigung innerhalb des bekannten Universums zu halten. Du wirst noch immer, hm, sagen wir mal, den halben Gravitationsschub geradeaus haben", sagte Yllyia, „auch wenn der durch die Rotation aufgehobene Betrag abgezogen wurde, oder?"

„Das stimmt", sagte Donivan. „Aber es ist viel komplexer. Die Fünfundvierzig-Grad-Drehung war die auffälligste. Aber es gab eine langfristige, periodisch auftauchende Komponente von dreiundzwanzigeinhalb Grad, die dazugezählt werden –"

„Oh, natürlich", warf Yllyia ein. „Der Neigungswinkel der Erde in ihrer Umlaufbahn um die Sonne."

Donivan lachte in sich hinein. „Es ist einfacher, die Daten den Tatsachen anzupassen, wenn man die Tatsachen kennt. Wir *wußten,* daß wir auf einem Raumschiff waren – und *wußten,* daß wir beschleunigten und gleichzeitig rotierten. Niemand konnte das in Frage stellen. Und niemand wäre auch nur auf die Idee gekommen, das zu tun."

Jetzt werden sie es tun müssen, dachte LeAnne. Und mit diesem Gedanken bekam sie mehr als nur eine Ahnung davon, was es bedeutete, die *Starchild* wieder zu betreten. Sie fühlte sich noch nicht dazu in der Lage, der Besatzung wieder gegenüberzustehen.

Donivan schien sich gut genug zu fühlen, um zurückzukehren. LeAnne konnte seinen Standpunkt ebenfalls verstehen. Er hatte nicht die meiste Zeit seines Lebens damit verbracht, von der Erde zu träumen – und draußen hatte er genug schlechte Erfahrungen gesammelt: sein Sonnenbrand, seine Prellungen, seine Verletzung durch das Stachelschwein. So war es kein Wunder, daß er sich darauf freute, dorthin zurückzukehren, wo er sicher war.

Das würde er erst anders sehen, wenn sie ihre Kolonie gründeten.

Diesmal würden sie es richtig machen. Sie wußten nun genau, was zu tun war. LeAnne sagte sich, daß ein mehrwöchiger Aufenthalt im Schiff von Nutzen sein konnte, um Forschungen im Häuserbau, in der Landwirtschaft und tausend anderen Gebieten zu betreiben.

Trotz all dieser Pläne vergaß sie nicht die Bedrohung durch Ililiel. Falls sie keinen Weg fanden, um den Angriff zu verhindern, müßten sie das Schiff vollständig evakuieren und es Ililiel zum Bombardieren überlassen. Doch sie suchte nach Alternativen. Der Computer würde wahrscheinlich eine bessere Idee haben. Dennoch schadete es nicht, wenn sie darüber nachdachte. Sie haßte es, nur vom Computer abhängig zu sein.

SIE ERREICHTEN das Schiff in den Nachmittagsstunden. Yllyias *Lyshl* war schon lange durch die Hitze verdunstet, und sie benutzte statt dessen den feuchten Fallschirm als kühlende Hülle, unter der sie vor Anstrengung schnaufte. Ihr Gesicht war schon fast azurblau verfärbt. Einige hundert Meter vor der Luftschleuse hielt Donivan plötzlich an, beugte sich vor und pflückte eine der gelben Blumen, die überall dort im Überfluß wuchsen, wo die Bäume genug Licht durchließen. Er reichte sie LeAnne.

„Wofür ist das?" fragte sie überrascht.

„Als Erinnerung an draußen", sagte er.

LeAnne nahm sie und drehte sie errötend in ihrer Hand. Sie roch dabei den leichten Duft der Blütenblätter und fühlte deutlich, wie die Liebe sie aufs neue durchströmte.

„O Donivan!"

„Du warst so merkwürdig still. Ich dachte, daß das vielleicht der Grund wäre."

Sie wußte darauf keine Worte, also umarmte und küßte sie ihn statt dessen.

Nach einer Weile besannen sie sich auf Yllyia, die sie aufmerksam beobachtete.

„Menschen sind doch verrückt, oder?" sagte LeAnne lachend.

Yllyia lachte ebenfalls. „Ja", erwiderte sie schlicht.

LeAnne steckte die Blume in eine Haarlocke neben ihrem Ohr. „So", sagte sie. „Also gut, jetzt bin ich bereit. Gehen wir hinein."

Yllyia mußte auf Händen und Knien kriechen, damit sie durch die Luftschleuse paßte. LeAnne und Donivan kletterten neben ihr hoch. Gerade als Donivan die Schleusentür schließen wollte, bemerkte LeAnne etwas Ungewöhnliches.

„Jemand ist hier drin gewesen“, sagte sie. „Die Überlebensausrüstung ist verschwunden.“

Donivan wandte sich um und blickte in die Ecke, in der sie die Ausrüstung zurückgelassen hatten. „Tatsächlich. Wir werden den Computer dazu befragen. Seid ihr soweit?“

„Fertig“, bestätigten ihm beide.

„Prima. Gut, dann willkommen an Bord.“ Donivan betätigte den Drehmechanismus. Die Außentür schwang zu, sperrte das Sonnenlicht aus. Ihre Augen gewöhnten sich schnell an das künstliche Licht. Nach einer kurzen Pause öffnete sich die Innentür, und sie betraten einen schwach beleuchteten Korridor. Nach der Hitze draußen empfanden sie die konstante Temperatur von einundzwanzig Grad als kühl. Yllyia ließ ihren Fallschirm zu Boden gleiten und richtete sich auf – ihr Kopf war nur wenige Zentimeter von der Decke entfernt.

„Wir sollten einen Helm für dich besorgen“, schlug LeAnne vor. „Du wirst dir überall den Kopf anstoßen.“

„Ich werde vorsichtig sein“, erwiderte Yllyia. „Ich bin daran gewöhnt, menschliche Wohnräume zu erforschen.“

Donivan führte sie den Gang hinunter zum Kommunikationsraum, wo sie die Überlebensausrüstung und die abgeschnittenen Beine von LeAnnes Raumanzug in einer Ecke fanden. „Das ist merkwürdig“, sagte er. „Warum haben sie das hierhergebracht?“

LeAnne konnte dafür keine plausible Erklärung finden.

Donivan trat an ein Terminal und gab seinen Code ein, tippte herum und fluchte. Erst beim zweiten Versuch wurde ihm der Zugang gewährt. Er schüttelte den Kopf. „Ich kann es gar nicht glauben, ich bin schon aus der Übung.“ Er bat den Computer um Spracheingabemodus und sagte dann: „Hallo, wir sind zurück.“

„Ausgezeichnet“, antwortete der Computer. „Bitte warten Sie, ich gehe in den Logikmodus. Laden . . . Okay. Haben Sie etwas herausgefunden?“

„Ja, Fremdwesen“, sagte Donivan stolz. „Wir haben eins mitgebracht. Komm, Yllyia, stell dich vor.“

Yllyia zögerte und sagte dann: „Hallo? Ähm . . . Ich freue mich, dich kennenzulernen.“

Der Computer sagte einen Moment lang gar nichts. Schließlich antwortete er: „Unzureichende Daten. Meinen Sie mit Fremdwesen Außerirdische?“

„Ja. Wir nennen uns Eyullelyanerinnen.“

„Bitte warten . . ."

Donivan lachte. „Das ist wohl das erste Mal, daß der Computer keine Ahnung hat, wie er weitermachen soll. Er holt sich wahrscheinlich jedes Back-up, das er jemals gespeichert hat, und versucht, passende Anweisungen zu finden für etwas wie –"

„Die direkte Korrelation versagt. Die Wahrscheinlichkeit weist darauf hin, daß ich Sie willkommen heißen sollte."

„Vollkommen richtig", sagte Donivan kichernd.

„Dann heiße ich Sie auf der Erde willkommen. Donivan, ich brauche mehr Informationen. Bitte fahren Sie mit Ihrem Bericht fort."

Donivan beschrieb ihr Treffen mit Yllyia, den Flug nach Ventura und die folgenden Ereignisse. „Wir wissen nicht genau, was wir in dieser Angelegenheit unternehmen sollen. Yllyia meint, daß sie wahrscheinlich versuchen werden, uns aus dem Orbit zu bombardieren. In diesem Fall hätten wir nicht mehr sehr viele Möglichkeiten. Ich hatte eine Idee –"

„Warten Sie", unterbrach ihn der Computer. „Warten . . . "

Die Stimme erlosch mit dem Licht.

„Was ist passiert?" fragte Yllyia.

„Ich glaube, wir haben seinen Logikmodus überladen. Ich hätte nicht gedacht, daß man das kann."

Das Licht flackerte einen Augenblick und erlosch dann wieder.

„Es ist wohl ein allgemeiner Systemfehler. Der unterbricht die Stromverteilung ebenso wie die Kommunikationseinrichtungen und alle anderen Systeme. Verdammt! Ich hätte erkennen müssen, was da passiert. Er muß immer mehr Daten geladen haben, um nach Korrelationen zu suchen, bis er abgestürzt ist."

„Wie konnte das denn passieren? Das hört sich gar nicht nach einer sauberen Programmierung an."

„Ist es auch nicht. Jedes Programm hat irgendwo einen Fehler. Der Logikmodus ist so angelegt, daß er Speicherplatz nach Priorität zuweist, aber ich wette, daß nie jemand eine Obergrenze dafür festgelegt hat. Wir haben ihm ein Problem eingegeben, bei dem der Logikmodus unverzichtbar für das Überleben des Schiffs ist, und deshalb war die Priorität genauso hoch wie für die Aufrechterhaltung der Funktionen des Schiffes. Als der Computer den Speicherplatz brauchte, löschte er seine eigenen Kontrollsysteme und brach zusammen."

„Das hört sich aber nicht gut an."

„Richtig. Die Techniker werden Stunden brauchen, um herauszufinden, was passiert ist, und noch länger, um es zu reparieren."

Die Lichter flackerten erneut auf und brannten dann wieder.

Trotz ihrer Bedenken bezüglich der Zuverlässigkeit des Computers fühlte LeAnne sich ungemein erleichtert. „Was hast du gerade gesagt?"

„Laß ihm noch einen Augenblick Zeit. Ich wette, sie haben gerade das primäre Kontrollsystem erneut geladen. Wenn er wieder anfängt, seine gespeicherten Daten zu laden, wird er direkt in den Logikmodus zurückspringen und abermals zusammenbrechen. Verdammt, ich sollte ihnen erzählen, was passiert ist, solange ich die Gelegenheit dazu habe!" Donivan wandte sich dem Keyboard zu, doch der Strom fiel wieder aus, bevor er sich einloggen konnte.

LeAnne tastete nach der Wand und lehnte sich dagegen. Sie fühlte sich sicherer, wenn sie etwas berührte, als isoliert im Dunkeln zu stehen. „Ich finde, wir sollten hinuntergehen", sagte sie, „aber nicht unbedingt in das Computerzentrum. Ich halte es nämlich für wichtiger, der Mannschaft von der Erde und den Eyullelyanerinnen zu berichten."

„Das finde ich nicht", sagte Donivan. „Erinnerst du dich, was beim letztenmal passiert ist, als wir das versucht haben?"

„Diesmal haben wir doch Yllyia", beharrte LeAnne.

Bei der Erwähnung ihres Namens sagte Yllyia: „Vielleicht können wir ja beides miteinander verbinden. Könnten wir nicht auf dem Weg zum Computerraum die Nachricht verbreiten?"

„Ja, das könnten wir", gab Donivan zu.

„Dann laßt es uns auch tun", sagte LeAnne. „Kommt!" Sie ertastete sich den Weg zur Tür und trat in den Gang hinaus.

„Müßte es nicht bei Stromausfällen ein Notaggregat geben?" fragte Yllyia.

„Das gibt es wahrscheinlich auch", antwortete LeAnne. „Aber seine Batterien sind tausend Jahre alt. Dieses Deck hat seit der Alphamannschaft keine Instandsetzung mehr gesehen."

„Ach so."

„In der Notausrüstung sind noch Laser", fiel Donivan ein. „Die können wir als Lichtquelle benutzen."

„Gute Idee. Du führst uns."

Donivan ging an LeAnne vorbei und führte sie auf die Nabe zu, dann den kreisförmigen Verbindungsgang entlang und wieder einen anderen Radialgang zurück. An einer Tür auf der linken

Seite blieb er stehen. „Ich glaube, hier ist es. Wo ist denn der manuelle Türöffner . . .? Ah ja, da." Man hörte das Geräusch einer aufgleitenden Tür.

Donivan trat ein. „Wenn ich mich richtig entsinne, müßten sie ungefähr hier sein." Er streifte einen Gegenstand, der ein leises Klacken an der Wand verursachte. „Ich hab einen. Paßt auf eure Augen auf."

LeAnne wendete sich ab. Ein gelbes Licht erhellte das Innere des Raums. Schatten flackerten, als Donivan zwei weitere Laser ergriff und sie ihnen aushändigte.

„Du zeigst mir wohl besser, wie das Ding funktioniert", sagte Yllyia, die ihre Finger vorsichtig um den Griff gelegt hatte.

„Drück auf die Trommel, und dreh sie gegen den Uhrzeigersinn", erklärte LeAnne und machte es vor. „Wenn du losläßt, springt sie heraus und rastet an der Stelle ein, so daß du die Einstellung nicht versehentlich verändern kannst. Dann drück einfach den Auslöser."

„Ich verstehe." Yllyia leuchtete mit ihrem Licht umher und probierte verschiedene Griffe aus, bis sie einen bequemen Halt gefunden hatte.

„Sollten wir nicht auch Lähmstrahler mitnehmen?" fragte Donivan.

„Ja", sagte LeAnne. Auf keinen Fall wollte sie ohne Strahler zur Besatzung zurückkehren, schon gar nicht, wenn Yllyia mitkam.

Donivan holte drei Lähmstrahler hervor. Auch hier zeigte LeAnne Yllyia, wie man sie benutzte. „Bei diesen hier gibt es nichts zu fokussieren, du zielst nur und schießt. Die Waffe hat einen weiten Strahl, deshalb ist sie nicht allzu genau. Aber das braucht sie auch nicht zu sein. Der Strahler versetzt die Leute nur für eine Weile in Schlaf. Wenn du auf jemanden schießen mußt, dann benutze den Lähmstrahler."

„Das ist ja beeindruckend", sagte Yllyia. „So etwas haben wir nicht. Ich frage mich, ob diese Waffe auch bei einer Eyullelyanerin funktioniert."

LeAnne nickte. „Ich habe mit einem Strahler auf eine eurer sechsflügeligen Kreaturen geschossen, als sie Donivan angriff, und sie fiel herunter. Demnach nehme ich an, daß die Waffe auch bei dir funktionieren würde. Sei bitte vorsichtig damit."

„Ich hoffe, daß ich sie überhaupt nicht benutzen muß."

„Das hoffe ich auch. Ich glaube, wir können gehen."

Das Computerzentrum befand sich auf Deck 73. Durch den Zusammenbruch des Computers funktionierten auch die Aufzüge nicht, und das bedeutete, daß sie einen langen Abstieg durch den Treppenschacht vor sich hatten.

Sobald sie den Treppenschacht erreicht hatten, hörten sie ein gedämpftes Brausen, das immer lauter wurde, je tiefer sie hinabstiegen. Erst als sie die Tür zwischen dem gesperrten Deck drei und dem ersten offenen Deck erreichten, sahen sie, was den Lärm verursachte: Es waren Menschen. Menschen, die auf jedem Deck redeten, fluchten und schrien. Menschen, die sich die Treppen hoch und runter drängelnd und trampelnd ihren Weg bahnten.

Auf Deck vier schien der Treppenschacht fast verlassen zu sein. LeAnne blickte durch das schmale Fenster in der Tür und sah auf der anderen Seite nur ein Dutzend Leute, die aufgeregt durcheinandersprachen. Sie sahen wie Geschäftsleute aus. Auf Deck vier lagen die Büroräume. Wenigstens hatten die Leute hier Licht. Zwei Notlampen leuchteten an der Wand des Treppenschachtes.

Als LeAnne die gutgekleideten Frauen sah, wurde ihr plötzlich bewußt, wie schrecklich sie selbst aussehen mußte: wirres Haar, zerrissene Uniform, schmutzig . . . Aber sie konnte nichts daran ändern. Sie stieß die Tür auf.

Sie hatte bisher noch nicht darüber nachgedacht, was sie eigentlich sagen wollte, wenn der entscheidende Augenblick kam. Aber als sie den Treppenabsatz betrat und alle Gesichter sich ihr zuwandten, wurde ihr klar, daß sie es hätte tun sollen. Man erkannte sie, daran gab es keinen Zweifel, als die notorischen Saboteure, die man erst vor wenigen Tagen hingerichtet hatte. Sie setzte ein Lächeln auf und sagte: „Hallo, ich bin LeAnne Evans. Ich komme von draußen zurück. Und dies ist Donivan Hayes. Sicherlich habt ihr davon gehört, daß wir das Schiff durch die Luftschleuse verlassen haben. Wir wollen euch zeigen, was wir da draußen entdeckt haben."

Sie drehte sich um und deutete mit einem Nicken zur Tür hin, wo Yllyia sich gerade bückte, um einzutreten.

„Hallo", sagte Yllyia, sie stand jetzt wieder aufrecht. „Ich bin Yllyia. Ich freue mich, Sie kennenzulernen." Der Flügel der Drehtür schloß sich hinter ihr und schnappte ein.

Die Leute blieben stumm stehen. LeAnne seufzte vor Erleichterung, denn sie hatte halbwegs erwartet, daß alle losschreien und davonrennen würden.

So schnell sie konnte, erzählte sie ihnen, was ihr und Donivan in den Tagen da draußen passiert war. „Verstehen Sie, was ich Ihnen sage?" fragte sie anschließend.

Ein Mädchen, ungefähr siebzehn Jahre alt, nickte mit großen, staunenden Augen.

LeAnne wandte sich an sie. „Gut. Hör zu, wir müssen weiter nach unten. Du verbreitest diese Neuigkeiten hier auf diesem Deck, okay?"

Das Mädchen nickte wieder.

LeAnne blickte zu den anderen. „Und Sie helfen ihr. Bestätigen Sie ihre Darstellung. Erzählen Sie jedem, daß Sie . . . O Weltraum! Fangt sie auf!"

Es war schon zu spät, um das Mädchen davor zu bewahren, auf den Boden aufzuschlagen. LeAnne beugte sich über sie und streckte sie lang aus, während sie jemand nach einem nassen Handtuch schickte, das sie ihr auf die Stirn legen wollte.

„Ist sie tot?" fragte Yllyia.

„Nein, sie hat nur das Bewußtsein verloren", sagte LeAnne.

Donivan blickte das Treppenhaus hinunter. „Für so etwas haben wir jetzt keine Zeit", bemerkte er.

„Du hast recht." LeAnne stand auf. Zu den Umstehenden sagte sie: „Das Mädchen wird sich erholen. Verbreiten Sie, was ich Ihnen erzählt habe. Laßt uns jetzt gehen! Yllyia?"

Yllyia sah noch immer auf das Mädchen hinab. „Bist du sicher, daß sie sich wieder erholen wird?"

„Da bin ich ganz sicher. Ich bin selbst beinahe in Ohnmacht gefallen, als ich dich das erste Mal gesehen habe. Komm weiter!"

JE WEITER sie nach unten kamen, desto voller wurde der Treppenschacht und desto schlimmer war die Reaktion auf Yllyia. Auf Deck fünf mußten sie sich mit den Lähmstrahlern einen Weg durch die Menschen bahnen, die versuchten, sie anzugreifen – mit Schuhen, Büchern und allen möglichen anderen Wurfgeschossen.

Auf Deck sechs schrie jemand und löste eine Panik aus, die sich bis zum Deck zehn fortpflanzte. Dort stießen sie auf eine weitere Gruppe, die von einem Sicherheitsbeamten angeführt wurde. Dieser schoß sofort auf sie – wahrscheinlich hatte er nicht erwartet, daß sie ebenfalls Lähmstrahler besaßen. Donivan schaffte es gerade noch, einen Schuß abzugeben, bevor er zu Boden ging. Plötzlich waren seine Beine von den Knien an abwärts taub. Er fiel auf den Boden des zehnten Treppenabsatzes inmitten seiner unschlüssigen Gegner, rieb sich die Beine und fluchte.

„So kann das nicht weitergehen!" rief LeAnne, als sie jemanden ein Deck tiefer schreien hörte: „Die Aliens kommen!"

„Wir kommen in Frieden!" rief Yllyia. LeAnne zuckte zusammen, denn Yllyia konnte dank ihres großen Brustkorbs eine ziemliche Lautstärke entwickeln. Doch ein weiterer Geschoßhagel zeigte ihr, wie ihr lauter Ausruf aufgenommen wurde.

„Vielleicht sollten wir zurück nach oben gehen und warten, bis der Computer wieder funktioniert", schlug LeAnne vor. „Dann können wir eine Bekanntmachung für das ganze Schiff durchgeben."

„Tolle Idee, aber die Tür ist verschlossen", wandte Donivan ein. „Und sie wird keinen Zugangscode annehmen, es sei denn, der Computer überwacht sie wieder."

Wie eine Antwort auf diese Bemerkung flackerte die Regulärbeleuchtung auf, die Notlampen erloschen. Freudenrufe erhoben sich auf den umliegenden Decks. „Also gut", sagte LeAnne. „Yllyia, kannst du Donivan tragen?"

„Mit Leichtigkeit."

„Gut. Dann laßt uns dahin zurückkehren, wo wir sicher sind, bevor der Computer wieder zusammenbricht."

„Nein!" sagte Donivan. „Die Aufzüge funktionieren doch jetzt wieder. Laßt uns zum Computerzentrum hinunterfahren."

„Okay", sagte sie. „Also in den Aufzug!" Sie half Yllyia, Donivan hochzunehmen, und öffnete die Tür zu Deck zehn.

Als sie auf dem Weg zum Aufzug an der Besatzung vorbeirannten, war deren Reaktion viel gemäßigter, als LeAnne erwartet hatte. Erstaunt aufgerissene Augen, ja, aber immerhin wurden sie nicht angegriffen. Sie verstand das erst, als sie zurückblickte und Donivan zusammengesunken in Yllyias Armen sah: schmutzig, voller Schnittwunden und Quetschungen, die Augen geschlossen. Natürlich griff niemand jemanden an, der einen Verletzten trug, nicht einmal einen Außerirdischen.

„Ein Notfall!" rief sie und versuchte, ihr Grinsen zu verbergen.

„Machen Sie den Gang frei, und halten Sie den Aufzug fest!" Ein Mann hielt den Fahrstuhl hilfsbereit für sie frei. Sie stellte sich auf die Seite, ließ Yllyia Donivan hineintragen und sagte dann: „Danke." Dann trat sie selbst ein.

„Was . . .?" fragte der Mann zaghaft.

„Ihr Name ist Yllyia, und sie steht auf unserer Seite. Sagen Sie es weiter.“ LeAnne tippte 73 auf der Tastatur ein, und die Tür glitt zu.

Automatisch steckte sie ihre Füße in die Halterung. Yllyia schrie überrascht auf, als die Kabine fiel.

„Oh! Entschuldigung!“ sagte LeAnne. „Ich hätte dich warnen sollen.“

„Das ist schon in Ordnung. Auf einem Sternenschiff sollte man damit rechnen, daß hin und wieder der freie Fall eintritt.“ Yllyia pfiff ein Lachen. Donivan, der jetzt wieder die Augen geöffnet hatte, fiel in ihr Lachen ein.

Negative Beschleunigung drückte sie für einen Augenblick zu Boden, dann verdoppelte sie sich plötzlich, wodurch LeAnne auf die Knie gezwungen wurde.

„Was zum –“

„Der Computer ist wieder zusammengebrochen“, stellte Donivan fest.

Der Aufzug kam schlingernd zum Stehen, doch das Licht blieb an. LeAnne wunderte sich darüber, überlegte aber dann, daß die Energieversorgung der Aufzüge wohl unabhängig sein mußte. Die Aufzüge wurden von Batterien versorgt, die beim Halt an einem Deck aufgeladen wurden. Der Computer war nur für die Kontrolle des Verkehrs in den Schächten verantwortlich. Ohne diese Kontrolle konnten die Aufzüge sich nicht bewegen.

„Was nun?“ fragte LeAnne.

„Wir warten so lange, bis sie den Computer wieder in Gang bekommen haben, und fahren dann weiter hinunter.“ Er verlagerte sein Gewicht. „Allmählich spüre ich meine Beine wieder. Ich will mal versuchen, sie etwas zu belasten.“

Yllyia ließ ihn herunter und sicherte ihn von beiden Seiten mit den Händen ab, bis sie die Gewißheit hatte, daß er allein stehen konnte. Er stampfte mit den Füßen auf und schnitt eine Grimasse. „Verdammt! Das ist ja schlimmer, als ich dachte.“

„Du weißt ja“, sagte LeAnne, „daß wahrscheinlich auch beim Computer Wachen stehen werden.“

Donivan runzelte die Stirn. „Daran hatte ich nicht gedacht, bestimmt hast du recht. Wahrscheinlich werden sie schießen, sobald sie uns sehen.“

„Auf dich wohl nicht“, sagte sie. „Yllyia und ich sind diejenigen, die nicht dazugehören.“

Donivan sah an sich hinunter. „Und ich nicht?“

„Nicht als Donivan Hayes. Du siehst zwar zehn Jahre älter aus als früher und viel dunkler, aber wenn du allein hineingehst, könntest du vermutlich an ihnen vorbeikommen, wenn du ihnen erzählst, daß du im Treppenhaus von der Menge überrannt worden bist. Ich habe eine Idee, wie die Sicherheitsabteilung vielleicht auf unsere Seite zu ziehen ist. Wenn der Computer sich erholt, werden auch die Interkoms wieder funktionieren, oder?"

„So ist es. Was hast du vor?"

LeAnne lächelte. „Eine kleine Demonstration unten beim Sternenantrieb. Wir haben es falsch angepackt, indem wir versucht haben, den Leuten zu erzählen, daß wir auf der Erde sind. Wir müssen ihren Glauben an das Sternenschiff erschüttern und ihnen erst dann von der Erde erzählen."

„Ah, richtig, das finde ich gut. Aber erinnerst du dich noch an die Codesequenz, mit der man dort hineinkommt?"

„Glaubst du, ich würde so etwas je wieder vergessen?"

Yllyia konnte ihre Neugier nicht länger bezähmen. „Von was für einem Sternenantrieb sprecht ihr? Wir befinden uns doch unter der Erde!"

„Ganz genau", sagte LeAnne und lachte.

Der Fahrstuhl setzte sich schlingernd wieder in Bewegung. „Okay", sagte Donivan, „weiter geht's. Viel Glück!"

„Dir auch", sagte LeAnne.

Beinahe im selben Augenblick wurden sie wieder langsamer, und innerhalb von Sekunden hatte der Fahrstuhl am Deck angedockt. Donivan drängte sich aus der Tür, sobald diese sich geöffnet hatte, und rief: „Dies ist ein Notfall, nehmen Sie bitte den nächsten Aufzug!" LeAnne drückte den Knopf zum Schließen der Tür, bevor jemand genauer in die Kabine blicken konnte. Sie tippte die 440 ein – das Deck des Sternenantriebs. Und schon befand sie sich mit Yllyia wieder im freien Fall.

Diesmal schien sich ein Gewicht langsam auf ihnen niederzulassen, und es bedurfte ganzer dreißig Sekunden, bevor sie ans Deck anschlossen und sich die Türen zu dem leeren Korridor öffneten. Noch brüllte der Sternenantrieb mit ungebändigter Kraft.

„Halt den Fahrstuhl auf", sagte LeAnne zu Yllyia. „Ich will sichergehen, daß sich die Tür öffnen läßt, bevor ich die Sicherheit herrufe."

„Einverstanden." Yllyia hielt eine Hand in die Türöffnung.

LeAnne sprintete zur Tür des Sternenantriebs, tippte den Zugangscode in das Tastenfeld ein und jubelte triumphierend, als sich die Tür langsam öffnete. Der Lärmpegel stieg an. Sie rannte zum Aufzug zurück. „Okay!" sagte sie. „Jetzt setzen wir unseren Plan in die Tat um." Sie drehte den Lautstärkeregler des Aufzugsinterkom voll auf, um sich gegen den Lärm des Sternenantriebs durchzusetzen, und drückte dann wiederholt auf die Fünf.

Schwitzend wartete sie beinahe eine volle Minute lang, bevor die Sicherheitsabteilung antwortete. Während dieser Zeit befürchtete sie, daß der Computer erneut abstürzen würde. Schließlich ertönte jedoch eine Stimme: „Sicherheitsabteilung, hier Foster."

LeAnne sagte laut: „Hier ist LeAnne Evans, ich rufe von Deck vier vierzig an. Das heißt Vier, Vier, Null. Ich habe die Kontrolle über den Sternenantrieb übernommen, und in ungefähr zehn Minuten werde ich eine kleine Demonstration veranstalten. Ich rate daher dringend dazu, daß sich die gesamte verfügbare Belegschaft der Sicherheitsabteilung vor der Sternenantriebskammer versammelt. Haben Sie das mitbekommen?"

„LeAnne Evans ist tot. Verschwinde vom Interkom, du Mutant!"

Zu spät war LeAnne eingefallen, daß sie wohl besser das Videointerkom benutzt hätte. Sie suchte verzweifelt nach einem Weg, wie sie den Diensthabenden davon überzeugen konnte, daß sie es wirklich war. Aber ihr fiel nur ein: „Fragen Sie doch die Leute auf Deck vier an der Lukenseite, ob ich tot bin, und dann schicken Sie Ihre Leute hier herunter. Sie werden nicht versäumen wollen, was dann kommt." Irgend jemand auf Deck vier würde ihnen bestätigen, daß sie noch lebte. Ob die Sicherheitsabteilung das jedoch glaubte, stand noch in den Sternen. Sie schaltete das Interkom ab, bevor er antworten konnte, und drehte sich zu Yllyia um. „Ob nun jemand kommt oder nicht, wir haben ihnen auf jeden Fall eine Show versprochen. Wir sollten uns vorbereiten."

ZEHN Minuten später traten sie ungeduldig von einem Fuß auf den anderen, während der Sternenantrieb unbarmherzig auf ihre Sinne einhämmerte. Sie warteten im Durchgang, Yllyia drinnen und LeAnne gegen den Türpfosten gelehnt. Sie beobachteten den Gang vor dem Aufzug und in der anderen Richtung die Außenwand und den Treppenschacht. Der Computer war zusammengebrochen und wieder aktiviert worden, während sie warteten. Aber noch hatte sich auf keiner Seite jemand gezeigt. Das Triebwerk war trotz des Computerausfalls weitergelaufen.

„Typisch Sicherheitsabteilung", sagte LeAnne mit Verachtung. „Die lassen sich doch nie blicken, wenn du sie mal brauchst."

Yllyia lachte. LeAnne fiel in ihr Lachen ein, hörte aber plötzlich auf, als die Fahrstuhltür aufglitt und ein einzelner Sicherheitsbeamter heraustrat. Sie hatte der Sicherheitsabteilung doch erzählt, daß sie den Sternenantrieb übernommen hatte! Und dann schickten sie nur einen einzigen Sicherheitsmann? Aber das war wohl alles, was sie aufbringen konnten, und einer war immer noch besser als keiner. Sie erwartete ihn, als er mit gezogenem Lähmstrahler näher kam. Als der Mann nahe genug war, um sie zu verstehen, schrie sie: „Schön, daß Sie es geschafft haben! Ich hatte beinahe aufgegeben!"

Der Sicherheitsmann senkte seinen Lähmstrahler. „Sie sind es ja tatsächlich! Sie sind ja wirklich noch am Leben!"

LeAnne erkannte ihn. Er war bei ihrer „Hinrichtung" dabeigewesen. „Donivan ist auch noch am Leben", sagte sie. „Wollen Sie wissen, wie wir das geschafft haben?"

„Aber ja."

„Also gut." LeAnne nickte Yllyia zu, die sich hinter der Tür außer Sicht befand. „Bereiten Sie sich auf den freien Fall vor!"

Yllyia drückte den einzelnen Knopf, der sich direkt hinter der Tür befand – den Knopf, den LeAnne und Donivan beim erstenmal im Triebwerksraum übersehen hatten. Auf ihm stand: AUS.

Zum erstenmal in einem Jahrtausend legte sich Stille über das Antriebsdeck.

LeAnne seufzte vor Enttäuschung. Dieser große Augenblick fand vor einem Publikum von nur einer Person statt. Es würde aus dem einfachen Grund keine Wiederholung der Aufführung geben, weil sie nirgendwo einen anderen Schalter finden würden, der mit AN beschriftet war. Einmal ausgeschaltet, blieb der Sternenantrieb offensichtlich für immer außer Funktion.

Der Sicherheitsmann tat das einzige, was LeAnne nicht erwartet hatte: Er warf seinen Kopf zurück und lachte. Es war jedoch nicht die Art Lachen, die zum Mitlachen einlud. Man konnte es zwar nicht ganz als hysterisch bezeichnen, doch es war das Lachen eines Menschen, der ohne Vorwarnung von einer ungeheuren Last befreit worden war. Mit sichtlicher Anstrengung brachte er sich wieder unter Kontrolle. „Wußte ich es doch!" sagte er. „Sie haben die Wahrheit erzählt. Ich war schon drauf und dran gewesen, Ihnen zu folgen, doch ich konnte mich nicht überwinden. Was hätte mich wohl erwartet, wenn ich es getan hätte?"

Plötzlich wußte LeAnne, wer die Überlebensausrüstung aus der Luftschleuse entfernt hatte. Sie kniff die Augen zusammen, um den Namen auf seinem Abzeichen lesen zu können: UNTEROFFIZIER DEINAR JENNINGS. Es war derselbe Mann, der sie und Donivan im Kontrollraum auf seiner Streife durch die gesperrten Decks überrascht hatte. Deshalb war er also da oben gewesen.

„Sie hätten die Erde gefunden", sagte sie einfach. „Und noch etwas anderes. Können Sie einen weiteren Schock vertragen?"

„Ich glaube, ja."

„Also, Yllyia, komm heraus!" Yllyia trat darauf in die Tür. „Darf ich Ihnen Yllyia vorstellen? Sie lebt draußen."

DIE DREI standen neben dem Fahrstuhl und versuchten zu entscheiden, wie ihr weiteres Vorgehen aussehen sollte. „Was glauben Sie?" fragte LeAnne. „Sollten wir den Kapitän hier herunterrufen, oder wird er von selbst kommen?"

Jennings schüttelte den Kopf. „Ich weiß es nicht. Der Kapitän war überhaupt nicht mehr . . ., äh . . ., die letzten paar Tage richtig an Bord. Ich glaube, wir wären besser beraten, wenn wir erst mit dem Ersten Offizier verhandeln und ihn dann mit dem Kapitän sprechen lassen." Jennings erreichte den Ersten Offizier und bat ihn, sofort zu kommen.

Während sie auf seine Ankunft warteten, erzählte LeAnne Jennings, was sie und Donivan draußen erfahren hatten. Sie berichtete ihm von ihrer Begegnung mit Yllyia, von ihrem Flug nach Kalifornien und von dem, was sie dort erlebten. Dabei merkte sie, was sie an diesem Tag schon alles bewältigt hatte. Sie mußte sich bald auf die Suche nach einem Bett machen. Eine Dusche und dann ein Bett, dachte sie. Mit einem Anflug von Schuldgefühl wurde ihr bewußt, daß sie sich jetzt genau die Dinge wünschte, von denen Donivan draußen gesprochen hatte. Sie hatte sich damals über ihn aufgeregt, weil er ihre Begeisterung über die Erde nicht geteilt hatte. Aber jetzt, zurück an Bord, beurteilte sie die *Starchild* etwas positiver.

Als der Erste Offizier dann kam, war LeAnne über seine Reaktion genauso erstaunt, wie sie es bei Jennings gewesen war. Zuerst sah er Yllyia, dann erst LeAnne. Dann blickte er an ihnen vorbei den Gang hinunter und bemerkte, daß er eigentlich den Antrieb hätte hören müssen. Dann wandte er sich Jennings zu, der ihm einen zusammengefaßten Bericht der Ereignisse bis zum aktuellen Stand gab, so wie LeAnne sie ihm gerade erzählt hatte, einschließlich der Drohung, die Ililiel ausgesprochen hatte.

Nachdenklich schürzte der Erste Offizier die Lippen, sah erneut zu LeAnne und Yllyia und nickte dann. „Ich werde selbst einen Blick aus der Schleuse werfen, sobald ich die Gelegenheit dazu erhalte. Aber ich sehe nicht, daß ich etwas anderes tun kann, als Ihnen zu glauben.“ Er zögerte und sagte dann zu Yllyia: „Es tut mir leid, daß Ihr erster Kontakt mit uns so wenig gastfreundlich war.“

Yllyia lachte. „Sie haben mich doch viel besser behandelt, als mein eigenes Volk LeAnne und Donivan behandelt hat.“

Der Erste Offizier nickte. „Ich hoffe, wir können einen gemeinsamen Weg aus den Schwierigkeiten finden. Doch wir sollten die Besatzung in Kenntnis setzen. Ich glaube, der erste Schritt muß es sein, die übrige Sicherheitsabteilung in die Sache einzuweihen und erst dann eine Ankündigung für das gesamte Schiff zu machen. Oder haben Sie schon einen anderen Plan im Sinn?“

„Nein, Sir“, erwiderte LeAnne. „Das ist auch einer der Gründe, warum wir heraufgekommen sind.“

Er nickte. „Gut“, sagte er und wies in Richtung des Fahrstuhls.

Die Fahrt nach oben zum Hauptquartier der Sicherheitsabteilung war sehr beengt. LeAnne bemühte sich vergebens, ein Gähnen zu unterdrücken. Sie war froh, daß der Erste Offizier die Sache in die Hand genommen hatte; denn sie bezweifelte, daß sie noch viel länger imstande gewesen wäre, klar zu denken.

LeAnne hatte nie großen Respekt vor Autoritäten gehabt, aber jetzt ertappte sie sich dabei, daß sie Achtung vor dem Ersten Offizier empfand. Hier war jemand, der fähig war, eine Situation augenblicklich einzuschätzen und umsichtig zu handeln. Diese Fähigkeit könnte vererbt sein. Bis jetzt hatte sie noch nicht darüber nachgedacht, aber auch Donivan zeigte bis zu einem gewissen Grade die gleiche Begabung. Er war zwar keine Führernatur, konnte aber ebenso schnell auf neue Informationen reagieren wie der Erste Offizier. Sie hoffte, daß auch sie dies noch lernen konnte. Denn wenn sie irgendwann einmal ein Kolonialprojekt leitete, wollte sie als Anführerin ihr Bestes geben können.

Als sie im Hauptquartier der Sicherheitsabteilung ankamen, ging es dort zu wie in einem Bienenstock, doch innerhalb von Sekunden, nachdem der Erste Offizier und Jennings zusammen mit LeAnne und Yllyia im Schlepptau hereingekommen waren, wurde es plötzlich so still wie auf dem Antriebsdeck.

Der Erste Offizier wandte sich an den Informationsoffizier: „Hol den Kapitän ans Interkom. Und der Rest von euch Mutanten: Hört zu!“ Er begann, eine noch knappere Version von LeAnnes und Donivans Aktivitäten außerhalb des Schiffes wiederzugeben, und schloß mit dem Satz: „Und wenn noch jemand Zweifel hat, kann er hinunter zum Antriebsdeck gehen und sich selbst davon überzeugen. Wir haben die Luke offengelassen.“

Der Lärmpegel stieg wieder, als die Leute anfingen, durcheinanderzureden.

Der Informationsoffizier steckte den Kopf aus seiner Kabine. „Der Kapitän ist auf der Drei!“ rief er.

Der Erste Offizier ging auf einen freien Schreibtisch zu, schaltete sich auf Leitung drei des Tischinterkoms und sagte: „Hier spricht der Erste Offizier Kourey.“ Er verschwendete keine Zeit, sondern fügte sofort hinzu: „LeAnne Evans und Donivan Hayes sind von außerhalb des Schiffes zurückgekehrt.“

Die Augen des Kapitäns verengten sich zu schmalen Schlitzen. „Das ist kaum möglich. Sie wurden vor vier Tagen hingerichtet.“

„Sie wurden aus der Luftschleuse geworfen, Sir, aber sie sind unverletzt zurückgekehrt. LeAnne ist hier bei mir.“ Der Erste Offizier winkte LeAnne näher zu sich heran. Dann griff er nach vorne und stellte die Kamera auf Weitwinkel.

Der Kapitän blickte argwöhnisch auf den Bildschirm. „Soll das ein Scherz sein?“

„Nein, Sir. Dies ist LeAnne Evans. Sie ist der lebende Beweis dafür, daß die *Starchild* sich nicht im All befindet.“

Das Gesicht des Kapitäns färbte sich rot. Er schlug mit der Faust auf den Tisch, und ein Stift wirbelte an seiner Nase vorbei. Doch das bemerkte er selbst nicht einmal. „Jetzt habe ich aber genug von diesem Unsinn!“ brüllte er. „Betrachten Sie sich als verhaftet.“

„Sir, es ist meine Pflicht, sie auf dem laufenden zu halten über –“

„Ihre Pflicht? Sie haben keine Pflichten mehr. Sie sind davon entbunden.“

„Nicht bevor Sie meinen Bericht erhalten haben, Sir.“

„Ich will diesen Bericht nicht, Koury! Ich möchte, daß dieser Unsinn über das Schiff aufhört.“ Der Kapitän entdeckte Jennings auf seinem Bildschirm und sagte zu ihm: „Sie! Stellen Sie den Ersten Offizier unter Arrest!“

Jennings sah bedrückt aus. Der Erste Offizier wandte sich ihm zu und sagte: „Ich unterstelle mich Ihrer Befehlsgewalt.“

„Ah, ich danke Ihnen, Sir."

Der Erste Offizier wandte sich erneut an den Kapitän und sagte: „Ich befinde mich im Gewahrsam von Unteroffizier Jennings. Wir sind im Hauptquartier der Sicherheitsabteilung. Ich werde jetzt meinen Bericht fortsetzen. Die Anwesenheit von LeAnne beweist, daß das Außenmilieu nicht so tödlich ist, wie wir angenommen hatten. Wir befinden uns in der Tat auf der Erde. LeAnne hat –"

„Schweigen Sie!"

„– einen von den Erdbewohnern mit zurückgebracht. Yllyia?"

Yllyia trat ins Blickfeld der Kamera.

Der Kapitän fuhr zurück, als hätte er einen Schlag ins Gesicht bekommen. LeAnne konnte ihm ansehen, wie er darum bemüht war, die neue Entwicklung der Lage zu erfassen. Seine Augen glitten von LeAnne zu Yllyia und wieder zurück. Dann sagte er mit schriller Stimme: „Nicht tödlich? Verfluchtes All! Sie müssen doch sehen, was mit Donivan geschehen ist!"

LeAnne mußte sich ein Lachen verkneifen. Andere, die hinter ihr standen, nahmen auf den Kapitän nicht soviel Rücksicht. Der Erste Offizier sagte: „Nein, Sir, dies ist ein Bewohner der Erde. Donivan hält sich im Computerzentrum auf und hilft dort bei den Reparaturen."

„*Was* tut er? Sie haben ihm erlaubt, sich frei auf dem Schiff zu bewegen? Er wurde wegen Sabotage hingerichtet!"

„Ich glaube, Sie verstehen da etwas nicht, Sir. Die *Starchild* befindet sich auf der Erde, genau wie die beiden es behauptet haben. LeAnne und Donivan hatten recht."

Der Kapitän sprach mit betonter Sorgfalt: „LeAnne und Donivan waren Saboteure, wurden für ihre Verbrechen zum Tode verurteilt und ins All ausgestoßen. Für den Fall, daß sie aus irgendwelchen Gründen wirklich überlebt haben sollten, sind sie trotzdem noch immer zum Tode verurteilt. Daher sind Sie dazu verpflichtet, die beiden zu töten. Auf der Stelle. Habe ich mich klar ausgedrückt?"

„Absolut." Der Erste Offizier holte tief Luft und sagte laut: „Ich kann Ihrem Befehl jedoch nicht Folge leisten. Vor Zeugen erkläre ich Sie hiermit für unfähig, das Kommando zu führen, und fordere, daß der Schiffsrat einberufen wird, um Ihren Nachfolger zu bestimmen. Ich werde Ihnen ein paar Männer der Sicherheitspolizei schicken, die Sie in eine medizinische –"

Mit einem Wutschrei griff der Kapitän nach dem Aus-Schalter, worauf sein Bild vom Schirm verschwand.

Sekunden später war seine brüllende Stimme aus der Kabine des Informationsoffiziers zu hören. „Sie werden unverzüglich den Ersten Offizier unter Arrest stellen lassen!"

„Das kann ich nicht, Sir."

„Holen Sie den Hauptmann der Wache!"

„Ich fürchte, auch das kann ich nicht, Sir. Er ist –"

„Das ist Meuterei! Dafür werden Sie alle ins All ausgestoßen!" Der Kapitän schaltete wieder ab.

Der Erste Offizier drehte sich zu Jennings um und sagte: „Nehmen Sie einen Trupp mit zur Unterkunft des Kapitäns, und begleiten Sie ihn zur medizinischen Abteilung."

„Jawohl, Sir." Jennings wählte ein halbes Dutzend Männer aus und begab sich zum Aufzug. Der Erste Offizier blickte Yllyia an und sagte: „Wenn es Ihnen nichts ausmacht, möchte ich, daß Sie eine Erklärung für die Mannschaft abgeben."

„Was soll ich denn sagen?"

Der Erste Offizier lachte. „In erster Linie möchte ich einfach nur, daß die Leute Sie sehen. Solange wir nicht jeden einzelnen hinunter zum nicht vorhandenen Sternenantrieb geschleppt haben, sind Sie unser bester Beweis dafür, daß sich das Schiff ganz und gar nicht im All aufhält, wie es uns die Alphabesatzung weismachen wollte. Also, ich denke, daß wir zuerst LeAnne ihre Geschichte erzählen lassen, danach können Sie sagen, was immer Sie möchten. Vielleicht können Sie uns etwas über Ihr Volk und über die Erde erzählen."

„Ja, das könnte ich tun."

„Gut. Entschuldigen Sie mich einen Augenblick, während ich alles in die Wege leite." Er wandte sich wieder dem Interkom zu, stellte den Kamerawinkel zurück und gab eine andere Nummer ein. Eine junge Frau meldete sich. Er sagte: „Hier ist der Erste Offizier Koury. Ich habe eine Information für die Abendnachrichten."

„Soll ich versuchen, das Computerzentrum zu erreichen, um sicherzustellen, daß es Donivan gutgeht?" fragte LeAnne den Ersten Offizier.

Er nickte. „Das wollte ich gerade vorschlagen."

Die Person, die sich meldete, schien nicht überrascht zu sein, sie zu sehen. Der Mann sagte nur: „Ich will Sie ja nicht beleidigen, aber Sie sehen fast genauso schlecht wie Donivan aus."

„Vielen Dank. Kann ich ihn sprechen?"

„Bleiben Sie dran." Er entfernte sich aus dem Blickfeld der Kamera. Einen Augenblick später lächelte ihr Donivan vom Bildschirm entgegen.

„Lee! Wie ist es gelaufen?"

„Ganz gut. Wir sind mit dem Ersten Offizier zusammen oben in der Sicherheitsabteilung. Er mußte den Kapitän von seinem Amt suspendieren."

Donivan nickte. „Das ist keine Überraschung. Ich glaube, wir haben den Computer wieder hinbekommen. Wir mußten die Speicherung des Logikmodus blockieren. Wir sind zwar noch nicht ganz fertig, aber er wird nicht wieder zusammenbrechen."

„Das ist gut. Bleib mal eine Minute dran." Jennings war ohne die anderen Wachen und ohne den Kapitän zurückgekehrt.

„Es gibt Ärger", sagte er. „Der Kapitän war schon weg, bevor wir ihn festnehmen konnten. Er hatte seine Ordonnanz und seine persönliche Wache davon überzeugt, daß es eine Meuterei gegeben hätte, und befand sich zusammen mit ihnen auf dem Weg nach oben zum Kontrollraum. Wir haben sie im Oberdeck drei eingeschlossen, doch ohne weitere Unterstützung können wir nicht mehr ausrichten."

Der Erste Offizier runzelte die Stirn. „Was schlagen Sie vor?"

Jennings antwortete: „Wenn wir sie von allen vier Treppenschächten und Aufzügen aus gleichzeitig angreifen, müßten es einige von uns schaffen, durchzukommen. Sie können nicht mehr als zwanzig Mann dort oben sein."

„Mir gefällt das nicht. Wenn wir ihn auf diese Weise verfolgen, sieht es tatsächlich wie Meuterei aus, unabhängig davon, ob es eine ist oder nicht."

„Aber wir können ihm doch nicht den Kontrollraum überlassen", protestierte Jennings. „Dort oben hat er alle Möglichkeiten."

LeAnne lachte. „Unter Umständen wird er damit drohen, den Antrieb abzustellen. Donivan, hast du das mitbekommen?"

„Ja. Und ich glaube, ich habe vielleicht eine Idee. Alles, was er vom Kontrollraum aus versucht in die Wege zu leiten, muß über den Computer laufen. Darüber brauchen wir uns also keine Sorgen zu machen. Wir könnten seine Kommandos abfangen und ihm jedesmal, wenn er ein Terminal anschaltet, den Befehl schicken, sich zu ergeben. Auf den Computer wird er doch wohl hören, oder nicht?"

„Er weiß, daß Sie im Computerzentrum sind", wandte der Erste Offizier ein. „Er wird erkennen, was wir tun."

Donivan dachte einen Augenblick lang nach. „Okay, wir könnten sogar noch etwas Besseres tun. Wie wäre es, wenn wir ihn von allen Decks, außer dem obersten, ausschließen und dann jeweils die beiden Türen der Luftschleusen öffnen? Das sollte ihm doch wohl die Augen öffnen, oder nicht?"

Der Erste Offizier schüttelte den Kopf. „Ich fürchte, der Kapitän wird noch nicht einmal das bemerken."

„Der Kapitän vielleicht nicht, aber ich wette, daß die anderen Männer sich dann nicht mehr lange halten werden. Es ist einen Versuch wert, bevor Sie sie mit Waffengewalt zur Aufgabe zwingen, oder nicht? Wir teilen dem Computer mit, daß wir an ein anderes Schiff andocken. Ohne den Logikmodus muß er uns alles glauben, was wir ihm erzählen. Außerdem gibt es auf beiden Seiten der Schleuse Luft, daher sollte sie zu öffnen sein."

Der Erste Offizier lachte. „Okay, versuchen Sie es", sagte er. „Wir geben ihnen eine Stunde. Wenn sie bis dahin nicht herausgekommen sind, werden wir zu ihnen hineingehen."

„Großartig", sagte Donivan. „Ich mache mich an die Arbeit." Zu LeAnne sagte er: „Sobald es mir möglich ist, werde ich dich aufsuchen. Wo wirst du dich dann aufhalten?"

„Unter der Dusche", sagte LeAnne. „Und danach bei den Nachrichten. Du auch, höchstwahrscheinlich."

Donivan grinste. „Phantastisch. Nun gut, sie müssen mich so nehmen, wie ich bin. Viel Spaß!"

„Den werde ich haben." Sie schaltete ab und wandte sich Yllyia zu. „Ich mache mich auf den Weg zu den Duschen. Willst du mitkommen?"

Yllyia überlegte einen Moment lang. „Das hört sich gut an."

„In Ordnung. Ich werde dir auch meine Kabine zeigen." Seit dem Verlassen des Schiffes hatte LeAnne nicht mehr an ihre Kabine gedacht, aber plötzlich bemerkte sie, wie sehr sie sie vermißte. Es handelte sich lediglich um eine winzige Ecke auf dem Schlafdeck 52. Aber seit fünf Jahren, seitdem sie aus dem Kinderschlafsaal ausgezogen war, war es ihre Ecke.

DER ERSTE OFFIZIER bestand darauf, daß sie von einer Wache begleitet wurden. Eine ältere Frau, die aussah, als hätte sie – zumindest während ihrer Laufbahn in der Sicherheitsabteilung – schon alles gesehen, was es zu sehen gab, begleitete sie freiwillig, ebenso zum Schutz der Mannschaft wie zu ihrem eigenen. Allein hätten LeAnne und Yllyia eine weitere Panik ausgelöst. Aber in offizieller Begleitung stellten sie nicht mehr als eine Sensation dar. LeAnne genoß die Verwunderung, die sich auf den Gesichtern der Menschen abzeichnete, als sie den Gang zu ihrem Raum hinuntergingen. Jenen, die mutig genug waren, sich danach zu erkundigen, stellte sie Yllyia vor, aber den Rest ihrer Fragen beantwortete sie mit „Sehen Sie sich doch heute abend die Nachrichten an!"

Als sie ihre Kabine erreichten, tippte sie ihren Zutrittscode in das Schaltfeld ihres elektronischen Türschlosses ein, das jedoch verschlossen blieb. „Merkwürdig", sagte sie. „Ich bin sicher, daß ich den Code richtig eingegeben habe." Sie versuchte es erneut, aber noch immer ließ sich die Tür nicht öffnen. Zögernd streckte sie den Arm aus und klopfte an die Tür.

Zu spät wurde ihr klar, welchen Eindruck sie bei der Person, die auf ihr Klopfen hin öffnen würde, hervorrufen mußte: als spukender Geist der verstorbenen Kabinenbewohnerin. Sie hörte, wie sich drinnen jemand bewegte. Die Tür schwang auf, und ein junges Mädchen kam zum Vorschein. Das Mädchen warf einen kurzen Blick auf sie, schrie auf und knallte die Tür wieder zu. In der geschlossenen Kabine schrie sie weiter.

LeAnne legte die Hände trichterförmig an den Mund und rief durch die Tür: „He, es ist alles in Ordnung!", aber das Geschrei hörte und hörte nicht auf.

„Ich glaube, ich gehe besser hinein", sagte die Sicherheitsfrau. Sie gab ihren Dienstcode in das Schaltfeld ein. Die Tür glitt auf.

Das Mädchen schrie noch lauter. Als sie dann die Sicherheitsfrau dort stehen sah und nicht LeAnne, brach sie in Tränen aus.

LeAnne schüttelte den Kopf. Es war einfach ungerecht. Dies war *ihr* Raum. Ihn so schnell jemand anderem zuzuteilen . . .

Aber sie hatten ja nicht damit gerechnet, daß sie zurückkehren würde. Und es war in ihrem Interesse, daß die Mannschaft sie so schnell wie möglich vergaß, was nicht möglich war, solange ihre Kabine leerstand. Es hatte alles seinen Sinn, aber dieses Verständnis war nur ein schwacher Trost.

Die Stimme der Sicherheitsfrau unterbrach sie in ihren Gedanken. „LeAnne, könnten Sie bitte hereinkommen und Vanesia zeigen, daß alles in Ordnung ist?"

LeAnne schaute auf die andere Seite des Gangs zu Yllyia. Yllyia hob ihre vier Hände in einer unmißverständlichen Geste: *Ich werde mich hier nicht vom Fleck rühren.*

Sie saßen auf dem Bett. Das Mädchen, das selbst für ein Mannschaftsmitglied blaß und dünn war, wirkte im Arm der Sicherheitsfrau noch schmächtiger. LeAnne blieb in der Tür stehen und sagte: „Es tut mir leid. Ich wollte dich nicht erschrecken."

Vanesia schniefte. „Macht nichts, ist schon in Ordnung."

„Ich . . ., äh . . ., ich habe hier gewohnt."

„Ich weiß. Ich habe eines deiner Bücher unter der Matratze gefunden."

LeAnne nickte. Das mußte „Der Tag des Dinosauriers" gewesen sein. Sie hatte es aus der Bücherei stibitzt, als sie ungefähr in Vanesias Alter gewesen war. „Hast du es gelesen?" fragte sie.

Vanesia schüttelte den Kopf. „Ich kann den Leseapparat nicht in Gang bekommen."

„Manchmal muß man ihm einen Klaps auf die Seite geben", erklärte LeAnne.

„Ach." Vanesia blinzelte einige Male, dann fragte sie plötzlich: „Was ist denn das in deinem Haar?"

„Was?" LeAnne tastete mit der Hand und fühlte die Blume. Sie hatte sie ganz und gar vergessen. „Es ist eine Blume. Ich habe sie von außerhalb des Schiffs mitgebracht. Möchtest du sie gern haben?" Sie löste sie aus ihrem Haar und hielt sie ihr hin.

Vanesia nahm sie vorsichtig in die Hand. Sie war ein wenig verwelkt, aber die leuchtendgelben Blütenblätter waren noch immer weich und dufteten süß. Sie hielt sie sich unter die Nase. „So etwas habe ich noch nie gesehen", sagte sie.

„Draußen wachsen sie überall."

„Ich dachte, draußen wäre der Weltraum."

„Das habe ich auch lange gedacht. Aber wir befinden uns in Wirklichkeit auf der Erde. Willst du, daß ich dir davon erzähle?"

„Gern."

LeAnne zog den Schreibtischstuhl – *ihren Stuhl!* – hervor und setzte sich. Sie brauchte einen Augenblick, um ihre Gedanken zu sortieren. Dann begann sie, die Welt außerhalb der Luftschleuse zu beschreiben. Während sie sprach, begannen Vanesias Augen zu leuchten, und als LeAnne sie fragte, ob sie Lust hätte, Yllyia kennenzulernen, nickte sie begeistert.

Als sie schließlich gingen, hatte Vanesia ihnen das Versprechen entlockt, daß LeAnne sie zu einer Expedition mit nach draußen nehmen und Yllyia ihr bei der ersten sich bietenden Gelegenheit einen Flug mit einem Flugzeug ermöglichen würde. Durch das Gespräch war LeAnne in gewisser Weise über den Verlust ihrer Kabine hinweggetröstet, und sie fragte sich, ob sie früher genauso wißbegierig gewesen war.

ALS SIE für die Nachrichten gefilmt wurde, war sie noch nicht einmal gekämmt. Das Programm begann mit der Nachricht, daß der Kapitän abgedankt und der Erste Offizier seine Stelle übernommen habe, bis der Rat einen Nachfolger vorschlagen könne. Die näheren Umstände wurden nicht erläutert, aber Donivan flüsterte LeAnne zu, daß es nach dem Öffnen der Luftschleusen keine fünfzehn Minuten gedauert hatte, bis die Ordonnanz den Kapitän überwältigt und ihn nach unten ins Schiff zurückgebracht hatte.

Dann brachten sie die eigentliche Neuigkeit. LeAnne, Donivan und Yllyia saßen nebeneinander, wobei Yllyia auf dem Fußboden sitzen mußte, damit ihr Kopf im Bildausschnitt blieb. Die Journalistin erklärte, wer sie waren, und stellte ihnen unbequeme Fragen über ihre Erfahrungen außerhalb des Schiffes. Zwischen den Fragen wurden verschiedene Sequenzen eingeblendet: Szenen auf dem jetzt ruhigen Antriebsdeck, ein flüchtiger Blick auf Bäume und Himmel außerhalb der Luftschleuse. Schließlich zeigte eine Einstellung aus mittlerer Entfernung die Luftschleuse von außerhalb – in ihr stand der Erste Offizier. Zu seiner rechten Seite ging der Rumpf der *Starchild* in die Flanke eines Berges über, und oben war er von Erde und Bäumen bedeckt.

Die Bedrohung, die Iliiel darstellte, wurde heruntergespielt, indem die Nachrichtensprecherin darauf hinwies, daß das Schiff gut versteckt und in den dreihundert Jahren, die die Eyullelyanerinnen schon auf der Erde waren, unentdeckt geblieben war. Yllyia bestätigte, daß nur eine kleine Minderheit der *Starchild*-Besatzung Schaden zufügen wollte. Der Rest von ihnen würde nicht zögern, Iliiel und der Königin das Handwerk zu legen, wenn sie erfuhren, was geschehen war.

Falls LeAnne eine heftige Reaktion erwartet hatte, zog sie dabei nicht in Betracht, daß die Mannschaft der *Starchild* seit tausend Jahren daran glaubte, daß sie in Gefahr war, vernichtet zu werden. Die Besatzungsmitglieder tauschten einfach nur eine Bedrohung gegen eine andere aus.

LEANNE erwachte in einer ihr unbekannten Kabine. Sie lag allein im Bett. Sie erinnerte sich vage daran, daß sie sich zusammen mit Donivan hingelegt hatte, aber er war offensichtlich schon aufgestanden. Sie lächelte träge, als ihr einfiel, warum. Er mußte an dem Problem mit dem Computer weiterarbeiten. Sie hatte ihn ins Bett zerren müssen – sonst wäre er die ganze Nacht aufgeblieben, um den Logikmodus wieder in Gang zu bringen.

Sie hörte ein leichtes Atmen. Als sie sich aufsetzte, sah sie Yllyia, die sich über zwei weitere Betten über die ganze Länge des Raums ausgestreckt hatte. Sie hatte die Augen bereits geöffnet.

„Guten Morgen", sagte Yllyia.

„Guten Morgen. Hast du gut geschlafen?"

„Ja danke, sehr gut."

„Schön. Laß uns Donivan abholen und zum Frühstück gehen."

„Das hört sich gut an."

LeAnne zog sich die Kleider über, die sie von der Wiederaufbereitungsanlage zurückbekommen hatte: ihr langärmeliges Lieblingshemd und eine weite Hose mit Taschen. Diese Dinge noch heil vorzufinden hatte die Enttäuschung fast wettgemacht, die sie noch immer empfand, weil ihre Kabine bereits wieder belegt war.

Yllyia trug nur ihre eigene Haut. Da es bei den Eyullelyanerinnen keine zwei Geschlechter gab, hatte sich bei ihnen auch nie ein Tabu gegen die Nacktheit entwickelt. Die Temperatur auf der *Starchild* war nahezu optimal für die unbekleidete Eyullelyanerin, und sie war froh darüber, sich der beengenden Elastizität des *Lyshl* entledigt zu haben.

Sie entdeckten Donivan im Computerzentrum, wie sie es erwartet hatten. Als er sie hereinkommen sah, winkte er sie zu seinem Terminal. „Guten Morgen, Lee", begrüßte er sie. „Guten Morgen, Yllyia. Wir haben den Logikmodus wieder hinbekommen."

„Guten Morgen, LeAnne", sagte der Computer. „Und guten Morgen, Yllyia. Ich entschuldige mich für meinen plötzlichen Abbruch gestern."

Yllyia lachte. „Es war meine Schuld. Ich bin froh, daß du keinen Schaden genommen hast."

„Das bin ich auch."

„Wie hast du das geschafft?" fragte LeAnne Donivan.

„Wir haben den Logikmodus auf einen Speicher von zehn Gigabyte beschränkt. Und sobald er sich aufgeladen hatte, habe ich ihm mitgeteilt, daß wir bereits einen Plan haben, wie wir Ililiel in Gewahrsam nehmen können. So mußte er nicht mehr weitersuchen."

„Du hast ihn angelogen?"

„Das nun nicht gerade. Ich hatte eine Idee. Eigentlich hast du mich darauf gebracht", sagte er zu Yllyia.

„Ich kann mich nicht daran erinnern."

„Es war gestern, als du erzähltest, daß sich die Bomben auf dem Kolonistenschiff befänden. Ich habe mir gedacht, es könnte vielleicht möglich sein sicherzustellen, daß niemand die Bomben als erstes zünden kann – und zwar, indem wir das Schiff besetzen."

Yllyias Augen verdrehten sich gedankenverloren nach oben, dann fixierte sie erneut Donivan. „Du bist ganz schön gewitzt, nicht wahr? Für den Fall, daß nur eine kleine Mannschaft an Bord ist, könnte es sogar gelingen. Das einzige Problem ist – wir befinden uns in Wyoming, und die beiden Shuttles in Kalifornien."

„Wir können doch die Landefähre der *Starchild* benutzen", meinte Donivan.

Yllyia drehte den Kopf zur Seite. „Landefähre? In einer unterirdischen Station?"

Donivan grinste. „Der Computer sagt, daß sie nach dem Holocaust vom bemannten Orbitforschungslabor gekommen ist."

„Unglaublich! Ob sie noch immer flugtauglich ist?"

„Das nehme ich an", schaltete sich der Computer ein.

„Aber du hast doch gesagt, daß es ein Jahr dauert, bis man gelernt hat, das Shuttle zu fliegen", warf LeAnne ein. „Und bis dahin ist von der *Starchild* nur noch ein radioaktiver Krater übrig – und somit auch von der Fähre."

„*Ich* brauche ein Jahr, es zu lernen", erklärte Donivan. „Aber wir haben doch eine Pilotin hier. Yllyia kann es fliegen."

Yllyia schüttelte den Kopf. „Ich bin kein Shuttlepilot. Der Unterschied zwischen Flugzeugen und Raumschiffen ist riesig."

„Sie sollten es sich erst einmal anschauen", meinte der Computer. „Anschließend können Sie die Simulationsprogramme, die ich dafür habe, durchlaufen lassen. Wenn Sie in der Lage sind, ein von Menschen gebautes Kampfflugzeug zu fliegen, sollten Sie mit dem Shuttle keine Probleme haben. Die Fähre wurde dafür entwickelt, von normalen Flugzeugpiloten geflogen zu werden."

Yllyia zog einen Stuhl von einem anderen Terminal heran und setzte sich rittlings darauf. „Glaubst du tatsächlich, daß dieser Plan

Aussicht auf Erfolg hat? Wenn sie ein von Menschen gebautes Shuttle sehen, werden sie wissen, was wir beabsichtigen."

„Das ist ein Problem, aber ich glaube, wir können es umgehen. Selbst wenn wir dazu gezwungen werden, einen direkten Angriff zu starten, hat dieser Plan von allen Strategien, die ich bisher entwickelt habe, die besten Chancen, der Bedrohung ein für allemal ein Ende zu bereiten."

„Du hast noch weitere entwickelt?" fragte LeAnne.

„Ja. Bisher haben wir vier Alternativen, einschließlich Donivans Plan. Sie schließen einander nicht aus."

„Wie lauten sie?"

„Evakuierung, einen Köder auslegen, diplomatische Verhandlungen und Donivans Präventivschlag. Ich schlage vor, alle vier auszuprobieren, natürlich nicht in dieser Reihenfolge."

LeAnne fragte: „Was meinst du mit ‚Köder auslegen'?"

„Das ist ganz einfach. Ausgehend von der Annahme, daß eine unterirdische Station viel Wärme abstrahlt, wird Ililiel zweifellos aus dem Orbit nach Infrarotquellen Ausschau halten. Auf diese Weise wird es ihr aber nicht gelingen, die *Starchild* zu entdecken, denn die Abwärme der *Starchild* vermischt sich mit dem Grundwasser des Madisonmassivs und verteilt sich über ein riesiges Gebiet. Aber in der Nähe des Schiffs wird sie zahlreiche natürliche thermische Quellen in der Erdkruste finden. Wenn sie nun zusätzlich auch noch Radiosignale auffängt, deren Ursprung sich mit einer dieser warmen Stellen deckt, wird sie sehr wahrscheinlich davon ausgehen, die *Starchild* gefunden zu haben. Wenn nun die Radiosendung auf einer Frequenz ausgestrahlt wird, die die normale Eyullelyanerinnen-Bevölkerung empfangen kann, und wenn diese Sendung dann unsere Anwesenheit bekanntmacht und gleichzeitig das Doppelspiel der Regierung enttarnt, wird sie sich höchstwahrscheinlich nicht die Zeit nehmen zu prüfen, ob –"

„Ah, jetzt begreife ich. Du willst, daß jemand eine dieser heißen Quellen ausfindig macht und dort einen Radiosender installiert, so daß dann dieser Ort anstelle der *Starchild* bombardiert wird."

„Sie haben wirklich ein besonderes Geschick dafür, die richtigen Worte zu finden. Sie haben ins Schwarze getroffen."

„Ich übe mich eben."

„Das habe ich von Ihnen auch nicht anders erwartet."

## Kreislauf der Geschichte

ER WAR als Mehrzweck-Geländewagen bezeichnet worden, aber schon nach den ersten Kilometern fand LeAnne, daß das eine Übertreibung war. Im Wald sprangen die vier Ballonreifen bei jedem großen Stein oder abgefallenen Ast mit solcher Wucht hoch, daß sie aus ihrem Sitz geschleudert wurde, und wenn sie wieder zurückplumpste, fiel sie auf den Rand ihres Sitzes. Schon zweimal hatte es sie umgeworfen, wobei sie sich das eine Mal den Kopf an der Lenkstange gestoßen und das andere Mal das Bein am Motor verbrannt hatte. Dennoch war es, wenn schon nicht leichter, so doch wenigstens schneller als zu Fuß, vor allem als sie einen Wildpfad fand, der in die gewünschte Richtung führte.

Immer wieder mußte sie vom Weg abweichen, um umgestürzte Baumstämme und andere Hindernisse zu umfahren, aber sie schaffte es, in nur drei Stunden den Fuß des Bergs zu erreichen. Auf dem Grünstreifen neben der alten Straße war sie später sogar noch schneller. LeAnne hatte es zunächst eine Weile auf der Straße versucht, aber die war so verfallen, daß es leichter war, auf dem Grasstreifen zu fahren.

Die Vorbereitungen hatten nur einen Tag beansprucht. In der Landungsabteilung hatte der Jeep in einem luftdichten, mit Stickstoff gefüllten Verschlag zusammen mit versiegelten Treibstoffkanistern und Reserveteilen gestanden. Die Schiffsingenieure hatten einen einzigen Morgen gebraucht, um ihn in Gang zu bringen, während andere ein Funkgerät vom Kommunikationsraum des Oberdecks für sie instand gesetzt und der Computer eine Endlosschleife mit einer Botschaft für den Sender überspielt hatte. Der Computer hatte auch eine Karte für sie angefertigt, auf der die heißen Stellen der Ebene östlich und südlich des Schiffs verzeichnet waren. Und LeAnne hatte den Entwurf für einen Rucksack gefunden, den das Spezialgeschäft für Bekleidung an einem Nachmittag für sie zusammengesetzt hatte, womit sie dann reisefertig gewesen war.

Fasziniert hatte Yllyia all diese Aktivitäten verfolgt, während bei ihr für einen eigenen Raumanzug Maß genommen wurde und Ingenieure dabei waren, die Landefähre für den Flug vorzubereiten. LeAnne konnte Yllyias Staunen gut verstehen. In mancherlei

Hinsicht war die *Starchild* die fortschrittlichste Zivilisation, die die Menschheit je hervorgebracht hatte.

Die Straße, auf der sie fuhr, wandte sich allmählich nach Süden, bis sie mit einer durch doppelte Linien gekennzeichneten Bodenerhebung zusammentraf, die der Computer als „Schnellstraße" gekennzeichnet hatte. Dann führte sie etwa fünfzehn Kilometer an der Bergkette entlang in Richtung Süden, bevor sie auf eine andere Schnellstraße traf, die nach Osten verlief. Die Kreuzung lag am Saum eines natürlichen Beckens zwischen Hügeln und Bergen. LeAnne konnte in der Talsenke die Überreste einer Stadt erkennen, die auf der Karte BUFFALO hieß. Hier schien eher die Zeit als irgendwelche Bomben die Stadt dem Erdboden gleichgemacht zu haben, und einige Gebäude standen noch, mehr oder weniger gut erhalten. LeAnne wünschte sich, sie könnte anhalten und sich die Ruinen ansehen, aber zuerst mußte sie den Lockvogel plazieren.

Auf der Schnellstraße fuhr es sich viel angenehmer als auf der kleinen Bergstraße. Sie war viel weniger erodiert, und es gab sogar einige Stellen, wo die alte Asphaltierung noch erhalten war. Eine dieser Strecken war beinahe fünf Kilometer lang. Dadurch ermutigt, schaltete LeAnne in einen höheren Gang. Die genoppten Reifen quietschten auf der glatten Oberfläche, der Wind blies ihr das Haar aus dem Gesicht, und sie schrie voller Begeisterung. Endlich war sie LeAnne, die unerschrockene Forscherin!

Die Sonne stieg zum Zenit, während sie dahinfuhr. Aber obgleich die Landschaft während der Fahrt so hübsch aussah, fand sie keine Stelle, wo es sich anzuhalten gelohnt hätte. Sie beschloß, erst bei einer der heißen Stellen zu rasten und dort etwas zu essen.

Die meisten heißen Stellen waren auf der Karte südlich eines Punktes namens KAYCEE eingezeichnet, in der Nähe der Städte Midwest und Edgerton; aber der Computer hatte sie gewarnt, daß geothermische Aktivitäten über Zeiträume von mehr als tausend Jahren ihre Lage ändern konnten. Sie würde höchstwahrscheinlich keine der Stellen genau am angegebenen Ort vorfinden.

Sie hatte bereits drei große Flüsse überquert, die auf der Karte nicht verzeichnet waren. Aber als sie zu einem weiten, sandigen Flußbett kam, das gut zehnmal so breit war wie der seichte Fluß, der sich in seiner Mitte dahinschlängelte, war sie sich sicher, daß das der Powder River sein mußte. Sie hatte Kaycee offensichtlich verpaßt. Die Überreste einer Brücke lagen unten im Strom, ein Hinweis darauf, daß er zeitweise viel Wasser führte; im Augenblick schien er aber nicht mehr als dreißig Zentimeter tief zu sein. LeAnne hielt den Jeep an, durchquerte das trockene Flußbett, zog sich die Schuhe aus und watete barfuß durch das Rinnsal. Sie gelangte zu dem Schluß, daß sie es mit einiger Geschwindigkeit durchfahren konnte. Ihr Gepäck und ihre Schuhe ließ sie am gegenüberliegenden Ufer liegen, ging zurück zum Jeep und fuhr holpernd quer durch das Flußbett. Die Ballonreifen ließen hinter ihr Wasser und Schlamm aufspritzen.

Von nun an sah sie sich von jedem Hügel aus nach allen Seiten um, hielt an, beschattete die Augen und betrachtete forschend die Landschaft. Sie schnupperte und versuchte den Schwefelwasserstoffgeruch zu erkennen, den der Computer als begleitendes Merkmal heißer Quellen erwähnt hatte. Vor ihrer Abreise hatte sie auf dem Schiff eine Riechprobe genommen, und der strenge Geruch nach faulen Eiern war so penetrant gewesen, daß er ihr das Wasser in die Augen getrieben hatte.

Was sie indessen als erstes bemerkte, war ein Wald von Metallgerüsten, der aus der Talsenke im Osten emporragte. Sie nahm ihre Landkarte zur Hilfe. Es war schwierig herauszufinden, wo sie sich genau befand. Aber der Computer hatte östlich der Landstraße, auf der sie ihrer Vermutung nach gerade fuhr, die Markierung ÖLFELD gedruckt, und die heißen Quellen schienen nur ein paar Kilometer weiter östlich davon zu liegen. LeAnne hatte keine Ahnung, wie ein Ölfeld aussehen mußte, aber da dies viele Kilometer im Umfeld der einzige Hinweis auf die frühere Anwesenheit von Menschen war, ging sie davon aus, daß es sich lohnte, einen Blick darauf zu werfen.

Sie folgte so lange der Hügelkette, bis sie sich etwa auf gleicher Höhe mit den Gerüsten befand, und fuhr dann ins Tal hinunter. Beim Näherkommen erkannte sie, daß es sich um eine Art Schwenkarme handelte, die offensichtlich dazu bestimmt waren, einen horizontalen Arm auf und nieder zu bewegen, der abwechselnd eine Stange in eine Röhre hineinstieß und wieder herauszog. Darin sah sie keinen Sinn, wohl aber in dem Wasser, das aus der Röhre lief: hier war unverkennbar eine heiße Quelle.

Offensichtlich hatte das Wasser den leichtesten Weg zur Oberfläche gewählt und lieber die bereits vorhandene Röhre benutzt, statt sich irgendwo anders einen Weg an die Erdoberfläche zu bahnen. Aus dem Rohr, bei dem LeAnne angehalten hatte, kam nur ein spärliches Getröpfel, aber zusammen mit den anderen

Tropfen aus gleichartigen Rohren quer durch das ganze Tal verwandelte es die Talsohle in einen dampfenden Tümpel. LeAnne lenkte den Jeep ans Ufer. Sie nahm ihr Gepäck, schlug die Tür zu, und zum erstenmal, seit sie das Schiff verlassen hatte, streckte sie ihre Glieder. Überrascht stellte sie fest, daß der Geruch viel weniger schlimm war, als sie erwartet hatte. Zwar lag ein Hauch von faulen Eiern in der Luft, aber er war nicht zu vergleichen mit der konzentrierten Geruchsprobe auf dem Schiff.

Sie nahm einen schnellen Imbiß zu sich, und während sie aß, sah sie sich nach einem günstigen Platz für den Sender um. Je höher, desto besser, hatten die Ingenieure ihr geraten. Da war der Gipfel des Hügels, den sie auf dem Weg hierher überquert hatte, doch der geeignetste Platz. Ausgezeichnet! Dann konnte sie ihn auf dem Rückweg dort aufstellen und selbst schon kilometerweit fort sein, wenn der Zeitschalter ihn in Betrieb setzte.

Ihn aufzustellen war kein Problem: Sie zog die Antenne heraus, stützte ihn mit Steinen ab, damit er nicht umkippen konnte, verband Antenne, Batterie und Abspielgerät mit dem Sender und stellte alles ein. Das Wiedergabegerät war ein Standardmodell für den persönlichen Gebrauch, wie LeAnne es ihr ganzes Leben lang benutzt hatte. Sie stellte den Sender auf zwei Stunden Zeitverzögerung und Dauerwiederholung, kontrollierte das Ganze, um sich zu vergewissern, daß der Informationschip festsaß, und wandte sich dann in Richtung Norden.

Auf dem Rückweg fuhr sie schneller; einmal, weil sie mit dem Jeep inzwischen viel vertrauter war, vor allem aber, weil ihre Phantasie sie antrieb, möglichst weit fort zu sein, wenn der Sender sich einschaltete. Nach Einschätzung des Computers konnte es allerdings noch zwei bis drei Stunden dauern, bis das Signal empfangen werden würde, und möglicherweise sogar zwölf weitere Stunden, bis das Kolonistenschiff der Eyullelyanerinnen in einer Position war, die das Abschießen einer Lenkwaffe möglich machte. Aber genausogut konnten die Eyullelyanerinnen innerhalb weniger Minuten reagieren; warum hätte ihr der Computer sonst geraten, eine Zeitverzögerung zu programmieren?

Im zweiten Gang durchquerte sie mit großem Gespritze den Powder River und hatte die Hälfte des Abhangs hinter sich, als der Motor des Wagens stotterte und aussetzte. Ihr erster Gedanke war, daß mit dem Wasser etwas hereingespült worden war, das die Störung verursacht hatte, aber nachdem sie einen kurzen Blick in die

Fehlerliste des Handbuchs geworfen hatte, erkannte sie das Problem: Sie hatte keinen Treibstoff mehr. Sie schnallte den Reservekanister hinter dem Sitz ab, löste die Plombe und füllte die übelriechende Flüssigkeit in den Tank. Dann startete sie aufs neue.

Sie hatte Buffalo schon fast erreicht und wollte gerade bei dem Gedanken an die neunzig Kilometer Entfernung zwischen sich und dem Sender aufatmen, als plötzlich ein Blitz einen langen Schatten vor ihr über die Landschaft warf. Gleichzeitig fühlte sie eine solche Glut auf ihrem Rücken, als wäre sie in die heißeste Mittagshitze geraten.

Eher instinktiv schwenkte sie zur linken Straßenseite hinüber und fuhr holpernd die Böschung hinunter, während sie krampfhaft versuchte, sich festzuklammern. Unten angelangt, prallte sie gegen einen Stein und flog aus dem Wagen. Sie schlug auf die Erde auf, rollte weiter, sah den Jeep seitlich auf einen Felsbrocken prallen. Sie blieb liegen, platt gegen die Böschung gedrückt, die sie gegen das gleißende Licht der Bombe abschirmte.

Allmählich wurde es wieder dunkler. Die Erde erbebte und beruhigte sich; aber LeAnne blieb weiterhin liegen. Sie beschloß, wenigstens ein paar Minuten lang zu warten. Schließlich hatte sie keine Eile mehr, und weglaufen konnte sie ohnehin nicht.

Sie hob den Kopf und erblickte den Rand der Pilzwolke, die in den Himmel wuchs. Nach wenigen Minuten erreichte sie die Druckwelle: ein tiefes, widerhallendes Dröhnen, das dauerte und dauerte, bis LeAnne das Gefühl hatte, sie müßte ihm zuschreien, es solle endlich aufhören. Es schien, als weinte die Erde in Todesnot über das, was ihr angetan wurde. Ein tausendjähriger Friede war wieder gebrochen worden, beinahe im selben Augenblick, in dem die Menschen wiederaufgetaucht waren. LeAnne wußte, daß es nicht ihre Schuld war, aber sie war der Katalysator, der das Ganze ausgelöst hatte. Sie barg ihren Kopf in den Armen und weinte um den Planeten und über den Wahnsinn der Geschöpfe, die ihn bewohnten.

DER MGW-JEEP war demoliert. Er war auf dem Felsen so hart aufgeschlagen, daß der Seitenschutz des Motors zerbrochen und Innenteile zerstört worden waren. LeAnne stand daneben und beobachtete, wie der Pilz flacher wurde und nach Osten abtrieb. Währenddessen erwog sie ihre Möglichkeiten. Den Motor konnte sie nicht reparieren. In ein paar Stunden würde die Dunkelheit anbrechen, und sie hatte nicht unbedingt Lust, die Nacht hier mitten im Niemandsland zu verbringen, so daß ihr im Grunde nur eins zu tun übrigblieb. Mit einem letzten Blick auf die Verwüstung, in ihrer unmittelbaren Nähe und in der Ferne, lud sie sich ihr Gepäck auf und machte sich auf den Weg zur *Starchild.* Den Rest des Tages schaute sie sich kein einziges Mal mehr um.

Bis zur Dämmerung erreichte sie Buffalo. Zwischen Steinhaufen, die vermutlich früher einmal Häuser gewesen waren, folgte LeAnne einer überwucherten Straße, durchwatete den Fluß, der ihren Weg kreuzte, und kletterte zu einem einzelnen Gebäude hinauf, das auf einem Hügel stand. Eine der Doppeltüren hing schief in den Angeln, das Glas in ihrer Mitte war zerbrochen. Es quietschte, als LeAnne die Tür ganz aufschob und hineinschaute. Drinnen war es zu dunkel, um etwas erkennen zu können. Sie legte ihr Gepäck ab, nahm einen Laser heraus und leuchtete die Umgebung ab.

Ein Flur führte bis zum anderen Ende des Gebäudes, und in seiner ganzen Länge gingen zu beiden Seiten Türen ab. Gleich neben dem Eingang führten rechts und links Treppen empor, und als sie hinaufleuchtete, sah sie, daß beide im ersten Stock wieder zusammentrafen. Sie vermutete, daß es sich hier um ein öffentliches Gebäude gehandelt hatte, um Büros oder etwas Ähnliches.

Am Morgen noch war sie so erpicht darauf gewesen, hier alles auskundschaften zu können. Jetzt wollte sie nur noch einen Schlafplatz finden, wo sie keine Angst davor zu haben brauchte, mitten in der Nacht von irgend etwas angegriffen zu werden. Langsam ging sie über den Flur auf den ersten Raum zu, leuchtete hinein und sah, daß er, abgesehen von ein paar Schreibtischen, leer war. Dann vergewisserte sie sich, daß die Tür sich verriegeln ließ, und trat ein.

ALS SIE erwachte, war die Sonne schon aufgegangen und schien zu den Fenstern herein. Die meisten hatten keine Scheiben mehr, und LeAnne fragte sich, wie sicher sie tatsächlich vor Raubtieren gewesen sein mochte.

Sie setzte sich an einen der Schreibtische. Während sie frühstückte, begutachtete sie seinen Inhalt und fragte sich, welchen Sinn ein ANMELDEFORMULAR FÜR MOTORFAHRZEUGE oder ein ANTRAG ZUR BESCHEINIGUNG DES BESITZES EINES MOTORFAHRZEUGS haben könnte. Schließlich entdeckte sie eine Broschüre mit der Aufschrift HANDBUCH ÜBER DIE VERSCHIEDENEN FÜHRERSCHEINKLASSEN IN WYOMING und fand die Antwort in deren brüchigen Seiten. Beim

Weiterlesen mußte sie feststellen, daß sie mindestens gegen drei Staatsgesetze verstoßen hatte, weil sie mit einem nicht registrierten Fahrzeug auf einer Schnellstraße gefahren war, ohne korrekt angebrachte Nummernschilder und ohne gültigen Führerschein.

Es hatte den Anschein, als wäre vor dem Holocaust eine Flut von Vorschriften und Genehmigungen zu beachten gewesen, nur um von einem Ort zum anderen zu gelangen. Sie fragte sich, ob das wieder genauso werden würde, wenn sie ihre Siedlung gegründet hatten. Hoffentlich nicht, dachte sie.

Als sie hinaustrat, um ihre Wasserflasche im Fluß aufzufüllen, war am Himmel keine Spur der Explosion mehr zu erkennen. Ein schmutziges Grau über dem Horizont mochte noch vom Rauch der Feuer herrühren, die noch nicht erloschen waren. Der Atompilz war über Nacht weggeweht worden. Ob man ihn auch von der *Starchild* aus gesehen hatte? Bestimmt hatten sie das Beben gespürt und vielleicht sogar die Explosion gehört. Donivan machte sich sicher Sorgen um sie, obwohl sie ihm gesagt hatte, daß er sie nicht vor heute zurückerwarten solle.

LeAnne marschierte los. Es gelang ihr, auf der Schnellstraße ein gutes Tempo vorzulegen. Sie beobachtete, wie beim Wandern die fernen Berggipfel hinter den näher gelegenen Höhenzügen verschwanden, und war überrascht, wie schnell sie die Kilometer zurückgelegt hatte. Gegen Mittag erreichte sie den Lake DeSmet und den Fluß, der in ihn mündete, verließ die Straße und wanderte flußaufwärts in Richtung der Berge.

Sie hielt ihre Mittagsrast unter derselben Baumgruppe, unter der sie und Donivan Yllyia begegnet waren. Obwohl es genau der gleiche Ort war, kam er ihr jetzt, da sie allein war, völlig fremd vor.

Tief in der Nacht erreichte sie endlich den gewölbten Schiffsrumpf. Eigentlich hatte sie damit gerechnet, daß hinter der Luftschleuse Ruhe herrschte. Statt dessen begrüßten sie Stimmengewirr und Maschinengehämmer irgendwo aus dem Innern, als sie sich einschleuste. Drinnen entdeckte sie die Ursache des Geräuschs, als sie den Hangar erreichte: Eine ganze Gruppe Techniker war immer noch mit der Landefähre beschäftigt.

Auch Yllyia packte mit allen vier Händen zu. Mit der einen hielt sie eine Wartungsklappe auf, mit der nächsten eine Lampe fest und griff mit den beiden anderen hinein, um an einem Innenteil der Fähre zu arbeiten. Sie stieß einen überraschten Pfiff aus, als sie LeAnne in der Tür erblickte, und ließ die Klappe fallen. „LeAnne!“

„Hallo!" rief LeAnne zurück. „Wo hast du die Uniform her?"

„Ich habe sie anfertigen lassen." Yllyia streckte alle vier Arme aus und drehte sich einmal um sich selbst. Sie war in eine hautenge Schiffsuniform gekleidet, die nach demselben Schnitt gefertigt war wie LeAnnes Ausgehuniform, die sie bei ihrer ersten Begegnung getragen hatte. Die von Yllyia hatte allerdings Schlitze an Armen und Beinen, damit die Muskeln hindurchpaßten.

„Tadellos", befand LeAnne staunend. „Sie steht dir besser als mir. Ihr seid ja fleißig bei der Arbeit."

„Allerdings. In zehn Tagen müßten wir startklar sein."

„Du scherzt wohl! So bald?"

Yllyia winkte mit einem Arm zur Landefähre hinüber. „Die Alphamannschaft hat ausgezeichnete Konservierungsarbeit geleistet. Was sie nur konnte, hat sie herausgenommen und in Stickstoff versiegelt, so daß unsere Arbeit fast nur darin bestand, die Teile wieder an Ort und Stelle einzubauen. Wir können sogar ganz ohne Startbahn abheben, weil sie den Bauplan entsprechend verändert haben. Ich habe mit dem Simulator geübt. Es funktioniert hervorragend. Aber erzähl mir jetzt doch einmal von deiner Unternehmung. Nein, warte, laß uns erst Donivan rufen."

Kurz darauf stürmte er zur Tür herein. „Lee!" Er drückte sie so fest an sich, daß ihr auch die Rippen auf der Seite, die sie sich nicht gequetscht hatte, weh taten.

„Vorsicht", bat sie, „ich bin noch ein bißchen empfindlich."

„Was ist passiert? Alles in Ordnung mit dir?"

„Es geht mir ausgezeichnet." Und sie berichtete von ihrer Fahrt, von der Explosion und von dem Unfall mit dem Jeep.

„Wir haben uns Sorgen um dich gemacht. Wir hatten ein Funkgerät mit hinausgenommen und hörten, wie dein Signal einsetzte. Aber als die Bombe so schnell einschlug und du gestern abend nicht zurückkamst, hatten wir Angst . . ., nun ja, du wärst vielleicht nicht rechtzeitig weggekommen."

„Es war knapp", gab LeAnne zu. „Sie müssen intensiver nach uns gesucht haben, als wir vermuteten."

„Ich glaube, wir haben sie dazu genötigt", erwiderte Yllyia. „Wir haben gestern und heute abend ihren Orbit beobachtet, und es sah so aus, als hätten sie sich in einer günstigen Position für einen Raketenabschuß befunden, direkt nachdem der Sender sich eingeschaltet hatte. Sie haben die Wahl gehabt, unseren Sender sofort ohne Überprüfung zu bombardieren oder aber zehn bis zwölf Stunden warten zu müssen, bis sie auf ihrer Umlaufbahn wieder über die richtige Stelle gelangt wären. Jedenfalls wollten sie nicht riskieren, daß so lange gesendet wurde."

„Dann wäre die Sache mit der heißen Quelle gar nicht notwendig gewesen?"

„Doch. Das ist uns jetzt von Nutzen, weil das Wasser den Krater füllen wird und die Eyullelyanerinnen nicht mehr sagen können, ob dort vorher etwas gewesen ist oder nicht."

„Ja, stimmt. Müssen wir denn dann die *Lyrili-Hloo* überhaupt noch angreifen?"

Donivan nickte. „Sie werden nicht aufhören zu suchen, bis sie sicher sind, daß sie uns erwischt haben. Der Computer ist der Meinung, daß wir noch einen Monat Zeit haben, aber letztlich werden sie uns doch finden. Wir können uns nicht ausruhen, bevor wir ihnen nicht die Bomben endgültig abgenommen haben."

LeAnne seufzte. Donivan redete so, als ob man ganz einfach ein außerirdisches Sternenschiff kapern könnte. Aber nachdem sie selbst die Wirkung einer solchen Bombe gesehen hatte, war ihr klar, daß ihnen nichts anderes übrigblieb.

In den nächsten Tagen wurde sie zuversichtlicher. Die Angriffsgruppen probten Invasionstechniken mit Lähmstrahlern, die umgerüstet worden waren, um die Verteidiger zu verwirren. Sie kämpften gegen Imitationen von Laser- und Projektilwaffen. Um die Bewegung in der Schwerelosigkeit zu üben, fuhren sie mit den Fahrstühlen von der untersten Ebene des Schiffs hinauf, wobei sie auf halber Strecke den Fahrstuhl absacken ließen und nach unten zurückkehrten. Yllyia beschrieb dem Computer die *Lyrili-Hloo* aus dem Gedächtnis. Sie hatte das Schiff als Operationsbasis benutzt, als sie die von Menschen produzierten Kommunikationssatelliten erforscht hatte. Nun entwickelte er einen Angriffsplan unter Ausnutzung der Schwächen, die die *Lyrili-Hloo* aufwies.

Sehr günstig für sie war das Fehlen der Rotation. Die einzigen Eyullelyanerinnen, die tatsächlich an Bord lebten, waren die Besatzungsmitglieder, die das Schiff von Kolonie zu Kolonie steuerten, sowie ein paar Wissenschaftlerinnen mit speziellen Aufgaben. Deshalb hatten sie sich einen nur kleinen rotierenden Lebensbereich im Rumpf geschaffen, anstatt durch die Drehung des ganzen Schiffs Gravitation zu erzeugen. Das bedeutete, daß die Angreifer nicht an einem zentralen Drehpunkt andocken mußten. Sie konnten mit der Landungsfähre überall anlegen, dann hinüber auf die *Lyrili-Hloo* springen und geradewegs den Kontrollraum und die Ladezone stürmen.

Yllyia arbeitete unaufhörlich am Simulator. Zuerst hatte der Computer nur Grafiken auf dem Schirm dargestellt, während er ihr die Grundlagen der orbitalen Mechanik vermittelte. Aber um ihr das geplante Manöver des Landeschiffs zu verdeutlichen, benutzte er die Kontrollen der Landefähre selbst. Der Computer zeigte die Steuersignale auf dem Monitor, dabei spielte er sein Video auf dem großen Bildschirm über ihren Köpfen ab. Bei abgedunkelten Fenstern erzeugte dies den unglaublich realistischen Eindruck eines tatsächlichen Flugs.

Jedesmal wartete er mit neuen Überraschungen auf. Er erklärte sein Vorgehen erst dann, wenn Yllyia sich entweder erfolgreich mit der Situation auseinandergesetzt oder aber versagt hatte. Einmal beobachtete LeAnne sie dabei, wie sie versuchte anzudocken, als die *Lyrili-Hloo* sich plötzlich mit hoher Geschwindigkeit aus dem Bereich des Bildschirms entfernte. Yllyia stieß einen erregten Pfiff aus und rief: „Fertigmachen zum Durchstarten!" Sie benutzte die Steuerungstriebwerke, um herumzuschwenken.

Die Landefähre kam von oben herein – eine Taktik, die, wie sie annahm, am besten ihre Entdeckung verhinderte –, und sie befand sich folglich vor der *Lyrili-Hloo* auf der Orbitalbahn. LeAnne wußte aber: Wenn das Schiff der Außerirdischen beschleunigte, würde sie diese Position nicht lange halten können. Auch Yllyia wußte das. Sie zündete die Haupttriebwerke, um eine entsprechende Beschleunigung zu erreichen, aber nun erwies sich, daß ihre Berechnungen für das Andocken nicht mehr zutrafen. Yllyia versuchte es mit dem Andockradar. Es war jetzt gleichgültig, ob sie dadurch ihre Anwesenheit verriet. Aber das Radar gab ihr ständig wechselnde Anflugvektoren, denen man unmöglich rasch genug folgen konnte. Es war nur für das Andocken an antriebslose Objekte konzipiert. Yllyia schaltete es mit einem leisen Fluch aus und begann, die Entfernung mit bloßem Auge abzuschätzen.

Inzwischen hatte die *Lyrili-Hloo* ihre Umlaufbahn bereits ein Stück verlassen. Ihre Triebwerke lenkten sie auf die Landefähre zu und schoben sie gleichzeitig voran. Yllyia versuchte weiterhin, sich auf das überraschende Manöver einzustellen, um zu verhindern, daß die Distanz sich vergrößerte. Doch sie war davon so in Anspruch genommen, daß sie die Rakete nicht bemerkte, die sich vom Heck des Sternenschiffs in Bewegung setzte. Bevor LeAnne klar wurde, daß Yllyia sie nicht gesehen hatte, und ihr eine Warnung zurufen konnte, war die Rakete schon eingeschlagen.

Der Monitor spielte verrückt. Alarmsignale forderten ihre Aufmerksamkeit. Yllyia versuchte, das Schlingern der Fähre unter Kontrolle zu bringen. Die Bewegungen ihrer vier Hände an der Steuerung waren ein einziges Wirbeln, aber die Hälfte der Steuerkonsole war bereits außer Funktion. Die Landefähre trudelte auf das Sternenschiff zu und driftete aufgrund der zusätzlichen Beschleunigung durch die Explosion zur Seite ab. Während Yllyia versuchte, die Fähre nur mit Hilfe des vorderen Triebwerks zu stabilisieren, feuerte das Sternenschiff eine zweite Rakete ab.

Wieder fluchte Yllyia, aber sie bereitete schon das Ausweichmanöver vor. Sie fuhr die Triebwerke auf 3 g hoch und beobachtete die Flugbahn der Rakete, die ihnen folgte. Im letzten Augenblick schaltete sie die Triebwerke ab. Die Rakete schoß am Bug vorbei und kehrte in einem großen Bogen um. Aber bevor sie dieses Manöver beenden konnte, zündete Yllyia erneut die Haupttriebwerke. Sie brachte die Landefähre auf eine Linie mit dem fliehenden Sternenschiff und fuhr die Triebwerke auf Vollast.

LeAnne, die im Einsatz zu den Ladezonen stand, merkte, wie sie nach dem Türrahmen griff, um sich während der simulierten Beschleunigung abzustützen. Die Beschleunigungsanzeige hatte 6 g erreicht, und der Kollisionsalarm heulte auf. Das Sternenschiff auf dem Schirm wurde größer und größer. Mit einem Anflug von Entsetzen begriff sie, was Yllyia vorhatte. Sie beobachtete, unfähig zu sprechen oder sich zu bewegen, wie Yllyia den Alarm abschaltete und geradewegs nach vorn starrte. Dabei korrigierte sie den Kurs mit kleinen Schüben der Steuertriebwerke, so daß die Landefähre von oben her direkt auf die Mitte des Sternenschiffs zuhielt. Es wuchs an, bis es den gesamten Bildschirm ausfüllte, und vergrößerte sich ständig weiter.

Der Pilot des Raumschiffs versuchte Yllyias Vorhaben noch zu unterlaufen, indem er die Triebwerke kurz vor dem Zusammenstoß abschaltete. Aber sobald sie es bemerkte, drosselte Yllyia mit einem Triumphgeheul den Antrieb der Landefähre, und die beiden Schiffe trieben aufeinander zu. Das Sternenschiff war inzwischen auf dem Bildschirm so groß geworden, daß Einzelheiten deutlich erkennbar wurden. Eine davon sah aus wie eine Schüsselantenne, die direkt auf sie zukam – bis der Schirm plötzlich schwarz wurde.

LeAnne fiel durch den Schwung ihres instinktiven Ausweichens rückwärts in die Ladezone. Yllyia versuchte, aus ihrem Sitz hochzukommen, um LeAnne aufzuhelfen, aber sie konnte selber nicht stehen. LeAnne schaffte es allein und zog sich nach vorn auf den Sitz des Kopiloten, wo beide Seite an Seite nach Luft rangen.

Schließlich sagte Yllyia: „Du mußtest herausfinden, ob ich es tun würde, nicht wahr?"

Dieser Vorwurf überraschte LeAnne völlig, aber der Computer entgegnete über Lautsprecher, bevor sie selbst überhaupt über eine Antwort nachdenken konnte: „Ich wußte es bereits. *Sie* waren es, die es herausfinden mußte."

Yllyia knurrte, und LeAnne fühlte, wie ihr ein Schauer über den Rücken lief. Sie hatte nicht gewußt, daß Yllyia solche Laute von sich geben konnte.

„Hast du dir klargemacht, daß die Landefähre vollbesetzt sein wird?" fragte Yllyia. „Ich habe an unsere Besatzung gedacht. Aber ich mußte eine Entscheidung treffen. Habe ich nach menschlichen Maßstäben das Richtige getan? Ich bin kein Mensch."

„Sie haben das Richtige getan", sagte der Computer.

„Du bist ebensowenig ein Mensch", erwiderte ihm Yllyia. „Ich wüßte aber gern, was LeAnne getan hätte."

„Sieh mich nicht so an", sagte LeAnne. „Ich glaube, ich hätte dieselbe Entscheidung getroffen", sagte sie. „Aber ich hätte dabei wahrscheinlich zuviel Zeit verschwendet."

„Das war der Sinn dieser Simulation", kommentierte der Computer. „Sie sollten rechtzeitig wissen, was Sie für den Erfolg des Unternehmens zu tun bereit sind. Nun, da Sie es wissen, werden Sie keine wertvolle Zeit verschwenden."

„Meinst du mich? Ich bin doch nicht der Pilot."

„Nein", erwiderte der Computer. „Die Simulation war für Yllyia bestimmt, aber Sie können aus ihren Erkenntnissen einen Nutzen ziehen. Es kann sein, daß Sie sich vor eine ähnliche Entscheidung gestellt sehen, besonders da Sie ja den Angriff leiten werden."

WOLKIG und grau dämmerte der Morgen des Abflugtags. Der Computer hatte dichte Bewölkung vorausgesagt, was sich als richtig herausstellte, obwohl die Wolkendecke nicht ganz geschlossen war. Draußen hörte LeAnne das Geräusch der Sägen und das Krachen fallender Bäume. Sie schrak bei dem Geräusch zusammen, aber sie wußte, daß es notwendig war. Die Landefähre brauchte zwar keine Startbahn, doch sie brauchte Platz, um abzuheben. Sie rodeten eine ausreichend große Fläche, damit sie schweben und abheben konnte, ohne daß sie Gefahr lief, sich mit den Flügelspitzen in den Bäumen zu verfangen.

Das Tor des Landungshangars war geöffnet. Man hatte zwei Tage gebraucht, um die Erde beiseite zu schaufeln, die sich vor dem Tor angesammelt hatte, seit es das letzte Mal geöffnet worden war. Jetzt aber erschien das Tor als ein riesiges, rechteckiges Loch in der Flanke des Berges. Vor dem Tor waren Blechplatten ausgelegt worden, damit die Fähre zum Startplatz rollen konnte.

Die Fähre war vor dem dunklen Hintergrund kaum auszumachen. Man hatte sie schwarz gestrichen, damit sie im Weltraum besser getarnt war. Aber die Farbe erfüllte am Boden genauso ihren Zweck. Yllyia stand unter der Fähre und ging die Checkliste durch. Als Donivan und LeAnne Hand in Hand auf sie zukamen, blickte sie auf und sagte: „Wir werden in einer Stunde starten."

„Bis dahin werden wir bereit sein", versicherte Donivan.

Der Start sollte noch in der Morgendämmerung erfolgen, denn das war der sicherste Weg, den Weltraum unentdeckt zu erreichen. Aufgrund nächtlicher Beobachtungen von den Berggipfeln aus hatten sie die genaue Umlaufbahn des feindlichen Raumschiffs errechnen können. In seiner unmittelbaren Nähe befanden sich zwei bewegliche Lichtpunkte, höchstwahrscheinlich Wettersatelliten. Der Computer hatte einen Zeitpunkt für den Start ermittelt, zu dem sich alle drei Flugobjekte unterhalb des Horizonts befanden. Das verschaffte ihnen die notwendige Zeit, in eine höhere Umlaufbahn zu gelangen, wo sie für jeden unsichtbar blieben, bis sie zum Angriff übergehen konnten.

LeAnne und Donivan betraten das Schiff und nahmen den Fahrstuhl, um nach unten in ihre Kabine zu gelangen. Das Schiff war jetzt praktisch leer. Bis auf eine Notbesatzung waren alle Menschen bereits Tage zuvor in die Berge gegangen, wo sie auf ihre Rückkehr warten sollten, bis ihnen signalisiert würde, daß alles in Ordnung sei. Falls das Signal ausbliebe, gäbe es keine Rückkehr mehr – aber wenigstens wären sie dann noch am Leben. Nur für wie lange dann noch? fragte sich LeAnne.

Sie duschten und zogen sich ihre Raumoveralls an. Die weiße, weiche und enganliegende Kleidung erinnerte LeAnne mehr an die Pyjamas, die sie als Kind getragen hatte, als an etwas, das man im Weltraum trug. Die eigentlichen Schutzanzüge waren bereits in die Fähre gebracht worden, denn sie waren nicht dafür geeignet, während der Beschleunigungsphase getragen zu werden. Die Anzüge waren vakuumversiegelt und obendrein mit einer silbern glänzenden Substanz eingesprüht worden, die wenigstens für einige Sekunden Schutz gegen Laserfeuer bot.

Niemand konnte mit Sicherheit sagen, welchen Waffen sie gegenüberstehen würden. Die Eyullelyanerinnen hatten wirksame Laserwaffen entwickelt, aber sie schienen auch gern Projektilwaffen einzusetzen – wenn sie es wagten, diese auch innerhalb eines Raumschiffs anzuwenden. In einem solchen Fall konnten sie wenig dagegen tun. So wie die Anzüge konstruiert waren, konnte man sich nur unbeholfen in ihnen bewegen. Aber eine kugelsichere Panzerung hätte sie noch unbeweglicher gemacht.

Die Angriffsgruppen würden Laser und auch Lähmstrahler tragen, außerdem eine dritte Pistole. Es war eine Art tragbares Schweißgerät, das in einen Pistolengriff eingepaßt war. Diese Waffe wurde auch zum Manövrieren im freien Fall verwendet, indem man die Rückstoßwirkung ausnutzte. Falls sie die *Lyrili-Hloo* verfehlten, wären sie gezwungen, sie zu benutzen, um zurückzukommen. Doch LeAnne hatte vor, exakt zu springen und sich gleich beim ersten Mal ganz fest anzuklammern.

Die anderen Mitglieder der Angriffstruppe waren bereits am Startplatz, als sie mit Donivan zurückkehrte: Jennings und ein Dutzend anderer Sicherheitspolizisten, zwei Leute aus dem Computerzentrum und ein Arzt. LeAnne hatte sie in sechs Gruppen zu je drei Leuten eingeteilt. Jennings kommandierte drei davon, und die anderen drei folgten ihr. LeAnne fühlte sich verpflichtet, ihnen als Anführerin eine aufmunternde Rede zu halten, bevor sie an Bord des Shuttles gingen, aber der Doktor schnitt ihr das Wort ab.

„Dramamime", sagte er und gab jedem zwei Pillen. „Nehmen Sie sie jetzt, bevor Sie sie wirklich brauchen."

Die Landefähre war in ihrer Ladezone mit Beschleunigungssitzen ausgestattet worden. Die Männer schnallten sich an und bereiteten sich auf den Start vor. LeAnne setzte sich nach vorn. Donivan saß auf dem Platz des Kopiloten neben Yllyia. Einmal war es ihm mit dem Simulator gelungen, sich ohne Kollision auf Sprungdistanz an die *Lyrili-Hloo* anzunähern, was ihn zum besten Kopiloten der Mannschaft qualifizierte.

LeAnne hatte durch das Schott der Ladezone eine nur eingeschränkte Sicht. Die Tür war herausgenommen worden, um das

Gewicht der Fähre zu verringern, und sie konnte über Donivans Schulter hinweg nach vorn blicken. Sie beobachtete ihn, wie er Yllyia beim letzten Startcheck half. Er bediente die Schalter und prüfte die Meßanzeigen, als hätte er sein Leben lang nichts anderes getan. Als er sah, daß sie ihn beobachtete, zwinkerte er ihr zu.

Einige Minuten später schob Yllyia den Kopf durch die Einstiegsluke und rief: „Alles klar!“ Sie knallte die Luke zu und verriegelte sie, schnallte sich an und startete die Haupttriebwerke.

Die Landefähre war viel besser isoliert als Yllyias Jet. Durch das Surren der Triebwerke hörte LeAnne Donivan sagen: „Fahrwerksbelastung 98 Prozent, 90, 85, 80 . . .“ Als er bei 50 Prozent angelangt war, kündigte Yllyia an: „Wir rollen an.“

Die Landefähre setzte sich in Bewegung. Es gab eine leichte Erschütterung, als sie vom Landungshangar auf die Blechplatten hinüberwechselte. Yllyia ließ die Fähre eine Linksdrehung vollführen, so daß sich der Bug nach Osten ausrichtete, und löste die Triebwerksdrosselung.

„30 Prozent“, sagte Donivan. „20, 10, 5 . . ., abheben!“

„Triebwerke halbe Kraft!“

LeAnne spürte eine leichte Seitwärtsdrehung und dann einen Ruck, als die Räder die Erde verließen und das Fahrwerk eingezogen wurde. Sie warf einen Blick aus dem Fenster, und es schien ihr, als würden die Bäume hin- und herschwanken. Yllyia erhöhte die Schubkraft, und die Fähre zog steil nach oben. Hinter LeAnne ging ein Raunen durch die Mannschaft.

Der Computer der *Starchild* hatte Startzeit und Vektoren ebenso wie die Mittelkurskorrekturdaten und die Schubintensität in den Computer des Shuttles überspielt, damit er es in Sichtweite der *Lyrili-Hloo* bringen würde. Hatten sie also erst einmal abgehoben, konnte der Computer sie in die Umlaufbahn lenken. Yllyia behielt die manuelle Steuerung bei, bis sie die Ebene hinter den Bergen überquert hatten. Sie erhöhte die Geschwindigkeit so weit, daß die Sensorkontrollen ihre Funktion aufnehmen konnten. Mit der Warnung: „Achtung! Beschleunigung!“ übergab sie die Kontrolle an den Computer.

Das letzte Mal, als LeAnne der enormen Beschleunigung ausgesetzt gewesen war, hatte sie einen Fallschirm getragen. Obwohl die Beschleunigung diesmal vielleicht doppelt so hoch war, erschien es ihr nicht annähernd so schlimm. Sie sank tief in ihren Sitz, der Antrieb – diesmal ein wirklicher! – dröhnte genau hinter ihr, und trotz ihrer Angst spürte sie, wie sich ein kleines Lächeln auf ihrem Gesicht ausbreitete. Auf ins Unbekannte!

Der Computer schoß sie in den Himmel hinauf. Innerhalb weniger Minuten wurde es vollständig dunkel. Doch als die Landefähre zurück in die Horizontale kippte, schien die Sonne durch die Frontscheiben. Sie hatten ihre Umlaufgeschwindigkeit erreicht und befanden sich jetzt außerhalb der Atmosphäre. Der Schub hielt noch für einige Minuten an und brach dann ganz ab. Der Schock durch die plötzlich eintretende Stille war fast ebenso intensiv wie der durch den Verlust des Andrucks.

Da sie an ihren Sitz festgeschnallt war, brauchte LeAnne einen Augenblick, um zu begreifen, daß sie schwerelos war. Aber das sollte nicht lange dauern. Mit Blick nach vorn erteilte Yllyia die Anweisung: „Klar zum Zünden der Korrekturtriebwerke!" Einen Augenblick später scherte die Landefähre aus, und der Schub, der sie mit einer letzten Zündung in die gleiche Umlaufbahn wie die *Lyrili-Hloo* bringen sollte, setzte erneut ein.

Eine Zeitlang beschleunigten sie und schalteten dann endgültig den Antrieb aus. Wenn der Computer die Umlaufbahn richtig berechnet hatte, würden sie in weniger als zwei Stunden genau auf dem Sternenschiff niedergehen, ohne ihre Position vorher durch den Gebrauch der Triebwerke zu verraten. Waren sie erst auf Sichtweite herangekommen, konnte Yllyia den Kurs der Fähre mit Hilfe der Lagetriebwerke korrigieren. Bis dahin würden sie den Gipfelpunkt der elliptischen Umlaufbahn überschritten haben.

Yllyia und Donivan auf der Kommandobrücke waren ungewöhnlich still. LeAnne löste ihre Gurte und schwebte nach vorn. Plötzlich verstand sie, warum die beiden so ergriffen schwiegen: Genau unter ihnen lag die Erde in wirbelndem Blau und Weiß. Die dünne atmosphärische Schicht zog sich als verschwommene Linie über einen sichtbar gekrümmten Horizont.

LeAnne bemerkte, daß ihr jemand über die Schulter sah. Sie drehte den Kopf und blickte in Jennings' Gesicht. Er sprach aus, was alle in diesem Augenblick dachten: „Ich hätte in der *Starchild* sterben können, ohne dies hier jemals zu Gesicht zu bekommen."

Die Wahrscheinlichkeit, innerhalb der nächsten beiden Stunden zu sterben, war sehr hoch. Aber zumindest hatten sie lange genug gelebt, um das hier sehen zu können. LeAnne wandte sich um, stieß sich ab und schwebte in den Laderaum zurück, um mit der Ausgabe der Raumanzüge zu beginnen.

Yllyia hatte bei ihrer Beschreibung der *Lyrili-Hloo* gute Arbeit geleistet. Das wirkliche Schiff entsprach ziemlich genau der Simulation, die der Computer abgebildet hatte. Selbst die Fertigungsmodule, die außerhalb des zentralen Zylinders angeflanscht waren, hatte sie erwähnt. Das einzige, worauf LeAnne nicht vorbereitet gewesen war, war ihre ungeheure Größe. Sie war ein wahrer Goliath im Vergleich mit der *Starchild.*

Seit sie in Reichweite des Sternenschiffs waren, hatten sie seinen Funkverkehr überwacht. Doch die Neuigkeiten waren nicht erfreulich. Bodenbeobachter in der Nähe der Lenkwaffenstationen hatten durch die dichte Wolkendecke im Norden einen hellen Strahl bemerkt und sich darangemacht, ihn zu analysieren. Einer der Wettersatelliten sollte Wyoming bei seinem nächsten Umlauf überfliegen. Und die *Lyrili-Hloo* war alarmiert worden, ihre Raketen für einen möglichen Angriff scharf zu machen.

„Wahrscheinlich haben sie beobachtet, wie die Flammen unserer Triebwerke an der Unterseite der Wolkendecke reflektiert wurden." Donivans Stimme kam über das Funkgerät des Raumanzugs.

„Wenigstens haben sie nicht unseren Kurs verfolgt", erwiderte Yllyia.

Immerhin etwas. Es gab kein Anzeichen dafür, daß sie von der Besatzung des Sternenschiffs entdeckt worden waren. Die Landefähre kam für die *Lyrili-Hloo* aus der Sonne und würde, selbst wenn sie in den Sonnenschatten geriet, gegen den dunklen Himmel unsichtbar bleiben. Als sie noch näher an das Schiff herantrieben, korrigierte Yllyia den Kurs mit einem kurzen Schub der Lagetriebwerke. LeAnne konnte in dem Durcheinander von Licht und Schatten schon die Luftschleusen ausmachen. Sie waren leuchtend gelb gestrichen, und jede hatte, zweifellos als Sicherheitsmaßnahme, ein blinkendes gelbes Positionslicht. Die Schleusen waren zu dritt in einer Reihe angeordnet: zwei kleine Schleusen am Bug und mittschiffs und eine dritte, größere, achtern. Jede Reihe wiederholte sich jeweils neunzig Grad um den Schiffsrumpf versetzt. Man konnte mit zwölf bis vierzehn Schleusen rechnen. Die Anzahl spielte keine große Rolle, denn es gab nur achtzehn Angreifer. Mit Yllyia waren sie neunzehn, aber sie sollte in der Landefähre zurückbleiben, um sie zu bewachen. Notfalls konnte sie sogar den Antrieb als Waffe benutzen.

Man erkannte nicht sofort, in welchem Teil des Schiffs sich der Maschinenraum befand. Nach Yllyias Angaben lag er direkt achtern hinter dem Kontrollraum. Das ganze Achterdeck hatte Frachtgut geladen, und der restliche Teil bestand aus Hibernationskammern, die seit der Ankunft der Eyullelyanerinnen auf der Erde versiegelt waren.

„Okay", sagte LeAnne. „Ich glaube, daß Plan A noch funktioniert. Jennings, Sie führen Ihre Gruppen durch die vorderen Schleusen ins Schiff. Dann halten Sie sich in Richtung Kontrollraum. Meine C-Gruppe wird Sie begleiten; das macht dann ein Team pro Schleuse. Team B und Royan aus Team A – Sie nehmen die hinteren Schleusen. Teilen Sie sich in Zweiergruppen, und dringen Sie in das Innere ein. Sie sind das Sprengkommando. Donivan und ich werden uns an der Außenseite entlang auf den Kontrollraum zubewegen. Wenn wir eine Luftschleuse finden, dringen wir gleich dort ein, andernfalls schließen wir uns Jennings' Team an. Alles klar?"

„Alles klar", antworteten sie einstimmig.

„Wir können keine Verbindung mehr aufnehmen, wenn wir erst einmal im Schiff sind. Deshalb müssen Sie selbst entscheiden, was zu tun ist, falls etwas dazwischenkommt. Bestreichen Sie alles, was sich bewegt, mit Lähmstrahlen, und stellen Sie sicher, daß niemand wieder aufsteht. Haben alle ihre Handschellen?"

Jeder Angreifer war mit drei Garnituren sechsringiger Handschellen ausgestattet. Yllyia hatte geholfen, sie zu entwickeln, und sich als Versuchsobjekt zur Verfügung gestellt. Sie war völlig bewegungsunfähig gewesen, als man damit ihre vier Arme und beide Beine am Rücken gefesselt hatte. „Gut. Absprungbereit machen!"

Nachdem Yllyia die Landefähre so in Position gebracht hatte, daß sie direkten Kurs auf das Schiff nehmen konnte, zog LeAnne kurz am Griff neben der Luke. Die Luft strömte ins All. Ihr Anzug blähte sich auf und wurde prall. Ein kurzer Luftstrom im Nacken sorgte für Druckausgleich. Sie wartete, bis die Druckanzeige auf 11 gesunken war, drehte den Griff gegen den Uhrzeigersinn und zog. Die Tür sprang auf und gab den Blick auf die *Lyrili-Hloo* frei, die in etwa hundert Meter Entfernung im Raum schwebte.

Bevor eine beklemmende Angst völlig von ihr Besitz ergreifen konnte, packte LeAnne die Luke mit beiden Händen und schwang sich nach oben, bis sie sich direkt in der Öffnung befand. Dann stieß sie sich mit dem Kopf voran in Richtung Raumschiff ab. In ihrem Kopfhörer hörte sie ein erschrockenes Keuchen, dann ein Murmeln: „Paß auf bei deinen ersten Schritten."

Ihr Ausstieg war nicht gerade perfekt gewesen. Sie drehte sich leicht und driftete zur Seite ab, gerade so viel, daß es aussah, als wenn sie auf den Füßen landen würde. So hatte sie es nicht geplant. Mit den Füßen konnte man sich nirgendwo festhalten. Sie zog die Rückstoßpistole aus dem Gürtel und streckte sie auf Armeslänge von sich. Sie zielte in Drehrichtung und drückte ab.

Eine helle Flamme schoß aus der Mündung, und ihre Drehung stoppte sofort. Bevor sie jedoch den Abzug losgelassen hatte, trieb sie auch schon in Gegenrichtung. Ein weiterer Schuß in Schulterhöhe, und den Rest des Weges trieb sie mit dem Kopf voran.

Auf dem Schiffsrumpf befanden sich unzählige Haltegriffe. Sie lagen zwar weiter voneinander entfernt, als es LeAnne lieb war, aber wenn sie sich streckte, konnte sie immer den nächsten erreichen. Sie hielt sich mit einer Hand fest und drehte sich herum.

Erst nach einer ganzen Weile konnte sie die anderen erkennen. Die silbernen Raumanzüge reflektierten zum großen Teil das Dunkel des Alls, und die Landefähre dahinter war nicht mehr als ein kleiner dunkler Schatten. Nur die geöffnete Luke erschien als heller Fleck, doch das Licht war unnötig. „Yllyia, lösch die Lichter!" sagte sie in ihr Sprechgerät.

„Erledigt", antwortete Yllyia, und der helle Kreis verschwand.

Der Rest der Gruppe trieb einzeln oder zu zweit heran. Jennings' Stimme übertönte nun die Atemgeräusche: „Kontakt." Weitere Stimmen wiederholten die Meldung, bis Donivan schließlich sagte: „Alle haben es geschafft."

Sie erlaubte sich einen leisen Seufzer der Erleichterung. „Okay. Macht euch an die Arbeit!"

Ein silberner Anzug hangelte sich mit ausgestreckten Beinen von Griff zu Griff zu ihr herüber, bis er neben ihr schwebte: Donivan. Obwohl das Sichtfenster ebenso stark reflektierte wie der ganze Anzug, sah sie, daß er den Kopf zur Seite drehte, und wußte, daß er über ihre Schulter hinweg auf die Erde blickte. Durch den Empfänger hörte sie seine Stimme: „Es ist ein langer Weg von unsrem Loch im Erdboden bis hierher, nicht wahr?"

LeAnne drehte sich und folgte seinem Blick. Jedesmal, wenn sie den Planeten ansah, zeigte er sich von einer neuen Seite – auch jetzt. Sie näherten sich der Tag-und-Nacht-Grenze auf der Erde. Obwohl die Sonne hinter LeAnne hell schien, war die eine Hälfte der Erde in Dunkelheit gehüllt. In wenigen Minuten würden sie in ihren Schatten eintauchen. Sie wünschte, sie könnte noch

zuschauen, aber das war nicht möglich. „Ja", sagte sie dann. „Los, laß uns sehen, was auf der anderen Seite ist."

Sie hangelten sich vorwärts bis zur Kante des Schiffes und blickten über den Rand. Das vordere Ende lag im Schatten. Nur zwei weitere gelbe Blinklichter waren rechts und links von einem gleichmäßig weißen Schimmer zu sehen, der aus einer verglasten Kuppel in der Mitte kam.

„Das muß der Kontrollraum sein", vermutete LeAnne.

„Laß uns einen Blick hineinwerfen, bevor wir nach der Luftschleuse Ausschau halten."

„Einverstanden."

In der Nähe der Kuppel spähten sie vorsichtig über den Rand in einen kreisförmigen Raum, der sie an den Kontrollraum der *Starchild* erinnerte. Im Deck unter der hemisphärischen Kuppel standen sogar ähnliche, konzentrisch angeordnete Kontrollpulte.

Vier Eyullelyanerinnen unterhielten sich neben einer Tür und gestikulierten dabei heftig mit den Armen. Alle standen aufrecht auf dem Fußboden. Sie trugen Schuhe, die sie am Boden festhielten. Eine von ihnen schwenkte eine Waffe vor den anderen hin und her. Aber falls die drei davon beeindruckt waren, zeigten sie es nicht. Die Gruppe stritt sich weiter, hielt aber plötzlich inne, als eine fünfte Eyullelyanerin in den Raum gestürzt kam. Blut strömte aus einer ausgefransten Wunde an ihrer Schulter. Die Bewaffnete hörte sich den Bericht der Verwundeten an. Dann drehte sie sich herum und richtete die Waffe auf eine der drei anderen, die verzweifelt zurücksprang und alle vier Hände flehend nach oben streckte. Trotzdem bohrte sich ein grellroter Lichtstrahl wie ein Speer in ihre Brust.

„Himmel, was ist da los?" stieß Donivan hervor. „Die bekämpfen sich ja *gegenseitig*!"

Plötzlich begriff LeAnne, was dort vorging. „Eine Meuterei!" rief sie und verengte den Winkel ihres Lasers. Sie feuerten durch das Glas auf die bewaffnete Eyullelyanerin. LeAnnes Schuß traf sie voll in den Rücken. Sie wirbelte herum. Donivan hatte den Strahl auf den Kopf gerichtet gehabt. Die Eyullelyanerin schwebte durch den Raum.

Drei überraschte Gesichter blickten hoch. Donivan und LeAnne duckten sich schnell so weit zurück, daß sie gerade noch hineinsehen konnten.

Die Verwundete drehte sich um und floh zurück in das Innere des Schiffs.

„Bist du sicher, daß wir die Richtige erwischt haben?" fragte Donivan.

„Sie hat auf unbewaffnete Leute geschossen!" empörte sich LeAnne. „Das schien mir Iliiels Art zu entsprechen."

Donivan schnaubte. „Stimmt. Damit haben wir uns da unten Freunde gemacht. Sollen wir uns zeigen?"

„Ja. Für den Fall, daß sie Gewehre haben, sollten wir vermeiden, daß sie auf uns schießen können. Paß auf: Du bleibst hier außer Sicht, und ich zeige mich. Wenn auch nur eine von ihnen eine feindliche Regung macht, ziehst du mich schnell zurück."

„Alles klar."

LeAnne griff nach einer Verstrebung zwischen den Fenstern und zog sich daran hoch. Als LeAnne mit der Faust gegen das Glas schlug, blickten die Eyullelyanerinnen erneut nach oben. Sie schienen LeAnnes Arme zu zählen und zu dem gleichen Schluß zu kommen. Nach einer eiligen Besprechung stieß sich eine von ihnen zu ihr hinauf. Sie griff nach einer Halterung direkt gegenüber. Sie sahen sich einen Moment lang an. Die Eyullelyanerin bedeutete ihr, den Kopf gegen das Glas zu pressen. LeAnne verstand den Hinweis. Sie unterdrückte den Schauder, den sie angesichts des nahen, mit Fangzähnen bewehrten Gesichts empfand, und zog sich so weit hinunter, bis ihre Sichtscheibe das Glas berührte. Plötzlich konnte sie Geräusche aus dem Innern des Schiffs hören, zwar nur schwach, aber sie vernahm etwas.

Die Eyullelyanerin begann zu sprechen. „Kannst du mich verstehen?"

„Ja! Ich glaube, wir sind auf eurer Seite."

„Du hast gerettet mein Leben."

„Gut. Wir sollten versuchen, noch mehr zu retten. Könnt ihr im Kontrollraum die Stellung halten, bis wir bei euch sind?"

„Tut mir leid. Ich spreche Menschensprache nicht gut. Bitte wiederhole!"

„Könnt ihr alle in Schach halten, bis wir da sind, um euch zu helfen?"

„Tut mir leid, ich verstehe nicht –"

Bevor sie zu Ende sprechen konnte, tauchte eine silberne Gestalt im Kontrollraum auf und feuerte mit dem Lähmstrahler.

„Nicht schießen!" rief LeAnne, aber die Eyullelyanerinnen unten waren schon betäubt. Nur die eine, die sich oben in der Kuppel befand, hatte es nicht erwischt.

Die silberne Gestalt löste sich von der hinteren Wand. „Wer ist da? LeAnne?" Es war Jennings.

„Sehen Sie hoch!"

Er tat es. „Sie sind mir zuvorgekommen."

Sie lachte. „Wir haben Freunde an Bord."

Jennings ließ sich an der Wand hochtreiben und hielt sich an einem der Griffe fest. „Wir haben eine ganze Gruppe von ihnen betäubt, die sich mitten in einem Feuergefecht befanden. Ich habe den Rest vom D-Team zurückgelassen, um sie dort festzuhalten, bis wir herausgefunden haben, wer wer ist."

Die Eyullelyanerin blickte von Jennings zu ihren betäubten Begleiterinnen. LeAnne preßte wieder das Gesicht gegen die Kuppel und beruhigte sie: „Mach dir keine Sorgen, sie schlafen nur. Verstehst du, was schlafen bedeutet?"

„Schlafen?"

„Ja. Sie erholen sich gleich wieder."

Drei weitere silberne Gestalten betraten mit Lähmstrahlern den Kontrollraum. Der Anführer erblickte Jennings. Als er hochsah, bemerkte er auch LeAnne. Dr. Hanif meldete: „Team C ist hier."

„Ist jemand verletzt?" fragte LeAnne.

„Nicht, daß ich wüßte. Aber hinter den Wohnquartieren wird noch gekämpft. Fünf oder sechs von ihnen lauerten uns in einem Seitengang auf."

„Verdammt! Trotzdem, Sie haben das Richtige getan. Der Kontrollraum hat Vorrang. Sie vier bleiben hier und bewachen ihn. Sollte hier noch jemand auftauchen, schicken Sie ihn nach hinten ins Schiff." Sie klopfte erneut gegen das Glas, um die Aufmerksamkeit der Eyullelyanerin auf sich zu ziehen. „Wohin sind die anderen Eyullelyanerinnen verschwunden?" fragte sie.

„Bitte wiederholen!"

„Wo sind die geblieben, die ihr bekämpft habt?"

Die Eyullelyanerin wies mit zwei Armen in eine Richtung: „Zurück. Den ganzen Weg. Sie werden eine *Harasha* – wie sagt ihr: – Bombe – schicken."

„Das klingt so, als hätten wir noch eine Menge zu tun. Also – Donivan und ich werden durch eine der Frachtschleusen eindringen und versuchen, sie von hinten zu erwischen. Jennings, Sie nehmen diese Eyullelyanerin mit zu denen, die Sie betäubt haben, damit sie ihre Verbündeten identifizieren kann. Wenn sie wieder aufgewacht sind, können wir ihre Hilfe bestimmt gebrauchen."

„Verstanden."
„Gut." LeAnne wandte sich der Eyullelyanerin zu. „Diese Leute sind deine Freunde, verstehst du? Bleib bei ihnen." Sie entfernte sich vom Glas und bat: „Sprechen Sie mit ihr, und sorgen Sie dafür, daß sie uns glaubt. Hanif, sehen Sie mal, ob Sie etwas für die andere da tun können." LeAnne wies auf die Eyullelyanerin, die als erste niedergeschossen worden war.
„Das werde ich tun", erwiderte er.
„Okay. Donivan, laß uns gehen." LeAnne stieß sich vom Fenster ab. Sie folgte Donivan den Weg zurück an die Seite des Schiffs. Sobald sie den Rand erreicht hatten, fragte sie: „Yllyia, kannst du mich hören?"
„Ja. Wie ist die Lage bei euch?"
LeAnne hielt an der Längsseite des Schiffs nach gelben Blinklichtern Ausschau, entdeckte sie schließlich und steuerte auf das entfernteste zu. Während sie sich vorwärts zog, erklärte sie weiter: „Wir halten den Kontrollraum besetzt, aber wir haben nicht alles allein erledigt. Hier ist eine Meuterei im Gange. Sie kämpften schon, bevor wir hier ankamen."
„Sie haben gekämpft? Was zum . . ." Plötzlich brach Yllyia in pfeifendes Gelächter aus. „Natürlich! Der Alarm. Die Kommandantin mußte der Mannschaft mitteilen, warum sie Alarm gegeben hatte, und die Mannschaft wollte die Sache nicht unterstützen."
„Irgend jemand ist offensichtlich doch dazu bereit", meinte Donivan. „Die Eyullelyanerin im Kontrollraum erzählte uns, daß sie versuchen, eine weitere Bombe abzuwerfen."
Yllyias Lachen erstarb. „Verdammt!" stieß sie hervor. „Sie benutzen Lenkwaffen, und die sind programmierbar. Man kann sie jederzeit abfeuern. Sie fliegen dann allein bis zum richtigen Wiedereintrittspunkt, um im Ziel einzuschlagen. Also vorwärts! Ihr müßt eine der mittleren Schleusen benutzen. Team B hat es nicht geschafft, die Frachtschleusen zu öffnen."
Sie waren schon fast an einer dieser Schleusen angekommen, als Yllyia dies durchgab. LeAnne stoppte mit Hilfe eines der Griffe ab und rief: „Okay, wir sind schon da!"
„Ich möchte euch begleiten", bat Yllyia.
„Nein, du mußt in der Landefähre bleiben."
„Ich kann hier nichts tun. Ich sollte euch besser helfen."
„Du kannst eine ganze Menge von dort aus machen. Du kannst darauf achten, ob sie sich auf einen Abschuß vorbereiten. Wenn

du etwas siehst, reagierst du schnell. Du wirst so bald wie möglich wieder von uns hören. Wir dringen jetzt ein."

Die Schleuse bestand aus einem Zylinder für eyullelyanische Körpermaße und hatte an jedem Ende eine Luke. LeAnne drehte den einzigen Griff, den sie finden konnte. Die Luke sprang auf. Sie zog sich mit dem Kopf voran hinein, ließ Donivan die Außentür schließen und betätigte den nächsten Türhebel. Ungefähr eine Minute lang strömte Luft ein, dann öffnete sich die Luke.

Sie befanden sich in einer schmalen Nische in der Nähe einer dreiarmigen Abzweigung. Diese verknüpfte einen ringförmigen Korridor, der parallel zur Schiffswand verlief, mit zwei geraden Gängen, von denen sich einer parallel zur Achse erstreckte und der andere radial nach oben führte. LeAnne konnte am hinteren Ende des Achsenkorridors helle Blitze erkennen und hörte Rufe in ihrem Empfänger: „Daneben! Ha, hier, du Mißgeburt!"

Das waren die beiden Computertechniker aus Team B, Walsh und Nissen.

„Na, macht's Spaß?" fragte LeAnne.

„LeAnne?"

„Sie sagen es. Was ist da unten los?"

„Wir haben drei oder vier von ihnen bis in den letzten Winkel des Frachtraums verfolgt. Dann haben wir sie zusammen mit Royan und Seivers unter Kreuzfeuer genommen. Sie befinden sich leider außerhalb der Reichweite der Lähmstrahler und sind zu weit in Deckung, um sie mit dem Laser zu erwischen."

Sie wollen wertvolle Zeit gewinnen, um ihre Lenkwaffen abzufeuern, dachte LeAnne. „Halten Sie aus, wir kommen zu Ihnen!" Sie stieß sich ab und trieb den geräumigen Korridor entlang. Indem sie sich an den Türeingängen weiterzog, kam sie dabei auf hohe Geschwindigkeit.

„Haben sie auch Projektilwaffen benutzt?" fragte sie.

„Ja, eine", erwiderte Nissen. „Aber sie haben sie schon seit einer Weile nicht mehr abgefeuert, vielleicht haben sie keine Munition mehr."

„Hoffentlich." LeAnne schlug mit der flachen Hand gegen mehrere Türrahmen und verringerte so ihre Geschwindigkeit. Kurz dahinter kam sie zum Stillstand. Donivan verpaßte den richtigen Augenblick, flog an ihr vorbei auf die Kreuzung hinaus, prallte gegen die Wand und stieß sich wieder zurück – gerade als ein Laserstrahl an seiner Seite aufblitzte.

„Donivan!"

„Mir geht es gut." Er griff nach LeAnnes ausgestreckter Hand, um sich abzubremsen. Dann untersuchte er seine Seite: An einer Stelle war die silberne Schicht seines Anzuges verdampft, und an der Oberfläche entdeckte er ein Loch, das aber nicht durch den ganzen Anzug ging. „Der hält noch eine Weile", beruhigte er sie.

„Gut", meinte LeAnne. Im stillen dachte sie jedoch: Hält er auch lange genug für das, was ich vorhabe?

Sie hoffte es, weil sie keine andere Wahl hatten. Sie steckte den Kopf um die Ecke, schoß den Laser ab, um die Eyullelyanerinnen in Schach zu halten, und erfaßte dabei mit einem schnellen Blick die Lage. Die Tür zum Frachtraum lag auf halbem Weg zur Zentralnabe, an der Royan und Seivers aus Seitenkorridoren herausspähten und gelegentlich feuerten.

Sie zog den Kopf wieder ein. „Royan, Seivers, können Sie mich hören?"

„Ja."

„Gut. Ich möchte, daß Sie auf mein Zeichen hin anfangen zu feuern. Richten Sie Ihre Strahlen gegen die hintere Wand, und lassen Sie die Eyullelyanerinnen nicht einmal einen Fingerbreit aus der Tür kommen. Ich werde hinter ihnen hervorkommen."

„Nein!" rief Donivan.

„Doch. Es ist die einzige Chance. Feuer!" Bevor er noch weitersprechen konnte, zog LeAnne ihren Lähmstrahler und stieß sich ab in den zum Zentrum führenden Korridor.

Laserstrahlen blitzten von beiden Seiten und aus der Richtung der Zentralnabe auf. Alle waren auf die Frachtraumtür gerichtet. LeAnne schwenkte die Arme, um sich zu stabilisieren, stieß sich von der äußeren Wand ab und kugelte sich gleichzeitig mit über dem Kopf verschränkten Armen zusammen. So wirbelte sie wie ein Geschoß durch den Korridor.

Sie hatte das bei Schwimmern gesehen: Man umfaßte die Knie nach dem Absprung vom Brett und konnte sich so vier- oder fünfmal um die eigene Achse drehen. Streckte man sich im letzten Moment, schoß man kopfüber ins Wasser. Sie hatte es noch nie ausprobiert, aber der Teil mit den Drehungen schien gut zu funktionieren. Auf diese Weise hatten die Laser kein Ziel, in das sie sich lange genug einbrennen konnten.

Doch wann sollte sie sich wieder strecken? Sie nahm einfach an, daß jetzt der richtige Moment gekommen war. Deshalb schleuderte sie Arme und Beine von sich und feuerte mit dem Lähmstrahler gegen die Wand. Himmel, das war die falsche Richtung! Sie rollte sich erneut zusammen, streckte sich und feuerte wieder. Dieses Mal traf sie die Luke, die leicht zu erkennen war. Ein Blitz schoß aus dem dunklen Innern, und plötzlich spürte sie einen scharfen Ruck am Bein. Trotzdem hielt sie den Lähmstrahler weiter auf die offene Luke gerichtet, als sie daran vorbeiglitt.

„Okay, hört auf!" rief sie. Das Deckungsfeuer wurde eingestellt. Sie stieß sich schräg von der Wand ab, griff haltsuchend nach einem Türrahmen und zog sich zur Frachtraumtür. Dann hielt sie den Lähmstrahler in die Öffnung und schoß weitgefächert hinein, bis sie daran vorbeigeschwebt war. Dahinter fing sie sich ab und zog sich zurück. Den Lauf der Waffe an den Pfosten gelegt, feuerte sie wieder hinein, bis sie sicher sein konnte, daß dort niemand mehr wach war.

Ihr linkes Bein fühlte sich taub an. Hatte sie sich selbst betäubt? Bei all den Drehungen, die sie gemacht hatte, war das durchaus möglich. Trotzdem wollte sie lieber nicht nachsehen. Der Blitz, der aus dem Raum gekommen war, war nicht der gebündelte Strahl eines Lasers gewesen, sondern das Mündungsfeuer einer Projektilwaffe. Ihnen war also nicht die Munition ausgegangen, sie hatten sie vielmehr für einen erwarteten Angriff aufbewahrt.

LeAnne sah nach. In ihrem Raumanzug war ein sauberes Loch direkt über dem Knie. Aber keins auf der gegenüberliegenden Seite. Jetzt begann es zu schmerzen.

Im Kontrollraum war es ruhig. Die Eyullelyanerinnen wachten gerade wieder auf, und die eine, die dem Lähmstrahler entkommen war, hatte sich mit den Menschen aufgemacht und versuchte nun, Freund von Feind zu trennen. Yllyia saß an einer der Kommunikationskonsolen, obwohl LeAnne sich nicht erinnern konnte, mit ihr abgesprochen zu haben, die Landefähre zu verlassen. Sie hoffte, daß Donivan oder jemand anders sie im Auge behalten würde. Doch nein, Donivan stand direkt neben ihr und kam dem Arzt in die Quere, als er ihr aus dem Raumanzug half.

Die Ereignisse drangen jetzt nur noch bruchstückhaft in ihr Bewußtsein. Der Schmerz begann sie zu überwältigen. LeAnne konnte sich nicht erinnern, wie sie in den Kontrollraum gekommen war, doch sie erinnerte sich, daß Donivan sie beschworen hatte, die Bomben zu vergessen und den Doktor nach ihrem Bein sehen zu lassen. Sie hatte aber nicht auf ihn gehört und war mit den anderen fortgeeilt, um sich um die Abschußrampen für die Lenkwaffen zu kümmern. Eine Bombe schwebte frei an der Stelle, wo die Eyullelyanerinnen sie in ein Abschußrohr hatten schieben wollen. LeAnne erinnerte sich erbittert an die Befriedigung, die sie empfunden hatte, als sie die Bombe zum erstenmal gesehen hatte – die Verwundung war also nicht umsonst.

LeAnne spürte Donivans Umarmung, als er half, sie aus dem Anzug zu befreien. Der Doktor ließ ihre Beine hinausgleiten, um das blutdurchtränkte weiße Anzugfutter entfernen zu können. LeAnne sah, wie er es aufschnitt. Sie fühlte sich so leicht, als könne sie jeden Augenblick in Ohnmacht fallen, aber dann mußte sie lachen. Natürlich fühlte sie sich leicht.

„Was ist so komisch?" fragte Donivan.

„Ich kann nicht in Ohnmacht fallen. Hier gibt es keine Gravitation, die das Blut aus meinem Kopf ziehen könnte."

„Oder in Ihr Bein", meinte der Doktor. „Sie hätten viel mehr Blut verloren, wenn Sie wirklich auf Ihrem Bein gestanden hätten."

„Heißt das, daß ich überleben werde?"

„Es sieht so aus." Er strich mit etwas Kaltem über ihre Fußsohle und nickte befriedigt, als sich ihre Zehen bewegten. Dann untersuchte er das Einschußloch, an dessen Rand sich eine Blutkruste gebildet hatte, nahm ein Stück Verbandsmull aus seiner Tasche und sagte: „Das wird jetzt vielleicht ein bißchen weh tun."

SIE TAUCHTE wieder aus ihren Schmerzen auf, als sie ihn sagen hörte: „Gehen Sie bitte aus dem Weg."

Donivan fragte: „Warum?"

„Ich werde ihr Bein betäuben, um die Kugel herauszuholen."

Sie sah zu dem Doktor hinab, der gerade seinen Lähmstrahler weglegte. „Warum habe ich daran nicht gedacht?" fragte sie.

„Ich bin froh, daß Sie es nicht getan haben. In einem paralysierten Bein kann ich nicht nach verletzten Nerven suchen."

Sie drehte den Kopf auf die Seite. Donivan schwebte neben ihr. In seinem Gesicht spiegelte sich sichtliche Besorgnis.

„He, du siehst ja schlimmer aus als ich", sagte sie. „Lach doch mal. Wir haben doch gewonnen, oder nicht? Was macht Yllyia?"

„Sie versucht, die Königin zu erreichen."

„Oh!" LeAnne sah wieder zum Doktor hinunter. „Sind Sie da bald fertig?"

„Nein", entgegnete er. „Ruhen Sie sich jetzt einfach nur aus."

„Ich muß mit der Königin sprechen."

„Wenn ich hier fertig bin, werden Sie nichts anderes tun, als stillzuliegen. Und ich meine das ernst", beharrte der Doktor. „Sie müssen ruhen. Sie können es jetzt nicht merken, weil Sie betäubt sind, aber Ihr Körper hat einen schweren Schock erlitten. Er braucht Zeit, um sich zu erholen."

„Ich werde ihm die Zeit schon geben, aber vorher muß ich das hier erledigen. Deswegen sind wir schließlich hergekommen."

„Ich dachte, wir sind hergekommen, um die Bomben der Eyullelyanerinnen in unsere Gewalt zu bringen."

„Das nützt aber nichts, solange sie nicht auch wissen, daß wir es getan haben", sagte LeAnne.

Er seufzte. „Ich könnte mich jetzt auch darüber mit Ihnen streiten, aber das werde ich nicht tun." Er ließ einen blutigen Gegenstand in ein Reagenzglas gleiten und verband dann ihr Bein. „Wenn Sie damit fertig sind, möchte ich, daß Sie hinunter ins Wohnquartier gehen und sich irgendwo hinlegen, wo Sie ein bißchen Gewicht haben. Ich weiß nicht, was die Schwerelosigkeit mit Ihrem Immunsystem anstellt, doch es wäre sinnlos, ihm etwas zuzumuten, was nicht notwendig ist. Sind wir da einer Meinung?"

„In Ordnung." LeAnne wartete, bis er den Verband fertig hatte, und beobachtete dann, wie er seine Tasche packte und sich ins Schiff zurückhangelte. Sie selbst schwang sich hinüber zur Kommunikationskonsole, wo Yllyia versuchte, eine Verbindung zur Königin herzustellen.

Yllyia donnerte der Eyullelyanerin auf dem Bildschirm eine Serie Els und Ypsilons entgegen, wobei sie mit drei Armen in komplizierten Gesten herumfuchtelte. Mit dem vierten hielt sie sich fest, was sie davor bewahrte, hinauf in die Kapsel zu schweben. Die Eyullelyanerin wiederholte alles noch einmal in sanfteren Tönen, und Yllyia wandte sich LeAnne zu. „Die Königin hält eine Konferenz ab, und diese *Ishlyri* will sie nicht stören. Sie sagt, wenn wir eine Nachricht haben, können wir sie an Ililiel weitergeben. Sie befindet sich offensichtlich im Palast."

„Das ist nicht verwunderlich", bemerkte LeAnne. „Was soll's. Ililiel ist immerhin ein Anfang. Schalte sie ein. Ich will sehen, wie sie reagiert, wenn wir ihr mitteilen, was wir getan haben."

„Ja, das könnte lustig werden", meinte Yllyia. Sie wandte sich dem Bildschirm zu und sprach noch einmal auf eyullelyanisch.

Nach kurzer Zeit blickte ihnen ein anderes Eyullelyanerinnengesicht aus dem Bildschirm entgegen. LeAnne konnte ein Gesicht nicht vom anderen unterscheiden, doch sie erkannte die Stimme. „Yllyia. Wem verdanke ich diese wundervolle Überraschung?“

„Dem Kriegsglück“, erwiderte Yllyia. Sie nickte LeAnne zu.

Ililiel rollte mit den Augen. „Und da haben wir ja auch LeAnne! So ein Zufall.“

LeAnne sagte: „Sie wollten doch unser Raumschiff sehen. Hier ist es.“

„Es ist zu spät, falls Sie sich jetzt noch ergeben wollen. Wir haben Ihre unterirdische Stadt bereits entdeckt.“

„Ich spreche nicht von der *Starchild*, ich spreche von der *Lyrili-Hloo*. In der Tat kein schlechtes Schiff. Es ist voller Bomben, doch es gefällt uns trotzdem.“

Ililiel setzte an, um etwas zu sagen, hielt dann aber inne und stieß einen leisen Pfiff aus. Nach kurzem Zögern fragte sie: „Wovon sprechen Sie?“

„Die Menschen haben die *Lyrili-Hloo* erobert“, erklärte Yllyia.

„Ihr habt nichts dergleichen getan.“

„Doch“, entgegnete LeAnne. „Wir haben Ihnen die Bomben weggenommen.“

„Was haben Sie?“ Sie hielt erneut inne. „Was haben Sie mit der Besatzung gemacht?“

LeAnne sah Donivan an und zog eine Augenbraue hoch. Ililiel sorgte sich um die Besatzung? Heute steckte wirklich jeder voller Überraschungen. „Wir haben sie betäubt“, meinte sie. „Alle, bis auf zwei.“ Sie blickte hinüber zu der Stelle, wo die beiden vom Laser getöteten Eyullelyanerinnen von ihren Haftschuhen nahe der Wand am Fußboden festgehalten wurden. „Wir mußten die eine erschießen, weil sie gerade die andere umbringen wollte.“

Ililiel fragte Yllyia: „Wer sind die beiden?“

„Ich kenne sie nicht“, antwortete Yllyia. „Wir geben Ihnen ihre Namen durch, wenn wir sie herausgefunden haben.“

Diese Neuigkeiten schienen Ililiel zu genügen. Sie sagte zu LeAnne: „Sie haben den Bogen für komplizierte Angelegenheiten wohl raus, nicht wahr?“

„Ich finde gar nicht, daß das so kompliziert ist“, entgegnete LeAnne. „Wir haben gewonnen. Sie haben verloren. Das ist doch ganz einfach.“

Ililiel meinte: „Sind die Menschen wirklich dermaßen naiv?

Selbst wenn Sie die *Lyrili-Hloo* gekapert haben, könnten wir Ihre *Starchild* vollständig vernichten. Es wird zwar schwieriger und blutiger werden, aber Sie lassen uns keine andere Wahl."

LeAnne spürte die inzwischen vertraute Empfindung, daß ihr persönliches Universum langsam zerbrach. Der Krieg war also noch nicht vorüber. Nun ja, dann würde sie eben kämpfen, bis er vorüber war. Es war ja nicht so, daß sie keine Waffen hatten. „Ich brauche Sie eigentlich nicht auf die Tatsache hinzuweisen, aber wir haben jetzt das Schiff voller Bomben. Wenn Sie der *Starchild* oder auch nur einem aus der Besatzung etwas antun, werden wir Ventura in einen Krater verwandeln."

Sobald sie den Satz ausgesprochen hatte, wurde ihr klar, daß es ein Fehler gewesen war. Yllyia wandte sich ihr überrascht zu, blickte dann wieder auf den Bildschirm, und LeAnne war sicher, daß eine wortlose Verständigung zwischen ihr und Ililiel stattfand.

Yllyia hatte im Simulator zwar sich selbst und die *Lyrili-Hloo* geopfert, aber eine Stadt voller Leute ihres Volkes zu zerstören war etwas anderes. Sie würde dem niemals zustimmen, und Ililiel wußte das. LeAnne konnte sich nur einen einzigen Weg vorstellen, wie die Situation noch zu retten war. Sie zog ihren Lähmstrahler und zielte auf Yllyias Kopf, ehe sie sich rühren konnte. „Tut mir leid", sagte sie, „aber hier geht es um das Überleben meiner ganzen Rasse. Entweder wir treffen ein Abkommen, dem wir vertrauen können, oder ich werde jeden von Ihnen genau dorthin zurückschießen, woher er gekommen ist, egal ob Freund oder nicht." Zu Ililiel sagte sie: „Wenn Sie am Leben bleiben wollen, dann ziehen Sie Ihre Leute sofort von der *Starchild* ab. Und bringen Sie endlich Ihre Königin an den Schirm."

Ililiel zögerte, bevor sie sagte: „Ich werde die Königin holen. Aber es wird eine Weile dauern. Sie hält eine Konferenz ab."

„Ich gebe Ihnen fünfzehn Minuten. Wenn wir bis dahin nichts von Ihnen gehört haben, eröffnen wir das Feuer."

„Ich werde mein Bestes tun. Versprechen Sie mir, daß Sie in der Zwischenzeit der Besatzung nichts antun werden."

„Ich verspreche überhaupt nichts, außer einer Bombe, wenn Sie es zu weit treiben. Gehen Sie jetzt endlich!"

SOBALD sie abgeschaltet hatte, nahm LeAnne den Lähmstrahler von Yllyias Kopf und hielt ihn ihr hin. „Nimm ihn. Es tut mir leid, aber du mußtest überrascht aussehen, damit es funktioniert."

Yllyia hielt die Waffe locker in der Hand. „Ich bin doppelt überrascht. Du hast tatsächlich nur geblufft?"

„Ich kann doch nicht eine ganze Stadt zerstören. Ich kann mir auch nicht die Sorte Mensch vorstellen, die zu so etwas fähig wäre. Aber Ililiel bringt das fertig."

„Dann wird sie dir glauben. Ja, ich vermute, sie tut es. Ich habe es jedenfalls getan, muß ich zu meiner Schande gestehen."

„Darauf hatte ich gehofft. Ich dachte, wenn ich dich überzeugen kann, kannst du sie auch überzeugen. Nun stellt sich die Frage, ob es ihr gelingen wird, das der Königin klarzumachen."

„Ich glaube schon."

„Gut. Jetzt müssen wir uns nur noch überlegen, was wir ihr sagen werden."

Donivan war während des ganzen Wortwechsels still geblieben, nun aber sagte er: „Ich wünschte, du hättest nicht nur fünfzehn Minuten veranschlagt. Wenn wir ein paar Stunden Zeit hätten, könnten wir den Computer programmieren, um mit ihr zu sprechen. Er ist ein geschickterer Verhandlungspartner als wir."

„Ich habe so schnell nachgedacht, wie ich konnte. Dann habe ich einfach das Erstbeste gesagt, das mir einfiel, um sie vom Schirm wegzubringen, bevor sie erkennt, daß es nur ein Bluff ist."

Yllyia dachte einen Augenblick darüber nach und meinte dann: „Ich glaube, wir sind immer noch in einer guten Position. Du hast uns die Zeit verschafft, die wir brauchen – ob wir nun jetzt mit der Königin sprechen oder erst später. Wir können die Situation einfach neu darstellen und sie auffordern zu warten, bis wir euren Computer einsatzbereit gemacht haben. Sie kann jetzt nichts gegen uns unternehmen, ohne Vergeltung befürchten zu müssen, und in der Zwischenzeit können wir dem Volk unsere Anwesenheit bekanntgeben. Als Mitglied der Yll-Familie kann ich eine öffentliche Abstimmung einberufen, um die Königin aus ihrem Amt zu entlassen, und sie werden auf mich hören."

„Ihr könnt sie aus dem Amt wählen?" fragte Donivan. „Und wenn sie das Ergebnis der Wahl nicht hinnimmt?"

Yllyia lachte. „Eine Anführerin muß in eine Richtung führen, der die Leute auch folgen wollen. Wenn sie es nicht tut, wird bald niemand mehr auf sie hören. Denkt daran, was mit eurem eigenen Kapitän passiert ist. Oder nimm zum Beispiel mich. Auf diese Art hat meine Familie ihre Position verloren."

LeAnne fragte: „Was ist mit Ililiel? Könnt ihr sie auch abwählen?"

„Hm. Darüber habe ich noch nicht nachgedacht. Sie ist wirklich nichts weiter als die Leiterin der Archäologischen Abteilung und handelt auf Anweisung der Königin. Also hat sie rein technisch gesehen nichts falsch gemacht. Es sei denn, wir wären in der Lage zu begründen, daß sie eher eine Abstimmung hätte verlangen müssen, als ihren Befehl zu befolgen. Auf alle Fälle glaube ich nicht, daß sie genug Macht hat, um uns gefährlich zu werden, wenn wir die Königin erst einmal abgesetzt haben."

„Sie schien sich wirklich um die Besatzung der *Lyrili-Hloo* Sorgen zu machen", überlegte Donivan. „Ich frage mich, wieso."

„Keine Ahnung. Das sieht ihr gar nicht ähnlich. Sie war bereit, die ganze Archäologische Abteilung zu opfern, also weiß ich nicht, was . . . Ihre Tochter! Ililiel hat eine Tochter, Iliana. Iliana studiert Erdmeteorologie. Sie muß hier an Bord sein."

„Können wir das nicht nutzen", fragte LeAnne, „und sie als Geisel nehmen oder so etwas Ähnliches?"

„Vielleicht. Wir könnten sie möglicherweise dazu bringen, meine Kolleginnen freizulassen, wenn wir uns bereit erklären, sie in einem Shuttle hinunterzuschicken. Aber das muß warten, bis wir in der letzten Verhandlungsphase sind. Vorrangig müssen wir noch immer die Königin davon überzeugen, daß sie uns ernst zu nehmen hat."

Yllyia gab LeAnne den Lähmstrahler zurück. „Ich vermute, wir sind gezwungen, den Bluff fortzusetzen, obwohl ich den Gedanken hasse, eine Pistole auf meinen Kopf gerichtet zu wissen."

„Wir könnten Handschellen benutzen", schlug LeAnne vor. „Das müßte genausogut funktionieren."

Yllyia streckte die Arme aus. „Das ist eine wunderbare Idee."

DIE KÖNIGIN hatte die gleichen Besonderheiten, die auch Yllyia von den anderen Eyullelyanerinnen unterschied. Sie hatte die gleichen weit auseinanderstehenden Augen, längere Fangzähne und das schmalere Gesicht. Ihre Haut war ebenfalls ungewöhnlich dunkel, wenn auch nicht so sehr wie die Yllyias. Sie sprach Eyullelyanisch. Ob sie nun die Sprache der Menschen beherrschte oder nicht, sie ließ sich jedenfalls nicht herab, sie zu gebrauchen. Yllyia, die ihre Handfesseln gut sichtbar vor sich hielt, übersetzte: „Mit wem spreche ich?"

LeAnne sprach direkt zur Kamera, aber so leise, daß die Königin Yllyias Übersetzung hören konnte. „Ich bin LeAnne Evans, die

Anführerin der Menschen, die die *Lyrili-Hloo* erobert haben. Wir haben einiges zu besprechen."

Yllyia übersetzte die Antwort der Königin, während diese sprach: „Es gibt nichts zu besprechen. Sie haben einen kriegerischen Akt gegen unsere Rasse vollzogen. Sie lassen uns keine andere Wahl, als Vergeltung zu üben."

„Mir scheint, daß Sie den Beginn der Ereignisse etwas durcheinanderbringen. Sie haben die erste Kriegshandlung begangen, als Sie Donivan und mich gefangengenommen haben, und die zweite, als Sie versucht haben, uns zu bombardieren. Alles, was wir seither getan haben, war nur die Antwort darauf. Aber es ist gleichgültig, wer damit angefangen hat, wir werden es zu Ende bringen. Wir bevorzugen eine friedliche Lösung, aber wir sind auch darauf vorbereitet, Sie vollständig zu vernichten, wenn Sie darauf bestehen. Wir werden Ihre eigenen Bomben gegen Sie einsetzen. Haben Sie mich verstanden?"

Die Königin sprach mit jemandem, der nicht auf dem Bildschirm zu sehen war, und wandte sich dann wieder an LeAnne: „Möglicherweise haben wir tatsächlich etwas zu besprechen. Was schlagen Sie vor?"

LeAnne zeigte ein Lächeln. „Mein Vorschlag ist, daß Sie Ihre Leute von der *Starchild* fernhalten. Genauer gesagt möchte ich keine Eyullelyanerin im Umkreis von hundert Kilometern sehen, solange wir nicht zu einer grundsätzlichen Einigung gekommen sind. Als Gegenleistung erklären wir uns bereit, Sie nicht anzugreifen."

„Damit bin ich einverstanden."

LeAnne war von ihrer schnellen Bereitschaft überrascht. „Gut", sagte sie. „Ich . . ., äh . . ., wir brauchen einige Stunden, um eine Verbindung mit unseren Bodenkommandanten herzustellen. Wenn es uns gelungen ist, werden Sie wieder von uns hören."

„Gut. Mir ist klar, daß Sie diese Zeit nutzen könnten, zu versuchen, meine Position durch einen öffentlichen Wahlaufruf zu untergraben, aber ich warne Sie: Ich würde das als einen aggressiven Akt ansehen. Wenn Sie das versuchen, wäre ich gezwungen, Ihre Stadt anzugreifen."

„Sie können nach allem, was Sie bis jetzt getan haben, doch wohl nicht hoffen, noch länger an der Macht zu bleiben."

„Es gibt immer eine Hoffnung. Ich werde es mit Ihren Kommandanten besprechen, wenn sie soweit sind."

LeAnne sah zu Donivan hinüber. Er dachte einen Augenblick

darüber nach und nickte schließlich. Sie konnten es sich nicht leisten, den Bluff zu weit zu treiben.

„In Ordnung", meinte sie. „Wir werden damit warten."

„Gut. Ich erwarte Ihren Anruf." Mit diesen Worten brach die Königin die Verbindung ab.

LeAnne atmete tief aus. „War das alles? Ich habe viel mehr Widerstand von ihr erwartet als das hier."

Yllyia streckte LeAnne ihre Handschellen entgegen. Während LeAnne sie aufschloß, sagte sie: „Wichtige Regierungsentscheidungen werden oft sehr schnell getroffen. Sie hat kaum eine andere Wahl, und das weiß sie auch."

Donivan entgegnete: „Was, glaubst du, hat sie sich dabei gedacht, als sie unsere Zusage haben wollte, daß wir nicht gleich eine Wahl abhalten?"

„Keine Ahnung. Vielleicht möchte sie einfach Zeit gewinnen, um über etwas nachzudenken."

„Glaubst du, ich hätte mehr Druck machen können?"

„Schon möglich. Aber ich glaube nicht, daß das etwas bewirkt hätte. Wir haben ein sehr empfindliches Gleichgewicht zustande gebracht. Es ist nur angemessen, daß du nicht riskiert hast, es ins Schwanken zu bringen."

Yllyia rieb sich die Gelenke an den Stellen, wo die Handschellen gesessen hatten, und sagte: „Mir gefällt das überhaupt nicht, selbst wenn wir nicht beabsichtigen, die Lenkwaffen zu starten. Das ist die gleiche Situation, die vor tausend Jahren zu eurem Atomkrieg geführt hat."

„Das Konzept der gegenseitigen Abschreckung", meinte LeAnne. „Ändert sich denn niemals etwas?"

„Laßt es uns zumindest hoffen. Donivan, wir sollten uns mit der *Starchild* in Verbindung setzen und den Computer instruieren. Und ich werde nachforschen, ob sich Iliana an Bord befindet."

„Was kann ich tun?" fragte LeAnne.

Sie hatte nicht bemerkt, daß der Doktor zurückgekommen war. „Sie können ins Unterdeck gehen und sonst nichts", ordnete er an. „Wenn ich jemandem Bettruhe verordne, dann meine ich das auch. LeAnne und Yllyia, kommen Sie jetzt beide mit mir!"

DIE QUARTIERE der Besatzung befanden sich unten in den Rotationsdecks. Das Gefühl, in einem fremden Bett zu liegen, das mindestens einen Meter zu groß für sie war, war für LeAnne viel beunruhigender als die wenigen Prozent Unterschied in der Schwerkraft.

Yllyia hatte ihr gezeigt, wie sie das Interkom neben dem Bett bedienen mußte, aber LeAnne ließ es ausgeschaltet. Donivan würde schneller vorankommen, wenn sie ihn nicht störte, und es gab keinen Grund, irgend jemand anderen im Schiff anzurufen. Sie hatten alles im Griff. LeAnne fühlte sich ein wenig ausgeschlossen, aber gleichzeitig war sie erleichtert, daß sie einfach daliegen und nachdenken konnte. Es gab eine Menge zu überlegen.

Sie hatte heute wieder jemanden getötet, ein vernunftbegabtes, empfindungsfähiges Wesen, und LeAnne hatte seinem Leben ein Ende gesetzt. Als sie bei ihrer Flucht aus Ventura die Wachen mit dem Maschinengewehr erschossen hatte, war sie ärgerlich über sich selbst und über Ililiel gewesen und hatte sich später schuldig gefühlt. Aber dieses Mal war sie sich über ihre Empfindungen im unklaren. Es war eine andere Situation. Natürlich verspürte sie Schuld, ein Leben ausgelöscht zu haben, aber sie spürte ebenso Bedauern, daß sie nicht schnell genug gewesen war, um die Unschuldige zu retten.

Einen töten, um den anderen zu retten. Wenn das richtig war, dann machte ein Präventivschlag in jeder Hinsicht Sinn. Wenn man das ganze Gerangel um *Uns* und *Euch* ignorierte und darum, wer es mehr verdiente zu überleben als der andere, dann stellte sich alles letztlich als reine Rechenoperation dar. Falls die Eyullelyanerinnen zuerst angriffen, konnte jeder in dem daraus hervorgehenden Krieg sterben, griffen aber zuerst die Menschen an, würde letztlich die *Starchild* überleben.

Der Gedanke ließ sie schaudern. Das war genau die Denkweise, die zum Holocaust geführt hatte. Irgend jemand hatte im Erstschlag seinen Vorteil gesucht. Beide Seiten hatten versucht, die Konsequenzen so schrecklich zu gestalten, daß niemand einen Konflikt riskierte, doch das hatte zu noch schlimmeren Zerstörungen geführt, als das Unvermeidliche schließlich eintrat.

Die Eyullelyanerinnen wollten ebensowenig einen Krieg wie die Menschen, doch sie waren alle mit hineingezogen worden. Was konnten sie tun, um ihn abzuwenden? Die Königin beseitigen? Wie konnten sie das erreichen, ohne dabei den Krieg ins Rollen zu bringen, den sie zu verhindern suchten? Außerdem war das höchstens eine kurzzeitige Lösung. Wer konnte schon sagen, ob die nächste Königin nicht genauso aggressiv sein würde? Oder die nächsten Generationen? Und wie stand es in dieser Hinsicht um den nächsten Führer der Menschen? Unter den gegebenen Umständen konnte es sich keine Seite erlauben, ihr Zerstörungspotential aufzugeben, egal, wer zur Zeit überlegen war.

Also, worin bestand das Grundproblem? Die Eyullelyanerinnen fürchteten die Menschheit, und die Menschheit fürchtete sich vor ihnen. Sie konnten die Menschheit vernichten, und die Menschheit konnte sie vernichten. Um diese Situation aufzulösen, bedurfte es einer grundlegenden Änderung.

Die erste Lösung fiel ihr schlagartig ein: Abrüstung. Laß jede Seite gleichzeitig eine Waffe aufgeben, bis keine mehr der anderen Schaden zufügen kann. Für Sekunden empfand sie Erleichterung, das Problem gelöst zu haben, bevor die Realität ihre Euphorie erstickte. Neue Waffen waren viel zu leicht herzustellen, und die Seite, die zuerst einen Vorteil über die andere erlangte, würde aus Angst, daß die andere Seite etwas später das gleiche täte, davon Gebrauch machen.

Also doch keine Lösung. Zurück zum grundlegenden Problem. *Wir* und *sie*. Sie fürchten sich vor *uns, wir* fürchten uns vor ihnen. Wie können wir das ändern? Durch ein gemeinsames *Wir*. Die beiden Gruppen zu einer einzigen machen? Oder sie so weit miteinander vermischen, daß es unmöglich ist, die eine ohne die andere anzugreifen? Das schloß die Gefahr eines Erstschlags aus, es sei denn, daß jeder ihn wollte.

Es schien eine schrecklich vereinfachte Lösung zu sein, doch konnte LeAnne auf den ersten Blick nichts Falsches an ihr erkennen. Handelte es sich doch eigentlich um nichts anderes als um das gegenseitige Halten von Geiseln. Hatte man genügend von ihnen, dann begann sich die Unterscheidung zwischen beiden Seiten aufzulösen.

Sie fragte sich, ob der Computer dies in Betracht ziehen würde. Es konnte ja nicht schaden, dies herauszufinden. Sie lehnte sich über das Interkom und gab auf der aus sechzehn Tasten bestehenden Tastatur die Sequenz ein, mit der man, wie Yllyia erzählt hatte, den Kontrollraum erreichen konnte. Einen Augenblick später antwortete Donivan.

„Lee! Wie geht es dir?"

„Nicht schlecht. Hast du den Computer schon anschließen können?"

„Noch nicht. Wir versuchen noch immer, eine Verbindung von

der *Starchild* zu den Satelliten auf der Erdumlaufbahn herzustellen. Warum?“

LeAnne schilderte ihm, worauf sie gekommen war. „Fällt dir daran irgendein Denkfehler auf?“ fragte sie.

„Es gibt nicht viele Menschen, die bereit wären, in Ventura zu leben, bevor die Luft dort nicht gereinigt ist“, sagte er. „Und es gibt auch nicht viele Eyullelyanerinnen, die bereit wären, in der *Starchild* zu leben, bevor wir nicht die Decken angehoben haben. Aber wie auch immer, es ist besser, als sich gegenseitig in die Luft zu jagen. Es könnte funktionieren. Warte bitte einen Augenblick, ja? Ich bekomme gerade einen Anruf vom Boden rein. Es könnte die *Starchild* sein.“

LeAnne bemerkte mit freudigem Erstaunen, daß die *Lyrili-Hloo*-Interkoms zur Überbrückung von Wartezeiten eine Live-Aufnahme der Erde zeigten. Anscheinend nahm sich Donivan viel Zeit, also ging sie näher heran und versuchte die Umrisse der Kontinente unter den weißen Wolkenbändern ausfindig zu machen. Sie klebte noch immer mit der Nase am Bildschirm, als Donivan sich zurückmeldete. Er zuckte überrascht zurück. Sie tat es ebenfalls, aber sein Gesichtsausdruck hielt sie davon ab, darüber zu lachen. „Was ist passiert?“ fragte sie.

„Wir haben Ärger bekommen. Das war gerade *Ililiel.* Die Königin hat Vorbereitungen getroffen, ein Shuttle von Ventura aus zu starten, um uns anzugreifen. Sie wird behaupten, daß wir damit begonnen hätten, damit sie einen Vorwand hat, um die *Starchild* zu vernichten. Dann wird sie alle öffentliche Unterstützung bekommen, die sie dazu braucht.“

„Und das hat dir Ililiel erzählt?“

„Genau. Sie hat die Königin belauscht, als sie diesen Befehl gab.“

„Das klingt verrückt. Warum sollte sie –“

„Ihre Tochter ist an Bord. Sie hat uns praktisch darum gebeten, uns, solange wir es noch können, dafür einzusetzen, das Schiff aus der Umlaufbahn herauszubringen. Sie macht dasselbe vom Boden aus.“

„Weiß Yllyia es schon?“

„Bisher nicht. Sie ist irgendwo hinten im Schiff. Ich muß sie erst noch finden.“

LeAnne nickte. „Beeil dich. Ich werde in einer Minute oben sein.“

Donivan sah aus, als wolle er etwas einwenden, besann sich

dann aber eines Besseren. „In Ordnung", sagte er und schaltete aus.

LeAnne raffte sich in ihrem Bett zu einer sitzenden Position auf, versuchte zu stehen und schaute sich nach irgend etwas um, was sie als Krücke benutzen konnte. Ihr Blick fiel auf den Kleiderschrank. Falls sie ihn erreichen konnte und falls die Eyullelyanerinnen ihre Kleidung auf Bügeln aufhängten . . .

Genau das taten sie. Die Kleiderschrankstange war nicht länger als ein Spazierstock. Sie zog sie heraus und humpelte aus dem Raum in Richtung Fahrstuhl.

LEANNE hörte Yllyias Stimme, noch bevor sie den Kontrollraum erreicht hatte.

„Aber ich will doch gar nicht Königin werden!"

„Fangen Sie doch nicht damit an", antwortete Ililiel. „Sie sind eine Yll. In den letzten tausend Generationen wollte noch jede Yll Königin werden. Außerdem brauchen wir jemanden, dem die Leute folgen. Sie sind die naheliegendste Wahl. Sobald das Shuttle der Königin startklar ist, wird man es gegen Sie einsetzen."

LeAnne schleppte sich in den Kontrollraum und schwebte hinüber zu Donivan und Yllyia. „Ililiel hat recht", sagte sie. „Du bist die beste Kandidatin für diese Aufgabe. Ihr braucht jemanden an der Macht, der die Menschheit versteht, denn wenn ich recht habe mit meiner Vermutung, was kommen wird, werden wir zukünftig erschreckend eng zusammenleben müssen."

„Was meinst du damit?"

LeAnne umriß ihre Idee, die Bedrohung durch einen Krieg dadurch zu beseitigen, indem man die Völker miteinander vermischte. Als sie schloß, pfiff Yllyia leise und sagte: „Das könnte funktionieren."

„Also, sehen Sie es jetzt ein?" fragte Ililiel. „Sie haben die Ausgangsbasis und alles, was Sie brauchen. Werden Sie sich jetzt endlich in Bewegung setzen und die erforderlichen Schritte einleiten?"

DIE KÖNIGIN ereilte dasselbe Schicksal wie den Kapitän der *Starchild.* Mehr als die Hälfte der eyullelyanischen Bevölkerung erhob sich in einer einzigen Woge und umstellte den Palast, während eine kleinere, aber mehr praktisch veranlagte Gruppe den Flughafen und das Shuttle umstellte. Sie bildeten eine Kette, indem sie die Arme unterhakten und sich weigerten wegzugehen – selbst wenn die Fusionstriebwerke gezündet werden sollten. Eine dritte Gruppe, bei weitem die kleinste, aber möglicherweise die wichtigste von allen, verschaffte sich das Kommando über einige Flugzeuge und flog zur *Starchild,* wo sie mit dem Ersten Offizier zusammentraf und um die Erlaubnis bat, bleiben zu dürfen.

In ihrer Kabine beobachtete LeAnne vom Bett aus auf dem Interkom die sich entfaltenden Ereignisse. Der Arzt war sehr verärgert gewesen, weil sie mit ihrem verletzten Bein herumgelaufen war, und drohte, sie festzubinden, falls sie nicht versprach, still zu liegen. Sie hatte es ihm versprochen, dennoch hatte er einen Wächter abgestellt, der sie im Auge behielt: Iliana, Ililiels Tochter. LeAnne war unsicher, was sie davon zu halten hatte, bis beide anfingen miteinander zu sprechen und Iliana dabei zugab, daß sie die Meuterei auf der *Lyrili-Hloo* angezettelt hatte.

Von ihrer Mutter hatte sie gelernt, die menschliche Sprache zu sprechen, aber damit hatte Ililiels Einfluß auch schon geendet. Iliana besaß ihre eigene Persönlichkeit. Sie war eine Wissenschaftlerin, die auf der neuen Kolonialwelt die interessanten Wetterphänomene studierte. An Politik hatte sie noch weniger Interesse als Yllyia, und sie gestand, daß sie die Meuterei nur angezettelt hatte, um atmosphärische Störungen durch die Bomben zu verhindern. Erst später wurde ihr klar, daß sie dadurch ebenfalls Menschenleben gerettet hatte.

„Ungefähr hunderttausend von uns sind Ihnen ebenfalls dankbar", sagte LeAnne, als Iliana ihr davon berichtete.

„Können da tatsächlich so viele leben?" fragte Iliana. „Auf einem Schiff, das nicht größer ist als dieses hier?"

„Ja. Man benötigt dazu ein strenges Recycling, aber wir haben gelernt, das zu bewerkstelligen."

„Das ist schwer vorstellbar. Im Laufe unserer gesamten Entwicklung haben wir niemals versucht, auf diese Weise zu leben."

„Das soll jetzt keine Beleidigung sein", sagte LeAnne, „aber das ist Ihnen auch anzusehen. Ich denke, wir können Ihnen dabei helfen, die Luft ein wenig zu reinigen, indem wir weitergeben, was wir darüber gelernt haben. Wenn in Ventura erst einmal Menschen leben, bin ich mir sicher, daß wir es tun werden."

„Sie sind eine ehrgeizige Rasse. Donivan spricht davon, auch die *Lyrili-Hloo* wieder aufzubauen, um sie genauso wohnlich zu gestalten wie Ihre *Starchild.* ‚Diesmal wird es Wirklichkeit werden', sagte er."

LeAnne war darüber nicht erstaunt. Auf diese Weise würde er letztlich zu seinem Sternenschiff kommen. Ihm stand ein ganzes Schiff voller Ingenieure zur Verfügung, die erhebliche Erfahrung in der Umgestaltung des Innern von Raumschiffen mitbrachten und die alle begierig darauf waren, etwas zu tun.

Sie brauchte einen Augenblick, um zu bemerken, daß sie eifersüchtig war. Es war eine ungerechte Empfindung – es gab keinen Grund dafür, warum Donivan nicht sein eigenes Projekt haben sollte, aber genau darauf war sie eifersüchtig. Sie hatte gehofft, ihn zu überzeugen, daß der Aufbau einer Kolonie Spaß brächte und daß sie ihn zusammen in Angriff nehmen könnten. Aber jetzt, da er die *Lyrili-Hloo* hatte, wußte sie, daß er mit etwas anderem niemals zufrieden sein würde.

Nachdem Iliana in ihre Räume zurückgekehrt war, dachte LeAnne selbst in der Nacht noch darüber nach. Sie dachte an die Liebe. Liebten sie einander nicht mehr? Blieben Menschen, die einander liebten, nicht zusammen? Aber um zusammen zu sein, hätte einer von ihnen seine Ziele aufgeben müssen. Wie könnten sie danach noch in Liebe zusammenbleiben? Sobald sich einer von ihnen langweilte, würde ihre Liebe in gegenseitige Abneigung umschlagen. Das wäre sicher keine Lösung.

Sie hatte den Krieg mit den Eyullelyanerinnen beendet, aber sie konnte sich nicht vorstellen, was aus ihr und Donivan werden würde.

ALS ER kam, starrte sie noch immer auf das Interkom. Sie hatte die Überbrückungsprojektion gewählt und beobachtete gerade, wie die Erde unter dem Schiff entlangglitt, als er sanft gegen ihre Tür klopfte.

„Komm herein! Ich suche gerade nach geeigneten Besiedelungsplätzen."

„Hast du schon welche gefunden?"

„Nein. Die Bilder sind zu klein. Ich müßte ein Teleskop oder etwas Ähnliches benutzen. Aber es macht Spaß."

Er setzte sich neben sie auf das Bett, und beide beobachteten, wie die Nachtseite des Planeten sich auf sie zudrehte. „Du wirst weitermachen und auf jeden Fall eine Kolonie gründen?" fragte er. „Sogar wenn sich die Eyullelyanerinnen schon dort befinden?"

„Selbstverständlich werde ich eine Kolonie gründen. Das ist genau das, was ich schon immer machen wollte. Eyullelyanerinnen um sich herum zu haben gibt dem Ganzen den Hauch eines fremden Planeten. Das verleiht allem einen besonderen Reiz."

„Ich . . ., ähm . . ., ich habe mich auf der *Lyrili-Hloo* umgeschaut. Ich –"

„Ich weiß. Iliana hat es mir erzählt. Ich habe darüber nachgedacht, und wenn es das ist, was du tun möchtest, dann solltest du es auch tun. Jeder sollte die Freiheit haben, das zu tun, was er will. Es ist notwendig, daß wir uns weiter als nur über die Erde ausbreiten. Die Eyullelyanerinnen hätten uns alle töten können. Wir müssen sicherstellen, daß sie niemals wieder diese Gelegenheit bekommen werden. Wir brauchen unseren Heimatplaneten. Und wir brauchen Kolonien." Sie drehte sich um, damit sie ihm ins Gesicht sehen konnte, und sagte: „Und was wird mit uns passieren? Du hier oben und ich da unten? Das sieht nicht gerade nach einem Liebesleben aus."

„Das kann schon sein. Wir werden einen Weg finden, es doch zu einem zu machen."

Ja, dachte sie. Möglicherweise werden wir das tun. Wir haben bisher noch immer alles geschafft, was wir uns vorgenommen haben.

Sie wandte sich wieder dem Interkom zu und beobachtete gemeinsam mit Donivan, wie die Sonne über der neuen Erde aufging.

## Bezugssystem

LEANNE führte gerade ein Gespräch mit Denver, als ein Überschallknall die Fenster ihres Büros erzittern ließ. Sie wartete, bis es wieder so leise geworden war, daß sie weitersprechen konnte. Dann mußte sie noch einmal warten, weil das Shuttle in der Nähe von Denver seine südliche Bremsschleife über dem Bergwerk zog. Vanesia kam in das Büro gerannt und rief: „Es ist Donivan! LeAnne! Donivan landet gerade!"

„Darauf wäre ich nie gekommen", stellte LeAnne trocken fest. „Einen Augenblick, ich sitze gerade am Telekom." Sie wandte sich wieder an die Verwertungswerkleiterin und sagte: „Okay, wir schaffen es noch bis Freitag, aber wir verbrauchen gerade die letzten Reste. Wenn Sie mir nicht bis nächste Woche Nägel und Zement liefern, werden hier fünfzig Bautrupps tatenlos herumstehen."

„Sie werden sie bekommen", antwortete die Leiterin, „aber wenn die Leute von der *Starchild* nicht unseren anderen Schmelzofen reparieren, werden wir immer weiter ins Hintertreffen geraten. Es geht nicht, das Verwertungswerk mit nur einem Schmelzofen zu betreiben."

LeAnne seufzte. „In Ordnung, ich werde mit ihnen darüber sprechen. Noch etwas, ich werde eine Woche nicht hier sein. Vanesia wird mich vertreten. Wenn Sie irgendwelchen Kummer haben, dann sprechen Sie mit ihr darüber."

Die Leiterin sah lächelnd hoch. „Viel Vergnügen", sagte sie.

„Ich werde mich bemühen. Bis dann." LeAnne schaltete ab und lehnte sich in ihren Sessel zurück. Eyullelyanerinnen! Als ob auch nur eine von ihnen die Bedeutung verstünde, die ein Urlaub mit Donivan für sie hatte. Sie machten ständig Scherze über die Menschen und ihre sexuellen Beziehungen. *Saure Trauben,* dachte sie, und mit einem Lächeln stand sie auf, um Donivan am Flughafen zu treffen.

Er flog ein anderes Shuttle. Es war kleiner und hatte kaum ein Drittel der Größe des Landungsfahrzeugs der *Starchild*. Es war noch schnittiger als Yllyias neuer F-18-Nachbau. Es kam gerade geräuschvoll aus südlicher Richtung herein, wendete in einer weiten Kurve über der Ebene und schoß heran, um nur Zentimeter hinter dem Anfang der Landebahn aufzusetzen. Bremsfallschirme entfalteten sich aus den Tragflächen, so daß es ihm gelang, schnell genug abzubremsen, damit er die zweite Abzweigung nehmen konnte, die noch auf der ersten Hälfte der Landebahn anfing. LeAnne schüttelte den Kopf und murmelte: „Angeber!"

Sie hörte Gelächter, wandte sich um und sah die Bodenmannschaft – vier Eyullelyanerinnen und drei Menschen in weißen Overalls, die neben ihr standen. Selbst in den Augen der Eyullelyanerinnen konnte man einen Hauch von Aufregung hinter dem Gelächter bemerken. Sie sah sich in der Menge um, die sie vorher nicht beachtet hatte. Die Menschen verschwanden beinahe zwischen den größeren Eyullelyanerinnen. Plötzlich hatte sie das intensive Gefühl eines Déjà-vu: Kolonisten und außerirdische Einheimische standen am Raumhafen versammelt, um einem Shuttle bei der Landung zuzusehen – es war eine Szene direkt aus ihren ältesten Wunschträumen. Sie dachte: *Dies ist jetzt Wirklichkeit.*

Sie mußten noch weitere zehn Minuten warten, bis Donivan alle Systeme ausgeschaltet hatte und die Hülle des Shuttles so weit abgekühlt war, daß er herausklettern konnte. Als er auftauchte, trug er eine Baumwolltasche und eine Kühlbox mit Medikamenten, die in der Schwerelosigkeit hergestellt wurden. Er übergab sie einem wartenden Boten. Mit einem Ausruf der Freude umarmte er LeAnne und hob sie in die Luft. Dabei vergrub er sein Gesicht zwischen ihren Brüsten. Sie war sich der lächelnden Gesichter der Menschen und der Eyullelyanerinnen um sie herum bewußt. Doch sie kümmerte sich nicht darum. Er war zurück. Sie küßte ihn mit einer Intensität, die beide überraschte.

„Ich glaube, ich werde in Zukunft öfter herunterkommen", sagte er, als sie ihn etwas Luft holen ließ. Er deutete mit dem Kopf auf das Shuttle. „Mit meinem neuen Spielzeug sollte das jetzt leichter sein. Wir haben gerade vor zwei Wochen den neuen Fusionsantrieb von der *Starchild* erhalten."

„Vor zwei Wochen? Mir haben sie vor zwei Wochen gesagt, daß sie an meinem Schmelzofen arbeiten. Und zwei Wochen davor auch. Das ist schon beinahe Diebstahl. Du hast meinen Schmelzofen gekriegt!"

Donivan hob entschuldigend die Hände. „Es tut mir leid. Davon habe ich nichts gewußt. Ich hätte sie sonst nicht so bedrängt, ihn zu bekommen."

Er sah so zerknirscht aus, daß LeAnne lachen mußte. „Vergiß es! Darüber soll sich Vanesia den Kopf zerbrechen. Wir gehen zum Zelten!"

„Vielen Dank auch", sagte Vanesia hinter ihnen.

LeAnne sah sich überrascht um und sagte: „Was machst du denn hier? Du solltest doch eigentlich im Büro aufpassen."

„Ich habe die Gelegenheit ergriffen, mit Llewella herüberzufahren." Sie bedachte LeAnnes Stirnrunzeln mit einem Kopfschütteln und sagte: „Die Welt wird schon nicht auseinanderfallen, wenn ein paar Minuten keiner am Telekom sitzt. Ich bin nur hergekommen, um Donivan zu begrüßen." Sie grinste und sagte: „Hallo."

„Selber Hallo." Er umarmte sie, legte dann um jede der beiden Frauen einen Arm und ging mit ihnen auf das Kontrollgebäude zu, während die Bodenmannschaft zum Shuttle hinunterstieg.

„Ich habe die Rucksäcke bereits gepackt und bin abmarschbereit", berichtete LeAnne. „Wir müssen nur noch für dich was zum Anziehen einpacken – dann sind wir fertig."

Sie gingen durchs Kontrollgebäude zu der Stelle, an der LeAnne ihren Wagen geparkt hatte. Als Donivan ihn sah, meinte er: „So, du hast ein neues Transportmittel? Wie bewährt es sich?"

Der Wagen war aus eyullelyanischer Herstellung. Die Kolonisten hatten fast von Anfang an Wagen benutzt, aber LeAnne hatte den Wagen als Teil ihres noch laufenden Projektes, die Luft von Ventura zu säubern, auf Batteriebetrieb umstellen lassen. Damit wollte sie demonstrieren, daß es Transportmethoden gab, die nicht die Umwelt verschmutzten. „Nicht schlecht", sagte sie. „Er wirbelt immer noch eine Menge Staub auf, aber er stinkt nicht mehr. Steig ein!"

Sie fuhr zurück zum Verwaltungsgebäude. Donivan sah sich die neuen ein- und zweistöckigen Gebäude aus Holz und Glas an. Er pfiff anerkennend. „Du hast gesagt, du wärst fleißig, aber ich konnte mir nicht vorstellen, wieviel du wirklich zuwege gebracht hast. Es hat sich tatsächlich viel verändert seit dem letztenmal, als ich hier unten war."

„Ja, so ist es", sagte LeAnne. „Man denkt nicht viel darüber nach, wenn man es täglich wachsen sieht, aber wir kommen voran. Ventura und die *Starchild* sind uns eine große Hilfe gewesen, aber ich glaube, wir können uns in ungefähr einem Jahr selbst versorgen. Wir bauen die Häuser schneller, als die Leute es schaffen einzuziehen. Und wir pflanzen hier überall Bäume, bauen Straßen und gründen landwirtschaftliche Betriebe. Wir exportieren in diesem Jahr sogar bereits Agrarprodukte. Außerdem wird diesen Herbst die Universität eröffnet. Und wie kommt ihr voran?"

Donivan zögerte und sah LeAnne an, bevor er antwortete: „Wir machen Fortschritte. Wir haben bereits die meisten der verlassenen Hibernationskammern in Wohnräume verwandelt und die hydroponische Abteilung in Gang gebracht – die Computerprogramme haben wir überspielt, und . . ., nun, einfach alles. Ihr müßtet mal kommen und euch das ansehen."

„Das würde ich liebend gern. Vielleicht bekomme ich sogar eines Tages Urlaub und kann dann kommen", sagte Vanesia.

LeAnne lächelte nur und ignorierte Vanesias Köder. Sie steuerte den Wagen auf den Parkplatz des Büros und hielt vor dem Haupteingang. Vanesia stieg aus und lehnte sich dann noch einmal durch Donivans Fenster herein. „Noch irgendwelche letzten Instruktionen, bevor ich deine Aktensystematik durcheinanderbringe?" fragte sie.

„Nichts, was ich dir nicht bereits mitgeteilt hätte", antwortete LeAnne. „Ich habe bereits Denver wegen der Lieferverzögerung generevt – das brauchst du also in der nächsten Zeit nicht zu machen. Halte die Dinge einfach am Laufen."

„Das werde ich. Und macht's euch nett, ihr beiden. Wenn ich innerhalb einer Woche nichts von euch höre, werde ich euch suchen. Bis dann." Vanesia winkte, warf Donivan einen Handkuß zu und wandte sich ab, um die Stufen zur Tür hinaufzueilen.

Donivan sah ihr nach, wie sie in dem Gebäude verschwand. „Schaltet sie niemals einen Gang zurück?"

„Ich glaube, ungefähr für zehn Minuten. So zwischen drei Uhr und drei Uhr zehn nachts."

„So habe ich mir das vorgestellt." Er sah hinüber zu LeAnne. „Etwas von dir hat auf sie abgefärbt."

LeAnnes Lächeln erstarb. „Manchmal glaube ich, alles von mir hat abgefärbt."

„Wie meinst du das?"

Sie fuhr den Wagen zurück auf die Straße und nahm die Richtung zu ihrem Haus. „Vielleicht ist es nur so, daß ich mich ausgelaugt fühle. Ich weiß es nicht. Was es auch sein mag, ich habe mich schon seit dem letzten Winter darauf gefreut, einmal von hier wegzukommen."

Donivan nickte. „Ich weiß, was du meinst. Manchmal könnte ich den nächsten, der mit einem Problem zu mir kommt, ins Weltall jagen."

„Genau."

Sie fuhren eine Weile, ohne zu sprechen, und genossen es einfach, nach drei Monaten Trennung wieder zusammenzusein. Schließlich sagte Donivan: „Ich glaube nicht, daß wir uns schuldig fühlen müssen, weil wir etwas müde werden. Wie lange haben wir bisher gebraucht . . ., sechs Jahre? Sechs Jahre, um das aufzubauen, wofür die alte Menschheit Jahrhunderte benötigt hat. Selbst die Eyullelyanerinnen brauchten ungefähr dreißig Jahre, um Ventura aufzubauen. Was wir gemacht haben, war schon in Ordnung."

„Das meine ich auch. Manchmal verliere ich das bei all dem Verwaltungskram aus den Augen." Sie schüttelte den Kopf. „Ich konnte gar nicht glauben, wieviel Verwaltungsarbeit nötig ist. Ich hatte geschworen, mich niemals mit so etwas zu befassen, aber es scheint so, als ob ich zu nichts anderem mehr kommen werde. Finanzierungsberichte, Produktionstabellen, Handelsabkommen mit Ventura und *Starchild* und euch Leuten da oben – es ist schon verrückt. Was ist das für ein Entdecker, der den ganzen Tag auf ein Terminal schaut?"

Darauf wußte Donivan keine Antwort. LeAnne bog in die Auffahrt ihres Hauses ein, das ein braun-weiß gestrichenes Nurdachhaus war und vor dem eine Reihe niedriger Tannen stand. Sie drückte auf den Knopf für das Garagentor und fuhr den Wagen schnell unter dem sich öffnenden Tor hinein. Sie kletterte heraus und schloß, ihrer Gewohnheit folgend, das Ladekabel an. Dann ging sie voran ins Innere des Hauses.

Gleich hinter der Tür ließ Donivan seine Tasche fallen. Sie standen verlegen in dem hohen Wohnraum und sahen sich an. Nun, da sie allein waren, fühlten sie sich auf einmal unbeholfen. LeAnne lachte zuerst.

„Es ist immer das gleiche", sagte sie. „Wir müssen jedesmal von neuem lernen, wie man sich küßt."

„Ja, aber du lernst gern", sagte Donivan und fing damit an.

DIE MORGENSONNE hatte sich gerade über den Horizont erhoben und tauchte den Flugplatz in ein kupferfarbenes Licht. Sie warf lange Schatten vor ihnen auf den Boden, als die beiden über den Vorplatz zu LeAnnes Flugzeug gingen. Ihre Schatten waren an den Schultern ausgebeult – denn die einzig vernünftige Art, wie man einen Rucksack tragen konnte, war auf dem Rücken.

„Es ist irgendwie lächerlich, fünfhundert Kilometer zu fliegen, um dann gerade noch zehn oder zwanzig Kilometer mit all dem Gewicht auf dem Rücken weiterzulaufen", bemerkte Donivan, während er seinen Rucksack abstreifte und ihn gegen die rechte vordere Tragfläche lehnte.

LeAnnes Flugzeug war genau wie ihr Auto ein modifiziertes eyullelyanisches Modell. Sie setzte ihr Gepäck neben dem von Donivan ab, griff durch die Passagiertür nach innen, um den Autopiloten einzuschalten, und begann ihren Inspektionsrundgang. „Was ist denn lächerlich daran?" erkundigte sie sich.

„Es ist inkonsequent. Warum fliegen wir nicht dahin, wo wir hinwollen?"

„Weil dies keine Forschungsreise, sondern ein Ausflug ist."

„Ach so", sagte Donivan in einem Tonfall, als ob er gerade eine universelle Wahrheit erfaßt hätte. „Gott schütze uns vor Ausflügen." Er warf sein Gepäck in den hinteren Teil des Flugzeugs. Dann stemmte er LeAnnes Rucksack hoch und legte ihn obenauf.

„Beim Weltraum! Ich glaube, du hast Steine in deinen Rucksack getan! Was hast du denn bloß da drin?“

LeAnne zog an einer der mittleren Tragflächen, überprüfte die Verbindung und sagte: „Also, laß mich mal überlegen: zwei Raumfolien, ein Buch über eßbare Pflanzen, etwas Angelleine und ein paar Haken, einen Kompaß, einen ganzen Berg dehydratisierter Nahrung und eine Medibox mit einer Flasche medizinischen Alkohols.“ Sie lächelte über den Flügel hinweg. „Fällt dir etwas ein, was wir sonst noch brauchen?“

„Nein, nichts“, sagte Donivan lachend.

„Das ist gut, denn es ist ein langer Weg zurück, falls wir etwas vergessen haben.“ LeAnne beendete ihre Inspektion und kletterte neben Donivan hinein. Der Autopilot hatte seinen Systemcheck beendet, und alle Instrumente waren zum Leben erwacht. Donivan hatte das Satellitennavigationssystem eingeschaltet. LeAnne versicherte sich, daß alles in Ordnung war, und erhöhte den Schub des Antriebs etwas, um auf die Landebahn zu rollen. Sie benutzte den Sender, um den Flugplatzcomputer zu erreichen und die Starterlaubnis zu erhalten. Einen Augenblick später befanden sie sich in der Luft und flogen in Richtung Norden.

„Das kann man nicht mit einem Abflug aus Ventura vergleichen“, stellte Donivan fest. „Dort muß man beinahe doppelt so lang in einer Wartereihe stehen.“

„Ventura ist eine viel größere Stadt“, erwiderte LeAnne.

„Das ist wahr.“ Donivan schaute aus seinem Fenster auf die Häuser, die hinter ihnen verschwanden. „Aber nicht mehr lange, so wie es aussieht.“

„Weißt du etwas über Stadtwucherungen?“ Sie lächelte über seine verständnislose Miene. „Ich habe etwas über die Stadtverwaltung vor dem Holocaust gelesen. Wußtest du, daß die Städte allmählich von ihrem Zentrum aus nach draußen absterben? Das war einmal ein großes Problem. Genau wie Verkehrsstaus und Luftverschmutzung. Und Luftverschmutzung haben wir bereits. Sie ist noch nicht so schlimm wie in Ventura, aber es gibt sie schon. Es wäre sogar noch viel schlimmer, wenn wir nicht Fusionsgeneratoren für die Energiegewinnung benutzen würden.“

Donivan nickte. „Ich erinnere mich an den Geschichtsunterricht, in dem es hieß, daß die Erde allein durch die Luftverschmutzung in den nächsten fünfzig Jahren auch ohne den Holocaust unbewohnbar geworden wäre.“

„Stimmt. Wir haben zwar jetzt viel mehr Zeit – aber wir müssen darauf ein Auge haben. Wenn wir auf dieselben Methoden zurückgreifen wie die frühere Menschheit, dann werden wir uns auch dieselben Probleme einhandeln. Wir können es uns nicht erlauben, Holz oder Kohle zu verheizen, um Wärme zu gewinnen, oder Öl zu verbrennen, um etwas zu transportieren. Ich habe versucht, die Eyullelyaner dazu zu bringen, das zu verstehen, aber es ist ein langsamer Prozeß."

„Seit Tausenden von Jahren haben sie Planeten kolonisiert", sagte Donivan. „Man sollte glauben, daß sie das inzwischen herausgefunden haben müßten."

„Erinnere dich daran, was Yllyia gesagt hat, als wir Ventura zum erstenmal gesehen haben. Sie haben es bemerkt, aber sie machten sich einfach keine Gedanken darüber. Die Umweltverschmutzung in Ventura war die schlimmste, die sie jemals erlebt hatten, denn die Geographie der kalifornischen Küste besitzt ideale Voraussetzungen für die Entstehung von Smog. Aber so schlimm es auch ist, diese Stadt zerstört keinen Planeten. Die Eyullelyaner verursachen niemals zuviel Umweltverschmutzung, da ihre Bevölkerungszahl langsam steigt und sich ihre Population ungefähr alle dreißig Generationen halbiert, um eine neue Kolonisierungsexpedition zu starten."

„Ich verstehe gar nicht, warum sie überhaupt die Umwelt verschmutzen. Sie haben Fusionsaggregate auf der *Lyrili-Hloo.* Warum benutzen sie die gleiche Technologie nicht auch auf der Erde?"

„Ich habe mit Yllyia auch schon darüber gesprochen. Nach ihrer Aussage tun sie es, weil chemische Energie leichter zu nutzen ist. Du kannst ein Haus mit Holz und einem Ofen erwärmen, aber der Bau und Betrieb eines Fusionskraftwerks erfordern ein viel höheres Technologieniveau. Sie reisen im Konservierschlaf, und wenn sie eine Kolonialwelt erreichen, haben sie keine Hochtechnologiegesellschaft, die ihnen helfen kann, wie es in unserem Fall die *Starchild* konnte. Das bedeutet, daß sie mit dem auskommen müssen, was sie aus dem Stand heraus bauen können. Das Problem dabei ist, daß es beinahe unmöglich ist, die Leute zu bewegen, ihre Methoden zu ändern, wenn sie erst einmal auf diese Weise angefangen haben."

„Das kann ich bestätigen", stimmte Donivan zu. „Ich habe schon an verschiedenen Stellen der *Lyrili-Hloo* entdeckt, daß sie Niedrigtechnologie verwendet haben, obwohl sie es doch viel besser hätten machen können. Es ist also kaum überraschend, daß sie es auf der Erde genauso halten. Aber wenn es nichts ausmacht, warum sollen wir uns darüber Sorgen machen?"

„Ich habe nicht gesagt, daß es nichts ausmacht. Ich habe nur gesagt, daß sie auf diese Art den Planeten nicht zerstören können. Aber sie können ihn immer noch verderben. Und außerdem ist es die *Erde*. Sie sollten besser darauf achtgeben. Für sie ist die Erde nur eine von vielen Welten, aber es ist die einzige, die wir haben."

„Es . . ., tja", entgegnete Donivan. Er wandte sich verlegen ab.

„Nun komm schon und sag es!" forderte LeAnne. „Wir können nicht eine Woche zusammen verbringen, ohne darüber zu sprechen. Die *Lyrili-Hloo* ist startbereit. Du wirst abreisen, um eine weitere Welt für uns zu entdecken, und ich werde bleiben, um uns hier einen Rückhalt zu sichern. Daran können wir kaum was ändern."

Donivan sah jetzt noch bedrückter aus. „Du sagst das so beiläufig. Lee, ich weiß gar nicht, ob ich dich tatsächlich verlassen kann. Im Orbit zu leben ist reizvoll, aber –"

„Ach, komm schon! Du hast doch nicht das ganze Schiff wieder instand gesetzt, nur um im Orbit zu bleiben. Du denkst daran, die Menschheit über die Sterne auszubreiten. Natürlich wirst du abreisen."

„Du klingst ja fast so, als ob du möchtest, daß ich gehe."

LeAnne seufzte. „Nein, ich möchte nicht, daß du gehst. Aber ich möchte auch nicht, daß du dich dein gesamtes Leben lang meinetwegen zurückhältst. Was wir gerade anpacken, ist wichtiger. Das haben wir schon vor Jahren entschieden."

„Als ich anfing, die *Lyrili-Hloo* instand zu setzen, dachte ich, daß ich ein Projekt fürs Leben begonnen hätte. Ich habe nicht daran gedacht, daß ich mir einmal den Kopf darüber zerbrechen müßte, ob ich tatsächlich je damit irgendwohin fliege."

LeAnne wußte nicht, was sie sagen sollte. Sie brachte das Flugzeug in eine ausgewogene Lage, gab dem Navigationscomputer den Längen- und Breitengrad des Bestimmungsorts an und schaltete dann den Autopiloten ein. „Was willst du denn dann tun?" erkundigte sie sich.

Er sagte: „Wir werden das Schiff bis in den Asteroidengürtel steuern und genügend Rohmaterial zurückbringen, so daß jeder, der will, weitere Schiffe bauen kann, nachdem wir abgereist sind. Das wird uns mindestens noch ein weiteres Jahr kosten."

Ein Jahr. Das bedeutete Fleißarbeit – man brauchte kein Sternenschiff, um die Asteroiden auszubeuten –, aber LeAnne wollte nicht mit ihm darüber streiten. Er versuchte einfach, das Unvermeidliche aufzuschieben. Dabei würde er zwar die ganze Zeit fort sein, am Ende aber doch zurückkehren. Sie wollte nicht, daß er ihretwegen sein ganzes Leben lang wartete, aber ein weiteres Jahr würde sie akzeptieren.

„Wann wirst du also abreisen?" fragte sie.

„Es sieht so aus, als ob wir in ungefähr einem Monat fertig sein werden. Wir haben noch eine Menge Arbeit vor uns, aber das meiste davon können wir während der Reise erledigen." Er grinste und fügte hinzu: „Das wird die Ingenieure noch reichlich beschäftigen."

„Das ist richtig."

Sie lachten beide, doch ihr Gelächter erstarb schnell wieder zu einem Schweigen. Nach einer Weile fragte Donivan: „Hast du dir jemals gewünscht, daß wir auf der *Starchild* geblieben wären und niemals herausgefunden hätten, was draußen ist?"

„Nein, niemals", antwortete LeAnne aufrichtig.

Für einen Moment war Donivan seine Überraschung anzusehen, bevor er den Kopf schüttelte und mit einem leichten Lächeln sagte: „Ja, ich glaube, das hast du nie getan."

DER YELLOWSTONESEE erstreckte sich am nördlichen Horizont wie der Schatten einer gigantischen eyullelyanischen Hand, die über den Rest der Welt nach ihnen griff. Donivan beobachtete eine Weile, wie er näher kam, lehnte sich dann zurück und langte in sein Gepäck. Er zog ein Buchlesegerät heraus, dessen Seitenteil vor Chips nur so strotzte. LeAnne schaute zu und lachte. „Meinst du, daß du dir wirklich genug zum Lesen mitgenommen hast?"

„Das hoffe ich doch", sagte er. „Ich habe Reiseführer und Landkarten für den gesamten Park mitgebracht. Ich habe sie aus den Archiven der *Starchild* ausgegraben. Ich dachte, es wäre das beste, entsprechend vorbereitet zu sein."

LeAnne runzelte die Stirn. „Donivan, wir zelten. Der Witz daran ist, in eine unbekannte Landschaft zu gehen und zu sehen, was man entdeckt, aber nicht, darüber in einem Reiseführer zu lesen."

„Ich ziehe es vor zu wissen, wie man Bären füttert, ohne daß sie einem dabei einen Arm abbeißen", antwortete er.

„Das sagt einem doch der gesunde Menschenverstand."

„Deiner vielleicht, aber nicht meiner. Denk doch nur an den Baumstachler. Diesmal werde ich mich von Baumstachlern fernhalten. Es gibt sie übrigens überall im Yellowstonepark, genau wie es Grizzlys und schwarze Bären, Hirsche, Elche, Bisons und ein weiteres Dutzend gefährlicher Tiere gibt. Du hast einen teuflischen Ort ausgesucht, weißt du das?"

Mit einem Seufzer antwortete LeAnne: „Ich habe ihn ausgesucht, weil er wild und schön ist und weil ich die Zivilisation für eine Weile hinter mir lassen wollte. Das schließt auch deine Reiseführer ein."

„Du mußt doch selber einen Reiseführer gelesen haben, als du diesen Ausflug geplant hast", versetzte Donivan.

„Aber ich habe ihn danach weggelegt. Jetzt, wo wir einmal hier draußen sind, möchte ich meine eigenen Entdeckungen machen."

Donivan wog das Lesegerät in der Hand, zuckte die Achseln und steckte es unter seinen Sitz. „In Ordnung", sagte er mit einem Grinsen, „aber für mich ist die Grenze dann erreicht, wenn es darum geht, in eiskalten Bächen zu baden."

LeAnne grinste zurück. „Darüber brauchst du dir keine Sorgen zu machen. In Yellowstone gibt es fließend heißes und kaltes Wasser." Sie schaltete den Autopiloten ab, übernahm die Steuerung und legte das Flugzeug in eine Linkskurve in Richtung Westen des Sees auf Old Faithful zu. Während sie nach den sagenhaften Dampfsäulen Ausschau hielt, die das Vorhandensein aktiver Geysire anzeigten, fragte sie sich nicht zum erstenmal, ob es klug gewesen war, einen Campingausflug geplant zu haben mit jemandem, der so über Planeten dachte wie Donivan. Sie sah jetzt schon, daß es eine Herausforderung werden würde.

Sie flogen mehrmals über das Tal der Geysire und entdeckten mindestens ein Dutzend Stellen, von denen heißer Dampf aufstieg und die nur einen kurzen Fußmarsch auseinander lagen. Dann flogen sie weiter und landeten ein paar Kilometer entfernt neben einem mittelgroßen Fluß auf einer Wiese. Noch bevor Donivan aus dem Flugzeug stieg, befestigte er einen Lähmstrahler an seinem Gürtel. Sein Gesichtsausdruck warnte sie davor, etwas dazu zu bemerken, aber als er sah, daß sie es ihm nachtat, entspannte er sich und half ihr beim Ausladen des Gepäcks.

Sie verankerten die Flügel für den Fall, daß Wind aufkam, schnallten sich ihre Rucksäcke um, und mit einem Blick zurück auf ihre letzte Verbindung zur Zivilisation verschwanden sie zwischen den Bäumen. Donivan behielt seine gute Laune, aber nach einigen Stunden, in denen beide sich schwitzend einen Weg durch Wildwechsel gebahnt hatten, die immer in andere Richtungen verliefen, als ihnen lieb war, begann auch LeAnne darüber nachzudenken, ob es nicht besser gewesen wäre, direkt zum Old Faithful zu fliegen. Aber man konnte nicht immer den einfachen Weg nehmen, sobald es anfing, schwierig zu werden.

Schließlich stießen sie auf die überwachsene Spur einer alten Straße, die von dem Gebirgsrücken, den sie bestiegen hatten, mit leichtem Gefälle herablief. LeAnne wollte sie überqueren und den Weg, den sie zuvor eingeschlagen hatten, weiter nach oben fortsetzen. Aber Donivan erhob gegen diese Idee sofort Einspruch: „Ich war damit einverstanden, die Landkarten im Flugzeug zu lassen, aber sehe nicht ein, die Straßen am Boden zu ignorieren."

„Aber wir können nicht allzuviel erforschen, wenn wir uns immer nur an die Straßen heften."

„Was meinst du damit?" erwiderte er. „Wir haben doch noch gar nichts davon gesehen. Der einzige Unterschied, ob man auf der Straße entlangwandert oder ob man querfeldein jeden Hügel und jedes Tal durchstreift, liegt darin, daß wir uns nicht so sehr anstrengen müssen, wenn wir die Straße nehmen."

„Weder müssen wir unsere eigenen Entscheidungen treffen, wohin wir gehen, noch brauchen wir die Spur zu halten, auf der wir gekommen sind, oder uns anzustrengen, diese wieder einzuschlagen. Das verstehe ich nicht unter Erforschen. Das ist schlichtweg Faulheit."

Donivan ließ sein Gepäck mit einem Ausdruck von Verbitterung fallen. „Ist es das tatsächlich? Meinst du wirklich, den Wert einer Erfahrung an der Menge deines Schweißes messen zu können, den du dabei abgesondert hast? Das scheint doch eine beängstigend kleine Skala der Bemessung zu sein."

„Also gut, woran willst du es denn sonst messen?"

„Zum Beispiel, wieviel Spaß man an der Sache hat."

„Ich habe eine ganze Menge Spaß daran, du nicht?"

Donivan schaute auf die Bäume, betrachtete die Umgebung und blickte dann wieder zurück auf LeAnne. „Ja", sagte er, „ich auch. Wirklich. Ich denke nur, ich hätte mehr davon, wenn ich mir meinen Weg nicht rauf und runter durch all diese Berge schlagen müßte."

Worüber ereifere ich mich eigentlich so? fragte sich LeAnne.

Dachte ich nicht vor ein paar Augenblicken noch genau das gleiche?

Plötzlich kam sie sich albern vor, wie sie so mit ihrem Gepäck dastand, während Donivan seines abgenommen hatte. Sie legte es ab und sagte mit einem Lachen: „Verzeih mir. Ich schätze, ich bin manchmal ein bißchen zu aufgedreht. Vergibst du mir?"

„Ich denke schon", antwortete Donivan. „Aber nur dieses eine Mal." Er öffnete eine der Seitentaschen seines Rucksacks, zog eine Wasserflasche hervor und reichte sie LeAnne. „Trink viel", sagte er, als sie die Flasche ansetzte. „Je mehr du trinkst, desto weniger habe ich zu tragen."

LeAnne setzte die Flasche ab und sah, wie er voller Übermut auf sie blickte. Mit einem schelmischen Grinsen händigte sie ihm, ohne getrunken zu haben, die Flasche wieder aus und griff in ihr Gepäck nach ihrer eigenen Flasche. Er hatte es selbst so gewollt.

SIE ERREICHTEN Old Faithful am frühen Nachmittag. Es bestand kaum ein Zweifel, daß sie den richtigen Platz gefunden hatten. Von bewaldeten Berghöhen, die eine weitläufige Wiese umschlossen, stiegen Dampfschwaden auf. Auf der Wiese befanden sich zahlreiche heiße Quellen und zischende, dampfende Geysirfontänen sowie die Überreste von einem halben Dutzend Gebäuden, die zusammengedrängt nahe am Fluß gestanden hatten. Donivan wollte innerhalb der Ruinen zelten, wo ihnen die Ecken von zwei noch stehenden Wänden einigermaßen Schutz vor wilden Tieren boten, aber LeAnne überzeugte ihn, daß das Zelten zwischen den Bäumen absolut sicher sei und wesentlich mehr Spaß machte. Sie setzten sich in Bewegung, gingen am Rand der Wiese entlang, und nach einer weiteren Stunde fanden sie mitten im Wald einen ausgezeichneten Platz. Ein kleiner Bach stürzte in kleinen Wasserfällen durch sein felsiges Bett, weniger als zwanzig Meter entfernt von einer heißen Quelle. Dazwischen befand sich eine zeltgroße ebene Fläche, die ihnen durch die Bäume hindurch die Aussicht auf die Wiese bot.

LeAnne erklärte diesen Platz auf Anhieb zu ihrem Lager. Donivan stimmte zu, daß er seine ursprüngliche Wahl bei weitem übertraf.

„Was werden wir zuerst machen?" fragte er, während er, die Hände in die Hüften gestemmt, neben seinem Gepäck stand und sich im Wald umschaute. „Bauen wir uns jetzt ein Schutzdach, oder lassen wir das aus und kommen gleich zum Lagerfeuer?"

LeAnne lachte und sagte: „Keins von beidem. Wir haben ein Zelt und einen Ofen. Wenn wir wollen, können wir heute nacht ein Feuer machen, aber warum schauen wir uns nicht ein bißchen um, solange wir noch die Zeit dazu haben?"

„Haben wir das nicht schon den ganzen Tag gemacht?"

„Stimmt, aber jetzt brauchen wir unsere Ausrüstung nicht mehr zu tragen. Ich liebe es, ohne Gepäck umherzuwandern. Das gibt einem das Gefühl, als ob man schwebt."

Donivan sprang versuchsweise von einem Fuß auf den anderen. „Du hast recht. Fühlt sich fast so an wie drei Viertel meines Gewichts."

LeAnne schaute ihn für einen Augenblick verwundert an und sagte dann: „Was meinst du? Willst du die Gegend noch für eine Weile auskundschaften?"

Donivan, der immer noch umhersprang, sagte: „Ja gut, in welche Richtung willst du zuerst gehen?"

„Rauf nach oben", antwortete LeAnne und zeigte auf den Hang hinter ihrem Lager. „Wohin denn sonst?"

SIE SCHLUGEN ihr Zelt im schwindenden Licht des anbrechenden Abends auf. Donivan hatte nie zuvor ein Zelt gesehen, und nach ein paar ungeschickten Versuchen, LeAnne beim Aufbau zu helfen, ging er schließlich fort, um Feuerholz zu sammeln, während sie den Rest erledigte. Als er einen ansehnlichen Holzstapel zusammengetragen hatte, zeigte sie ihm, wie man ein Feuer mit Streichhölzern anstelle eines Lasers entzündete. Im hellen Schein der Flammen kochten sie sich dann ihr Abendessen auf dem tragbaren Ofen.

„Ich mußte auf die harte Weise die Erfahrung machen, daß das Kochen auf einem Holzfeuer selbst für mich zu primitiv ist", sagte sie, als sie den Ofen aufklappte und das Batteriemagazin an die Mikrowelle anschloß. „Als ich nach einer Gegend für die Kolonie Ausschau hielt, mußte ich zwei Wochen lang verbranntes Essen zu mir nehmen, bevor ich in der *Starchild* dieses Gerät für mich konstruieren ließ." Sie schüttete einen Becher voll Wasser in jedes der beiden Instantgerichte, schob sie in den Ofen und stellte die Zeituhr.

Donivan schaute zu und sagte: „Ich bin mir nicht sicher, ob ich die Regeln verstehe. Landkarten sind out, aber Streichhölzer und Mikrowellen sind in. Bleibt mir da vielleicht irgendeine Logik verborgen?"

LeAnne mußte darüber eine geschlagene Minute lang nachdenken. „Ich denke, daß ich mich unter keinen Umständen auf die alten Ursprünge stützen möchte", sagte sie.

„Warum nicht?"

„Weil . . . Nun, weil es Betrug ist."

„Betrug an was?"

„An der Forschung. Auf keinem anderen Kolonieplaneten kann man Landkarten von den Orten bekommen, zu denen man sich aufmachen will."

Donivan überlegte hin und her, bevor er nach einer Weile sagte: „Und was ist mit Satellitenkarten? Du könntest sie vom Kolonistenschiff bekommen."

Der Mikrowellenherd klingelte. LeAnne fuhr mit einem Löffel hinein, rührte das Essen um und verstellte die Zeituhr um einige Minuten. „Ja, das könntest du", stimmte sie zu. „Aber auf ihnen wären die Straßen nicht farbig eingezeichnet, und du könntest daraus nicht ablesen, was du hinter dem nächsten Hügel findest."

„Nein, aber du könntest den Computer so programmieren, daß er die beste Verbindung von Ort zu Ort auf der Grundlage der geographischen Gegebenheiten auswirft und –"

„Schon möglich, aber das will ich nicht. Ich will es auf meine Art tun, wenn du nichts dagegen hast!"

Donivan hob beschwichtigend die Hände. „Nein, natürlich nicht."

LeAnne sah verlegen zur Seite und wußte nicht, warum. Was sollte falsch daran sein, die Landkarten der früheren Menschheit abzulehnen? „Ich will einfach nichts so machen, wie sie es getan haben", sagte sie. „Es ist jetzt unser Planet, unserer und der der Eyullelyanerinnen. Wir sollten uns nicht darauf beschränken, was früher getan wurde. Erinnere dich daran, was passiert ist, als die Eyullelyanerinnen versucht haben, Ventura neu zu erbauen."

Es klang selbst für sie nicht sehr überzeugend, aber Donivan entgegnete: „Du hast absolut recht."

„Und du bist ein Spaßvogel."

„Ich versuche nur, einen Streit zu vermeiden."

„Oh", sagte sie und sah zu ihm auf, „das ist eine hervorragende Idee. Ich schätze, für einen Tag haben wir genug gestritten, stimmt's?"

Sie wechselten danach das Thema. Doch LeAnne dachte an diesem Abend auch noch im Schlafsack darüber nach, was er gesagt hatte, und sie wunderte sich über ihre eigene Einstellung. Auf ihrem ersten Flug mit Yllyia hatte sie die meiste Zeit damit verbracht, ihren Kurs auf der Karte der Überlebensausrüstung zu überprüfen. Und auf ihrer ersten Erkundung außerhalb der *Starchild* hatte sie, wo immer sie konnte, sich an alte Straßen gehalten, aber jetzt hackte sie auf Donivan herum, wenn er das gleiche tat. Es war eine andere Situation, aber war sie wirklich soviel anders, oder war es nur eine Heuchelei ihrerseits? Sie wußte es nicht, aber die Frage beschäftigte sie bis zum Einschlafen.

Sie wachte plötzlich aus einem Traum auf, in dem sie ein uraltes Raumschiff im Vakuum erforschte. Aber das schrille Pfeifen von Atemluft, die aus einem Riß ihres Anzugs austrat, hörte auch dann nicht auf, als sie wach war und wußte, wo sie sich befand. An ihrer Seite rührte sich Donivan, setzte sich auf und fragte: „Was, bei allen Planeten, ist das?"

Das Pfeifen nahm an Intensität zu. Ein schauriges Heulen hallte durch den ganzen Wald, und gleichzeitig erhob sich eine Art Unterschallfluggrollen, das an etwas erinnerte. „Bringt da jemand ein Shuttle mit Fusionsantrieb runter?" fragte sie.

„Dann würde es hier taghell sein", bemerkte Donivan.

„Ja, das stimmt." Es war immer noch stockdunkel im Zelt. „Vielleicht ein Flugzeug in Not?"

Aber obwohl sie es aussprach, wußte sie, daß es das auch nicht sein konnte. Ein Flugzeug, das nahe genug war, um einen derartigen Lärm zu machen, hätte schon eine Bruchlandung gemacht. Dann mußte es etwas anderes, Natürliches sein. Etwas . . . „Oh! Old Faithful, der berühmte Geysir."

„Und der *pfeift*?"

LeAnne war das Eingeständnis etwas peinlich, aber sie sagte: „Also, bis jetzt hat er es nicht getan, aber ich habe . . ., äh . . ., von Geysiren gelesen, die es tun. Der Dampf, der durch den Schlot entweicht, verursacht das Pfeifen, und das Wasser, das sich unter der Erde bewegt, verursacht das Grollen."

„Aha", sagte Donivan. Auf seiner Uhr blitzte ein kleines Licht auf, worauf er feststellte: „Es ist null Uhr vierzehn."

LeAnne horchte noch eine Minute, legte sich dann zurück und kuschelte sich dichter an ihn. Bald fühlte sie sich in den Schlaf zurückgleiten. Das Heulen des Geysirs verwandelte sich in ihrem Traum in den Jagdschrei einer fremdartigen, nächtlichen Bestie.

Als sie am Morgen aufstand, war die Wiese von den Tieren des Waldes bevölkert. Durch eine Lücke in den Bäumen entdeckte sie mehr Hirsche als Grün, und hinter ihnen standen ein halbes Dutzend riesige schwarze Fleischberge. Das mußten Bisons sein. Donivan war schon aufgestanden und nirgends zu sehen. Aber sie folgte dem Gesang und dem Geräusch von spritzendem Wasser und fand ihn bei einem Bad im Bach. Er hatte den Abfluß einer heißen Quelle an dem Punkt aufgestaut, wo er in den Wasserlauf mündete, und damit eine perfekte natürliche Badewanne geschaffen.

„Guten Morgen!" rief er, als er LeAnne sah. „Willst du mir Gesellschaft leisten?"

Es war verführerisch, das Wasser sah einladend aus und Donivan noch viel mehr. Aber an diesem Morgen war sie mehr an ihren Forschungen interessiert. „Nein, danke", sagte sie. „Ich bin schon fertig angezogen. Wie wäre es, wenn ich schon das Frühstück bereite, während du dich fertigmachst? Anschließend können wir uns die Tiere ansehen."

„Welche Tiere?"

„Hast du sie nicht gesehen? Sie sind überall."

„Nein, ich habe nichts gesehen", antwortete Donivan. Er drehte sich um und bewegte den Kopf vor und zurück, um eine bessere Sicht an den wenigen Bäumen vorbei zu bekommen, die zwischen dem Badeplatz und der Wiese standen. Er stoppte mitten in der Bewegung, nahm den Lähmstrahler wieder an sich, den er auf einem Felsen neben dem Wasser liegen hatte, und stieg heraus. Dann sagte er: „Ich komme mit und helfe beim Frühstückmachen."

LeAnne erwog, ihm zu erzählen, daß weder Hirsche noch Bisons eine Gefahr darstellten, es sei denn, man ließ sie nicht in Ruhe. Aber sie entschied sich dafür, ihm nicht schon am frühen Morgen einen Vortrag über die freie Wildbahn zu halten. Außerdem, je schneller sie das Frühstück hinter sich brachten, desto eher konnten sie auf Entdeckungstour gehen.

Eine Stunde später, das Frühstück war beendet und das Mittagessen in einem Beutel verpackt, machten sie sich auf, um zu sehen, welche Wunder sie entdecken konnten. Nachdem sie einige Male vorsichtig an grasenden Hirschen vorbeigepirscht waren, entsicherte Donivan seinen Lähmstrahler und nahm seine Umgebung weiter als nur bis zum nächsten Baum, auf den er im

Fall eines Angriffs hätte fliehen können, in Augenschein. Als LeAnne vorschlug, die Wiese vollständig zu umrunden, willigte er ohne Widerspruch ein.

Es waren ein idealer Tag und ein idealer Ort zum Herumstöbern. Hinter jeder Biegung des Waldes konnten eine dampfende Erdspalte, ein blubbernder Schlammkrater oder einfach noch mehr Wald sein. LeAnne ertappte sich dabei, wie sie eifrig weiterdrängte, um herauszufinden, was es sein würde. Dann, nach einem Augenblick, den sie sich für die Bewunderung ihrer Entdeckung gönnte, eilte sie zu der nächsten und dann zu der übernächsten. Donivan fiel es schwer, mit ihr Schritt zu halten, aber er beschwerte sich nicht. Er schien zumindest genausoviel Freude daran zu haben wie sie.

Sie hatten gerade ihr Mittagessen eingenommen, als sie wieder zu den Überresten der Gebäude kamen, die sie am Vortag gesehen hatten. Donivan machte sich daran, die Ruinen zu erkunden, kletterte über Schuttberge und wühlte sie nach interessanten Überresten durch. Aber nachdem LeAnne ihn einige Minuten lang beobachtet hatte, wurde sie ungeduldig und sagte: „Komm schon, laß uns gehen, hier gibt es nichts."

„Mit Sicherheit gibt es hier etwas", entgegnete Donivan. „Ich will sehen, wie sie vor dem Holocaust gewohnt haben."

„Du kannst alles darüber nachlesen, wenn wir zurück sind. Außerdem haben sie hier nicht gewohnt. Dies war ein Touristenzentrum. Es gab nichts außer Toiletten und Informationsschaltern."

„Oh." Donivan überblickte das Gelände von der Spitze eines Steinhaufens und lächelte plötzlich. „He, wenn ich hier drin einen Touristenführer finde, kann ich ihn dann benutzen?"

„Nein."

„Warum denn nicht? Wenn ich ihn nun fände, während ich bereits forsche?"

„Weil ich es auf diese Art nicht will. Also komm schon!"

Er stieg wieder hinunter, hielt dann plötzlich inne und sah den Weg zurück, den sie gekommen waren. „Horch mal!"

„Was ist los?"

„Ich meinte, ich höre . . ., ja. Das ist wieder Old Faithful."

LeAnne lauschte angestrengt. Das war mit Sicherheit das gleiche Pfeifen. Irgendwie hörte es sich am Tag weniger schaurig an. In etwa zwei Kilometer Entfernung am Rande der Wiese hinter den Bäumen stieg eine Dampfwolke auf. LeAnne erinnerte sich daran, daß sie ungefähr dort eine dampfende Erdspalte mit einer großen Schlammfläche gefunden hatten. „Das kann nicht Old Faithful sein", behauptete sie. „Sie hätten die Gebäude näher bei ihm gebaut."

Donivan sah auf die Uhr. „Dreizehn Uhr drei. Du hast wahrscheinlich recht. Also dann ist es eben New Faithful, benannt nach dem Recht der Erstentdeckung. Was sagst du dazu?"

„Es gefällt mir."

„Wirklich?"

„Doch, wirklich. Komm, laß uns zurückgehen und ihn beobachten, bevor er aufhört."

Donivan sprang herunter, und sie liefen in die Richtung des Geysirs. Aber als sie dort ankamen, hatte der Ausbruch aufgehört. Der Geysir war wieder zu einem Schlammteich mit einer dampfenden Erdspalte in der Mitte geworden. „Na gut", sagte Donivan, „wenn er regelmäßig ausbricht, dann können wir ihn, laß mal sehen . . ., um zwei Uhr nachts sehen. Hm. Ich glaube, das lass' ich aus. Ich würde sagen, dann bleibt nur morgen um fünfzehn Uhr."

„Oh", sagte LeAnne. Sie hatte daran gedacht, ihre Sachen zu packen und am nächsten Morgen noch ein paar Kilometer tiefer in den Wald hineinzugehen. Die Vorstellung, einen ganzen weiteren Tag zu warten, nur um einen Geysir beim Ausbruch zu beobachten, paßte nicht in ihre Pläne, und das sagte sie auch.

„Ich dachte, wir würden eine ganze Woche hierbleiben", sagte Donivan. „Warum sollen wir all die Ausrüstung mit uns herumschleppen, wenn wir auch bleiben können und von hier aus erkunden, so wie wir es heute getan haben? Wir haben noch nicht einmal angefangen, die Umgebung näher zu untersuchen."

LeAnne hatte darauf keine Antwort, zumindest keine plausible. Als sie den Ausflug geplant hatte, war es ihre Absicht gewesen, genauso vorzugehen. Aber nun, da sie hier war, verspürte sie den Drang aufzubrechen. Sie wollte weiterziehen, konnte aber nicht sagen, warum.

„Ich vermute, es ist bloß mein Wunsch, zur Abwechslung mal von meinem Schreibtisch wegzukommen. Und zwar so weit weg, wie es nur geht."

Donivan sagte: „Ein paar Kilometer mehr machen da keinen Unterschied, außer für meine Füße und für meinen Rücken. Ich bin dafür hierzubleiben."

LeAnne atmete tief durch und nickte dann. „Also gut."

Sie setzten ihren Marsch bis über den Rand der Wiese fort, doch war LeAnne die Lust vergangen, die Gegend zu erforschen. Sie grübelte zu sehr darüber nach, warum sie so begierig war weiterzumarschieren. Ihre Zustimmung hierzubleiben hatte daran nichts geändert. Im Gegenteil, ihr Verlangen, das sie jetzt nicht mehr stillen konnte, hatte sich nur noch verstärkt. Sie war ungeduldig, und als sie wieder an verfallenen Gebäuden vorbeikamen, wuchs ihre Unruhe noch weiter an, als ob die Nähe von etwas, das von den Urbewohnern zeugte, sie verursachte. Doch wußte sie, daß dies nicht der einzige Grund war. Sie hatte schon früher Ruinen untersucht und dabei nie so empfunden.

Und um es noch schlimmer zu machen, hatte Donivan sich offensichtlich problemlos mit der Wildnis und LeAnnes „Vorschriften" arrangiert. Er setzte seine Nachforschungen mit einem Eifer fort, der nicht gespielt sein konnte. Und je mehr er entdeckte, desto deutlicher erkannte LeAnne, daß er mehr Spaß an ihrem Ausflug hatte als sie. Sie war froh zu sehen, wie er sich freute, doch war sie gleichzeitig auch eifersüchtig. Eigentlich sollte sie das Planetenkind sein, doch hier stach er sie auf ihrem ureigensten Terrrain aus.

Sie ließen sich dadurch nicht den Tag verderben, trotzdem ärgerte es sie nach wie vor. Als das inzwischen vertraute Pfeifen mitten in der Nacht wieder begann, lag sie noch immer wach und grübelte. Donivan tastete schlaftrunken nach seiner Uhr: „Null Uhr dreißig. Er ist unregelmäßig", sagte er und legte sich wieder zum Schlafen zurück. Aber sie blieb noch lange, nachdem sich der Wald wieder beruhigt hatte, wach.

Am nächsten Morgen versuchten sie zu fischen. LeAnne hatte keine Angelruten mitgebracht, aber sie zeigte Donivan, wie man die Schnur an einen langen Stock binden und unter umgestürzten Bäumen Würmer als Köder finden konnte. Dann setzte sich jeder an eine Seite des Wasserlaufs, der mitten durch die Wiese floß. Donivan fing fast auf Anhieb einen Fisch, den er begeistert aus dem Wasser schleuderte. Er rannte zurück auf die Wiese und zog dabei den Fisch an der Leine hinter sich her, bis er gut fünf Meter vom Ufer entfernt war.

„Und was mach ich jetzt?" rief er.

„Greif ihn, schlage seinen Kopf auf einen Stein, und töte ihn!" rief LeAnne mit schallendem Gelächter zurück.

„*Was* soll ich tun?"

„Schlag seinen Kopf auf einen Stein!"

„Ich weiß, daß wir ihn essen werden, aber das scheint mir doch ziemlich barbarisch zu sein, findest du nicht? Außerdem, als ich das letzte Mal versucht habe, ein wildes Tier zu greifen . . ."

Mittlerweile hatte sich der Fisch vom Haken freigekämpft und zappelte auf das Ufer zu. „Er haut ab!" rief LeAnne.

Ein paar Sekunden lang beobachtete Donivan das kraftvolle Schlagen der Flossen, zog dann jedoch seinen Lähmstrahler und feuerte auf den Fisch. Vorsichtig näherte er sich dem nun reglosen Körper, tippte ihn mit dem Zeh an, hob ihn dann behutsam auf und sagte: „Der mächtige Thag kehrt siegreich zurück von der Jagd. Muß ich jetzt immer noch seinen Kopf auf einen Stein schlagen?"

„Nein", sagte LeAnne. „Binde ihn einfach an deiner Schnur fest, und such dir einen neuen Wurm." Sie bewegte sich weiter flußabwärts bis zur nächsten tiefen Stelle und schüttelte den Kopf, konnte sich aber ein Lächeln nicht verkneifen.

Doch schon nach einer weiteren Stunde spürte sie das bereits vertraute Gefühl von Rastlosigkeit in sich aufsteigen. Donivans früher Erfolg hatte sich als reines Glück erwiesen – es dauerte eine Stunde, bis erneut ein Fisch bei ihm anbiß, doch LeAnne verpaßte den richtigen Augenblick. Ungefähr eine halbe Stunde später fing sie selbst einen Fisch und betäubte ihn, wie Donivan es getan hatte, anstatt ihn totzuschlagen. Doch die kurzzeitige Abwechslung war nur eine kleine Unterbrechung ihrer Langeweile. Donivan schien es nicht zu kümmern, ob er noch weitere Fische fing oder nicht. Aber LeAnne konnte für das bloße Rumstehen am Ufer mit einem Stock in der Hand keinerlei Enthusiasmus aufbringen. Sie mußte ständig ihre Ungeduld bekämpfen, und darin war sie noch nie sehr gut gewesen.

Eine Stunde später hatten beide noch einen weiteren Fisch gefangen, und sie entschied, daß es für ein Mittagessen reichte. Ihr Fischzug hatte sie ungefähr einen Kilometer flußabwärts getrieben, und als sie zurück zum Lager gingen, pfiff Donivan vergnügt vor sich hin und trabte den Weg entlang, als wäre er noch immer ein Teenager. LeAnne unterbrach ihn abrupt: „Weshalb kannst du unseren Ausflug mehr genießen als ich?"

Donivan antwortete, ohne zu zögern: „Weil du das Ganze zu ernst nimmst."

LeAnnes Reaktion kam genauso schnell. „Das tue ich nicht."

„Doch, das tust du. Du versuchst daraus etwas zu machen, was es nicht ist. Du entspannst dich nicht und erfreust dich nicht an dem, was es ist."

„Wovon sprichst du überhaupt?"

„Ich spreche davon, daß du aus einem Urlaub eine Expedition machst. Du versuchst aus dem Yellowstonepark unerforschtes Gebiet zu machen, indem du die Landkarten wegwirfst, doch das funktioniert nicht. Du willst neue und wunderbare Dinge finden, aber alles Entdeckenswerte ist bereits schon einmal entdeckt worden, und du kannst dich nicht dazu durchringen, das zu vergessen."

„Ich vermute, daß du das kannst."

„Nein, aber ich muß es auch nicht. Das ist der Punkt. Ich habe meine Freude, weil ich mich nicht darum kümmere, ob ich irgend etwas Neues entdeckt habe. Für mich ist *alles* neu. Aber du willst etwas finden, das noch nie gefunden wurde. Das ist Erforschen in Großbuchstaben, aber ich bin zufrieden mit Kleinbuchstaben."

Was er sagte, war kaum zu bestreiten. Donivan erfreute sich an ganz anderen Entdeckungen als LeAnne – zum Beispiel, wie sich ein Vogelnest in die Zweige eines Baumes einfügte, oder die Art, wie ein Stückchen Stein im Flußbett glitzerte. Doch die Ursachen zu kennen bedeutete noch nicht, das Problem zu lösen.

LeAnne war bisher ruhelos und ungeduldig gewesen. Jetzt wurde sie allmählich wütend auf Donivans blasierte Selbstzufriedenheit und darauf, daß sie selber die ganze Sache in Gang gebracht hatte. Aber am meisten ärgerte sie sich über diese Welt und daß sie so war, wie Donivan es sagte. Plötzlich jedoch schien es, als ob sie einen Schritt über sich hinaus machte, weit genug, um die lustige Seite daran zu erkennen, so daß sie anstelle eines Zornesausbruchs, den sie geradezu angesteuert hatte, lachte und sagte: „Ich benehme mich wie ein verwöhntes Kind. Ich wollte mein Schlafzimmer nicht, also gab man mir eine ganze neue Welt, in der ich leben kann. Und dann beschwere ich mich, weil sie gebraucht ist."

Donivan lachte mit ihr. „Für eine gebrauchte Welt ist sie bestimmt nicht schlecht", sagte er. „Besonders, weil du so auf Planeten stehst."

„Heißt das, daß dich Planeten nicht interessieren?"

„Sie sind ganz amüsant, aber sie sind nicht das ganze Universum. Wenn du etwas wirklich Neues erforschen willst, dann komm mit mir zum Asteroidengürtel. Da spielt die Musik, und außerdem ist niemand jemals zuvor dort gewesen. Selbst die Eyulleyaner haben dort draußen noch nichts erforscht."

LeAnne verschlug es die Sprache. Es war nicht so, daß Donivans Vorschlag neu für sie war – sie hatte diese Idee, mit ihm zu gehen, vorher mindestens ein dutzendmal in Betracht gezogen und immer wieder verworfen. Aber ihm zu folgen hatte sie immer nur aus Liebe zu ihm in Erwägung gezogen. Sie war nie auf die Idee gekommen, es wegen der reizvollen Herausforderung zu tun.

Donivan schien zu spüren, wo ihre Gedanken sie hinführten. „Du bist es doch sowieso leid, eine Kolonie zu führen", sagte er. „Warum willst du es nicht versuchen?"

Ja, warum eigentlich nicht? Donivan hatte sie am Wickel. Dies wäre ihre erste Gelegenheit, etwas vollständig Neues zu erforschen. Und wenn sie mit ihm gehen würde, dann wären sie das ganze Jahr zusammen. Sie versuchte, sich ein Jahr mit Donivan vorzustellen. Es schien ihr eine Ewigkeit zu sein.

Aber es bedeutete auch ein Jahr auf einem Schiff, in dem man wahrscheinlich bis zur Ankunft am Bestimmungsort nichts Sinnvolles tun würde und auch nicht, nachdem man erst einmal dort angekommen war. Was wußte sie schon über wandernde Asteroiden? Wenn sie sich hier draußen in der Wildnis schon so schnell langweilte, konnte sie sich vorstellen, wie es erst sein würde, wenn sie für ein Jahr in einem Raumschiff eingesperrt wäre.

„Nein", sagte sie, „ich habe in meinem Leben schon genug Zeit in einem Sternenschiff verbracht, um zu wissen, daß ich dorthin niemals zurückgehen kann. Ich schätze, ich stehe doch zu sehr auf Planeten."

„Auch auf gebrauchte Planeten?"

LeAnne schaute hinaus auf die Wiese, die Bäume und nach oben auf die Wolkenhäufchen, die sich an dem blauen Himmel abzeichneten. Sie erinnerte sich an die Videos über die Feuerstürme und die bleiernen Himmel des Holocausts. „Man muß nehmen, was man kriegen kann", sagte sie, „und wie du bereits gesagt hast, dieser Planet ist gar nicht so schlecht. Es könnte weit schlimmer sein."

SIE VERBRACHTEN den Rest ihres Ausflugs damit, sich in Donivans heißer Quelle einweichen zu lassen, weiter zu fischen und, mit dem Rücken an einen Baum gelehnt, die Fontänen der Geysire oder das Vorüberziehen der Wolken zu beobachten. Und bei plötzlichen Gewittern, die sich in den letzten beiden Nachmittagen zusammengebraut hatten, verkrochen sie sich in ihrem Zelt. Schließlich erlangte LeAnne eine innere Ruhe. Sie suchte nicht länger nach dem, was nicht da war, sondern konzentrierte sich auf das, was sie vorfand. Und als sie sich auf dem Rückweg zum Flugzeug befanden, fühlte sie sich erholt und bereit zurückzukehren und ihre Arbeit als Kolonieleiterin wiederaufzunehmen.

Doch nach ihrer Ankunft hielt dieses Gefühl der Zufriedenheit nicht länger als einen Tag an. Vanesia hatte LeAnnes Abwesenheit dazu benutzt, sich selbst ihre Fähigkeit zu beweisen, eine Kolonie gut leiten zu können. Sie hatte so gute Arbeit geleistet, daß LeAnne sich bei ihrer Rückkehr vor einem leeren Schreibtisch wiederfand. Es war das erste Mal seit Monaten, daß sie ihn so zu sehen bekam, und sie war sich nicht ganz sicher, wie sie das aufnehmen sollte. Am Ende des Tages war sie es leid, immer wieder zu fragen: „Hast du . . .?“, nur damit Vanesia sie mit ihrem „Ja, das ist auch erledigt“ unterbrechen konnte. So gab sie es auf, sich nach Arbeit umzusehen, saß nur noch da und starrte aus dem Fenster auf die Berge hinaus. Als sie so der Sonne zuschaute, die sich den schneebedeckten Bergspitzen entgegensenkte – gerade einen Tag nachdem sie die künstliche Sonne beobachtet hatte, die Donivans Raumfähre darstellte und die in eben diesen Himmel aufgestiegen war –, fühlte sie, wie die Ruhelosigkeit alle Barrieren durchbrach, die sie mühsam aufgerichtet hatte, um sie in Grenzen zu halten.

*Ich möchte aus meinem Leben etwas machen.* Dieser Gedanke war in seiner Eindringlichkeit fast greifbar, trotzdem hätte sie darüber lachen können. Was wollte sie denn noch mehr? Sie hatte die Mannschaft eines geflohenen Sternenschiffs befreit, den Kontakt mit einer fremden Rasse hergestellt und eine Kolonie aufgebaut, von der sie immer geträumt hatte, und noch immer wollte sie mehr? Die meisten Menschen hätten sich schon nach Bewältigung dieser Aufgaben, die ein ganzes Leben ausfüllen konnten, zurückgezogen.

Aber sie war erst dreiundzwanzig Jahre alt. Man konnte sich nicht mit dreiundzwanzig Jahren zurückziehen und erwarten, daß man dann noch nach seinem vierundzwanzigsten Lebensjahr bei Verstand war. Was sollte sie tun? Etwa zelten bis an ihr Lebensende? Oder Berge erklimmen, die bereits bestiegen worden waren? Donivan hatte recht, sie konnte keine unerforschten Gebiete erschaffen, indem sie einfach die Landkarten wegwarf. Obwohl sie nicht daran zweifelte, daß sie Teile dieser Welt entdecken könnte, die noch nicht auf Landkarten verzeichnet waren, wußte sie doch, daß sie das bloße Auffüllen solcher Lücken auch nicht zufriedenstellen würde.

Warum sind wir hier? dachte sie. Jeder muß darauf seine eigene Antwort finden, hatte der Computer der *Starchild* einmal gesagt. LeAnne hatte damals darüber nachgedacht, aber jetzt sah es so aus, als ob sie eine bessere Antwort finden müßte.

Das Summen des Telekoms schreckte LeAnne auf. Sie schwang mit ihrem Stuhl herum, froh über die Ablenkung. Es war ihre Privatleitung, was entweder Ärger oder den Anruf eines Freundes bedeutete, aber in diesem Augenblick machte sie sich keine Gedanken, was von beidem es sein könnte.

Es war eine Freundin. „Yllyia!"

„Wie war deine Reise, LeAnne?"

„Sie war sehr ruhig", antwortete LeAnne.

„Ausgezeichnet. Es war auch nötig, daß du einmal für längere Zeit ausspannst."

„Darüber bin ich mir gar nicht so sicher. Ich denke, was ich brauche, ist eine Aufgabe."

„Ach?"

Das war eine Aufforderung zu reden. LeAnne ließ ihren Gedanken freien Lauf, beschrieb den Ausflug und ihren kümmerlichen Versuch, ihn in eine „Expedition", wie Donivan es nannte, zu verwandeln. „Ich würde verrückt werden, wenn ich so etwas bis ans Ende meiner Tage machen sollte. Darin liegt keine Herausforderung mehr. Ich brauche den Reiz und das Abenteuer."

Yllyias sanftes Gelächter ließ sie erröten.

„Ich weiß, daß es sich lächerlich anhört. Aber es ist wahr. Das Nachdenken über Donivans Abreise hat mich ganz durcheinandergebracht. Vielleicht werde ich es nicht so empfinden, wenn er fort ist, aber jetzt, in diesem Augenblick, fühle ich, daß ich einen Wechsel brauche. Würdest du bitte mit dem Lachen aufhören?"

Yllyia hörte auf, aber gerade nur lange genug, um zu sagen: „Oh, LeAnne, dich hat es ganz schön erwischt. Du kannst von Glück sagen, daß Donivan aufbricht."

„Wieso kann ich von Glück sagen?"

„Natürlich, um mit ihm zu gehen. Ich habe noch nie jemanden gesehen, der so einen schweren Fall von *Shalerya* hatte wie du."

*Shalerya?* Die eyullelyanische Wanderlust? „Das kann ich nicht glauben“, antwortete sie.

„Ich aber. Du klingst genau wie eine von uns, deren Hormonschub einsetzt.“

„Großartig. Ich werde also diese Veränderung mitmachen müssen. Aber ich will doch nicht den Rest meines Lebens auf der *Lyrili-Hloo* verbringen.“

„Selbstverständlich nicht. Das ist auch der Grund, weshalb wir den Hibernationsschlaf erfunden haben.“

Die Welt schien sich auf Yllyias Worte hin seltsam zu verschieben, und LeAnne hörte sich sagen: „Sag das bitte noch einmal!“

„Das ist der Grund, weshalb wir den Hibernationsschlaf erfunden haben. Eine Eyullelyanerin im Zustand des *Shalerya* würde niemals ein Jahr auf einem Sternenschiff überstehen, ebensowenig wie ich. Doch das braucht man auch gar nicht. Laß dich doch einfrieren und –“

„Funktioniert das auch bei Menschen?“

„Eigentlich müßte es das. Wir haben auch irdische Tiere ohne irgendwelche Probleme eingefroren.“

LeAnnes Welt hatte aufgehört, ihr davonzulaufen, oder zumindest hatte sie den Anschluß wiedergefunden. So einfach war das! Die Reise zu verschlafen und, wenn sie angekommen waren, sich aufzumachen, einen wirklich wilden, unberührten Planeten zu erforschen. „Wieso habe ich daran noch nicht gedacht?“

„Weil du ein Mensch bist. Oder, um es auf den Punkt zu bringen, du bist in einem Sternenschiff aufgewachsen. Es überrascht nicht, daß du –“

„Ich muß Donivan anrufen!“

„Tu das“, sagte Yllyia lachend.

„Also gut, bleib dran.“ LeAnne hielt die Verbindung aufrecht, wählte hastig auf einer anderen Leitung Donivans Nummer und drückte gleichzeitig beide Knöpfe, als er antwortete. Ihr Bildschirm teilte sich und zeigte zugleich ihn und Yllyia.

„Hallo, Lee“, sagte Donivan. „Hallo, Yllyia. Was ist los?“

LeAnne sagte: „Ich habe meine Meinung geändert. Ich gehe mit dir auf deine große Reise.“

„Bist du ganz sicher?“

„Ja.“

Die Kamera folgte Donivan, als er sich hinsetzte. Lange Zeit sprach er überhaupt nicht. Dann schüttelte er den Kopf und fragte: „Was hat deine Meinung geändert?"

„Yllyia hat mich dazu gebracht."

Donivan blickte zur Seite. „Was hast du ihr gesagt?" wollte er wissen.

„Ich habe ihr lediglich klargemacht, daß ihre Möglichkeit, eine neue Welt zu finden und sie zu erforschen, wesentlich größer ist, wenn sie mit dir geht", sagte Yllyia.

„Eine neue Welt zu finden? Aber –" Plötzlich weiteten sich seine Augen. „Ach ja, richtig!" Er nickte und lachte spontan. „Ich schätze, dann muß ich noch ein paar zusätzliche Tanks in der Medistation installieren lassen und einen anderen Kapitän auftreiben."

Jetzt war LeAnne an der Reihe, überrascht zu sein. An diesen Aspekt hatte sie noch gar nicht gedacht. „Du würdest dich auch einfrieren lassen?"

„Natürlich", sagte er. „Warum denn nicht? Wenn ich aufwache, wird das Schiff noch immer da sein, ebenso wie du." Er legte eine Pause ein und fragte dann: „Kommst du auch mit zum Asteroidenausflug?"

„Nein", antwortete LeAnne. „Ich habe noch tausend Dinge zu erledigen, bevor ich aufbreche. Ich werde das ganze Jahr brauchen, um mich vorzubereiten. Und . . . der Weltraum, also . . . Ich brauche soviel Zeit wie möglich, um die wissenschaftlichen Techniken zu studieren!"

„Du willst studieren?"

„Selbstverständlich. Ich habe wirklich noch sehr viel zu lernen. Warum nicht auf der Erde lernen, wo ich bessere Chancen habe, meine Fehler zu überleben?"

„Ich gebe zu, das ist sinnvoll." Donivan wandte sich wieder Yllyia zu und fragte: „Wie sieht es mit dir aus? Können wir dich nicht überzeugen, mit uns zu kommen?"

Yllyia schüttelte den Kopf. „Nein. Bisher habe ich noch keinen Erben hervorgebracht. Und selbst wenn ich das getan hätte, bliebe mein Platz auf der Erde. Vergiß nicht, ich bin Archäologin."

LeAnne nickte. Aus Yllyias Sicht war die Erde wahrscheinlich der aufregendste Planet in der Galaxis.

Bei diesem Gedanken überfiel sie plötzliche Angst vor der Trennung. Waren sie erst einmal gestartet, dann würde sie Yllyia niemals wiedersehen oder Vanesia oder McNeil, oder . . . Ganz gleich, wie sie sich entschied, sie mußte stets zu jemandem Lebewohl auf immer sagen.

„Du bist an einen Punkt gelangt, an dem du dich entscheiden mußt", sagte Yllyia. „Das Leben ist voll solcher Entscheidungen, denn die Menschen müssen das tun, was gut für sie ist, und darauf hoffen, daß die anderen es verstehen. Deine Freunde werden begreifen, daß dir gar nichts anderes übrigbleibt."

„Ich . . . Danke." Yllyia hatte recht. LeAnne wußte, daß sie das tun mußte. Sie war sich darin so sicher, wie sie es seit dem Entschluß, Triebwerksingenieur zu werden, nicht mehr gewesen war. Und sollte sie innerhalb dieser Jahre etwas gelernt haben, dann war es die Tatsache, daß sie niemals erwarten konnte, ein Ziel ohne Opfer verwirklichen zu können. Zugleich wußte sie, daß dies den Verlust keineswegs leichter machen würde. „Ich wünschte, daß es einmal einfach sein würde", sagte sie.

„Nein, das tust du nicht", antwortete Yllyia.

Donivan lachte und sagte: „Sobald es einfach wird, fängst du an, dich nach einer neuen Schwierigkeit umzusehen."

LeAnne lachte mit ihnen, denn Donivan hatte ihre Beweggründe genau getroffen. Wenn das Leben zu einfach wurde und sie ihre selbstgesetzten Ziele erreicht hatte, begann sie sich nach neuen umzuschauen. Sie begriff jetzt, daß die Ziele keine größere Beständigkeit hatten als die Situationen, aus denen sie hervorgingen. Ändert man den Bezugsrahmen, ändert sich auch das gesamte Bild. Wenn auch ein starker Anreiz darin lag, mit Donivan zu gehen, so war ihr doch klar, daß es nicht notwendigerweise bedeuten mußte, daß dies die letzte Entscheidung war, die sie in ihrem Leben traf. War ihr Forschungsdrang hinreichend befriedigt, würde sie wahrscheinlich irgend etwas anderes finden, das erledigt werden mußte.

Sie freute sich schon darauf, was immer es auch sein mochte.

## Jerry Oltion

Anders als bei vielen seiner Kollegen, die sich für die Weiterentwicklung moderner Techniken interessieren, sind es beim amerikanischen Science-fiction-Autor Jerry Oltion vor allem seine Verbundenheit mit der Natur und sein Interesse am Schicksal unseres Planeten, die ihm immer wieder neue Ideen für seine Zukunftsszenarien liefern. Oltion hat bereits eine Reihe von SF-Erzählungen verfaßt, die in verschiedenen Anthologien enthalten sind, und steuert daneben regelmäßig Beiträge zu SF-Romanserien bei. So stammen etwa zwei Titel aus Isaac Asimovs Reihe „Isaac Asimov's Robot City, Roboter und Aliens" aus seiner Feder: „Die Allianz" und „Das Experiment". „Mission Starchild" ist Jerry Oltions erster in sich abgeschlossener Roman, den er nicht als Bestandteil einer Serie konzipiert hat.

Jerry Oltion lebt mit seiner Frau in Oregon.

JACK C. HALDEMAN

# Das fremde Virus

INS DEUTSCHE ÜBERTRAGEN VON THOMAS ZIEGLER

# 1

SIE SCHWANGEN empor, hinter ihnen die Berge, rauh gezackte Felsen, die einen riesigen Ball aus orangenem Feuer umrahmten. Zwei Monde hingen tief am westlichen Himmel. Unter ihnen erstreckte sich die Wüste; ein verschwommenes Muster aus aufgetürmten Dünen, kleinen Pflanzen, verkümmerten Bäumen, die im Morgenlicht lange Schatten warfen. Sie flogen dicht nebeneinander, eine Gewohnheit langer Jahre der Partnerschaft, stiegen mit den Aufwinden, überflogen den Wüstenrand in langen, weiten Kurven. Ihre Facettenaugen beobachteten den Boden, suchten nach Bewegungen, nach Nahrung. Gelegentlich verständigten sie sich mit einem Schrei, einer Mischung aus einem Kreischen und Jammern. Er hallte in den Schluchten der Cañons, echote über die Wüste. Sie waren die Herren ihres Planeten, Könige der Winde und Stürme. In der Luft waren sie unbesiegbar, ohne Feinde. Nur am Boden drohte Gefahr. Sie konnten stundenlang in der Luft bleiben, mit kaum wahrnehmbaren Bewegungen ihrer flachen Körper treiben, schweben.

Sie erinnerten an eine Kreuzung zwischen einem Manta und einem Pterodactylus. Jetzt, während sie in den Aufwinden der Morgensonne stiegen, besaßen sie tatsächlich eine verblüffende Ähnlichkeit mit irdischen Mantarochen. Trotzdem waren sie für die Lüfte bestimmt, nicht für die Meere; der Himmel war ihre Heimat, die Luft ihre Domäne. Selbst mit einer Flügelspannweite von über zwölf Metern wogen sie weniger als neunzig Kilogramm. Ihre Knochen waren hohle Röhren, ihre Haut war zäh und von geringem Gewicht. Sie bewegten sich mit geschmeidiger Anmut, und ihre Leiber sammelten und reflektierten die ersten Sonnenstrahlen, ihre Schatten hetzten einander über den warmen Sand.

Der Planet besaß einen Namen, eine Nummer, eine korrekte Liste von Charakteristika und Ordnungskriterien, die in den Archiven und Computern der Erde gespeichert waren. Er war identifiziert, katalogisiert, fotografiert und von Forschungssonden erkundet worden. In den Gedanken der Menschen, die sich mit solchen Dingen beschäftigten, summte er wie ein Insekt, das auf eine Nadel gespießt und in einer mit Wolle gepolsterten Schachtel eingesperrt war. Die Mantas wußten nichts davon, und es hätte sie auch nicht interessiert. Sie waren sicher, überlegen. Sie kannten nur Nahrung, Durst, Hunger, Wärme, Kälte; sie waren statische Kreaturen, die ihr Leben mit gelassener Routine lebten. Wie sehr unterschieden sie sich von den warmblütigen, wilden Tieren, von denen sie sich ernährten, schnelle Vierbeiner, die über den Boden krochen und deren Herzen so schnell schlugen, deren Leben so kurz waren.

Andere Wesen kreisten zusammen mit den Mantas am Himmel, bedeuteten weder Nahrung noch Gefahr und wurden deshalb ignoriert. Nahe am Boden flogen kleine Tiere, summten Insekten. Höher, wo die Luft dünner und kälter wurde, schwebten und trieben die Gossamer durch ihr Leben, quallenförmige Organismen, deren eigener Wille den Körper zerbrechen und sich wieder zusammenformen ließ. Sie waren nahezu durchsichtig, körperlos. Die Mantas durchdrangen oft ihre Gestalten, ohne daß einer von ihnen Schaden nahm.

Oft wurden die Mantas von kleinen gefiederten Geschöpfen begleitet, die aussahen wie mißgestaltete Schmetterlinge. Sie klebten an der Haut und fingen kleine Organismen aus der Luft, während sie auf den Mantas ritten. Die Mantas ignorierten sie. Sie waren trivial, unwichtig.

Das Rad der Evolution drehte sich langsam auf diesem identifizierten und numerierten Planeten, die Zeit der Mantas neigte sich dem Ende zu. Dies, wie die Anwesenheit der Menschen in einigen anderen Winkeln des Universums, war für sie nur von geringer Bedeutung. Ihre Wachsamkeit war die des Windes, der aufgehenden Sonne, der Geruch des Regens aus dem Osten.

Das Weibchen bemerkte es zuerst, den Bruchteil einer Sekunde vor seinem Gefährten. In einer Entfernung von vielleicht einem Kilometer zitterte ein Schatten; eine kurze, ruckartige Bewegung, die Nahrung verhieß. Im gleichen Moment neigten sie sich nach links und begannen einen langen, lautlosen Sturzflug.

In den Schatten, die über dem noch kühlen Sand lagen, suchte das pelzige Säugetier wie die Mantas über ihm nach Nahrung; Raupen, Beeren von den scharfdornigen Pflanzen, kleine, summende Dinge, die im Sand vergraben waren. Erregt zitternd stieß es auf ein kleines Nest wimmelnder Insekten, wurde von dem Verlangen nach Fressen überwältigt. Es schleuderte mit seinen Vorderläufen den Sand beiseite, grub mit dem langen Rüssel tiefer. Wie es blind im Sand wühlte und fraß, war es ohne Schutz. Durch seine Bewegungen hatte es sich den Mantas verraten, sein Schatten war ein Hinweis, ein Pfeil, der direkt auf es deutete. Es hatte keine Chance.

Wie immer war das Männchen zurückgefallen, so daß das Weibchen die Beute zuerst erreichte. Ein blitzartiger Schlag mit ihren blanken Klauen schleuderte das kleine Geschöpf über den Sand. Bevor es zum Stillstand kam, war schon der männliche Manta zur Stelle und hob es in die Luft, mit einem Griff, der seine Brust wie ein Schraubstock umklammerte.

Auf dieser primitiven Welt war das Leben ein zerbrechliches Ding. Tod war die Regel. Der Unachtsame starb plötzlich, der Vorsichtige langsam. Der Unterschied bedeutete Überleben im grundsätzlichen Sinn – die Fähigkeit, zu leben, sich fortzupflanzen, die Rasse zu verewigen. Als es am Himmel schaukelte, hatte das kleine tote Fellbündel seinen Kampf verloren, seine einzige Chance vertan. Seine Art war anpassungsfähig und würde später vielleicht den Planeten beherrschen, aber jetzt gehörte es den Mantas, und während sie zurück zu ihrem Horst eilten, um zu fressen, war ihnen die Furcht fremd.

Und weil sie keine Furcht kannten, war es eher Neugier als Wachsamkeit, die sie zu der fremden neuen Sonde blicken ließ, die am Himmel aufflammte. Es war keine Nahrung und konnte unmöglich Gefahr bedeuten, nicht am Himmel.

Als die Sonde sie mit ihrem Plexistahlnetz einfing, begannen sie voll Zorn um sich zu schlagen. Sie empfanden erst Furcht, als sie langsam durch die Öffnung im Rumpf der Sonde gezogen wurden. Aber da war es schon zu spät.

Das kleine Säugetier, vergessen und befreit durch den Kampf, fiel durch die Maschen des Netzes und taumelte dem Wüstenboden entgegen. Sein Körper wurde von jenen Raupen verzehrt, die es zuvor hatte fressen wollen.

IM INNERN der Sonde arbeiteten die beiden Männer schnell und konzentriert. Sechs Monate hatten sie den Planeten umkreist und endlich alle Proben gesammelt. Fast jeder Quadratkilometer der Planetenoberfläche war von ihnen kartographiert worden, und von den zwölf unbemannten mobilen Forschungssonden, die den

Planeten untersuchten, hatten elf einwandfrei funktioniert, und nur die spektroskopischen Daten der zwölften fehlten. Die Menge an Informationen, die sie in dieser kurzen Zeitspanne gesammelt hatten, ließ sie stutzen; ebenso waren sie beeindruckt, daß alles so glatt verlaufen war. Alle in dem bordeigenen Computer gespeicherten Daten waren hinauf zu einem Satelliten gefunkt worden, der sich nahe dem zweiten Mond in der Umlaufbahn befand. Als Sicherheit für den Fall, daß den beiden Männern etwas zustieß. Ein Rückkoppelungssystem, um das Gelingen der Expedition zu gewährleisten.

Muster der dominierenden Spezies des Planeten zu sammeln war die letzte Aufgabe ihrer Mission. Ein Männchen und ein Weibchen! Sie waren mehr als zufrieden.

Bereits Mantas getauft, waren die beiden Tiere überwältigt und eingesperrt worden. Im Bauch der Sonde wurden sie von zähflüssiger Gelatine umhüllt, die sie vor den bald auftretenden Andruckkräften schützen würde.

Einer der Männer tippte hastig Zahlen in den Computer, während der andere durch den Raum schwebte und eine Checkliste abhakte, die um sein linkes Handgelenk gewickelt war. Sie arbeiteten still, ohne miteinander zu reden. Bereits seit langer Zeit waren sie zusammen, und was sie einander zu sagen hatten, war bereits gesagt. Die Mission war alles, was zählte, und ihr Einsatz war fast beendet.

In exakt drei Stunden und siebenundzwanzig Minuten würden sie die Hauptraketen zünden, den Orbit verlassen und zu dem fremden Rendezvouspunkt beschleunigen. Dort würde sie das von Ionen angetriebene Mutterschiff einschleusen und zurück zur Erde transportieren. Sie gehörten zu einer Gruppe von acht bemannten Sonden, die das Schiff auf verschiedenen ausgewählten Planeten auf seiner weiten Bahn abgesetzt hatte; stählerne Eier einer künstlichen Henne. Das Schiff würde die Sonde während des Vorbeifluges einfangen, wie die Sonde die Mantas gefangen hatte.

ROB MCGREGGOR ließ seine Pritsche in die Wand gleiten und klappte vor dem Tisch einen Stuhl nach unten. Formulare, Formulare und nochmals Formulare; bürokratischer Unsinn, von dem er geglaubt hatte, ihn auf der Erde zurückzulassen. Ein Irrtum. Geburtsdatum, Geburtsdatum des Urgroßvaters mütterlicherseits,

Augenfarbe seines Vaters, Anzahl der Fehlgeburten, Aufstellung der Mehrfachgeburten – was? Grrr, die falsche Spalte. Er schrieb NICHT ZUTREFFEND in Blockbuchstaben über das Blatt. Mit Befriedigung unterstrich er die beiden Wörter doppelt.

Entschlossen ging er die verbliebenen Seiten an, hielt nur inne, um die Taste für eine Tasse Instantkaffee zu drücken. Es wäre nicht so lästig gewesen, hätte es irgend etwas mit seiner Forschungsarbeit zu tun gehabt, aber es diente lediglich zur grundsätzlichen Information. Er betrachtete es wie das Ritual bei der Überquerung des Äquators, wie einen Berg aus Papier, den er überwinden mußte, ehe er mit seiner Arbeit beginnen konnte. Es war sein zweiter Tag auf Delta III, und alles, was er seit seiner Ankunft getan hatte, war, von einem Dutzend Ärzten umgekrempelt zu werden und einen Haufen Papier herumzureichen. Die Mappe mit den Formularen vor ihm war trotz des hauchdünnen Papiers beängstigend umfangreich. Er vermutete, daß Linda ihre Hände bei einigen Fragebogen im Spiel gehabt hatte, aber der Gedanke erfreute ihn nicht sonderlich. Er schloß die letzte Seite ab und unterschrieb sie, und ihm schien, als hätte er dies schon tausendmal getan. Sein Kaffee war kalt, und er schüttete den Rest in den Ausguß seiner kleinen Spüle.

Seine Kabine war eng und sauber, fast steril. Er hatte nur sehr wenige persönliche Habseligkeiten mitgebracht und das erlaubte Gepäcklimit nicht einmal annähernd erreicht. Keine Bilder oder Fotografien; der einzige Luxus, den er sich gönnte, war ein kleiner Videorecorder mit Kopfhörer. Er stand mit dem Bildschirm nach oben auf der Kommode, daneben lag ein Stapel Mikrokassetten. Auf dem Bildschirm war die Seite eines seiner Fachbücher zu sehen, das biochemische Raster eines Flusses, den er früher einmal studiert hatte. Nur ein paar seiner Kassetten waren mit Musik oder den Abenteuerromanen von zwei oder drei seiner Lieblingsautoren bespielt, aber den Hauptanteil stellten Nachschlagewerke für seine Forschungen. Sein Stipendium galt nur für neun bis zwölf Monate, und er nahm an, daß die meiste Zeit mit Arbeit ausgefüllt sein würde. Das farbenreiche Rasterbild glühte in der Ecke seiner Kabine wie ein Gemälde oder wie eine Holographie an irgendeiner anderen Wand.

Rob war dank eines Stipendiums der Weltgesundheitsorganisation und entsprechender Zuschüsse der Nationalen Wissenschaftlichen Gesellschaft an Bord von Delta III. Oft wurde nationales und internationales Kapital zusammengelegt, um die immensen Kosten der Arbeit im Weltraum aufzubringen. Delta III, die neueste, vierte Generation der Orbitalstationen, war speziell für biologische und medizinische Forschung erbaut worden.

Sein Fachgebiet waren Schistozomen, winzige Parasiten, die im Blutkreislauf des Menschen lebten, ihn erkranken ließen, der Vitalität beraubten und ihn anfällig für andere Krankheiten machten. Der Überträger dieses Parasiten war eine gewöhnliche Schnecke. Zu gewöhnlich, wie sich herausstellte. Durch die Kultivierung und ausgedehnte Bewässerung der früheren Sahara hatte die Zahl der Schnecken zugenommen – und damit waren auch die Probleme gewachsen. In einzelnen Gebieten der Erde hatte die Plage epidemische Ausmaße erreicht, und Rob gehörte zu den vielen Wissenschaftlern, die an einem Gegenmittel arbeiteten.

Obwohl Rob noch relativ jung war, war er durchaus in der Lage, sein eigenes unabhängiges Forschungsprojekt durchzuführen. Er war ein Produkt der noch immer als experimentell geltenden Beschleunigten Lernprogramme, die letzte Entwicklung einer langen Reihe von Versuchen, den Bildungsprozeß zu modernisieren und effektiver zu gestalten. Er hatte mit siebzehn als sogenannter Prä-Med graduiert, die Medizinschule in drei Jahren durchlaufen und sich auf Physiologie spezialisiert. Als er den obligatorischen zweijährigen UN-Dienst ableistete, hatte er sich entschlossen, sich auf Pathobiologie mit dem Schwergewicht auf Parasitologie zu konzentrieren. Während er an seiner Dissertation über die amöbische Ruhr arbeitete, überfiel ihn das Interesse an den Schistozomen. Es war eine glückliche Wahl, wie sich herausstellte, denn bald wurden sie zu einer weitverbreiteten Krankheit, so wie früher einmal der Krebs, und Geld und ein Forschungsauftrag waren relativ leicht zu bekommen.

Es war eine faszinierende und wertvolle Arbeit. Er liebte sie. Er hatte sich selbst immer als eine Art Amateur betrachtet, der kleine Informationsstücke aus verschiedenen Gebieten herauspickte und versuchte, sie zusammenzufügen. Als Kind hatten ihn Puzzles fasziniert. Parasitologie war für diese Vorliebe ein perfektes Ventil. Er mußte nicht nur alles über den Parasiten wissen, sondern auch solide Kenntnis von der Physiologie des Überträgers und des endgültigen Wirtes besitzen, und in diesem Falle waren es zwei so verschiedene Organismen wie der Mensch und die Schnecke. Hinzu kam, daß er auch andere wissenschaftliche Disziplinen beherrschen mußte – Ökologie, um zu erkennen, inwieweit die durch die Bewässerung bewirkten Veränderungen die Gewohnheiten und Lebensumstände der Schnecken beeinflußt hatten; Botanik, um zu erfahren, wovon sich die Schnecken ernährten; Pharmakologie, Biochemie und so weiter und so weiter. Parasitologie bedeutete, die Physik der Bewässerungsanlagen, die komplizierte Klempnerarbeit der Sanitäringenieure und das Uro-Genitalsystem der Säugetiere miteinander zu verbinden. Er war noch immer der Junge, der mit Puzzles spielte, aber nun wurde er dafür bezahlt.

Auf Delta III war Rob in der Lage, die Schistozomen und ihre Schneckenüberträger auf eine Art zu studieren, wie es auf der Erde nicht möglich war. Hier konnte er fast jeden denkbaren Faktor kontrollieren; Gravitation, Hitze, Licht, Atmosphäre. Vielleicht erhielt er hier eine Antwort, vielleicht gelangten aber auch nur neue Daten in den ständig wachsenden Speicher der wissenschaftlichen Erkenntnisse. Er hatte sein Experimentierprotokoll vorsichtig formuliert, so daß es die Kommissionen nur mit geringfügigen Änderungen und Zusätzen passierte. Nach seinen Angaben konnten die Experimente nirgendwo anders als auf Delta III durchgeführt werden. Die Tatsache, daß Linda ebenfalls eine zwölf Monate währende Tätigkeit auf dem Satelliten angenommen hatte, war von ihm allerdings nirgends vermerkt worden.

Rob richtete sich auf, schob die Formulare zusammen, stopfte sie in die Mappe und schaltete die Schreibtischlampe aus. Er hatte den Videorecorder beiseite geschoben, bevor ihm einfiel, daß er das Gerät nicht ausgeschaltet hatte. Er durchschritt die nur vier Meter lange Kabine und wollte schon seinen Finger auf den AUS-Knopf drücken, hielt plötzlich jedoch inne und betrachtete für einen Moment die Bilder auf dem Monitor. Dann spulte er weiter, stoppte bei einer neuen Tabelle, verstellte die Schärfe und vergrößerte einen Ausschnitt. Der Krebszyklus . . . Glukose-Triosephosphate, Pyruvicsäure. Er studierte die Formeln einen Augenblick lang, obwohl er sie bis zum letzten I-Punkt kannte, schaltete schließlich den Apparat aus. Er hatte seine Erinnerung wieder aufgefrischt und er wußte, daß sein Unterbewußtsein sich jetzt damit beschäftigen und zufälligen Verästelungen aufs Geratewohl folgen würde, während er sich mit anderen Dingen befaßte. Es war eine Gewohnheit, die er als Junge bei der Lösung von Kreuzworträtseln angenommen hatte. Oft erschienen Stunden später die Antworten in seinem Bewußtsein, während er über etwas anderes nachdachte. Er vertraute seinem Unterbewußtsein und zweifelte nicht daran, daß es ihm auch bei seinen derzeitigen Problemen helfen würde. Er verließ seine Kabine und folgte dem Korridor.

Er mußte Johnson, der Personalkoordinatorin, die ausgefüllten Formulare bringen. Ihr Büro lag auf der anderen Seite der Station, und obwohl er den langen Weg an der Peripherie nehmen und so im Einflußbereich der vertrauten Erdschwerkraft von einem g bleiben konnte, entschied er sich für die schnellere direkte Route. Außerdem würde er sich bald an die wechselnde Gravitation gewöhnen müssen. Noch fühlte er sich unter der geringeren Schwerkraft unbeholfen und schwerfällig und keinesfalls anmutig oder unbeschwert.

Als er die Männerquartiere verließ, weitete sich der Korridor und verzweigte sich im Biosektor. Rob entschied sich, diesen Weg zu benutzen, auch wenn er ein wenig gewunden und länger war. Er erforschte noch immer die Station, die ihm fremd und grenzenlos erschien. Die gestrige Orientierungsführung war so schnell und oberflächlich verlaufen, daß sie ihn nur verwirrt hatte. Überall, wo er sich bewegte, schien er mit jemandem zusammenzuprallen. Die Station war sehr viel größer, als er angenommen hatte. So viele Menschen, die ihm fast alle fremd waren, alle mit eigenen Arbeiten beschäftigt, eigenen Zielen folgend. Er fühlte sich einsam in diesem Labyrinth.

Sein eigenes Laboratorium befand sich im Biosektor, einem keilförmigen Bereich der Station, der in der Ein-g-Zone begann und bis in die Null-g-Gebiete reichte und damit ein Drittel der ganzen Station erfaßte. Robs Laboratorium in der Ein-g-Sektion war klein und noch immer mit ungeöffneten Packkisten überfüllt. Darüber hinaus hatte er Zutritt zu den Hauptlaboratorien in allen Schwerkraftzonen. Der Biosektor war wie ein Bienenstock in kleine Waben unterteilt, die alle durch bewegliche Korridore miteinander verbunden waren. Jener Korridor, den er benutzte, führte an dem Exobiologischen Zentrum vorbei.

Rob lächelte, als ihm ein eiliger Techniker entgegenkam. Das Wissenschaftsgebiet Exobiologie hatte vor einigen Monaten mit der Ankunft der *Pegasus* einen großen Sprung nach vorn gemacht. Zuvor hatten sich die Exobiologen mit Ausnahme einiger weniger beschränkter, primitiver Muster vom Mars und von der Venus mit theoretischen Arbeiten zufriedengeben müssen. Nun verfügten sie über Unmengen neuen Materials, mit dem sie spielen konnten, und sie waren noch immer dabei, die Funde zu sortieren. Ein Fluidum von Aufregung und Hast durchdrang den gesamten Bezirk, eine Stimmung, in der sich täglich unerwartete Durchbrüche ereigneten.

Obwohl man die außerirdischen Wesen vollständig isoliert hatte, war es möglich, sie entlang dem Korridor durch Luken und Bildschirme zu beobachten. Einige Käfige, wie jener der Mantas, verfügten über große Überwachungsräume, in denen Stühle und Bänke standen. Bei der 0,7-g-Zone kam Rob an einem derartigen Käfig vorbei. Er enthielt mehrere Wesen, die mit Tausenden von kleinen Saugnäpfen an Felsbrocken hafteten. Die Tiere waren dünn und gummiartig und besaßen die gleiche Tönung wie die Felsoberfläche. Außerdem waren sie äußerst träge, und es war, wie Rob an dem vorhergegangenen Tag bereits festgestellt hatte, sehr langweilig, sie zu beobachten.

Weiter unten im Korridor, nicht weit entfernt von dem 0,5-g-Sektor, befanden sich die Mantas. Rob fühlte leichten Schwindel, als er sich an dem Geländer entlangtastete und sich in einen unbesetzten Sessel fallen ließ. Er war dankbar für die Gelegenheit, einen Moment auszuruhen und seinen Körper an die verminderte Gravitation zu gewöhnen. Er war es leid, seine Kräfte zu unterschätzen und halb taumelnd, halb schwebend mit Gegenständen zu kollidieren.

Als er das Paar in seinem Gefängnis beobachtete, hingen sie scheinbar schlafend wie Fledermäuse mit den Köpfen nach unten an ihren Stangen. Fremd, so fremd. Einerseits erinnerten sie an Tiere, die auf der Erde gelebt hatten und noch lebten, und waren andererseits so . . . ja, so anders, als ob außerirdische Hände sie erschaffen hätten oder sie den Gedanken eines Irrsinnigen entsprungen wären. Er fragte sich, ob die Schmetterlinge an ihrer Haut Parasiten waren. Und er fragte sich, ob die Mantas überhaupt an Parasiten litten, und wenn ja, ob er in der Lage sein würde, sie als solche zu erkennen.

Sie hingen da, unbeweglich, starr, und er betrachtete sie eine kurze Weile, dachte an die populärwissenschaftlichen Berichte, die die Nachrichtenstationen über sie gebracht hatten, als sie Delta III erreichten. Er versuchte, sich ihre Welt vorzustellen, sich auszumalen, wie sie ausgesehen haben mochten, als sie dort noch gelebt hatten. Er hatte Bilder gesehen, die Holos, die Karten studiert. Er hatte die Beschreibung ihres Planeten gelesen und die Daten in seinem Gedächtnis gespeichert, aber irgendwie besaßen sie keine Substanz. Er konnte sich die Mantas nirgendwo anders als in diesem Glas- und Stahlkäfig vorstellen. Er sah sie wie Forschungsobjekte, wie die Kreaturen, die erstarrt auf den Präpariertäfelchen in seinem Labor lagen, und plötzlich war für einen Moment etwas anderes vor seinen Augen, etwas Körperloses, Mächtiges, fast Mystisches. Möglicherweise hatte es etwas mit dem Anblick der Geschöpfe zu tun, die so grundlegend fremd waren, daß selbst Halluzinationen und Alpträume wirklicher erschienen. Es fraß in ihm, störte ihn, so daß er sich erhob und fortging.

Das Mantamännchen reckte sich, entfaltete eine riesige Schwinge und schien Rob mit einem Auge zu beobachten, das wie ein kaltes grünes Juwel funkelte. Rob schauderte und eilte rasch den Korridor hinunter.

Als er Johnson erreichte, händigte sie ihm mit einem gewinnenden Lächeln einen weiteren Stapel Formulare aus. Rob versuchte nicht einmal, ihr Lächeln diplomatisch zu erwidern. Er litt plötzlich an einem Schreibkrampf.

KURZGESCHNITTENES graues Haar, stämmig, muskulös, harte Linien, die sich in ein granitartiges Gesicht gegraben hatten: Captain Riggs bewegte sich leicht in dem sich automatisch seiner Körperhaltung anpassenden Sessel, fuhr mit den Fingerspitzen über die am Ende der Armlehnen befindlichen Knopfreihen. Die Bildschirme vor ihm flackerten, leuchteten. Alles wurde automatisch aufgenommen. Er saß im Nervenzentrum von Delta III, sortierte den komplexen Informationsstrom der Ausdrucker und Videobildschirme. Er war eins mit den Bildern, Daten, Mustern; Muster, die jeden Teil der Station darstellten. Intuitiv konnte er anhand der Verzerrungen sogar erkennen, ob irgend etwas nicht stimmte, gewöhnlich noch bevor die tatsächlichen Ursachen über die Bildschirme flimmerten. Heute gab es keine Verzerrungen, heute lief alles glatt.

Tucker Riggs hatte man ihn aus Gründen genannt, die er niemals verstanden hatte; sein richtiger Name lautete Robert, Bob, aber hier vor den Schaltpulten war er für einen kurzen Augenblick wieder Tucker, ein blonder Flieger, der letzte einer sterbenden Zunft. Auf jeder Tragfläche seiner silbernen Todesmaschine war ein olivfarbener Zweig zu erkennen gewesen. *Friedensbringer.* Ein Krieg war ein Krieg, ein Geschäft, in dem Menschen starben, und die Worte, die man benutzte, um ihn zu bezeichnen, spielten keine Rolle. Es war in einem heißen Sommer in einem kleinen afrikanischen Land, noch bevor er Marsha traf. Die UNO bezahlte ihn gut, und er war ein ausgezeichneter Pilot, methodisch, kaltblütig, wenn andere von Panik ergriffen wurden. Er hatte einige Medaillen und Auszeichnungen verliehen bekommen. Es war eine gute Zeit für ihn gewesen, und nicht unbeteiligt daran war die Tatsache, daß er damals noch jung war. Hätten ihn die USA nicht mit dem Versprechen eines Kommandos in den Weltraum gelockt, würde er vermutlich noch heute die blauweiße Uniform tragen. Und wahrscheinlich an einem Schreibtisch, statt hinter dem Steuerknüppel eines Düsenjets sitzen. Papier umschichten. Er justierte die Schärfeeinstellung von einem der Monitore. Es existierte ein bestimmter Rhythmus in dem brodelnden Leben der Station, komplexe Kadenzen, die durch die Anlage vibrierten. Riggs vibrierte mit ihnen; wie der Dirigent eines Symphonieorchesters koordinierte er in seinem Kopf zur gleichen Zeit tausend verschiedene Dinge. Er war sich ihrer selten wirklich bewußt, sie waren einfach ein Teil seiner Arbeit. Er war tüchtig.

In seinem Rücken registrierte er eine Bewegung. Das war vermutlich Ed Brown, der stellvertretende Kommandant. Er kam zweieinhalb Minuten zu früh. Riggs nahm sein vorzeitiges Erscheinen mit einem kurzen Nicken zur Kenntnis, wandte seinen Blick nicht von den Bildschirmen, den Anzeigeinstrumenten. Langsam löste er sich, fuhr leicht mit der Hand über die Konsole. Er liebte ein sauberes Pult. Alles war in Ordnung.

Er hörte, wie sich Brown in seinen Sessel fallen ließ, der sich sofort aktivierte. Brown ahmte Riggs' Bewegungen nach, glitt synchron mit ihm durch den Datenfluß. Riggs schuf auf dem Zentralmonitor ein Muster. Brown tat es ihm augenblicklich nach. Sie waren verbunden. Für einen Augenblick waren sie eins, vibrierten gemeinsam in dem verschlüsselten Lebensrhythmus von Delta III. Riggs fühlte, wie seine Kontrollen erloschen, als sich sein Sessel von der Konsole fortdrehte und Brown an seinen Platz glitt. Auf mentalem Weg schaltete Riggs seine Instrumente auf Null. Er hatte dienstfrei. So dienstfrei, wie ein Kommandant es haben konnte, auf dessen Schultern die Verantwortung für zweihundert Menschenleben ruhte. Ohne ein Wort verließ er den Kontrollraum.

Würde Brown jemals pünktlich sein?

In seinem Quartier wusch sich Riggs das Gesicht mit kaltem Wasser und begab sich dann zur Kantine, um zu Mittag zu essen. Das Mittagessen war die einzige Mahlzeit, die er sich nicht in seine Kabine bringen ließ. Er wußte, daß es notwendig war, einmal am Tag mit der Mannschaft zu essen. Es erweckte den Anschein der Verfügbarkeit, auch wenn er ständig von den gleichen Menschen umgeben war, den gleichen Offizieren. Und es war im Laufe der Zeit zu einer täglichen Gewohnheit geworden. Mit einem leichten Zusammenzucken erinnerte er sich, daß seine Routine in wenigen Wochen durchbrochen werden würde. Einige einflußreiche Politiker redeten davon heraufzukommen. Gewöhnlich ließ er Brown sich um die VIPs kümmern, aber die Bodenstation hatte ihm geraten, für einen von ihnen den roten Teppich auszurollen und ihn persönlich herumzuführen. Weniger hätte einen Affront bedeutet. Politiker! Er haßte Politiker, sie waren alle schlüpfrig wie Aale. Vielleicht gelang es ihm, mit einer Reihe kurzer Führungen davonzukommen, ihm ein Essen in der Kapitänskabine zu geben und ihn dann Brown zu überantworten. Brown konnte mit Menschen besser umgehen, ein Talent, das er niemals hatte kultivieren müssen.

Außerdem war er ein vielbeschäftigter Mann und konnte es sich nicht leisten, seine Arbeit zu unterbrechen.

Seine Arbeit: acht Stunden im Kontrollraum, verteilt auf zwei vierstündige Schichten, und sechzehn Stunden frei. Von seiner Freizeit verbrachte er anderthalb Stunden mit Essen, drei Stunden mit Körpertraining, acht Stunden mit Schlaf und dreieinhalb Stunden mit Lesen, Gesprächen mit der Mannschaft, Verabredungen und verschiedenen anderen Dingen. Er reihte den Senator in die Rubrik ‚Verschiedenes' ein. Für die Mannschaft war Riggs ein Gewohnheitsmensch. Man sagte, daß man die Uhr danach stellen konnte, wann er sich am Morgen rasierte. Und man konnte es tatsächlich.

Er betrat die Kantine. Es war genau 13 Uhr. Sein Mittagessen wartete auf ihn, war noch warm. Er setzte sich an seinen Stammplatz und kam um exakt zwei Minuten einem Besatzungsmitglied zuvor, das gleichfalls ein Geschöpf der Gewohnheiten des Captains war.

Linda Shaw schwitzte und war erleichtert, daß das Spiel fast vorüber war. Sie drehte sich langsam, schlug den Ball. Wütend stieß Rob in dem verzweifelten Versuch vorwärts, ihn abzufangen, traf den Ball, und Linda befand sich nun in einer perfekten Position, schickte ihn zurück. Diesmal verfehlte er ihn, und seine ungeschickte Bewegung ließ ihn zurück an die Wand treiben.

Es war unfair, und sie wußte es. Sie hatte in den letzten drei Monaten fast jeden Tag gespielt, und Rob war noch immer relativ neu auf der Station, nicht an Null-g-Sport gewöhnt. Aber sie spielte, wie sie alles andere in Angriff nahm, mit all ihrer Energie.

Rob schlug auf, und sie nagelte ihn an die Wand. Schluß.

Der Tradition folgend, schwebte Rob zur Mittellinie, um ihr zu gratulieren, und führte seine Absicht mit einer Anzahl sehr untraditioneller Umarmungen aus. Sie erwiderte seine Zärtlichkeiten mit einem spielerischen Knuff, dem er entgehen konnte, und einem Kopfschütteln, vor dem es keine Flucht gab. „Nicht heute nacht", sagte sie. „Ich habe Frühdienst."

„Dann essen wir morgen zusammen zu Mittag", schlug Rob vor und wirkte nur wenig niedergeschlagen. Auch er war erschöpft und hatte noch einige Vorbereitungen am Hochtemperaturversuch seines Experimentes zu treffen.

Linda griff an ihren Nacken, knöpfte ihren Haarknoten auf, und eine Wolke aus langem blondem Haar umschwebte ihre Gesichter, kitzelte sinnlich. Für einen Moment hielten sie einander sanft umarmt, schwebten langsam davon, Bewegung rief Bewegung hervor. Fast änderte sie ihre Meinung. Frühdienst, erinnerte sie sich mit einer heftigen Geste, die sie in Spiralen zum Ausgang treiben ließ.

Morgen würde sie mit Dr. Turner zusammenarbeiten, und der begann immer sehr früh mit der Arbeit. Es war Zeit, die Psychoprofile der Mannschaftsmitglieder auszuwerten, die mit der nächsten Fähre abgelöst wurden. Die Untersuchungen waren ihr Werk, und sie war stolz darauf. Tatsächlich empfand sie Freude bei dem Gedanken, mit Turner zu arbeiten. Im Gegensatz zu den meisten ihrer Kollegen von der Klinischen Psychologie schien er wirklich an den Menschen interessiert zu sein.

Vor der Frauenabteilung verhielten sie, machten Pläne für den nächsten Tag und trennten sich.

Alles, wonach Linda verlangte, waren eine Dusche und ein wenig Schlaf. Sie zog die 1-g-Dusche vor. Manchmal machte es unter Schwerelosigkeit Spaß, vor allem mit einem Freund, viel Schaum und schlüpfrigem Gekicher.

Sie ging leise an den verdunkelten Kabinen vorbei. Leises Gelächter drang hinter Marias Vorhang hervor, gedämpfte Geräusche sich bewegender Menschen. Wahrscheinlich Julia, Marias derzeitige Freundin. Auf Delta III gab es keine Geheimnisse.

Linda hatte bei ihrer Ankunft mit dem Gedanken gespielt, sich einen Liebhaber zu nehmen. Sie hatte eine Reihe von Anträgen bekommen, von Männern wie auch Frauen, und die Versuchung war groß gewesen. Nun war sie froh, daß sie nicht darauf eingegangen war; es hätte alles kompliziert. Das Zusammensein mit Rob gefiel ihr, schon damals, als sie noch Teenager waren und zusammen den Prä-Med gemacht hatten.

Rob versuchte, sie zu überreden, mit ihm eine Kabine zu teilen. Es mochte schön sein, wahrscheinlich sogar sehr schön. Gelegentlich blieb sie auch bei ihm; aber aus Gründen, die sie nicht erklären konnte, war es notwendig, daß sie ihre eigene Kabine behielt, ihre eigene Existenz, ein wenig Abgeschiedenheit. Vielleicht später.

Ihre Kabine war mit Papieren und Karten überfüllt, die ihren Tisch und den Großteil der Schlafkoje bedeckten und in lockeren Stößen auf dem Boden lagen. Fast immer erledigte sie ihre Schreibarbeit hier, teils, weil es ruhig war, aber vor allem wegen der Abgeschiedenheit. In ihrem Büro gingen die Leute ein und aus, wollten mit ihr reden und manchmal auch flirten. Es war schwer, sie taktvoll hinauszubefördern, sich von ihnen zu befreien, und genauso schwer war es, ihre Arbeit zu erledigen.

Zudem war es in der Kabine möglich, ein wenig Privatsphäre zu genießen. Nach einem ungeschriebenen Gesetz trat niemand ein, wenn der Vorhang einer Kabine zugezogen war. Es war die einzige Möglichkeit in der ganzen Station, allein zu sein.

Linda streifte ihre Kleider ab, lehnte sich nach draußen, um sie in den Wäschecontainer auf dem Korridor zu werfen. Sie zupfte einen Augenblick an ihren verschwitzten Haaren, runzelte vor dem Spiegel die Stirn und nahm eine Tube mit Shampoo vom Regal. Sie wühlte in den Papieren und fand ein sauberes Handtuch, schlang es um ihren Körper und verließ die Kabine. Auf dem Korridor, der zur Dusche führte, traf sie auf Jodie Pope, eine Technikerin, die mit Rob zusammenarbeitete.

„Wie ging das Spiel aus?" fragte Jodie.

„Einundzwanzig zu Null.“ Sie gingen zusammen durch den Korridor. Linda war größer, stämmiger, kräftiger, ohne übermäßig muskulös zu wirken. Sportliche Betätigungen waren seit ihrer Kindheit im ländlichen Iowa ein normaler Bestandteil ihres Lebens. Jodie neben ihr konnte selbst mit zwei Lebensmittelsäcken auf dem Rücken nicht mehr als hundert Pfund wiegen. Außerdem war sie klein, nicht größer als einen Meter fünfzig. Sie sprudelte über vor Energie und hatte nie Ruhe gefunden, um an Gewicht zu gewinnen.

„Hoffentlich wird er sich davon erholen“, bemerkte Jodie. „Wir haben morgen eine Menge zu tun.“

„Ich glaube, er wird's überleben“, erwiderte Linda mit einem leisen Lachen.

„Die Kerle sind zäh.“

Sie hatten zu lange gewartet. Unter der Dusche standen bereits drei andere Frauen, und das Wasser war kalt.

SENATOR ARNOLD GREER warf einen Blick auf seine Digitaluhr; auf die Sekunde genau 14 Uhr. Neun Jahre in diesem Geschäft hatten ihn gelehrt, seine Zeit perfekt einzuteilen. Er verlas seine vorbereitete Erklärung und ließ so wenig Zeit wie möglich für Fragen übrig. Seine Limousine wartete in der Nähe. In fünf Minuten mußte er fort – oder die Fähre würde ohne ihn starten. Kameras auf den Schultern balancierend und Mikrofone haltend, versammelten sich um ihn die Reporter, stießen einander zur Seite, um einen besseren Platz zu erlangen.

„Senator, ist etwas Wahres an den Gerüchten, daß Ihr Komitee plant, die Regierungszuschüsse für die Delta-Reihe unbefristet einzufrieren?“

Das war Bill Watson von *United Network*. Greer war sich bewußt, daß ihm *United* eine gute Presse verschafft hatte, so daß er die Frage aus den vielen herausgriff, die ihm zugerufen wurden.

„Nun, Bill, lassen Sie mich nur sagen, daß sich unserer Ansicht nach die letzten beiden Regierungen im Bereich der Grundlagenforschung verausgabt haben. Es gibt bisher einfach zu wenige Erfolge, zuwenig praktischen Nutzen, um die Ausgaben zu rechtfertigen.“

„Haben Sie eine Erklärung für den Bericht der heutigen Ausgabe der *Times*, daß Sie bereits eine Entscheidung getroffen haben und Ihr Besuch lediglich eine Formsache darstellt?“

„Falsch. Ich beabsichtige nur, meine Informationen aus erster

Hand zu erhalten, um ein Gefühl für die Lage zu bekommen, wie man so schön sagt. Es gibt keine Entscheidungen und vor allem keine privaten Absprachen. Ich weiß nicht, woher die *Times* in der letzten Zeit ihre Fehlinformationen bekommt. Man kann nicht einmal mehr dem Sportteil trauen."

„Was ist mit Ihrer öffentlichen Kritik an der Operation Greif? Man sagt, daß Sie nicht objektiv genug sind, um das Komitee zu leiten, geschweige denn, die Untersuchungen durchzuführen." Das war Otis Weekfield, ein Störenfried und berüchtigter Querulant. Unglücklicherweise schrieb er eine in mehreren Zeitungen verbreitete Kolumne.

„Sie müßten mich besser kennen, Otis", erwiderte Greer und ließ das unschuldige Lächeln aufblitzen, das ihn durch so viele Wahlen begleitet hatte. „Projekt *Pegasus* – oder Operation Greif, wie Sie es so einprägsam bezeichnet haben – war ein Erfolg, niemand bezweifelt das. Unsere Kenntnis vom Universum ist ungeheuer gewachsen. Aber zu welchen Kosten, frage ich Sie, zu welchen Kosten? Militärisch sind wir lediglich auf dem alten Stand geblieben, wenn wir nicht sogar zurückgefallen sind. Mein einziger Einwand gegen Projekt *Pegasus* ist, daß es ebensogut von privaten Konzernen und unter Verwendung privaten Geldes hätte durchgeführt werden können. Die Regierung wurde so um die Möglichkeit gebracht, diese Riesensummen zum Schutz und im Dienste der Bevölkerung zu verwenden. Wie dem auch sei, diese Sache ist vorbei, nicht mehr zu ändern. In keiner Weise beeinflußt sie die Untersuchungen, die mein Komitee derzeit vornimmt."

Otis kannte Greer tatsächlich besser, aber seine Erwiderung wurde von dem Geschrei der anderen Fragesteller übertönt. Otis kochte vor Zorn. Den Großteil dessen, was er über Greer wußte, konnte er nicht drucken lassen. Otis mochte zwar vor fünf Jahren den Pulitzerpreis für seine gut recherchierten Berichte erhalten haben, aber er hatte den Wunsch, auch weiterhin frei atmen zu können – und Greer besaß einige sehr mächtige Freunde.

Greer überflog mit seinen Blicken die Menge und suchte Richard Corona von den *News* heraus, deutete mit dem Finger auf ihn.

„Senator, wie lange wird Ihre Reise voraussichtlich dauern?"

„Der Zweck einer Informationsreise ist es, Informationen zu sammeln" – da war sie, die Vorlage für die Schlagzeilen der Abendausgaben –, „und ich werde so lange wie nötig fortbleiben und alle Stationen der Delta-Serie besuchen. Nebenbei bemerkt, bekomme ich so auch Gelegenheit, für eine Weile euch Gauner loszuwerden." Jetzt der Scherz, der sie alle vergnügt lächeln ließ.

„Vielen Dank, meine Herren, aber ich befürchte, meine Zeit, Ihre Fragen zu beantworten, ist um. Fähren warten nicht auf Senatoren, wie Sie wissen." Erneut das Lächeln, eine Bewegung, eine Pose für die Kameras, um die Filmberichte abzurunden, und dann in die temperierte Limousine und hinaus zum Kennedy Space Center, dem Lift entgegen. Verdammte Quälgeister.

Greer starrte durch das getönte Glas auf die armseligen Palmen und das morastige Gras am Straßenrand. Der Elektromotor arbeitete geräuschlos, und eine dicke Glasscheibe trennte ihn von dem Fahrer und Mike Hickson, seiner rechten Hand. Die Klimaanlage summte leise, sanft. Was für eine trostlose Umgebung, um die Fähre zu starten. In vielen Kilometern Umkreis kein Zeichen von Zivilisation. Er dachte an die politischen Manipulationen, die dazu geführt hatten, daß der Raumhafen hier erbaut worden war, und lächelte. Selbst damals hatte man schon gewußt, wie das Spiel gespielt werden mußte.

Es war ein Spiel, tatsächlich, nur ein Spiel – aber die Einsätze waren ungeheuer hoch. Er hatte nicht die letzten acht Jahre damit verbracht, ohne Ziel im Senat zu arbeiten. Er hatte Verbindungen geknüpft, über Cocktailgläsern in dem efeuüberwucherten Pathos der Häuser Georgetowns Beziehungen gepflegt. Rauchüberladene Räume, Schmiergelder und Geschäfte waren der Schlüssel zu dem Spiel, und Greer hatte die Regeln sehr schnell gelernt. Er fühlte sich wie ein Jongleur, der sieben verschiedene Objekte zur gleichen Zeit bewegen mußte. Eine Menge Leute waren an dem Schicksal der Delta-Serie interessiert, und die meisten von ihnen besaßen Geld, Einfluß oder beides. Er hatte seinen Obolus entrichtet, um die Kontrolle über dieses Komitee zu erhalten, und wenn alles nach Plan verlief, dann saß er in drei Jahren im Weißen Haus, anstatt durch diese gottverlassene Gegend zu fahren, um eine unbequeme Reise zu einem Haufen verschraubter Konservendosen anzutreten.

Das Militär verlangte ein größeres Stück von der Delta-Serie, wenn nicht gar den ganzen Kuchen. Verschiedene große Unternehmen wollten ihr eigenes Netz aus Satelliten und Raumstationen errichten, unbehelligt von Regierungsmitsprache und -kontrolle. Als Leiter des aufsichtführenden Komitees war er in einer Position, die es ihm erlaubte, die Dinge in die gewünschte Richtung zu lenken, beiden Interessengruppen gerecht zu werden. Als Präsident konnte er dies praktisch garantieren. Im Anschluß an den Bericht des Komitees würde Greer plötzlich über eine große Geldsumme verfügen, sollte die Entscheidung so ausfallen, wie er wußte, daß sie ausfallen würde. Seine Kandidatur wäre finanziell abgesichert. Er hatte alle Trümpfe in der Hand.

Er lehnte sich in die tiefen Polster zurück, ließ die kühle Luft aus der Klimaanlage über sein Gesicht fächeln. Kurz schloß er die Augen, faltete seine Hände. Ein vorgegebenes Ende: Delta war ein verwundeter Vogel, ein Opferlamm. Greer konnte fast schon den Geschmack der Präsidentschaft kosten. Sie schien so nahe.

EIN GRÜNES Auge öffnete sich, zwinkerte. Ein massiver Flügel veränderte seine Position.

Maria Rama-Diez beobachtete die Mantas auf ihren Infrarotmonitoren, machte Notizen auf einem Schreibblock, der in ihrem Schoß lag. Die Überwachungssensoren zeigten zunehmende Stoffwechselprozesse an sowie einen leichten Anstieg der neurologischen Aktivitäten. Die Dunkelperiode in ihrem Gefängnis war fast vorbei, und sie erwachten. Maria unterdrückte ein Gähnen; jede Nacht hatte sie hier verbracht. Es gehörte zwar nicht zu ihren Aufgaben, aber als Fred sich mit einer Erkältung ins Bett legen mußte, hatte sie die Arbeit wie selbstverständlich übernommen. Es war nicht das erste Mal, daß sie sich doppelt um die Mantas kümmerte, und es würde nicht das letzte Mal sein. Sie lebte für ihre Arbeit und hielt ihre Einstellung für gar nicht so ungewöhnlich.

Auf Delta III gehörte die Freude an der Arbeit mehr zur Regel als zur Ausnahme. Die Station bot hervorragende Möglichkeiten zur medizinischen und biologischen Forschung. Die Konkurrenz um die freien Stellen war hart; nur der Beste oder der Jüngste und Intelligenteste gewann. Engagement wurde als selbstverständlich vorausgesetzt und ähnelte bei Exobiologen wie Maria fast schon Fanatismus. Hier wurde dank dem *Pegasus*-Projekt aus der Theorie zum erstenmal Praxis.

„Maria?" erklang ein Flüstern.

„Julia." Jeder, der sich im Beobachtungsraum befand, flüsterte. Es war unnötig, aber wie in einer Kirche oder dem Foyer eines Kinos, in dem ein furchteinflößender Film lief, dämpfte man unwillkürlich die Stimme.

„Wie geht es den Mantas?" Julia war Krankenschwester und verstand von den Mantas soviel wie Maria von einer Bauchspeicheldrüse.

„Sie haben geschlafen und erwachen jetzt. Ich habe heute eine Stunde länger Dienst. Was steht bei euch an?"

„Eine Herzoperation. Transplantation beider Klappen. Hoffentlich dauert's nicht zu lange. Wenn alles klappt, sollte es für ein spätes Mittagessen oder ein frühes Abendessen reichen."

„Klingt gut. Ich werde vermutlich kollabieren, wenn meine Ablösung kommt. Wecke mich, wenn du fortgehst. Wir können später am Abend noch etwas unternehmen. Wir sind soweit, daß wir die Lebensinsel einsetzen können . . ."

„Freut mich für dich", sagte Julia ernst, ließ ihre Hand auf Marias Schulter ruhen, strich geistesabwesend ihr Haar zurück und massierte ihren Nacken.

*Furcht*

Maria erhöhte die Leistung des Vergrößerers, veränderte die Position der Kamera, um besser sehen zu können. Sie berührte Julias Hand.

*Gefangen*

Julia drückte Marias Schulter, drehte sich um und trat zur Tür.

*Schutz . . . Angriff!*

Plötzlich löste sich der männliche Manta von seiner Stange und umkreiste den Raum, kontrollierte die Mauern ihres großen, aber beschränkten Gefängnisses. Seine schrillen, durchdringenden Schreie gellten aus dem Lautsprecher. Julia erstarrte vor der Tür, drehte ihren Kopf dem Monitor zu. Maria kritzelte wie verrückt Notizen auf ihren Block, während sie gleichzeitig die Kamera bewegte, um alles zu filmen. Eine derartige Aktivität der normalerweise trägen Mantas war außerordentlich ungewöhnlich. Mit einer plötzlichen Bewegung verschwand der Manta über der rotierenden Kamera, und ein blitzartiger Hieb seiner Klauen riß sie aus der Wand.

Der Monitor wurde grau. Maria erstarrte in ihrem Sessel und bemerkte, daß sie den Atem anhielt.

„Teufelsfische", sagte Julia von der Tür. „An der Küste nennen sie die Mantas Teufelsfische. Bei Stürmen tauchen sie auf und heben ihre langen Leiber über die Wellenkämme. Einmal landete einer in dem Boot meines Onkels. Ich war damals fünf und erschreckte mich zu Tode." Sie blickte auf den grauen Bildschirm und schauderte. Ihre Kindheit war nur ein fremder Traum, der ungemütlich nahe an der Oberfläche brodelte.

„Ich frage mich, warum er das gemacht hat", murmelte Maria. „Wir müssen die Kamera wieder anbringen."

In der Stille fiel ihr der Schreibstift aus den Fingern. Es gab ein hohles, hölzernes Geräusch, als er unbeachtet über den Boden rollte.

## 2

EINST hatten sie unter fremden Sternen gelebt, die Kühle anderer Winde gefühlt. Jeder von ihnen ging, kroch oder flog auf seine eigene Art. Alles, was sie nun verband, war ihre Anwesenheit auf Delta III.

DR. CARLOS MENDOZA saß an seinem Schreibtisch, schaltete das Licht ein und nahm die Tagesberichte aus dem vor ihm stehenden Postkorb. Seine offizielle Funktion war die eines Forschungskoordinators, Bereich Exobiologie. Er war sich darüber im klaren, daß dies ein bewußt vager und von der Auslegung abhängiger Titel war, der entweder sehr viel Verantwortung oder nichts bedeuten konnte. In seinem Fall bedeutete er nichts. Man hatte ihn wie das Modell vom letzten Jahr ausrangiert, und er wußte, warum.

Exobiologie war ein neues Forschungsgebiet, und er hatte es von seiner Entstehung an begleitet, aber inzwischen war er von den Ereignissen überrollt worden. Die Wissenschaftsdisziplin wuchs rasch, wurde immer wichtiger. Man hielt ihn für altmodisch, überholt, konservativ. Er war jedoch der Ansicht, lediglich vorsichtig zu sein; wie alle anderen Dinge sollten auch die exobiologischen Forschungen mit einem anständigen und akzeptablen Tempo durchgeführt werden.

Trotz aller zuvor getroffenen Vorbereitungen hatte die Ankunft der *Pegasus* alle Exobiologen in Ekstase versetzt. Die Mission war von einem Erfolg gekrönt, den niemand für möglich gehalten hatte. Von nun an bedeutete Exobiologie nicht mehr, in irdischen Laboratorien mit einer Handvoll Sporen und Flechten zu spielen, die man mühselig auf dem Mars und der Venus gesammelt hatte. Nun waren dieser Wissenschaft alle Türen geöffnet. Zahllose neue

Kreaturen mußten untersucht, komplexe ökologische Systeme erforscht werden. Und sie standen unter Zeitdruck. Es sah so aus, als ob die *Pegasus* eine einmalige Angelegenheit war; weitere Schiffe befanden sich nicht in Planung, und die verfügbaren Gelder wurden ständig gekürzt. Die Lebensspannen von vielen Organismen waren unbekannt, sie konnten jederzeit sterben. Einige wenige vermehrten sich in der Gefangenschaft, andere schienen nicht geneigt, diesem Beispiel zu folgen. Die vorherrschende Stimmung war die, daß soviel Arbeit wie möglich erledigt werden mußte, solange die Tiere noch zur Verfügung standen, denn es gab keine Garantie, daß sie lange lebten. Es war diese Hektik, gegen die Carlos Einwände hatte. Er befürchtete, daß sie zu schlampigen Untersuchungen und wertlosen, fragwürdigen Daten führen würde. Die Situation hatte sich vor zwei Wochen zugespitzt; es war zu einer Kraftprobe gekommen, und er hatte verloren. Seine Ablösung würde bald eintreffen. Bis dahin vertrödelte er nur seine Zeit, war offiziell zwar noch immer ein Besatzungsmitglied, besaß in Wirklichkeit aber kaum Pflichten und so gut wie keine Autorität. Er war darüber verbittert, aber es gab nichts, was er dagegen unternehmen konnte.

Er legte die Akten vor sich auf den Schreibtisch und schlug die oberste Mappe auf.

VERMESSUNGSNUMMER: HSR-3476-2549-BTD, Anlage 357. Herkunftsplanet: Lambda Alpha XR7, IV. Atmosphärenschlüssel: Typ R3L, modifiziert nach Newrock (siehe Anlage 37a). Umdrehungszeit: 36,5 Stunden. Schwerkraft: 0,85 g. Sektor: R-12, Kubus 342. Klassifizierung: NIH/JHU/NSF; siehe Verbindung zu spezifischen Unterklassifizierungen. Zuerst erforscht durch: Newrock, B. F., und Smith, L. C.

MAN NANNTE sie Schneebälle, und sie lebten ein Leben zwischen Feuer und Eis. Eine Welt, ein Planet im All, ein Planet der Extreme: glühende Hitze am Tag und bittere Kälte in der Nacht. Eine unwirtliche Welt, wo das Leben zwangsläufig einen seltsamen Weg eingeschlagen hatte.

Überleben. Evolution. Der Schneeball hatte sich anpassen müssen, und irgendwann, vor langer Zeit, war die Wahl zugunsten der Sonne, der langen Tage, ausgefallen. Er verbrachte die Nacht als gefrorener Ball, von einem dicken Mantel aus Eis isoliert, der aus dem Wasser bestand, das das Wesen bei Sonnenuntergang absonderte. Sein Metabolismus erstarrte, wenn die Temperaturen fielen, und nach Anbruch der Dunkelheit fanden nur noch die wichtigsten biologischen Prozesse statt, und selbst diese liefen auf der niedrigsten Ebene ab. Wenn die Wärme der ersten Sonnenstrahlen den Schneeball erreichte, bewegte er sich, zerbrach seinen Eispanzer und streckte seinen zusammengerollten Körper. In der Nacht war er eine Kugel von knapp einem Meter Durchmesser, aber während des Tages bedeckte er mit Leichtigkeit eine Fläche von hundert Quadratmetern, einem lebenden Teppich nicht unähnlich.

Wurmartige Fortsätze an seiner Unterseite untersuchten den Boden nach Nährstoffen und Feuchtigkeit. Seine Oberfläche war veränderbar und konnte sich zur Tarnung entweder dem Bild der Umgebung anpassen oder sich so verwandeln, daß Nahrung angelockt wurde. Er war in der Lage, lange, biegsame Tentakel auszufahren, um jene Tiere zu fangen, die von seinen Farben und seinen Gerüchen fasziniert wurden.

Der Schneeball war asexuell und vermehrte sich durch Knospung, trug viele Nachkommen zur gleichen Zeit aus. Jener im Biosektor von Delta III besaß mehrere Knospen. Der Schneeball hatte sich gut eingelebt.

Carlos seufzte und schloß die Akte. Die Schneebälle waren sein Lieblingsprojekt gewesen. Er betrachtete sie voller Hoffnungen. Ein Organismus, der unter solch extremen Bedingungen existierte und gedieh, konnte ihnen eine Menge wichtiger Erkenntnisse liefern, wenn genug Zeit zur Verfügung stand und die Untersuchungen sorgfältig durchgeführt wurden. Newrock und Smith waren tüchtige Leute, aber ihnen fehlte die Anleitung. An den Schneebällen arbeitete nun Dr. Tsung-Ling. Er war ein ausreichend qualifizierter Mann und besaß einen guten Ruf, aber trotzdem verspürte Carlos den Biß der Eifersucht. Sie gehörten ihm.

VERMESSUNGSNUMMER: HSR-2758-3672 NVD, Anlage 248. Herkunftsplanet: Beta Kappa YY5. Atmosphärenschlüssel: Typ TW-38. Umdrehungszeit: 26,3 Stunden. Schwerkraft: 0,93 g. Sektor L-47, Kubus 123. Klassifizierung: NIH/OSU/DDI; siehe Verbindung zu spezifischen Unterklassifizierungen. Zuerst erforscht durch: Potts, P. A., und Blair, K. W.

DRACHENFISCHE. Eine stürmische Wasserwelt, die sich im All drehte. Das Leben ignorierte die wenigen unfruchtbaren Landmassen, die Evolution bevorzugte die Meere, die Gezeiten. Die Evolution bevorzugte die Fremdartigsten, die Schrecklichsten.

Die Drachenfische waren furchteinflößende Allesfresser, anderthalb Meter in der Länge, mit Dornen bedeckt. Fühler wuchsen aus den gefurchten Kämmen ihrer Köpfe. Von vorn betrachtet, schienen sie nur aus Zähnen und Rachen zu bestehen, von der Seite wirkten sie wie Dornenbüsche. In ihrer natürlichen Umgebung waren sie furchtbare Freßmaschinen, verschlangen nahezu alles, was ihren Weg kreuzte.

In der Gefangenschaft schufen sie Probleme. Sie hatten sich noch nicht sehr gut eingewöhnt. Obwohl zehn von ihnen den Transport zur Orbitalstation überlebt hatten, waren seit ihrer Ankunft drei von ihnen gestorben. Die verbreitetste Meinung war, daß etwas Essentielles in der „Suppe" fehlte, in der sie lebten.

Da man kaum etwas über diese und all die anderen extraterrestrischen Kreaturen wußte, hatte man den Großteil der lebenserhaltenden Systeme nach Vermutungen entworfen. Die Wissenschaftler arbeiteten mit den Daten, die auf den Heimatplaneten der jeweiligen Spezies gesammelt worden waren, und fügten die Erkenntnisse sorgfältiger Experimente und Beobachtungen hinzu. Eine reine Detektivarbeit, die auf kalkulierten Annahmen über jedes Tier beruhte. Man mußte Irrtümer und Fehlschläge in Kauf nehmen, und da die Tiere nicht ersetzt werden konnten, waren die Preise hoch.

Wie verwöhnte Kinder verweigerten die Drachenfische fast jede Nahrung, die man ihnen vorsetzte, gleichgültig, wie sorgfältig sie zubereitet war. Einige Nährstoffe absorbierten sie aus ihrer flüssigen Umgebung durch netzartige Kiemen über ihren Mäulern, aber der einzige Erfolg, den die Exobiologen mit fester Nahrung erreicht hatten, waren die Quallen. Wahrscheinlich wurden die Drachenfische nur von ihnen am Leben erhalten.

Die Quallen stammten von keinem fremden Planeten, sondern waren auf Delta III entwickelt und produziert worden und dienten den wichtigsten Tieren als Nahrungsersatz. In Wirklichkeit waren die Quallen sehr einfache Geschöpfe und bestanden hauptsächlich aus einem diffusen Nervensystem sowie Bindegewebsbeuteln, die mit allen erforderlichen Nährstoffen gefüllt werden konnten, mit denen die jeweilige Spezies gefüttert werden mußte.

Nervensysteme und Bindegewebe stammten von Zellkulturen, die irdischen Haien entnommen worden waren. Ihre Gestalt konnte annähernd die Form der ursprünglichen Nahrung der meisten Tiere annehmen.

Die Drachenfische fraßen sie, aber trotzdem machten sie nicht den Eindruck, als ob es so weitergehen konnte. Die Autopsien der drei verstorbenen Tiere lieferten vieldeutige Informationen, die zu einander widersprechenden Interpretationen führten. Manche waren der Meinung, daß die Tiere verhungert waren, andere sagten, daß etwas Giftiges in der Suppe oder in den Quallen schuld an ihrem Tod gewesen war. Eine gründliche Analyse des Programms war in Arbeit und beanspruchte viele Wissenschaftler an Bord, Tausende weitere auf der Erde und dazu eine ungeheure Anzahl von Computerstunden.

Carlos machte einen Vermerk am Rande des Formulars. Vermutlich würde man ihn ignorieren, dachte er grimmig. Wenn er sich wieder auf der Erde befand, lagen die Dinge anders. Dort galt er als Kapazität. Ein Exobiologe mit Erfahrung konnte immer eine gute Stellung finden. Noch immer war er eifersüchtig, zornig. Sie irrten sich, sie alle.

MARIA RAMA-DIEZ gehörte wie Rob McGreggor zu jenen, die sich mit den Drachenfischen beschäftigten. Maria hatte man hinzugezogen, weil sie eine überdurchschnittlich begabte Exobiologin war, die sich nicht wie üblich mit nur einer Spezies, sondern mit verschiedenen beschäftigte, und Rob arbeitete an ihnen, weil er Parasitologe war, ohne sich stur nur mit seinem Fachgebiet zu befassen. Außerdem war er neugierig.

Eine wirklich umfassende Untersuchung bedeutete, daß die toten Drachenfische auf Parasiten überprüft werden mußten, da auch sie eine der fast unzähligen Ursachen für ihren Tod gewesen sein konnten. Es war ein beinahe aussichtsloses Unterfangen. Nur sehr wenig war über die Tiere selbst und nichts über ihre etwaigen Parasiten bekannt – falls sie welche besaßen. Da es eine hoffnungslose Angelegenheit war, würde Rob unvermeidlich davon fasziniert.

Rob arbeitete an dem Seziermikroskop, bewegte kleine Proben des Verdauungssystems der Drachenfische unter dem Okular. Er hatte keine Vorstellung von dem, was er suchte, aber er hoffte, daß er es erkennen würde, falls er darauf stieß. Möglicherweise erwies es sich als etwas Ungewöhnliches, aber auch das half ihm nicht viel weiter. Alles an diesen Tieren war ungewöhnlich. Nichtirdische Umwelteinflüsse hatten diese Kreaturen dazu gebracht, sich in wahrhaft neue Richtungen zu entwickeln. Selbst etwas so Geradliniges und Universelles wie das Verdauungssystem basierte auf ungewöhnlichen Prozessen.

Die Drachenfische verfügten über einen großen Verdauungssack, der mit ineinandergreifenden haarfeinen Fädchen bedeckt war, die als Filter dienten. Jedes Fädchen war mit Tausenden winziger Knospen besetzt, die bei der Berührung spitze Tentakel ausfuhren. Die Tentakel bewegten sich und spalteten augenblicklich die Nahrungspartikel. Ihre scharfen Spitzen enthielten ein hochwirksames Verdauungsenzym. Es war ein kompliziertes System, allerdings nicht sehr viel komplexer als das seines eigenen Körpers. Verwirrend war nur die Tatsache, daß irgendwann in der dunklen Vergangenheit eines fremden Planeten die Evolution einen anderen Verlauf genommen hatte als auf der Erde.

Der Summer ertönte. Rob schob seinen Sessel zurück und wandte sich um zur Tür.

Die Tür öffnete sich. Es war Maria.

„Wie ich sehe, steckst du bis zum Hals in Arbeit."

„Reihenuntersuchungen", erklärte Rob knapp. „Luftbeutelgewebe des zweiten Drachenfisches."

„Irgendwelche Ergebnisse?"

„Nicht direkt. Ich stehe noch am Anfang."

„Carlos tippt auf ein Versagen des Stoffwechsels, aber es kann auch eine simplere Ursache geben. Er hatte schon immer eine Vorliebe für komplizierte Erklärungen."

„Ich kann nicht für Carlos sprechen, aber mir wächst es allmählich über den Kopf. Je tiefer ich eindringe, desto verwirrter werde ich. Meine Schistozomen sind dagegen einfache einzellige Tiere."

„Uns allen wächst es über den Kopf, Rob. Alles ist für jeden von uns neu. Das Problem ist, daß sich deine Ausbildung von unserer unterscheidet. Wir sind darauf vorbereitet, jederzeit verwirrt zu werden, während du versuchst, in allem einen Sinn zu sehen. Du näherst dich auf eine andere Art einem Problem, und deshalb habe ich dich um deine Hilfe gebeten."

„Ich befürchte, daß ich euch nicht sehr viel helfen kann."

„Nein, im Gegenteil. Es wird sich schon zeigen, keine Bange."

Sie wandte sich der Tür zu, verharrte. „Ich begebe mich heute mit der Lebensinsel in das Abteil der Mantas. Vermutlich werde ich die nächsten Tage in ihrer Nähe verbringen. Wenn du etwas herausfindest, das dir wichtig erscheint, laß es Carlos wissen."

Rob gähnte, und Maria schenkte ihm ein kurzes Lächeln.

„Falls Carlos dir nicht zuhören sollte, hinterlasse in meinem Labor für mich eine Nachricht. Oh, nebenbei, du bekommst Jodie heute nachmittag zurück. Wir hatten sie uns heute morgen für einige Untersuchungen an den Schneebällen ausgeliehen. Um 16 Uhr etwa dürfte sie damit fertig sein. Für den Fall, daß du sie brauchst . . ."

„Danke", sagte Rob. „Ich kann sie wirklich gebrauchen. Viel Erfolg bei den Mantas. Bring mir einen Schmetterling zum Spielen mit."

„Ich habe schon sehr lange darauf gewartet. Es wird lustig werden." Leise schloß sie hinter sich die Tür.

Seufzend machte sich Rob wieder an die Arbeit.

Senator Arnold Greer fühlte sich unbehaglich und verkrampft. Und er hatte keine Möglichkeit, seinen derzeitigen Zustand zu ändern. Ihm mißfielen Situationen, die er nicht kontrollieren konnte. Die Erde hing genau über seinem linken Ellbogen, die Sterne waren klare Lichtpunkte.

Delta II würde sich vermutlich kaum von Delta I unterscheiden, jener Station, von der er sich in diesem Moment lautlos entfernte. Beide dienten hauptsächlich Produktionszwecken, waren Weltraumfabriken, die Legierungen, Präzisionsinstrumente, Kristalle und ähnliches herstellten. Er lehnte sie nicht wirklich ab, sondern wollte nur die Tatsache ändern, daß sie unter Regierungskontrolle standen. Es stimmte zwar, daß auch private Unternehmen und andere Nationen die Stationen benutzen konnten, aber es gab zu viele Richtlinien und Verordnungen. Verordnungen erstickten in Greers Meinung die Privatindustrie, hielten sie davon ab, ihren eigentlichen Interessen zu folgen.

Mit ein wenig Glück würde es ihm gelingen, Delta II schnell wieder zu verlassen. Zumindest konnte ihm dort nicht allzuviel geboten werden. Ihn erwartete nur ein Haufen Wissenschaftler und Ingenieure, die um ihre Pöstchen fürchteten und ihm nervös ihre Spezialkenntnisse aufdrängten.

Delta III würde mehr Zeit erfordern. All diese Tiere waren recht populär, auch wenn es einen Arm und ein Bein kostete, sie in das System zu schaffen. Und er mußte vorsichtig mit der medizinischen Sektion umgehen – niemand setzte Herzchirurgen auf die Straße, wenn der erste Herzinfarkt bereits anklopfte. Die Forschungsabteilung war die verwundbarste Stelle der Station. Millionen von Dollars wurden zum Fenster hinausgeworfen, um die Geschlechtsmerkmale von irgendwelchen Blah-blah-blah-Tieren zu bestimmen. Es würde sich vieles ändern müssen.

Der Pilot und der Copilot, die vor ihm saßen, unterhielten sich. Das Raumschiff war zu klein, zu eng, zu beklemmend. Greers Gedanken wanderten. Vielleicht lag etwas über den Kommandanten von Delta III vor. Falls es etwas gab, würde Hickson davon wissen. Er wandte sich zur Seite, wollte seinen Sekretär fragen, der neben ihm saß. Hickson schlief, schwebte fast über seinem Sitz, nur von schlaffen Gurten an seinem Platz gehalten. Schlafen! Wie konnte jemand schlafen, wenn er in einer Sardinenbüchse wie dieser eingepfercht war? Zum Teufel mit ihm.

MARIA stand in dem sterilen Bereitschaftsraum in der Nähe der Luftschleuse, die zu dem Gefängnis der Mantas führte. Männer und Frauen des weißgekleideten medizinischen Personals brachten Elektroden an verschiedenen Stellen ihres Körpers an. Dünnlippige Techniker umschwärmten die Lebensinsel, überprüften alles dreifach, arbeiteten mit einer kollektiven Entschlossenheit, ähnelten eher Ameisen als Menschen. Es amüsierte Maria, daß sie so grimmig wirkten. Obwohl auch sie ihre Arbeit gewissenhaft erledigte, gab es immer Zeit für einen Scherz oder eine launige Bemerkung, ein Lachen, um die Dinge zurechtzurücken. Diese Leute ruhten nicht eher, bis sie dienstfrei hatten. Erst dann wurden aus ihnen normale Menschen. Einige von ihnen hatten versucht, mit ihr anzubändeln. Aber in dem Augenblick, in dem sie einen Schraubenschlüssel oder ein Meßgerät in die Hände bekamen, verwandelten sie sich, waren nur noch für ihre Arbeit da. Abstrakt war sie sich bewußt, daß ihr Leben in ihren Händen lag, aber die Erregung, mit der sie das Projekt erfüllte, verdrängte die Gefahren, ließ sie selten in ihre Gedanken dringen. Die leere Lebensinsel hatte sich in den letzten beiden Tagen im Innern des Manta-Abteils befunden, um die Tiere an ihre Gegenwart zu gewöhnen. Nach einigen anfänglichen Untersuchungen hatten sie sie ignoriert. Nun wurde sie auf ihren ersten Einsatz vorbereitet.

Die Lebenserhaltungsinsel wirkte noch ungefüger als die ersten Raumanzugsmodelle. Sie ähnelte einem Roboter, der dem Gehirn eines Verrückten entsprungen war, ein kleiner Alptraumtank. Und sie war perfekt. Maria kletterte hinein. Die LEI war eng geschnitten, und nur mit unbequemen Verrenkungen gelang es ihr, die Kontakte an ihrem Körper mit den Anschlüssen im Innern der Insel zu verbinden. Es kostete sie lange Minuten, bis sie fertig war.

Halb stand sie, halb saß sie auf einer kleinen Drehplattform in der LEI, blickte durch die nur von innen durchsichtige Glaskuppel des Kopfteils. An ihren Fingerspitzen befanden sich die Kontrollen für die verschiedenen Greifarme, die wie Prothesen aus dem Leib der Insel ragten. Ein dünner Hebel steuerte die Bewegungsprozesse und die Geschwindigkeit. Die LEI konnte in jede Richtung gedreht werden, verfügte aber nur über zwei Geschwindigkeiten: LANGSAM und LANGSAMER. Sie war nicht für rasche Bewegungen konstruiert. Es gab auf Delta III insgesamt drei LEIs, von denen zwei nur außerhalb der Station Verwendung fanden und entsprechend verändert waren. Maria aktivierte das interne Lebenserhaltungssystem, als die Techniker die Insel verschlossen.

Theoretisch war es möglich, über eine Woche in der LEI zu verbringen, aber das heutige Programm sah nur ein oder zwei Stunden Aufenthalt im Innern der Manta-Kammer vor. Marias Hauptaufgabe war das Sammeln von Schmetterlingen.

Natürlich waren die Schmetterlinge keine richtigen Schmetterlinge. Fast so groß wie eine Handfläche, besaßen sie gerundete, leicht konkav gewölbte Körper. Ihre drei Flügelpaare waren breit und mit hellfarbenen Venen gemustert. Sie bildeten mit den Mantas eine komplexe, noch nicht voll verstandene Gemeinschaft. Es wurde vermutet, daß sie entweder Symbionten oder Synözien waren, da sie den Mantas nicht zu schaden schienen. Außerdem waren sie sehr fruchtbar und kurzlebig. Die ausgewachsenen Tiere legten ihre Eier in die Hautfalten des männlichen Mantas und starben sofort danach ab. Immer war es der männliche Manta, und immer endete danach ihr Leben. Die Eier waren in wenigen Stunden ausgebrütet, und aus ihnen schlüpften flügellose Larven, die offenbar keine Nahrung zu sich nehmen mußten. *Warum entwickeln sie sich so schnell? Speichern sie ihre Nahrung? Wie funktioniert ihr Stoffwechsel?* Die Larven fielen in kurzer Zeit von dem Manta ab und suchten sich einen dunklen Platz, wo sie einen kristallenen Kokon webten. Nach zwei oder drei Tagen schlüpften die erwachsenen Schmetterlinge aus dem Kokon, und wenige Minuten später, wenn sie ihre Flügel entfaltet und getrocknet hatten, flogen sie davon. Sie schienen sich auf jeder festen Oberfläche niederzulassen und zeigten lediglich eine geringe Vorliebe für die Mantas. Die ausgewachsenen Schmetterlinge lebten eine Woche lang, bevor sie ihre Eier legten und starben. Wie oder was sie aßen, war ein kontroverses Thema. Wie alle der extraterrestrischen Spezien auf Delta III warfen sie mehr Fragen auf, als sie Antworten gaben. Die Myriaden Geheimnisse dieser Kreaturen erzwangen Fragen über das Leben auf anderen Planeten und brachten die Erkenntnis, daß das Leben auf der Erde trotz aller bestehenden Unterschiede identische Merkmale besaß. Vielleicht wurden einige der die Erde drückenden Probleme gelöst, indem man diese Sendboten ferner Welten untersuchte. Aus tausend verschiedenen Gründen waren die Menschen an den außerirdischen Wesen interessiert.

Vor allem Maria.

Sie schaltete den Kopfhörer ein und aktivierte mit der Zunge den Interkom. In ihrem linken Bein quälte sie ein leiser Krampf.

„Dann wollen wir mal die Vorstellung eröffnen", sagte sie und fühlte gleichzeitig Furcht vor dem Gedanken.

„In fünf Minuten, Mrs. Rama-Diez. Wir justieren jetzt die Monitortafel." Das war Robert Wells, der in dieser Schicht die Verbindung mit der LEI aufrechterhielt. Er gehörte zu den Männern, die früher versucht hatten, mit ihr anzubändeln. Seine Stimme war flach und emotionslos wie die eines Computers. Sie erwog, ihm ein Scherzwort zuzurufen, aber er wirkte zu ernsthaft. Keiner von ihnen schien auch nur einen Funken Humor zu besitzen. Zumindest nicht während der Dienstzeit.

Maria war in einer kleinen Stadt auf der Yukatan-Halbinsel geboren worden und hatte bereits mit dreizehn ihr Studium auf der *Universidad de Coahuila* in Saltillo aufgenommen. In dieser Zeit hatte sie über zwanzig Arten kleiner Tiere und Insekten identifiziert und katalogisiert. Sie war eine gierige Leserin und eine von den seltsamen Menschen, die eine obskure Information aus einem Wissenschaftsgebiet herauspicken und augenblicklich mit einer anderen Disziplin verbinden konnten. Es war diese Fähigkeit, die sie nach Cocoa Beach geführt hatte, um an dem neben dem Weltraumprogramm entwickelten exobiologischen Forschungsprojekt mitzuarbeiten. Und diese Fähigkeit hatte sie fünf Jahre später hinauf nach Delta III gebracht.

Die letzte bernsteinfarbene Kontrollampe wurde grün. „Fertig, Mrs. Rama-Diez."

„Roger. Ich nähere mich jetzt dem Schleuseneingang." Sie drehte den Hebel, begann sich zu bewegen. „Nebenbei bemerkt, Robert, Sie können mich Maria nennen."

„Roger, Mrs. . . . äh, Maria."

Während sie in der Schleuse darauf wartete, daß die Luft abgesaugt und die Atmosphäre der Mantas hineingepumpt wurde, testete sie einige der verschiedenen Greifer, die sie benötigen würde. Auf dem kleinen Bildschirm links neben ihrem Steuerhebel konnte sie sich selbst sehen, wie sie von den Kameras in der Schleuse aufgenommen wurde. Alles schien einwandfrei zu funktionieren. Mit einem der Arme machte sie eine unanständige Geste. Gedämpftes Gelächter drang aus ihrem Kopfhörer. Offenbar schienen einige der Techniker doch einen verborgenen Sinn für Humor zu besitzen.

„Wir werden jetzt die innere Schleusentür öffnen."

„Nur zu, Robert. Ich bin bereit."

Die Tür glitt auf, und langsam bewegte sich Maria in das Gefängnis. Ihr Pulsschlag war hoch: 120 Schläge pro Minute. Ihre Atmungsfrequenz lag bei 40 Atemzügen in der Minute. Sie war aufgeregt.

EIN AUGENLID glitt zurück, und die Visionen der Berge und Aufwinde verblaßten. *Bewegung.* Er straffte sich, erbebte auf seiner Stange und entfaltete seine Schwingen, um sofort losfliegen zu können. *Gefahr?* Er bewegte sich langsam – wie zuvor, doch diesmal hielt es nicht an. Er blickte zu seiner Gefährtin. Sie schlief. Er kreischte, und sie erwachte. *Ungerechtigkeit.* Er schwang sich empor und begann sie zu umkreisen.

*Beklemmung.* Er fühlte sich eingesperrt. Es gab nicht genug Raum, um zu fliegen, keinen Ort, wo man sich verstecken konnte. In den Bergen gab es viele verborgene Nischen, warme Aufwinde, mit denen man schwebte, dem Himmel entgegen. Ein Schlag seiner kräftigen Schwingen brachte ihn vor jeder Gefahr in Sicherheit. Hinter den Bergen lagen andere Berge, andere Täler. Der Himmel war grenzenlos, und er gehörte ihm und seiner Art. Nun gab es Mauern, Barrieren, Dinge, die er nie zuvor gekannt hatte.

Und das neue, fremde Gefühl, der Trieb, seine Art fortzupflanzen, war über ihn gekommen, und es war vielleicht die seltsamste Empfindung, die er jemals verspürt hatte. Sie erfüllte jeden Nerv seines Körpers. Alles, was er tun konnte, war, seine Gefährtin zu beschützen, und er würde erst bei seinem Tode davon ablassen.

Eng umflog er seine wachsame Gefährtin und richtete seine Augen auf den fremden Eindringling.

Maria erlaubte sich einen träumerischen Moment. In ihren Gedanken verschwammen die Wände, als sie sich auf die Mantas konzentrierte. Sie stellte sie sich auf ihrem Heimatplaneten vor, einem Planeten, von dem sie nicht hoffen konnte, ihn jemals zu betreten. Doch obwohl sich ihr nie eine Gelegenheit bieten würde, spürte sie in ihren Gedanken die brennende Sonne, die warmen Winde. Sand kitzelte zwischen ihren Zehen, und sie beobachtete die majestätischen Wesen, die über ihr schwebten. Irgendwo in ihrem nüchternen Bewußtsein existierten noch die Schmetterlinge, der Auftrag, sie zu sammeln, die Zahl, die sie zusammenbekommen mußte, die Methode, wie sie sie fangen konnte, und tausend andere Einzelheiten. Aber sie war sich lediglich bewußt, daß sie den außerirdischen Wesen so nahe gekommen war wie niemals zuvor. Sie spürte, wie sie mit der fremden Welt verschmolz. Sie wußte, daß es ein armseliges Betragen für eine Exobiologin war, aber ihre Gefühle überwältigten sie, ohne daß sie sich dagegen wehren konnte.

Ihre Trance war so tief, daß sie nicht bemerkte, wie die Farben der Kontrollampen sich von Grün zu Bernstein veränderten. Eine Zehntelsekunde später glühten sie rötlich. Auch das registrierte sie nicht. Zu dieser Zeit hatten sich ihre Augen bereits verschleiert.

Etwas Scharfes brannte in ihrer Lunge. Sie griff sich an die Kehle, als sich alles um sie herum zu drehen begann. Ihre Stirn stieß gegen die Helmscheibe, und sie sank haltlos gegen die Innenwand der LEI.

Alles, was sie hörte, war Roberts Stimme, die dünn und fern in ihrem Kopfhörer erklang. „Verdammt!" sagte er leise. Und diesmal verriet seine Stimme Gefühl.

Allerdings war Robert zu beschäftigt, um noch mehr zu sagen. Bei dem ersten Bernsteinblitzen hatte er augenblicklich auf das Ersatzsystem umgeschaltet. Trotzdem war er nicht schnell genug gewesen. Die Lampen brannten rot, rot wie der Tod. „Verdammt!" sagte er. Sofort schaltete er die LEI auf Fernsteuerung und begann sie zurück zur Schleuse zu dirigieren. „Es liegt nun alles an uns", stieß er hervor, blickte seine Leute an. „Schnell, beeilt euch. Macht so schnell wie möglich die Schleuse fertig." Eine durchdringende Sirene, die in seinen Ohren gellte, ließ ihn zusammenzucken. Es dauerte eine oder zwei Sekunden, bevor er erkannte, daß es der medizinische Alarm war und daß er die Anlage durch einen automatischen Knopfdruck ausgelöst haben mußte. Aber er konnte sich nicht daran erinnern.

Noch bevor sie Maria aus der Schleusenkammer geholt hatten, traf das Mediteam ein.

DIE WOHNQUARTIERE des Captains grenzten direkt an den Kontrollraum, so daß Riggs wenige Sekunden nach dem ersten Alarmton dort eintraf. Technisch gesehen war seine Anwesenheit nicht erforderlich, aber aus psychologischen Gründen zog er es vor, alles aus nächster Nähe zu verfolgen. Der Großteil der Mannschaft war der Meinung, daß er sich zu genau um alles kümmerte. Er wußte, was man von ihm dachte: Wichtigtuer. Er wußte außerdem, daß einem guten Kommandanten keine Wahl blieb, wollte er jede Situation richtig einschätzen. Er blickte Brown über die Schulter.

Fehlfunktion der Lebenserhaltungsinsel zwei, gegenwärtige Position Biosektor Baker, 0,5-g-Ebene. Die Mantas. Die Person, die die Insel benutzt und die Räume der Mantas betreten hatte, war Maria Rama-Diez, zweiunddreißig Jahre alt, Exobiologin. Ventil LEI 2-25/86/UC war infolge einer Neujustierung des Luftflutungssystems der Insel geöffnet gewesen. In den achtzehn Sekunden bis zur Korrektur des Fehlers war sie der Atmosphäre der Mantas ausgesetzt gewesen. Sie lebte. Die Ärzte waren bei ihr. Es sah nicht allzu schlecht aus.

Mit Sicherheit würde die Insel für einige Zeit nicht zur Verfügung stehen. Sie mußte repariert, wieder vollkommen neu überprüft werden. Ebenso Maria Rama-Diez.

Trotzdem hatte sie Glück gehabt. Die Mantas waren Karbon-Sauerstoff-Lebewesen, und ihre Atmosphäre war zwar ätzend, aber in sehr kleinen Dosen erträglich. Maria hatte nach den ersten Untersuchungen einige kleinere Lungenschäden, Verletzungen der Schleimhäute und der Augen erlitten. Alles leicht zu beheben. Sie würde für die obligatorische Zeitspanne unter Quarantäne gestellt und von jenen Ärzten gepiesackt und umgekrempelt werden, sie sich aufs Piesacken und Umkrempeln spezialisiert hatten, und dann konnte sie an ihre Arbeit zurückkehren. Die Situation war unter Kontrolle. Robert Wells hatte richtig reagiert und alles getan, was möglich war. Brown beherrschte wie erwartet die Situation. Riggs hüllte sich die verbleibenden fünfzehn Minuten bis zum Schichtwechsel in Schweigen. Auf die Minute genau setzte er sich in seinen Sessel und aktivierte ihn. Das Ritual begann, die Last der unmittelbaren Verantwortung wurde vertauscht.

Brown verschwand durch die Tür. Er hatte das Verlangen nach einem kräftigen Schluck und wußte mit traumwandlerischer Sicherheit, wo er um diese Zeit noch einen bekommen konnte. Er lächelte erleichtert, als er fortging.

Dienstfrei. Nun war Riggs wieder an der Reihe – bis zum nächsten Wechsel.

Riggs entspannte sich, beobachtete gelassen das Muster der Kontrollbildschirme. Er dachte wieder an Maria.

Pech für – wie war ihr Name doch gleich? – für Julia. Julia Tarroll, weiblich, sechsunddreißig Jahre alt, Krankenschwester, Mediteam zwei. Marias Liebhaberin.

Ein Lächeln stahl sich auf seine Züge. Nun, vielleicht hatte die Mannschaft recht. Vielleicht kümmerte er sich wirklich zu genau um alle Dinge.

Er verscheuchte die Gedanken und gab sich dem Rhythmus seiner Arbeit hin, legte geistesabwesend einen Schalter um, leitete mehr heißes Wasser in den 1-g-Waschraum der weiblichen Besatzungsmitglieder.

Alles hatte sich wieder normalisiert. Ruhig vibrierte das Leben in der Station, folgte den vorgeschriebenen Abläufen, der Routine.

GETRENNT von Riggs, weiter unten in der 0,5-g-Zone der Orbitalstation, kreiste der männliche Manta.

Er sah die fremdartige Gestalt eintreten, verharren, wieder verschwinden. Minutenlang schwebte er in der Luft, bewegte ruhelos seine mächtigen Schwingen, wartete. Nichts geschah, und so ließ er sich wieder auf seiner Stange nieder.

Offenbar war die Gefahr vorbei.

Stunden vergingen, bevor er sich gestattete, ebenfalls zu schlafen. Während dieser Zeit suchte er methodisch in seinem Verließ nach Bewegung. Er sah nur Mauern, aber in seinen Gedanken waren es Berge und Stürme.

# 3

Rob schaltete sein Mikroskop aus, lehnte sich zurück und rieb seine Augen. Ein langer Tag. Sein Rücken schmerzte.

Es war frustrierend; nur sehr langsam kam er mit seiner Arbeit voran. Die Untersuchung des Drachenfisches war unterbrochen worden, als Maria ihren Unfall erlitten hatte, und Rob konzentrierte sich wieder auf die Probleme seiner Schistozomen. Vorsichtig ordnete er die Diagramme ein, an denen er gearbeitet hatte. Die Kreaturen waren anpassungsfähiger als zunächst angenommen. Irgendwo mußte es eine Antwort geben, aber bislang führte alles in Sackgassen. Er hatte einige nützliche Informationen gesammelt, die allerdings weder welterschütternd noch beeindruckend genug waren, um die Zeit und die Kosten zu rechtfertigen. Trotzdem schien ihm, daß er sich auf dem richtigen Weg befand. Er justierte die Klimaanlage eines Aquariums, in dem sich seine Schnecken befanden.

Rob hatte diese Schneckenzucht vor sechs Wochen infiziert, so daß sie nun fast bereit waren. Durch Handschuhe und Zangen vor einem direkten Körperkontakt bewahrt, legte er ein halbes Dutzend von ihnen in einen kleinen Behälter.

Er plante, mit ihnen einige in steriler Umgebung gezüchtete Mäuse zu infizieren. Sterile Umgebung war auf Delta III leicht zu erreichen. Diese besondere Mäusegruppe, eine C-5/RD-Art, lebte bereits in der fünften Generation unter diesen Bedingungen. Es war möglich, daß sie anders auf den Parasiten reagierten als normale Mäuse. Möglicherweise war ihr Immunsystem durch ihr Aufwachsen in der sterilen Umgebung von geringerer Wirksamkeit. Es war einen Versuch wert. Rob wußte nicht, wie das Ergebnis aussehen würde. Nur das Experiment konnte ihm die Antwort geben. Rob setzte den Deckel auf den Behälter mit den Schnecken. Er reinigte seine Arme und Hände mit Alkohol und machte für einen Moment Pause.

Maria ließ sich in den angebotenen Sessel sinken.

„Ist mit dir alles in Ordnung?" fragte Linda.

„Ich glaube schon, bin nur noch ein wenig schwach auf den Beinen." Mit niedergeschlagenen Augen entfernte sie einige imaginäre Mullfädchen von ihrer Hose. „Hast du für mich einen Augenblick Zeit?"

„Sicher", sagte Linda und schob auf ihrem Schreibtisch einige Papiere beiseite. „Was ist los?"

„Es ist vielleicht nichts, aber . . . oh, wird unser Gespräch vielleicht aufgezeichnet?"

„Warum?" fragte Linda und sah sie scharf an.

„Ich möchte nicht, daß man mich von diesem Projekt ablöst. Ich würde es nicht ertragen. Es ist mein Leben, mein ganzes Leben. Seit meiner Kindheit sehnte ich mich danach, so wie hier zu arbeiten. Ich möchte nicht fort, meine Arbeit nicht verlieren. Aber ich muß mit jemandem reden. Du bist meine Freundin. Du bist die einzige, von der ich glaube, daß ich ihr vertrauen kann."

Linda lehnte sich in ihren Sessel zurück. „Ich werde keine Aufzeichnungen machen, wenn es das ist, was du meinst. Ich bin hier, um alles zu berichten, von dem ich glaube, daß es die Arbeit hier oben stören könnte, aber wenn wir selbst damit fertig werden, kann ich auf eine Meldung verzichten. Du weißt, ich bin nur eine Psychologin, keine Psychiaterin, falls dein Problem von dieser Art ist."

„Ich bin mir nicht einmal sicher, was es überhaupt ist", gestand Maria. „Es begann alles kurz nach dem Unfall. Ich meine, da begannen die Träume. Lange Träume, vollkommen realistisch, fast immer die gleichen. Fliegende Mantas, immer jenes Paar, das sich in der Station befindet. Ich weiß nicht, warum ich sie in meinen Träumen so deutlich erkennen konnte, aber sie sind es. Sie sind auch nicht eingesperrt. Ich träume von ihrer Welt, ihren Bergen, ihren Flüssen. Irgendwie wird alles von dem Landstrich überlagert, in dem ich aufgewachsen bin. Alles ist durcheinandergeraten. In meinen Träumen stehe ich da und beobachte sie, und ich kann mich nicht bewegen. Ich bin nackt und hilflos. Irgendwie habe ich den Eindruck, daß sie Hilfe benötigen, und ich kann nichts tun. Meine Mutter ruft nach mir, und ich kann ihr nicht antworten. Die Mantas schreien, und ich bin kalt wie eine Statue." Sie verstummte.

„Weiter", bat Linda.

„Das ist alles", erklärte Maria abrupt. Sie bewegte sich unbehaglich.

„Nein", widersprach Linda. „Das ist nicht alles. Ich kann dir nicht helfen, wenn du mir nicht alles sagst."

„Aber es ist alles!“ Sie sprach zu laut. Sie sprach zu schnell.

„Komm, Maria. Ich kenne dich besser. Du bist eine typische Frohnatur und eine lausige Schwindlerin. Wenn der Traum alles wäre, was dich beunruhigt, würdest du mir normalerweise von ihm erzählen, darüber lachen und ihn dann vergessen. Also, wie lautet der Rest der Geschichte?“

„Schon gut. Ich kann es dir genausogut verraten. Der Traum, nun, er kommt nicht nur in der Nacht. Neulich hatte ich eine Art Tagtraum oder etwas Ähnliches. Ich versank in ihm, und plötzlich war ich mir des Traumes bewußt, und er brach ab. Er dauerte nur wenige Sekunden. Es hat doch nichts zu bedeuten, oder?“

„Ich weiß es nicht“, gestand Linda, griff nach einem Block und einem Schreibstift. Sie kritzelte etwas auf den Block, riß das oberste Blatt ab und reichte es Maria. „Geh damit zu Candy. Sie soll ein EEG von dir erstellen, nur um sicherzugehen. Sie wird mir das Ergebnis direkt schicken.“ Sie lehnte sich zurück, klopfte mit dem Schreibstift gegen einen Fingernagel ihrer linken Hand.

„Du glaubst nicht, daß irgend etwas mit meinem Gehirn nicht in Ordnung ist, oder?“

„Nein, nicht wirklich. Aber wir sollten es auf jeden Fall ausschließen. Ich glaube, daß du zu schnell wieder deine Arbeit aufgenommen hast, das ist alles“, sagte Linda. „Und ich glaube, daß du dich zu sehr mit allem beschäftigst, vor allem mit den Mantas. Es klingt so, als würdest du dich mit ihnen identifizieren.“

„Nein!“

„Es könnte . . .“

„Das ist unmöglich. Ich bin Exobiologin, eine Wissenschaftlerin. Ich habe gelernt, objektiv zu sein. Meine Träume haben nichts mit meiner Arbeit an dem Projekt zu tun, auf keinen Fall. Ich möchte nicht, daß du sagst, daß es so ist.“

„Beruhige dich, Maria. Du brauchst ein wenig Ruhe. Du bist zu früh an deine Arbeit zurückgekehrt, und du hast dir zuwenig Erholung gegönnt. Warum nimmst du dir nicht ein paar Tage frei? Carlos kann dich für eine Weile vertreten.“

„Das kann er nicht, vor allem nicht bei dem Projekt, an dem wir gerade arbeiten. Es würde Tage dauern, sein Wissen auf den neuesten Stand zu bringen, und selbst dann, nun, Carlos ist nicht sehr einfallsreich.“

Linda lachte. „Er ist recht behäbig, nicht wahr?“

„Ja“, nickte Maria mit einem Lächeln und entspannte sich. „Ein wenig zu träge und zu behäbig für meinen Geschmack. Außerdem wird er uns bald verlassen." Sie strich ihre Hose glatt, erhob sich. „Ich glaube, du hast recht. Ich werde versuchen, ein wenig abzuschalten. Mich etwas mehr auszuruhen."

„Vergiß nicht, Candy aufzusuchen."

„Keine Bange", sagte Maria und näherte sich der Tür. „Danke, daß du deine Zeit für mich geopfert hast."

„Sei vorsichtig", riet Linda.

Draußen lehnte sich Maria gegen die Wand. Warum hatte sie nicht alles gesagt? Warum konnte sie Linda nicht erzählen, daß sie einmal länger als eine Stunde das Bewußtsein verloren hatte, als sie die Mantas beobachtete? Und warum hatte sie verschwiegen, daß sie ein Experiment fast durch ihre Unachtsamkeit ruiniert hatte? Oder die tausend anderen Dinge, die von ihr vergessen oder falsch gemacht worden waren und die sie nur mühsam vertuschen konnte? So betrachtet, unterschied sie sich nicht sehr von den Mantas. Überleben und das Bewahren der erlangten Position waren starke Triebkräfte. Falls sie diese Stellung verlor, war für sie alles vorbei. Sie wäre am Ende. Sie zerknüllte das Blatt in ihrer Hand zu einem kleinen Kügelchen und warf es in den Recycler. Vielleicht nächste Woche.

LINDA schloß Marias Akte. Sie hatte auf der Rückseite eines Formulars verschlüsselte Anmerkungen notiert. Es sah nicht gut aus. Sie würde sich hassen, wenn sie empfahl, Maria wieder nach unten zu schicken, aber es sah so aus, als ob ihr keine andere Wahl blieb. Andererseits konnte es sich um Übermüdung handeln. Im Augenblick spürte sie noch Zweifel. Mit Sicherheit aber würde Maria sich melden, bevor sie in wirkliche Schwierigkeiten geriet. Sie notierte auf ihrem Terminkalender, in einer Woche nach Maria zu sehen und sich vorher mit Candy abzustimmen.

Sie legte Marias Akte fort und wandte ihre Aufmerksamkeit wieder auf die abschließenden Psychoprofile jener Mannschaftsmitglieder, die die Station am Nachmittag verlassen würden. Sie blickte auf die Wanduhr. Die Fähre traf in zwanzig Minuten ein und kehrte nach drei Stunden zur Erde zurück. Sie verspürte Unbehagen bei diesem Gedanken.

Es war nicht etwas Bestimmtes, was sie bekümmerte, aber etwas erschien ihr falsch. In den erwarteten Grenzen waren die individuellen Profile normal. Aber wenn man sie als Gruppe betrachtete, stellten sich die Dinge nicht so gut dar. Ein ungewöhnlich hoher Prozentsatz wies zahlreiche Übermüdungssymptome auf; vielleicht Kabinenfieber. Bei vielen waren starke Angstgefühle sowie Tendenzen zu schneller Reizbarkeit erkennbar. Es gab Konflikte und Reibereien unter den Leuten. In erster Linie handelte es sich bei ihnen um Wartungspersonal, das sich nur relativ kurz auf Delta III aufhielt; Vereinbarungen mit ihrer Gewerkschaft sahen einen turnusmäßigen Wechsel nach sechs Wochen vor. Im großen und ganzen waren sie ein klein wenig anfälliger als die reguläre Besatzung, aber dies erschien ihr nicht ungewöhnlich. Allerdings hatte sich ihr Gesundheitszustand in den letzten anderthalb Wochen abnorm verschlechtert. Vier von ihnen lagen im Bordlazarett und würden mit einer anderen Fähre zur Erde zurückkehren müssen. Und vier Krankheitsfälle waren zuviel. Vielleicht war es Zufall, ein Zusammentreffen voneinander unabhängiger Ereignisse. Vielleicht. Sie würde die Unterlagen gründlich durcharbeiten und darüber mit Dr. Turner sprechen.

Irgend etwas irritierte sie, aber je mehr sie sich mit dem Problem beschäftigte, desto undeutlicher wurden die Umrisse, und angesichts der Datenflut überfiel sie Verwirrung. Sie rieb ihre Augen. Es half nichts.

Das kleine Raumschiff, mit dem Senator Greer Delta II verlassen hatte, erreichte die letzte Station seiner Reise zur gleichen Zeit wie die Fähre von der Erde. Eine vorübergehende Verzögerung trat ein, als sie versuchten, einander beim Andocken zuvorzukommen. Greer haßte Verzögerungen, vor allem dann, wenn er in einem dieser winzigen Schiffe eingesperrt war. Er wünschte, auf die Fähre umsteigen und mit ihr zur Erde zurückkehren zu können. Nun, es würde nicht allzuviel Zeit in Anspruch nehmen. Ein Abendessen mit dem Captain, eine Reihe Führungen, einige Experimente, einige Gespräche. Vermutlich würde es ihn nur ein paar Tage kosten. Höchstens drei.

Die Fähre war schneller und verwies sie zu dem kleineren Dock. Greer schien, als habe man ihn gezwungen, den Dienstboteneingang zu benutzen. Selbst das Verlassen des winzigen Schiffes war eine komplizierte Angelegenheit. Alles wirkte wie ein Teil einer umfassenden Verschwörung, um sein Leben beschwerlicher zu machen. Als er schließlich den Boden von Delta III betreten hatte, befand sich seine Stimmung auf dem Nullpunkt. Und das Zusammentreffen mit Riggs war auch nicht gerade dazu geeignet, die Dinge zu verbessern.

ERST als Rob die Cafeteria erreicht hatte, fiel ihm ein, daß es zu früh war, um Linda dort anzutreffen. Sie hatte erst in einer Stunde dienstfrei. Außer ihrer Tätigkeit als Psychologin mußte sie als Krankenschwester dem medizinischen Stab assistieren. In diesen Tagen herrschte überall Personalmangel. Irgend etwas schien vorzugehen. Linda verfügte nur noch über wenig freie Zeit.

Allerdings hatten sie auch in der Vergangenheit wenig Muße gehabt. Ständig warteten Bücher und Examensarbeiten auf sie. Nur dann und wann hatten sie sich ein wenig Zeit stehlen können und sie angenehm genutzt. Und einmal gehörte ihnen ein ganzer Sommer. Faule Tage am Strand und Mondscheinspaziergänge. Es war schön gewesen. Sehr schön. Vielleicht würde es später einmal wieder einen solchen Sommer geben.

Die Cafeteria war lärmerfüllt und fast bis auf den letzten Platz besetzt, so daß sich Rob entschied, an ihr vorbeizugehen und die Mantas zu beobachten, um sich die Wartezeit zu verkürzen. Die Schwerkraft von 0,5 g würde eine Erholung sein nach einem Tag, den er über sein Mikroskop gebeugt verbracht hatte.

Das Mantaweibchen war schwanger und stand kurz vor der Niederkunft. Über den Tag der Geburt gab es wilde Spekulationen, zahllose Wetten. Selbst die Exobiologen hatten sich dem angeschlossen, und wie die aller anderen gingen auch ihre Prognosen weit auseinander.

In dem Beobachtungsraum befanden sich ein halbes Dutzend Wissenschaftler und beobachteten die extraterrestrischen Tiere. Der weibliche Manta hing mit den langen Klauen wie eine riesige Fledermaus mit weitgespreizten Schwingen an der Stange. Ihr Gefährte kam gelegentlich in ihre Nähe, schwebte im Luftstrom der großen Ventilatoren, die in den Ecken ihres Käfigs aus Glas und Stahl angebracht waren.

Rob setzte sich zu Ed Brown. Im Gegensatz zu Riggs oder Gonzales neigte Brown dazu, sich unter die Mannschaft zu mischen. Delta III war sein drittes Kommando. Zuvor war er Kommandant einer der Gamma-Stationen gewesen, die mit dem Bau der Delta-Serie veraltet waren und deren Teile ausgeschlachtet wurden, um in den Stationen der vierten Generation wiederverwendet zu werden. Ihre Überreste kreisten noch immer im Orbit. Jahrhundertelang würden die Stahlskelette als kostspieliger Plunder in der Umlaufbahn bleiben. Brown und Rob hatten einander leidlich gut kennengelernt. Gelegentlich gönnten sie sich das Vergnügen grimmiger Pokerspiele, die zumeist zu Robs Ungunsten ausgingen.

Das Mantaweibchen wies eine Anzahl kleiner Wunden an seinem Bauch auf. Die Exobiologen behaupteten, dies sei normal. Der junge Manta bahnte sich seinen Weg aus dem Mutterleib, indem er seine Krallen benutzte. Das Mantamännchen sonderte einen feinen Tropfennebel ab, während er seine Gefährtin umkreiste. Der Nebel beschleunigte den Gerinnungsfaktor, so daß sie nicht verbluten würde. Gewöhnt an die seltsamen und komplexen Lebenszyklen der Parasiten, erschien Rob der Geburtsvorgang der extraterrestrischen Wesen als raffinierter Mechanismus. Ed dagegen hielt ihn für roh und widerwärtig.

„Sie wirken wie Fische auf dem Trocknen“, bemerkte Brown.

„Hm“, brummte Rob geistesabwesend. Er versuchte, das Bild der gefangenen Tiere mit seinen Vorstellungen über ihre Welt aus Wind, mit ihrem Leben vor der Entführung zu verbinden. Ein Gedicht eines Mannes namens Randall Jarrell über Fledermäuse echote in seinen Gedanken und verschwand wieder.

„Sollen wir Karten spielen?“ fragte Brown. „Bei den Ingenieuren ist gerade eine heiße Partie im Gange.“

„Ich weiß nicht.“ Etwas glitt durch seine Gedanken, flüchtig, nicht zu fassen. Fledermäuse? Mantas? Aber schon verblaßte das Bild.

„Sam ist da. Tony vermutlich auch.“ Tony besaß einen Haufen Geld und eine Schwäche für schlechte Karten.

„Tja, wenn das so ist . . .“, sagte Rob und erhob sich. „Wir sollten den anderen nicht Tonys ganzes Geld überlassen.“

Das Ingenieurdeck war funktionell konstruiert und unterschied sich völlig von der übrigen Station. Nicht daß Delta III ein Erholungsparadies war, aber offenbar hatten die Psychologen irgendwann einmal darauf hingewiesen, daß solche Kleinigkeiten wie Wände und Böden den Gemütszustand der Besatzung deutlich verbessern konnten. Hier jedoch gab es keine Wände, nur glänzende Röhrensysteme und vielfarbiges Kabelgewirr. Der Boden bestand aus gitterartigen Metallrosten, die mit Scharnieren hochgeklappt werden konnten und damit leichten Zugang zu dem komplizierten Leitungsgeflecht boten, das unter ihnen sichtbar war. Der gesamte Sektor war mit Meßgeräten und Röhren, Instrumenten und blitzenden Lampen angefüllt. In einem Winkel befand sich eine riesige Konsole, übersät mit kompliziert wirkenden Skalen und Computeranzeigen. Auf der Konsole lag ein Schinkensandwich, das zwei Bißstellen aufwies, daneben ruhten zwei Füße. Das Sandwich und die Füße gehörten Sam, der sie im gleichen Moment wie sie ihn entdeckte.

„Ihr kommt gerade rechtzeitig, Freunde", sagte Sam. „Mich juckt es bereits in den Fingern. Wie wär's mit einer Partie Poker?"

„Klar", erwiderte Rob.

„He, Bert!" Sam winkte einem der Männer zu, die sich in der Nähe befanden. „Kannst du mich ablösen? Ich habe etwas Wichtiges zu erledigen, geschäftlich, du weißt schon."

In einer Nische über dem Hauptdeck klebten die Schlaf- und Erholungsquartiere der Ingenieure. Wie die Ärzte und Krankenschwestern schliefen auch sie in der Nähe ihrer Patienten. Allerdings bestanden im Gegensatz zu den Ärzten die von ihnen behandelten Arterien aus Metall, nicht aus Fleisch, und die Herzschläge, die sie überwachten, waren die einer Station, die im Weltraum kreiste. Die Ingenieure standen in dem Ruf, eine grobe und verdrehte Gesellschaft zu sein, und auch Sam war als grob und wohl auch als ein wenig verdreht bekannt, aber kein anderer Mensch diesseits des Mars konnte mit den Maschinen besser umgehen als er. Rob und Sam begrüßten Tony und setzten sich zu ihm an den Tisch. Vor jedem Spieler lag ein kleiner Stapel Münzen, Scheine und die Kreditkarten, die auf der Station als Zahlungsmittel benutzt wurden.

Die Karten wurden gemischt, die Pokerpartie begann. Hohe Karten bestimmten das Spiel. Ihre Bewegungen, Gesten, Worte waren ein Ritual, das bereits existiert hatte, lange bevor einer von ihnen geboren worden war. Wie die Spieler in den Saloons der Mississippi-Raddampfer lehnten sie sich zurück und versuchten kühl und unnahbar zu wirken. Sie kannten nicht die Bedeutung der Asse und Achten, und vermutlich wußten sie nicht einmal, wer Doc Holliday gewesen war, aber sie spielten ihre Rollen mit Perfektion. So wie jetzt hätten sie auch an einem grünbespannten Tisch im „Last Chance Saloon" sitzen können.

Pokerspiele waren seit Inbetriebnahme der Station ein normaler Bestandteil des Lebens auf Delta III. Sam gehörte zu den wenigen, die von Anfang an an Bord gewesen waren, und das erste, was er damals getan hatte, war, sich nach drei Spielern umzusehen, die ebenfalls eine Vorliebe für derart halsabschneiderische Spiele besaßen. Den Großteil seines persönlichen Gewichtskontingents verwandte er dafür, versiegelte Spielkartensätze mitzubringen. Es gab zwar einige Beschwerden wegen häufiger Gewichtsüberschreitungen, aber der verantwortliche Schiffsoffizier pflegte sie regelmäßig zu ignorieren. Spielkarten standen zwar nie auf der Nachschubliste, aber irgendwie schien immer ein frischer Satz verfügbar zu sein.

Die Regeln waren einfach und hatten sich inzwischen gut eingebürgert: 25 Cent Einsatz, limitierter Pot und kein Spiel mit abenteuerlichen Karten. Jede Partie wurde mit verbissenem Ernst gespielt. Große Geldsummen wechselten rasch den Besitzer und wurden gewöhnlich ebenso rasch wieder zurückgewonnen. Außerdem gab es auf der Station für Geld keine andere Verwendung.

Rob zog einen König. Es schien, als ob ein guter Nachmittag bevorstand. Tony saß zu seiner Rechten. Plötzlich tauchte in seinem Bewußtsein der Gedanke auf, daß er etwas vorgehabt hatte, aber bei seinem Leben, er konnte sich nicht daran erinnern, was es war.

Julia wurde von Dr. Lennox durch ein Tablett mit Instrumenten aus rostfreiem Stahl getrennt. Über ihrem Kopf schwebten die Scheinwerfer, verbreiteten grelle Helligkeit, und in Höhe ihrer Oberlippe war auf der blauen Gesichtsmaske ein langer, dünner Schweißfleck zu sehen.

Elf Ärzte und Schwestern gehörten dem Chirurgenteam an. Je drei standen rechts und links von dem Patienten, je zwei an seinem Kopf und seinen Füßen, einer war ständig in Bewegung und half, wo immer es nötig war. Sie arbeiteten wie immer fast wortlos. Jeder einzelne kannte seine Aufgabe. Julia reichte ein steriles Tuch weiter und kontrollierte den Blutdruckmesser. Ohne aufzublicken, nickte Dr. Lennox. Die Brust des Patienten war geöffnet, gab den Blick auf sein rhythmisch schlagendes Herz frei. Die Operation trat in ein kritisches Stadium – die Transplantation der beiden Herzklappen. Ein schwieriger, aber häufiger Eingriff. Routine auf Delta III.

Vor zwanzig Jahren auf der Erde hätte der Patient keine Chance gehabt.

Patientengeschichte
Name: Times, David R.
Alter: 48 Jahre
Wohnort: Komplex 37, Ebene 5, Wash. D. C.
Beruf: Reederei-Angestellter
Familienstand: verheiratet seit 29 Jahren
Kinder: zwei, weiblich, Alter 20 und 23 Jahre
Uni-Med-Nummer: 28B-3013-52L
Medbank: DC/SW/47
Hausarzt: Dr. James Moore
Blutgruppe: 0 Rh-negativ
Allergien: keine
Diagnose: chronische Herzrhythmusstörungen, fortschreitender Verfall beider Herzklappen
Therapievorschlag: Operation und Genesung unter Niedrig-Schwerkraft
Prognose: positiv

Die Prognose war positiv, weil der Organismus durch die geringe Schwerkraft entlastet und die Operation mit der besten technischen Ausrüstung von Delta III durchgeführt wurde. Positiv, weil seine Ersatzklappen aus einer absolut reinen Legierung bestanden, die nur im Weltraum hergestellt werden konnte; eine Legierung, die verhinderte, daß sich das Blut an den Innenseiten der künstlichen Venen ablagerte, und damit allen auf der Erde produzierten Metallegierungen überlegen war. Positiv, weil er hier genesen konnte, wo keine Schwerkraft sein erkranktes Herz überanstrengte, wo sein Körper vorsichtig an die Verhältnisse auf der Erde angeglichen werden konnte. Auf der Erde wäre er in einem Jahr tot. Dank Delta III erwarteten ihn weitere achtundvierzig Jahre Leben.

Der Anästhesist, der am Kopf des Patienten saß, nahm eine kleine Korrektur vor und blickte auf die Instrumente, um das Ergebnis zu überwachen.

Die Instrumente waren fortentwickelte CRT-Monitore, die an zwei komplizierten und raffinierten Maschinen angeschlossen waren. Candy, die EEG-Technikerin, saß vor dem einen, John, einer der Chemotechniker, saß vor dem anderen Apparat.

Die Maschine, die Candy bediente, war eine fortentwickelte Version jener Anlage, die der Gehirnwellenmessung diente. Sie arbeitete auf 24 Kanälen, wovon 16 eine kontinuierliche Überwachung des EEG gewährleisteten. Weitere drei Kanäle dienten dem EKG, während die restlichen Atmung, Hautelektrizität, Körpertemperatur sowie den arteriellen und venösen Blutdruck kontrollierten.

Johns Maschine war in erster Linie ein kompaktes chemisches Laboratorium. Sie maß im Blut kontinuierlich die Konzentration von Azeton, Ammoniak, Amyl, Thrombozyten, B.U.N., Kalzium, Cholesterin, Kreatin, Natrium, Kalium, Chlorverbindungen, Glukose, SGOT, CPK und SGPT. Alle fünf Minuten warf sie die Fibrin- und PPT-Werte aus. Außerdem überwachte sie neben dem pH-Wert des Blutes die Konzentration von PO und PCO, berechnete automatisch das Säure-Basen-Gleichgewicht.

Die Ergebnisse der beiden Apparate dienten nicht nur der Operation, sondern wurden auf Band festgehalten und konnten zur weiteren Forschung benutzt werden.

„Pumpe?“ fragte Dr. Lennox.

„Bereit“, sagte einer der Techniker am Kopf des Patienten. „Eins Komma fünf Liter . . .“

„Arterienverbindung steht“, teilte eine der Schwestern mit und deutete vorsichtig auf einen Katheder, der in der Leiste des Patienten verschwand.

„Venenverbindung steht“, meldete eine andere Schwester, die Julia gegenüberstand, und deutete auf einen zweiten Katheter, der in der Höhe des Schlüsselbeines angebracht war.

„Pumpe einschalten“, ordnete Dr. Lennox an.

„Achtung“, sagte der Techniker und preßte seinen Finger auf den Alarmknopf.

LINDA verließ Dr. Turners Büro mit einem vagen Gefühl der Unsicherheit. Die Wartungstechniker waren zur Erde zurückgekehrt, und weder sie noch Dr. Turner hatten irgend etwas gefunden, das ihrem Unbehagen an den Psychoprofilen neue Nahrung gab. Dr. Turner hatte versprochen, die Daten von einem der Männer so bald wie möglich in den Computer zu geben, aber keiner von ihnen hatte Hoffnung, daß etwas dabei herauskommen würde. Möglicherweise war alles nur ein Zufall. Sie entschied, auf ihrem Weg zur Cafeteria, wo sie sich mit Rob treffen wollte, an der Intensivstation vorbeizugehen.

Die Intensivstation summte wie ein Bienenstock. Es wurden schnell und sorgfältig Vorbereitungen zur Übernahme eines Patienten aus dem OP getroffen, eine Herzoperation, bei der etwas schiefgegangen war. Außerdem war aus dem Entladeraum Code-drei-Alarm gegeben worden; eine große Kiste, die mit der letzten Fähre eingetroffen war, hatte beim Entladen zwei Männer unter sich begraben. Da man bereits jetzt knapp an Personal war, mußten mehrere Ärzte aus anderen Abteilungen zu Hilfe gerufen werden, um dem Alarm nachzukommen.

„Du siehst aus, als könntest du Hilfe gebrauchen", sagte Linda zu Susan, der Stationsleiterin.

„Das ist noch untertrieben", erwiderte Susan, schüttelte ihren Kopf. „Unsere Ablösung kommt frühestens in einer halben Stunde, und ich habe jeden zusammengetrommelt, der erreichbar war, aber es sind noch immer nicht genug Leute da. Heute kommt alles zusammen – sechs Schwestern haben sich krank gemeldet."

„Ich kann die Arbeit am Pult übernehmen", bot sich Linda an.

„Danke, das würde mir viel helfen. Ich sollte schon längst unten im Laderaum sein. Es sieht schlecht aus. Hätte nicht passieren dürfen." Sie nahm einen Medikoffer in die Hand. „Jemand hat sich einen verdammt gefährlichen Schnitzer geleistet."

„Soll ich auf irgend etwas Bestimmtes achten?"

„Wirf ein Auge auf den Monitor von Bett fünf. Das ist Mrs. Garson. Sie ist in einem prekären Stadium. Mabel kümmert sich um sie, aber das ist ihre erste Woche hier in der Abteilung. Normalerweise hätte ich sie nicht so bald angefordert, aber . . . du weißt ja, wie es aussieht."

Linda nickte. „Brauchst du mich auch heute nacht? Ich habe frei."

„Du bist ein Schatz, Linda. Mach dich nützlich, wo du willst. Ich muß jetzt fort. Noch einmal vielen Dank."

Linda machte es Freude, in der Krankenstation zu arbeiten, und sie half freiwillig aus, wenn ein Personalengpaß bestand. Früher war sie Oberschwester gewesen und hatte eine gute Stellung verlassen, um wieder die Schule zu besuchen und ihren Doktor der Psychologie zu machen. Damals war ihr die Entscheidung nicht leichtgefallen. Obwohl sie zufrieden mit ihren beruflichen Fortschritten war, vermißte sie trotz allem die Erfüllung, die ihr ihre Arbeit als Krankenschwester gebracht hatte. Sie ließ ihre Lizenz verlängern und nahm alle zwei Jahre an einem Auffrischungslehrgang teil. Jetzt kam ihr dies zugute.

Nach kurzer Zeit normalisierte sich die Lage. Einer der Männer aus dem Laderaum wurde in den OP-Saal gebracht, der andere direkt an Ort und Stelle behandelt und in seine Kabine geschickt. Mit ihm war alles in Ordnung. Susan kehrte zurück, und Linda begab sich zur Cafeteria, um Rob zu treffen.

Obwohl sie sich verspätet hatte, war Rob noch nicht da. Sie drückte an dem Getränkeautomaten eine Tasse Kaffee und nahm Platz, wartete. Dr. Faraday kam vorbei und machte ihr ein unverfrorenes Angebot. Verärgert fuhr sie ihn scharf an. Der Kaffee schmeckte bitter und war kalt. Sie vermißte Rob. Wo steckte er? Sie mußte heute noch arbeiten. In der Cafeteria waren zu viele Menschen und machten sie mit ihrem Lärm nervös. Es war heiß, und sie fühlte sich erschöpft. Sie griff nach ihrem Aktenordner und versuchte erneut, aus den Psychoprofilen einen Zusammenhang herauszulesen. Aber es verwirrte sie lediglich noch mehr. Eine weitere Tasse mit kaltem Kaffee. Sie erinnerte sich, daß man sie später am Abend zur Arbeit in ihrer Abteilung eingeteilt hatte. Vielleicht sollte sie sich vorher ein wenig ausruhen, etwas schlafen. Das erschien ihr als eine gute Idee. Sie konnte nicht ewig auf Rob warten. Wo steckte er nur? Ihr fiel ein, daß sie wütend sein sollte, und sie war es. Sie war noch immer wütend, als sie ihre Kabine erreichte, aber als sie einschlief, hatte sie vergessen, warum sie zornig sein wollte.

Maria durchschritt langsam den Korridor. Sie fühlte sich, als ob sie schwebte, als ob sie von den Dingen in ihrer Umgebung abgeschnitten war. Sie schien auf zwei Ebenen zu existieren. Auf der niedrigen, eingebildeten Ebene sprach sie mit den Leuten, die ihr im Korridor begegneten, erwiderte ihre Grüße, ihre Fragen. Aber auf der anderen Ebene, der *wirklichen* Ebene, war sie frei. Frei, wie sie es niemals zuvor erlebt hatte. Ihre Gedanken wanderten über Planeten, umspannten die Galaxis. Hier verspürte sie dieses Gefühl intensiver als an jedem anderen Ort. Hier im Korridor, aber nicht in jedem Korridor, sondern nur in diesem einen. Hier unter Freunden, vor den Türen zu anderen Welten. Sie verharrte, preßte ihr Gesicht gegen das kühle, temperierte Glas. Ihre linke Hand liebkoste gedankenverloren die Nieten entlang einer Wandfuge. Wenige Schritte weiter, durch Stahl und Glas von ihr getrennt, entfaltete sich der Schneeball. Für Maria verschwanden die Mauern.

Sie war eins mit dem Schneeball. Seine Bewegungen waren ihre Bewegungen, seine Gefühle waren ihre eigenen. Die Zeit wurde bedeutungslos, und sie spürte, wie sich ihr Stoffwechsel verlangsamte.

Tageslicht. Das Ende der bitterkalten Nacht. Der dunkle Frost ist verschwunden, ein neuer Tag angebrochen. Überleben bedeutet Nahrung, Wärme. Langsam strebt sie/er der Sonne entgegen. Wie ein Samenkorn zerbricht die schützende Hülle aus Eis. Mit großer Vorsicht tasten die Tentakel nach draußen. Ah, dort, Hitze! Mehr. Mehr. Entfalten, greifen, strecken. *Mein Gott, fühle es. Nackt auf einem Felsen über dem Ozean während der Morgenröte, und alle Sonnen deiner Kindheit erwärmen deinen Körper. Der erste Tag am Strand nach dem kältesten Winter seit Jahren. Mutter, wo bist du? Die Decke ist ausgebreitet. Wo bist du? So warm. Nahrung wartet. Leben beginnt.*

Das auf Kupfer basierende Blut, behütet vor der Kälte der Nacht in großen Hohlräumen im Innern des Schneeballs, strömt in die Glieder. Venen pulsieren, quellen auf, verbinden sich. Die Herzen schlagen schneller. Atmungsschlitze öffnen und schließen sich. Über allem glüht eine fremde Sonne. Die Mauern sind verschwunden. Endlos erstreckt sich der ausgedörrte Horizont. Eng am Boden liegend, breitet sich der flache Körper weiter aus. Augen blinzeln, nehmen hundert verschiedene Eindrücke gleichzeitig auf, die irgendwie zu einem umfassenden Gesamtbild integriert werden. *Es ist , als ob man hundert Menschen ist oder als eine Person hundertmal existiert.* Die Tentakel gleiten von seinem/ihrem/unserem/meinem Rücken, arbeiten sich durch kleine Risse, schieben Schmutz und Erdreich fort. Kälte. Die Oberfläche des Planeten ist noch immer kalt. Als ob man in gefrorenem Sand gräbt. Kleine Eisstücke zerschmelzen an den Oberflächen der Tentakel, werden rasch absorbiert, in Reservoire gepumpt; Nährstoffe werden herausgefiltert, extrahiert, verwertet, Wasser wird in das System eingefügt. Keine Verschwendung. Ein trockener Planet. Nichts darf verschwendet werden. Hohe Berge. Tausend Tentakel, tausend Finger von seinem/ihrem Rücken graben, bewegen sich, graben. Wir regen uns. Wir fühlen. Wir leben. Die fremde Sonne steht höher am Himmel, verfolgt einen Phantommond, der verblaßt. Die Luft erwärmt sich. Hitze, oh, fühle die Hitze. Kleine Geschöpfe bewegen sich in der Luft. Es ist Zeit. Wir strecken die Fühler auf unserem Rücken. *Wie schön sie sind.* Sie entfalten sich wie kleine Blumen. Aus Drüsen sondern wir eine klebrige, duftende Flüssigkeit ab. Die Flüssigkeit wird durch die Fühler zu den

Knospen an der Spitze gepumpt. Kleine Wesen werden angelockt und bleiben an der klebrigen Flüssigkeit haften. Die Fühler ziehen sich zusammen, bringen die Wesen, bringen Nahrung. Ein Maul öffnet sich am Stumpf des Fühlers. Das Wesen wird von chitinartigen Zahnreihen zermalmt. Beim Kauen spüre ich keinen Geschmack. Die Kreatur wird in ihre Bestandteile zerlegt, verarbeitet, in Energie umgewandelt. Dieser Vorgang wird von Hunderten Fühlern wiederholt. Der Tag ist nun heiß, die Sonne steht hoch am Himmel.

„Maria?"

Wir bewegen uns, bewegen uns gleichmäßig. Schneller nun, denn unser Körper ist voll neuer Kraft. Wir sind eins mit dem Boden, der Luft. Wir gewinnen Energie und Stärke von der Sonne, dem Wasser, den kleinen Wesen, aus tausend Dingen. Wir sind erfüllt von dem Glück, einen weiteren Tag zu leben. Wir untersuchen die Erde, greifen nach dem Himmel. Es gibt keine Grenzen. *Es fühlt sich so gut an.* So warm ist die Sonne. So warm.

„Ist mit dir alles in Ordnung, Maria?"

In Ordnung? Natürlich. Es ist wunderschön, dieses Einssein mit unserer Umgebung. Sie gibt, wir nehmen, wir arbeiten zusammen, wir leben, wir überleben. Eine kalte Hand auf meiner Stirn.

Stirn? Hand? Kälte?

„Maria!"

Nein. Laß mich. Es geht, verschwimmt. Ich verliere es. Die Mauern, das Glas. Nein. Die Sonne ist fort. Die Tentakel, die Fühler, die Wärme. Eine kalte Hand. Das Einssein, das Zusammensein. Fort, fort. *Nein.*

„Nein!"

„Maria? Was ist los?" Es war Jodie.

Dort verschwindet es. Ist nun undeutlicher. Fort. Fort. Hatte es jemals existiert?

Maria wandte sich von der Wand ab, blickte Jodie an. „Mir geht es gut, danke", sagte sie, aber ihre Hände zitterten.

„Bist du sicher? Du siehst schlecht aus."

„Ich habe mich ausgeruht. Ich bin ein wenig müde." Sie lehnte sich gegen die Wand.

„Kann ich dir irgendwie helfen? Dir irgend etwas bringen?"

„Nein", wehrte Maria ab. Die Wand war kühl.

„Mir geht es gut", log sie.

IM SCHMUTZ wühlen, das war etwas, das Greer beherrschte. Er hatte in dieser Hinsicht ein beachtliches Talent entwickelt und in den vergangenen Jahren oft Gebrauch davon gemacht. Wenn irgendwo etwas nicht stimmte, konnte er es binnen weniger Minuten herausfinden. Selbst wenn er keinen Unrat witterte, bereitete es ihm keine Schwierigkeiten, über andere einen Kübel Schmutz zu leeren und davon zu profitieren.

„Wenn ich recht verstehe, dann hat man Sie gefeuert, Dr. Mendoza", sagte Greer. Er saß in der Suite, die man für ihn hergerichtet hatte. Es war die größte Kabine der Station und wurde nur selten benutzt. Trotzdem war sie für seinen Geschmack zu klein.

„Nicht direkt gefeuert, Senator . . ." Carlos blickte unbehaglich drein. Greer gelang es immer, die Menschen in einen Zustand des Unbehagens zu versetzen.

„Was dann?"

„Man hat mein Rücktrittsgesuch akzeptiert. Ich reichte meinen Rücktritt ein. Man akzeptierte ihn. Das war alles."

„Warum?" fragte Greer. „Sie besitzen einen vorzüglichen Ruf."

„Es gab eine Auseinandersetzung über unser Vorgehen. Ich war in der Minderheit. Diese Minderheit umfaßte genau eine Person."

„Und diese Auseinandersetzung? Wie kam es dazu?"

„Sie betraf die Richtung, die die Erforschung der extraterrestrischen Tiere nehmen sollte. Man hielt mich für zu konservativ. Ich bin noch immer der Meinung, daß ich recht habe."

„Forschung, sagen Sie? Können Sie mir das näher erläutern?"

„Man will sie, wie mir scheint, ohne entsprechende Vorbereitungen durchführen. Wissenschaftliche Untersuchungen sollten mit der gebotenen Behutsamkeit vorgenommen werden. Es ist gefährlich, in Dinge hineinzuleuchten, über die man zuwenig weiß."

„Gefährlich? Sehr interessant, Dr. Mendoza. Ich würde gern mehr darüber wissen. Vielleicht hat man Sie nicht ordnungsgemäß angehört. Möchten Sie Platz nehmen? Hier setzen Sie sich bitte. Ich bin wirklich sehr an Ihrer Meinung interessiert."

„UND ZEHN dazu."

Die anderen waren bereits ausgeschieden, Brown war vor wenigen Sekunden fortgegangen. Rob starrte auf seine Karten, sah zu Sam, erwiderte eine lange Sekunde seinen Blick, wandte sich dann wieder seinen Karten zu. Full house. Sam bluffte vielleicht. Rob holte eine bedruckte Kreditkarte hervor.

„Hier sind deine zehn . . . und zwanzig dazu." Er warf eine weitere Karte in die Tischmitte.

„Wie du willst", sagte Sam und nahm die Herausforderung an. „Und das hier zum Sehen!"

„Full house", erklärte Rob und legte die Karten offen vor sich hin.

„Vier Zehnen", meinte Sam, grinste und warf lässig seine Karten auf den Stapel Spielmarken, Geld und Kreditkarten. „Schau sie dir an, und brich in Tränen aus."

Er schob den Stapel zu einem lockeren Haufen zusammen und verleibte ihn seinem bisherigen Gewinn ein, begann die Karten für die nächste Partie zu verteilen.

Rob ermüdete, das Glück verließ ihn. Er verlor vier todsichere Blätter. Oft deutete er seine Karten falsch, erhöhte, wenn er ansagen sollte, spielte weiter, wenn er hätte passen müssen. Wie spät war es? Die Reihe kam an ihn, er mischte mechanisch, verteilte die Karten, verlor Spiel auf Spiel. Nach jeder Niederlage warf er Geld in den Pot, gewann nie hinzu. Er verlor gegen drei Vieren und fühlte sich dumm wie Stroh.

„Das wird heute nichts mehr", erklärte er schließlich und erhob sich. „Bis bald."

Er ging davon.

Rob öffnete die Tür zu seinem Laboratorium, als ihm einfiel, daß er vorgehabt hatte, sich mit Linda zu treffen. Er ließ sie in der Cafeteria ausrufen, aber sie meldete sich nicht; kein Wunder, er kam viele Stunden zu spät. Er sah nach seinen Schnecken. Wo steckten sie? Sie waren nicht dort, wo er sie seiner Erinnerung nach zurückgelassen hatte, und es dauerte fünf Minuten, bis er den richtigen Behälter fand.

Die Schnecken waren noch nicht bereit. Er trödelte ein wenig, fühlte sich hilflos und entschied sich dann, nach Linda zu suchen. Wahrscheinlich war sie in ihrer Kabine. Wahrscheinlich war sie wütend.

AUS DEN Sandbänken des Ozeans erheben sich Korallenriffe, erinnern an die Turmspitzen unglaublicher Burgen. Tausend Farbtöne kämpfen und verschmelzen und kämpfen wieder miteinander, Schicht auf Schicht häufen sich Kalziumablagerungen aufeinander, reichen von den trüben Tiefen bis hinauf zur spiegelnden Wasseroberfläche.

Zwischen den Korallenburgen verfolgen wir unseren Weg. Heimat, das ist die wahre Heimat. Frei, unbeschwert; Bewegung fällt leicht, mühelos. Ein lässiger Schlag mit dem Schwanz, eine Drehung des Körpers, das Kräuseln einer Flosse treibt uns durch das Wasser. Wir werden ich, alle sind eins. Ich treibe, gleite durch die warme Strömung und bin von Nahrung umgeben. Nahrung ist überall; Plankton wird durch die Filter gesiebt, kleine Wesen werden eingesogen, größere Tiere angelockt, gefangen, verschlungen. Alles ist Nahrung, ununterbrochen kann man fressen, Schönheit ist überall.

Ein Schwarm fremder Geschöpfe zieht an mir vorbei. Es sind große, zerbrechliche, spindeldürre Wesen, bestehen nur aus Armen, Beinen, Antennen. Wie Spinnen, wie Krabben, wie Garnelen, die aus dünnen Drähten zusammengebogen sind. Ich wende, tauche. Sie suchen den Schutz der Korallen, verstecken sich im Schatten der wohlschmeckenden Verästelungen. Ich fange zwei, verzehre sie schnell. Sie sind knusprig und sauer wie knöcherne Zitronen. Die Korallen breiten sich aus, ein Riff von hundert Meter Länge, das im Wasser hängt wie ein riesiger Propeller. Es sieht zerbrechlich, zierlich aus. Es ist härter als Eisen. Unter dem Propeller suche und finde ich kleine gepanzerte Geschöpfe. Hinter der Panzerung sind sie weich. Sie lassen sich leicht schlucken und besitzen den Geschmack von Schwefel. Es ist nicht unangenehm.

Über mir markiert der silberne Wasserspiegel das Ende der Welt. Er bewegt sich ununterbrochen, kleine Pflanzen und warmblütige Fische ballen sich in seiner Nähe zusammen. Flöße aus Seetang treiben dann und wann über mir vorbei, verdecken die Sonne, werfen weite Schatten über diese Wasserwelt. Unten herrscht Dunkelheit, warten die Tiefen, die Täler, in die die Sonne niemals hineinblinzelt. Ich treibe fort von den Korallen und überwinde einen Meeresgraben. Er ist bodenlos. Kleine phosphoreszierende Tupfer blitzen unter mir ziellos hin und her. Die Finsternis wird nur von den Kleinen und Schwachen oder von den Großen und Gefährlichen bewohnt. Sie ist nicht die Heimat der Drachenfische. Sie ist nicht meine Heimat.

Die Heimat ist hier. Hier zwischen Licht und Dunkelheit. Heimat sind die laichenden Fluten, die Zyklen der Gezeiten, die Stürme, die Nahrung, vor allem die Nahrung.

Heimat ist nicht Metall, sind nicht die Mauern. Heimat ist der freundliche Sog der Strömungen, Heimat ist . . .

Metall? Mauern?

Maria schüttelte ihren Kopf, blickte sich im Korridor um. Sie war allein. Kalter Schweiß bedeckte ihre Haut. Sie hatte es wieder getan.

*Was geschieht mit mir?*

Mit Tränen in den Augen näherte sie sich ihrer Kabine, drehte den Drachenfischen, den fremden Welten den Rücken zu.

„ICH MÖCHTE nicht mit dir reden", erklärte Linda. „Ich bin müde, und ich muß heute nacht arbeiten. Ich brauche Ruhe."

Rob drehte das Licht an, setzte sich in den Sessel neben ihrem Bett. Er war verwirrt.

In diesen Tagen gab es viele verwirrte Menschen. Patienten, Freunde, jeder hatte ein Problem. Und im Augenblick besaß sie nicht mehr viel Geduld, um zuzuhören. Sie war müde. Sie wollte nur schlafen. Sie war ebenfalls verwirrt.

„Es tut mir leid", sagte Rob.

„Hör auf zu sagen, daß es dir leid tut. Ich will es nicht noch einmal hören."

„Ich vergaß es. Ich weiß nicht, warum. Ich habe Karten gespielt und verlor das Gefühl für die Zeit. Ich habe es einfach vergessen."

„Schau, Rob." Sie setzte sich in ihrem Bett auf. „Du gehörst nicht mir, und ich gehöre nicht dir. Wir haben beide verschiedene Interessen. Manchmal unternehmen wir gemeinsam etwas. Das ist alles. Laß es für heute damit genug sein. Du schuldest mir keine Erklärung für deine Handlungen, und ich schulde dir keine langen Gespräche, wenn ich versuche zu schlafen."

Er beugte sich nach vorn, um ihren Arm zu berühren. Sie drehte sich fort.

„Linda . . ."

„Auf Wiedersehen, Rob. Wir treffen uns morgen beim Frühstück. Dann können wir uns meinetwegen über diese gottverdammten Sandwiches unterhalten, falls du noch das Verlangen nach einem Gespräch hast."

„Aber ich . . ."

„Schalte das Licht aus, wenn du hinausgehst." Sie legte sich wieder hin.

„Bitte!"

Sie war wütend. Wenn er blieb, würde es zu einem Streit kommen. Es war früher schon geschehen. Er verließ ihre Kabine, schaltete das Licht aus und schloß hinter sich den Vorhang.

„Gute Nacht", sagte er laut.

Sie antwortete nicht.

RIGGS war zornig. Brown hatte sich bereits sieben Minuten verspätet. Wenn Gonzales später die Kontrollpulte übernahm, würde er Brown gründlich zusammenstauchen.

Trotzdem war dies nur ein Teil des Problems. Es lag nicht an Brown oder an seiner Verspätung. Es trat überall auf. In der gesamten Station wurden Fehler gemacht, liefen die Dinge nicht richtig, gab es Zwischenfälle, die es nicht geben durfte. Kleine Zwischenfälle, große Zwischenfälle. Irrtümlich war ihr gesamter Vorrat an frischem Salat aufgetaut worden; es war unmöglich, diese Riesenmengen rechtzeitig zu verbrauchen, das meiste davon würde verfaulen. Jemand hatte oben in der Astronomischen Abteilung unabsichtlich zwei Kisten mit Fotoplatten belichtet. Die wochenlange Arbeit zahlloser Menschen war damit ruiniert. Wayne hatte im Computerzentrum einen falschen Knopf gedrückt und die falschen Bänder gelöscht – seinetwegen mußten zwanzig Wissenschaftler ihre zweiwöchige Arbeit wiederholen. Es war schwierig genug, die Aktivitäten so vieler Menschen in normalen Zeiten zu koordinieren, nun wurde es unmöglich. Alles verschlampte. Es mußte etwas unternommen werden.

Als er in seiner Kabine saß, fragte sich Riggs, was er tun sollte. Er mußte die Dinge wieder ins Lot bringen, aber wie? In der Armee hätte er ein paar Esel feuern und den Rest seinen Befehlen überlassen können. Hier lagen die Dinge anders. Martin, zum Beispiel, der Clown, der am Nachmittag die Kiste nicht gesichert hatte. Er war Zivilist. Für Riggs praktisch unberührbar. Er konnte ihn weder in den Weltraum stoßen noch ihm Arme und Beine brechen oder ihn in Ketten legen. Alles, was er tun konnte, war, ihn von seinen Pflichten zu entbinden und ihn mit der nächsten Fähre zur Erde zurückzuschicken und dringend zu empfehlen, ihn nur noch auf der Erde einzusetzen. Zwei Männer fielen dem idiotischen Fehler eines unvorsichtigen Mannes zum Opfer. Es war wirklich ein dummer Zwischenfall. Und dazu auf seiner Station, bei Gott! Derartige Dinge durften einfach nicht auf seiner Station vorkommen.

Der Schreibstift in seiner Hand zerbrach in zwei Teile. Er starrte die Bruchstücke einen Augenblick an, warf sie zornig in den Abfall.

Riggs war wütend.

Maria saß steif auf der Bettkante. Julia machte Kaffee. Auf dem Tisch standen zwei Tassen, und wie kleine weiße Antennen ragten Plastiklöffel aus ihnen empor. Es war ein gemütlicher Raum; gedämpfte Farben, Kissen. Klassische Gitarrenmusik drang leise aus einem kleinen Recorder, der Geruch des Kaffees hing in der Luft. Die Frauen kannten sich gut, lebten seit zwei Jahren miteinander, waren seit drei Jahren eng befreundet. Normalerweise mieden sie in ihrer Freizeit das Thema Arbeit. Heute nacht war es anders.

„Wir hätten ihn fast verloren." Bitterkeit lag in Julias Stimme, als sie den Kaffee filterte. „Dumm. Dumm. Eine Herzklappenverpflanzung wie jede andere. Wir haben es schon tausendmal gemacht. Dumm. Man erwartete, daß man welche von den wirklich Kranken oder von den Alten verliert, aber er war erst achtundvierzig Jahre alt. Stark wie ein Ochse. Achtundvierzig! Sein Kaliumwert lag über fünf. Es hätte nicht passieren dürfen. Verdammt."

Sie tat Sahne in ihre, Zucker in Marias Tasse. Jahre der Gewohnheit führten ihre Hand, sie dachte nicht an das, was sie tat, als sie den Kaffee umrührte, den Löffel in Marias Tasse beließ und ihren eigenen Löffel auf eine kleine Serviette legte. So machte sie es immer, auch wenn Maria nie ihren Löffel benutzte und immer neben ihre Tasse legte. Es war Gewohnheit und stärker als Vernunft. „Achtundvierzig."

Maria blickte auf, nahm die dargebotene Tasse und legte den Löffel fort. Sie hielt die Tasse mit beiden Händen nahe an ihr Gesicht, schlürfte langsam den Kaffee, blickte durch den Dunst zu Julia.

„Achtundvierzig was?" fragte Maria und blinzelte.

„Er war erst achtundvierzig. Der Mann. Unser Patient. Der, den wir fast verloren hätten."

„Oh." Maria nahm wieder einen Schluck, starrte die Wand an, durch die Wand. Etwas nagte an ihr, zerrte an irgend etwas, das tief in ihrem Innern verborgen war. „Bist du jemals auf den Wellen geritten?" fragte sie.

„Wellenreiten? Sicher. Oft als Kind in den Keys. Mein Onkel Billy lebte in Key West."

„Dieser Mann. War es schlimm? Wie geschah es?"

„Der Patient? Alles geschah so schnell. Erhöhter Säurespiegel. Candy bemerkte es zuerst. Wir hätten ihn fast verloren."

Candy. EEG. Das zerknüllte Papier.

„Du haßt es, sie zu verlieren. Du hast dich niemals daran gewöhnt", erkannte Maria. „Warst du jemals unten bei den Riffen? Bei den Korallen?"

„Ein paarmal in Pennecamp. Einmal in Australien. Es war wunderschön. Ich erinnere mich, daß es kalt war." Sie saß auf der Tischkante, schwang ihre Beine hin und her. Vorsichtig schlürfte sie ihren Kaffee. „Ich meine nicht die Alten. Man erwartet, daß sie bald sterben." Es war eine Lüge. Sie hatte sich niemals mit dem Tod abgefunden, obwohl sie ihn immer vor Augen hatte. Beide wußten, daß es eine Lüge war.

„Ich erinnere mich an die Riffe", sagte Maria, starrte ins Leere, als ob sie versuchte, eine flüchtige Erinnerung festzuhalten. „Sie waren gewaltig, und das Wasser war warm. Die Dinge, die dort lebten, waren wohlschmeckend. Ich war niemals hungrig. Ich aß ununterbrochen."

„Als du ein Kind warst? In Mexiko?"

„Nein. Ja. Ich weiß es nicht. Die Dinge, die ich aß, schmeckten köstlich. Das Wasser war warm. Daran erinnere ich mich. Das Wasser war warm."

„Ich tauchte wirklich tief, als ich damals in Australien war. Das Wasser war kalt. Du weißt schon, das Große Barrier-Riff."

„Die Dinge, die ich aß, waren gut. Ich schwamm ohne Anstrengung."

„Australien war herrlich. Selbst die Wüsten mochte ich. Ich wollte dort für immer bleiben."

„Für immer. Das ist es. *La mañana eternidad.* Ewig schwimmen. Die fremde Sonne spüren. Wärme. *Caliente.*"

Die Musik brach ab. Julia glitt vom Tisch und wechselte das Band. Die Musik, die aus dem Lautsprecher drang, hatte ein Mann gespielt, der seit dreihundert Jahren tot war. Sie war zeitlos, so alt wie gestern, so neu wie morgen. Beiden gefiel sie.

„Gut, daß Candy dort war", erklärte Julia. „Nora hätte es nicht so schnell bemerkt. Wahrscheinlich wäre er gestorben."

„Die kleinen Wesen starben", erinnerte sich Maria. „Ich erntete sie von den Korallen. Sie waren geschmacklos oder bitter. Ich kann mich nicht genau besinnen."

„In Mexiko?" fragte Julia, griff nach ihrem Kaffee.

„Ja. Nein. Ich war jung. Es war gestern, heute, vor zehn Jahren. Ich stand auf einem Berg, die Sonne schien. Zwei Monde standen am Himmel." Ihre Hände zitterten. Kaffee spritzte auf ihren Schoß. Sie blickte starr geradeaus, sah nichts, fühlte nichts.

„Ist mit dir alles in Ordnung?" fragte Julia besorgt.

„Ich flog mit den Mantas, kostete ihren Wind – meinen Wind. Der Schneeball und ich fühlten die ersten Strahlen der Sonne, gruben die Erde um. Die Korallen waren hoch, das Wasser war warm."

Julia trat an das Bett, berührte Marias Gesicht, strich eine Haarsträhne zurück.

„Ich glaube . . .", begann sie.

„Nein!"

„Maria."

„Du. Meine Mutter. Die Decke. Der Strand." Sie schnappte keuchend nach Luft. Die Tasse mit dem Kaffee glitt aus ihrer Hand. Überall war heißer Kaffee.

*„Madre de Dios!"* Maria griff an ihre Brust, ihre Beine knickten unter ihr ein. Julia griff nach ihr, verfehlte sie. Maria glitt zu Boden.

Julia stand erstarrt da. *Mein Gott, nicht hier!* Eine Sekunde verging. *Nein, Maria, nicht jetzt!* Zwei Sekunden. Maria stürzte auf den Korridor, schnappte nach Luft, vergeblich. Eine Klappe schloß sich in Julias Bewußtsein. Sie war Krankenschwester. Sie wußte, was zu tun war. Ruhig bleiben. Ein Patient in Atemnot – zunächst die Luftröhre säubern. Sie kniete bei dem Patienten, der Freundin.

„Hilfe!" schrie sie, als sie versuchte, Maria festzuhalten, ihren Mund zu öffnen. „Ich brauche Hilfe!" Marias Widerstand ließ nach, gleichzeitig versagte ihre Atmung. Ihre Augen wurden glasig, blicklos. Ihr Körper zuckte, erschlaffte dann.

Julia begann mit der Mund-zu-Mund-Beatmung. Tränen flossen aus ihren Augen und auf Marias gefühllose Wangen. Man mußte Gewalt anwenden, um sie loszureißen und Maria gemäß den Anordnungen in den Krankensektor zu schaffen.

Die Musik spielte für einen leeren Raum. Komplizierte Gitarrenklänge vermischten sich mit den gedämpften Stimmen draußen auf dem Korridor. Jeder wollte wissen, was geschehen war. Marias Tasse lag in Scherben auf dem Boden, der Kaffee streckte noch immer dünne Dampffinger aus.

FÜNF Stunden später war Maria Rama-Diez tot. Alles, was in ihren Kräften stand, hatten die Ärzte getan. Es war nicht genug gewesen.

Julia mußte festgehalten, mit Tranquilizern beruhigt werden. Sie erlitt einen Schock und mußte das Krankenbett hüten. Plötzlich verschlechterte sich ihr Zustand, und man überführte sie in die Intensivstation. Zwölf Stunden später starb sie, keuchend nach Luft ringend.

Riggs riegelte die Station ab, verordnete eine strenge Quarantäne. Sie hatten einen furchtbaren Fehler gemacht.

## 4

MARIAS Tod war eine Überraschung gewesen. Julias Tod war ein Schock. Ihr Nervenzusammenbruch hatte sich in einen raschen körperlichen Verfall verwandelt. Schließlich versagte ihre Atmung. Das war alles. Es hatte nicht lange gedauert.

Die Autopsie dauerte viel länger.

Die Ärzte arbeiteten gründlich und genau. Proben wurden entnommen, Testreihen durchgeführt. Eine komplizierte Funkbrücke verband die Ärzte auf Delta III mit den besten Spezialisten, die auf der Erde verfügbar waren. Jede Bewegung eines Skalpells, jeder Zugriff einer Zange wurde von zahllosen Augen verfolgt. Die gesamte Prozedur wurde beobachtet, aufgezeichnet, analysiert. Es nahm viel Zeit in Anspruch, und als sie fertig waren, stellten sich die Ergebnisse entmutigend, wenn nicht erschreckend dar. Es herrschte Übereinstimmung, daß die beiden Frauen an akutem Atmungsversagen gestorben waren; die Ursache lag noch im dunkeln. Sie hatten zu atmen aufgehört und waren gestorben. Es war nicht viel mehr, als man vorher gewußt hatte, aber es hatte zwei Tage gekostet, dies herauszufinden.

In diesen beiden Tagen entdeckte man, daß man einem viel größeren Problem gegenüberstand. Was auch immer Maria und Julia getötet hatte: Es war ansteckend. Es verbreitete sich über die Station. Schnell.

Die ersten Symptome waren eher geistiger als körperlicher Natur und besaßen eine verblüffende Ähnlichkeit mit Senilität. Die Befallenen vergaßen Dinge, ihre Erinnerungen an Ereignisse aus ihrer Vergangenheit verblaßten, vermischten sich, sie begingen Fehler.

Schließlich folgte die körperliche Beschwerde; sie verloren die Kontrolle über ihre Muskelbewegungen, atmeten schwer.

Es hatte die Krankenstation schwer getroffen. Viele von denen, die mit Maria und Julia an jenem Abend Dienst gehabt hatten, waren in schlechter Verfassung. Die schwersten Fälle waren jene, die direkten Kontakt mit den beiden Frauen gehabt hatten. Die ersten drei Opfer hingen bereits an den Lungenmaschinen.

Unglücklicherweise waren die Ausfälle nicht nur auf den Krankensektor oder jene Bereiche beschränkt, die daran angrenzten. Andere infizierte Personen hatten keinen direkten Kontakt mit irgendeinem der Kranken gehabt. Es schien, daß sich die Seuche blindlings über die Station ausbreitete. Die Mantas hatten irgendwie damit zu tun, aber sie konnten nicht die Überträger sein. In der Zwischenzeit hatte Riggs die Mantas unter Quarantäne stellen lassen. Niemand durfte in ihre Nähe. Es war ein armseliger Versuch, aber im Moment konnten sie nichts anderes unternehmen.

RIGGS war am Ende seiner Kraft. Vor wenigen Minuten hatte man Gonzales wegen nervöser Erschöpfung in die Krankenstation eingeliefert. Die Kontrollen arbeiteten bereits mit verringerter Leistung, übertrugen nur noch die kritischen Daten. Aber selbst sie waren für zwei Männer fast zuviel, und er fürchtete, daß Brown unter dem Druck zusammenbrechen würde.

Überall in der Station sah es genauso aus. Jeder fühlte die Spannung. Es war fast, als ob sie unter Belagerung standen, und in gewisser Hinsicht traf dies auch zu. Sie führten ein Rückzugsgefecht. Dienstleistungen wurden gekürzt, Menschen wie Schachfiguren hin und her bewegt, ohne Notwendigkeit von einem Ort zum anderen versetzt. Obwohl Riggs eine Menge Leute zur Verfügung standen, wußten die meisten von ihnen nur auf sehr beschränktem Gebiet Bescheid. Alles, was außerhalb ihres Fachbereiches lag, war ihnen kaum oder gar nicht bekannt. Die Wartungsmannschaft – Mechaniker, Verwalter, Köche usw. – wurde soweit wie möglich zur Hilfe herbeigezogen. Sie taten, was sie konnten, und Riggs war ihnen dankbar. Es gab so viele Menschen, und so wenige von ihnen besaßen für diese besondere Situation eine entsprechende Ausbildung.

Wegen Mangel an Pflegepersonal hatte Riggs jeden, der auch nur entfernt dafür geeignet war, von seiner normalen Tätigkeit abberufen und den Auftrag gegeben, die Kranken zu pflegen oder sich dem Problem zu widmen, die Krankheit zu untersuchen. Der Pulsschlag der Station hatte sich verlangsamt, nur die wichtigsten Arbeiten wurden ausgeführt. Das war alles, was sie unter diesen Umständen machen konnten. Es schien, als ob jeder entweder krank war oder verzweifelt versuchte, nicht krank zu werden, den Kontakt mit infizierten Personen zu vermeiden, auch wenn man wußte, daß dies sinnlos war. Es war schwer zu sagen, wodurch man ein Opfer der unbekannten Seuche wurde. Jeder, der einem zu nahe kam, konnte ein Krankheitsüberträger sein. Das erste Zeichen war gewöhnlich ein Fehler. Riggs wartete darauf, daß jemand einen großen Fehler machen und sie alle töten würde.

Er mußte bald eine Entscheidung fällen. Delta I und Delta II hatten ihre Hilfe angeboten. Ihre Mitteilungen waren kurz und knapp gewesen: Hilfe und Unterstützung jeder Art, in jeder Form – zum Teufel mit den Kosten, zur Hölle mit dem Risiko. Sie waren Brüder und Schwestern, die im Orbit kreisten, miteinander verbunden, wie nur jene verbunden sein konnten, die sich von der Schwerkraft der Erde befreit hatten. Sie besaßen die gleichen Ängste, durchlebten die gleichen Gefahren. Es war eine Reise, die nur in eine Richtung führte. Sie achteten darauf, daß Riggs die Station abriegelte und niemand sie verließ. Trotzdem boten sie ihre Hilfe an, und Riggs mußte sich entscheiden. Es war keine leichte Entscheidung, denn er mußte seine Wünsche gegen das Leben anderer Menschen abwägen.

Greer, der sich in Riggs' Büro aufhielt, machte die Dinge nicht gerade leichter. „Ich möchte nichts davon hören, Riggs. Ich fliege mit der nächsten Fähre hinunter zur Erde. Sie können mich nicht daran hindern. Ich unterstehe nicht Ihrem Befehl." Er hatte sich vor dem kleinen Schreibtisch des Captains aufgebaut, die Hände geballt, die Knöchel weiß.

Der Captain blickte Greer mit müden Augen an; die Überlastung begann sich bemerkbar zu machen. „Es wird keine nächste Fähre geben, Senator, nicht bevor wir dieses Ding ausgerottet haben. Zwei Menschen sind tot, die Betten der Krankenstation überfüllt. Ich weiß nicht, was hier geschieht, aber bevor wir es nicht unter Kontrolle haben, wird uns niemand verlassen. Niemand."

„Verdammt, Sie können mich nicht wie einen kleinen dummen Jungen behandeln. Ich bin eine wichtige Persönlichkeit. Ich habe einflußreiche Freunde."

„Zum Teufel mit Ihren Freunden. Maria Rama-Diez war eine wichtige Persönlichkeit. Julia Carroll war eine wichtige Persönlichkeit. Wir alle sind potentielle Überträger einer unbekannten Krankheit. Es darf keine Ausnahmen geben."

„Binnen achtundvierzig Stunden wird eine Fähre bei der Station eintreffen, wenn ich es wünsche. Man wird das für mich arrangieren. Meine Freunde werden Druck am richtigen Ort ausüben."

„Sie können drücken, soviel sie wollen. Wenn eine Fähre erscheint, werde ich sie zurückschicken. Niemand verläßt die Station."

Greer starrte Riggs haßerfüllt an. Er hatte die Hälfte seines Lebens gekämpft, um eine Position zu erlangen, wo ihn niemand herumstoßen konnte, und hier war dieser kleine Wicht und sagte ihm, was er zu tun und zu lassen hatte. Es fiel schwer, es einzusehen, aber es schien, als ob Riggs alle Trümpfe in der Hand hatte, zumindest im Augenblick.

„Sie sind ein toter Mann, Riggs. Erledigt." Greer sprach langsam, drohend. „Wenn wir hier herauskommen, werde ich dafür sorgen, daß Sie Ihr Kommando verlieren . . . und noch mehr. Ich werde mich hierfür revanchieren."

„Falls wir hier herauskommen", sagte Riggs mit einem matten Lächeln, „können Sie es von mir aus gerne versuchen."

Greer stürmte wie ein wütendes Kind aus dem Raum.

Verdammter Narr, dachte Riggs und suchte in seiner Tischschublade nach Aspirin. Zu viele Kopfschmerzen, zu viele Probleme, zu dünn war die Wand zwischen ihnen und dem Verderben. Er fand die Schachtel, schluckte drei Tabletten ohne Wasser, lehnte sich zurück, massierte seine Schläfen, dachte an seine Frau.

Es war jetzt Nacht in Los Angeles, sie würde schlafen. Er schloß seine Augen, vernahm fast ihre gleichmäßigen Atemzüge, die Katze war ein warmes Bündel am Fuß des Bettes. Das Haus war dunkel, die Pumpe des Aquariums ein sanftes Summen im nächsten Raum. Die Heizung knisterte laut, wenn sie sich ein- und ausschaltete. Er hatte schon tausendmal vorgehabt, die Heizung richtig einzustellen, aber niemals hatte er Zeit dafür gefunden, wenn er zu Hause war.

Und meistens war er fort. Sie hatten vor zwanzig Jahren geheiratet, vor zwanzig Jahren, aber der Weltraum war seine ständige Geliebte gewesen. Noch immer liebte er seine Frau auf eine stille, behagliche Art, und die Stunden, die sie miteinander verbrachten, waren schön.

Sie wußte nicht, wie ernst die Lage war. Es hatte andere Zwischenfälle gegeben, andere Zeiten. Noch bevor sie davon erfuhr, war alles vorbei, abstrakte Katastrophen, die bei einer Tasse Kaffee erzählt wurden. So viele Male. So lange vorbei. Sie lebte für seine befristete Rückkehr, die Tage zwischen seinen Einsätzen. Er wußte, es bestand eine gute Chance, daß es für sie keine weiteren gemeinsamen Stunden geben würde.

Er erhob sich, unterbrach seinen Gedankenstrom. Es war beinahe Zeit, Brown abzulösen. Er betrat den Kontrollraum durch die Nebentür. Brown war in Schweiß gebadet, blickte nicht auf. Seine Doppelschicht war beendet. Sie alle hatten Doppelschichten übernommen, es war in diesen Tagen der natürliche Lauf der Dinge. *Der natürliche Lauf?* Er starrte in Browns erschöpftes Gesicht. *Wieviel kann er vertragen? Wieviel mehr davon kann jeder von uns ertragen?* Zu viele Leute, zu viele Möglichkeiten, einen Fehler zu machen. Zuviel Arbeit.

Er setzte sich in seinen Sessel und aktivierte die Kontrollen. Brown seufzte hörbar, hustete zweimal und verschwand. Das erste, was Riggs tat, war Delta II anzufunken, um sie zu informieren, daß er eine Gefährdung weiterer Personen nicht verantworten konnte, wissend, daß sie trotzdem kommen würden. Aber gleichgültig, wie sehr er sie benötigte, er durfte ihre Hilfe nicht annehmen. Es war sein Kommando, seine Entscheidung. Zu viele Entscheidungen.

Marsha Riggs, zweiundvierzig Jahre, Ehefrau, Geliebte. Verdammt!

ROB BLICKTE Jodie über die Schulter, als sie das letzte Reagenzglas mit der Kultur präparierte. Sie arbeitete langsam und sorgfältig. Zeit war wichtig, aber Genauigkeit unumgänglich. Seit Tagen hatten sie rund um die Uhr gearbeitet und nur dann und wann einen Moment geschlafen, wenn es möglich war. Jeder tat es.

Die Schistozomen, die Rob nach Delta III gebracht hatte, lagen unbeachtet in einer Ecke des Laboratoriums. Mit Marias Tod und der Ablösung von Carlos war Rob der ranghöchste Bioforscher der Station geworden. Es war eine Verantwortung, die er sich nicht ausgesucht hatte und die schwer auf ihm lastete.

Er fühlte sich unzulänglich, unvorbereitet. Es gab soviel zu tun, so viele unbekannte Faktoren spielten eine Rolle. Er koordinierte ihr Vorgehen mit dem medizinischen Stab und entlastete Riggs. Mehr Ratschläge, als er bewältigen konnte, erreichten ihn von der Erde. Er hatte sich mit Dr. Lyle, seinem Fakultätsberater, in Verbindung gesetzt, um die Vorschläge auszusieben, bevor sie nach oben geschickt wurden, aber es gab noch immer zu viele Möglichkeiten, die ohne erschöpfende Tests nicht verworfen werden konnten. Hundert Experten sandten hundert verschiedene Programme hinauf, um das Problem anzugehen, aber er verfügte lediglich über zehn oder zwölf Leute, um daran zu arbeiten. Er war überlastet und mußte sich auf die vielversprechendsten Wege konzentrieren. Aber die Zeit rann ihm durch die Hände. Und nicht nur ihm, ihnen allen.

„Sie sind fertig", sagte Jodie und trat beiseite, so daß Rob an die Kuppel treten konnte.

Die Kuppel war ein steriler Behälter von mehr als zwei Quadratmeter Grundfläche mit einer Glashaube und einer Absaugpumpe, deren Zuleitung durch die Decke des Labors führte. Prüfend bewegte er die Metallhände im Innern der Kuppel. Sie wirkten wie dünne Skeletthände aus Chrom und konnten durch einen handschuhartigen Harnisch bedient werden. Ein elektronisches Rückkoppelungssystem verschaffte Rob das Gefühl, als würden sich seine eigenen Hände im Innern der Kuppel befinden.

Unter der Glashaube waren fünfzig kleine Reagenzgläser aufgereiht. Sie enthielten eine kastanienbraune Schicht aus Blutgewebe über einer Lage filtrierter Gelatine; eine spezielle Salzlösung trennte die beiden Komponenten voneinander. Jedes Reagenzglas wurde von einem Wollstöpsel verschlossen. Dieser Nährboden war in vielen Jahren entwickelt und verbessert worden. Damit mußte es ihnen gelingen, den Organismus heranzuzüchten, der die Station verseucht hatte.

Rob arbeitete mit fließenden, leichten Bewegungen an den Reagenzgläsern. Er entfernte den Stöpsel von dem Kolben, entflammte einen kleinen Bunsenbrenner, injizierte jede Probe mit einer bernsteingelben Flüssigkeit – Serum von infizierten Personen. Er sprach laut, während er arbeitete, berichtete, welches Reagenzglas mit welchem Serum geimpft wurde. Jodie notierte seine Angaben in einer Tabelle. Schließlich hatte er alle Kolben geimpft.

„Das wäre geschafft", sagte er und erhob sich. „Setz die mit den geraden Nummern unter Sauerstoff und die ungeraden unter Karbondioxid. Nach zwölf Stunden mußt du sie zum erstenmal kontrollieren und das danach alle vier Stunden wiederholen."

Jodie nickte. „Noch etwas?"

„Ja. Sei vorsichtig, und rufe mich, wenn du den Organismus isoliert hast." Er lächelte schwach. Es war ein matter Scherz.

„Und wie wäre es mit einigen weiteren Wundern?"

„Wenn du Zeit hast, warum nicht?" Rob ging zur Spüle, wusch sich, näherte sich der Tür.

„Ich komme später zurück", sagte er. „Hypes müßte eigentlich schon mit der Spektralanalyse fertig sein; ich werde mich darum kümmern. Wenn Linda anruft, dann sage ihr, wir treffen uns nach Dienstschluß." Jodie blickte ihm nach und nahm Platz, als er die Tür hinter sich geschlossen hatte. Sie strich sich über die Stirn, es war heiß im Labor. Oder vielleicht lag es an ihr. Sie fühlte sich nicht wohl. Sie begann den Behälter zu fluten, bewegte die Reagenzgläser. Es gab viel zu tun.

ES WAR die größte Überdruckkammer, die jemals von Menschen erbaut worden war, und trotzdem war sie zu klein. Wie schon seit Tagen saß Sam vor den Kontrollen, kaute auf einer erloschenen Zigarre. Sam dachte an die *Phoenix* und wie lange es schon her war, so viele lange Jahre her. Die Zigarre schmeckte furchtbar.

Die *Phoenix* war sein erstes Schiff gewesen, ein besonderes Schiff. Wie die erste Liebe eines Mannes ist sein erstes Schiff etwas, an das er sich immer erinnern wird. Zu dieser Zeit hatte er wenig Erfahrung gehabt, war ein Neuling, ein grüner Rekrut und wurde zur *Phoenix* abkommandiert, einem Schrotthaufen, einem umgebauten Schlepper, der seine beste Zeit bereits hinter sich hatte. Die *Phoenix* war in einem abgelegenen Winkel des Arktischen Ozeans stationiert, um eine kleine Gruppe küstennaher Ölbohrplattformen vor terroristischen Anschlägen zu beschützen. Sie hatte – genau wie Sam – niemals feindliche Aktionen erlebt, sah man von einigen Manöverkämpfen ab.

Sam und die *Phoenix* waren von Beginn an füreinander bestimmt gewesen. Sam liebte Maschinen, und die *Phoenix* benötigte sehr viel Liebe. Ihre Maschinen waren schmutzig, mit mehreren Lagen verdreckter Schmiere bedeckt. Klopfen und Schnaufen waren das Ergebnis von Jahren sorgloser Vernachlässigung. Sam schuftete. Von dem Rest der Mannschaft erhielt er wenig Unterstützung. Die meisten von ihnen waren Wehrpflichtige, saßen nur ihre Zeit ab, versuchten mit so wenig Anstrengung wie möglich alles hinter sich zu bringen. Wenn die Maschinen versagten und die *Phoenix* in einem Hafen eingedockt und repariert werden mußte, um so besser. Alles war der kalten, endlosen Wacht vorzuziehen. Sie nannten das Schiff *Rostiger Eimer* und lachten darüber. Sam ignorierte sie.

Tage wurden zu Wochen, und Sam kannte bald jeden Quadratzentimeter des Maschinenraums. Dort verbrachte er den Großteil seiner Zeit; weder wußte er, noch interessierte es ihn, ob draußen Tag oder Nacht war, ob es regnete oder schneite. In seiner kleinen Welt gab es keine Veränderung, nur die Wärme der freundlich pochenden Maschinen, die unter seiner ununterbrochenen Pflege ihren Rost verloren.

Tief im Bauch des Schiffes fühlte sich Sam zum erstenmal in seinem Leben richtig lebendig. Er nahm die Maschinen auseinander, reinigte und ölte sie, nahm kleine Verbesserungen vor. Er baute kein Teil wieder ein, ehe er es nicht in der Hand gehalten, studiert und ein Gespür dafür bekommen hatte, welche Funktion es in dem Schiff erfüllte. Seine Sinne schärften, verfeinerten sich. Er fühlte in seinem Innern die Stärke der Kolben, die das Schiff antrieben. Das Labyrinth der Pumpen und Röhren offenbarte ihm langsam seine Geheimnisse. Hartnäckig spürte er den Röhren nach, folgte den Pumpen, bis er sie in- und auswendig kannte; besser sogar als die Straßen seiner Heimatstadt. Sie wurden ein untrennbarer Bestandteil seines Körpers; seine Vergangenheit, Gegenwart, Zukunft. Er lernte, seinen Ohren zu vertrauen. Ein leises Knacken, fast unhörbar im stetigen Brummen des Schiffes, schmerzte in seinen Nerven, bis er die Ursache gefunden hatte: ein verbrauchter Umsetzer, ein Schwirrton in einem Kugellager, das ausgewechselt werden mußte. Er lernte, seinem Gefühl zu vertrauen; ein schwaches Vibrieren der Bodenplatten sagte ihm, wo der Fehler lag. Er ruhte nicht, bis das Schiff perfekt funktionierte, und als es perfekt funktionierte, griffen die Terroristen an.

Sie überfielen das Schiff, weil es zwischen ihnen und den Bohrplattformen lag, die sie zerstören wollten. Für sie bedeutete es nichts anderes als ein Hindernis. Sam sah es als persönlichen Angriff an. Es war sein Schiff, das sie angriffen, es waren seine Maschinen. Er war überall, er war wie ein Schatten. An Deck und im Maschinenraum bekämpfte er sie mit Gewehren und Schraubenschlüsseln. Die Mannschaft geriet in Panik, Sam in Raserei. Irrwitzige Wut erfüllte ihn, die Wut eines Hundes, der sein Revier verteidigte. Sie feuerten ein panzerbrechendes Geschoß in den Maschinenraum. Überall war Feuer und Rauch. Irgendwie gelang Sam die Flucht, trotzte er den Flammen und Brandblasen. Auf dem Höhepunkt des Kampfes befand sich Sam an Deck und erteilte für den gefallenen Kapitän die Befehle. In Sam klopfte nur noch feuriger Zorn. Glücklicherweise verfügte diese Terroristengruppe offenbar nicht über Raketen, oder wenn sie welche besaßen, dann hoben sie sie für die Bohrplattformen auf. Es spielte keine Rolle – alles, was sie hatten, nahmen sie mit auf den Meeresgrund. Sam blinzelte, und alles war vorbei.

Hinterher erhielt Sam Empfehlungen, Auszeichnungen, Lobgesänge und einen langen Hospitalaufenthalt. Seine Brandwunden heilten langsam, schmerzhaft, und erst eine Anzahl Hauttransplantationen retteten ihm das Leben. Die Militärakademie wurde auf ihn aufmerksam. Wichtige Leute in Uniform besuchten und sprachen mit ihm. Er wurde Tests unterzogen. Man sagte, daß er das Zeug zum Offizier hätte.

Zeug? Ein Offizier? Sam war sich dessen nicht so sicher. Alles, was er wußte, war, daß in der Dunkelheit des Maschinenraums etwas sehr Wichtiges mit ihm geschehen war. Etwas Lebendiges in ihm war an die Oberfläche gelangt. Aber noch mehr schlummerte nach wie vor in ihm, und nur eine richtige Ausbildung würde es erwachen lassen. Eine Ausbildung – sie war sein einziger Wunsch, wollte er nicht den Rest seines Lebens unglücklich sein. Er unterzog sich weiteren Prüfungen. Schließlich trat er in die Akademie ein.

Vier Jahre später promovierte er. Es waren vier lange Jahre gewesen, kein Zweifel. Sam hatte sich niemals für klüger als andere gehalten, aber er wußte, wenn er doppelt so hart wie die anderen in seinem Lehrgang arbeitete, dann hatte er eine Chance. Es gelang. Langsam enthüllten Blaupausen und Schemazeichnungen ihre Geheimnisse, wurden zu Maschinen, die lebten und arbeiteten. Ein Stipendium finanzierte seine Ausbildung, Poker seine Ausgaben. Als er sein Diplom erhielt, war er nicht der Klassenbeste, aber auch nicht das Schlußlicht.

Sein erster Einsatz war der Dienst auf einem Unterseeboot, und er betrachtete ihn als Herausforderung; so viele neue Dinge, die er lernen mußte. Er lernte gut. Bald arbeitete er mit der *Red Squad*, einer Eliteeinheit, die sich auf Unterseerettung spezialisiert hatte. Nicht viel später wurde er stellvertretender Kommandant der Truppe, arbeitete in Newport News. Dort bekam er zum erstenmal näheren Kontakt mit einer Kammer.

Die Überdruckkammer besaß große Ähnlichkeit mit einem Unterseeboot. Jene in Newport News erinnerte an einen riesigen Druckkessel und bot fünf Personen Platz. Der Druck im Innern wurde wie in einem Unterseeboot kontrolliert. Hauptsächlich diente sie der Behandlung von Tauchern, in deren Blutkreislauf durch den Druck tiefer Meeresschichten und durch schnelle Dekompression Nitrogenbläschen eingedrungen waren. Die Patienten wurden in der Kammer hohen Drücken ausgesetzt, die sich allmählich verringerten und das Nitrogen durch Sauerstoff ersetzten.

Die Kammer hatte auch andere Aufgaben. Gasbrand konnte in der Kammer behandelt werden, indem man die Atmosphäre in reinen Sauerstoff verwandelte und den Druck erhöhte. Die Behandlung mit reinem Sauerstoff war bei vielen Krankheiten erfolgreich. Sam wurde ausgebildet, die Kammer während seiner kurzen Aufenthalte in Newport News instand zu halten. Man setzte fast immer Personal von den U-Booten an den Kontrollen ein.

Da die Kammer in Newport News die größte südlich von Baltimore war, herrschte nie Arbeitsmangel. Sam gefiel es, mit dem medizinischen Stab zu arbeiten, er liebte es, ständig beschäftigt zu sein, neue Dinge zu lernen. Er war ein Mensch, den Stillstand schreckte, und so griff er zu, als sich ihm die Chance bot, in den Weltraum zu gelangen.

Zehn Jahre im All – und hier saß er wieder an den Kontrollen einer Überdruckkammer. Manche Dinge änderten sich nie. Die Zigarre schmeckte schrecklich.

SUSAN blickte Sam durch die Luke an, bannte seine Augen.

„Zehn Faden und abfallend", sagte er. „Erreichen drei Atmosphären in der normalen Zeit. In fünf Minuten müßte es soweit sein." Seine Stimme klang blechern aus dem kleinen Lautsprecher der Überdruckkammer.

Susan nickte. „Danke Sam", sagte sie.

„Nichts zu danken, Mrs. Walker."

Susan mochte die Arbeit in der Kammer, sie war eine der Hauptgründe, warum sie sich für Delta III beworben hatte. Sie hatte an der großen Kammer in Baltimore gearbeitet, aber diese hier war noch größer, noch besser. Zumindest dann liebte sie die Arbeit, wenn die Dinge ihren normalen Lauf nahmen, wenn sie nicht wie jetzt am Rand der Panik standen.

Normalerweise wurde die Kammer auf Delta III in der Genesungsphase der Herzpatienten benutzt. Hin und wieder war es auch ratsam, Operationen unter dem hohen Sauerstoffdruck der Kammer durchzuführen. Und vor allem wurden hier Patienten behandelt, die an Gasbrand erkrankt waren. Oft brachte man sie mit den Fähren für einen Monat von der Erde auf die Station. Außerdem diente die Kammer auch Forschungszwecken.

Seit Susans Ankunft auf Delta III waren fünf Dekompressionsfälle in der Kammer behandelt worden, und immer ging es um Leben und Tod. Unfälle im Weltraum verziehen keine Verzögerungen, bedeuteten ein Wettrennen mit der Zeit.

Nun wurde die Kammer vierundzwanzig Stunden am Tag verwendet. Zwar konnte man die Krankheit – oder was auch immer es war, das die Station befallen hatte – nicht heilen, aber man konnte die Symptome lindern, vor allem dann, wenn die Atmung der Patienten aussetzte. Die Ärzte gingen zweigleisig vor. Zunächst schloß man die Patienten an eine Lungenmaschine an, ließ das Gerät für sie atmen. Danach schaffte man die Erkrankten so schnell wie möglich in die Kammer. Der hohe Druck preßte nicht nur Sauerstoff in den Kreislauf der Patienten, sondern das Blut nahm auch mehr davon auf, als normalerweise möglich war. Die Wirkung hielt noch kurze Zeit nach Verlassen der Kammer an. Der Idealzustand sah vor, daß sich der Patient ununterbrochen in der Kammer aufhielt, aber nicht nur mögliche Komplikationen durch die Folgen von Sauerstoffvergiftungen sprachen dagegen – es gab einfach zu viele Patienten. Die Kammer konnte nur von zehn Personen gleichzeitig benutzt werden, von zwanzig, wenn man eng zusammenrückte, und sie war immer überfüllt. Die Patienten kamen und gingen. Niemand durfte länger als die veranschlagte Zeit in der Kammer bleiben, auch wenn dies für viele das Todesurteil bedeuten mochte. Es gab keine andere Möglichkeit.

Susan war an Krisensituationen gewöhnt, sie gehörten zu jenen Dingen, die sie dazu veranlaßt hatten, Krankenschwester zu werden. Der Tod begegnete ihr in vielen Variationen. Damals, vor Jahren, als auf dem Cape die Raumfähre an der Startrampe explodiert war, hatte sie mitgeholfen, die zahllosen Verwundeten zu versorgen, die Toten aus den Trümmern zu holen. Seitdem hatte sie geglaubt, daß sie nichts mehr beeindrucken konnte. Sie irrte sich.

Diese neue Situation überforderte sie, auch wenn sie es sich nicht eingestehen wollte. Niemand anderem erging es besser, niemand war in guter Verfassung. Es gab mehr und mehr Patienten, denen es langsam schlechter und schlechter ging, ohne daß jemals eine Besserung eintrat, ohne daß jemals der gesundheitliche Verfall gestoppt wurde. Und immer waren es Menschen, die sie kannte, mit denen sie zusammengearbeitet und gesprochen hatte. Unwillkürlich fragte sich jeder, ob er vielleicht der nächste sein würde. Die meisten Schwestern waren am Ende ihrer Kraft. Die Behandlung einer infektiösen Krankheit, deren Erreger unbekannt war und über deren Verbreitung es nur Vermutungen gab, war ein gefährliches Geschäft. Sie verdrängten das Risiko und arbeiteten weiter. Einer nach dem anderen brachen sie zusammen, lagen Ärzte und Schwestern neben ihren Patienten. Manchmal überfiel sie Hoffnungslosigkeit, manchmal befürchtete Susan den Tod aller Menschen an Bord der Raumstation. Dann tat sie das einzige, was sie tun konnte – sie biß die Zähne zusammen und arbeitete weiter. Arbeit ließ sie den Tod ein wenig vergessen.

Die Kammer hielt sie beschäftigt, vertrieb die Ängste. Bis jetzt war noch niemand geheilt, sondern nur eine kleine Weile länger am Leben erhalten worden. Im besten Fall verzögerten sie den Verlauf der Krankheit, aber es war das einzige, was in ihrer Macht stand.

BEIDE hingen ihren Gedanken nach. Wie ein aufgeregter Bienenschwarm tanzten in Robs Gedanken tausend Bilder, tausend Fetzen zahlloser Experimente, die sie durchgeführt hatten und noch durchführten. Linda versuchte sich zu entspannen. Sie hatte den Morgen als Psychologin gearbeitet und war für den Nachmittag als Krankenschwester eingeteilt. Nur selten fand sie Ruhe.

Sie saßen schweigend am Rand der leeren Null-g-Zone, genossen gemeinsam die Stille, genossen das Gefühl, beieinander zu sein. Ein Metallstab hing in der Hallenmitte, rotierte langsam um die eigene Achse. Die Null-g-Zone war verlassen, niemand hatte mehr die Zeit und die Kraft, hier zu arbeiten. Rob hatte seinen Arm um Linda gelegt, und ihr Kopf ruhte an seiner Schulter. Sie sahen den kreisenden Bewegungen des Metallstabes zu, wortlos, einträchtig.

Sie waren zusammen.

Lindas Haar kitzelte in Robs Gesicht und rief Erinnerungen wach, alte Erinnerungen. Tümmler spielten. Sonnenaufgang über dem Ozean. Hand in Hand in der salzigen Brise. Der Morgenwind vom Meer war kalt, sie trugen Shorts und T-Shirts, fröstelten leicht, hielten sich an den Händen, hielten einander fest. In der Ferne war ein Schwarm Pelikane zu erkennen, Möwen drängten sich am Strand, legten eng die Flügel an, drehten sich dem Wind zu. Jede Muschel war einzigartig. Wie Kinder sammelten sie sie, wuschen sie in der Brandung, zeigten sie einander, verzaubert von den Farben, den vielen Formen, der Art, mit der das Meer sie geschliffen hatte. Dann legten sie sie fort, und Monate später, einen Kontinent weiter, öffnete er oder sie eine Schachtel, und da lag eine Muschel, nur eine einfache Muschel und doch so viel mehr.

Ein schöner Sommer. Kurz zuvor waren beide Prä-Med geworden. Sechs kurze Wochen lagen vor ihnen, dann würden sie eine Zeitlang getrennte Wege gehen. Gott, wie jung sie gewesen waren. Sechs Wochen. So viele Dinge waren gesagt, so viele Dinge getan worden. Die Zeit stand still.

Köstliches Bier in einer Bar auf einer Düne über dem Meer. Eine Frau lief über den leeren Strand, zwei Hunde an ihrer Seite. Dobermänner. Die Bar war früher einmal eine Rettungsstation der Küstenwache gewesen, besaß massive Deckenbalken, und das Holz der Fassade war sonnenverbrannt. Es war ihre bevorzugte Bar, weit von der Stadt, einsam zwischen den Dünen stehend. Am Horizont glitten Schiffe durch die Fluten. Sie verliehen ihnen seltsame Namen und exotische Ziele, erfanden Geschichten über ihre Kapitäne und Besatzungen. Sie lachten viel, waren wie Kinder.

Einen Tag lang segelten sie auf einem gemieteten Katamaran, der lautlos das Wasser einer langen, geschützten Bucht durchpflügte. Eine Mangroveninsel unter anderen Mangroveninseln; isoliert, ein kleiner Sandstrand. Sie rannten nackt über die Insel, liebten sich, genossen das Leben. Dunkelheit brach herein, und mit ihr kam die seltsame Schwere in den Gliedern; Furcht, so alt wie der Mensch, Furcht vor der Dunkelheit, Furcht vor dem Unbekannten. Langsam kamen die Positionslampen des Marineschiffes näher. Sie waren nie wirklich in Gefahr gewesen, aber der Vermieter des Katamarans schien erleichtert, daß er sie gefunden hatte. Einige Gläser Bier in der Hotelbar, ein paar weitere Erlebnisse, die sie teilten, die sie aneinanderbanden.

Der letzte Tag des Sommers. Er fuhr fort zur Johns-Hopkins-Universität, sie zur UCLA. Verschiedene Wege, eine ungewisse Zukunft. Zum letztenmal gingen sie am Strand spazieren, sammelten Muscheln, vergaßen die Zeit, aber die Uhren tickten weiter, jedes Rollen der Brandung war ein weiterer Moment, der unwiederbringlich verloren war. Sie setzten sich auf eine Düne und sahen die Wellen kommen und gehen. Zeit verstrich. Das Leben konnte manchmal so einfach sein, manchmal so kompliziert. Sie sprachen davon, um die Welt zu segeln, alles hinter sich zu lassen und eine Insel zu suchen, auf der sie leben wollten. Sie spielten, aber während sie spielten, veränderten sie sich, bereiteten sich auf die Zukunft vor.

Als Rob in seiner neuen Wohnung seinen Koffer auspackte, fiel aus einem seiner zusammengefalteten T-Shirts ein Seestern. Er hob ihn auf, setzte sich aufs Bett und dachte an Linda, die so viele Kilometer von ihm entfernt war, und er fragte sich, wann sie die Muschelkette finden würde, die er in ihrem Gepäck versteckt hatte.

Er lächelte bei dem Gedanken, veränderte langsam seine Position.

Der Metallstab hing noch immer in der Luft.

Linda beobachtete, wie er rotierte, kreiste. Zeit wurde unwichtig. Es tat gut, mit Rob dazusitzen und nicht mehr an den Tod, die Kranken, die Station, an nichts mehr zu denken. Sie konnte sich bei Rob entspannen, ohne sich verstellen zu müssen, ohne Maske, ohne Fassade. Die Jahre hatten ihnen soviel gegeben. Bei Rob konnte sie sie selbst sein, gut und schlecht. Er verstand sie. Manchmal . . ., nun, sie waren beide Menschen, mit all ihren menschlichen Fehlern und Schwächen. Sie wußte, daß sie dazu neigte, ungeduldig und reizbar zu sein, wenn etwas nicht so richtig lief. Manchmal benahm sie sich unerträglich. Und Rob konnte so in seiner Arbeit aufgehen, daß er alles andere vergaß. Manchmal schien er ihr fremd. Beide liebten ihre Arbeit, sie war ein Teil ihres Lebens. Es gab auch andere Dinge. Dinge, die sie teilten. Dinge, die sie gemeinsam unternahmen.

Sie hatten sich auf der Universität von Kansas kennengelernt, zusammen einen Kursus über Vergleichende Anatomie besucht.

Sie war – wie alt – achtzehn, neunzehn gewesen? So lange her. Irgendwo zwischen den Haien und Fröschen im Labor hatte er sie ausgefragt. Sie waren Studenten im zweiten Semester. Drei herrliche Jahre verbrachten sie zusammen. Lange Nächte, in denen sie lernten, ungezählte Tassen Kaffee tranken und zuwenig Schlaf fanden. Einige Partys, viele lange Spaziergänge, Fußballspiele. All die normalen Dinge, die plötzlich ganz anders wirkten. Sie erinnerte sich an den Hund Skippy. Sein Fell besaß die Farbe von Erdnußbutter. Sie fanden ihn eines Nachts am Straßenrand. Jemand hatte ihn geschlagen und zum Sterben ausgesetzt. Rob hielt ihn in seinem Schoß, als sie zu dem Tierarzt fuhren. Zwei gebrochene Beine und Kopfverletzungen. Wie Erdnußbutter mit einem weißen Fleck an der Kehle. Ein Mischling, ein Bastard. Seine Beine heilten, aber von nun an war er anfällig für Krankheiten. Sie liebten ihn, sorgten für ihn. Eine Woche vor ihrer Promotion starb er, mit seinem Kopf in Lindas Schoß. Er starb schnell. Er war ein feiner Hund gewesen.

Linda preßte sich enger an Rob. Bei ihm mußte sie nicht immer stark sein. Es war schwer, stark zu sein, wenn man sich überall dem Tod gegenübersah. Sie dachte an Skippy. Sie fühlte sich wie ein kleines Mädchen. Es tat gut, einen Augenblick etwas zu fühlen.

Alles schien so hoffnungslos.

Sie blickte auf und sah Rob mit Tränen in den Augen an.

Er küßte die Tränen fort.

Im Schlaf warf sich Riggs hin und her. Mantas jagten ihn über eine endlose Wüste. Die Sonne war heiß, er glitt aus, fand nirgends Halt. Sie (es war ein Paar, es war immer ein Paar) stießen auf ihn herab, warfen ihn zu Boden. Sand in seinem Mund, seinen Augen. Seine Füße waren wund, blasenbedeckt, sein Körper war mit Kratzern übersät. Die Sonne war heiß. Er richtete sich auf, nur um sofort wieder niedergestreckt zu werden. Immer das gleiche, wieder und wieder. Er warf die Bettdecke zurück, der Traum entfernte sich. Er würde zurückkehren. Er kehrte immer zurück.

Jodie begann mit der Analyse. Es war heute die fünfte Probe, die sie dem Test mit dem Aminosäurenanalysator unterwarf. Sie führte das Präparat in die Glassäule ein und justierte den Zeitmesser.

Pumpen summten, und der Druck erhöhte sich, die Maschine nahm die Arbeit auf.

Jede Analyse nahm zwei Stunden in Anspruch, wenn man die große und die kleine Drucksäule benutzte. Dies war der bedeutende Nachteil dieser besonderen Maschine; sie benötigte zuviel Zeit. Das beste Resultat, das sie am Tag erreichen konnten, waren zwölf Proben. Von wie vielen?

Sie warf einen Blick auf die rund fünfzig Reagenzgläser in der Kühlbox. Jeden Tag kamen neue hinzu. Sie stammten von verschiedenen Patienten oder waren den gleichen Patienten an verschiedenen Tagen entnommen worden. Es würde ihnen niemals gelingen, alle zu untersuchen. Sie zuckte die Achseln. Andere entschieden, welche Proben analysiert werden sollten, ihre Aufgabe war es, die Maschine zu bedienen.

Es war eine nützliche, aber zeitraubende Apparatur. War jemand krank, zeigte sie gewöhnlich eine Störung des Aminosäurewertes an. Wenn man untersuchte, welche Aminosäuren davon betroffen waren, konnte man diese Störung zurückverfolgen und die Ursache herausfinden. Vielleicht lieferte sie ein Mittel gegen die Seuche. Vielleicht. Jodie zwsächlich Forschungszwecken. Forschung, bei der man über ausreichend Zeit verfügte. Und dies war jetzt einfach nicht der Fall. Es war ihre Aufgabe, und sie beklagte sich nicht. Als sich die Nadeln des Recorders zu bewegen begannen, notierte Jodie in der Tabelle: laufende Nummer des Präparates, Name des Patienten, das Tagesdatum, Datum der Probenentnahme, Art der Präparierung, Versuchsnummer, Zeit. Nun blieb ihr nichts anderes zu tun, als zu warten. Die Nadeln zeichneten blaue, rote und grüne Linien.

Es klopfte an der Tür. Jodie drehte sich um und erblickte Rich, der mit einem Drahtkorb voller Reagenzgläser hereinkam. Weitere Proben.

„Einen wunderschönen guten Morgen“, grüßte er.

„Morgen?“ wiederholte sie. „Ich hätte schwören können, es sei Mitternacht.“

„Für mich ist es Morgen“, erklärte Rich. „Ich habe meine acht Stunden im Sack und bin fertig.“

„Grrr“, machte Jodie. Richs ständige Fröhlichkeit war eine Maske. „Stell ihn dorthin.“ Sie deutete mit einer müden Armbewegung auf die Bank. „Ich werde mich gleich daranmachen.“

„Was immer du willst, mein Schatz.“ Er setzte den Korb mit

übertriebenem Schwung ab. „Nichts zu danken." Er wandte sich zur Tür.

„Und da wir gerade von Dank sprechen", sagte er, im Türrahmen stehend. „Was machst du, wenn du mit deiner Arbeit fertig bist?"

„Falls ich jemals mit ihr fertig werden sollte, begebe ich mich schnurstracks in mein Bett."

Rich runzelte die Stirn.

„Allein", erklärte sie fest.

„Du kannst einem Mann einen Versuch nicht übelnehmen", sagte er lächelnd.

„O doch, das kann ich. Auf Wiedersehen."

„Wir reden noch einmal miteinander."

„Zweifellos", nickte sie, als er die Tür hinter sich schloß.

Jodie schüttelte den Kopf. Noch mehr Arbeit. Sie schien niemals zu versiegen, wurde zu einem endlosen Strom. Die Tabellen und Listen, die sie erstellte, waren ihre einzige Möglichkeit, Ordnung in das Chaos zu bringen. Die sauberen Namens-, Proben- und Testaufstellungen waren für sie ein Anker, etwas Wirkliches, an das sie sich klammern konnte, während alles andere um sie herum zusammenbrach. Sie erhob sich und ging hinüber zu den Proben, die Rich gebracht hatte.

Blutproben. Die Patienten von heute. Sie notierte weitere Namen und Nummern, die sie von den versiegelten Reagenzgläsern ablas, legte sie in die Zentrifuge, stellte die Stoppuhr auf zehn Minuten. Ein leises, gedämpftes Winseln fiel in das Geräusch des Aminosäurenanalysators ein. Jodie setzte sich und griff nach ihrer Teetasse. Kalt. Verdammt. Auf nichts konnte man sich mehr verlassen. Für einen Moment wünschte sie, ein wenig von Richs Optimismus und Robs Entschlossenheit und Ausdauer zu besitzen. Während sie auf das Auslaufen der Zentrifuge wartete, döste sie leicht in ihrem Sessel, entfernte sich von allem. Die Hintergrundgeräusche riefen Erinnerungen wach, und mit geschlossenen Augen konnte sie sich fast in das Labor in Community zurückversetzen, vergessene Jahre, seit langem vorbei. Viel einfachere Zeiten. Sie döste und fragte sich, ob Thelma noch immer dort war. Wie war es Larry ergangen?

Ein leiser Laut erklang, ein Knirschen. Sie öffnete die Augen. Alles wurde von dem Geräusch der Zentrifuge übertönt, die Herkunft des Knirschens war nicht zu ermitteln. Sie blickte sich im Zimmer um. Nichts . . ., nichts . . ., dort. Der Druckmesser des Aminosäurenanalysators schlug aus. Sie hatte vergessen, die Sicherung einzuschalten. Sie sprang zu der Maschine, um das Notventil zu öffnen. Zu spät.

Die beiden Glassäulen der Maschine explodierten unter dem Druck. Glassplitter spritzten in alle Richtungen. Etwas schmorte knisternd durch, Rauch erfüllte das Labor.

Jodie war mit Hunderten winziger Schnittwunden übersät, aber sie bemerkte es nicht. Sie hatte einen Fehler gemacht. Es war ihr Fehler. Sie war blutüberströmt, es spielte keine Rolle. Sie schrie, aber der Schmerz hatte sie noch nicht erreicht.

*Mein Fehler. Beide Säulen hin. Die ganze Arbeit. Soviel Rauch. Ersatz von der Erde. Für immer vorbei. Die ganze Arbeit. Mein Gott, das Blut. Der Schmerz! Nein. Nein. Gott! Das Blut.*

Jeff benötigte drei Minuten, um aus dem angrenzenden Labor herbeizustürmen und sie herauszuzerren. Sie erschienen ihm wie Stunden. Er wußte nicht, wo er sie anfassen sollte, überall war Blut. Sie schrie noch immer. Und überall Rauch.

„. . . UND WIE bereits in unserer letzten Nachrichtensendung erwähnt, sind nicht die Weltraumstationen an sich gefährlich, sondern sie werden schlecht geleitet und verfügen nicht über ausreichende Sicherheitseinrichtungen. Selbst die auf ihnen beschäftigten Wissenschaftler scheinen dem zuzustimmen. *(Schnitt von der Großaufnahme des Weltraumlaboratoriums zu dem Grundriß)* Doktor Carlos Mendoza erklärte kürzlich, daß die dort durchgeführte Forschungsarbeit verantwortungslos sei. Die Ereignisse scheinen ihm recht gegeben zu haben. *(Schnitt zu einer langen Aufnahme der Station)* Was also befindet sich über unseren Köpfen? *(Schwenk zurück, Musik setzt ein)* Ist es etwas, das die Menschheit retten wird? *(Das Bild erstarrt)* Oder wird es uns alle töten? *(Schneller Schnitt zum Nachrichtensprecher, Großaufnahme, Musik aus)* Heute morgen wurde auf Capitol Hill die Gesetzgebende Versammlung einberufen, um sich mit der Weltraumstation zu beschäftigen und diesbezüglich Notfallmaßnahmen zu beschließen. Die UNO debattiert gegenwärtig in einer Sondersitzung die jüngsten Ereignisse und ihre möglichen Konsequenzen. In der Zwischenzeit wird Arnold Greer, Senator von New Jersey und aussichtsreicher Kandidat für das Amt des Präsidenten, praktisch als Gefangener auf . . .“

ROB ZERKNÜLLTE den Papierbogen und warf ihn in den Recycler. Eine weitere Sackgasse. Jeffs Gruppe hatte mit leeren Händen aufgegeben. Es bedeutete wieder einen Schritt zurück, die Suche nach einem anderen Weg. Weitere verlorene Zeit.

Aber wie sollte er nun vorgehen? Sein Schreibtisch war übersät mit den Vorschlägen der irdischen Wissenschaftler. Er fühlte sich nicht einmal qualifiziert, sie zu beurteilen, noch viel weniger, die Resultate dieser Pläne zu überprüfen. Jeff war nur ein Techniker, und die Leute, mit denen er zusammenarbeitete, waren kaum oder gar nicht für diese Tätigkeit ausgebildet. Sie waren Besatzungsmitglieder, die Riggs zu dieser Arbeit abkommandiert hatte und die angeleitet und beaufsichtigt werden mußten. Wie konnte man da erwarten, etwas zu erreichen?

Rob trat zur Spüle und spritzte sich kaltes Wasser ins Gesicht, versuchte seine Gedanken zu sammeln. *Falsch. Ich muß positiv denken. Wir haben hier eine gute Mannschaft, sogar die beste. Tüchtige Leute. Die besten Köpfe der Erde arbeiten für uns. Wir haben eine Chance. Eine kleine. Aber immerhin eine Chance. Wir können es schaffen. Wir müssen es schaffen.*

Rob war versucht, die Computertechniker anzurufen, änderte jedoch seine Absicht und entschied, zu ihnen hinüberzugehen und mit ihnen zu reden. Der Spaziergang würde vielleicht seine Gedanken klären.

Die Gänge lagen verlassen da. Auf seinem Weg zum Computerzentrum begegneten ihm nur vier Menschen, und sie wirkten verwirrt, geistesabwesend. Seine Schritte echoten hohl. Er fühlte sich sehr einsam, wie bei einem Spaziergang durch ein Kaufhaus nach Ladenschluß oder, vielleicht besser, wie auf dem Deck des Fliegenden Holländers.

Obwohl Rob schon oft im Computerzentrum gewesen war, fühlte er sich dort noch immer wie ein Eindringling. Die Computertechniker waren seltsame Menschen; es war beinahe so, als würden sie eine andere Sprache sprechen, in einer anderen Welt leben. Ray war der einzige von ihnen, den er näher kannte; sie hatten vor Beginn all dieser Ereignisse mehrere Male zusammen Karten gespielt. Wie als Kontrast zu den verlassenen Tunnelgängen herrschte im Computerzentrum Leben, Geschäftigkeit. Er stand für einen Moment ein wenig verloren im Türrahmen, entdeckte Rays buschigen Kopf auf der gegenüberliegenden Seite des Raumes und schritt auf ihn zu.

„Ray, gibt es etwas für mich?"

„Wir sind jetzt mit Beltsville verbunden", erwiderte Ray. „Willst du zuschauen?"

Rob nickte, und Ray führte ihn zu einem Terminal. Zahlen zuckten über den Bildschirm, zu schnell, als daß er ihnen folgen konnte. Unter dem Monitor klapperte ein Ausdrucker, Blatt auf Blatt quoll heraus, schichtete sich aufeinander. Sie waren ebenfalls mit Zahlen übersät, und nichts davon ergab für Rob irgendeinen Sinn.

„Was ist das für ein Zeug?" fragte Rob.

Ray lachte. „Es sind deine Enzyme, die du heute morgen gebracht hast. Wir haben sie verschiedenen Analysemethoden unterzogen."

Rob starrte auf die obersten Papierbogen, kniff die Augen zusammen, als ob er den Sinn der Zahlenkolonnen verstehen und die verborgene Wahrheit erahnen könnte, wenn er intensiv hinsah. Er versagte vollkommen. Es waren nur endlose Reihen von Zahlen. Sie bedeuteten nichts.

„Ich habe keine Ahnung, was das bedeuten soll, Ray."

„Es ist ganz einfach", sagte dieser und riß ein Blatt von dem Papierstoß ab. „Dies hier sind die Patientenkennziffern, dies sind die Enzyme, die du untersucht hast, natürlich codiert, und dies sind die Testergebnisse." Er strich mit seinem Finger über eine andere Zahlenkolonne. „Dies sind normale Bereiche, dies die Hauptwerte, dies Standardabweichungen, dies die ersten angeforderten Wechselwirkungen. Gleich werden wir die wichtigsten Interaktionen ausgedruckt bekommen. Es ist in etwa so, daß die Maschine mit sich selbst ein Gespräch führt oder daß Beltvilles Rechner zu unserer Maschine spricht."

„Wirklich?" fragte Rob. Es gelang ihm nicht, den Sarkasmus aus seiner Stimme zu verbannen. Ray bemerkte es nicht einmal.

„He", machte Ray. „Da sind sie." Der Rechner schaltete den Ausdrucker ab.

„Und?" fragte Rob.

„Nichts. Nichts Ungewöhnliches. Alle Werte halten sich in normalen Grenzen."

Rob zuckte die Achseln. Er hatte nicht wirklich auf eine Entdeckung gehofft.

„Natürlich müssen wir sie jetzt mit den gestrigen Ergebnissen vergleichen", fügte Ray hinzu. „Und dann müssen wir eine Aufstellung aller bisher untersuchten Enzyme analysieren lassen. In einer Stunde dürfte das Ergebnis bei dir auf dem Schreibtisch liegen."

„Danke, Ray", nickte Rob.

„Alles, was du willst. Du mußt es uns nur sagen."

Rob klopfte Ray auf die Schulter, dankte ihm erneut und verließ das Rechenzentrum. Eine Weile schritt er durch die Korridore, dachte nach. Irgend etwas war falsch, aber er wußte nicht genau, was seinen Argwohn erregte. Die Computer arbeiteten schnell, sie arbeiteten sorgfältig, aber sie waren dumm. Sie waren einfältige, beschränkte Maschinen. Wie tausend Male zuvor erinnerte er sich, daß Computer nicht selbständig dachten, daß sie nur Befehle ausführten. Sie konnten nur mit dem arbeiten, was man ihnen einprogrammierte. Wenn die Instruktionen nicht präzise waren, konnten auch die Ergebnisse nicht zuverlässig sein.

Der Computer konnte die statistische Bedeutung eines Wertes erkennen, aber was sagte dies wirklich aus? Es gab einen Punkt, an dem die Zahlen mit den Lebenssystemen in Wechselwirkung traten. Wenn ein Wert nur einmal auftauchte, würde ihn der Computer abrunden, dem Durchschnitt angleichen oder gar aussortieren. Aber er mochte wichtig sein, biologisch wichtig, lebenswichtig. Etwas mochte in der Zahlenflut aufblitzen und von dem Computer nicht bemerkt werden. Viele der Menschen an Bord, die nun in den Laboratorien und an den Computern arbeiteten, verstanden so wenig von den Dingen, die sie untersuchten, daß fast alles von ihnen übersehen werden konnte. Die Testergebnisse bedeuteten für sie genauso wenig wie für die Computer. Sie sahen in den Resultaten nur Zahlen, erkannten nicht ihre Bedeutung für die biologischen Prozesse.

Er näherte sich wieder dem Computerzentrum. Er würde sich Ray vornehmen und sich von ihm das Problem erklären lassen, selbst wenn er die ganze Nacht oder länger damit verbringen mußte. Vielleicht sollte er alles erneut durchrechnen lassen. Es würde einige Zeit in Anspruch nehmen, aber das würde es wert sein. Er war aufgeregt wie schon seit Tagen nicht mehr.

LINDA saß zusammen mit Susan im Schwesternzimmer. Rob verspätete sich. Wieder einmal. Sie hatte zwanzig Minuten auf ihn gewartet, fünfzehn Minuten länger, als sie sich vorgenommen hatte. Hinter Susan lag eine Doppelschicht. Sie war müde.

„Warum wirfst du nicht einfach alles hin und ruhst dich für eine Weile aus?“ fragte Linda.

„Einige Berichte warten auf mich“, erwiderte Susan. „Aber vorher muß ich meine Beine kurz hochlegen. Mein Rücken bringt mich um. Seit man diese beiden letzten Tragbahren in die Kammer geschafft hat, ist kein Platz mehr frei, um sich hinzusetzen. Wir hatten heute einige schwere Fälle. Wir gingen auf zehn Atmosphären hinunter, und der Druckausgleich kostete uns fünf Stunden. Die ganze Zeit habe ich stehen müssen.“

Linda nickte. Es gab nichts zu sagen. In diesen Tagen erging es allen so. In ein paar Minuten mußte sie selbst in die Kammer. Zum Teufel mit Rob, er war weder in seiner Kabine noch in den Laboratorien, die sie angerufen hatte. Wenn er sagte, daß er sie treffen wollte, sollte er auch gefälligst erscheinen oder zumindest versuchen, sich mit ihr in Verbindung zu setzen. „Ich habe die nächste Schicht in der Kammer“, sagte sie. „Spellings wird mich begleiten.“

„Richtig“, nickte Susan teilnahmslos. „Ich erinnere mich. Warren hat die Leitung. Du kennst ihn? Dr. Martinez?“

„Flüchtig. Ich habe bisher noch nicht mit ihm gearbeitet.“

„Du solltest ihn beobachten. Er ist langsam. Sie haben ihn von irgendwoher aus der Forschungsabteilung angeschleppt. Er ist dafür nicht qualifiziert, hat seit Jahren nicht mehr praktiziert. Haßt es, Entscheidungen zu treffen. Vermutlich ist er zu furchtsam.“

„Ich kann ihn verstehen“, murmelte Linda. „Es ist eine Weile her, seit ich als Krankenschwester gearbeitet habe. Manchmal fürchte ich, nicht mehr qualifiziert genug zu sein.“

Susan beugte sich zu ihr und legte eine Hand auf Lindas Bein. „Du machst es großartig, bist eine große Hilfe. Wünschte, wir hätten mehr von deiner Sorte.“

Linda legte ihre Hand auf Susans und drückte sie. „Ich verstehe nicht, wie du es schaffst weiterzumachen.“

„Ich mache es wie alle. Setze einen Fuß vor den anderen. Mehr nicht.“ Die Tür des Aufenthaltsraumes öffnete sich. „Die Ärzte sind bereit für die Berichte, Mrs. Walker.“

Susan erhob sich. „Kommst du mit?“

„Sicher“, nickte Linda. „Gibt es etwas Bestimmtes?“

„Achte ein wenig auf Lindquist, ihr geht es schlecht. Wir mußten sie während der letzten Schicht zweimal ruhigstellen. Sei vorsichtig, wenn du in ihrer Nähe bist.“

„In Ordnung." Sara Lindquist war Statistikerin. Sie hatten oft zusammengearbeitet. Zum Teufel mit allem.

„Was ist mit Rob?" fragte Susan, als sie das Zimmer verließen.

„Frag mich nicht", winkte Linda ab und gab sich keine Mühe, die Bitterkeit in ihrer Stimme zu verbergen. Zum Teufel mit ihm. Zum Teufel mit allem.

ES WAR leichter mit zwei Leuten.

Eine Person konnte zur Not allein in einen Anzug steigen, aber es ging sehr viel schneller, wenn jemand da war, um zu helfen. Es kostete Kooperationsbereitschaft und Geduld, und es schien nicht so, als ob die Männer auf der Entladeplattform über ausreichende Reserven an diesen beiden Dingen verfügten. Sie wimmelten umher, versperrten einander den Weg. Die meisten von ihnen hätten schon längst abgelöst werden müssen, und sie waren nicht sehr glücklich darüber, daß man sie an der Rückkehr zur Erde hinderte. Sie murrten heftig, aber es gab nicht viel, was sie dagegen unternehmen konnten. Wie die Wissenschaftler waren sie auf Delta III gestrandet.

„Beeile dich. Die Fähre wartet."

„Sie kann auch noch einen Augenblick länger warten. Ich bin noch nicht fertig. Hilf mir gefälligst."

„He, du da oben, du sollst dein Seil festmachen."

„Ich bin schon dabei. Nur mit der Ruhe, ja?"

„Schneller, schneller. Komm, beeil dich."

„Treib mich nicht an. Du bist hier nicht der Boß."

„Ich bin jetzt fertig, und wenn du nicht augenblicklich verduftest, bekommst du einen Tritt, daß du durch die Tür fliegst."

„Du kannst jetzt schieben, Freundchen. Runter von meinem Rücken."

„Haltet den Schnabel, Leute", sagte eine Stimme über die Lautsprecher.

„Checkt den Anzug durch. Frank – dein Puls geht ein wenig zu langsam, aber es besteht kein Grund zur Besorgnis. Jim – reduziere die Sauerstoffzufuhr ein wenig, ja, so. So ist es besser. Haltet die Ohren steif, Leute. Wir haben einen Job zu erledigen."

Der Mannschaft fehlte Personal, die Stimmung war gereizt, die Nerven waren überspannt. Es war eine Arbeit, die niemand gefiel. Da die Fähre nicht mehr anlegte, mußte alles mit Maschinen und durch Menschenkraft hereingeholt werden. Es war eine ermüdende, anstrengende, gefährliche Arbeit.

„Öffnen. Wir stehen bei neunzig."

Langsam glitten die Schleusentore auseinander und enthüllten die Fähre, die längsseits driftete. Ihre Spitze war aufgeklappt, und der spinnengleiche Kran war an Ort und Stelle, holte die erste Kiste heraus. Die Fähre ließ ihnen nicht viel Zeit. Sie mußten sich beeilen. Aber nicht unbedingt sanft dabei sein.

„Paß auf, du Idiot. Die Fracht ist zerbrechlich."

„Keine Bange. Ich verstehe mein Geschäft."

„Dann zeig es auch. Geh nicht so roh damit um."

Auf keinen Fall sanft.

RIGGS schaltete den Bildschirm ab und seufzte tief. Die Moral verfiel, er mußte etwas unternehmen. Einige Leute schlugen sich tapfer, andere hatten Schwierigkeiten. Er konnte keinen tadeln. Es war schwer, einen Kampf gegen einen Feind zu führen, den man nicht sehen, nicht einmal identifizieren konnte. Manchmal schien es, als ob sie alle nur auf den Tod warteten.

Die Situation auf der Erde verbesserte ihre Lage auch nicht gerade. Dort unten waren die Dinge in Aufruhr. Auf Delta III hatte dies Auswirkungen sowohl offensichtlicher als auch subtiler Art. Offensichtlich wegen der Untätigkeit, der man sich hingab, der Fragen, die er beantworten mußte, der Tatsache, daß die Bodenkontrolle für jedes seiner Ersuchen eine Konferenz einberief. Subtil, weil man ihnen für die Entladung der letzten Fähre zuwenig Zeit zur Verfügung gestellt hatte. Genau wie bei ihrer Vorgängerin. Seine Nachschubanforderungen wurden verzögert, angezweifelt. Nie zuvor war so etwas geschehen. Es schien ihm, als ob er zur gleichen Zeit an zwei Fronten kämpfen mußte.

Eine war genug.

„DER COMPUTER hat das ausgeworfen?" Rob warf den Ausdruck auf den Tisch, umkreiste mit einem Stift eine obskure Zahl, die in einer Unmenge weiterer obskurer Zahlen begraben war.

„Genau", bestätigte Ray. „Schau dir das an. Der Wert widerspricht den anderen. Offensichtlich ein Fehler."

„Das glaube ich nicht", murmelte Rob, versuchte seine Stimme ruhig klingen zu lassen, versuchte Zorn und Hoffnung davon abzuhalten, ihn zu ersticken. „Diese Probe wurde dem Patienten, fünf Stunden bevor er starb, entnommen. Zeig mir die elektrolytischen Werte der achtundvierzig Stunden vor seinem Tod."

„Sie werden stündlich gemessen, nicht wahr?" fragte Ray und tastete Zahlen in den Computer.

„So sollte es zumindest sein." Und dies hier hätte auch erkannt werden müssen, dachte Rob. Es liegt daran, daß man mit nichtqualifizierten Leuten arbeitet. Sie wissen nicht, wann ein Wert wichtig ist. Sie programmieren einfach die Proben ein und lesen die Ergebnisse ab. Sie wissen nicht, was die Ergebnisse bedeuten. Aber wir haben keine andere Möglichkeit, haben nicht genug qualifizierte Leute.

„Hier sind sie", sagte Ray, riß ein kurzes Stück Papier ab und reichte es Rob.

„Verdammt! Sieh dir die Abweichung des Kaliumwertes an. Er ist vollkommen aus dem Gleichgewicht. Kein Wunder . . . Das werde ich mir einmal genau ansehen."

Rob griff nach den Papieren und eilte zur Tür, wo er mit Candy, der EEG-Technikerin, zusammenstieß.

„Rob", rief sie, „ich habe dich überall gesucht!" Sie wedelte mit einer Blaupause vor seinem Gesicht. „Ich habe . . ." „Die elektrolytischen Werte", unterbrach er. „Stoffwechsel-Enzephalogramm", stieß sie aufgeregt hervor. „Neurochemischer Zusammenbruch. Komm, wir gehen." Er griff Candys Arm und zerrte sie mit sich auf den Korridor. Ray schüttelte den Kopf. Diese Biologen waren allesamt verrückt. Da zog er jederzeit seine Computer vor.

WÜSTE. Treibsand errichtete Düne auf Düne. Die endlose Suche nach Nahrung. Leben. Tod.

Freundschaft, Beisammensein. Geburt. Die Rolle des Versorgers. Die Freiheit der grenzenlosen Himmel. Schwingen entfalten sich weit. Die Brisen, die Aufwinde, die Stürme, der Regen in den Bergen. Die tröstende Nähe der Gefährtin, zusammen schweben, zusammen stürzen, ein ganzes langes Leben lang. Die Laute, die Hunger bedeuten. Die Laute, die Zufriedenheit bedeuten. Die Laute, die Unruhe bedeuten. Die Laute, die Zorn bedeuten. Das Gefühl der Geborgenheit, das nach vielen Jahreszeiten, vielen Regen kommt. All die Gefühle, all die Laute.

Es gibt keinen Laut der Furcht.

Das Mantamännchen bewegte sich auf seiner Stange, drückte sich enger an seine Gefährtin. Ihre Zeit war gekommen, bald würden sie zu dritt sein. Die fremden Geschöpfe wagten sich nicht mehr in ihre Nähe, obwohl er ihre Gegenwart fühlen konnte. Er erlaubte sich nicht, tief zu schlafen. Der Drang, sie zu beschützen, hielt ihn gefangen. Wenn er döste, würde ihn das leiseste Geräusch wecken.

Wenn er döste, träumte er von endlosen Wüsten, wehendem Sand.

## 5

Unbeeindruckt von der sich unter ihm drehenden Erde wandte sich Greer von der Sichtluke ab. Was für eine lächerliche Situation, in die er geraten war, gefangen in einer riesigen Konservenbüchse. Man sollte jeden nach unten zur Erde schaffen, wo man über anständige Ärzte verfügte, oder man sollte zumindest einen Haufen kompetenter Ärzte nach hier oben verschiffen. Niemand auf der Station hatte irgendeine Ahnung, vor allem nicht dieser Clown Riggs, der auf seinem kleinen Thron hockte und mit seinem Hintern hin und her rutschte. Ein kleiner Konservengott. Nun, dieser Kerl würde schon sehen, was er davon hatte.

„Entschuldigen Sie, Senator. Ihre Verbindung steht." Das war Mike Hickson, sein Sekretär, Helfer und Vertrauter. Ohne ihn ging er nirgendwohin.

„Ich werde das Gespräch in meiner Kabine entgegennehmen."

„Verschlüsselt?"

Greer sah ihn an. Allmählich sollte er es wissen.

„Ich werde es hinüberlegen", erklärte Hickson hastig und eilte davon.

Greer blickte durch die Luke auf die wirbelnden Wolken, die die Erde bedeckten. Er wartete einen Augenblick, um Mike Gelegenheit zu geben, alles vorzubereiten, dann ging er ebenfalls in seine Kabine.

Senator Mark Owens' Kopf erfüllte den kleinen Videoschirm auf dem Schreibtisch. Owens wirkte nicht glücklich.

„Es ist ein delikates Problem, Arnold, aber kein unlösbares." Er blickte nach links, auf etwas, das außer Reichweite des Bildschirms lag. „Die öffentliche Meinung ist geteilt."

„Ich bin nicht an Meinungsumfragen interessiert, ich will nur hier herauskommen."

„Sie sollten sich aber dafür interessieren. Sie können sich darauf verlassen, daß eine Menge anderer Leute sich dafür interessieren. Ein großer Teil der Bevölkerung glaubt, ihr Burschen seid alle Helden. Sie halten alle zu euch. Solange ihr oben bleibt."

„Spannen Sie mich nicht auf die Folter, Mark. Was soll das bedeuten?"

„Es bedeutet, daß man die Helden aus der Ferne liebt. Märtyrer eben. Sie fürchten sich. Sie wollen nicht, daß sich das, was ihr euch geholt habt, hier unten ausbreitet. Sie lieben euch. Solange ihr bleibt, wo ihr seid."

„Großartig."

„Auf der anderen Seite gibt es Leute, die glauben, daß ihr auf Delta III verraten und verkauft seid, daß man euch von der Station herunterholen und im Quarantänezentrum von Galveston behandeln sollte."

„Ich bin ebenfalls dafür, aber dieser Holzkopf Riggs will keine Vernunft annehmen. Ich habe allen Druck aufgebracht, den ich hier aufbringen kann. Wenn wir es schaffen wollen, dann kann alles nur von Ihrer Seite aus in die Wege geleitet werden."

„Wir haben es versucht. Haben von Ihrem Doktor eine Menge Hinweise erhalten. Wir haben die Nachrichtenmedien gründlich infiltriert. Am Cape gibt es einen Streik, der uns zustatten kommt. Ich möchte nicht sagen, wer ihn organisiert hat, aber er hilft, die Dinge zu verzögern. Falls Sie irgendwelche anderen Vorschläge haben, würde ich mich freuen, sie zu hören." Er lehnte sich mit einem dünnen, überlegenen Lächeln zurück. Selbstzufriedenes Arschloch. Der sollte eigentlich hier oben festsitzen.

„Setzen Sie alle Hebel in Bewegung, üben Sie Druck aus. Blockieren Sie Riggs und alle Vorschläge, die er unterbreitet. Er darf keine andere Möglichkeit mehr haben, als uns hier herauszulassen."

„Wir haben es schon versucht. Riggs ist glatt wie ein Aal. Kriegsheld und ähnlicher Unsinn. Nebenbei verfügt er über die gleiche Macht wie der Kapitän eines Schiffes auf See. Es würde den Präsidenten erfordern, um sich über ihn hinwegzusetzen."

Greer dachte einen Moment nach, drehte dann den Videoschirm. „Dann müssen wir uns eben an den Präsidenten wenden."

Mark Owens lachte. „Sie sind verrückt geworden. Das ist es. Sie haben eine Schraube locker."

„Legen Sie auf, Mark. Rufen Sie Mary an. Sagen Sie ihr, sie soll

Ihnen meine vertrauliche Akte über Blassiter übergeben. Arbeiten Sie damit. Der Präsident hört auf diesen alten Bastard. Er wird weich werden."

„Blassiter, eh? Chef des Stabes. Sie haben wirklich etwas Großes über ihn in Händen? Ich habe es seit Jahren versucht, und immer war er rein wie ein neugeborenes Baby."

„Es ist groß, und er hat es gut versteckt. Arbeiten Sie damit."

„Na schön. " Mark nickte, kratzte sich am Kinn. „Das könnte klappen. Es ist einen Versuch wert."

„Während Sie Blassiter weichklopfen, lassen Sie Druck auf die Zeitungen und Nachrichtensendungen ausüben. Sie wissen schon, spielen Sie die Krankheit herunter, betonen Sie die Tatsache, daß wir hier gefangen sind. Drücken Sie auf die Tränendrüse. Mitleid und so – Sie wissen schon."

„Wir kennen uns aus. Blassiter. Verdammt. Ich hätte es nie geglaubt."

„Wie sehe ich da unten aus?"

„Glänzend, egal, was geschieht. Die ganze Publicity hat Ihren Beliebtheitsfaktor in die Höhe schießen lassen. Ihre Präsidentschaftskandidatur haben Sie in der Tasche."

„Zuerst muß ich lebend unten ankommen."

„Das ist das Problem", bestätigte Mark. „Und es gibt noch ein anderes. Eine dritte Gruppe hat ebenfalls spezifische Ansichten."

„Wer?"

„Einige alte Freunde von Ihnen – die Anti-Weltraum-Fraktion. Sie haben auf Ihnen gespielt wie auf den Tasten eines Klaviers, und nun haben sie sich gegen Sie gewandt. Eine Ironie, nicht wahr?"

„Was ist daran so ironisch?"

„Sie möchten, daß ihr alle da oben so schnell wie möglich verreckt."

„Vielen Dank für die erfreulichen Neuigkeiten. Machen Sie sich an die Arbeit."

Mit einer zornigen Handbewegung unterbrach er die Verbindung.

ROB SASS am Kopfende des Konferenztisches, nervös und aufgeregt. Dr. Mellon, der Leiter des medizinischen Stabes, saß am anderen Ende. Ed Brown, der den Captain vertrat, hatte sich neben Rob niedergelassen. Die anderen saßen, wo sie konnten, oder lehnten an den Wänden. Der Raum war überfüllt und heiß. Dies war das erste Mal, daß sich so viele Leute zu einer der täglichen Besprechungen eingefunden hatten. Dies war ebenfalls das erste Mal, daß irgend jemand irgend etwas Positives zu sagen hatte, und niemand wollte es versäumen.

„Es ist nicht viel, aber es ist zumindest etwas", begann Rob. „Jedenfalls wissen wir nun, was es ist, gegen das wir kämpfen."

Mit einem Male redeten alle durcheinander. Etwas wie Elektrizität knisterte in der Luft.

Dr. Mellon bat um Ruhe, indem er mit seiner Pfeife gegen seine Kaffeetasse klopfte. Für ihn war dies eine ungewöhnliche Gefühlsaufwallung. Aber es herrschten ungewöhnliche Zeiten.

„Sie hatten das Wort, Rob."

„Danke, Lee. Ich werde versuchen, auf Fachsimpeleien zu verzichten." Rob öffnete den Aktenordner, der vor ihm lag, und begann zu blättern.

„Wie wir vermuteten, sind die Mantas Ursprung der Organismen. Es ist der Nebel, der von dem Mantamännchen abgesondert wird, um es zu präzisieren. Es handelt sich um eine anaerobe Lebensform, die viel Ähnlichkeit mit einer Spore oder einer Bakterie besitzt. Bei dem Mantaweibchen hemmt sie die Blutungen, erleichtert die Geburt und ermöglicht den Fortbestand der Spezies."

„Entschuldigung, Rob", wandte Ed Brown ein, „es mag dumm klingen, aber willst du damit sagen, daß all dies von dem . . . dem Spray der Mantas hervorgerufen wird?"

„Das ist richtig, Ed. Der Zeitpunkt der ersten Infektion muß sich ergeben haben, als Maria der Atmosphäre der Mantas ausgesetzt war. Von dort aus hat es sich verbreitet. Sehen Sie, ohne diesen Organismus würde das Mantaweibchen bei der Geburt verbluten, da sich der junge Manta mit seinen Krallen den Weg aus ihrem Körper bahnt. Probleme entstehen, wenn der Organismus in einen menschlichen Körper gelangt. Die Dinge sind für ihn dort nicht richtig, so daß er beginnt, nach einem Ort zu suchen, der richtig ist. Blind wandert er durch den Körper der infizierten Person, sucht ohne Erfolg nach einer bestimmten Kombination biologischer Faktoren, Faktoren, die nur in dem Mantaweibchen zu finden sind. Eventuell verkapselt er sich in dem Gewebe des Patienten. Das ist der Zeitpunkt, an dem der wirkliche Ärger beginnt." Rob verstummte, wühlte in seinen Papieren. Im Konferenzraum war es still geworden.

„Nachdem er sich verkapselt hat, beginnt er Neurotoxine abzusondern. Was den Organismus betrifft, so ist dies lediglich eine defensive Handlung. Dennoch sind diese Neurotoxine, zusammen mit der entsprechenden Reaktion des Körpers, verantwortlich für die Katastrophe. Die Neurotoxine blockieren bestimmte neurologische Übertragungen zu den Synapsen. Normale Erinnerungswege und Gedankenprozesse werden unterbrochen. Dies summiert sich zu dem klinischen Befund von akuter Geistesverwirrung des Erkrankten. Alternative Wege öffnen sich, schaffen falsche Erinnerungen, Halluzinationen, scheinbare Senilität."

Linda und Candy, die nebeneinander am Tisch saßen, nickten. Nun, da sie wußten, worauf sie achten mußten, hatten sie begonnen, systematisch nach derartigen Symptomen zu suchen.

„Zu diesem Zeitpunkt hat der Verteidigungsmechanismus des menschlichen Körpers seine Arbeit aufgenommen. Dies ist die andere Seite des Problems. Aufgrund der völlig fremden Natur des außerirdischen Organismus besitzt der Körper keine Vergleichsmöglichkeiten, um auf ihn zu reagieren. Deshalb setzt er alle Möglichkeiten ein. Legt die Karten auf den Tisch, wie man sagt. Alles, was er hat, wirft er dem Organismus entgegen. Ein Großteil dieser Reaktionen ist selbstzerstörerisch. Sie schwächen den Körper, machen ihn empfindlicher für die Aktivitäten des Neurotoxins. Lebenswichtige Funktionen werden beeinträchtigt, vor allem das Atmungssystem, und der Patient stirbt."

Dr. Mellon nahm alles in sich auf und nickte. Der menschliche Körper war ein kompliziertes Gebilde. Manchmal waren die Dinge, die er tat, nicht in seinem Interesse. „Rob", sagte Dr. Mellon, „haben Sie irgendeine Idee, wie wir das Abwehrsystem des Körpers daran hindern können, so gewalttätig zu reagieren?"

Rob schüttelte den Kopf. „Wir sind bis jetzt noch nicht weitergekommen. Es ist vielleicht möglich, einige der Verteidigungsmechanismen zu unterdrücken, aber dies dürfte mehr Probleme aufwerfen als lösen." „Du sagtest, der Organismus ist eine anaerobe Lebensform. Bedeutet das nicht, daß er in einer Sauerstoffatmosphäre nicht überleben kann?" fragte Linda. „Wie wird er übertragen?"

„Er ist sehr anpassungsfähig und nicht in dem Sinne anaerob, wie wir es verstehen. Wir müssen uns vor Augen führen, daß er eine außerirdische Lebensform ist und sich nicht den gleichen biologischen Mustern fügen muß wie wir. Die Einwirkung von Sauerstoff tötet ihn nicht oder allenfalls nur unter solch extremen Bedingungen, wie wir sie in der Kammer erzeugen können. Konzentrierte Mengen Sauerstoff vernichten einen Großteil der freien Organismen, aber nicht die im Körper befindlichen. In einer normalen Atmosphäre wird er inaktiv, darin einer Spore ähnlich. Die Übertragung erfolgt durch Körperkontakt oder einfach durch die Luft. Sobald er sich im Körper der infizierten Person befindet, wird er wieder aktiv."

„Aber Sie können ihn noch nicht züchten, oder?" fragte Dr. Mendoza.

„Nein, Carlos", erwiderte Rob. „Wir können ihn in einen Nährboden verpflanzen, aber wir sind nicht in der Lage, ihn zum Wachstum oder zur Vermehrung anzuregen. Wir wissen nicht einmal mit Sicherheit, ob er überhaupt wächst oder sich vermehrt. Da er sich so rasch über die Station verbreitet hat, deutet alles darauf hin, aber wir wissen es nicht sicher. Alles, was wir derzeit unternehmen können, ist, ihn zu identifizieren und zu erhalten. Wir testen seine Eigenschaften jetzt an Versuchstieren."

„Sie wissen nicht, was mit ihnen geschehen wird, nicht wahr?" fragte Carlos.

„Nun, wir erwarten verschiedene Dinge. Wir hoffen . . ."

„Sie wissen es aber nicht?"

„Nein. Wir . . ."

„Ich glaube, daß Sie sehr viel, was den Organismus betrifft, nicht wissen."

„Ich fürchte, Sie haben recht, Carlos. Ich fürchte, Sie haben vollkommen recht."

Alle begannen mit einem Male durcheinanderzureden.

JODIE hatte den ganzen Tag damit verbracht, Organismen zu sammeln, um sie zu züchten. Es war eine ermüdende Arbeit, mit der sie sich bereits seit Stunden beschäftigte. Sie war fast fertig.

Die normalen Methoden des Sammelns – wie beispielsweise die Zentrifugation – konnten bei diesem Organismus nicht angewandt werden. Sie bargen die Gefahr in sich, daß die zellularen Hüllen zerrissen, der Organismus in Teile zerschnitten wurde. Es war seltsam, daß die fremden Erreger einigen Dingen gegenüber so resistent und anderen gegenüber so empfindlich waren. Als einzige Möglichkeit blieb, sie durch direkte Entnahme aus dem Gewebe der Patienten zu gewinnen, entweder durch Biopsie oder, wie meist, durch Autopsie. Das Gewebe wurde behutsam zwischen zwei Glasplättchen gepreßt und unter einem Niederfrequenz-Seziermikroskop überprüft. Sie untersuchte das Gewebe auf entzündete Stellen, die sie entfernte, wenn sie welche fand. Das Gewebe wurde anschließend auf einem frischen Objektträger unter einem Hochfrequenzmikroskop untersucht. Normalerweise fiel das Ergebnis negativ aus. Nur in einem Fall von zwanzig oder dreißig Versuchen fand sie in dem Gewebe einen der außerirdischen Organismen.

Hatte sie ihn lokalisiert, entfernte sie ihn mit den Mikromanipulatoren, fast mikroskopisch kleinen Instrumenten aus Platin oder feingesponnenen Glasfaserfäden. Die Instrumente wurden von einem komplizierten Umsetzersystem kontrolliert, das Jodies Handbewegungen um einen Faktor von mehreren Tausend verlangsamte. Vorsichtig zupfte sie das Gewebe auf der Suche nach dem Organismus auseinander. Lag er offen vor ihr, benutzte sie eine Spezialspritze mit einer extrem feinen Glasnadel. Nachdem sie den Organismus von dem umgebenden Gewebe getrennt hatte, saugte sie ihn mit der Nadel in die Spritze, die sorgfältig einer Reihe steriler Duschen unterzogen wurde, und impfte dann den Nährboden in einem Reagenzglas mit den extraterrestrischen Mikrolebewesen. Die ermüdende Prozedur fand unter den strengsten Quarantänebedingungen statt. Alles mußte absolut steril sein, um den Organismus vor der Zerstörung zu bewahren und um das Personal vor dem Organismus zu schützen.

Rob, bekleidet mit einem weißen Sterilanzug, eine Maske vor dem Gesicht, betrat den Raum. „Wie viele heute?" fragte er.

„Das ist Nummer fünfundzwanzig."

„Gute Arbeit, Jodie. So muß es auch sein. Hast du Stellen mit mehreren Infektionen gefunden?"

„Nein. Eine Anzahl Patienten sind zwar von mehr als einem Organismus befallen, aber sie verteilen sich über den ganzen Körper. Man findet nie mehr als ein Exemplar an einer Stelle."

„Schade. Es hätte uns eine Menge verraten."

„Wie ist gestern das Sauerstoff-Toleranz-Experiment ausgegangen?"

„Fast so wie erwartet. Ein freier Organismus kann bis zu 80 % Sauerstoff überleben. Bei 100 % sterben alle. Das erklärt, warum in der Kammer keine neuen Infektionen auftreten. Sie ist alles in allem vermutlich der sicherste Ort auf der ganzen Station."

Jodie löschte die Beleuchtung des Mikroskops. „Vielleicht sollten wir alle in die Kammer gehen", sagte sie.

Rob starrte sie an. Ja, vielleicht hatte sie recht.

„Ich möchte, daß Sie nun eine Atemübung machen", sagte Candy. „Holen Sie tief Luft, und atmen Sie fest wieder aus. Hecheln Sie wie ein Hund, ja, so ist es richtig. Vielleicht haben Sie das Gefühl, daß Ihnen schwindlig wird. Vielleicht werden Ihre Hände ein wenig zittern. Machen Sie sich deswegen keine Sorgen. Das ist eine völlig normale Reaktion."

Die Lampen des Raums waren gedämpft. Der Patient lag auf einer schmalen Pritsche, ein Gewirr vielfarbiger Drähte verband seinen Schädel mit einer komplizierten Maschine, die mit winzigen Schaltern und kleinen roten und grünen Lämpchen bedeckt war. Candy stand vor der Maschine, machte Notizen auf dem Papierstreifen, der sich unter den farbigen Schreibfedern bewegte. Sie fertigte von dem Patienten ein EEG an, ein Elektroenzephalogramm. Die Linien auf dem Papier lieferten ein Bild von der elektrischen Aktivität seines Gehirns. Als er einatmete, wurde sie auf eine Verlangsamung in seinen temporalen Regionen aufmerksam. Normal. Thetawellen wurden sichtbar, dann Deltawellen. Nicht ungewöhnlich. Die Deltawellen gewannen an Intensität, ihre Spitzen waren gezackt. Sie setzte die Empfindlichkeit herab und beobachtete weiter. Die einzigen Geräusche im Raum waren das schwere Atmen des Patienten und das leise Rascheln des Papiers. Normal.

„Das genügt, Paul", sagte sie. „Atmen Sie wieder normal." Sie wartete einen Augenblick, während sich seine Linien stabilisierten. Dann stellte sie die ursprüngliche Sensitivität der Maschine wieder her und wandte sich dem Patienten zu.

„Ich werde nun einen Lichtblitz in Ihre Augen schicken", erklärte sie. „Vielleicht finden Sie es angenehm." Sie drehte an einem chromlackierten Stroboskop, justierte es, so daß es rund fünfundzwanzig Zentimeter von seinen Augen entfernt war. „Die meisten Menschen sehen dabei Farben oder Muster. Andere sehen Schafe. Einige Leute behaupten, man fühlt sich, als ob man high ist, aber natürlich weiß ich darüber nichts." Sie lächelte den Patienten an, und er grinste schwach zurück. Sie waren in dieser Umgebung immer ein wenig nervös. Sie trat zurück an die Maschine.

„Bitte schließen Sie jetzt Ihre Augen“, bat sie. „Dadurch wird das Licht über die Oberfläche der Retina verstreut und liefert bessere Resultate.“

Nachdem er sich gesetzt hatte, verabreichte sie ihm drei einzelne Blitze. Dann steigerte sie den Rhythmus auf fünf Blitze pro Sekunde, wartete, ging auf zehn Entladungen, bis der Rhythmus nahe dem Wert seiner Alphafrequenz lag. Schließlich erhöhte sie die Frequenz auf fünfzehn und zwanzig. Sie beobachtete, wie sich seine EEG-Frequenz der Blitzfrequenz anglich, ein normaler Vorgang. Aber sonst geschah nichts.

Sein Name war Paul Davis, zweiunddreißig Jahre alt. Er war ein Techniker, der mit den Exobiologen zusammenarbeitete. Linda hatte ihn zu ihr geschickt. Er behauptete, die Gedanken der Mantas lesen zu können.

Seltsam.

IM KONTROLLRAUM war es relativ ruhig. Jede Funktion, die von anderen Stationen oder der Bodenkontrolle übernommen werden konnte, war vor langer Zeit abgegeben worden. Trotz aller automatischen Einrichtungen war die Belastung unter den derzeitigen Umständen unerträglich. Riggs, im Kontrollraum isoliert, begegnete der Realität nur über seine Instrumente, seine Monitore. Die einzige Person, die in seine Nähe kam, war Ed Brown, und ihr Zusammentreffen währte nur ein paar Sekunden, wenn er ihn an den Kontrollen ablöste. Riggs hielt selbst das noch für ein zu großes Risiko. Bald würde er alles übernehmen müssen.

Isolation. Er kostete ihren bitteren Geschmack. Von den anderen war er doppelt isoliert; erstens durch die Mauern, die er durch seinen Befehl geschaffen hatte, und zweitens durch die physischen Barrieren, von ihm selbst errichtet, um zu funktionieren, ein nichtidentifizierter Teil der Maschine. Er mußte weitermachen, das war ihre einzige Hoffnung. Riggs hatte das Gefühl, die letzte Verbindung zum Herzschlag der Station zu sein. Wenn ihm irgend etwas zustieß, war alles verloren. Er wartete auf seinen ersten Fehler, das Zeichen, daß sie das Ende ihres Weges erreicht hatten. Manchmal fragte er sich, ob er diesen Fehler bereits gemacht und es nur noch nicht bemerkt hatte.

Die anderen waren ebenfalls isoliert. Die ganze Station bestand aus einer Serie konzentrischer Kreise um die am schwersten Infizierten. In der Station existierten viele Arten der Isolation. Die Kranken bewegten sich unter den Kranken wie in der modernisierten Form einer Aussätzigenkolonie. Durch Schleusentore und Entseuchungskorridore wanderten sie in jene Bereiche, die ihrem jeweiligen Infektionsgrad entsprachen, immer weiter. Es war eine Reise ohne Wiederkehr, die sie langsam zum Zentrum führte; zu den Krankenzimmern, der Kammer, dem Tod.

Die wöchentliche Raumfähre von der Erde war die Lebensader von Delta III, die Ausrüstung, Nahrung, Vorräte heraufpumpte; alles, was sie brauchten, nur keine weiteren Leute. Aber selbst mit mehr Personal würden nach einer Weile Engpässe auftreten. Riggs hatte festgestellt, daß man versuchte, ihre Arbeit zu erschweren, zu behindern. Vermutlich Greer und seine Kumpane oder jemand von seinem Schlag. Es spielte keine Rolle, wer es war, wichtig war nur, daß es geschah. Wichtige Güter, aber niemals *kritische*, wurden oft zu spät geliefert. Sie waren in der gleichen Lage wie die Kavallerie in einem von Indianern umzingelten Fort; man versuchte, ihren Nachschub abzuschneiden. Man versuchte, Druck auf ihn auszuüben, damit er die Station evakuierte, jeden zurück zur Erde schickte. Er war sich im klaren, daß der Großteil des Drucks politischer Natur war; von den Wissenschaftlern war niemals ernsthaft diese Alternative in Betracht gezogen worden. Es war viel zu gefährlich, zur Erde zurückzukehren. Er hatte seine Entscheidung getroffen, und er würde dabei bleiben. Niemand betrat die Station, niemand verließ sie. Jeder, er selbst eingeschlossen, war ersetzbar.

Zweimal ertönte ein sanfter Summton. Automatisch blickte Riggs zur Uhr. Das würde Rob McGreggor sein. Er schaltete den Monitor ein, und Robs Oberkörper erfüllte den Bildschirm. Er war fünf Meter von ihm entfernt, getrennt durch ein Stahlschott. Und noch mehr trennte sie: Alter, die Last lebenslanger Befehle, Verantwortung.

Wie jeder andere wirkte Rob verhärmt. Zuviel Streß, zuwenig Erholung. Er vermutete, daß er ebenso aussah. Er sah so aus.

Er nickte Robs Kathodenabbild zu.

„Leichte Fortschritte, Captain", begann Rob. „Bei dem Sauerstoff-Toleranz-Experiment. Vielleicht gibt es dort einen Ansatzpunkt."

„Inwiefern?"

„Der freie Organismus kann die Einwirkung von 100 % Sauerstoff nicht überleben. Eine Konzentration bis 80 % schadet ihm nicht, er wird lediglich inaktiv. Wir erhielten einen LD-Wert von 50 bei 95 % und . . ."

„Was ist ein LD-Wert?"

„Das bedeutet, daß die Einwirkung von 95 % Sauerstoff die Hälfte der Organismen tötet; die letale Dosis für die Hälfte der Population. 100 % tötet alle – alle freien, um genau zu sein. Die Eingekapselten werden nicht beeinflußt, soweit wir im Moment wissen."

„Wie hilft uns das weiter?"

„Ich komme jetzt dazu. Wir haben festgestellt, daß die Infektionsrate der Personen, die in der Kammer arbeiten, nicht so hoch wie erwartet liegt. Jede andere Gruppe, die mit den Patienten arbeitet, gleichgültig, welche Vorsichtsmaßnahmen getroffen werden, endet mit einem sehr hohen Prozentsatz an infizierten Mitgliedern. Das bedeutet, daß der hohe Sauerstoffanteil in der Kammeratmosphäre die Übertragung der Krankheit hemmt. Auch der erhöhte Druck dürfte helfen."

„Ich bin sicher, daß die Leute, die in der Kammer arbeiten, froh sein werden, dies zu hören, aber mir ist unklar, welche positiven Seiten dies für den Rest von uns haben soll."

Rob holte tief Luft. „Die ganze Station kann in eine Kammer verwandelt werden."

„Was?"

„Wenn in der Station eine hundertprozentige Sauerstoffatmosphäre herrscht, ist der Organismus nicht mehr in der Lage, außerhalb des Körpers zu existieren. Vermeiden wir direkten Körperkontakt, dann müßte es möglich sein, den Organismus in Schach zu halten. Zumindest werden wir auf diese Weise am Leben bleiben."

„Nein", sagte Riggs nachdenklich. „Es ist unmöglich. Diese Kontrollanlage zum Beispiel kann niemals gegen Funkenschlag gesichert werden. Wenn eine Birne zerplatzt, fliegt die ganze Station auseinander. Und die Laboratorien . . ., nein, es läßt sich nicht durchführen."

„Wie ist es dann mit einem Teil der Station? Wir können den Großteil der Leute dorthin schaffen, den Druck ein wenig erhöhen. Reiner Sauerstoff. Es wird funktionieren."

Riggs kratzte sein Kinn, durchdachte den Vorschlag. Er war durchführbar, aber kompliziert. Die Risiken waren hoch; Explosion, Feuer. Aber im Augenblick bedeutete jeder Tag ein Risiko. Verdammt, ein Versuch würde sich lohnen.

„Es ist vielleicht möglich“, erklärte Riggs. „Es wäre ein großes Wagnis, aber es könnte funktionieren. Die Kranken- und Schwesternabteilung sowie die Operationsräume sind alle mit funkensicheren Verkabelungen versehen, da dort routinemäßig Sauerstoff eingesetzt wird. Wir können die angrenzenden Schlafquartiere einbeziehen, das ganze Gebiet abdichten. Das müßte uns genügend Platz verschaffen. Das Personal muß alle metallenen Gegenstände ablegen und fortschaffen; Ringe, Uhren, Gürtelschnallen. Alle elektrischen Verbindungen müssen gegen Funkenschlag gesichert oder abgeschaltet werden. Im Rest der Station müssen wir die normale Atmosphäre beibehalten – ich muß an den Kontrollen bleiben, andere besitzen eine ähnliche Verantwortung. Gott weiß, was die Bodenkontrolle dazu sagen wird. Aber dies ist mein Kommando, meine Entscheidung.“

„Es wird uns etwas Zeit verschaffen“, bemerkte Rob.

„Wir können ein wenig davon gebrauchen“, nickte Riggs. „Ich werde die Räder in Bewegung setzen. Ich nehme nicht an, daß Sie noch etwas anderes entdeckt haben?“

„Ich fürchte nein.“

„Dann beginnen Sie.“

„Danke, Captain.“ Riggs beendete die Verbindung.

Der zusätzliche Sauerstoffbedarf war kein sehr großes Problem. Sie verfügten über genügend Reserven, um den Versuch durchzuführen, und die Bodenkontrolle würde zweifellos Nachschub schicken, selbst wenn sie mit der Entscheidung nicht einverstanden sein sollte.

Riggs begann die Dinge aufzulisten, die er tun mußte, um einen Teil der Station abzudichten. Er rief nach Sam, dem Chefingenieur. Er würde mit der Bodenkontrolle sprechen müssen. So viele Dinge. Zu viele Entscheidungen, zuwenig Ruhe. Er fragte sich, ob er nun den großen Fehler begangen hatte. Die Möglichkeit einer Explosion? Die Verweigerung von zusätzlichem Personal? Seine Entscheidung, die Station nicht zu evakuieren? Er massierte seine Stirn. Zuwenig Ruhe.

DR. CARLOS MENDOZA war in Sierra Mojada, Mexiko, geboren worden. Seine Eltern waren arm und ungebildet gewesen, verloren im Mahlstrom des modernen Mexiko. Während der Rest des

Landes den Übergang von der Agrargesellschaft in die Industriegesellschaft vollzog, blieben Carlos' Eltern wie so viele andere im Schatten, den alten Gebräuchen verhaftet.

Während seine Eltern auf den Feldern arbeiteten, wurde Carlos von seinen Großeltern erzogen. Sie machten wenig Gebrauch von Büchern. Was der Junge lernte, war eine Mischung aus Aberglauben und Halbwahrheiten. Seine Großmutter glaubte, die Zukunft vorhersagen zu können, sein Großvater hielt sich für ein Medium, durch das alle großen Führer der Vergangenheit sprachen. Carlos war elf Jahre alt, als die staatliche Schulbehörde auf ihn aufmerksam wurde. Versetzt in eine ordentliche Umgebung, lernte er schnell und willig. Obwohl er es niemals zugeben würde, war die Erinnerung an seine Großeltern niemals weit von der Oberfläche seines Bewußtseins entfernt, und in der Nacht erwachte er oft aus Träumen, in denen sein Großvater über hartgestampfte Erde rollte und seine Großmutter in den Innereien eines frisch geschlachteten Huhnes stöberte. Er schleppte die Gespenster der Vergangenheit mit sich herum wie Betonklötze, die mit den Schultern seiner Seele verbunden waren.

Carlos spulte das Videoband über den Schneeball zurück, studierte die Aufzeichnungen der Monitore. Sie lagen sieben Stunden zurück. Es schien nichts Ungewöhnliches auf dem Band zu geben.

Die Forschungsarbeit an allen außerirdischen Kreaturen mit Ausnahme der Mantas war fast zum Stillstand gekommen. Es fanden nur noch einige einfache Experimente statt. Es war so, wie es sein sollte, dachte er. Bedauerlich, daß es solch eines traumatischen Zwischenfalls bedurft hatte, um ihm recht zu geben, aber er hatte sie gewarnt. Trotzdem sahen sie nicht ein, daß ihre Vorgehensweise falsch war; sie hielten es für einen Unfall. Es war immer ein Unfall.

Carlos wandte sich wieder dem Videoband zu. Nichts. Er war sich nicht wirklich im klaren darüber, wonach er suchte. Vielleicht nach einem Zeichen zunehmender Aktivität. Vielleicht nach nichts. Er war sicher, daß er die richtige Zeitperiode gewählt hatte. Vor sieben Stunden war er eingeschlafen. Er hatte von dem Schneeball geträumt, war zitternd aufgewacht. Der Schneeball hatte real gewirkt.

Er hatte sehr real gewirkt.

Sam hasste es, den Captain zurückzurufen. Es würde ihm nicht gefallen. Er wählte den Kontrollraum.

„Ja, Sam, was ist?“ fragte Riggs. „Wie sieht es aus?“

„Alles in allem gut. Es müßte klappen. Dieser Bereich ist der älteste Teil der Station; er wurde gebaut, noch bevor der Rest fertiggestellt wurde. Er ist als gesonderte Einheit konstruiert, und es kostet nicht viel Mühe, die Luftschleusen umzurüsten. Allerdings stellt sich das größte Problem in den Räumen, die an die Pflegestation angrenzen.“

„Ein Problem welcher Art?“

„Die Hochspannungsrelais sind nicht funkensicher und waren es auch nie. Es sind diese neuen Modelle; ich kann sie weder umgehen noch sonst etwas mit ihnen anstellen.“

„Dann werde ich darum bitten, daß man uns ein anderes Modell hochschickt.“

Sam schüttelte den Kopf. „Entschuldigung: Ich habe es versucht. Es sind Spezialanfertigungen, sie werden nicht mehr gebaut, nicht funkengesichert. Von denen, die wir brauchen, wurden nur wenige hergestellt. Man sagte mir, es würde einen Monat erfordern, eines hier heraufzuschaffen, das in 100 % Sauerstoff arbeitet.“

„Wir haben keinen Monat Zeit.“

„Das weiß ich. Sie wissen das ebenfalls. Sie können versuchen, mit ihnen zu reden, wenn Sie Lust haben. Ich habe es getan, aber es hatte keinen Zweck.“

„Verdammte Narren.“

„Ich glaube, es gibt vielleicht eine andere Alternative, Captain.“

„Welche?“

„Auf Gamma II befinden sich Relais aus der gleichen Produktionsreihe, die aber gegen Funkenschlag gesichert sind. Für einen behelfsmäßigen Einbau scheinen sie trotz Abweichungen brauchbar zu sein. Nach den Aufzeichnungen wurden sie nicht für eine von den Delta-Stationen verwertet. Die sollten noch immer dort sein.“

„Jemand soll Ihren Posten übernehmen, Sam. Ich werde Ed zu Ihnen schicken. Wir werden das sofort erledigen.“

„Klar, Captain“, sagte Sam. Riggs verschwand von dem Bildschirm, als er abschaltete.

Sam war froh, nicht in der Haut des Captains zu stecken. Maschinen konnte er beherrschen, aber dieses ganze andere Zeug war ihm über. Für Sam reduzierte sich alles auf Nieten und Bolzen, Drähte und Röhren. Auf diese Weise konnte er damit umgehen, er verstand nichts von Viren und derartigen Dingen. Sie waren eine Art Bazillen oder etwas Ähnliches. Ed Brown war auf Gamma II sein Kommandant gewesen. Es würde sein, als ob er heimkehrte. Gewissermaßen.

## 6

WENN Lindas Alpträume kamen, kamen sie in der Nacht auf großen schwarzen Schwingen. Schwingen, die die Luft mit dicken, lederartigen Schlägen peitschten und ihre persönlichen Dämonen vertrieben und durch Dämonen anderer Art ersetzten. Sie waren fremdartig, brachten mit sich den Geruch der Angst und den Geschmack der Verzweiflung. Visionen tanzten und verschwanden, nichts war deutlich, alles wirkte wie unter einem Nebel aus seidiger Gaze. Die Dunkelheit der Berge gegen eine klare schwarze Nacht. Ein Windstoß. Das Rascheln von spitzenbesetzten Gardinen in einem langvergessenen Schlafzimmer in Oklahoma. Sommer. Nein, Herbst; es ist kalt. Das Fremde überlagert das Vertraute. Berge. Doppelmonde. Ein Weizenfeld, golden in der Nachmittagssonne, eine rostende Pumpe mit einem knarrenden Schwengel, der sprühendes Wasser heraufbefördert, so kalt, daß es die Zähne schmerzen läßt, und irgendwo die Berge, die Monde und ein suchender Schrecken vom Himmel.

Endlose Wüsten, ständiger Hunger. Der Schlag des Leders, das Knirschen von Knochen. Und dort, über den Bergen, ein freundliches Summen, ein Gesurre, lauter jetzt, und die Berge gleiten davon, während die Lederschwingen in der Ferne versinken, von der Dunkelheit verschluckt werden, bis alles, was zurückbleibt, das Summen ist.

Linda schob die Papiere beiseite und schaltete den Wecker ab. Sie haßte diese Uhren, aber im Moment blieb ihr keine Wahl, als sich von ihnen beherrschen zu lassen. All die endlosen Stunden, die sie im Schichtdienst gearbeitet hatte, hatten ihr Zeitempfinden verdorben. Sie streckte die Glieder, kratzte sich. Die Erinnerung an einen Traum, den sie erlebt hatte, kam ihr in den Sinn, verschwand. Sie hatte nicht gut geschlafen, schlechte Träume und so weiter. Streß, es mußte am Streß liegen. Sie griff nach dem Morgenrock, der über dem Stuhl neben ihrem Bett hing. Sie hatte Kopfschmerzen.

Am Waschbecken ihrer Kabine spritzte sie sich kaltes Wasser ins Gesicht, überlegte, ob sie eine Dusche nehmen sollte, entschied, daß sie dafür keine Zeit hatte. Sie ging mit einer Bürste flüchtig durch ihr Haar. Es war völlig zerzaust. Mußte gewaschen werden. Sah schrecklich aus. Mußte das ebenfalls verschieben. Später. Vielleicht morgen, am nächsten Tag. Irgendwann. Sie streifte ihre Schuhe über und ging den Korridor hinunter zum Waschraum. Ein neuer Tag. Sie gähnte.

Linda gönnte sich auf dem Weg zu ihrem ersten Termin eine Tasse Kaffee aus der Kantine. Er schmeckte schrecklich, aber er war heiß und voller Koffein. Zumindest würde er sie wach halten. Sie tat zwei Zuckerwürfel hinein und rührte ihn um, trug die Tasse zurück zu ihrem Büro. Zeit, ihr offizielles Gesicht aufzusetzen. Brrr.

Als sie eintrat, wartete Candy bereits, und auf dem Schreibtisch lag ein kleiner Stapel Aufzeichnungen. Die gestrigen Untersuchungen.

„Du hattest recht mit Malcolm. Hier, schau." Candy griff nach einem der Folianten, blätterte in ihm, bis sie zu einem Blatt kam, das am Rand eine Reihe roter Zeichen aufwies. Teile der Auswertung waren umkreist, Pfeile deuteten auf andere Absätze. „Dr. Byrd hat es sich gestern nachmittag angesehen. Er bestätigte die Enzephalopathie. Achte auf die Verlangsamung der temporalen Schleifen; Theta, Delta. Trotzdem taucht dies nur hier auf. Ich war mir nicht sicher, bevor ich es durchrechnen ließ. Wie bist du darauf gestoßen?"

Linda rührte ihren Kaffee um, nippte daran. „Er kam gestern zu einer Routineuntersuchung, wirkte ein wenig zerstreut, verwirrt. Hauptsächlich schien er übermüdet zu sein, aber ich entschied, ihn zu untersuchen. Ich ging mit ihm eine von unseren Testreihen durch. Bis auf den Gedächtnisteil war alles in Ordnung. Er hat ihn wirklich verpatzt. Ich sah mir seine früheren Werte an, und er hatte eine Trefferquote von 100 %. Etwas stimmte nicht, aber ich wußte nicht genau, was."

„Du dachtest, daß er infiziert wäre?"

„Es war möglich. Konnte aber auch tausend andere Dinge bedeuten. Ich schickte ihn zu dir in der Hoffnung, daß sich irgend etwas zeigen würde."

„Was es auch tat. Wir haben ihn direkt eingeliefert."

„Was ist geschehen?"

„Er hatte letzte Nacht einen plötzlichen Anfall. Er brach schnell zusammen."

Linda schüttelte den Kopf. „Ich wünschte, wir hätten es früher festgestellt."

„Ich glaube nicht, daß ihm das geholfen hätte", bemerkte Candy. „Die Ärzte tun alles, was in ihrer Macht steht. Allerdings scheinen sie nicht sehr viel Erfolg zu haben."

„Trotzdem, wenn wir in der Lage sind, die Symptome früh genug zu erkennen, dann müßte es möglich sein, etwas zu unternehmen."

„Ich kann mir nicht vorstellen, was."

Linda seufzte. „Was hast du sonst noch für mich?"

„Nicht viel. Einen Haufen Ansätze, nichts Konkretes. Konnten bei Paul nichts erreichen. Man gab ihm dienstfrei, verordnete ihm Ruhe und gab ihm ein Sedativ. Streß, sagten sie. Oh, hast du Ted Shield in der letzten Zeit gesehen?"

„Nein. Sollte ich?"

„Möglich. Ich habe ihn gestern untersucht. Schien ein wenig langsam zu reagieren. Ich schloß ihn an einen Nervenstrommesser an, aber alles war normal. Trotzdem habe ich ein sonderbares Gefühl bei ihm. Nichts, das ich belegen kann. Ich würde es begrüßen, wenn du ihn bald untersuchen könntest. Nur mir zum Gefallen. Es ist nichts Offizielles, nur eine Untersuchung."

„Gern, aber nicht heute nachmittag", erklärte Linda. „Ich bin heute nicht in der Abteilung. Wenn ich ihn finden kann, werde ich versuchen, ihn noch am Vormittag hineinzuschieben. Wenn nicht, dann sicher morgen."

„Ich wäre dir dankbar."

„Keine Ursache."

„Danke." Candy sammelte ihre Papiere zusammen und wandte sich zur Tür. Sie wollte etwas über Paul sagen, entschied aber, Linda nicht damit zu belästigen. Es war etwas sehr Persönliches: Er schien wirklich in dem Glauben zu sein, daß er die Gedanken der Mantas lesen konnte. Nun gut, er konnte warten. Als sie hinausging, begegnete ihr Carlos Mendoza. Er war auf dem Weg zu Linda.

„Guten Morgen, Carlos", begrüßte ihn Linda. „Fühlen Sie sich besser?"

„Ja, danke. Dr. Topper hat mir einige Pillen gegeben." Er setzte sich in den Sessel vor ihrem Schreibtisch. „Sie helfen mir zu schlafen."

„Gut. Und die Alpträume?"

„Fort. Ich träume nicht mehr von Eis und Schnee. Wenn ich jetzt schlafe, habe ich überhaupt keine Träume. Oder wenn ich träume, erinnere ich mich nicht an sie, und sie quälen mich nicht."

„Schön, Carlos." Linda griff in ihre Schreibtischschublade, zog eine Aktenmappe hervor. „Hier. Ich möchte, daß Sie diese Formulare ausfüllen, diese Fragen beantworten."

Er blickte auf die Papiere. „Was ist das?" fragte er. „Noch mehr Unsinn? Als ich das letzte Mal hier war, habe ich das schon ausgefüllt."

„Das sind andere, Carlos. Sie wissen, daß alle von uns hier oben Versuchskaninchen sind. Wie Ihre Tiere. Sie ärgern die Tiere und ich die Menschen. Sie sind jetzt an der Reihe, geärgert zu werden, das ist alles."

„Ich hoffe, das wird nicht allzuviel Zeit in Anspruch nehmen. Ich bin ein vielbeschäftigter Mann", brummte er, nahm einen Kugelschreiber zur Hand und begann zu schreiben.

Linda lehnte sich zurück und leerte ihren Kaffee, der inzwischen kalt geworden war. Schreckliches Zeug. Sie schloß ihre Augen und entspannte sich, während Carlos schrieb. Sie empfand vages Unbehagen, ungewisse Unruhe. Heute morgen hatte sie leichtes Fieber gehabt. Eine Erkältung. Immer zuviel zu tun. Sie wünschte, jemand anders hätte bei Carlos den Test gemacht, aber sie kannte niemanden, dem sie dies anvertrauen konnte. Es spielten so viele Dinge eine Rolle, Dinge, die nicht auf den Formularen erschienen. Etwas Subjektives, das Ergebnis von langen Jahren der Beobachtung. Eine Uhr klingelte.

„Geben Sie mir die Papiere, Carlos", bat sie und beugte sich nach vorn.

„Aber ich bin noch nicht fertig."

Es wird nicht erwartet, daß jemand fertig wird. Erzeuge Angst in dem Subjekt. Zorn? Bringe die Antworten der zweiten Seite mit denen der ersten in Verbindung.

„Macht nichts", sagte sie. „Hier ist ein anderes Blatt. Bitte versuchen Sie, so viele Fragen wie möglich zu beantworten." Diesmal machte sie ein Schauspiel daraus, die Uhr einzustellen, plazierte sie so auf dem Schreibtisch, daß er die Vorderseite nicht sehen konnte. Es war alles Teil der Routine. Carlos runzelte die Stirn und machte sich wieder an den Test.

Sie blickte auf das Blatt, das er ihr ausgehändigt hatte. Seine Handschrift war schlampig, sie neigte sich eine Weile nach links, dann nach rechts. Sie durchblätterte seine Akte auf der Suche nach einem der früheren Testbögen. Handschrift sauber, präzise. Vielleicht hatte das etwas zu bedeuten, vielleicht auch nicht.

Linda registrierte, daß sie mit ihrem Kugelschreiber gegen die Tischplatte klopfte, hielt inne, als sie erkannte, was sie tat. Ihr Bein schwang hin und her, sie bewegte sich in ihrem Sessel, stellte beide Füße auf den Boden. Sie fühlte sich nervös, besorgt. Das war nicht richtig. Er war derjenige, von dem man erwarten durfte, besorgt zu sein. Es war alles Teil des Tests. Vielleicht war es der Kaffee. Koffein kann Symptome der Angst hervorrufen, sogar Panikgefühle erzeugen. Aber eine Tasse? Es schien ihr nicht wahrscheinlich.

„Es ist kalt hier", bemerkte Carlos. „Können Sie irgend etwas dagegen unternehmen?" Er schrieb weiter.

Kalt? Nein, das konnte nicht stimmen. In allen Büros der Station wurde eine konstante Temperatur aufrechterhalten, vermutlich 22°. Vermutlich. Sie fröstelte. Es konnte nicht kalt sein, aber dennoch war ihr ein wenig kühl. Sie war irritiert. Warum können sie die Temperatur nicht gleichmäßig halten? Wenn wir uns schon mit so vielen anderen Sachen herumplagen müssen, können wir zumindest verlangen, es angenehm warm zu haben. Sie legte ein Bein über das andere, begann wieder mit dem Fuß zu wippen. Als die Uhr klingelte, erschrak sie mehr als Carlos.

„Das ist alles", verkündete Linda, nahm sein Blatt und legte es in die Akte.

„Wie kommen Sie mit Ihrer Arbeit voran?"

Er zuckte die Achseln. „Langsam. Es gibt viel zu tun, und die meisten Kräfte konzentrieren sich auf das Mantaproblem."

„Halten Sie das nicht für richtig?"

„Nein, ich glaube nicht. Es gibt von den anderen Tieren viel zu lernen. Wenn wir die Station preisgeben, wie manche verlangt haben, werden sie alle sterben. Jede Information, die ich gewinnen kann, ist wertvoll. Ich bin von größerem Nutzen, wenn ich jene geringe Forschung fortführe, die wir uns unter diesen Bedingungen leisten können. Es ist eine wichtige Arbeit, und vielleicht stellt sich heraus, daß es die wichtigste überhaupt ist."

Dies stand im völligen Gegensatz zu ihrer letzten Unterhaltung. Zu diesem Zeitpunkt war Carlos zornig und verärgert darüber gewesen, daß Rob auserwählt worden war, die Untersuchungen zu leiten. Sie wußte, daß Rob ihm einen Posten angeboten hatte, um an dem Mantaproblem mitzuarbeiten, und daß dies von Carlos grollend abgelehnt worden war. Hatte er sich wirklich der Situation angepaßt, oder bedeutete sein plötzlicher Sinnesumschwung etwas anderes? Eine Persönlichkeitsveränderung? Psychologischer oder physiologischer Natur? Waren es die Medikamente, die er einnahm? Fast alles war möglich. Es würde weitere Untersuchungen erfordern, dies herauszufinden.

„Arbeiten Sie noch immer an den Drachenfischen?" fragte sie.

„Ein wenig. Hauptsächlich konzentriere ich mich auf den Schneeball."

Ein kalter Luftzug schien durch den Raum zu wehen. Sie fröstelten beide. *Übertragung,* dachte sie und schüttelte den Kopf, wie um sich zu besinnen. Ich fühle, was er fühlt. Das kommt davon, wenn man sich zu sehr mit seinen Patienten identifiziert. Ein Fehler. Sollte objektiver sein. Leichtes Fieber, fühle mich nicht besonders gut. Die Widerstandskraft läßt nach. Allen Dingen gegenüber. Jeder fühlt sich saumäßig. Er soll sprechen. Persönlichkeitsveränderung.

„Haben Sie irgend etwas erreicht?" fragte sie.

Sie war ein wenig benommen. Es schien heiß in dem Raum zu sein. Oder vielleicht auch kalt.

„Nicht direkt", gestand er. „Ich sammle Daten, das ist auch schon alles."

Linda fühlte sich gedehnt, in die Länge gezogen. Carlos schien soviel Zeit zwischen den einzelnen Worten zu benötigen. Kopfschmerzen. Sie massierte ihre Stirn, *warm,* und kniff in ihre Nasenwurzel. Konzentrieren. In Wirklichkeit war es in dem Büro nicht kalt, es schien zu heiß zu sein. Etwas stimmte nicht.

„Keine weiteren Alpträume?" fragte sie. „Der Drachenfisch, von dem Sie träumen, läßt Sie nun in Ruhe?" *Versuche, objektiv zu bleiben!*

„In der Tat", bestätigte er. „Kein Drachenfisch, keine Schneebälle. Ich schlafe wie ein Baby."

Schneebälle? Er hatte die Schneebälle bisher nicht erwähnt.

Spricht er die Wahrheit? Oder sagt er nur das, von dem er glaubt, daß ich es hören will? Es gab eine Zeit, da war ich in der Lage, dies augenblicklich, ohne Zögern zu sagen. Wir sind alle müde, überarbeitet.

Sie füllte einen Vordruck aus, riß das Deckblatt von dem Block. „Das geben Sie Candy", sagte sie. „Sie soll Ihnen so bald wie möglich einen Termin geben."

Er blickte sie scharf an.

Defensiv, dachte sie. Warum fühle ich mich defensiv?

„Was ist das?" erkundigte er sich. „Weitere Spritzen? Soll sie wieder diese Drähte an meinen Kopf kleben?"

Der Biß der Furcht. Fühle ich ihn? dachte sie. Woher? Von ihm? Von mir?

„Ich bin sehr beschäftigt", sagte er.

„Es wird nur wenige Minuten beanspruchen. Betrachten Sie es wie das Sammeln von Daten. Wie bei Ihren Schneebällen."

Carlos brummte und verließ ihr Büro. Linda empfand ein plötzliches Gefühl der Erleichterung. Er schien die kalte Luft mit sich zu nehmen.

Sie fühlte sich jetzt ruhiger. Linda lehnte sich zurück und betrachtete die Formulare. Die Handschrift war sehr viel schlampiger. Sie richtete besondere Aufmerksamkeit auf die logischen Aufgaben. Sie schienen irgendwie zusammenhanglos. An sich mußte er dort sehr gut sein. Sie ging um den Schreibtisch herum und zog seine ganze Akte hervor. Sie sollte das Ding besser vom Computer durchrechnen lassen.

Zwei Stunden später brachte Linda die Akte zum Computerzentrum, um sie dort analysieren zu lassen. Ray sagte ihr, daß es eine Weile dauern würde, bevor sie sich daran begeben konnten. Es herrschte hektische Geschäftigkeit, alle Terminals waren besetzt.

Da Linda noch etwas Zeit blieb, bis sie ihren Dienst auf der Krankenstation aufnehmen mußte, entschied sie, sich in den Extraterrestrischen Sektor zu begeben. Vielleicht traf sie dort Carlos und konnte so einen Eindruck von seiner Arbeit gewinnen.

Carlos war nirgends zu sehen, und der Sektor war leer bis auf Alan Brand, einen Techniker, der leicht vor den Monitoren döste. Im Abteil der Schneebälle herrschte die Dunkelperiode, und nichts war zu erkennen. Alan nickte bei Lindas Eintreten und schloß dann seine Augen. Die Bilder, die die Monitore lieferten, wurden gespeichert, so daß seine Anwesenheit nicht wirklich erforderlich war, nicht während der Nachtperioden. Als Linda Platz nahm, rutschte er tiefer in seinen Sessel und legte den Kopf auf die Armlehnen.

Linda gähnte. Sie hatte nicht gewußt, wie müde sie wirklich war.

JAHRE waren seitdem vergangen. Manchmal erschien es wie gestern.

Linda hatte einen Monat allein in einem gemieteten Bungalow am Golf von Mexiko verbracht. Es war noch vor ihrer Zeit als Assistenzärztin. Rob hatte sie begleiten wollen, doch sie hatte ihn gebeten, davon abzusehen. Sie freute sich über seinen Wunsch, aber sie blieb standhaft. Nein, sonst war niemand da. Sie wollte nur allein sein, einige Dinge durchdenken. Er drängte sie nicht.

Der Bungalow bestand aus verwittertem Zedernholz und war auf Schlackeblöcken errichtet. Er bestand aus einer großen überdachten Veranda und einem kleinen Wohnraum. Es gab keinen Stromanschluß und kein fließendes Wasser. Das Wasser aus der Pumpe war salzhaltig, so daß sie ihr Koch- und Trinkwasser von einer über fünf Kilometer entfernten Quelle heranschaffen mußte. Ihr nächster Nachbar befand sich in der doppelten Entfernung. Die Miete betrug sechzig Dollar.

Der Tag, an dem sie ankam, war heiß und still. Es gab viel zu tun, und sie hatte wenig Zeit, sich vor Einbruch der Nacht umzusehen. In der Nacht erschreckten sie die Geräusche. Es waren nicht wirklich störende Geräusche, sondern Laute, Nachtlaute. Tausend Frösche, die zur gleichen Zeit quakten. Grillen. Das sanfte Heulen einer Eule in den Kiefern. Das Grunzen eines alten Alligators irgendwo im Sumpf. Nachtvögel, die Nachtlieder sangen. Sie saß in einem alten Schaukelstuhl auf der Veranda. Eine Armlehne des Stuhles war locker, der Boden unter ihr knarrte. Träge Wolken trieben über die volle Mondscheibe. Ein Laubfrosch, grün glänzend, kroch die Verandatreppe hinauf. Sie fühlte, wie sie auf der Veranda sanft hin und her schaukelnd einschlief. Als sie erwachte, hatte die Sonne gerade begonnen, den Morgennebel fortzubrennen.

Tage vergingen wie dieser, verschmolzen mit den Nächten. Lange Nächte, stille Nächte. Sie vermißte Rob. Oft saß sie in der

Nacht bei dem flackernden orangefarbenen Licht der Kerosinlampe und schrieb ihm lange Briefe. Am Morgen las sie die Briefe durch und empfand Verlegenheit. Eine erwachsene Frau, die sentimentales Zeug schrieb. Mit gemischten Gefühlen stopfte sie die Briefe in den Holzofen und benutzte sie, ihren Morgenkaffee warm zu halten. Einerlei, es waren sechzig Kilometer bis zum nächsten Postamt.

Sie hackte Holz für den Ofen und fühlte sich wohl. Es gab einen großen Stapel altes Holz, das gespalten und zerhackt werden mußte, bevor sie es in den Ofen schieben konnte. Als sie mit dem Holzhacken begann, schwang sie die Axt, bis ihre Arme schmerzten und ihr T-Shirt schweißgetränkt war. Dann wurde ihr bewußt, daß sich in vielen Kilometern Umkreis niemand aufhielt, und sie legte ihr T-Shirt ab, hing es an einen Ast und arbeitete, bis sie erschöpft war. Sie hatte eine Menge geschafft, mehr als erwartet sogar. Ihre Hände waren mit Blasen bedeckt. Sie betrachtete den Holzstapel und lächelte. Was als ein großer Haufen dicker Baumstämme und Stümpfe begonnen hatte, war nun ein Stapel ofengerechter Holzscheite. Es war sehr befriedigend, eine Arbeit erledigt zu haben und das direkte Ergebnis sehen zu können. Sie fragte sich, wie viele Menschen auf der Welt diese Art der Befriedigung empfanden. Gingen Bauarbeiter später manchmal zurück, um sich die Mauer anzusehen, die sie errichtet hatten, oder das Dach zu betrachten, das von ihnen aufgesetzt worden war? Nun, vielleicht. Sie hoffte es. Sie fühlte sich stolz und stark und ging über den gewundenen Pfad am Rand des Sumpfes zu einem kleinen sandigen Strand, wo sie ihre Shorts abstreifte und in dem kristallklaren Wasser schwamm, fühlte sich wohl, planschte und sang vor Freude, am Leben zu sein. Am Strand schlief sie ein und erwachte erst, als die Sonne unterging, ein orangefarbener Ball, der am Horizont des Golfes hing und die Welt mit unmöglichen Pastellfarben bemalte. Als sie zu ihrem Blockhaus zurückkehrte, wurde es dunkel, und der Wind erstarb. Die Moskitos fraßen sie bei lebendigem Leib. Sie achtete nicht darauf.

Linda war sich selbst gegenüber nachsichtig. Wenn sie das Bedürfnis hatte zu faulenzen, nun, bei Gott, dann faulenzte sie eben. An manchen Tagen arbeitete sie hart, an anderen Tagen saß sie nur herum. Sie beendete die Untersuchung, an der sie gearbeitet hatte. In der Stille wurde ihr bewußt, daß sie niemals zuvor allein gewesen war. Obwohl sie sich jahrelang abgesondert hatte, war immer jemand anders in ihrer Nähe gewesen. Mutter, Vater, Rob, Nachbarn, Freunde; jemand war fast immer bei ihr. Hier, wenn sie ein durchgeschwitztes Shirt auf den Boden warf oder eine Kaffeetasse neben dem Bett zurückließ, würde es dort liegenbleiben, bis sie es fortnahm. Niemand außer ihr war hier, um etwas zu verändern. Es gefiel ihr, und zur gleichen Zeit erschreckte es sie. Eines Nachts kletterte ein kleiner Waschbär auf die oberste Stufe der Veranda. Sie fütterte ihn mit einigen Essensresten, und danach kam er jede Nacht wieder, eine Stunde nach Sonnenuntergang, zuerst mißtrauisch, später kühner. Sie ertappte sich, daß sie auf ihn wartete und zu ihm sprach, wenn er schließlich kam. Er blieb nie lange genug.

Sie besaß ihre Lieblingsplätze. Einer war ein alter knorriger Baum am Rand des Sumpfes. Seit Jahren schon war er abgestorben, wollte den Kampf aber nicht aufgeben. Seine alten Wurzeln gruben sich tief in den Boden und verliehen ihm Halt gegen den Wind, die Flut und die Hurrikane. Seine kahlen Äste waren dick und stark. Sie liebte es, auf einem bestimmten Ast über dem Wasser zu sitzen und ihren Rücken gegen den Stamm zu lehnen. Das Wasser war ein freundliches Plätschern am Fuß des Baumes, der Sumpf erstreckte sich vor ihr, allmählich dem offenen Meer weichend. Der Sumpf wimmelte von Vögeln; Enten, Reiher, Habichte. Meeräschen glitten durch das Wasser. Pelikane überflogen den Golf, erinnerten sie an andere Pelikane, andere Zeiten. Sie konnte sich nicht an die Probleme erinnern, derentwegen sie hier hinausgekommen war. Sie waren verblaßt, zurückgefallen auf den großen Berg jener Dinge, die nicht wirklich eine Rolle spielten, Dinge, die nicht wirklich wichtig waren. Vielleicht hatte sie die Probleme gelöst, vielleicht waren sie auch nur aus ihrem Blickwinkel verschwunden. Sie hörte das Schlagen einer Autotür. Es dauerte einen Moment, bis sie das Geräusch identifiziert hatte. Seit drei Wochen hatte sie kein Auto gehört oder ein anderes menschliches Gesicht gesehen. Sie ging zum Blockhaus zurück.

Ein Auto hielt vor der Veranda. Es war staubig von der langen Fahrt über die kiesbedeckte Zufahrtsstraße. Es besaß ein hiesiges Nummernschild, eine Mietwagenplakette. Sie ging weiter, und Rob stand dort. Er wirkte zufrieden.

„Ich gehe wieder", sagte er. „Du mußt es mir nur sagen, und ich gehe. Ich wollte dich sehen."

Linda legte ihre Arme um ihn, drückte ihn fest. „Komm, Dummerchen", sagte sie mit einem leisen Lachen. „Hier gibt es soviel, das ich dir zeigen muß."

DER KORRIDOR war dämmrig beleuchtet. Eine einsame Gestalt ging gedankenverloren durch das Halbdunkel. Allen äußeren Anzeichen nach wirkte sie ruhig. In ihrem Innern jedoch herrschte Aufruhr.

*Sie alle sind Narren. Verdammte Narren. Sie haben Augen, aber sie sind blind. Sie haben Ohren, aber sie sind taub. Sie können die Dinge, von denen ich Kenntnis habe, weder sehen noch hören. Ich allein werde von den Sternen gerufen. Ich allein bin auserwählt.*

*Es ist wie in den Geschichten meiner Großmutter. Die Teeblätter und die dampfenden Innereien hatten teilweise recht. Die Computer und die Mikroskope hatten teilweise unrecht. Ich weiß es; ich kann sie hören, sie sprechen zu mir. Die alten Sagen werden wahr; sie sind von den Sternen gekommen, um uns zu führen. Wir müssen ihnen folgen. Mein Vater glaubte an Dämonen. Ich spottete, dennoch glaubte ein Teil von mir ebenfalls daran. Es hat immer Schatten in meinem Leben gegeben, die nicht erklärt werden konnten. Mein ganzes Leben lang wurde ich auf diese Situation vorbereitet. Ich will meine Menschen, alle Menschen, von den Schatten in das klare, kalte Licht der Sterne führen.*

Die Gestalt hielt an einer Gangkreuzung inne. Leicht schwankte sie hin und her, ballte die Hände zu Fäusten und öffnete sie wieder. Zwei Stimmen drangen aus dem Korridor rechts neben ihr. Sie wandte sich nach links, von ihnen fort.

*Kalt. So kalt. Durch die unvorstellbare Dunkelheit haben sie mich erreicht. Sie suchten mich – mich –, den Auserwählten.*

*Aber dennoch gibt es Zweifel, Argwohn. Ich kann nicht sicher sein, wenn Unsicherheit mit ihnen oder in meinem Innern ist. Ich muß geprüft werden, ob ich es wert bin. Es muß Prüfungen geben. Ich muß rein sein.*

*Rein.*

*Ich spüre, wie sich ein anderer nähert. Wie klar er ist. Er ist nicht rein. Er vermutet nichts, weiß nichts. Er ist so blind und taub wie alle anderen. In seinen Gedanken sehe ich Blut und scharfe Instrumente. Blut. Er ist nicht rein.*

Dr. Mellon benutzte den langen Weg zur Krankenstation, wanderte durch die verlassenen Korridore des äußeren Bereichs der Station. Dieses Gebiet mit seinen halbfertigen Räumen und dem freiliegenden Kabelgewirr würde später eventuell den Forschungs- oder den medizinischen Einrichtungen angegliedert werden. Delta III war so angelegt, daß sie wachsen konnte, wenn die Geldmittel und das Bedürfnis dafür vorhanden waren. Hoffentlich würde sie nicht so veralten wie die anderen Stationen. Dr. Mellon liebte es spazierenzugehen, vor allem dort, wo es wenig wahrscheinlich war, daß er gestört wurde. Dies war ein idealer Ort.

Während er daherging, wanderten seine Gedanken: die Operation, die er heute morgen durchgeführt hatte, ein frischer, kalter Nachmittag, an dem er über das Gelände der Universität von Oklahoma spazierte, sein erster Tag als Assistenzarzt an der Johns-Hopkins-Universität, das gestrige Mittagessen, besondere Patienten mit besonderen Problemen, um die er sich an diesem Nachmittag kümmern mußte, irgendwo glitt eine Frau durch seine Gedanken, verschwand; blaue Augen und sandfarbenes Haar, das über ein Kopfkissen fiel, so lange her. Vor so vielen Jahren.

Dr. Mellon war noch immer in Gedanken versunken. Er sah nicht die Schattengestalt, die sich im Türrahmen duckte, nicht das kurze Stück eines Metallrohres, das eine Hand fest umklammerte.

*Du bist nicht rein. Bei Feuer und Eis, du mußt gereinigt werden. Du, der du mit dem Blut lebst, sollst durch das Blut sterben. Ich allein bin wertvoll. Dies ist meine Prüfung, und ich darf nicht, ich will nicht versagen. In der Kälte des Todes wird deine Reinheit kommen, die Reinheit des Eises. Jetzt!*

Der Schatten bewegte sich, ein Fleck in Dr. Mellons Augenwinkel. Ein automatischer Reflex ließ seine Arme emporschnellen, bevor er mehr registrierte. Dann erkannte er, daß es ein Mann war. Er war verwirrt, die Dinge paßten nicht zusammen. Wäre er Soldat gewesen, hätte er augenblicklich reagiert. Aber er war in den Heilkünsten ausgebildet worden, und was er sah, fügte sich nicht in jene Schablonen, die ihm vertraut waren. Einen Augenblick später verband er den Begriff „Mann“ mit einem Gesicht, einem Körper. Er erkannte das Gesicht, aber die Ereignisse waren verwirrend. Alles ging zu schnell vonstatten. In einem Zeitraum von 1,3 Sekunden durchlief Dr. Mellon eine

Skala von Reaktionen: Schrecken, Verwirrung, Erkennen, Ärger und Furcht. Er war langsam. Zu langsam. *Jetzt! Das Böse in deinem Körper muß ausgetrieben werden. Könnten sie mit Zungen sprechen, sie würden mir befehlen, dies zu tun. Du erkennst mich. Sieh dieses Gesicht, wisse, daß ich für jene von den Sternen spreche.*

Der erste Schlag traf Dr. Mellon an einer Seite seines Kopfes, die er als Vorderschläfenbein bezeichnet hätte. Mit einem schweren Rohr. Er stürzte. Er war tot, bevor er den Boden berührte.

Aber das ließ seinen Angreifer nicht innehalten; wieder und wieder schwang er das Rohr voller Wildheit gegen die niedergestreckte Gestalt. Er schlug auf ihn ein, bis das blutige Rohr aus seinen Händen glitt und zu Boden polterte. Selbst das ließ ihn nicht innehalten, und er fuhr fort, mit den Fäusten auf den leblosen Körper einzuhämmern.

*Nun ist es getan. Ich habe das Böse aus deinem Körper vertrieben. Ich allein bin rein, ich, der Auserwählte. Durch mich wirst du sprechen . . . sprechen . . . sprechen . . .*

Er hörte auf zu schlagen. Der Mann verharrte, verwirrt, schüttelte den Kopf. Methodisch zerrte er den Körper in einen der unfertigen Räume, bedeckte ihn mit einem Haufen loser Pappe. Er ging hinuner, fand das blutige Rohr, säuberte es mit einem Lappen, nahm es mit sich. Dann ging er den Weg zurück und beschrieb einen scharfen Bogen, der ihn dorthin führen würde, wo die außerirdischen Tiere untergebracht waren.

ES WAR kalt. Fremde Sterne prangten am Himmel, der Mond war zu nahe – oder war er zu weit entfernt? So eisig kalt. Ein Ball, die ursprüngliche fötale Haltung, die soviel Wärme wie möglich speicherte. Tiefe Ruhe, mehr als Schlaf, dem Tode verwandt. In der Nacht sterben, um einen weiteren Tag zu leben, sobald die Sonne den fernen Horizont zerschnitt und neue Wärme brachte, die Gelegenheit zur Nahrungsaufnahme, das Geschenk eines weiteren Tages.

Linda fröstelte, streckte ihre Arme. Im Halbschlaf hatte sie die Empfindung, zwischen zwei Welten hin und her gerissen zu werden. Als sie versuchte, ihre Gedanken zu sammeln, verblaßte ein Teil von ihr, schien in eine andere Existenzebene überzugehen. Sie versuchte, die fremde Welt zu ergreifen, zu analysieren. Sie verschwand. Vermutlich ein Traum. Sie mußte eingedöst sein.

Alan schlief vor dem Monitor, den Kopf auf das Kontrollpult gelegt. Die Lampen spendeten gedämpftes Licht. Gähnen. Linda verhakte unter dem vor ihr stehenden Tisch ihre Beine. Der Bildschirm über dem schlafenden Mann war ein trübes Viereck.

Das Bild auf dem Monitor hatte sich nicht verändert, während sie geschlafen hatte. Die Umrisse des Schneeballs konnten nur schwach in der trüben Beleuchtung der künstlich erzeugten Nachtperiode ausgemacht werden. Er lag zusammengerollt da, ein Ball, den eine dünne Eisschicht bedeckte. Bewegungslos wartete er darauf, daß die künstliche Sonne aufgehen, Wärme, Nährstoffe, Leben liefern würde.

Linda blickte auf die Digitaluhr an der Wand, lautlos bewegten sich blaßrote Ziffern. Sie hatte länger geschlafen als zunächst vermutet, es war spät. Sie mußte sich beeilen, um rechtzeitig zum Schichtbeginn in der Krankenstation einzutreffen. Sie erhob sich lautlos, um den schlafenden Mann nicht zu wecken. Auf ihrem Weg nach draußen preßte sie die Handflächen gegen die Wand des Schneeballabteils. Bei der Berührung fühlte sie sich kalt an, aber sie wußte, daß dies auf Einbildung zurückzuführen war. Diese Wände waren perfekt isoliert. Trotzdem fröstelte sie, und während sie fortging, fühlte sie vages Verlangen nach der Wärme einer fremden Sonne.

Der Mann stand im Schatten und beobachtete, wie Linda verschwand. Er würde später auf sie zurückkommen – sie war etwas Besonderes. Aber zunächst hatte er eine Aufgabe zu erfüllen.

Er verließ die Dunkelheit des rückwärtigen Raumes und erreichte lautlos Alan, der vor dem Monitor schlief. Für einen Moment stand er hinter dem Mann, beobachtete den Bildschirm mit einer fast hypnotischen Intensität.

*Schlafen. Kälte. Reinheit. Der Rest des Eises, um die Seele zu entlasten. Wiedergeburt. Wir werden alle wiedergeboren. Das Böse wird von der Erde vertrieben, und wir werden die Sterne erben. Das Böse.*

Er ergriff den schlafenden Mann am Haarschopf, riß seinen Kopf nach hinten und schlug ihn gegen das Metallpult. Alan hatte keine Gelegenheit, sich zu wehren. Er wiederholte es mehrmals, und als er überzeugt war, den Mann getötet zu haben, löste er seinen Griff und ließ den Körper auf den Boden gleiten.

Ohne Eile ging er zu dem Umkleideraum an der Seite des Beobachtungszimmers und streifte seine Kleidung ab, warf sie in den

Recycler. Er wusch sich und nahm eine undefinierbare Garnitur aus dem Regal. Fast so, als wäre ihm der Einfall nachträglich gekommen, schleifte er den leblosen Körper durch den ganzen Raum und verstaute ihn in einem leeren Schrank.

LINDA wusch sich und zog frische Kleidung an. Sie verspätete sich, und das mißfiel ihr. Es gehörte nicht zu ihrem Charakter, sich zu verspäten, und in der Eile zog sie fast ihre normalen Schuhe statt der antistatischen Sandalen an. Verdammt. Als nächstes würde sie vergessen, ihr Haar hochzustecken.

Sie begab sich zu ihrem Arbeitsplatz. Susan hielt die Stellung. Sie wirkte zerzaust, aber es erging allen anderen ebenso.

„Schön, dich zu sehen", begrüßte Susan sie und strich eine störrische Haarsträhne aus ihrem Gesicht. „Ich habe mich schon gefragt, ob du in den Streik getreten bist."

„Ich bin heute nur ein wenig durcheinander, das ist alles", erwiderte Linda.

„Du bist nicht die einzige. Hier herrscht ein einziges Chaos. Shirley und Tony haben sich bis jetzt nicht blicken lassen, und ich kann Dr. Mellon nirgends erreichen. Sein Dienst beginnt, und er reagiert auf keinen Anruf."

Linda nickte. Überall auf der Station sah es so aus. „Wen habe ich heute?" fragte sie.

„Ich möchte, daß du mit Marlene den Blauen Flügel abdeckst. Sie hat die Unterlagen bereits an sich genommen. Hier, der Medkoffer."

Linda nahm den blauen Plastikkoffer in die Hand und wandte sich zum Gehen, als die Stille der Intensivstation von dem hektischen Knistern des Kommunikationssystems durchbrochen wurde.

„Roter Alarm, Sektor L-47, Team Alpha. Achtung, Team Alpha, es herrscht roter Alarm im Sektor L-47."

Susan drückte einen Knopf an ihrem Interkom und sprach einige Sekunden lang hastig hinein. „Komm!" schrie sie Linda zu, als sie von dem erhöhten Kontrollpodest sprang. „Vielleicht brauchen wir dich." Sie griff nach einem roten Koffer und eilte auf die Tür zu. Als sie den Gang betraten, trafen sie auf Dr. Sheldon, der Dr. Mellon als Teamarzt in Alpha vertrat. Dr. Sheldon war Anästhesist, kein Chirurg, aber das spielte keine große Rolle. Er war Arzt, und die Regeln besagten, daß jedes medizinische Notfallteam über einen Arzt verfügen mußte. Sie waren froh, daß sie noch nicht auf einen Veterinärmediziner hatten zurückgreifen müssen.

Sektor L-47 war der Forschungssektor, das Gebiet, in dem sich der Schneeball befand, das Gebiet, das Linda gerade verlassen hatte. Diese Tatsache war ihrer Aufmerksamkeit nicht entgangen.

„Unfall?" fragte sie, während sie durch den Gang rannten.

„Keine Ahnung", keuchte Susan. „Viele Verletzungen, das war alles, was durchgegeben wurde."

Sie folgten einer Gangbiegung, passierten mehrere Türen und erreichten den Beobachtungsraum der Schneebälle. Die Lampen leuchteten wieder hell. Eine Menschenmenge umstand eine hingestreckte Gestalt, die vor den Schränken lag. Sie traten zur Seite, um das medizinische Team durchzulassen. Alan Brand. Es sah schlimm aus.

Susan und Dr. Sheldon knieten neben Alans Kopf, lockerten sein Hemd und untersuchten seinen Mund.

„Luftwege blockiert", sagte Susan.

Dr. Sheldon nickte, holte einen Luftröhrenkatheter aus dem Notkoffer, befreite ihn von seiner Plastikhülle, versuchte, ihn in Alans Mund einzuführen. Lindas Hand ruhte in Alans Genick.

„Herzschlag schwach, aber regelmäßig", meldete sie.

„Ausziehen", ordnete Susan an, händigte Linda eine Schere aus. „Gott, ihn hat es wirklich erwischt", fügte sie im Selbstgespräch hinzu.

Mit einigen schnellen Schnitten teilte Linda Alans Hemd an der Seite. Noch bevor sie fertig war, riß es Susan auseinander und befestigte die EKG-Elektroden.

„Infusion", stieß Dr. Sheldon hervor, mühte sich noch immer mit dem Schlauch ab. „Intravenös. Gleich hier, schnell. Er hat eine Menge Blut verloren."

Linda holte eine Infusionsflasche aus dem Koffer und führte die Nadel des Zuleitungsschlauches in Alans Vene ein. Als die ersten Tropfen in seinem Arm verschwanden, reichte sie die Flasche einem Dabeistehenden zum Halten.

Susan griff nach einem Papierstreifen, der aus der Vorderseite des EKG-Gerätes herausglitt. „Anzeige auf PVC", meldete sie. „Rate fällt."

„Da", rief Dr. Sheldon. „Ich habe es geschafft. Beatmung aufnehmen."

Susan schloß den grünen Beatmungsbeutel an den Schlauch an,

der aus Alans Mund hervorsah, und begann ihn zu pressen, drückte Luft in Alans Lungen.

Dr. Sheldon beschäftigte sich mit dem transportablen EKG-Gerät, das neben dem Notkoffer auf dem Boden stand und die Größe einer Zigarrenkiste besaß. Er nahm den EKG-Streifen zur Hand, als ihn die Maschine ausspuckte.

„Scheiße!" fluchte Dr. Sheldon. „Da geht er hin."

Er preßte den Brustkorb des Verletzten, beugte sich zurück, um auf dem EKG-Streifen das Ergebnis zu überprüfen. Nichts. Auch jetzt war nur eine gerade schwarze Linie zu sehen.

„Verflucht noch mal", sagte er, stellte sich mit gespreizten Beinen über Alan, begann mit rhythmischen Bewegungen sein Herz zu massieren. Nach genau dreißig Sekunden hielt er inne, um das EKG zu kontrollieren. Noch immer nichts. Er fuhr weitere dreißig Sekunden mit der Herzmassage fort und kontrollierte erneut. Nichts.

„Zwei Ampullen Bikarbonat!" befahl er, während er die Herzmassage wiederaufnahm. Linda reichte Susan die bereits abgefüllten Spritzen, die sie von der Verpackung befreit hatte. Susan injizierte sie ihm intravenös.

„Wo zur Hölle bleibt dieser gottverdammte Wagen?" murmelte sie im Selbstgespräch.

Wie zur Antwort glitt die Tür auf, und zwei Männer rollten einen metallenen Karren hinein, oben eine gepolsterte Liege, unten eine medizinische Notausrüstung.

„Tut mir leid, daß wir so spät kommen, aber . . ."

„Vergessen Sie's. Die Elektroden. Schnell."

Einer der Männer reichte Dr. Sheldon ein Paar Elektroden. Sie besaßen die Größe eines halben Tischtennisschlägers und waren durch zwei dicke Kabel mit einer Maschine unter dem Wagen verbunden. Der andere Mann hantierte an einigen Schaltern, bis eine grüne Lampe an der Maschine aufleuchtete.

„Fertig, Doktor", sagte er.

„In Ordnung", bestätigte Dr. Sheldon. Linda und Susan zogen sich zurück. Er befestigte eine Elektrode über Alans Herz und die andere an der Seite seines Brustkorbes. „Jetzt." Er preßte die isolierten Griffe der Elektroden, und Alan zuckte, Arme und Beine verkrampften sich und erstarrten wieder.

„Noch immer flach", sagte Susan, kontrollierte den herausraschelnden Papierstreifen, als Dr. Sheldon verharrte.

„Auf ein neues", murmelte er. „Jetzt." Ein weiteres Mal verkrampfte sich Alans Körper in konvulsivischen Zuckungen.

„He!" stieß Susan hervor. „Es hat etwas bewirkt."

Dr. Sheldon beugte sich zu ihr, um einen Blick auf den Streifen zu werfen. Ein Ausschlag, zwei. Er hielt den Atem an. Ein weiterer. Dann schien das Herz aus eigener Kraft zu schlagen. Ein Rhythmus pendelte sich ein; unregelmäßig, schwach, aber unzweifelhaft vorhanden. Linda begann wieder den Beatmungsbeutel zu pressen.

„Weiter so", stimmte Dr. Sheldon zu. „Zuerst Sauerstoff. Schließt ihn an."

Die Männer schlossen den Beutel an einen flexiblen Schlauch an, der mit dem Karren verbunden war. Unter dem Wagen summte leise die Sauerstoffversorgung.

Alan begann um sich zu schlagen, trat mit den Beinen. Es bedeutete nicht, daß er das Bewußtsein wiedererlangte, sondern daß sein Körper auf die Sauerstoffzufuhr reagierte. Aber es rief Probleme hervor. Sie benötigten fünf Männer, um ihn auf dem Wagen festzuhalten.

„Nehmt ihn mit", sagte Dr. Sheldon, und als die beiden Männer mit dem Karren verschwanden, wandte er sich an Susan. „Wer ist im Bereitschaftsraum?" fragte er.

„Dawson müßte jetzt dort sein", erwiderte sie.

„Ich sollte besser mitgehen", nickte er. „Vielleicht braucht sie Hilfe." Er begann dem Wagen zu folgen, verharrte an der Tür, drehte sich noch einmal um. „He, Susan", sagte er. „Danke. Dir auch, Linda."

„Gute Arbeit", bestätigte Susan. „Ich weiß nicht", sagte er zweifelnd. „Ich glaube nicht, daß wir bald zu ihm vordringen." Er trat hinaus auf den Gang und ging davon.

„Er ist verdammt tüchtig", bemerkte Susan und sammelte den verstreuten Inhalt des Notkoffers ein. „Die meisten Spezialisten, die wir hier oben haben, tragen ihre Nase so hoch in der Luft spazieren, daß sie so etwas wie dieses hier nicht fertigbringen können."

Linda hörte nicht zu. Sie betrachtete den Stuhl, auf dem sie gesessen hatte. Es hatte Alan und nicht sie getroffen. Zwischen ihrem Fortgehen und der Tat konnten nicht mehr als ein paar Minuten vergangen sein. Sie hätte es genausogut treffen können. Warum? Wer?

„He, Linda!" rief Susan. „Was ist mit dir?"

„Ich weiß es nicht", sagte Linda. „Ich weiß es wirklich nicht." Dann fröstelte sie. Es war nicht kalt.

VOR RIGGS erschien Dr. Dawsons Gesicht auf dem Monitor. Sie sah furchtbar aus, die Müdigkeit hatte scharfe Falten in ihr Antlitz gegraben. Es war eine lange Operation gewesen. „Was glauben Sie, welche Chance er hat?" fragte er.

„Realistisch besehen? Keine, würde ich sagen. Nahe bei Null. Schwere Gehirnverletzungen. Wir haben im Augenblick zwar sein Leben gerettet, aber das ist auch alles."

„Wenn er zu sich kommt, lassen Sie es mich wissen", bat Riggs. „Ich werde Bounds veranlassen, daß er jemanden von der Sicherheitsabteilung zu Ihnen hinüberschickt, der bei ihm bleiben soll. Wir müssen herausfinden, was geschehen ist."

Evelyn Dawson zuckte die Achseln. „Ich glaube nicht, daß es Zweck hat. Selbst wenn er wie durch ein Wunder wieder das Bewußtsein erlangen und lange genug bei klarem Verstand sein sollte, um etwas zu sagen – vorausgesetzt, er besitzt noch genug Gehirn, um zu reden, was ich bezweifle –, wird er Ihnen wahrscheinlich nicht helfen können. Gewöhnlich verdrängen die Menschen derartige Traumata. Sie können sich an nichts erinnern."

„Es ist einen Versuch wert. In Kürze wird jemand bei Ihnen eintreffen."

„Tun Sie, was Ihnen beliebt. Ich halte es trotzdem für reine Zeitverschwendung."

Riggs unterbrach die Verbindung. Dawson hatte vermutlich recht. Durch Bounds hatte er erfahren, daß es keine Anzeichen dafür gab, daß Alan sich in irgendeiner Weise gewehrt hatte. Der Angriff mußte ihn unvorbereitet getroffen haben. Wahrscheinlich würde er sich an nichts erinnern. Trotzdem mußten sie es versuchen.

Er legte einen Schalter um, sprach in das Mikrofon. „Geben Sie mir McGreggor", verlangte er.

„Sofort, Sir."

Einige Augenblicke später begann sich Riggs' Monitor zu erhellen, und Robs Gesicht erschien.

„Guten Abend, Captain."

„Ich bezweifle, daß dies ein guter Abend ist. Ich vermute, Sie haben davon gehört."

„Von Alan Brand? Es gab einige Gerüchte. Jemand sagte, er sei überfallen worden."

„Das stimmt", seufzte Riggs. „Aber das ist nicht alles." Oh, verdammt, das war wirklich nicht alles.

„Ich verstehe nicht."

„Dr. Mellon . . ."

„Lee?"

„Man fand ihn vor zehn Minuten. Er war seit Stunden tot."

„Tot?"

„Es sieht so aus, als hätte ihn jemand totgeschlagen."

„Mein Gott."

„Was ich wissen will, Rob", fuhr Riggs fort und wog seine Worte sehr sorgfältig ab, „ist, ob nun – ja oder nein –, ob diese Krankheit oder was auch immer es ist . . ., könnte es jemand dazu bringen durchzudrehen? Verrückt zu werden? Zu morden?"

Rob dachte einen Moment nach. „Ich glaube, es ist möglich. Die falschen Gedankenmuster können für manche Menschen schwer zu integrieren sein, vor allem, wenn zuvor auch nur die geringste Instabilität bestanden hat. Die Person durchlebt die Halluzinationen vermutlich so, daß sie sie nicht mehr von den realen Dingen unterscheiden kann."

„Kann es Gewaltausbrüche hervorrufen?"

„Es kann fast alles hervorrufen, Sir."

Riggs fröstelte. Genau das hatte ihnen noch gefehlt.

DIE KÜNSTLICHE Sonne erhob sich über dem künstlichen Horizont. Eis schmolz, und das Gestein pfiff in der dünnen Luft. Der Schneeball bewegte sich nicht; noch nicht, auch wenn er allmählich erwachte. Kälte erfüllte noch immer seinen Körper, seine inneren Reaktionen waren minimal. Er hatte jetzt Zeit, konnte die Sonne ein wenig höher steigen lassen. Kälte. Nur ein leichter Hauch Wärme war nötig. Er konnte warten.

Unter dem Monitor saß ein Mann und beobachtete. Er fröstelte, aber nur teilweise wegen der Kälte. Er blickte ständig über die Schulter, seine Finger trommelten einen nervösen Marsch auf die Oberfläche des Kontrollpultes. Er machte seine Eintragungen in das Protokollbuch, aber seine Gedanken waren anderswo.

Furcht bohrte dunkle Eissplitter in sein Herz. Er zog die Jacke enger um seine Schultern.

# 7

Ed Brown überprüfte zum fünftenmal den Innendruck des kleinen Raumschiffes. Alle Systeme waren grün. Neben ihm im Sitz des Copiloten saß Sam. Wayne Lewis, einer von Sams Leuten, hockte auf dem Notsitz hinter den beiden Sesseln.

„Delta III, hier ist Relais eins. Ich habe grünes Licht."

„Roger, Ed. Von hier aus sieht es wirklich gut aus. Gib mir die Zeit."

„Beginn in fünf."

„In Ordnung. Houston, haben Sie mitgehört?"

„Roger, Delta III, hier spricht Houston. Wir haben euch auf viersiebenunddreißig und zählen. Es ist jetzt euer Bier. Wir werden uns zurücklehnen und uns die Show ansehen."

„Vier Minuten", sagte Brown.

„Hier spricht Delta III. Automatische Sequenz beginnt. Gebt uns für Batteriebank Baker eine Bestätigung. Wir haben hier eine schwarze Anzeige."

Ed griff nach vorn und ließ einen Plastikschalter nacheinander in drei verschiedene Stellungen einrasten. Dann lehnte er sich zu Sams Kontrollen hinüber und verstellte auf der Seite des Copiloten ebenfalls einen Schalter. „Baker auf grün", meldete er. „Keine Schwankungen."

„Haben es empfangen, Ed. Bleibt so. Botschaft vom Captain. Er sagt, daß ihr euch beeilen sollt."

„Und ich hatte vor, mir ein wenig die Beine zu vertreten."

„Tut uns leid. Wir erreichen T minus eins. Jetzt liegt alles an euch. Alles Gute, Ed. Viel Glück."

„Danke."

In den nächsten dreißig Sekunden war Ed vollauf beschäftigt. Obwohl der Start zum großen Teil automatisch ablief, war er ein Manöver, das von einem Piloten und einem Copiloten eingeleitet werden mußte. Und ein Copilot war ein Luxus, den sie sich nicht leisten konnten.

„Hauptentriegelung aus. Zwanzig Sekunden."

Alles, was das Raumschiff an der Station hielt, waren zwei schmale Streben, die mit explosiven Halterungen versehen waren. Bei sieben Sekunden wurden die Halterungen gezündet.

„Ihr seid auf euch allein gestellt, Relais eins. Drei . . . zwei . . .“

„Zündung“, sagte Brown, und die kleine Fähre löste sich mit einem Ruck von Delta III. Langsam trieb sie weit genug von der Station fort, so daß Ed die Haupttriebwerke zünden konnte.

„Delta III, ich brauche eine Korrektur. Mir scheint, wir sind ein wenig vom Kurs abgewichen.“

„Das stimmt, Ed, wir haben es beobachtet. Kein Grund zur Sorge, das kriegen wir schon hin. Die neuen Daten sollten jetzt in eurem Kasten sein.“

Über Browns Bildschirm zuckte eine Ziffernserie. „Roger, Delta III, ich habe sie jetzt bekommen.“ Er nahm die geringfügige Kurskorrektur vor. Allmählich schoben sich die beiden Gitternetze auf dem Bildschirm übereinander, eine Reihe grüner Zahlen blitzte am rechten Rand des Gitternetzes auf. „Habt ihr das aufgezeichnet, Delta III?“ fragte er.

„Roger. Wir empfingen einen Ausschlag von 8,4 Sekunden bei 65 %. Sieht gut aus.“

„Maschinen angelaufen. Nummer eins, fertig. Nummer zwei, fertig. Fünf . . . vier . . . drei . . .“ Brown hielt mit seiner Hand den manuellen Übernahmeschalter umklammert und entspannte sich erst, als die Düsen planmäßig gefeuert hatten.

„Zündung verlief gut, Relais eins. Wie berechnet. Alle Daten sind in Ordnung. Wir wünschen eine schöne Reise.“

„Gebt Riggs Bescheid, daß er das Fort halten soll“, bat Brown. „Die Kavallerie ist unterwegs.“

Erst dann hatte Brown Zeit und Gelegenheit nachzusehen, wie seine Passagiere alles überstanden hatten. Sam wirkte entspannt, aber Wayne sah ein wenig blaß aus.

„Was meinen Sie?“ fragte Brown. „Es ist so, als ob man über den Lake Placid segelt, nicht wahr? Eine Kleinigkeit.“

Wayne sah aus wie jemand, der sich gleich übergeben würde.

JODIE beendete die Untersuchung der Maus, erinnerte sich für einen Augenblick an grüne, wellige Hügel. Die Zeit ließ das Bild verschwimmen, Jahre lagen zwischen ihr und der Gegenwart.

Als sie auf der kleinen Farm im Innern von Kentucky aufwuchs, hatte sie nicht an Weltraumstationen gedacht. Sie konnte sich nicht vorstellen, jemals so eingesperrt zu sein. Sie liebte die Freiheit, verbrachte soviel Zeit wie möglich in den Wäldern in der Nähe ihres Hauses. Ihre andere Liebe galt den Tieren, wilden wie gezähmten. Sie hatte keine harmonische Kindheit erlebt. Ihre Mutter, in ihren besten Zeiten eine humorlose Frau, zerbrach während Jodies Jugend an vier unglücklichen Ehen. Wärme fand Jodie nur bei den Stallkatzen und, zum Schluß, bei dem Pferd.

Das Pferd spielte eine große Rolle in ihrem Leben. Als sie fünfzehn war und die meisten Mädchen in ihrem Freundeskreis sich von den Pferden ab- und den Jungen zuwandten, blieb Jodie bei den Pferden. Einem Pferd, um genau zu sein, Moses genannt, gekauft und versorgt von ihrem eigenen Geld – Geld, das sie verdient hatte, indem sie die Nachmittage im Drugstore, die Wochenenden in dem Lebensmittelladen arbeitete. Moses war ein schönes Pferd; sie verlebten viele glückliche Nachmittage. Dann kam zwei Jahre später der Winter, und sie hielt im Schnee Moses' Kopf in ihrem Schoß, und sie besaß kein Geld für einen Tierarzt, und sie schwor, niemals zuzulassen, daß sich etwas Ähnliches jemals wieder ereignete.

Jodie wollte die Veterinärschule besuchen, bemühte sich verzweifelt, aber sie besaß nicht genug Geld dafür. Sie hätte ein Stipendium bekommen können, aber das bedeutete, ihr Zuhause zu verlassen, und sie wurde dort gebraucht. Sie arbeitete und bezahlte mit dem verdienten Geld die Abendschule in dem nahen staatlichen College. Da dort keine Veterinärmedizin gelehrt wurde, studierte sie Biologie und Chemie. Zu ihrem großen Erstaunen entdeckte sie, daß die beiden Fächer ihren Neigungen entsprachen. Sie liebte sie, war glücklich dabei, und als die Operation Pegasus die außerirdischen Geschöpfe zurückbrachte, arbeitete sie mit Dr. Carlos Mendoza. Als die Arbeit auf Delta III richtig begann, wurde seinem Versetzungsgesuch stattgegeben. Als er ins All ging, nahm er sie mit.

Auf Delta III war sie eine Springerin, arbeitete, wo immer sie gebraucht wurde. Nun arbeitete sie für Rob. Sie fragte sich oft, was für eine Tierärztin sie wohl geworden wäre.

Sie war müde, todmüde. Rob hatte sie vor zwei Stunden verlassen, um sich auszuruhen. Aber es dauerte nicht mehr lange, bis er sie ablösen würde. Sie wischte sich den Schweiß von der Stirn und füllte vorsichtig eine weitere Spritze.

Zu ihrer Forschungsarbeit gehörte es, verschiedene Arten von Versuchstieren zu infizieren, um herauszufinden, ob eines von ihnen Antikörper gegen den Organismus bilden würde. Nun waren einige von Robs steril aufgewachsenen Mäusen an der Reihe. Sie erwartete nicht, mit ihnen mehr Erfolg zu haben, aber es war einen Versuch wert. Alles war einen Versuch wert.

Sie griff in den Plexiglasbehälter und holte mit ihrer geschützten rechten Hand eine Maus hervor. Mit dem Daumen und Zeigefinger ihrer Linken packte sie sie am Nackenfell, umklammerte ihre Taille mit dem kleinen Finger und der Handfläche. Sie drehte die Maus mit dem Bauch nach oben und rieb ihn mit einem alkoholgetränkten Wattebausch ein. Dann nahm sie eine Spritze und injizierte der Maus unterhalb des Halses 0,10 ccm des Serums. Zurück blieb eine schwache Schwellung – und einer der Organismen. Sie markierte die Maus an der Hüfte mit einem Farbstift und legte sie in einen neuen Behälter.

Vorsichtig füllte sie eine weitere Spritze. Gelassen, routiniert machte sie ihre Arbeit. Es war gefährlich, kein Zweifel, aber dieser Gedanke drang nur selten in ihr Bewußtsein. Im Umgang mit gefährlichen Substanzen besaß sie sehr viel Erfahrung. Sie wußte, ihr würde nichts zustoßen, wenn sie vorsichtig war.

Noch immer umgaben sie Reagenzgläser und Ampullen, die mit einem Organismus gefüllt waren, von dem sie nur sehr wenig wußte. Es beunruhigte sie nicht, aber zu keinem Zeitpunkt vergaß sie es. Die Erinnerung an den Zwischenfall mit dem Aminosäurenanalysator war ihr noch frisch im Gedächtnis.

Und sie vergaß nicht, daß eine Krankheit namens Toxoplasmose einmal so unbekannt gewesen war wie jene, an der sie arbeitete. Die Toxoplasmose war in den Laboratorien erforscht worden, und man hatte genau wie jetzt Mäuse dabei benutzt. Damals bildeten die Labortechniker, die daran gearbeitet hatten, den Bevölkerungsteil mit den meisten Toxoplasmoseerkrankungen.

Sie hörte, wie sich die Tür öffnete.

„Du bist früh dran, Rob. Danke." Sie sagte es, ohne sich umzudrehen. Sie bekam keine Antwort und drehte sich deshalb um. Es war nicht Rob.

„So angezogen, können Sie nicht hier hereinkommen. Das hier ist ein steriler Raum." Ihre erste Reaktion war Entrüstung. Rasch folgten Begreifen, Bestürzung und Furcht, als der Mann schnell das kleine Labor durchquerte und sie gegen den Tisch stieß.

Selbst als die Reagenzgläser und Ampullen zerbrachen und sich ihr Inhalt über den Boden ergoß, galt ihr erster Gedanke den

Experimenten und den Kulturen. Erst als sie bemerkte, daß der Mann ein Rohrstück mit sich führte, spürte sie Angst um ihr Leben. Aber da war es zu spät.

ROB ERWACHTE mit einem Schreck. Sein Interkom summte, er hatte Kopfschmerzen.

„Ja doch", murmelte er verdrossen und hantierte an den Kontrollen. „Hier ist Rob."

Lindas Gesicht erschien auf dem Bildschirm. „Es ist ein Unglück geschehen, Rob. Jodie. Im Kultur-Labor."

„Was? Wo?" Nicht dort. Nein, nicht in den Kultur-Laboratorien. Oh, Scheiße.

„Es sieht ernst aus. Du solltest besser sofort dorthin gehen."

„Ich bin schon unterwegs", sagte er und unterbrach die Verbindung.

Der Gang zu den Kultur-Laboratorien war gesperrt. Bounds vom Sicherheitsdienst stand vor der Tür, verstellte jedem den Weg. Aufruhr herrschte, zahllose Menschen wimmelten durcheinander. Zuerst wollte ihn Bounds nicht passieren lassen, aber ein kurzer Rückruf bei Riggs klärte die Angelegenheit. Da der ganze Bereich vermutlich infiziert war, mußte Rob einen Augenblick warten, bis das Entseuchungsteam mit der Arbeit begann. Rob streifte einen Isolieranzug über, man half ihm, die Maske anzulegen, und er gelangte durch eine Doppeltür in den Korridor zu den Kultur-Laboratorien.

Auf der anderen Seite der Türen war es seltsam still. Durch den Gang vernahm er gedämpfte Stimmen, und er folgte ihrem Klang bis zu dem Labor, in dem er und Jodie gearbeitet hatten.

Er war nicht sicher, was er zu sehen erwartet hatte, aber was er sah, erschütterte ihn. Jodie war entsetzlich zugerichtet, überall war Blut. Zwei Männer in Isolieranzügen kauerten über ihr, zwei andere standen an ihrer Seite. Es dauerte einen Moment, ehe Rob erkannte, daß das ganze Blut nicht nur von Jodie stammte – das meiste davon rührte von den Kulturen aus den zerbrochenen Reagenzgläsern her.

„Wie geht es ihr?" fragte er.

„Es sieht schlecht aus."

Sie legten Jodie auf einen Wagen und schoben sie davon. Rob starrte sie an, als sie an ihm vorbeirollte. So blaß. Ihr Haar war blutverkrustet. Wie konnte so etwas nur geschehen?

Eine der vermummten Gestalten trat auf Rob zu. Hinter der Maske konnte er lediglich die groben Umrisse eines Gesichtes erkennen. Es war Dr. Woods. Sie war Chirurgin und mit der letzten Fähre vor Beginn der Katastrophe nach oben gekommen.

„Sie wird es nicht schaffen, Rob."

Er nickte stumm. Zum Teufel mit allem.

„Wir tun, was wir können, aber es ist nicht genug."

„Danke, June. Ich weiß, Sie werden es versuchen", sagte Rob matt.

„Wir tun alles, was in unserer Macht steht, es ist nur . . ." Sie brach ab, machte eine vielsagende Geste, drehte sich um und folgte dem Wagen in den Korridor.

Rob blickte sich im Labor um. Gott, was für ein Chaos. Er trat zu dem umgestürzten Tisch und griff nach dem Protokollbuch. Es war blutbesudelt, aber unzerstört, und dort die letzte Eintragung, jene, an der sie gearbeitet haben mußte, als sie überfallen wurde. Aus den Augenwinkeln erblickte Rob eine kleine Maus, die hinter eine Vitrine gerutscht war. Bounds hatte ihn angewiesen, nichts zu verändern, nur zu überprüfen und nachzusehen, wie die Verseuchung eingedämmt werden konnte.

Rob ballte die Fäuste vor Zorn und mit einem wachsenden Gefühl der Hilflosigkeit. Den Wirrwarr ordnen, die gottverdammten Teile auflesen. Was für ein Haufen Scheiße. Wie lange noch mochte dieses Fegefeuer dauern? Jodie war gestorben; es würde Tage in Anspruch nehmen, dieses Chaos zu lichten. Mehrere Versuche waren mit Sicherheit ruiniert, Kulturen verloren, alles verloren. Für was? War es das wert? Der Mörder, Verrückte, was auch immer er war, war nur ein Teil des Problems. Es gab so viele andere Dinge. Wenn Brown und Sam zurückkehrten, würde sich der Druck verringern. Es würde ihnen einige Zeit verschaffen. Aber Zeit wofür? Um in der Dunkelheit herumzustolpern? Ein wenig langsamer zu sterben? In Gefangenschaft, so wie die Mantas und die Mäuse gefangen waren? Wie die Mäuse sind wir alle ersetzbar, bestimmt, im Interesse der Allgemeinheit geopfert zu werden. Oder, wie Jodie, grundlos zu sterben. Es ergab keinen Sinn, absolut keinen Sinn.

Rob setzte sich, versuchte seine Augen vor dem Chaos zu schließen. Er seufzte schwer, suchte nach anderen Gründen als Trägheit, um weiterzumachen. Als er seine Augen öffnete, sah alles aus wie zuvor. Jodie war noch immer tot, das Chaos noch immer da.

GAMMA II drehte sich langsam vor dem Hintergrund der Sterne, zur Hälfte lag die verlassene Station in blendender Helligkeit, zur Hälfte in fast absoluter Finsternis. Sie erinnerte Brown an eine Art metallisches Skelett, eine halbvergessene Erinnerung jener Station, die sie sein sollte. Große Teile der Stahlinsel waren entfernt, hier und dort Stücke der äußeren Hülle abmontiert worden, die das innere Netzwerk der Kabel und Verstrebungen entblößten. Viele Teile der Gamma-Stationen waren beim Bau der Delta-Serie verwendet worden, aber die Aufzeichnungen bewiesen, daß die Relais, die sie benötigten, noch immer dort sein mußten.

„Was für ein Unterschied", stieß Sam hervor. „Sie sieht nicht ein bißchen so aus, wie sie einmal ausgesehen hat."

„Sie hat bessere Tage erlebt, das ist wahr", bestätigte Brown. Gamma II war eine Zeitlang sein Kommando gewesen, und obwohl er sich nicht für einen sentimentalen Menschen hielt, war es doch ein seltsames Gefühl, so zu ihr zurückzukehren. „Gehen wir hinein. Geben Sie mir die Daten."

Brown korrigierte ihren Kurs nach den Zahlen, die Sam ihm durchgab, Daten, die der bordeigene Computer lieferte. Zwischen den Zündungen blickte Brown durch die Frontscheibe, erhielt so eine visuelle Kontrolle der Wirkung seiner Manöver. Es war nicht so, daß er dem Computer mißtraute, aber jahrelange Flugerfahrung hatte ihn gelehrt, daß die kalten Maschinen ihm eines nicht vermitteln konnten: einen Hauch von Gefühl, von Richtigkeit, das sichere Wissen, daß die Annäherung korrekt verlief. Alles sah gut aus. Langsam mäßigte sich die Rotation der Station vor ihm, und dann waren es die Sterne, die sich hinter dem scheinbar bewegungslosen Satelliten drehten. Die Kontrolllampe leuchtete grün – ihre Rotation hatte sich der der Station angeglichen.

„Also los", sagte Brown.

Langsam und lautlos näherte sich die kleine Raumfähre der Station. Es war keine Bewegung fühlbar. Die Station vor ihnen schien nur größer und größer zu werden. Sam zuckte leicht zusammen, und Brown konnte hören, wie Wayne hinter ihm scharf die Luft einsog. Knapp fünf Meter über der Oberfläche der Station stoppten sie.

„Schöner Dreh", gratulierte Sam.

„Danke", sagte Brown und legte hastig einige der Schalter auf dem Kontrollpult um. Er streckte sich, schloß seinen Helm. „Es wird Zeit für unseren kleinen Spaziergang, meine Herren. Schalten Sie um auf interne Verständigung."

Brown überprüfte zweimal die Kontrollen ihrer Anzüge. Zufrieden verließ er die Kabine. Er stieß sich vom Pilotensitz ab, halb trieb er, halb zog er sich zu der Ausstiegsluke. Er entfernte die Sicherheitsdeckel von einem Paar weit auseinanderliegender Schalter und öffnete die Luke. Die schweren Atemzüge von Sam und Wayne waren so laut, wie sie von ihren Mikrofonen aufgenommen wurden. Es klang in seinen Ohren, als ob sie direkt hinter ihm stehen würden. Er griff durch die Türöffnung und verband das Halteseil mit einem Ring, der an der Hülle des Schiffes befestigt war. Er verhakte das andere Ende des Halteseiles an seinem Raumanzug und schwebte langsam durch die Luke.

Es spielte keine Rolle, wieviel Zeit er im Weltraum verbracht hatte, immer wieder erfüllte es ihn mit Spannung, draußen zu sein, und dieses Gefühl schien Brown niemals zu verlieren. Er benötigte keine Biosensoren, um zu wissen, daß seine Herz- und Transpirationswerte hochgeschnellt waren. Die Erde war ein riesiger, gefleckter Globus, der über seinem Kopf im Weltraum hing, mit wirbelnden Wolken bedeckt. Brown verspürte einen kurzen Schwindelanfall, eine kurze Periode der Benommenheit, die rasch vorbei war. Es war kein unangenehmes Gefühl gewesen.

„Alles in Ordnung, Ed?"

„Ja, Sam, natürlich."

Brown überwand den träumerischen Moment. Zurück an die Arbeit. Er bewegte das Halteseil, so daß es lockere Schleifen bildete, und war sicher, daß es sich nirgends verwickelt hatte. Er beobachtete die unter ihm liegende Oberfläche der Station, suchte nach einem relativ sicheren Platz, auf dem er landen konnte. Sanft stieß er sich von dem Schiff ab und schwebte auf die Station zu.

Jodie Pope lag in einem Bett auf der Intensivstation, lebendig, aber nicht mehr. Schläuche ernährten sie, Chemikalien hielten ihren Stoffwechsel aufrecht, eine Lungenmaschine atmete für sie. Sie war vollgepumpt mit synthetischem Curare, das ihren Widerstand gegen das Beatmungsgerät unterband. Zusammen mit sorgfältig gemischten Flüssigkeiten tropften schmerztötende und beruhigende Medikamente in ihren Arm. Alles war gemessen, abgewogen, bis auf zwei Dezimalstellen durchgerechnet. Alles diente nur dem Zweck, sie am Leben zu erhalten. Niemand glaubte, daß sie eine Chance hätte. Dies traf zu.

Man glaubte ebenfalls, daß sie nicht hören, nicht verstehen konnte, was um sie herum vorging, daß sie nicht denken konnte. Man irrte sich.

Unter dem Nebel aus Schmerztabletten und Beruhigungsmitteln schwebten und sprangen ihre Gedanken. Das Curare machte es ihr unmöglich zu sprechen. Selbst ohne die Wirkung des Curare war es zweifelhaft, ob sie die Konzentration zum Sprechen aufbringen konnte. Aber das hinderte sie nicht daran zu denken.

Sie konnte trotzdem hören, sie konnte trotzdem denken. Alles blieb verschwommen, ihr Gehirn wollte nicht richtig funktionieren. Sie konnte sich auf nichts konzentrieren, konnte keinen klaren Gedanken fassen. Sie hörte das Zischen der Lungenmaschine, die gedämpften Stimmen der Menschen in ihrer Umgebung. Die meiste Zeit ergab es für sie keinen Sinn. Menschen bewegten sich, sagten mit sanften Stimmen Unverständliches zu ihr. Manchmal begriff sie, aber sie konnte nicht antworten. Ihre Arme und Beine waren Kilometer entfernt, die Nervenstränge, die sie kontrollierten, waren unterbrochen. Ihr Mund wollte nicht gehorchen. Das Zischen der Luft war das beruhigendste Geräusch, das sie jemals gehört hatte.

Sie trieb davon, die Augen geöffnet, blicklos.

Sie trieb nach Kentucky, das Gras war naß vom Morgentau. Moses. Einmal erschien ein Junge, ein Mann, eine starke Persönlichkeit, auf die sie sich stützte. Er war für eine Weile da, und dann ging er fort. Das Wasser im Teich war immer kalt, der Schlamm sickerte durch ihre Zehen, als sie hindurchwatete. Die Jungen hangelten sich an dem dicken Ast eines großen Baumes über den Teich. Sie hatte sich immer gewünscht, es auch zu machen, aber es war den Jungen vorbehalten. Sie schwammen oft nackt, wenn sie glaubten, daß keine Mädchen in der Nähe waren. Sie und Carol versteckten sich im Unterholz und sahen zu und lachten. Sie wirkten so ... so verwundbar. Einmal schlich sie in der Nacht zu dem Teich und schaukelte an dem Ast. Einmal ... einmal ...

„Es wird besser, Jodie. Ich werde dein Bein ein wenig bewegen. Da, das war alles."

Das war alles ... Einmal ... einmal ... Ein kleiner Gemüsegarten, Samstagabend im Rt. 40 Drive-In, Bier und Popcorn, das niemals wachsen würde. Das Zischen ist rhythmisch, wie Luftzug, wie Wellen, wie ein treibendes Boot. Unter Wasser die weiten Korallenstädte, die guten Dinge, die man essen konnte. Unter Wasser existierte Leben. Kleine Dinge schwammen vorbei. In den Untiefen war das Wasser warm . . . warm. Die Nachmittagsbrise war warm über den Feldern nahe dem Zuhause, warm in den Bergen über der Wüste. Gleiten. Leben bedeutete Freiheit am Himmel. Dort sind keine Feinde, nur der Gefährte an der Seite, der ständige Begleiter. Es gab weiche Dinge, die man essen konnte. *Eingesperrt. Böse.* In der Nacht kehren wir zum Horst zurück. In der Nacht wurde es kalt . . . kalt. Kälte war Tod, die Sonne war Leben, jede Nacht mußte ertragen werden. Das Leben mußte weitergehen. Moses. Popcorn. Schneebälle. Moses. Leben.

„Ich werde dich jetzt mit einer Nadel pieken, Jodie. Es wird nicht weh tun."

Popcorn. Moses.

ED BROWN beobachtete Sam und Wayne, die den Korridor hinuntertrieben, ihre Handscheinwerfer ließen Schatten wachsen und fallen, hin und her schießen. Sie waren dem letzten der Relais und den restlichen Schaltungen auf der Spur, die Sam benötigte. Soweit war alles, was sie brauchten, an Bord. Keinerlei Probleme.

Die Station wirkte sehr fremd auf Brown. Einmal war sie ihm so vertraut wie seine Hand gewesen. Jetzt nicht mehr. Es war, als wenn man in seine alte Heimatstadt zurückkehrte und die High-School durch ein Einkaufszentrum, das alte Baseballfeld durch einen Parkplatz ersetzt fand. Der Großteil der Station war vertraut, aber verändert. Einige Dinge fehlten, andere waren umgebaut. Das Fehlen der Beleuchtung bedeutete einen großen Unterschied. Brown war gewöhnt, die Station hellerleuchtet zu sehen, durchwimmelt von Menschen. Die einzigen Laute, die er hörte, waren die Stimmen von Sam und Wayne, die über Interkom miteinander sprachen.

Gamma II war sehr viel kleiner als die Delta-Serie der Satelliten. Zumeist beherbergte sie fünfzig Menschen, zum Großteil Militärs. Nach dem Großen Feuerwerk im Nahen Osten hatte es eine rasche Folge von Abrüstungskampagnen gegeben, und der Weltraum war wieder von der Forschung in Besitz genommen worden. Fast alle Militärs hatten die Station bereits verlassen, als Brown eintraf. Damals war er der erste Zivilkommandant im All gewesen. Es war eine gute Zeit für Brown, und er blickte gern auf sie zurück.

Neugier trieb ihn zurück in den Kontrollraum. Er war sehr viel kleiner als in der Erinnerung. Die Hälfte der Instrumente waren verschwunden. Kabel hingen in verrückten Winkeln aus den gähnenden Löchern in den Konsolen. Sein Scheinwerfer warf einen harten Lichtkreis, wo er ihn aufblitzen ließ. Aus einem Reflex heraus griff er nach dem Lichtschalter an der Wand, hielt im letzten Moment inne, fühlte Scham. Er war froh, daß ihn keiner dabei beobachtet hatte. Seltsam berührt ließ er sich in den Sessel sinken, in seinen Sessel. Er bemerkte, daß die Polsterung verschwunden war. Abfall bedeckte den Boden, die Wände waren beschädigt. Es herrschte geringe Schwerkraft, aber die Umdrehungsrichtung war seit Jahren nicht mehr korrigiert worden. Die Station war wirklich ein Schrotthaufen. Er schloß die Augen, konnte sich fast vorstellen, wie sie einst ausgesehen hatte.

„Ed? Wo stecken Sie? Wir haben alles."

Erschrocken sprang er auf. „Oh! Ja, Sam, ich habe mich nur ein wenig umgesehen. Bin gleich da." Er wollte gehen, warf einen letzten Blick zurück. Es war nur ein Raum voller Schutt und Unordnung. Er zwinkerte, dachte an etwas lange Vergangenes. Nein, der Raum war mehr. Eine Zeitlang war er sein Zuhause gewesen.

„JODIE. Ich werde jetzt deine Kleidung wechseln. Es schmerzt vielleicht ein wenig."

Es schmerzte nicht. In ihr war kein Gefühl zurückgeblieben. Schmerz. Schmerzgebrochen. Mantarochen. Die Mantas. Solch stolze Geschöpfe. Sie sind gefangen. Barrieren, das sind Wände aus Stahl und Glas. Sie leben wie in einem Versuchskäfig. Ich kenne sie. Zuweilen bin ich sie. Paul war . . . war etwas, was? Er dachte, daß er mit den Mantas sprechen konnte. Stimmte das? Oder irrte er sich? Kann nicht reden – fühle! Fühle die Brise, ich bin himmelwärts bei den Aufwinden geboren. Der Boden kippt unter mir weg, wenn ich mit den warmen Winden reite. Ich bin geschaffen, um zu fliegen, den Wind zu spüren, wie er unter meinen Schwingen jagt, die Vertrautheit meiner Gefährtin, die an meiner Seite dahingleitet. Gefährtin. Geburt. Bald. Beschützen. Beschützen.

„Nur noch ein letztes Mal, Jodie. Dann haben wir es für heute geschafft."

Gefährtin beschützen. Hinausgreifen. Geburt. Kind-Ding. Popcorn. Beschützen. Moses.

BROWN verstaute die letzten Geräte. Sam schnallte sich in seinem Sitz fest. Wayne hatte man hinten eingequetscht, und er konnte sich nicht bewegen. Nachdem die Ausrüstungsgegenstände gesichert waren, schloß Brown die Luke, legte die beiden Sicherheitsschalter um. Er hangelte sich zum Pilotensitz, begann die Daten in den Computer einzugeben.

Der Computer sagte nein.

Brown gab weitere Ziffern ein, fragte: warum.

Der Computer sagte, daß im Raumschiff kein Sauerstoff sei. Weil dies ein Zustand war, der den Computer nicht sonderlich störte, hatte man ihn programmiert, diese Information weiterzugeben. Vermutlich war sie für die Menschen im Innern von Interesse.

„Scheiße!" fluchte Brown. „Wir haben irgendwie Druck verloren." Er betätigte einige Schalter, kontrollierte die Instrumente, griff nach einer Klappe an der Wand hinter Wayne. Die Klappe fiel in seine Hand. Offensichtlich hatte sie sich gelockert.

„Was ist es, Ed?" fragte Sam.

„Jemand war hier", sagte er. „Die verdammte Sauerstoffleitung ist durchgefeilt worden. Vermutlich haben wir erst Sauerstoff verloren, als wir die Luke öffneten."

Wayne geriet in Panik. Er versuchte, von dem Notsitz zu klettern, in den man ihn gequetscht hatte. Brown stieß ihn zurück.

„Ruhig, Wayne. Verlieren Sie nicht den Kopf."

„Aber . . . mein Gott, wir werden . . ."

„Wir werden nichts", unterbrach Brown und brachte die Klappe wieder an. „Wer immer auch der Täter war, er hatte nicht die Bohne Ahnung von den Dingen, an denen er herumpfuschte. Wir haben keinen Kabinensauerstoff zurückbehalten, aber wir besitzen genug Reserven in unseren Raumanzügen. Mehr als genug, um zurückzukehren. Falls er beabsichtigte, uns daran zu hindern, hat er daran nicht gedacht." Er kletterte zurück in den Pilotensitz, unterdrückte ein leises Frösteln. Falls der Kerl doch gewußt hatte, was er tat, würden sie bald alle tot sein. Sam würde dies wissen, ohne daß es ihm gesagt werden mußte. Es war besser, Wayne nicht an diesem kleinen Geheimnis teilhaben zu lassen. Er überbrückte das ‚Nein' des Computers und programmierte die Daten für den Rückflug nach Delta III ein. Er justierte die Antenne und funkte die Station an.

„Delta III, hier ist Relais eins."

„Roger, Relais eins, wir empfangen euch."

„Wir haben es geschafft. Ich schlage vor, Sie finden heraus, wer an unserer Hoffnung und Stütze herumgepfuscht hat."

„Relais eins, hier ist Delta III. Wir empfangen euch, aber wir verstehen euch nicht."

„Ihr sollt auch nicht verstehen, sondern mir die Daten schikken."

„Sind bereits auf dem Weg. Was, zur Hölle, ist passiert?"

„Jemand hat versucht, uns zu verarschen. Die Daten sind angekommen. Wir kehren zurück. Jetzt."

*Jetzt müßten sie tot sein. Sie können dem Schicksal nicht entrinnen. Maschinen werden nichts als weitere Maschinen erzeugen. Es ist böse, sich an den Dingen zu vergreifen, die so sind, wie sie sein sollten. Wir von der Erde müssen sehr viel lernen, viele Preise bezahlen. Dies ist ein kleiner Preis. Bevor wir die Sterne wert sind, müssen noch sehr viel höhere Rechnungen beglichen werden.*

„LEBENSAKTIVITÄTEN gesunken. Sie wird schwächer."

Kalt. Warum ist mir kalt? Ich warf die Maus fort. Muß die Maus finden. Etwas Lustiges über eine Maus, die in einer Weltraumstation verlorengeht. Stell eine Falle auf, versehe sie mit Käse. Käse wäre gut; hart, gelb – gelb wie die Sonne, die die Berge jeden Morgen erhellt, den Wüstenboden erwärmt. Dinge, die man essen kann, Nahrung hastet in den Schatten. Wände aus Glas und Stahl. Geburt.

„Bikarbonat! Schnell!"

Sie greifen nach mir, berühren mich mit ihren Welten. Ich bin, wie sie sind, wie sie waren. Wir sind eins. Verschmolzen.

„Gib mir eine Hand. Schnell. Darüber."

Schwindel. Als ob man einen endlosen See hinunterschwimmt. So dunkel. Alles kreist um mich.

„Aus dem Weg damit. Versuchen Sie es noch einmal. Ich habe keinen Ausschlag erhalten."

Ich bin allein, aber ich kann die Gegenwart von anderen spüren, einige menschlich, andere nicht. Ich fürchte mich nicht.

Schwindel. Moses. So dunkel. Fremd. Ich dachte, es würde weh tun.

Es tat nicht weh.

„Sie ist tot."

„Sie haben Ihr möglichstes . . ."

*„Seien Sie still!"*

DER MANTA bewegte sich auf seiner Stange. Ein weiterer Faden gerissen. Nahrung, Geburt. Er erhob sich in die Luft, breitete die Schwingen aus, um den Wind zu fangen.

Die Zeit der Geburt bedeutete, daß sich die Gefährtin der Jagd nach Beute nicht anschließen konnte. Es gab ein zunehmendes Verlangen nach Nahrung, ein zunehmendes Bewußtsein der Existenz der wilden Tiere, die auf dem Wüstenboden lebten. Die Fäden waren Verbindungen zur Nahrung, zu den wilden Tieren. In der Vergangenheit hatte er immer Nahrung finden können, wenn er den Fäden folgte. Hier war es anders; die Fäden führten alle zu Orten, die er nicht erreichen konnte. Es verwirrte ihn.

## 8

IN DEM abgeschotteten Bereich der Station hatten sie sich auf einen Luftdruck von 1,5 Atmosphären eingependelt. Theoretisch konnten sie ihn noch um ein Vielfaches erhöhen, aber dies brachte Schwierigkeiten mit sich.

Die Laboratorien, das Maschinendeck und der größte Teil der anderen Sektoren besaßen eine normale Atmosphäre. Um aus dem Überdruckbereich dorthin zu gelangen, mußte man zuerst eine Dekompression über sich ergehen lassen. Die Anpassung von 1,5 Atmosphären an normale Verhältnisse erforderte keine lange Periode des Druckausgleichs. Bei höheren Drücken nahm es eine erheblich längere Zeitspanne in Anspruch. Herrschte in der Kammer ein effektiver Druck von 10 Atmosphären – was einer Unterwassertiefe von 90 Metern entsprach – und war man dieser Umgebung 45 Minuten ausgesetzt, dauerte die Dekompression 5 Stunden.

Das andere Problem betraf die Giftigkeit des Sauerstoffs. Die Einwirkung von reinem Sauerstoff konnte bei über drei Atmosphären verschiedene unangenehme Symptome hervorrufen, Taubheit,

Schwindel, Übelkeit und Krämpfe eingeschlossen. Außerdem bestand die Gefahr einer akuten Sauerstoffvergiftung, das Versagen des sauerstoffregulierenden Hämoglobins. Alles in allem ließ sich diese Möglichkeit nur unter besonderen Umständen durchführen.

Trotzdem war Rob wohl dabei zumute. Zumindest hatten sie damit die Verbreitung der Krankheit verlangsamt, auch wenn sie sie nicht behandeln konnten.

Das grüne Licht am Ende der Dekompressionskammer leuchtete auf, und Rob öffnete die Tür. Außerhalb der isolierten Wände war es sehr still, niemand hielt sich hier auf, der nicht einen dringenden Grund dafür besaß. Einen sehr dringenden Grund.

Rob erreichte das Labor, ohne einer einzigen Person zu begegnen. Er schaltete das Licht ein und betrachtete mit Bestürzung den Papierstapel auf seinem Schreibtisch. Er verlor soviel Zeit damit, Formulare umzuschichten, wie er mit der wirklichen Forschungsarbeit verbrachte. Er hatte sich so viele Stunden im Computerzentrum aufgehalten, daß er meinte, fast ALGOL sprechen zu können – oder welche Computersprache sie auch immer benutzten. Ihn drängte es, an seine Arbeit am Mikroskop zurückzukehren, aber zuerst mußte er sich von diesem Papierkram befreien. Als er das Labor gestern nacht verließ, hatte er die Unterlagen aufgestapelt auf seinem Schreibtisch zurückgelassen. Warum war nicht alles verschwunden?

Soviel Glück hatte er nicht. Er setzte sich in den Sessel und machte sich an die Arbeit.

LINDA wußte nicht, was sie mit dem Papier in ihrer Hand beginnen sollte. Es war ein umfassendes psychologisches Profil von Carlos Mendoza. Es war lückenlos.

Der Report war auf der Erde von einem Psychologenteam erarbeitet worden. Man hatte großzügig Gebrauch von Lindas Notizen gemacht, aber auch ein schönes Stück Eigenarbeit hineingesteckt. Die meisten Anfragen von Delta III erhielten Priorität und rasche Antworten. Man hatte ein Dutzend Leute interviewt, die mit Carlos gearbeitet hatten, seine Studenten, Menschen, die ihm nahestanden, Verwandte. Alle Regierungsakten über ihn waren hinzugezogen worden. Es kristallisierte sich ein Punkt heraus: Carlos Mendoza war keine sehr stabile Persönlichkeit.

Er konnte eine Zurückweisung nur schwer ertragen, und es wurde vermutet, daß er zu gewalttätigen Ausbrüchen fähig war.

Vor fünfzehn Jahren hatte man ihn wegen des Verdachtes auf schwere Körperverletzung angeklagt, aber die Einzelheiten waren nicht zu ermitteln. Die Verhandlung war eingestellt worden, als die andere Partei, eine Frau, ihre Aussage zurücknahm und einen Vergleich einging. Außerdem erwähnte der Report, daß er einmal während eines Streites am Mittagstisch einem Kollegen eine Essensplatte an den Kopf geworfen hatte, weil dieser nicht mit Mendozas Meinung über ein Experiment übereinstimmte.

Carlos wurde als exzentrisch und instabil geschildert. Andererseits war er intelligent und qualifiziert, sehr geeignet, um seine Rolle als Forschungswissenschaftler auszufüllen. Die stillschweigende Folgerung des Reports war, daß ein wenig Exzentrizität eine nicht gerade unerwünschte Eigenschaft für einen derartigen Wissenschaftler darstellte.

Linda hatte die Informationen erbeten, weil sie eine Art Persönlichkeitsveränderung in Carlos befürchtete. Es war letztlich nur ein vager Verdacht gewesen, nichts wirklich Konkretes. Es war nicht ungewöhnlich; die meisten Menschen auf der Station versuchten, auf die eine oder andere Weise mit der unerträglichen Situation fertig zu werden. Nun dieser Report. Wiederum gab es nichts, was sie belegen konnte; sie besaß nur ein schlechtes Gefühl bei der ganzen Sache. Er hatte seinen Termin bei Candy nicht wahrgenommen und weigerte sich auch weiterhin, wenn sie versuchte, ihn erneut dazu zu bewegen.

Diese ganze Sache mochte nichts bedeuten, und Linda hoffte, daß dies der Fall war. Wenn ja, dann würde für Carlos ein ernster Nachteil daraus erwachsen, wenn sie mit jemandem darüber sprach. Andererseits, wenn es wichtig war, hatte sie die Pflicht, die entsprechenden Leute zu informieren.

Es war eine schwere Entscheidung, die sie treffen mußte. Entsprechend der vertraulichen Natur des Problems gab es niemanden, mit dem sie darüber reden konnte. Sie ging eine Weile in ihrer Kabine auf und ab, überlegte hin und her. Schließlich faßte sie einen Entschluß. Sie trat an den Monitor und tastete die Nummer, die sie mit dem Captain verbinden würde.

Er war sehr interessiert an dem, was sie ihm zu sagen hatte.

Otis Weekfield konnte es nicht länger ertragen. Diesmal war Greer zu weit gegangen. Er warf die Zeitung durch das Zimmer, erhob sich und trat ans Fenster. Es schneite in Washington, die

Stadt begann sich auf den Morgen vorzubereiten. Sein Fenster lag dem Potomac River gegenüber. In den tanzenden Schneeflocken schaukelte ein kleines Boot auf dem Wasser.

In der ganzen Stadt lasen die Menschen nun ihre Morgenzeitungen, holten die Blitznachrichtenblätter aus ihren Computerterminals. Alle besaßen die gleiche Schlagzeile. Schließlich geschah nicht oft ein Selbstmord im Weißen Haus. Gestern nacht um 23.18 Uhr hatte sich James K. Blassiter im Ovalen Büro die Hälfte seines Kopfes fortgeblasen. Es war während einer Besprechung mit dem Präsidenten und zweien seiner Sekretäre geschehen. Sie hatten versucht, ihn daran zu hindern, aber es war ihnen nicht gelungen.

Sechsundfünfzig Jahre alt. Vierzig davon im Staatsdienst. Weekfield hatte Blassiter persönlich nicht gemocht, aber das spielte keine Rolle. Er hatte ein besseres Schicksal verdient. Jemand hatte ihn dazu getrieben. Arnold Greer. Er hatte ihn so gewiß getötet, als hätte er selbst den Finger am Abzug gehabt. Greer hatte die Grenze schon seit langem überschritten, aber soweit es Otis betraf, war dies seine letzte Untat. Er mußte gestoppt werden.

Otis trat zurück an seinen Schreibtisch und öffnete das Aktenfach. Er nahm sämtliche Papiere heraus und warf sie auf den Boden. Dann entfernte er die falsche Rückwand und holte drei Blätter hervor, die er dort versteckt hatte.

Die Informationen auf diesen drei Blatt Papier waren ihn teuer zu stehen gekommen, und das nicht nur in Geld ausgedrückt. Auf eine Art hatten sie ihn seine Frau und seinen Sohn gekostet, getötet bei einem Autounfall, der nicht wirklich ein Unfall gewesen war. Er lebte nur noch aus dem einzigen Grund, weil er sorgfältig Gerüchte verbreitet hatte, nach denen er sich mit diesem bestimmten Projekt nicht mehr beschäftigen würde, weil es ihm nicht gelang, die einzelnen Teile des Falles zusammenzufügen. Aber hier hatte er alles in der Hand – Namen, Daten, Orte. Alles konnte überprüft werden. Greer war in dem Gesamtbild nur ein Werkzeug, aber vermutlich besaß er nicht einmal den Verdacht, manipuliert zu werden. Aber er würde mit all den anderen stürzen.

Es war groß, sehr groß, und heiß wie die Hölle. Es betraf zwei der größten Konzerne des Landes und führte weiter zu einer Gruppe von afrikanischen Staaten, die den Weltraum erobern wollten.

Indem sie Greer unterstützten, würden die beiden US-Konzerne bald alles, was sie wollten, unter dem Mantel der unternehmerischen Freiheit in die Umlaufbahn schießen können. Was sie in den Weltraum schaffen wollten, würde tödlich sein. Otis besaß einen ihrer Entwürfe auf Mikrofilm. Es war ein Killer.

Otis war müde. Müde der Leute, die andere Leute dazu brachten, ihre Wünsche zu erfüllen. Müde des Beobachtens und des Wanderns durch das Spinngewebe der Täuschung. Müde der falschen Menschen, die die falschen Dinge zur falschen Zeit taten.

Es würde nicht alles lösen, aber es würde eine Menge Leute hinwegfegen. Es würde sich lohnen. Vielleicht.

Als er das erste Blatt Papier in seine Schreibmaschine einspannte, hatte er das Gefühl, Nägel in seinen Sarg zu treiben. Er würde eine Menge sehr gefährlicher Leute verärgern.

Der Schnee fiel noch immer, langsamer nun. An diesem Morgen würde der Verkehr in einem einzigen Chaos enden. Washington konnte Schnee nicht mit Würde ertragen. Als die Schreibmaschine den büchergesäumten Raum mit ihrem Klappern erfüllte, schien es Otis, als würde er seine eigene Todesanzeige schreiben.

SIE KONNTEN Carlos nicht finden. Er befand sich nicht in dem abgeschotteten Teil der Station, das wußten sie nun sicher. Das war aber alles, was sie sicher wußten. Bounds hatte mit seinen Sicherheitsbeamten den Rest der Station zweimal ohne Ergebnis durchsucht. Es war eine große Station.

Sam saß auf einem der Stühle, die im Maschinenraum standen. Er war allein; er arbeitete ein wenig, ließ es leicht angehen. Der große Arbeitsanfall war seit dem Abdichten der Pflegestation vorbei. Es war interessant gewesen, eine Menge verschiedener Dinge zu tun. Sie hatten sehr viele Kabel neu verlegen müssen. Die alten Luftschleusen mußten abmontiert und instand gesetzt werden. Es war eine Herausforderung gewesen und hatte sie für eine Weile schön in Atem gehalten. Nun waren sie mehr oder weniger wieder untätig, und Sam fand keinen Gefallen daran.

Es gefiel ihm nicht, herumzusitzen und dem Nichtstun zu frönen. Es machte ihn nervös, gab ihm Zeit, über Dinge nachzudenken, über die er nicht nachdenken wollte. Wie über dieses Virusding.

Ihm blieb lediglich übrig, die Instrumente zu beobachten, und sie veränderten sich nur selten. Er sollte stolz sein, aber er war es nicht. Er wünschte, es würde etwas geschehen, das ihn beschäftigen würde. Er gähnte.

*Die Station atmet durch diesen Mann. Er ist böse. Er arbeitet mit Maschinen, nicht mit lebenden Dingen. Er spürt nicht das Leben. Er ist wie die anderen, wie jene, die die Station durchsuchten. Er wird versuchen, die Art der Dinge zu verändern, aber sie sind, wie sie sind, wie sie sein sollten. Ich versagte zuvor. Dieses Mal werde ich nicht versagen.*

Sam legte die Füße auf die Konsole, versuchte sich zu entspannen. Er verstand nichts von dem Gerede über das Viruszeug. Vielleicht würde er Wayne morgen zur Hand gehen und mit ihm den Sub-Widerstand des Notstromsystems überprüfen. Alles funktionierte zwar einwandfrei, aber er war seit drei Monaten nicht kontrolliert worden, und es wurde Zeit. Gib ihnen etwas zu tun, irgend etwas. Er bemerkte das Aufleuchten einer roten Lampe und lehnte sich nach vorn, um die entsprechende Schaltung neu zu justieren, als er hinter sich etwas klicken hörte. Was zur Hölle hatte das zu bedeuten?

Alles ging sehr schnell. Sam hätte ihn leicht abwehren können, wäre er nicht in solch einer ungünstigen Position gewesen, die Füße auf dem Pult. Es gelang ihm, sich ein wenig nach links zu drehen. Das Rohr traf ihn an der Schulter, und der Stuhl glitt unter ihm fort, ließ ihn auf den Boden fallen. Er rollte so weit und so schnell er konnte davon, stoppte vor einer drahtnetzbespannten Wand.

Sam kam auf die Füße, aber er hatte noch nicht sein Gleichgewicht wiedererlangt, als ihn der Mann angriff, das Rohr in einem weiten Bogen auf seinen Kopf niedersausen ließ. Keine Zeit für Tapferkeit. Sam duckte sich unter dem Schlag hinweg und glitt außer Reichweite.

Der Mann konnte den Schlag nicht stoppen. Das schwere Rohr durchschlug das schützende Drahtnetz und traf die dahinterliegende Maschinerie. Vierundzwanzigtausend Volt zuckten durch den Metallstab.

Carlos Mendoza erstarrte, jeder Muskel in seinem Körper verkrampfte sich.

Funken knisterten aus der Wand. Der Geruch von Rauch und brennendem Fleisch erfüllte den Raum.

Sam ergriff den Stuhl und warf ihn nach Carlos, drückte ihn von der Wand fort.

Er war tot.

Arnold Greer konnte nicht glauben, was er las. Otis brachte sich dadurch in eine gefährliche Lage. Aber wenn ein Zehntel von dem, was Weekfield sagte, stimmte, dann waren die letzten zwanzig Jahre seines Lebens ein Witz gewesen. Und Greer hatte das unbestimmte Gefühl, daß alles in diesem Artikel zutraf. Er war zu vollkommen, wies zu viele Einzelheiten auf, um gefälscht zu sein.

Mike Hickson saß ihm gegenüber, den Kopf auf die Hände gestützt. Er war mit Greer lange Zeit zusammengewesen, sie hatten gemeinsam viel erlebt. Es sah so aus, als ob ihre Zeit nun zu Ende war.

Greer dachte nach. All die Jahre der Plackerei, der Manipulation, damit er eine weitere Stufe nach oben klettern konnte; alles endete jetzt. Er war der Hampelmann eines Unbekannten gewesen. Ein kompletter Narr. Manipuliert bis zu einem Grad, den er nicht einmal in seinen kühnsten Träumen für möglich gehalten hatte.

All seine Träume waren in diesem Moment Asche. Greer trat ans Videophon, tippte eine Verbindung zur Erde ein und gab dem Vermittler eine Nummer. Nach einigen Minuten erschien Mark Owens' Gesicht auf dem Bildschirm. Er wirkte erschöpft.

„Ist es wahr, Mark? Sagen Sie es mir direkt."

Owens nickte. „Ich fürchte, ja."

„Verfluchte Scheiße!" Der Bildschirm wurde wieder matt. Es gab wirklich nichts mehr zu sagen.

So ist es also, dachte Linda, als sie durch die Krankenstation ging, alt zu werden, so viele Dinge zu verlieren. Sie verharrte vor einem Bettende, griff nach dem Krankenblatt, las die Laborbefunde. Die Zahlen verschwammen vor ihren Augen, liefen ineinander über. Sie schienen keinen Sinn zu ergeben. Warum hatte man bei diesem Patienten eine Gehirnspiegelung angeordnet? Was bedeutete dieses Resultat? Nach allem, was sie wußte, hätte es nicht dazu kommen dürfen. Sie ließ das Krankenblatt fallen. Es schaukelte an seiner Kette, schlug sanft gegen den Bettrahmen.

Der Patient befand sich in einem ernsten Zustand, soviel war sicher. Mit glasigen Augen blickte er sie ausdruckslos an, ohne ein Zeichen, daß er sie erkannte. Er atmete unter großen Schwierigkeiten, rang in unregelmäßigen krampfhaften Zügen nach Luft. Vorher war er in der Kammer gewesen, und es war vorgesehen, die Behandlung in zwei Stunden zu wiederholen. Es würde ein wenig helfen.

Alles half ein wenig, nichts half sehr viel. Für sie alle lief die Zeit ab. Sie schob ihren Wagen zwischen den Betten entlang, las die Behandlungskarten, verabreichte die notwendigen Medikamente. Bei ihrem heutigen Rundgang wurde sie von Per Anson begleitet, einem erstklassigen Mechaniker. Er wußte alles über sich drehende Maschinenteile, was es darüber zu wissen gab. Von Medizin hatte er so gut wie keine Ahnung. Während sie die Karten ablas, blickte er ihr über die Schulter. Er las die Beschriftungen der Ampullen, die sie von dem Wagen nahm. Er überprüfte jede ihrer Bewegungen. Richtiger Patient, richtiges Medikament, richtige Dosierung. Er las laut vor: „Curare, 10 ccm." Seine Stimme hallte in der dämpfenden Kulisse aus keuchenden Patienten und dem monotonen Pochen und Pfeifen der Lungenmaschinen, den Geräuschen des Sauerstoffs, der durch die Leitungen gurgelte, sorgfältig in sterbende Lungen gepumpt wurde. Überall der Geruch, das Gefühl des Todes.

Er nickte, sie verabreichte die Medikamente, sie beide zeichneten die Karte ab. Es war in diesen Tagen ein gewohnter Vorgang, eine stetige Wacht gegen die Fehler, Irrtümer. Und trotzdem unterlief ihnen so oft ein Versehen. Sie selbst hatte einige Fehler gemacht, wenn auch keine ernsten. Bald würde es zu viele Fehler geben, und alles würde vorbei sein.

Die Patienten waren Freunde gewesen, Bekannte. An einem so kleinen Ort wie diesem wußte man alles über seine Mitmenschen. Nun waren sie nur Körper, Nummern auf einer Karte. Die Gesichter waren vertraut, aber verändert. Ein Filter war hinter ihren Augen nach unten gerutscht, saugte etwas Essentielles auf. Sie waren nicht mehr die Menschen, die sie gekannt hatte, sie waren Körper, die Tag für Tag ein weiteres Stückchen Leben aufgaben.

Sie verharrte vor dem letzten Bett in der Reihe. Susan Walker. Oberschwester. Sie war erschüttert, als sie die Medikamente vorbereitete. Es schien so wenig Hoffnung zu geben.

Sie waren fertig, legten ihre Isolieranzüge ab und betraten den Entseuchungskorridor. Normalerweise nahm die Entseuchungsprozedur mindestens eine Stunde in Anspruch, und Linda spürte, daß dies extreme Zeitvergeudung war. Mit Sicherheit waren sie alle bis zu einem gewissen Grad infiziert. Sie und Per saßen auf den Bänken im Korridor. Vermummte Gestalten kamen und gingen, machten sich an ihnen zu schaffen. Sie saßen schweigend da. Sie waren in ihre Gedanken versunken, es gab nichts Neues zu sagen.

Sie döste, träumte von der Erde und der Freiheit. Es war falsch. Alle Orte waren falsch, durcheinander. Sie war ein Kind, dort, wo sie als Erwachsene gelebt hatte. Sie erhielt ein vertraut wirkendes Bild von einer Stadt in Schweden, obwohl sie nie dort gewesen war. Sie wußte nicht, warum, aber die Straße war ihr vertraut. Andere Straßen blitzten auf, ein schmutziger Weg zu einem verlassenen Blockhaus. Blasen. Sie war . . ., wie alt war sie gewesen? Unter ihr erstreckte sich eine Wüste. Mantas. Wer war das? Paul, er war es. Er glaubte, er könnte die Gedanken der Mantas lesen. Seltsam. Sie konnte die heiße Sonne fühlen. Weder Worte noch klare Bilder. Nur eine Art Gefühl. Nahrung, es hatte etwas mit Nahrung zu tun. Die Jagd. Eine fremde männliche Erscheinung wurde sichtbar. Geburt. Sie fühlte sich schwindlig, verwirrt. Die heiße Sonne machte sie schläfrig. Sie wollte sich im Sand wälzen. Sand? Etwas entglitt ihr. Paul ist nun tot. Ein Hund namens Skippy leckte über ihr Gesicht, wurde zu Rob, der sie in der Dunkelheit küßte. Sie bewegte sich, setzte sich auf, preßte ihren Rücken gegen die kühle Wand. Ihre Augen waren geschlossen. Wie alt war sie gewesen, als sie in Greenbelt gewohnt hatte? Hatte sie jemals in Greenbelt gewohnt? Sie war sich nicht sicher. Sie dachte, sie hätte, aber es gab nicht viele Erinnerungen daran. Ein Zedernblockhaus, ein Motelzimmer über dem Ozean. Es gab mehr Erinnerungen an Schweden als an Greenbelt. Das war dumm – sie war niemals . . . war niemals . . . Schweden? Sie fühlte sich schläfrig. Das war es, sie schlief. Nein, sie war wach. Halbwach. So müde. Sie blickte auf, sah Rob. Es tat so gut, ihn zu sehen. Sie wollte für ihn ihre Arme öffnen, damit er sie festhielt. Rob . . . nein, nicht Rob . . . Per. Per kam aus Schweden. Was geschah hier? Sie versuchte aufzustehen, verlor den Halt, strauchelte, fiel auf den Metallboden. *Rob! O Gott, bitte, Rob, bitte.* Voll Grauen sprang Per davon. Vermummte Gestalten trugen sie zurück in die Krankenstation. Sie legten sie in das Bett neben Susan.

Mehr Fäden kamen und gingen, trotzdem waren sie nicht mit Nahrung verbunden, die er sehen konnte. Nervös kreiste er in seinem Gefängnis. Die Geburt begann. Es blieb nicht mehr viel Zeit.

# 9

PAPIER bedeckte seinen Schreibtisch und ging in lockeren Stößen auf den Boden über. Rob überflog die Daten zum zehntenmal; langsam, methodisch. Es war zu spät, um einen Fehler zu machen.

Die Objektträger von heute befanden sich bei dem Mikroskop. Siebenundneunzig Objektträger, um siebenundneunzig Proben zu untersuchen. Die Ergebnisse waren die gleichen wie gestern: 95 positiv für die Anwesenheit des Organismus und die beiden gleichen, Nummer 42 und 43, negativ. Die beiden Proben stammten von Jodie Pope. Sie hatte sich infiziert, bevor sie starb, schwer infiziert. Aber etwas Wichtiges hatte sich vor ihrem Tod ereignet. Sie hatte Antikörper gegen den Organismus gebildet. Wenn sie nicht angegriffen worden wäre, hätte es vielleicht niemals den geringsten Hinweis auf eine Erkrankung gegeben. Das war das erste Zeichen eines wirksamen Abwehrmechanismus. Zumindest arbeitete er in einigen Menschen. In wem? Und bis zu welchem Grad?

Rob glaubte zu wissen, wer es war, obwohl er kaum Beweise besaß. Ein Quervergleich der medizinischen Daten von Jodie und den anderen Opfern ihrer Gruppe zeigte ihm, daß sie die einzige Frau mit einem negativen Rhesusfaktor und einem positiven Rötelwert war. Sie war ebenfalls die einzige, die Antikörper produziert hatte. Es war umständlich, dürftig. Es war ihr einziger Durchbruch.

Als er die medizinischen Aufzeichnungen überprüft hatte, war Rob auf vier andere Frauen in der Station mit ähnlichen Profilen gestoßen. Zwei waren bereits tot. Übrig blieben Eng-Lai, Kommunikationsoffizier, und Linda. Wie die Dinge standen, würden ihre Antikörpersysteme nicht stark genug sein, um sie selbst zu retten, aber Rob hatte einen Plan. Er war sicher, daß er der Bodenkontrolle nicht gefallen würde. Riggs würde niemals zustimmen, und Eng-Lai würde sich hinter dem Rücken des Captains verstecken. Übrig blieb Linda.

Riggs' Gesicht erfüllte den Bildschirm. Rob war nervös, aber er versuchte angestrengt, es nicht zu zeigen. Er mußte sein Bestes geben.

„Würden Sie das noch einmal sagen, Rob?" fragte Riggs.

„Ich werde versuchen, Antikörper gegen den Organismus zu

züchten. Es wird einige Zeit erfordern, aber ich glaube, wir werden es schaffen."

„Wie? Ich dachte, Sie könnten nicht einmal den Organismus züchten."

„Wir können es nicht, nicht in dem Umfang, wie wir ihn benötigen. Ich beantrage eine *In-vivo*-Methode, um die Antikörper zu erzeugen."

„*In vivo?* Was meinen Sie damit?"

„*In vivo* bedeutet: im Innern des lebenden Organismus eines Patienten. Wenn wir einen geeigneten Menschen einem ausreichend hohen Infektionsgrad aussetzen, haben wir die Chance, den Körper zu stimulieren, Antikörper in ausreichender Menge zu produzieren, nicht nur um sein Leben, sondern auch um das aller anderen zu retten."

„Sie wollen Menschen infizieren? Sind Sie völlig verrückt geworden?"

„Ich glaube, das ist die einzige Möglichkeit, es zu schaffen. Wenn wir einen bestimmten Grad der Infektion erreichen, ist es wahrscheinlich, daß wir eine Grenze überschreiten, von der an der Körper fortfahren wird, Antikörper in großen Mengen zu erzeugen. Vielleicht genug, um den Rest von uns durchzubringen."

„Sie wissen nicht genau, daß es funktionieren wird, oder?"

„Der Beweis dafür ist kompliziert, zugegeben. Die Grenztheorie ist lediglich eine Hypothese. Ich glaube, es ist die einzig mögliche Antwort."

„Ich vermute, daß Sie sich darüber mit den Fachleuten der Bodenkontrolle unterhalten haben. Wie lautet deren Meinung?"

Rob schnitt eine Grimasse. „Sie sind dagegen, Sir. Sie glauben, daß der Risikofaktor zu hoch und die Aussicht auf Erfolg zu gering ist."

„Sie stimmen dem nicht zu?"

„Nein. Nein! Sie gehen an diese Dinge viel zu konservativ heran. Wir sind diejenigen, die das Risiko auf uns nehmen. Wir sollten fähig sein, selbst zu entscheiden, welches Maß an Risiko wir bereit sind zu tragen."

„Ich glaube, daß Ihre Kollegen in diesem Fall recht haben", sagte Riggs.

„Es klingt nicht so, als ob sehr viel Hoffnung für ein Gelingen Ihres Experimentes besteht."

„Es ist alles, was wir machen können."

„Es muß andere Möglichkeiten geben. Nebenbei, wenn Sie den Organismus nicht züchten können, wie wollen Sie dann ausreichend Erreger zusammenbekommen, um diese Leute zu impfen?"

„Ich hole sie direkt von dem Mantamännchen."

„Nein. Kategorisch nein. Ich habe die Mantas isolieren lassen. Niemand darf in ihre Nähe. Verdammte Viecher – sie sind der Grund für all den Ärger. Wir können es nicht riskieren."

„Es ist vielleicht unsere einzige Chance. Die Zeit läuft uns davon."

„Das genügt, Rob. Versuchen Sie nicht, mich zu drängen. Die Bodenkontrolle ist dagegen, ich bin dagegen. Schluß damit, aus. Vergessen Sie's."

Rob nickte, der Bildschirm wurde matt. Er würde es nicht vergessen.

ALLES schien so weit entfernt. Linda konnte Geräusche hören, sie aber nicht richtig einordnen. Töpfeklirren wurde zu Musik, die Pausen wurden von dem Zischen der gepumpten Luft ausgefüllt, dem Gurgeln von Wasser. Sie schwebte, trieb. Es war, als ob sie auf einem Boot schlafen würde, im Golf an einem warmen Tag, keine Wellen, das Wasser so klar wie ein Stück Glas. Sie konnte fast die Sonnenstrahlen spüren. Sie atmete schwer, fühlte sich, als ob sie ersticken würde. Sie versuchte nach Luft zu schnappen, aber nichts geschah. Ihre Arme und Beine schienen unmöglich weit entfernt, sie war sich nicht sicher, ob sie sich bewegten oder nicht. Es fiel ihr schwer, sich zu konzentrieren, einen Gedanken bis zum Ende zu führen. Sie hatte die gleichen Empfindungen gehabt, als ihr die Weisheitszähne gezogen wurden. Zähne. Wie kann ein Zahn Weisheit besitzen? Der Zahnarzt war jung und lächelte zuviel. Es war vor langer Zeit gewesen . . ., vielleicht auch gestern.

„Wo sind ihre Laborbefunde?"

„Hier, Doktor."

„Dies erscheint mir ein wenig hoch. Ich möchte, daß diese Patientin stündlich eine Glukose- und B.U.N.-Injektion erhält. Sorgen Sie dafür."

„Ja, Doktor."

Hohl. Die Stimmen waren hohl, sie echoten aus dem Ende eines langen, dunklen Tunnels. Die Dinge, die sie sagten, ergaben keinen Sinn, schienen Silben zu sein, die auf zufällige Art vermischt waren. Alles besaß einen weichen roten Glanz. Es gab Erinnerungen, Dinge, um sich festzuhalten. Rob. Ein Hund. Ferne Orte, vertraute Dinge. Der Schlag ledriger Schwingen. Der Schmerz der Geburt. Schmerz. Hunger. Ein Zedernblockhaus mit den Nachtschwingen der Eulen. Ein schneebedecktes Universitätsgelände, zusammengekauert gegen den Wind, zehn Minuten, um die Hörsäle zu wechseln, durch den Innenhof mit dem tanzenden Schnee. Kalt draußen, in den Laboratorien war es zu heiß, dreißig Bunsenbrenner arbeiteten zur gleichen Zeit, der Geruch von organischen Verbindungen, schwer zu atmen. Rob. Versuche zu atmen. *O verdammt!* Heiß. Bunsenbrenner. Wüstensonne. Hunger. Suche nach Nahrung. Ledrige Schwingen. Ein langer weißer, sandiger Strand. Hand in Hand. Wichtige Dinge teilen. Triviale Dinge teilen. Lachen. Weinen. Ein alter Psychologieprofessor, zerknitterter Anzug, der Ratten dazu brachte, Dinge zu tun, die sie nicht tun wollten. Weiße Kittel. Schwesternschule. Tausende von Injektionen. Susan. Weiße Ratten. Unglückliche weiße Ratten. Neurotische weiße Ratten. Wir sind alle Ratten in Käfigen, jeder Käfig mit seiner persönlichen Tretmühle, die irgend jemand entworfen hat. Rob. Rob? Heiße Wüste/heiße Wüste/heiße Wüste/heiße Sonne/heiße Sonne. Lachen an einem faulen Tag. Ein Sturm, der über den Golf rollt, große, wogende Wolken, Donnerschläge hallen über die See, scharfe Lichtblitze. Weiße Blitze/weiße Schwesternhäubchen/weiße Ratten/weiße Schneebälle. Schneebälle. Entfaltet. Wärme suchend, Nahrung. Immer Nahrung. Fäden greifen nach mir. Nahrung? fragen sie. Nein. Bin keine Nahrung, eine Person. Person? Wie . . . Wie . . . Wie kann man es erklären? Nimm all die Dinge von der Geburt bis zum Tod, lege sie aneinander, jeden Atemzug, jede Handlung, alles, was je getan oder unterlassen wurde; zähle alles zusammen. Eine Person, ein Leben, ein sehr spezielles Ding, etwas, das der Rettung wert ist. Wo ist Rob? Wie ich mich nach ihm sehne. Vielleicht ist er hier, und ich kann es nicht fühlen. Es gibt so viele Dinge, die ich nicht fühlen kann. Was ist mit mir geschehen? Ich erinnere mich an den Hund. Ich erinnere mich auch an Schweden. Ein schöngeformtes Land auf der Karte. Voller enger Gassen. Katzen, Hunde, Menschen leben ihr Leben. Eine warme Feuerstelle, gehacktes Holz, Blasen.

„Verabreichen Sie ihr Demeroltropfen. Legen Sie sie ein wenig nach unten. Es kann ihr nicht schaden."

„Ja, Doktor."

Ärzte und Zahnärzte. Dinge, die schmerzen. Dinge, die heilen. Dinge, die niemals heilen. Soviel Narbengewebe auf meiner Seele. Trauer. Ich würde dies anders machen, wenn ich alles noch einmal durchleben könnte, ich würde das ändern. So viele Dinge, die niemals heilen. Ich würde ein besserer Mensch werden. Ich würde die gleiche Person werden. Ich will eine Chance. Mit Rob segeln, ein warmes Bier teilen. Der Tag, an dem das Auto auseinanderbrach und er es mit einem Strick und zwei Hosenträgern zusammenband. Wir versäumten das Konzert, entdeckten aber etwas anderes. Hand in Hand durch die Kiefernwälder, die Nadeln als dickes, elastisches Bett unter den Füßen. Es war schön. Ich kenne sein Gesicht so gut wie mein eigenes. Seine Berührung ist weich: lange Finger: Er hätte Pianist werden sollen: Stunden, in denen er Akkorde übt, die Tonleiter: lange Finger: auf meinem Arm: meinem Körper: fremde Finger. Hinauf mit den Aufwinden, die Freiheit des Himmels und der Luft fühlen. Der Drang zum Beschützen. Hunger. Wir haben soviel zusammen unternommen. Wir haben nie genug zusammen unternommen.

„Doktor, sind das Tränen?"

„Ja. Sie sind ein automatischer Reflex. Sie bedeuten nichts."

*Oh, Rob, Rob!*

Rob dekompressierte mit der Mannschaft, die die Schwesternquartiere verließ, um die letzte Raumfähre zu entladen. Seine Anwesenheit dort war nicht ungewöhnlich, da er oft sein Labor aufsuchen mußte. Sobald der Druckausgleich erreicht war, trennte sich Rob von den Männern. Er näherte sich unverzüglich den Mantas, hielt nur einmal auf seinem Weg, um einen Anzug aus einem der Schränke zu nehmen.

Das Schloß der Schleuse zu dem Gefängnis der Mantas war eine komplizierte Vorrichtung, die sich nur durch den Kontakt mit einem speziell magnetisierten Schlüssel öffnen ließ. Selbst mit der raffiniertesten Ausrüstung würde es Stunden erfordern, um das Schloß aufzubrechen. Er löste das Problem in drei Sekunden durch die wissenschaftliche Verwendung eines kurzen Rohrstücks.

Er schaltete auf innere Versorgung, verschloß den Anzughelm und flutete die Schleusenkammer. Als sie mit der Atmosphäre der Mantas gefüllt und der notwendige Luftdruck erreicht war, öffnete er die Innentür und trat hinein.

Die Mantas waren aufgeregt. Das Weibchen kreischte, schlug

auf ihrer Stange um sich, ihr geschwollener Bauch eine Masse aus tiefen, rohen Wunden. Rob konnte die Bewegung des Babys im Innern sehen. Es würde bald zur Welt kommen, voll ausgewachsen, bereit zu fliegen, fressen, töten.

Das Männchen umkreiste schützend das Weibchen, die langen Krallen ausgefahren, die grünen Augen wild rollend. Die Luft war trübe von dem Sekretnebel. Überall befanden sich Schmetterlinge. Leben, Geburt, Tod – alles verschmolz.

Rob setzte seine Tasche ab, holte eine dünne Glasröhre mit einer subkutanen Nadel an der Spitze hervor. Er mußte nah genug an den männlichen Manta herankommen, um einen der sekretierenden Beutel zu erreichen, die seinen Bauch wie große Warzen bedeckten.

Als er auf die Mantas zuging, griff ihn das Männchen an. Rob glitt zur Seite, ergriff eines seiner Beine und warf den Manta zu Boden. Er flatterte unbeholfen, schlug mit seinen harten Schwingen nach Rob. Er brachte das Glasröhrchen in Position. Als er die Nadel hineinstieß, zuckte der Manta, seine Krallen schlitzten Robs Anzug auf.

Rob keuchte, würgte unter dem plötzlichen Einbruch ätzender Dämpfe. Seine Kehle brannte, seine Nase schmerzte. Seine Augen überzogen sich mit einem dünnen weißen Film. Er konnte fühlen, wie Blut an der Innenseite seines Anzugs hinunterlief. Sein einziger Gedanke war, das Röhrchen festzuhalten und aus dieser Hölle herauszukommen.

Er ging den Weg zur Tür auf Knien, das Röhrchen schützend gegen seine Brust gepreßt. Der Manta schwang sich in die Luft, kreiste, stürzte sich auf ihn. Er kratzte mit seinen scharfen Krallen. Rob besaß nicht mehr die Kraft, sich zu wehren. Zumindest wurde sein Kopf durch den Helm geschützt. Er fühlte Schwindel, sein Zeitsinn war verschwunden. Ihm schienen es Stunden des Schmerzes zu sein, es waren nur Sekunden. Die kühle Luft strömte in die Kammer, bevor Rob erkannt hatte, daß er sie sicher erreicht hatte. Als der Luftaustausch beendet war, entledigte er sich des nutzlosen Anzugs, riß sein Hemd in Streifen und versuchte den Blutstrom zu stillen. Er legte das Glasröhrchen in eine sterile Spritze, und als sich die äußere Tür öffnete, wankte er zurück durch die Korridore zur Krankenstation.

Es war ein langer, schmerzhafter Gang. Die leeren Räume und Korridore verstärkten jedes Geräusch, das er machte. Er vernahm das Summen ferner Maschinen, das stetige Zischen der Luftzirkulation. Er fühlte sich einsam, allein, isoliert. Ihm schwindelte. Er war geschwächt. Hatte eine Menge Blut verloren. Massive Infektion, sicher eine sehr gefährliche Dosis.

Er schwebte durch den Null-g-Sektor, eine einsame Gestalt, verkümmert wirkend gegen den großen Raum. Langsam rotierender Fliegendreck.

Der Rest war mühsam. Er kämpfte gegen die Schwerkraft, die bei jedem Schritt zunahm. Schließlich erreichte er die Dekompressionskammer vor der Krankenstation. Er war völlig erschöpft.

Als der Druckausgleich erreicht war, taumelte er in die Intensivstation. Plötzlich war er von Menschen umgeben, die drohend auf ihn zukamen. Offensichtlich war sein Kampf beobachtet worden. Riggs hatte vermutlich einen Schlaganfall erlitten. Wegen der Gefahr? Oder weil er seinen präzisen Befehl ignoriert hatte?

Alles um Rob bewegte sich langsam. Das Blut rauschte in seinen Ohren. Die Männer näherten sich ihm unbeholfen, wie Marionetten an unsichtbaren Fäden. Sie fürchteten sich davor, ihn nur zu berühren, und das aus gutem Grund. Selbst bei 1,5 Atmosphären genügte bloßer Hautkontakt, um die Krankheit zu übertragen, und er war ein wandelnder Seuchenherd.

Er hielt die gefüllte Spritze vor sich wie ein Messer. Die Männer teilten sich, gaben ihm den Weg frei. Er wartete, daß einer von ihnen eine Heldentat versuchen würde, aber niemand wagte es. Sie hatten zu viele Freunde langsam sterben sehen. Einander widersprechende Befehle ertönten.

Linda lag in einem Bett in der Mitte der umstellten Intensivstation. Sie versuchte sich zu bewegen, kämpfte gegen die Fesseln, die ihre Arme und Beine lähmten. Infusionsflaschen klirrten an den Halterungen über ihrem Bett. Ihre Augen waren auf Rob gerichtet, aber in ihnen war nichts zu erkennen, keine Liebe, kein Verstehen. Nur Schmerz und der aufrichtige Wunsch, von all den Dingen befreit zu werden, die sie quälten.

Rob warf ihre schweißdurchtränkte Bettdecke zur Seite. So dünn, so bleich. Tränen rannen aus ihren Augen. Liebe, Leben, Tod; alles war eins, lief ineinander über.

Fünfunddreißig ccm, dachte er, versuchte seine Gedanken von den anderen Dingen abzulenken. Intraperitoneal. Er strich über eine Stelle dicht unter ihrem Nabel.

Ein Schluchzen unterdrückend, stieß er die Nadel hinein.

„Vergib mir", sagte er. Drei Männer in Isolieranzügen polterten durch den Raum.

„Ich liebe dich", sagte er, als er den Kolben hinabpreßte, die tödliche Brut einer windgepeitschten Welt injizierte. Er hatte seine Entscheidung getroffen, die Chance ergriffen. Es war nun vorbei. Er hatte entweder die Person, die er liebte, getötet oder ihr Leben gerettet. Er hatte das Schicksal eines jeden besiegelt; sie würden alle leben oder alle sterben, je nachdem, was jetzt in Lindas Körper geschah. Er würde es vielleicht niemals erfahren.

Als ihn die drei Männer erreichten, war er bereits zusammengebrochen.

STUNDEN, Tage, Wochen, sie waren für Rob eins. Er durchlebte verschiedene Ebenen des Bewußtseins. Reale und irreale Bilder erschienen und verschwanden. Er glaubte, mehrere Male zu sterben, und eines Tages öffnete er seine Augen, und da stand Linda. Linda!

Sie strich über sein Haar, legte ihren Finger auf seinen Mund.

„Pst", sagte sie. „Versuche nicht zu sprechen."

Dieser Wunsch war leicht zu erfüllen. Sein Mund fühlte sich an, als wäre er mit Watte vollgestopft. Er stand kurz vor dem Verdursten.

„Du hattest recht, Rob. Eng-Lai und ich sind richtige kleine Antikörperfabriken. Wir haben jetzt alles unter Kontrolle. Du gehörst zu den letzten, die sich wieder erholen. In der Tat warst du immer ein wenig langsam."

Sie lachte und setzte sich auf die Bettkante.

„Wir werden dich bald hier herausbringen. Eine Menge Arbeit erwartet uns. Du bist die oberste Autorität der Welt auf dem Gebiet der Manta-Gefahr, und man erwartet, daß der Erde stürmische Zeiten bevorstehen. Zwei Fähren kehrten vor der Quarantäne zur Erde zurück."

„Mantas", flüsterte Rob. „Ich träumte . . ."

„Es war kein Traum", sagte Linda. „Wir haben es alle erlebt. Es scheint irgendwie mit der Suche der Mantas nach Nahrung zusammenzuhängen. Eine Art mentale Verbindung zwischen lebenden Organismen. Einige Menschen spürten es mehr als andere. Nach der Genesung scheint das Gefühl zu verschwinden, aber nicht völlig. Ich glaube, dies ist die wichtigste Entdeckung, die wir gemacht haben."

Rob nickte, versuchte alles auf einmal in sich aufzunehmen. Er blickte Linda in die Augen, von Gefühlen überwältigt. Sie drückte seine Hand, und plötzlich war er nicht mehr durstig.

In einem anderen Teil der Station beobachtete Riggs die Mantas, die 300 Tonnen Präzisionsmaschinen in eine kreisende Konservenbüchse des Todes verwandelt hatten. Hundertzweiunddreißig Menschen waren gestorben.

Der kleine Manta – das Baby – bewegte sich leicht, zog Riggs' Aufmerksamkeit auf sich. Zwei grüne Augen – kalt, hart – kreisten langsam, auf der endlosen Suche nach jenem sandigen Horizont, den sie niemals sehen würden.

## Jack C. Haldeman

Der 1941 in Hopkinsville in Kentucky geborene Jack Carroll Haldeman ist der ältere Bruder des bekannteren Science-fiction-Autors Joe Haldeman. Seit er sein Biologiestudium an der Johns-Hopkins-Universität abgeschlossen hat, arbeitet Jack als Medizintechniker und leitet Kurse über Fotografie, Schreiben und – natürlich – Science-fiction. Seine erste SF-Geschichte „Garden of Eden" wurde 1971 in der Zeitschrift *Fantastic* veröffentlicht. Seitdem hat Jack Haldeman über fünf Dutzend SF-Erzählungen in allen wichtigen US-Magazinen publiziert. Auch sein erster Roman, „Das fremde Virus", basiert auf einer Erzählung, die zuvor in der Zeitschrift *Analog* erschien. Den Roman „Captain Perrys Planet" schrieb er für das „Star-Trek"-Universum. Einen dritten Roman, „Und fürchtet keine Finsternis", hat Jack Haldeman gemeinsam mit seinem Bruder Joe verfaßt, der heute ebenso wie er in Florida lebt. Doch generell schreibt Jack lieber Kurzgeschichten als Romane, was vielleicht auch damit zusammenhängt, daß er nicht hauptberuflich Schriftsteller ist.

Rätselhaftes Vakuum im All
Die Schwarzen Löcher

**Das erste Schwarze Loch wurde Anfang 1916 entdeckt, von einem deutschen Soldaten an der Ostfront. Was der Physiker, Mathematiker, Astronom und Freiwillige Karl Schwarzschild mitten im Krieg fand, war eine praktische Lösung der von Albert Einstein im November 1915 veröffentlichten Formeln zur Relativitätstheorie.**

*Physiker nannten das Gebilde „Schwarzschild-Singularität", „Magischer Kreis", „Loch im All" und sogar „Hadamard-Katastrophe", nach einem Mathematiker, der die nähere Umgebung dieser Phänomene theoretisch erforschte. Erst 50 Jahre später prägte der Physiker Archibald Wheeler den Ausdruck „Schwarzes Loch", und so nennen wir es noch heute.*

*Die größten Mathematiker und Physiker der damaligen Zeit, auch Einstein, versuchten herauszufinden, welche Verhältnisse rund um eine solche Erscheinung herrschen. Kurioserweise erkannten sie erst im Jahr 1928, daß im Inneren des Schwarzen Lochs die Schwerkraft so stark sein muß, daß nichts nach außen dringen kann – auch kein Licht. Das war ihnen vorher entgangen.*

*Die Faszination, die von diesem – auch heute noch theoretischen – Gebilde ausgeht, liegt nicht nur in den bizarren Verhältnissen rund um den Ereignishorizont. Schwarze Löcher haben etwas Mystisches an sich. Sie sind rund und schwarz und verschlingen alles wie ein mythologisches Ungeheuer, und was sie sich einverleibt haben, das geben sie nicht mehr her. So gleichen sie dem Tartaros der Griechen oder der Hölle des Christentums.*

*Bei den Sumerern wurde das heutige Sternbild des Schwans als „Teufelsvogel" verehrt. Er war Nergal, dem Gott der Unterwelt, geweiht. Genau dort vermutet die Wissenschaft heute ein Schwarzes Loch, in der Radioquelle Cygnus X-1. Möglicherweise haben die Sumerer in dieser Himmelsgegend ein furchterregendes Ereignis beobachtet, nämlich den Zusammenbruch eines Sterns zu einem Schwarzen Loch.*

*Wir wissen, daß infolge der hohen Schwerkraft alles, was sich in der Nähe eines Schwarzen Lochs befindet, wie von einem kosmischen Staubsauger eingesogen und im Inneren zermalmt wird. Alles, was eine bestimmte Grenze überschreitet, ist dem Höllending unwiederbringlich verfallen.*

**So könnte man sich ein Schwarzes Loch im Zentrum der Milchstraße vorstellen: schwarz, rund und von großer Anziehungskraft.**

*Wer die Grenze überschreitet, kommt bei einem normalen Schwarzen Loch niemals wieder heraus, auch wenn er zunächst davon gar nichts bemerkt. Denn diese Grenze, die über Leben und Tod eines Raumfahrers entscheiden würde, ist fatalerweise durch Beobachtungen nicht zu bestimmen. Man kann sie nur berechnen, wenn man die Masse des Schwarzen Lochs kennt. Aber selbst dann gibt es Probleme: Raum und Zeit sind in der Nähe des Ereignishorizonts verzerrt und kehren sich innerhalb dieser Grenze sogar um.*

*Das müßte man sich etwa so vorstellen: Jemand, der den magischen Kreis betreten hat, kann in die Zukunft reisen, indem er einfach nach rechts geht. Nach links führt der Weg in die Vergangenheit. Käme ein solcher Magier wieder zurück, könnte er sich selbst begegnen, sich verdoppeln. Er könnte all die Paradoxien hervorrufen, die in Science-fiction-Erzählungen oft und anschaulich beschrieben wurden, die aber von der Physik nicht gern gesehen werden, da sie Kausalität und Logik verletzen. Das ist ein weiterer Grund, weshalb der wagemutige Raumfahrer*

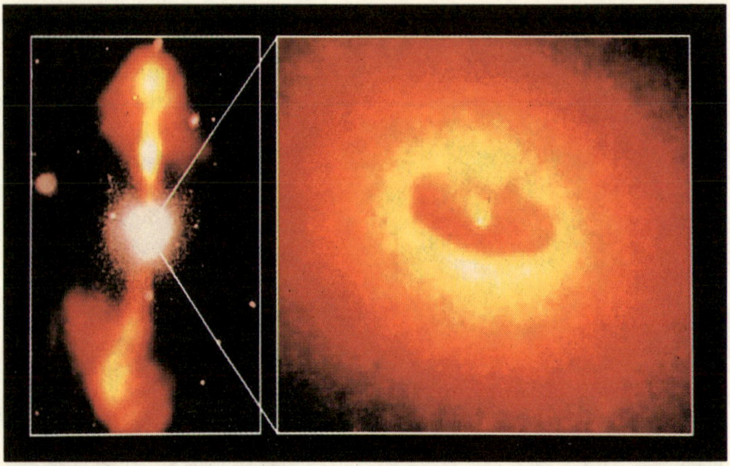

**Die Galaxie NGC 4261, 45 Millionen Lichtjahre von uns entfernt, enthält im Zentrum einen Ring heißer gelber Gase sowie im Kern einen heißen Fleck, der möglicherweise von einem Schwarzen Loch herrührt.**

*nicht zurückkehren könnte. Wo käme die Physik hin, wenn die Logik Amok liefe!*

*Wer den Zeichentrickfilm „Yellow Submarine" gesehen hat, erinnert sich vielleicht noch an einen kosmischen Staubsauger, der zuletzt das gesamte Weltall verschlingt, bis nur noch er selbst übrig ist. Danach spielt er Gott: Er verschlingt sich selbst, stülpt sich dabei um, und die ganze Welt ist wieder da.*

*Genau das hat Einstein 1935 zusammen mit Abraham Rosen bei der Untersuchung seiner eigenen Gleichungen entdeckt. Neben den Schwarzen Löchern gibt es – immer nur theoretisch – auch Weiße Löcher. Sie spucken all das, was im Schwarzen Loch verschwand, wieder aus, und zwar unversehrt. Und das, obwohl vorher alles in atomare Einzelteile zerlegt wurde. Das bedeutet aber auch, daß es zu unserer Welt eine Parallelwelt gibt, die über eine sogenannte Einstein-Rosen-Brücke mit dem uns bekannten Universum verbunden ist.*

*Was passiert einem Raumfahrer, der sich in die Nähe eines Schwarzen Lochs wagt? Stellen wir uns zwei Raumfahrer vor. Der eine, nennen wir ihn „A", ist der Beobachter; er bleibt in sicherem Abstand vom Ereignishorizont. Der mutige andere, nennen wir ihn „B", ist der Forscher; er wagt den Sprung über die Grenze. Punkt 12 Uhr soll er den magischen Kreis überschreiten.*

*Was sieht nun der Beobachter A? Infolge der starken Gravitation verlangsamt sich die Zeit für den Forscher B immer mehr. Er braucht für die gleiche Wegstrecke immer mehr Zeit. Für den Beobachter sieht es so aus, als würde der Forscher immer langsamer und schließlich, um 12 Uhr, am Ereignishorizont bewegungslos hängenbleiben. Er gelangt also, vom Beobachter aus gesehen, niemals ins Innere des Schwarzen Lochs. Nur sein Bild wird immer schwächer, immer dunkler, bis es sich in nichts auflöst. Der Grund: Für das gleiche Bild kommt in der gleichen Zeit immer weniger Licht zum Beobachter, so daß der Forscher schließlich langsam den Blicken entschwindet und zu einem Geist der Zeit wird.*

*Für den Forscher sieht die Sache ganz anders aus. Er kommt zügig voran und überschreitet Punkt 12 Uhr Eigenzeit die Grenze.*

**Einstweilen ist das Abbilden von Schwarzen Löchern noch darstellenden Künstlern überlassen, denn fotografieren kann man sie nicht.**

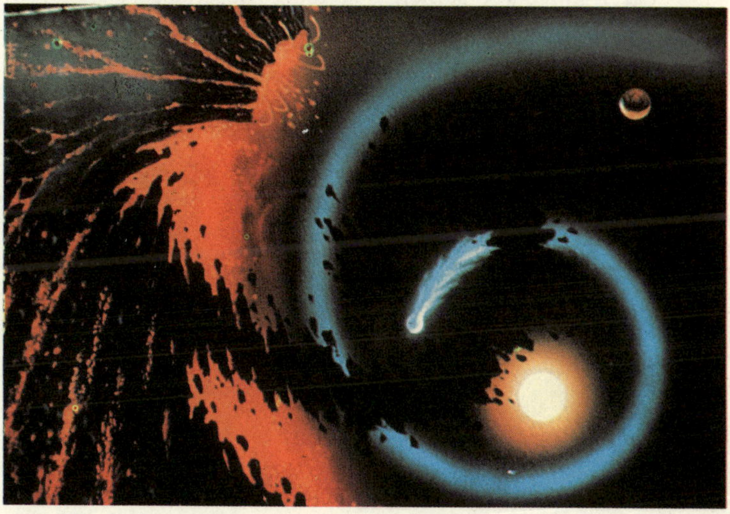

*Mit seinem Fernrohr blickt er auf die Uhr des zurückgebliebenen Beobachters und sieht dort, wie die Zeit ganz regulär vergeht, also auch die magische 12-Uhr-Marke überschreitet. Der Forscher merkt nicht, wann er den Punkt der ewigen Verdammnis überschritten hat. Irgendwann aber wird sich die seltsame Physik im Inneren des Ereignishorizonts bemerkbar machen, und erst langsam, dann immer schneller, wird der Forscher in sein Verderben stürzen und schließlich vollständig zermalmt werden.*

*Oder auch nicht. Denn wenn das Schwarze Loch klein und alt ist, also beispielsweise aus einem nicht zu großen Stern entstanden ist, dann könnte nach Meinung einiger Theoretiker der wagemutige Forscher durchaus bis zum „harten Kern" des Schwarzen Lochs vordringen. Er würde also bis zu der zusammengequetschten Masse des ehemaligen Sterns gelangen, ohne daß ihm dabei etwas geschieht. Wie es dort weitergeht, darüber wissen wir allerdings gar nichts. Oder doch?*

*Wenn es nämlich Weiße Löcher gibt und wenn sie Brücken in unsere eigene Welt darstellen, kommt der mutige Raumfahrer wieder heraus aus seiner Singularität – auferstanden wie Phönix aus der Asche oder der indische Gott Schiwa aus dem Abgrund. Dann kann der Raumfahrer seinen ungläubig lauschenden Zuhörern*

**Niemand weiß, wie Schwarze Löcher genau aussehen. So vielleicht?**

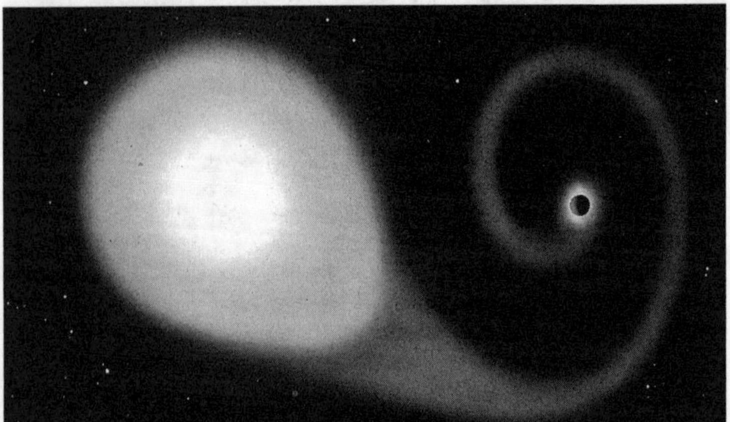

*von seinen Erlebnissen erzählen. Aber niemand wird ihm glauben – es sei denn, man hält ihn für einen Gott, oder man kennt Einstein.*

*Es gibt aber noch eine andere Möglichkeit, die Wirrnisse der Schwarzen Löcher zu umschiffen und auf ungefährlichem Kurs in eine andere Welt zu gelangen. Bei einem geladenen und sich drehenden Schwarzen Loch gibt es nämlich zwei Ereignishorizonte. Bei geschickter Umgehung der gefährlichen Klippen kann sich der Raumfahrer wie weiland Odysseus zwischen Skylla und Charybdis hindurchmogeln und ein anderes Universum erreichen. Schöne Aussichten für den Tourismus einer fernen Zukunft!*

*Falls Ihnen diese Reise zu gefährlich – oder zu langweilig – ist, dann versuchen Sie es doch mal mit einem aufgeblasenen Wurmloch, das, in Verbindung mit einem Schwarzen Loch, sogar Zeitreisen erlaubt. Sie können dann sogar Ihre eigene Mutter daran hindern, daß Sie auf die Welt kommen.*

*Ein Wurmloch ist ein extrem winziges Schwarzes Loch, das zwei Welten miteinander verbindet. Der Physiker Archibald Wheeler dachte sich diese Wurmlöcher aus, als er die Verhältnisse in den kleinsten Regionen der Raumzeit untersuchte, die physikalisch denkbar sind. In einem Wurmloch wird die Raumzeit aufgeweicht, und Übergänge in andere Welten werden möglich.*

*Aber Wurmlöcher sind viel zu klein, auch für Würmer. Selbst die kleinsten Elementarteilchen sind im Vergleich riesig. Man müßte also diese Löcher entweder aufblasen oder an ein Schwarzes Loch anbinden. Ersteres hat den Nachteil, daß wir keine Ahnung haben, wie man so etwas macht. Letzteres hat den Nachteil, daß das Schwarze Loch infolge seines enormen Schwerkraftsogs das Tor sofort wieder verschließt, dabei den Löcher-Reisenden erst zerquetscht und dann nicht mehr losläßt.*

*Trotzdem wäre es mit so einem Wurmloch möglich, in andere Universen zu reisen – oder in andere Zeiten im eigenen Weltall. Und damit sind dem Tourismus der Zukunft weitere Tore geöffnet.*

Illustrierter Anhang:
„Rätselhaftes Vakuum im All – Die Schwarzen Löcher"
Eine Kurzfassung des Artikels „Freßmonster im All: Das Schwarze Loch" von Peter Ripota
erschienen in „P. M." 5/1993